Nele Neuhaus
Zeiten des Sturms

Nele Neuhaus

Zeiten des Sturms

Roman

Ullstein

Besuchen Sie uns im Internet:
www.ullstein.de

Dieses Buch ist ein Roman. Die Geschichte ist fiktiv, alle Figuren und die Handlung sind von mir frei erfunden. Ähnlichkeiten mit lebenden oder bereits verstorbenen Personen sind zufällig und nicht von mir beabsichtigt. Das betrifft insbesondere Auswirkungen zeitgeschichtlicher Ereignisse, die ich in meinem Roman erwähnt habe.

Originalausgabe im Ullstein Paperback
1. Auflage August 2020
© Ullstein Buchverlage GmbH, Berlin 2020
Umschlaggestaltung: www.zero-media.net
Titelabbildung: © FinePic, München; © gettyimages / Pete Ryan; © mauritius images / Panther Media GmbH / Alamy und © mauritius images / Jason Rambo / Alamy
Satz: Gesetzt aus der DTL Dorian
bei Pinkuin Satz und Datentechnik, Berlin
Druck und Bindearbeiten: CPI books GmbH, Leck
ISBN 978-3-86493-124-6

Ich widme dieses Buch allen Buchhändlerinnen und Buchhändlern, die in der Corona-Krise im Frühjahr 2020 tapfer durchgehalten und mit tollen Ideen und großem persönlichen Einsatz dafür gesorgt haben, dass die Menschen weiterhin Bücher lesen konnten. Danke!

Massachusetts

*Now those memories come back to haunt me
they haunt me like a curse.*

Bruce Springsteen, *The River*

Rockbridge

Es war einer jener düsteren Januartage, an denen es nicht einmal mittags richtig hell wurde. Am frühen Morgen hatte es angefangen zu schneien, dicke weiße Flocken rieselten aus tief hängenden Wolken und verwandelten das kleine Neuengland-Städtchen Rockbridge in eine Winteridylle wie aus dem Bilderbuch. Im Mittleren Westen, dort, wo ich aufgewachsen war, war der Schnee nie leise und friedlich über das Land gekommen, sondern mit heftigen Blizzards, die von Westen her über die Great Plains heranbrausten und alles unter sich begruben. Temperaturen von mehr als zwanzig Grad unter null waren keine Seltenheit, die Schneestürme rüttelten an Fenstern und Türen und heulten wie ein ausgehungertes Rudel Wölfe. Oft waren wir für Tage von der Außenwelt abgeschnitten gewesen, und zu meinen frühesten Erinnerungen an den Winter gehörte das stete Brummen der Dieselgeneratoren, wenn Sturm und Schnee die Überlandleitungen beschädigt hatten und der Strom ausgefallen war.

Ich holte einen Handfeger aus dem Kofferraum meines Chevy Caprice und kehrte den Schnee von der Windschutzscheibe und den Fenstern. Dann öffnete ich die Tür, setzte mich ins Auto und atmete ein paarmal tief durch. Hinter mir lagen zwei anstrengende Stunden. Monique Sutton, meine zukünftige Schwiegermutter, hatte mich zum Lunch in ihr Haus eingeladen, und ich hatte keine passende Ausrede gefunden, um dieser Einladung zu entgehen. Schon bei unserer ersten Begegnung hatte ich gewusst, dass Monique und ich nicht miteinander klarkommen würden. Alles an dieser Frau reizte mich zum Widerspruch: ihr affektierter Upperclass-Akzent, ihre Arroganz und die besitzergreifende Art, mit der sie Paul behandelte. Wahrscheinlich war sie deshalb so herablassend zu mir, weil sie den Gedanken, eine andere Frau könnte mehr Einfluss auf ihren Sohn haben als sie selbst, unerträglich fand. Sie hielt es für ihr gutes Recht, sich ungebeten in das Leben ihrer fünf erwachsenen Kinder einzumischen, und niemand wagte es, ihr zu widersprechen, denn sie hielt die Zügel in der Familie fest in ihren altersfleckigen Händen. Ihre Vorbehalte mir gegenüber konnte ich teilweise sogar nachvollziehen. Nur acht Wochen nachdem ich in Rockbridge aufgetaucht war, hatte Paul mir, einer mittel- und arbeitslosen Einundzwanzigjährigen aus dem Mittleren Westen, einen Heiratsantrag gemacht, und wäre es damals nach mir gegangen, hätten wir auf der Stelle geheiratet. Doch gegen dieses Vorhaben hatte Monique Sutton vehement und erfolgreich ihr Veto eingelegt. Sie wolle nicht, dass es so aussehe, als ob ihr Sohn mich heiraten *müsste*, hatte sie mir mitgeteilt. Sie war so erzkatholisch, wie meine Adoptivmutter Rachel Grant methodistisch gewesen war, und deshalb war mein Übertritt zum katholischen Glauben eine Bedingung, die sie gestellt hatte. Paul hatte sich ihr angeschlossen, was mich ein wenig befremdet hatte. Weil es mir aber völlig egal war, ob wir in einer methodistischen oder einer katholischen Kirche oder in einem buddhistischen Tempel heiraten würden, hatte ich ziemlich leichtfertig zugestimmt.

Womit ich jedoch nicht gerechnet hatte, war, dass ich Katechismusunterricht bei einem katholischen Seelsorger nehmen und meinen Taufschein vorlegen musste, ebenso wie meine Geburtsurkunde. Beide Dokumente steckten sicherlich in irgendeinem verstaubten Aktenordner in einem Schrank auf der Willow Creek Farm, und ich hatte keine Ahnung, wie ich an sie gelangen sollte, denn ich hatte vor einiger Zeit den Kontakt zu meiner Familie abgebrochen.

Seufzend ließ ich den Motor an und fuhr los. Um halb vier hatte ich einen Termin im Schneideratelier von Eunice Rodin an der Main Street, um zum ersten Mal mein Brautkleid anzuprobieren. Auf nichts hatte ich nach dem Lunch bei Pauls Mutter weniger Lust, und ich überlegte kurz, die Anprobe zu schwänzen und mich zu Hause in die Badewanne zu legen. Aber dann beschloss ich, es hinter mich zu bringen, denn schließlich wollten Paul und ich uns in knapp acht Wochen das Jawort geben. In einer Nebenstraße fand ich einen Parkplatz und lief mit eingezogenem Genick durch das Schneegestöber an den kleinen Geschäften vorbei Richtung Main Street. Die Türglocke bimmelte, als ich die Glastür des Ateliers öffnete und in die Wärme trat.

Ich war die einzige Kundin an diesem Nachmittag, das hatte mir die Schneiderin versprochen, denn mein Hochzeitskleid war Gesprächsthema in ganz Rockbridge, und natürlich sollte es vor dem großen Tag niemand außer mir sehen. Im oberen Stock, in den eine Wendeltreppe führte, ratterte eine Nähmaschine.

»Hallo, Miss Cooper! Ich komme sofort!«, rief jemand von oben.

»Ich habe Zeit. Keine Eile, Mrs. Rodin.« Ich zog Mütze und Handschuhe aus und hängte meinen Mantel an einen leeren Kleiderständer neben der Ladentür.

»Es dauert nur noch ein paar Minuten!«, tönte es wieder von oben. »Ach, Sie werden *Augen* machen!«

»Ich bin schon gespannt!« Ich setzte mich auf einen der bequemen Stühle im Showroom, nahm mir eine der vielen Modezeitschriften vom Beistelltisch und blätterte sie ohne großes Interesse durch.

Als ich vor fünf Monaten in Rockbridge gestrandet war, war mir Paul Sutton wie der Prinz auf dem weißen Pferd erschienen. Ich hatte weder Geld noch Job gehabt, dafür aber einen rachsüchtigen Zuhälter auf den Fersen und einen Namen, der in ganz Amerika eher berüchtigt als berühmt war. Nach all den Enttäuschungen, dem Hass und der Verachtung, die ich erfahren hatte, war meine Sehnsucht, gemocht und beschützt zu werden, übermächtig geworden, und Paul Sutton eignete sich ausgesprochen gut als Beschützer. Er war fürsorglich, berechenbar und gradlinig, und er sah die Welt am liebsten ohne Schatten. Als mir bewusst geworden war, dass er sich Hals über Kopf in mich verliebt hatte, hatte ich ihm bedenkenlos mein Herz in die Hände gedrückt, ohne darüber nachzudenken, ob wir überhaupt zueinanderpassten: er, der wohlsituierte Chirurg mit eigener Klinik, sechzehn Jahre älter als ich, fest verwurzelt in Rockbridge, und ich, die Heimat- und Mittellose, die von einer Laune des Schicksals in diese Kleinstadt in den Berkshire Hills geweht worden war. Die altmodische Weise, wie er mir vor den neugierigen Augen von ganz Rockbridge den Hof gemacht hatte, hatte mir geschmeichelt und das Gefühl gegeben, etwas ganz Besonderes zu sein. Nach den Jahren des ziellosen Umherziehens, der Einsamkeit und der Entbehrungen hatte ich diese Wochen wie einen einzigen aufregenden Rausch empfunden, aber schon bald hatte ich gemerkt, wie sich der Reiz des Neuen zu verflüchtigen begann und der Glanz der Rüstung meines Ritters im Alltag zusehends stumpfer wurde. Bisher war ich nicht bereit gewesen mir einzugestehen, dass ich auf dem falschen Weg war, doch heute Mittag hatte ich eine deutliche Antwort auf die skeptischen Fragen meiner inneren Stimme erhalten. Nein, es würde mich nicht erfüllen und glücklich machen, als Krankenschwester in Pauls Klinik zu arbeiten, mich für seine sozialen Projekte zu engagieren, ihm Kinder zu gebären, jeden Sonntag in die Kirche zu gehen und danach bei seiner Mutter zu Mittag zu essen!

Es war naiv gewesen zu glauben, ich könnte ein neues Leben anfangen, unbelastet von meiner Vergangenheit, indem ich einfach meine E-Mail-Adresse löschte, den Kontakt zu meiner Familie abbrach und meine Träume verleugnete. Unvermittelt kam mir eine Stelle aus *Vom Winde verweht*, einem meiner Lieblingsbücher, in den Sinn. *Keine Geldsorgen mehr, Tara in Sicherheit, eine sorgenlose Zukunft.* Ich erschrak, als mir klar wurde, dass ich genau wie Scarlett bereit war, einen Mann zu heiraten, den ich kaum kannte und nicht liebte! War meine Not wirklich so groß? Dabei *mochte* ich Paul. Ganz sicher würde er mich nie enttäuschen oder verletzen, wie Horatio Burnett, den ich für die Liebe meines Lebens gehalten hatte. Und dennoch verursachte mir der Gedanke an eine Hochzeit inzwischen Beklemmungen. Doch woher kam dieses Unbehagen? Und warum träumte ich jede Nacht von Horatio? Wenn ich morgens aufwachte, weinte meine Seele vor Sehnsucht nach einem anderen Mann, und ich litt für den Rest des Tages unter einem schlechten Gewissen, als ob ich Paul betrogen hätte. Je dringender ich zu vergessen versuchte, umso hartnäckiger schienen mich die Geister der Vergangenheit zu verfolgen.

Seitdem bekannt geworden war, dass Paul und ich uns verlobt hatten, war ich quasi über Nacht ins Zentrum des Interesses von ganz Rockbridge geraten. Jeder Schritt, den ich in der Öffentlichkeit tat, wurde mit Argusaugen verfolgt und bewertet. Pauls Familie gehörte halb Rockbridge, beinahe jeder in der Stadt arbeitete direkt oder indirekt für die Suttons. Sie hatten Hilfsprogramme für Jugendliche, Arbeitslose und bedürftige Rentner ins Leben gerufen, Paul behandelte in seiner Klinik sozial schwache Menschen kostenlos. In den Wochen nach unserer Verlobung war ich von Einladungen regelrecht überschwemmt worden. Am liebsten hätte ich sie alle ignoriert, hatte dann aber die Zähne zusammengebissen und endlose, zähe Stunden mit wildfremden Menschen verbracht. Da ich von Natur aus eher eine Einzelgängerin war, hatte ich die überschwängliche Herzlichkeit und indiskrete Fragerei der Leute als distanzlos und unangenehm empfunden.

Ich legte die Zeitschrift zurück auf den Stapel, schloss kurz die Augen und hoffte, dass Eunice bald fertig sein würde. Momente wie dieser waren selten, und ich fürchtete sie, denn sobald ich ein wenig zur Ruhe kam, verselbstständigten sich meine Gedanken.

Ich sprang auf, ging unruhig hin und her. Betrachtete die ausgestellten Kleider, die an langen Kleiderstangen auf beiden Seiten des kleinen Lädchens hingen, ohne sie wirklich wahrzunehmen. Überlegte kurz, ob ich einfach gehen sollte.

Endlich verstummte die Nähmaschine im oberen Stockwerk. Die Stufen der hölzernen Wendeltreppe knarrten, und kurz darauf erschien Eunice, eine zierliche Mittfünfzigerin mit einer kunstvollen Dolly-Parton-Lockenfrisur und einem Pfund Make-up im Gesicht, in den Armen eine Wolke weißen Satins.

»Jetzt kann's losgehen, Kindchen!« Sie strahlte voller Vorfreude. »Kommen Sie! Gehen wir rüber ins Anprobenzimmer!«

Ich folgte ihr mit geheuchelter Begeisterung und zog mich in einer Umkleidekabine bis auf die Unterwäsche aus, dann schlüpfte ich mit Eunices Hilfe in das Kleid und stellte mich gehorsam auf einen Hocker. Mühsam zwang ich mich zu einem Lächeln und versuchte, mir den Aufruhr, der in mir tobte, nicht anmerken zu lassen. Eunice pflückte ein paar Stecknadeln aus dem Nadelkissen an ihrem Handgelenk und begann das Kleid an den Stellen, an denen sie es enger nähen musste, mit flinken Fingern abzustecken. Der steife Satin raschelte und fühlte sich so unangenehm an, dass ich eine Gänsehaut bekam.

»Bitte noch nicht in den Spiegel schauen«, brabbelte Eunice immer wieder. »Erst, wenn ich es Ihnen sage!«

Ich nickte stumm und starrte auf den hellgrauen Teppichboden. Von dem Geruch, der in dem kleinen Raum hing, einer Mischung aus Kaffeeduft, süßlichem Raumspray und Schweiß, wurde mir übel.

»Voilà – fertig!« Eunice richtete sich auf und trat einen Schritt zurück. Sie strahlte stolz und machte eine schwungvolle Geste in Richtung Spiegel. »Und? Wie gefällt es Ihnen? Ist es so, wie Sie sich das vorgestellt haben?«

Ich hob den Kopf. Der Anblick meines Spiegelbilds versetzte mir einen Schock. Natürlich hatte ich geahnt, dass ich abgenommen hatte; seit Wochen hatte ich kaum noch Appetit. Aber dass ich so schlimm aussah, hatte ich nicht gedacht: Meine Schultergelenke und Schlüsselbeine stachen unter der Haut hervor, und meine Oberarme sahen aus wie die einer Zehnjährigen. Ich starrte die abgemagerte Person in dem weißen Kleid im Spiegel wie hypnotisiert an, und plötzlich überwältigte mich die Gewissheit, dass ich dabei war, einen gewaltigen Fehler zu machen. Das Blut rauschte mir in den Ohren, und ich spürte das Prickeln echter Panik im Nacken.

»Oh Gott!«, flüsterte ich und wandte den Kopf. Ich konnte meinen Anblick in dem Kleid keine Sekunde länger mehr ertragen. »Helfen Sie mir aus dem Ding raus! Sofort!«

»Aber ich muss noch ...«, begann Eunice.

»Nein! Ich will das nicht!«, schrie ich, sprang vom Hocker herunter und zerrte mir das Kleid vom Leib. »Nein! Nein! Nein!«

Die Schneiderin stand mit offenem Mund da und starrte mich fassungslos an, nur mein Keuchen und das Reißen von Stoff waren zu hören. Endlich hatte ich mich befreit. Eunice stand da, in ihren Händen das zerfetzte Fünftausend-Dollar-Kleid wie ein totes weißes Tier. Ich stürzte in die Umkleidekabine, und während ich schluchzend in meine Klamotten schlüpfte, hörte ich sie schon telefonieren. Es war mir egal, wem sie erzählte, dass ich mein Brautkleid zerrissen hatte. Natürlich würde die Geschichte in Lichtgeschwindigkeit die Runde machen und Paul erreichen. Rockbridge war kein bisschen anders als das Kaff, in dem ich aufgewachsen war.

Ich riss meinen Mantel vom Kleiderständer, ergriff meine Tasche und flüchtete aus dem Laden, ohne mich zu verabschieden. Es war dunkel geworden, und es hatte aufgehört zu schneien. Die Straßen waren menschenleer, nur gelegentlich kroch ein Auto die Main Street entlang. Ich kämpfte mit den Tränen. Als ich im Überschwang der Gefühle Pauls Heiratsantrag angenommen hatte, war mir überhaupt nicht klar gewesen, welche Konsequenzen eine Hochzeit mit ihm nach sich ziehen würde. Verzweiflung überrollte mich, als mir klar wurde, dass ich in einen Käfig geraten war, einen goldenen zwar, aber ein Käfig blieb ein Käfig. Wie konnte ich mich aus dieser Lage befreien, ohne Paul, der mir nichts als Wohlwollen entgegengebracht hatte, bis auf die Knochen zu blamieren? Sollte ich mich einfach ins Auto setzen und nach Hause, nach Nebraska, fahren? Tränenblind stolperte ich über die dunkle Straße zu meinem Auto und kramte dabei in meiner Tasche nach dem Autoschlüssel.

Den schwarzen SUV mit verdunkelten Scheiben, der direkt vor meinem Chevy parkte, nahm ich kaum wahr. Autos wie dieses waren hier keine Seltenheit. Viele New Yorker oder Bostoner, die übers Wochenende in die Green Mountains kamen, fuhren dicke Allrad-SUV oder -Vans, besonders im Winter, wenn die Straßen verschneit waren. Ich ärgerte mich nur ein bisschen, weil der Fahrer so rücksichtslos dicht vor meinem Auto geparkt hatte, dass ich Mühe haben würde, den Caprice aus der Parkbucht zu manövrieren. Vielleicht wäre mir das Kennzeichen aus Georgia aufgefallen, wäre ich nicht so aufgewühlt gewesen. Vielleicht hätte ich dann noch eine Chance gehabt, wegzulaufen oder um Hilfe zu rufen. Doch der Angriff kam lautlos aus der Dunkelheit und überraschte mich völlig. Irgendwer stülpte mir von hinten eine Kapuze über den Kopf und zog sie an meinem Hals zu. Vor Schreck blieb mir die Luft weg. Ich ließ Mantel und Tasche in den Schnee fallen und wollte nach meinem Hals greifen, aber da packten kräftige Hände meine Handgelenke und fesselten sie. Ich hörte, wie eine Autotür geöffnet wurde, dann wurde ich unsanft auf die Rückbank eines Autos gestoßen. Jemand nahm neben mir Platz und legte den Sicherheitsgurt um meinen Oberkörper. Die Autotür fiel ins Schloss. Das Auto erbebte leicht, als es angelassen wurde. Ich hörte das Blubbern eines Zwölfzylindermotors, spürte, wie sich das Fahrzeug in

Bewegung setzte. Vor Schreck war ich wie gelähmt. Panik rollte über mich hinweg.

›Oh Gott! Ich werde entführt!‹, schoss es mir durch den Kopf. Ich spürte, wie das Auto beschleunigte, als es den Ort hinter sich gelassen und die Landstraße erreicht hatte. Der Fahrer gab so stark Gas, dass die Reifen auf der verschneiten Fahrbahn durchdrehten und der schwere Wagen gefährlich schlingerte. Aber er bekam ihn wieder unter Kontrolle. Niemand sprach. Ein paar Meilen ging es geradeaus, dann wurden wir langsamer und bogen scharf nach rechts ab. Das Auto holperte über ein Stück unbefestigte Straße, fuhr steil bergauf, bis es schließlich stoppte. Der Motor ging aus. Jemand zog mir die Kapuze vom Kopf.

»Hallo, Carol-Lynn. Schön, dich wiederzusehen«, sagte eine wohlbekannte Stimme. »Oder ist es dir lieber, wenn ich dich *Sheridan Grant* nenne?«

Mein Herzschlag setzte aus. Entsetzt wandte ich meinen Blick nach rechts und schaute direkt in die frostblauen Augen von Ethan Dubois.

San Juan Bautista, Kalifornien

Marcus Goldstein stapfte den menschenleeren Strand entlang, die Hände tief in den Taschen seines Regenmantels vergraben. Er liebte die langen Morgenspaziergänge mit seinen Hunden am Meer, das ihm jetzt, im Januar, viel besser gefiel als im Sommer, wenn es blau und friedlich war. Der Anblick des aufgewühlten grauen Wassers, dieser seit Jahrmillionen ewig gleiche Rhythmus, mit dem die Wellen an den Strand brandeten, sich tosend brachen und wieder zurückfluteten, hatte etwas Kontemplatives. Die Luft war feucht vom Nebel und der Gischt, und ein paar Möwen, deren klagendes Geschrei hin und wieder das Donnern der Brandung übertönte, waren außer ihm und den Hunden die einzigen Lebewesen weit und breit. Marcus blieb stehen und starrte nach Westen, hinaus auf den Pazifik, der nur eine Nuance grauer war als die tief hängenden Wolken.

›Herzlichen Glückwunsch zum Geburtstag‹, dachte er mit einem Anflug von Bitterkeit und schüttelte ungläubig den Kopf. Sechzig Jahre. Nicht zu fassen. Es hatte Zeiten gegeben, in denen er es weder für möglich noch für erstrebenswert gehalten hatte, diesen Tag zu erleben. Er beobachtete seine Hunde, die sich übermütig um ein Stück Treibholz balgten, und rief sich die runden Geburtstage in seinem Leben in Erinnerung. Seinen dreißigsten hatte er in New York gefeiert, wenn man von feiern sprechen konnte. Er war in dem Nachtklub, den sein Arbeitgeber EMI für die Signing-Party irgendeiner Nachwuchsband gemietet hatte, bis in die frühen Morgenstunden versackt und hatte die Party, die Tammy für ihn in ihrer kleinen Wohnung in Hell's Kitchen liebevoll organisiert hatte, verpasst. Seinen vierzigsten Geburtstag hatte er sechs Wochen nach der Scheidung von seiner dritten Frau Djamila gefeiert, auf einem gecharterten Windjammer irgendwo in der Karibik. Dank der Unmengen von Alkohol, die er an jenem Abend konsumiert hatte, besaß er nur noch nebulöse Erinnerungen an die Party, und das war auch besser so. Zwar hatte zu diesem Zeitpunkt seine Karriere richtig an Fahrt aufgenommen, aber das war auch alles, worauf er stolz sein konnte. Sein Privatleben war ein einziges Desaster gewesen, und immer, wenn er gedacht hatte, es gäbe keine Steigerung für die Misere, dann hatte ihn das Leben das Gegenteil gelehrt. Abgesehen von Tammy hatte er immer ein sicheres Händchen für die falschen Frauen gehabt und erst viel zu spät aus seinen Fehlern gelernt, was ihn unterm Strich eine zweistellige Millionensumme gekostet hatte. Seinen fünfzigsten vor zehn Jahren hatte er in seiner Villa in den Hamptons gefeiert, mit fünfhundert Gästen und ungefähr dreißig Kilo mehr auf den Rippen als heute. Drei Tage später hatte er seinen ersten Herzinfarkt gehabt, zwei Wochen später den nächsten, schwereren. Die Scheidung von Vivian, seiner vierten Frau, lief bereits, und während sie schon eifrig die Rolle der trauernden Millionärswitwe einstudierte, hatte er sich erholt. Kaum genesen, hatte er seine Plattenfirma *StoneGoldRecords* verkauft und war nach Kalifornien gezogen. Seit acht Jahren lebte er nun allein, entweder in seinem Strandhaus oberhalb des San Gregorio State Beach, vierzig Meilen südlich von San Francisco, in seiner Villa in North Beverly Park in Los Angeles oder in seinem Chalet in Colorado. Er investierte sein Geld in interessante Start-ups im Silicon Valley, war Mehrheitsaktionär eines Filmstudios und Mitinhaber der Goldstein Creative Artists Agency, die einige der wichtigsten Filmstars unter Vertrag hatte. Arbeiten musste er schon lange nicht mehr, aber manchmal war ihm nach einer neuen Herausforderung zumute, deshalb ließ er sich gelegentlich als Troubleshooter und Consultant von Unternehmen aus der Musik- oder Filmbranche engagieren, die in wirtschaftliche Schieflage geraten waren. Im Laufe der Jahre hatte er sich den Ruf eines exzellenten Sanierers erworben, dessen Ehrgeiz es war, Unternehmen zu erhalten, statt sie zu zerstückeln. Genau deshalb hatte er gezögert, als ihn Douglas Hammond, der Vorsitzende des Aufsichtsrats der California Entertainment and Music Corporation, vor zwei Tagen um Hilfe gebeten hatte. Es war kein Geheimnis, dass die CEMC, einst einer der Big Player der Branche, innerhalb weniger Jahre zum Übernahmekandidaten geworden war. Jedermann wartete nur darauf, bis der wankende Koloss endgültig zusammenbrechen und sich gierige Private-Equity-Gesellschaften die Filetstücke des Konzerns schnappen würden.

»Der wievielte Name ist meiner auf deiner Liste?«, hatte Marcus gefragt.

»Der erste, Marcus«, hatte Hammond überraschend ehrlich geantwortet und geseufzt. »Und der einzige.«

Marcus hatte sich vierzehn Tage Bedenkzeit und uneingeschränkten Einblick in die Bilanzen und Geschäftsberichte der letzten zehn Jahre erbeten. Dann hatte er seinen alten Kumpel und Weggefährten Phil McLaughlin, der mittlerweile Finanzvorstand bei Merrill Lynch war, angerufen und gefragt, ob er Lust auf ein Abenteuer in Kalifornien habe. Ab morgen würden sie die Zahlen prüfen und analysieren, ob sie den maroden Plattenkonzern retten konnten oder ob es schlauer war, die Finger davon zu lassen.

Marcus pfiff nach seinen Hunden und stieg die steile Holztreppe hoch zu seinem Haus, einem futuristisch anmutenden Glaswürfel. Weit und breit gab es keine Nachbarn, ein echter Luxus im eng besiedelten Kalifornien, der seinen Preis gehabt hatte. Als er die Terrasse erreicht hatte, konstatierte er zufrieden, dass die 82 Stufen ihn nicht einmal außer Atem gebracht hatten.

»Sechzig«, murmelte er. »Was soll's. Ist doch nur eine Zahl.«

Rockbridge

Mit der Gewalt eines Schmiedehammers setzte mein Herzschlag wieder ein. Kurz atmete ich erleichtert auf, bis mir schockartig klar wurde, dass es dafür absolut keinen Grund gab. Der Mann mit dem glatt rasierten Schädel und der randlosen Brille, der mich aus kalten blauen Augen fixierte, war alles andere als ein Freund. In den vergangenen Monaten hatte ich völlig verdrängt, was in Savannah geschehen war, aber jetzt kehrten die Erinnerungen an den Albtraum, den ich auf Riceboro Hall erlebt hatte, mit aller Macht zurück, und mir wurde übel vor Angst.

»Hallo, Ethan«, erwiderte ich und konnte nicht verhindern, dass meine Stimme zitterte.

Meine Vergangenheit hatte mich eingeholt. Die Vergangenheit, in der ich mich Carol-Lynn Cooper genannt hatte und Ethan Dubois, dem ich seiner Ansicht nach zweihundertfünfzigtausend Dollar schuldete, mein Boss und mein Liebhaber gewesen war. Paul hatte ich nie von Savannah erzählt. Er wusste nicht, dass ich die Geliebte eines brutalen Zuhälters gewesen und nur deshalb einem schrecklichen Schicksal entgangen war, weil meine Mitbewohnerin und Freundin Keira einem von Ethans Schlägertypen die Kehle durchgeschnitten hatte, als er mich in ein Bordell verschleppen wollte. Irgendwie war es Ethan gelungen, meine Fährte aufzunehmen und mich ausfindig zu machen. Und jetzt war ich in seiner Gewalt.

Der Kerl, der mich überwältigt hatte und links von mir saß, hieß Rusco. Meistens arbeitete er als Türsteher im *Southern Cross*, Ethans Bordell in der Altstadt von Savannah. Er war ein bulliger Typ mit kurz geschorenem Haar und eng zusammenstehenden Augen. Trotz der Kälte trug er nur ein T-Shirt. Seine muskulösen Unterarme waren mit Knasttattoos übersät, und im schummerigen Licht der Innenbeleuchtung wirkte es so, als trüge er ein langärmeliges blaues Unterhemd darunter. Ich kannte ihn aus dem *Taste of Paradise*, der Bar, in der ich als Barpianistin gearbeitet hatte.

»Hi, Rusco«, sagte ich zu ihm.

»Hi, Carol-Lynn«, erwiderte er kaugummikauend und ohne eine Miene zu verziehen.

Der Mann am Steuer, ein Afroamerikaner, hieß Calvin. Er war riesig, mindestens zwei Meter groß und 150 Kilo schwer, ein ehemaliger Footballspieler. Ethans Mann fürs Grobe, der vor nichts zurückschreckte. Keira und die anderen Mädchen, die im *Southern Cross* ihr Geld als Prostituierte verdienten, hatten vor ihm noch mehr Angst gehabt als vor Mickey und Rusco.

»Lasst Carol-Lynn und mich mal kurz allein, Jungs«, befahl Ethan, ohne mich aus den Augen zu lassen. Calvin und Rusco gehorchten und stiegen aus. Der Motor des Autos brummte im Leerlauf, die Heizung lief auf vollen Touren. Mein Puls hämmerte mir in den Ohren, ich schwitzte vor Angst. Ich hörte, wie der Kofferraum geöffnet wurde. Metall klirrte auf Metall, dann wurde die Kofferraumklappe wieder zugeschlagen.

»Was machst du hier?« Ich versuchte, furchtlos zu klingen.

Ethan lächelte, aber in seinen Augen blitzte etwas Zorniges auf.

»Du warst so unhöflich, dich nicht von mir zu verabschieden, als du Savannah verlassen hast.« Seine Stimme blieb seidenweich. »Und vielleicht hast du vergessen, dass du deinem alten Freund Ethan noch etwas schuldest. Dabei hast du mit deinem Zukünftigen einen so guten Fang gemacht.«

»Ich schulde dir gar nichts.«

Die Kabelbinder schnitten mir schmerzhaft in die Handgelenke. Schweißtropfen rannen mir in die Augen, aber ich konnte sie nicht abwischen, denn meine Arme waren unter dem Sicherheitsgurt fixiert.

»Nun ja, das sehe ich anders.« Ethan schlug lässig die Beine übereinander und musterte mich. »Fragst du dich eigentlich gar nicht, wie ich dich gefunden habe?«

»Nein«, erwiderte ich, obwohl es mich natürlich brennend interessierte.

»Ich sage es dir trotzdem.« Ethan lächelte böse. »Damit du weißt, wie dumm du bist.«

Mit seinem echsenförmigen Kopf und den kalten, von farblosen Wimpern umkränzten Augen erinnerte er mich an ein Reptil. Wie hatte ich mich jemals in diesen Mann verlieben können? Weshalb hatte ich nicht gleich erkannt, was sich hinter seiner höflichen und kultivierten Fassade verbarg?

Ethan zog eine zusammengerollte Illustrierte hervor, schlug sie auf und hielt sie mir hin. Ich schluckte, als ich das Foto von Paul und mir sah, das im Dezember bei einer Wohltätigkeitsveranstaltung an der Harvard University, Pauls Alma Mater, aufgenommen worden war. Es war unser erster gemeinsamer Auftritt in der Öffentlichkeit gewesen.

»Doktor Paul Ellis Sutton und seine schöne Verlobte, Miss Sheridan Grant«, las Ethan die Bildunterschrift vor, wobei er unsere Namen höhnisch betonte. »Wie leicht du es mir gemacht hast! Das ist beinahe schon eine Beleidigung meiner Intelligenz.«

Er griff wieder neben sich und förderte ein paar Fotos zutage. Sie zeigten Paul und mich auf dem Weihnachtsmarkt in Rockbridge, Arm in Arm in Albany beim Verlassen eines Restaurants, vor dem *Black Lion Inn* im Gespräch mit anderen Leuten und sogar in Pauls Haus am See. Sie waren aus größerer Entfernung mit einem Teleobjektiv gemacht und zum Teil körnig und ziemlich unscharf, aber wir waren unzweifelhaft zu erkennen. Bei der Vorstellung, dass uns irgendjemand verfolgt und aufgelauert hatte, wurde mir erneut übel.

»Du warst sogar zu dämlich, deine alte Schrottkarre umzumelden. Dich zu finden war lächerlich einfach.« Ethan ließ die Fotos achtlos in den Fußraum fallen. »Rockbridge – was für ein beschissenes Kaff. Bist du wirklich so verzweifelt, dass du diesen Hinterwäldler heiraten willst? Warum? Weil er Kohle hat? Weil er hier eine große Nummer ist? Ist es das, was du willst? Dem Onkel Doktor lauter kleine Hinterwäldler-Bälger werfen und eine waschechte Hinterwäldler-Mom werden, mit einem fetten Arsch?«

Seine brutalen, verächtlichen Worte trafen mit Präzision in die offene Wunde meiner Zweifel. Es zu denken war etwas völlig anderes, als es aus dem Mund eines anderen zu hören. Noch nie zuvor hatte ich eine solch heftige Abscheu gegen einen Menschen empfunden wie gegen Ethan Dubois. Ich war voller Panik vor ihm aus Savannah geflohen und hatte wochenlang in meinem Auto geschlafen, aus Angst, dass seine Leute mich finden, mit Gewalt zurück nach Georgia bringen und auf Riceboro Hall einsperren könnten.

»Lässt du dich jede Nacht von ihm bespringen, ja? Bist du vielleicht schon trächtig?« Ethan gluckste gehässig und fasste grob an meinen Bauch. »Das ist doch der Trick von kleinen, hinterhältigen Schlampen wie dir.«

»Bitte, Ethan«, fiel ich ihm ins Wort. Obwohl ich vor Angst bebte, durfte ich keine Schwäche zeigen. »Jetzt hast du mich gefunden. Ich hab's dir leicht gemacht. Du bist sauer auf mich. Und was nun?«

»Du glaubst, ich bin *sauer* auf dich?« Ethans Augenbrauen zuckten hoch, und er lachte höhnisch auf. »Das trifft es nicht ganz, meine Teuerste!«

Mit einer blitzschnellen Bewegung packte er mein Haar und zerrte meinen Kopf zu sich heran. Ich unterdrückte einen Schmerzensschrei und schauderte, als ich den Zorn in seinen Augen sah.

»Das, was du getan hast, untergräbt meine Autorität und ist schlecht für mein Geschäft«, zischte er mir ins Ohr. »Andere kleine Schlampen verlieren den Respekt vor mir, wenn ich dir das durchgehen lasse. Wir hatten nämlich einen Vertrag, Baby, falls du dich daran erinnerst. Mit Handschlag und vor Zeugen besiegelt. Ich habe viel Geld in dich investiert. Du schuldest mir zweihundertfünfzigtausend Dollar, plus Zinsen und den Kosten, die mir entstanden sind, um dich zu finden, du miese kleine Nutte.«

»Ich habe keins von deinen *Geschenken* mitgenommen«, widersprach ich. »Und für mein Zimmer habe ich Miete bezahlt.«

Ich bewegte meine Handgelenke und merkte, dass die Kabelbinder nicht ganz festgezogen waren. Mit Daumen und Zeigefinger meiner rechten Hand ertastete ich die kleine Plastiknase, die in die Verzahnung griff. Ich versuchte, sie mit dem Fingernagel herunterzudrücken, aber sie war so winzig und meine Finger zitterten so sehr, dass ich immer wieder abrutschte.

»Hast du deinem Onkel Doktor erzählt, wie scharf du drauf warst, von mir gevögelt zu werden?« Ethans Speichel sprühte mir ins Gesicht.

»Nein, das habe ich ihm nicht erzählt.« Ich senkte meine Stimme. »Und ich sage dir auch, warum: Ich würde mich nämlich zu Tode schämen, wenn er wüsste, dass ich so blöd war, auf einen miesen Zuhälter reinzufallen, der mich unter Drogen gesetzt hat und von seinem Kumpel, Senator Charles Manning aus Alabama, hat vergewaltigen lassen.«

Ich sah den Schlag nicht kommen. Mein Kopf flog nach hinten. Unter dem Siegelring, den er an seinem linken Ringfinger trug, platzte meine Lippe auf. Ich schmeckte Blut. Aber es war mir gelungen, die winzige Plastiknase des Kabelbinders einzudrücken, und meine Fesseln lösten sich.

»Ich weiß nicht, ob du Mumm hast oder einfach zu dämlich

bist, zu begreifen, in welcher Situation du dich befindest.« Ethan presste die Lippen zu einem schmalen Strich zusammen. Wir starrten uns an.

»Ich habe dich wirklich geliebt«, flüsterte ich. »Ich konnte nicht fassen, dass du mich von fremden Männern vergewaltigen lässt.«

»Ach, wie rührend!«, spottete Ethan. »Mir kommen gleich die Tränen!«

»Du hast doch gesagt, dass du mich liebst und dass wir zusammengehören!« Ich blickte durch die Windschutzscheibe. Mein Magen krampfte sich vor Angst zusammen, als ich erkannte, was Rusco und Calvin im Lichtkegel der Scheinwerfer taten. Sie schaufelten ein Loch.

»Weißt du, zu wie vielen Mädchen ich das schon gesagt habe? Ihr seid viel williger, wenn ihr glaubt, ihr könntet eines Tages Mrs. Dubois werden.« Ethan lachte spöttisch und ließ meine Haare los. Seine Stimme wurde nüchtern und geschäftsmäßig. »Es ist deine Sache, wenn du in diesem Drecksnest versauern willst. Aber ich will das Geld zurück, das ich in dich investiert habe. Es gibt drei Möglichkeiten. Du könntest deinen Onkel Doktor bitten, es dir zu leihen. Dann müsstest du ihm allerdings von mir und von all den schönen Dingen erzählen, die wir zusammen erlebt haben. Du könntest aber auch zurück nach Savannah kommen. In ein paar Jahren hast du deine Schulden abgearbeitet und dann kannst du machen, was du willst.«

»Und was ist die dritte Möglichkeit?« Mein Blick fiel auf den Zündschlüssel, den Calvin hatte stecken lassen. Wenn es mir gelang, den Sicherheitsgurt zu öffnen, konnte ich es vielleicht schaffen, auf den Fahrersitz zu klettern und das Auto zu starten.

»Tja. Du wirst verstehen, dass ich das hier nicht einfach auf sich beruhen lassen kann«, fuhr Ethan im Plauderton fort. »Das, was du getan hast, spricht sich herum. Und bevor andere Mädchen auf solche dummen Ideen kommen, muss ich ein Exempel statuieren. Deine Freundin, die kleine blonde Nutte, hat uns übrigens ganz bereitwillig erzählt, dass sie dir geholfen hat, abzuhauen, bevor Calvin seinen Spaß mit ihr hatte.«

Eine eisige Hand griff mir ums Herz. Keira! Oh, mein Gott! »W… was hast du mit Keira gemacht?«, fragte ich mit zittriger Stimme.

»Keira, genau, so hieß die Schlampe.« Ethan wühlte wieder in seiner Aktentasche und ich wusste, dass ich seine Unaufmerksamkeit nutzen musste. Mein Herz klopfte zum Zerspringen, als ich die Kabelbinder abstreifte und meine linke Hand unauffällig zum Verschluss des Sicherheitsgurtes gleiten ließ. Es war meine einzige und letzte Chance, denn Ethan hatte längst beschlossen, mich zu töten. Mit dem Gerede über die verschiedenen Möglichkeiten wollte er sich nur die Zeit vertreiben, bis Rusco und Calvin mein Grab geschaufelt hatten.

Jetzt! Ich warf mich nach vorne, duckte mich und rutschte mit den Knien über die Mittelkonsole. Irgendwie gelang es mir, auf den Fahrersitz zu kommen und meine Beine in den Fußraum zu schieben. Ethan, der noch angeschnallt war, schrie irgendetwas, aber ich sah mich nicht zu ihm um, sondern konzentrierte mich darauf, das Auto in Gang zu bringen. Gerade als ich den Schalthebel von P nach D zog, wurde die hintere linke Tür aufgerissen. Ich ignorierte die Panik, die in mir tobte, und gab Vollgas. Der Motor röhrte auf und das tonnenschwere Fahrzeug machte einen gewaltigen Satz nach vorne. Rusco, der versucht hatte, ins Fahrzeuginnere zu gelangen, flog in den Schnee. Ethan brüllte herum, doch die Fliehkraft machte es ihm unmöglich, zu mir nach vorne zu gelangen. Plötzlich tauchte direkt vor mir im grellen bläulichen Licht der Xenonscheinwerfer eine Gestalt auf. Calvin hob beide Arme mit der Schaufel, wohl um mich zu stoppen, aber selbst wenn ich gewollt hätte, hätte ich den schweren Wagen auf dem verschneiten Untergrund nicht mehr anhalten oder zur Seite lenken können. Ich sah das Weiß seiner weit aufgerissenen Augen in seinem dunklen Gesicht, dann gab es einen dumpfen Schlag. Calvin war verschwunden.

»Bist du völlig bescheuert, du dämliche Kuh?«, schrie Ethan mit sich überschlagender Stimme. »Halt sofort an!«

Ich beachtete ihn nicht. Mit beiden Händen umklammerte ich das Lenkrad, das sich selbstständig zu machen drohte, und gab immer mehr Gas. Der Navigator pflügte durch den Schnee und sprang über Bodenwellen wie ein bockendes Pferd, ein paarmal rutschte mein Fuß vom Gaspedal, weil ich vom Sitz hochgeschleudert wurde. Verschneite Bäume umschlossen wie eine weiße Wand die Lichtung. Endlich fand ich die Lücke, durch die wir gekommen sein mussten, und lenkte das schlitternde Auto in die Fahrspuren, die es vorhin hinterlassen hatte. Meine Hände taten weh, meine Schultern verkrampften sich vor Anstrengung. Ich hockte auf dem vordersten Rand des Sitzes, der für die langen Beine von Calvin eingestellt war, aber ich hatte keine Zeit, den Sitz zu verstellen oder mich anzugurten. Der Tacho zeigte fünfunddreißig Meilen an. Es ging steil bergab und es war purer Selbstmord, so durch den Wald zu rasen, aber ich musste unter allen Umständen verhindern, dass Ethan mich überwältigte. Ich biss die Zähne zusammen und lenkte den Lincoln den schmalen Waldweg abwärts. Ethan kreischte ohne Unterlass wie eine in die Enge getriebene Ratte. Ein rascher Schulterblick zeigte mir, dass er noch immer auf seinem Platz saß, sich an den Türgriff klammerte, der Feigling. Er hatte sich noch nie selbst die Finger schmutzig gemacht und die Drecksarbeit immer anderen überlassen.

»Halt an, Carol-Lynn!«, schrie Ethan, und die nackte Angst in seiner Stimme ernüchterte mich etwas. »Wir können doch über alles reden!«

Endlich erreichten wir eine Straße. Ich trat heftig auf die Bremse und riss das Lenkrad scharf nach rechts. Das Auto schlingerte, schrammte an einer Leitplanke entlang. Blech kreischte auf Blech, ein Funkenregen stob durch die Dunkelheit. Schnell hatte ich das Fahrzeug wieder unter Kontrolle und raste die kurvige Straße, die aufwärts führte, entlang. Mit der linken Hand tastete ich nach der elektrischen Sitzverstellung und es gelang mir, den Sitz nach vorne zu fahren. Dann fand ich den Sicherheitsgurt und legte ihn mir um. Ich hatte keine Ahnung, wo ich mich befand. Aus dem Augenwinkel nahm ich eine Bewegung wahr. Ethans kreidebleiches Gesicht tauchte zwischen den Vordersitzen auf. Er versuchte, ins Lenkrad zu greifen. Ich hämmerte mit der Faust auf seine Hand.

»Halt an!«, keuchte er. »Sofort!«

Er wollte mein rechtes Bein vom Gaspedal ziehen und ich versuchte, ihn abzuwehren. Eine Viertelmeile lang kämpften wir verbissen, und ich merkte, dass meine Kräfte nachließen. Plötzlich stand ein Elch mitten auf der Fahrbahn und glotzte ins Scheinwerferlicht. Ein heißer Schreck fuhr mir in die Glieder, ich ließ Ethans Arm los, packte mit beiden Händen das Lenkrad und trat mit aller Kraft auf die Bremse, aber das Auto reagierte nicht. Es drehte sich um die eigene Achse und schoss wie von einem Katapult abgefeuert von der Straße. Für ein paar Sekunden fühlte ich mich schwerelos, der Motor röhrte auf und ich sah nur noch Baumstämme. Dann hörte ich das infernalische Kreischen von berstendem Blech, Holz brach krachend und Glas splitterte, ein heftiger Ruck schleuderte mich nach vorne, es knallte ohrenbetäubend laut und etwas prallte mir heftig gegen Gesicht und Oberkörper. Im nächsten Moment war es völlig still, und alles um mich herum wurde schwarz.

Es roch nach Benzin. Meine Beine taten weh. Etwas Warmes, Klebriges lief mir übers Gesicht. Blut! Bis auf das Rauschen des Windes in den Bäumen ringsum war es totenstill. Ich öffnete die Augen und blickte mich benommen um. Ohne einen Zusammenhang herzustellen, registrierte mein Gehirn den Airbag, der schlaff aus dem Lenkrad hing, die Glassplitter überall und den Schnee, der ins Innere des Autos wehte, weil die Windschutzscheibe fehlte. Die Motorhaube war verschwunden und die Wucht der Kollision mit den Bäumen hatte den Motorblock auseinandergerissen. Etwas Dunkles ragte ins Auto hinein. Dort, wo vorher der Beifahrersitz gewesen war, steckte ein schlanker Baumstamm. Ich hob mühsam die rechte Hand und berührte den Stamm, der sich unter meinen Fingern rau und sehr real anfühlte. Eine ganze Weile saß ich reglos da und versuchte mich daran zu erinnern, was passiert war. Der Lunch bei Pauls Mutter. Die Brautkleidanprobe. Ethan und seine Gorillas! Die rasende Fahrt durch den Wald. Der Elch mitten auf der Straße! Oh Gott, ich hatte einen Unfall gehabt! Wie lange war ich bewusstlos gewesen? Wo war Ethan? Ich roch den Qualm, bevor ich das Feuer sah. Möglicherweise war die Kraftstoffleitung beschädigt worden und Benzin tropfte auf den heißen Katalysator. Ich musste raus aus dem Auto, bevor der Tank in die Luft flog. Nicht zum ersten Mal in meinem Leben half mir meine Fähigkeit, in einer Krise einen kühlen Kopf zu bewahren.

»Ganz ruhig, Sheridan«, murmelte ich, um meine aufsteigende Panik niederzukämpfen. Meine Finger waren steif von der Kälte, aber es gelang mir, das Gurtschloss zu öffnen und den Sicherheitsgurt loszuwerden. Ich stemmte meine linke Schulter gegen die Fahrertür, aber sie bewegte sich keinen Millimeter. Das Innere des Wagens füllte sich mit beißendem Rauch. Da hörte ich hinter mir ein Stöhnen und fuhr erschrocken zusammen.

»Hilfe«, röchelte Ethan. »Bitte, hilf mir.«

Ich wandte mühsam den Kopf und sah im Schein der Flammen, was geschehen war. Ethan war zwischen dem Baumstamm und den Sitzen eingeklemmt. Er hatte seine Brille verloren, was ihn hilflos und verletzlich wirken ließ.

»Im ... im Handschuhfach ist eine ... Pistole«, flüsterte er. »Erschieß mich bitte. Ich will nicht ... verbrennen.«

Keuchend vor Angst und Anstrengung wand ich mich hinter dem Lenkrad hervor und kletterte zwischen dem Fahrersitz und dem Baumstamm in den Fond. Trotz allem, was Ethan mir angetan hatte, brachte ich es nicht fertig, ihn bei lebendigem Leib verbrennen zu lassen. Ich griff unter seinen Armen hindurch und zog mit aller Kraft. Er stöhnte vor Schmerzen. Der Qualm ließ meine Augen tränen.

»Du musst mithelfen!«, keuchte ich verzweifelt. »Alleine schaffe ich es nicht!«

»Es ... geht ... nicht. Ich habe kein Gefühl in den Beinen«, flüsterte er heiser. Obwohl mich all meine Instinkte anschrien, auf der Stelle das brennende Auto zu verlassen und so weit wie möglich wegzurennen, tastete ich hustend den Baumstamm ab. Auf allen vieren hockte ich mich über den Körper des Mannes, der mich hatte töten wollen, und stemmte meinen Rücken gegen den Stamm. Er bewegte sich! Es gelang mir, erst Ethans linkes Bein unter dem Stamm hervorzuziehen, dann sein rechtes. Ich schaffte es, die linke Tür zu öffnen und schob mit den Füßen Ethans schlaffen Körper ins Freie. Mit einem Schrei verschwand er in der Dunkelheit. Ich folgte ihm und sprang aus dem Auto. Mein Fuß berührte den Boden, aber gleich dahinter gähnte das Nichts. Ich prallte mit dem Kopf gegen etwas Hartes und stürzte einen steilen Abhang hinunter, rollte durch Schnee und Laub, bis ein kräftiger Baumstamm unsanft meinen Sturz bremste. Jede Faser meines Körpers schmerzte, mein Kopf brummte, ich sah alles doppelt und rang verzweifelt nach Luft. Reglos blieb ich liegen, bis die Benommenheit nachließ und das Karussell in meinem Kopf zum Stehen kam. Vorsichtig bewegte ich Arme und Beine. Wenigstens schien ich mir nichts gebrochen zu haben.

»Ethan?«, krächzte ich.

Fünfzig Meter über mir schoss eine Stichflamme aus dem geborstenen Benzintank des Lincoln. Mühsam richtete ich meinen Oberkörper auf und lehnte mich an den Baumstamm. Der

Feuerschein des brennenden Autos erhellte die Nacht und der Schnee reflektierte die orangefarbenen Flammen. Ich befand mich am Fuß eines steilen Abhangs. Felsbrocken und Bäume ragten aus dem Schnee, und mir wurde klar, wie viel Glück ich gehabt hatte, bei meinem Sturz nicht gegen einen Felsen geschmettert worden zu sein. Ethan lag etwa zwanzig Meter oberhalb von mir. Ein Felsbrocken musste seinen Fall gebremst haben. Mit einem Ächzen kam ich erst auf die Knie, dann auf die Füße, musste mich aber am Baumstamm festhalten, weil meine Beine unter mir nachzugeben drohten. Blut strömte aus einer Platzwunde über meiner linken Augenbraue und rann mir übers Gesicht. Bei jedem Atemzug schmerzte meine linke Seite, außerdem war das linke Hosenbein meiner Jeans aufgerissen und blutdurchtränkt, aber ich musste irgendwie hoch zur Straße kommen. Hier in den Berkshire Hills gab es zwar keine Pumas oder Grizzlys, dafür aber Schwarzbären und Kojoten, die Blut aus mehreren Meilen Entfernung wittern konnten. In Rockbridge kursierten jede Menge Geschichten über Leute, die sich in den tiefen Wäldern verirrt hatten und von Bären gefressen oder deren skelettierten Leichen Jahre später zufällig von Wanderern gefunden worden waren. Ich machte mich hustend und keuchend an den mühsamen Aufstieg. Ein paar Minuten später war ich bei Ethan. Er hatte die Augen geschlossen, Blut rann ihm aus der Nase. Ich legte zwei Finger an seinen Hals, spürte seinen unregelmäßigen Herzschlag. Da ich nichts für ihn tun konnte, kämpfte ich mich durch dichtes Unterholz hangaufwärts. Ich kletterte über umgefallene Baumstämme und stolperte immer wieder über Wurzeln, die sich unter dem schneebedeckten Laub verbargen wie heimtückische Fußangeln. Zweige zerschrammten mir das Gesicht, und mein linkes Bein schmerzte höllisch. Außer Atem und mit heftigen Seitenstichen blieb ich stehen, lehnte mich an einen Baumstamm, entlastete mein linkes Bein und presste meine Hand auf das schmerzende Zwerchfell. Da explodierte schräg über mir der zweite, mit Gas gefüllte Tank des Navigators mit einem dumpfen Knall. Ich duckte mich und legte schützend die Arme über meinen Kopf. Glühende Metallteile flogen wie Schrapnelle durch die Gegend und landeten zischend im Schnee. Ich wartete eine Weile, dann schleppte ich mich weiter, bis ich endlich die Straße erreicht hatte. Meine Zähne klapperten, ich zitterte vor Erschöpfung am ganzen Körper und musste mich zwingen, einen Fuß vor den anderen zu setzen. Die Orientierung und jegliches Zeitgefühl waren mir abhandengekommen. Meine Stiefel waren völlig durchnässt und schwer wie Blei. Mit den glatten Sohlen rutschte ich bei jedem Schritt. Ich durfte auf gar keinen Fall stehen bleiben. Wenn man sich nicht mehr bewegte, trat schnell eine Unterkühlung ein. Die Kälte betäubte die Enden der Nervenbahnen, man spürte nicht mehr, dass man fror, und irgendwann schlief man ein, um nie mehr aufzuwachen.

Es fing wieder an zu schneien. Kein einziges Auto kam die Straße entlang. Ich lief weiter. Immer wieder glitt ich aus und fiel in den Schnee, und immer wieder arbeitete ich mich hoch. Meine von Blut und Schnee durchnässte Jeans gefror auf meiner Haut und wurde hart wie ein Panzer. Ich biss die Zähne zusammen und marschierte weiter. Ethan würde erfrieren, wenn er nicht bald Hilfe bekam! Als ich schon fast die Hoffnung aufgegeben hatte, sah ich in der Ferne rote und blaue Blinkleuchten, die sich langsam näherten. Ich blieb mit hängenden Armen stehen und blinzelte in das Scheinwerferlicht. Ein Crown Victoria, weiß und gold lackiert, mit der Aufschrift CPD für *Clarksville Police Department*, bremste neben mir. Ein Mann stieg aus. An seiner schwarzen Jacke glänzte ein Sheriffstern. Er zückte eine Stablampe, leuchtete mir direkt ins Gesicht.

»Miss? Sind Sie okay?«, fragte er mich besorgt.

Ich kniff die Augen zusammen und schlang meine Arme um den Oberkörper. War ich okay? Nein. Ganz sicher nicht.

»Miss, hören Sie mich?« Der Cop, ein stämmiger Kerl Mitte vierzig mit dunklem Teint, kurzem pechschwarzem Haar und Schnauzbart, nahm die Lampe herunter und kam vorsichtig näher. »Ich bin Sheriff Coronato vom Clarksville PD. Ich habe einen Anruf bekommen. Jemand hat eine Explosion gehört. Was ist passiert?«

»Mein ... mein Kopf tut weh«, stammelte ich. »Da ... da war ein Elch auf der Straße. Ich ... ich konnte nicht mehr bremsen.«

»War außer Ihnen noch jemand im Fahrzeug?« Der Blick des Sheriffs war besorgt, seine Stimme klang mitfühlend. Plötzlich wurde mir schwindelig, meine Beine knickten weg. Der Sheriff griff mir rasch unter die Arme.

»Kommen Sie, steigen Sie erst mal ein.« Er öffnete die Beifahrertür des Streifenwagens und half mir beim Einsteigen. Ich starrte auf meine blutverschmierten Hände, dann wieder in das Gesicht des Sheriffs. Er hatte freundliche Augen.

»Da war noch ein Mann im Auto«, flüsterte ich. »Ich ... ich habe ihn rausgezogen, bevor ... bevor der Tank explodiert ist.«

Wenig später saß ich in eine Decke gehüllt auf dem Beifahrersitz des Streifenwagens und presste eine Rolle Verbandmull, die der Sheriff mir gegeben hatte, gegen die Wunde an meiner Stirn. Im Auto roch es nach Kaffee und Zigarettenrauch. Der Motor tuckerte im Leerlauf vor sich hin, die Heizung lief auf Hochtouren und blies angenehm warme Luft gegen meine Beine, trotzdem zitterte ich immer noch am ganzen Körper.

Der Sheriff fuhr bis zur Unfallstelle, stieg aus und leuchtete mit seiner MagLite in den Wald. Als er zurückkehrte, brachte er einen Schwall eisiger Luft mit ins Innere des Autos. Unter seinem Gewicht senkten sich die ausgeleierten Stoßdämpfer. Er griff nach dem Funkgerät und teilte der Zentrale mit, dass er bei einem Verkehrsunfall sei, drei Meilen vor Clarksville auf der MA-8 North. Fahrzeugbrand. Vermutlich mit Personenschaden.

»Ich brauche jeden verfügbaren Mann«, sagte er. »Außerdem die Feuerwehr und zwei Rettungswagen.«
Dann wandte er sich mir zu. Seine Stimme klang weit entfernt und verschwommen, als hätte ich Watte in den Ohren.
»Miss, wie heißen Sie? Wo wohnen Sie? Kann ich jemanden benachrichtigen?«
Ich versuchte, mich zu erinnern, aber in meinem Kopf blitzten nur wirre Bilder auf, wie bei einem Kaleidoskop. Gedankenfragmente wirbelten umher, verbanden sich zu flüchtigen Bildern, rissen wieder auseinander. Ich hatte ein weißes Kleid anprobiert, das sich kalt und unangenehm auf meiner Haut angefühlt hatte. Ich war aus dem Laden gerannt und hatte geweint. Aber warum?
»Lassen Sie sich Zeit«, sagte der Sheriff freundlich. »Ist Ihnen warm genug? Ich bin gleich da vorne, wenn irgendetwas ist. Okay?«
Ich nickte schwach. Er stieg wieder aus, das Handy am Ohr. Mein erschöpfter Körper entspannte sich etwas. Ich zitterte und schwitzte gleichzeitig.

Als ich die Augen wieder öffnete, war die ganze Straße voller Menschen und Autos. Blinklichter zuckten. Die Unfallstelle war von Scheinwerfern taghell erleuchtet. Ich saß allein im Streifenwagen. Das Funkgerät gab ein statisches Knistern von sich. Ich hörte verzerrte Stimmen. In einer Halterung über der Mittelkonsole steckte ein aufgeklapptes Notebook, das eine GPS-Karte anzeigte. Ein blinkender blauer Punkt befand sich im Nirgendwo zwischen zwei Ortschaften mit den Namen Middleton und Clarksville, ungefähr dreißig Meilen nördlich von Rockbridge. Die Staatsgrenze von Vermont war nur ein paar Meilen entfernt. Mein Blick fiel auf die Uhr im rot beleuchteten Armaturenbrett. Sie zeigte zehn Minuten nach Mitternacht. Ob Ethan noch am Leben war? Und was war mit Rusco und Calvin? Mein Körper wärmte sich allmählich wieder auf und mit der Wärme kam die

Müdigkeit. Ich versuchte, meinen Kopf gegen die Seitenscheibe zu lehnen, aber ich zitterte zu stark und konnte kaum atmen. Jeder Muskel in meinem Körper schmerzte.

Der Sheriff kehrte zurück, begleitet von zwei Sanitätern in orangefarbenen Uniformen. Sie halfen mir vorsichtig aus dem Auto, legten mich auf eine Tragbahre und deckten mich mit einer knisternden Folie zu. Ein dumpfer Schmerz pochte hinter meiner Stirn. An der Peripherie meines Gesichtsfeldes wurde es dunkel.

»Sheriff«, flüsterte ich. »Irgendwo im Wald sind noch zwei Männer. Ich glaube, einer von ihnen ist tot.«

»Wo im Wald?«

»Auf einer Lichtung auf einem Berg. Ein paar Meilen von hier die Straße runter. Da, wo die Leitplanke ist.«

Sheriff Coronato gab einen weiteren Funkspruch durch und wies seine Leute an, nach einem verletzten oder toten Mann zu suchen.

Ich wurde festgeschnallt und in einen Rettungswagen geschoben. Eine Frau beugte sich über mich. Sie war ungefähr Mitte dreißig, schlank und ziemlich hübsch. Das blonde Haar trug sie kurz.

»Hey«, sagte sie mitfühlend. »Ich bin Doktor Childs, die Notärztin. Wie geht es Ihnen?«

»Ich weiß nicht«, murmelte ich. »Mein Kopf tut weh.«

Dr. Childs leuchtete mir mit einer Lampe in beide Augen. Dann spürte ich einen scharfen Piks in meiner linken Armbeuge.

»Wir bringen Sie jetzt nach Williamsburg ins Krankenhaus. Kann ich irgendjemanden für Sie anrufen?«

Ich starrte sie an. Da war jemand, dem ich Bescheid sagen wollte, dass es mir gut ging, aber der Name fiel mir nicht ein.

»Können Sie mir Ihren Namen sagen?«, versuchte es die blonde Notärztin. »Ihr Geburtsdatum? Oder Ihre Telefonnummer?«

Sie blickte mir forschend ins Gesicht.

Ich konzentrierte mich, aber es fiel mir schwer, einen klaren Gedanken zu fassen. Mir war schwummerig und elend zumute, und in meinem Innern wuchs die Gewissheit, dass nach dieser Nacht nichts mehr so sein würde wie zuvor.

»Paul«, flüsterte ich. »Paul Sutton aus Rockbridge. Können Sie ihn anrufen?«

»*Der* Doktor Sutton?«, fragte Dr. Childs erstaunt.

»Ja. Mein Verlobter.« Ich war auf einmal sehr müde. »Ich heiße Sheridan ... Cooper.«

Mir fielen die Augen zu. Die Türen des Rettungswagens wurden geschlossen, das Fahrzeug setzte sich langsam in Bewegung. Dr. Childs sagte noch etwas, aber ich konnte sie nicht verstehen. Dafür hörte ich, wie jemand leise meinen Namen rief.

Komm nach Hause, Sheridan! Komm heim!

›Ich bin auf dem Weg‹, dachte ich.

Mein Geist löste sich von meinem Körper. Schmerzen und Angst verschwanden, und mit einem Mal erfüllte mich ein so warmes und wunderbares Glücksgefühl, dass ich hätte weinen können vor Freude. Es war, als würde ich ein paar Meter über mir schweben. Ich blickte hinunter und sah mich selbst in dem Rettungswagen liegen. Meine Haare waren dunkel von der Nässe, das Blut leuchtete rot auf meiner weißen Haut. Ich lag friedlich und still da. Wie Schneewittchen in seinem gläsernen Sarg.

* * *

Es war nicht das erste Mal in meinem Leben, dass ich in einem Krankenhauszimmer aufwachte und ein Mann neben meinem Bett saß. Damals war es Dad gewesen. Diesmal war es Paul, der auf einem Stuhl saß, das Kinn in die Hände gestützt, und mich ansah. Unter seinen Augen lagen violette Schatten, und seine Traurigkeit tat mir im Herzen weh. Dennoch wartete ich vergeblich darauf, irgendetwas für ihn zu empfinden, was über bloße Sympathie hinausging.

Vor den Fenstern war es dunkel. Wie spät mochte es sein?

»Paul«, flüsterte ich heiser.

Sein Kopf flog hoch, er sprang auf und trat an mein Bett. »Sheridan! Wie fühlst du dich?«

»Ich weiß nicht«, erwiderte ich matt. »Ganz gut, glaube ich. Wo bin ich?«

Das Sprechen fiel mir schwer, weil mir ein Schlauch in der Nase steckte.

»Bei mir in der Klinik.« Paul zog den Stuhl neben mein Bett, setzte sich und ergriff so vorsichtig meine linke Hand, als sei sie aus Glas. »Du hattest einen Unfall, erinnerst du dich daran?«

Einen Unfall?

Ich dachte angestrengt nach. Bruchstückhafte Erinnerungen blitzten in meinem Kopf scheinbar ohne Zusammenhang auf. Eine rasende Fahrt durch die Dunkelheit. Ein Elch mitten auf der Straße. Der Geruch nach Benzin. Eine Explosion. *Ethan Dubois!* Die aufgerissenen Augen von Calvin vor der Kühlerhaube. Feuer! Eine Kapuze über meinem Kopf ... Ich keuchte erschrocken auf.

»Schon gut, schon gut«, beruhigte Paul mich. Er beugte sich vor, strich mir sanft über die Wange.

»Warum bin ich hier?«, wollte ich wissen.

»Du hast eine schwere Gehirnerschütterung«, sagte er leise.

Ich musste mich räuspern. Mein Hals war ganz rau. »Da war ein Elch. Ich wollte bremsen, aber es war so glatt ...«

Paul nahm vom Rollschränkchen neben dem Bett einen Becher mit einem Strohhalm und hielt ihn mir an die Lippen. Dankbar trank ich ein paar Schlucke lauwarmes Wasser.

»Was ist mit meinem Gesicht?«

»Nur Platzwunden.« Er lächelte, aber es fiel ihm offensichtlich schwer. »Mach dir keine Sorgen. Wenn sie verheilt sind, bleibt nichts zurück.«

Wir schwiegen einen Moment. Paul streichelte meine Hand. »Schlaf noch ein bisschen.« Seine Stimme klang brüchig. »Ich bin hier und passe auf dich auf.«

»Danke«, flüsterte ich. »Danke für alles, was du für mich tust.«

»Das ist doch selbstverständlich.« Er blickte auf, sein Gesicht war gezeichnet von Erschöpfung und von Sorge um mich. Es bestürzte mich, diesen unerschütterlichen, starken Mann so zu sehen. Ich war noch zu benommen, um klar denken zu können, aber durch mein Bewusstsein irrlichterte der vage Gedanke, dass ich seine Liebe und Fürsorge nicht verdiente.

* * *

Die Tage vergingen, und ich erholte mich allmählich von der Gehirnerschütterung. Die Prellungen und Quetschungen an meinem Körper heilten ab, ebenso die tiefe Risswunde an meinem linken Oberschenkel und meine Gesichtsverletzungen. Meine Erinnerung an die Ereignisse war teilweise zurückgekehrt, aber Paul war es gelungen, die Polizei, die dringend mit mir sprechen wollte, noch für eine Weile fernzuhalten. Er schaute mehrmals am Tag bei mir vorbei, aber wir wussten beide nicht, worüber wir sprechen sollten. Ich hatte ihm das, was geschehen war, zwar in groben Zügen geschildert, dennoch stand etwas Unausgesprochenes zwischen uns, das mich quälte, und je mehr Paul sich um mich sorgte und bemühte, desto elender fühlte ich mich. Ich konnte nicht einfach so weitermachen. Mein Herz schmerzte vor Sehnsucht nach Nebraska, nach Nicholas und Mary-Jane, nach Rebecca, meinen Brüdern, nach Dad und nach Waysider, meinem Pferd. Und auch nach Horatio, der nach wie vor jede Nacht durch meine Träume geisterte. Es war unfair, Paul noch länger hinzuhalten. Wenn ich ihm wenigstens eines schuldete, dann war es Ehrlichkeit.

Es war schon spät, als er an einem Abend mein Zimmer betrat und die Tür hinter sich schloss. Stumm setzte er sich auf den Besucherstuhl neben meinem Bett. Das schlechte Gewissen, das mich bei seinem Anblick überfiel, fraß mich beinahe auf. Er hatte einen langen Tag im OP hinter sich, sah abgekämpft aus und hätte es verdient, nach Hause zu kommen und sich zu entspannen, statt hier bei mir sitzen zu müssen.

»Morgen kommen die Polizei und der Bezirksstaatsanwalt«, verkündete er mir. »Ich kann sie nicht länger hinhalten.«

»Schon in Ordnung«, erwiderte ich.

Unsere Blicke trafen sich. Ihm lag etwas auf der Seele, und ich ahnte, was es war.

»Diese ... diese Typen, die dich entführt haben«, begann er schließlich zögernd. »Hast du die ... gekannt?«

Ich sah ihm an, wie sehr er hoffte, ich würde Nein sagen, aber ich musste ihn enttäuschen. Der Zeitpunkt war gekommen, ehrlich zu sein.

»Ja«, antwortete ich deshalb.

»Die Polizei konnte alle drei Männer anhand ihrer Fingerabdrücke identifizieren. Sie kamen aus Georgia, einer von ihnen war mehrfach vorbestraft.«

»Was ist mit ihnen?« Mein Herz begann zu klopfen. »Leben sie noch?«

»Ein Mann wurde tot auf einer Waldlichtung gefunden«, erwiderte Paul. »Er wurde von dem Auto überrollt. Ein anderer hatte nur leichte Verletzungen. Die Polizei hat festgestellt, dass er vor drei Jahren aus dem Gefängnis geflohen ist und dahin wird er wohl zurückgehen. Und der dritte wurde in eine Spezialklinik gebracht. Bei dem Unfall ist seine Wirbelsäule mehrfach gebrochen.«

Ich empfand nichts außer Erleichterung. Calvin, dieses Monster in Menschengestalt, war tot, seine Leiche lag irgendwo in einem Kühlfach. Rusco würde zurück in den Knast wandern. Niemand musste sich mehr vor ihnen fürchten.

»Woher kennst du solche Leute, Sheridan?«, wollte Paul wissen.

Obwohl ich seit Tagen darüber nachgrübelte, wie ich ihm das erklären sollte, wusste ich nicht, wie und wo ich anfangen sollte.

»Das ist eine längere Geschichte«, wich ich aus.

»Ich habe Zeit.«

»Okay.« Ich setzte mich vorsichtig auf. »Nach dem Amoklauf meines Adoptivbruders war ich in Florida. Ich wollte abwarten, bis Gras über die ganze Sache gewachsen ist.«

»Das hast du mir erzählt«, bestätigte Paul.

»Nach zwei Jahren hat es mir gereicht. Ich wollte zu meiner Tante Isabella nach Connecticut fahren und eine Weile bei ihr wohnen, vielleicht den Highschool-Abschluss nachholen. Auf dem Weg dorthin habe ich in einem Motel in Georgia übernachtet. Ich war völlig pleite, deshalb habe ich nach einem Job gefragt. Der Geschäftsführer, Ethan Dubois, sagte, er suche noch eine neue Pianistin für seine Bar in Savannah.«

Ich machte eine kurze Pause.

»Der Job war in Ordnung. Ich konnte Klavier spielen und singen und meine eigenen Songs ausprobieren. Und die Trinkgelder waren ziemlich gut. Ich hatte ein Zimmer in einem Haus, in dem noch drei andere Mädchen wohnten. Studentinnen, die sich ihr Studium finanzierten, indem sie für Ethan Dubois arbeiteten. Ihm gehörten nicht nur die Motels, sondern auch einige Clubs, Bars und … Bordelle in Atlanta und Savannah. Ein Dreivierteljahr war alles gut, aber eines Abends … eines Abends hat Dubois mich zu sich nach Hause bringen lassen.«

Paul war ganz blass geworden. Ich brachte es nicht übers Herz, ihm zu gestehen, dass ich Ethan geliebt und sogar gehofft hatte, er würde mich heiraten.

»Er hatte Besuch. Einen Senator aus Alabama, von dem sich Dubois irgendeinen Gefallen versprach. Ich musste …«

»Hör auf!«, unterbrach Paul mich heftig. »Ich will es nicht

wissen! Bitte, sprich nicht weiter!« Seine Stimme klang gepresst. »Es gibt Dinge, die behält man besser für sich. Ehrlichkeit kann manchmal mehr kaputt machen als eine Lüge.« Er sprang vom Stuhl auf, trat ans Fenster und blickte eine Weile hinaus in die Dunkelheit.

»Es tut mir leid, aber du solltest die Geschichte erfahren«, sagte ich zu seinem Rücken. »Weil ich sie wohl morgen auch der Polizei erzählen muss. Es war nämlich Ethan Dubois, der mich entführt hat, als ich aus Eunice Rodins Laden gekommen bin. Er hatte mich auf einem Foto mit dir in einer Illustrierten erkannt und einen seiner Leute nach Rockbridge geschickt, um zu überprüfen, ob ich es wirklich bin. Und dann ist er mit zwei von seinen Gorillas gekommen.«

Paul wandte sich wieder zu mir um. Das Unbehagen in seiner Miene verwandelte sich in Entsetzen, als er begriff, dass durch mich das Böse über seine heile Welt hereingebrochen war.

»Sie haben mir aufgelauert. Mir von hinten eine Kapuze über den Kopf gezogen und mich ins Auto gestoßen. Dann sind sie mit mir in den Wald gefahren. Ethan war wütend auf mich, weil ich mich damals einfach aus dem Staub gemacht hatte. Er wollte an mir ein Exempel statuieren.«

Paul blieb am Fenster stehen, die Arme vor der Brust verschränkt. Ich sprach mit tonloser Stimme weiter, ohne ihn anzusehen.

»Calvin und Rusco, die beiden Schlägertypen, haben auf der Lichtung ein Loch ausgehoben. Ein Grab für mich. Ich wusste, wozu Ethan Dubois fähig ist. Ich hatte es am eigenen Leib erlebt.« Ich schauderte. »An dem Morgen nach dieser Sache mit dem Senator hatte er Mickey, einen seiner Männer geschickt, um mich zu holen. Mir war klar, dass ich nie mehr da rausgekommen wäre. Sie hätten mich mit Drogen gefügig gemacht. Ich habe mich gewehrt. Keira, meine Mitbewohnerin, wollte mir helfen, aber Mickey hat sie zusammengeschlagen und mich fast in der Badewanne ertränkt. Ich hatte Todesangst. Keira hat ihm mit einem Küchenmesser die Kehle durchgeschnitten, dann hat sie mir geholfen, meine Sachen ins Auto zu packen und zu verschwinden. Und jetzt ... jetzt ist sie wahrscheinlich auch tot. Weil ... weil sie mir geholfen hat.«

Paul ließ sich schwer auf den Stuhl sacken und rieb sich mit beiden Händen das Gesicht. Er machte den Eindruck, als könnte er nicht viel mehr ertragen, aber ich konnte ihn nicht schonen.

»Ich war vor Angst halb verrückt. Meine Tante war auf einer Europareise, ich musste im Auto schlafen. Dann ging mir das Geld aus, weil ich mich nicht traute, mir irgendwo einen Job zu suchen. Nach Hause zurück konnte ich auch nicht. Deshalb war ich vollkommen pleite, als ich nach Rockbridge gekommen bin.«

Paul brauchte einen Moment, um das alles zu verarbeiten.

»Und wie ist es zu dem Unfall gekommen?«, fragte er.

»Ethan hat seine Männer auf der Waldlichtung aussteigen lassen, um das Grab auszuheben«, erzählte ich weiter. »Als er kurz nicht aufgepasst hat, bin ich auf den Fahrersitz geklettert. Der Zündschlüssel steckte und der Motor lief noch. Einen der beiden Typen habe ich überfahren, als er mir in den Weg gesprungen ist. Ich konnte nicht mehr ausweichen.«

»*Du* bist gefahren?« Paul war völlig entgeistert. Er sprang wieder auf, lief in dem kleinen Zimmer hin und her, wie ein Tiger im Käfig.

»Ich hatte keine andere Wahl! Sie wollten mich umbringen!«, erinnerte ich ihn. Paul hörte mit versteinerter Miene zu, als ich ihm den Rest der Geschichte erzählte.

»Du hast diesem Verbrecher das Leben gerettet«, stellte er fest. »Obwohl er dir so schreckliche Dinge angetan hat. Wieso?«

Ich zuckte die Schultern. »Hättest du ihn bei lebendigem Leib verbrennen lassen?«

»Nein. Ich ... ich weiß nicht.« Paul hob beide Arme, dann schüttelte er den Kopf und schaute mich mit einer Mischung aus

Fassungslosigkeit und Abscheu an. »Du erzählst mir das alles, als ob es dich gar nicht berühren würde! Ich kann nicht fassen, wie abgebrüht du bist.«

»Du denkst, ich wäre *abgebrüht*?«, flüsterte ich ungläubig.

»Nein!«, antwortete er schnell, relativierte das aber sofort. »Oder doch. Ja, das denke ich! Dein Verhalten ist ... nicht normal, Sheridan! Ach, verdammt, ich weiß nicht, was ich denken soll! Du bist entführt worden. Du hast ein Menschenleben auf dem Gewissen! Du hattest einen schweren Autounfall. Warum ... warum weinst du nicht?«

In diesem Augenblick erkannte ich mit deprimierender Klarheit, warum es mit uns niemals funktionieren würde. Paul Suttons Realität war die kleine Welt von Rockbridge. Er war in eine wohlhabende, liebevolle Familie hineingeboren worden, hatte immer Glück gehabt im Leben. Abgesehen vom Scheitern seiner ersten Ehe gab es keine nennenswerten Brüche in seiner Biografie. Er hatte nie Todesangst verspürt und nie in die mitleidslosen Augen eines Psychopathen blicken müssen. Er hatte nie gehungert, nie flüchten müssen, man hatte ihm nie gegen seinen Willen Gewalt angetan oder schlecht über ihn geredet. Paul lebte seit sechsunddreißig Jahren auf der Sonnenseite des Lebens, und deshalb konnte er die Schatten, mit denen ich zu kämpfen hatte, weder sehen noch verstehen. Er war arglos. Rechtschaffen. Das komplette Gegenteil von mir.

»Glaub mir, ich wünschte, ich hätte nichts davon erlebt.« Ich konnte die Bitterkeit in meiner Stimme nicht unterdrücken. »Ich wäre auch gerne bei Eltern aufgewachsen, die mich geliebt und gefördert hätten, irgendwo in einem friedlichen Städtchen, mit netten Nachbarn, einem süßen Hund und freundlichen Großeltern in der Nähe. Ich hätte gerne meinen Highschool-Abschluss gemacht und danach an einer tollen Uni studiert, ich war nämlich sehr gut in der Schule. Ich habe mir immer Freundinnen gewünscht, so wie normale Mädchen sie haben. Aber immer, wenn ich glaube, dass endlich alles in Ordnung ist, passiert irgendetwas und mein Leben ist wieder ein einziges beschissenes Trümmerfeld. Und weißt du was? Es hat mir noch überhaupt nie etwas genützt, wenn ich *geweint* habe!«

Paul sah mich betroffen an.

»Es ... es tut mir leid, Sheridan«, sagte er leise. »Das war unbedacht von mir. Ich wollte dich nicht verletzen.«

»Nein, mir tut es leid.« Ich schüttelte den Kopf. »Es war mein Fehler. Ich hätte ehrlich zu dir sein müssen. Aber ich war so dumm zu glauben, ich könnte einfach neu anfangen. Hier. Mit dir.«

Plötzlich überkam mich eine bleierne Müdigkeit. Ich wollte nicht mehr reden, mich nicht rechtfertigen müssen. Ich wollte mir einfach nur die Bettdecke über den Kopf ziehen und schlafen. Nicht an den nächsten Tag und die Polizei denken. Alles vergessen und morgen früh aufwachen und feststellen, dass es nur ein irrer Traum gewesen war. Paul sagte so lange nichts, dass ich schon glaubte, er sei gegangen.

»Sheridan.« Seine Stimme schreckte mich aus dem Halbschlaf.

»Ja?«

»Wer ist Nicholas?«

»Warum fragst du das?«, wollte ich überrascht wissen.

»Du ... du hast ... im Schlaf nach ihm gerufen. Immer wieder.«

Ich biss mir auf die Lippen. Wie musste sich das für ihn angefühlt haben?

»Nicholas ist der Sohn von Mary-Jane und Sherman Grant, dem Onkel meines Adoptivvaters. Früher war er ein erfolgreicher Rodeoreiter«, erklärte ich. »Er war der einzige Mensch, der zu mir gehalten hat, als es mir sehr schlecht gegangen ist.«

»War er ... war er dein Freund?«

»Oh nein!« Ich schüttelte den Kopf. »Nicholas ist fast so alt wie mein Dad. Als ich sechzehn war, habe ich mal für ihn geschwärmt, aber ich hatte keine Chancen bei ihm. Er ist nämlich schwul.«

Erleichterung blitzte in Pauls Augen auf, und ich war heilfroh, dass ich im Fieber nur von Nicholas und nicht von Horatio Burnett gesprochen hatte.

* * *

Die beiden Kriminalpolizisten von der Massachusetts State Police trafen am Samstagmorgen pünktlich um neun in Begleitung des Staatsanwalts ein. Ethan hatte zugegeben, dass er mich entführt und bedroht hatte und auch, dass ich ihn aus dem brennenden Autowrack gezogen und damit sein Leben gerettet hatte. Ich schilderte den beiden Detectives und dem Staatsanwalt in knappen Worten, woher ich Ethan Dubois kannte und warum er mich entführt hatte. Meine Verletzungen und natürlich Ethans Geständnis untermauerten meine Geschichte, außerdem hatte die Polizei das ausgehobene Grab auf der Waldlichtung und die Schaufeln gefunden. Ich erzählte, was Ethan Dubois über Keira Jennings gesagt hatte und dass ich vermutete, er habe sie umbringen lassen, weil sie mir geholfen hatte zu verschwinden. Einer der Polizisten schrieb etwas in sein Notizbuch. Der Staatsanwalt entschied, keine Anklage wegen Totschlags, fahrlässiger Tötung oder gefährlicher Körperverletzung gegen mich zu erheben, weil seiner Meinung nach eine eindeutige Notwehrsituation vorgelegen hatte. Die Polizisten nickten, und damit war die Angelegenheit erledigt. Nach einer Stunde war die Befragung beendet. Ich würde nur noch ein Protokoll unterschreiben und meine Adresse angeben müssen, falls ich bei einem möglichen Prozess gegen Ethan Dubois wegen Freiheitsberaubung und Nötigung als Zeugin aussagen müsste. Der Albtraum war vorbei.

Paul begleitete die Polizisten und den Staatsanwalt hinaus.

Nach ein paar Minuten kehrte er zurück, schloss die Tür hinter sich und kam zu mir. Er setzte sich auf den Stuhl neben meinem Bett und sah mich prüfend an.

»Es tut mir so leid, Paul.« Ich streckte meine Hand nach ihm aus, aber er ergriff sie nicht, deshalb ließ ich sie wieder sinken.

»Mir auch, Sheridan«, erwiderte er nüchtern. »Mir tut es auch leid.«

»Wissen die Leute, was passiert ist?«, wollte ich wissen. »Deine Familie?«

»Natürlich.« Er stand auf, ging zum Fenster und lehnte sich an die Fensterbank. »Jeder weiß es. Und jeder weiß, dass du dein Brautkleid zerrissen hast und weinend aus dem Laden gerannt bist. Warum hast du das getan?«

Ich biss mir auf die Unterlippe und blickte auf meine Hände.

»Ich ... ich weiß auch nicht, warum«, flüsterte ich.

»Mehr hast du dazu nicht zu sagen?« Er sprach leise, aber ich konnte hören, wie verletzt er war. Ich hob den Kopf und sah ihn an. Seine Miene war abweisend.

»Vielleicht sollte es mich nach allem, was ich in den letzten vierundzwanzig Stunden über dich erfahren habe, nicht wundern, dass du mir nicht vertraust«, sagte er. »Und vielleicht sollte ich sogar froh sein, dass diese Kerle hierhergekommen sind, bevor ich den Fehler gemacht und dich geheiratet hätte.«

Jedes seiner Worte war wie eine Ohrfeige. Mir dämmerte, dass dies unser letztes Gespräch war. Es war vorbei.

»Als es dir so schlecht ging, wollte ich dir deine Lieblingsmusik ins Krankenhaus bringen«, sagte Paul. »Dabei habe ich zufällig diese CD gefunden. *Rock your life*. Ich habe sie mir angehört.«

»Wirklich?« Ich musste lächeln.

»Ich weiß ja, dass du sehr musikalisch bist, aber da habe ich erst begriffen, wie sehr. Weshalb hast du mir nie erzählt, wie wichtig die Musik für dich ist?«, wollte Paul wissen. »Als wir einmal darüber gesprochen haben, hast du es abgetan, so, als würde dir die Singerei nichts mehr bedeuten. Warum?«

Ich erinnerte mich an den goldenen Oktobertag, als wir auf dem Gipfel des Mount Greylock gestanden und die herbstliche Farbenpracht der Wälder bewundert hatten. Vor lauter Freude über den schönen Tag hatte ich die Arme ausgebreitet und *I believe I can fly* von R. Kelly gesungen. Paul hatte meine Stimme bewundert, und ich hatte ihm verraten, dass ich davon geträumt hatte, Sängerin zu werden. Kurz vorher hatte er mir erzählt, dass seine erste Ehe gescheitert war, weil seiner Frau ihre eigene Karriere wichtiger gewesen sei als das Leben an seiner Seite. Deshalb hatte ich meinen Traum als Spinnerei bezeichnet.

»Wegen Frances«, sagte ich.

»*Was?*« Paul hob die Augenbrauen und sah mich ungläubig an. »Wegen meiner *Exfrau?* Was hat sie denn damit zu tun?«

»Ich ... ich wollte nicht, dass du so etwas wie mit ihr eines Tages mit mir erleben würdest.«

Paul sah mich fassungslos an.

»Hast du etwa auch meinetwegen den Kontakt zu deiner Familie abgebrochen und keinen von ihnen zu unserer Hochzeit einladen wollen?«

»Hm, ja. Du hast immer so verärgert reagiert, wenn ich mal irgendetwas über mein früheres Leben gesagt habe. Und da dachte ich, es wäre ... besser so.« Ich kämpfte mit den Tränen. »Aber seitdem ... seitdem muss ich dauernd an zu Hause denken. An mein Pferd. Und wie es allen wohl geht. Wie meine Nichten und Neffen aussehen. Ich habe meinen Dad zuletzt gesehen, als er im Koma lag.«

Paul stieß einen tiefen Seufzer aus.

»So, wie du mir die Geschichte erzählt hattest, hatte ich den Eindruck, dass deine Familie dich schmählich im Stich gelassen hat. Das hat mich wütend gemacht. Aber ich hätte doch niemals von dir verlangt, dass du den Kontakt abbrichst! Du hast schlimme Dinge erlebt, und ich wollte dich unterstützen und für dich da sein.«

Offensichtlich hatte ich völlig falsche Schlüsse aus seinen Äußerungen gezogen, doch statt mit ihm zu reden, hatte ich mich selbst in die Rolle der Ausgestoßenen manövriert.

»Das bist du ja auch«, murmelte ich beschämt. »Es ist allein meine Schuld. Ich war nicht ehrlich zu dir.«

»Stimmt, das warst du nicht«, entgegnete er. »Aber ich habe auch unterschätzt, was du durchgemacht hast – dieser Amoklauf und die Folgen für dich in der Öffentlichkeit. Du warst nicht einmal achtzehn Jahre alt. Das alles muss dich tief traumatisiert haben.«

Er verschränkte die Arme vor der Brust.

»Ich habe sehr viel nachgedacht in den letzten Tagen. Über dich. Über mich. Und über uns. Ich habe mich in dich verliebt, als du im Büro hinter der Bäckerei die Augen aufgemacht und mich angesehen hast. Aber ich habe denselben Fehler gemacht wie schon einmal zuvor, denn ich habe alles nur aus *meiner* Perspektive betrachtet. Ich habe dich viel zu früh bedrängt, mich zu heiraten. Wir hätten uns erst besser kennenlernen, mehr Alltag miteinander erleben sollen. Ich habe von dir verlangt, zum katholischen Glauben zu konvertieren und all diese Einladungen wahrzunehmen, obwohl ich hätte sehen müssen, dass dich das überfordert. Und dann habe ich auch noch zugelassen, dass meine Mutter sich einmischt und eine Hochzeit für uns plant, die du so nie wolltest. Ich habe überhaupt nicht bedacht, dass du erst einundzwanzig bist und womöglich ganz andere Träume haben könntest als ich. Und ich habe mir auch keine Gedanken darüber gemacht, wie es sich für dich anfühlen muss, dich in *mein* Leben einzufügen und den Erwartungen aller Leute hier gerecht zu werden, statt deinen eigenen Weg zu finden.«

Paul blickte mich nachdenklich an.

»Willst du mir sagen, dass … dass es vorbei ist mit uns?«

Meine Stimme klang piepsig, was mich ärgerte, aber ich konnte nichts daran ändern.

»Ich glaube, ich spreche nur aus, was du dich nicht zu sagen traust«, drehte Paul den Spieß um. »Du hast das Brautkleid zerrissen. Du isst seit Wochen kaum noch etwas. Du sitzt stundenlang am Fenster und starrst auf den See. Du spielst nicht mehr auf dem Flügel. Die Arbeit in der Klinik macht dir keinen Spaß. Wir haben seit Silvester nicht mehr miteinander geschlafen. Du machst nicht gerade den Eindruck einer glücklichen Braut.« Ein trauriges Lächeln zuckte um seine Mundwinkel. »Weißt du, Sheridan, um gemeinsam glücklich zu werden, muss man sich ergänzen, ähnliche Ziele und Träume haben. Ich habe hier meinen Platz, meine Arbeit, meine Familie. Mein Beruf ist meine Berufung, ich liebe, was ich tue. Wahrscheinlich werde ich auch eines Tages hier auf dem Friedhof liegen, wie alle meine Vorfahren. Aber meine Welt ist nicht deine und wird es wohl auch nie sein, selbst wenn du dich noch so sehr bemühst. Du würdest hier unglücklich werden.« Pauls Gesichtszüge wurden weich. »Du bist wie ein ... wunderschönes, grünäugiges Einhorn, das unverhofft in meinem Leben aufgetaucht ist und mich beglückt und fasziniert hat. Wie könnte ich ein Wesen wie dich einfangen und zwingen, seine wahre Bestimmung zu verleugnen?«

Die Tränen schossen mir in die Augen. Ich verbarg mein Gesicht in den Händen und schluchzte. Die Matratze senkte sich unter Pauls Gewicht, er legte seine Arme um mich und zog mich an sich.

»Ich spüre doch, dass du hier nicht glücklich bist«, sagte er sanft. »Du musst zu Menschen, denen du vertraust. Die dir helfen können, all das, was du erlebt hast, zu verarbeiten. Ich bin nicht der Richtige dafür. Deshalb rate ich dir: Fahr nach Hause, zu deinen Leuten. Das ist die einzige Medizin gegen Heimweh.«

Heimweh! In der Sekunde, in der er das Wort aussprach, wusste ich, dass er recht hatte. Ich hatte es schon die ganze Zeit gewusst, mir diesen Gedanken aber nie gestattet. Mir wurde schwindelig vor Erleichterung. Ich schlang meine Arme um Pauls Hals, presste mein Gesicht an seine Brust und weinte, bis ich keine Tränen mehr hatte, weil dieser kluge, gütige und großherzige Mann und ich nicht füreinander bestimmt waren.

Wir redeten bis spät in die Nacht und spürten beide, dass sich zwischen uns etwas verändert hatte. Seltsamerweise brachten uns diese Stunden einander näher als die fünf Monate vorher. Ich erzählte Paul von meiner Familie, von Dad, von meinen Brüdern Malachy, Joe und Hiram, von Rebecca und Nellie, MaryJane, John White Horse und von Nicholas Walker. Erst jetzt merkte ich, wie sehr ich mich danach sehnte, sie alle wiederzusehen. Es war schon weit nach Mitternacht, als es nichts mehr zu reden gab. Ich würde Rockbridge verlassen, das wussten wir beide. Paul blieb bei mir in dieser Nacht. Eng aneinandergeschmiegt lagen wir in dem schmalen Krankenhausbett und Paul schlief irgendwann ein. Während ich seinen gleichmäßigen Atemzügen lauschte, schweiften meine Gedanken dreizehnhundert Meilen nach Westen. *Nach Hause!* Wie würde es sein, auf die Farm zurückzukehren? War ich dort überhaupt noch willkommen, nachdem ich mich vier Jahre lang nicht hatte blicken lassen und seit November gar nicht mehr gemeldet hatte? Ich stieß einen tiefen Seufzer aus. Es spielte keine Rolle, ob ich willkommen war oder nicht, und in Wirklichkeit ging es auch nicht um meine Familie, sondern um Horatio. Ich musste ihn sehen, mit ihm sprechen, um mein Herz von den Fesseln, in die er es gelegt hatte, endgültig zu befreien.

In medizinischer Hinsicht sprach nichts dagegen, mich aus dem Krankenhaus zu entlassen, aber Paul drängte mich nicht, mit ihm nach Hause zu kommen. Er wusste, wie sehr mir vor einer Begegnung mit seiner Mutter, seinen Schwestern oder Freunden graute, denen wir sagen mussten, dass unsere Hochzeit nicht stattfinden würde. Seitdem die Entscheidung gefallen war, dass ich nach Hause fahren würde, wirkte Paul wieder so entspannt wie damals, als ich ihn kennengelernt hatte, und ich erkannte, dass die vergangenen Monate nicht nur für mich schwierig gewesen waren. Wahrscheinlich war es so wirklich besser für ihn, denn welcher Mann wollte schon eine Frau mit einer solchen Vergangenheit, wie ich sie hatte? Dabei hatte ich ihm noch längst nicht alles erzählt, und das war auch besser so.

Vor den Fenstern war es schon dunkel, das Abendessen war längst gebracht und wieder abgeholt worden, als es an der Tür meines Krankenzimmers klopfte.

»Ja?«, rief ich.

Die Tür ging auf. Ein Mann betrat das Zimmer und blieb im Halbdunkel stehen. Das helle Licht im Flur bewirkte, dass sein Gesicht im Schatten lag und ich erkannte ihn zuerst nicht. Doch dann schloss er die Tür hinter sich, und ich sah die enge verwaschene Jeans, Cowboystiefel und eine abgenutzte Lederjacke. Ich richtete mich auf und starrte den Mann ungläubig an. Er erwiderte meinen Blick aus ungewöhnlich hellblauen Augen. Ein Dreitagebart bedeckte Kinn und Wangen seines hageren, scharf geschnittenen Gesichts. Von der Schläfe zog sich eine schmale weiße Narbe über seine rechte Wange bis zur Oberlippe. Träumte ich?

»Hey, Sheridan«, sagte der Mann nun.

»Nicholas!«, hauchte ich fassungslos.

»Wie mir scheint, spielen sich unsere großen Momente immer in Krankenhäusern ab«, sagte Nicholas Walker lächelnd.

Ich schleuderte die Bettdecke zur Seite, sprang aus dem Bett und flog in seine ausgebreiteten Arme. Er hielt mich fest an sich gedrückt und ich weinte vor Glück und Freude. Seitdem sich Nicholas an einem Januartag vor fünf Jahren in einem anderen Krankenzimmer von mir verabschiedet hatte und aus meinem Leben verschwunden war, hatte ich von diesem Augenblick geträumt. Es hatte Zeiten gegeben, in denen ich nicht geglaubt hatte, dass ich diesen Mann, der in den dunkelsten Stunden meines Lebens für mich da gewesen war, jemals wiedersehen würde. Umso überwältigender war es nun für mich, dass er hier war, in diesem Zimmer, wirklich und leibhaftig. Als meine erste überschwängliche Wiedersehensfreude abgeflaut war, setzten wir uns auf die Kante meines Bettes, hielten einander an den Händen und sahen uns an. In Nicholas' Blick lagen Wärme und Zuneigung, und ich fühlte mich allein durch seine Anwesenheit zum ersten Mal seit Ewigkeiten geborgen und sicher.

»Ich hab dich ganz schön vermisst, Sheridan.« Nicholas ließ meine Hand los und strich mir sanft über die Wange.

»Ich dich auch«, flüsterte ich. Erst jetzt wurde mir bewusst, welchen Anblick ich bieten musste: bleich, abgemagert, mit strähnigem, ungewaschenem Haar. »Entschuldigung. Ich sehe sicher furchtbar aus.«

»Stimmt nicht«, widersprach er mir. »Du bist wunderschön.«

Ich wandte verlegen den Blick ab.

»Wieso bist du hier?«, wollte ich wissen.

»Mary-Jane meinte vorgestern beim Frühstück, dass du nach Hause kommen wirst«, erwiderte er und lächelte. »Du weißt ja, wie sie ist.«

»Ja.« Ich nickte. »Das weiß ich.«

Nicholas' Mutter Mary-Jane, zur Hälfte eine Sioux vom Stamm der Oglala, besaß hellseherische Fähigkeiten. Manchmal erwähnte sie beiläufig irgendetwas, was dann wenig später eintraf.

»Ein paar Stunden später hat dein Verlobter bei Vernon angerufen«, sprach Nicholas weiter.

»Paul hat *Dad* angerufen?«, fragte ich überrascht.

»Ja. Er macht sich Sorgen um dich«, bestätigte Nicholas. »Und er sagte, du hättest großes Heimweh. Vernon kann nicht mehr gut reisen, deshalb hat er mich gebeten, dich zu holen. Na ja, und da bin ich ins Flugzeug gestiegen und hergeflogen. Paul hat mich vorhin in Albany am Flughafen abgeholt.«

Ich presste die Lippen zusammen. Wieder stiegen mir heiße Tränen in die Augen. Mein Herz floss über vor Dankbarkeit, weil ich begriff, dass Paul völlig selbstlos wirklich nur mein Bestes im Sinn hatte, und auch vor Glück, weil Nicholas hier war und mich nach Hause bringen würde. Ich war nicht mehr allein.

»Wie wär's, wenn du deine Sachen packst und dich anziehst?«, schlug Nicholas vor. »Paul will uns um acht abholen.«

»Und dann?«

»Wir übernachten bei ihm, und morgen früh geht's dann nach Hause.«

»Wirklich? Fliegen wir?«

»Ich dachte, wir nehmen dein Auto und holen das nach, was ich dir mal versprochen habe«, entgegnete Nicholas. »Wir haben diesmal ja alle Zeit der Welt, oder nicht?«

Ich musste schlucken, als ich mich an jene schreckliche Fahrt nach Kansas City erinnerte, und auch Nicholas hatte sie offenbar nicht vergessen.

»Gute Idee.« Ich grinste zittrig. »Ich beeile mich.«

»Ich warte unten.« Nicholas erhob sich vom Bett und zwinkerte mir zu. »Bis gleich, Baby.«

Als die Tür hinter ihm ins Schloss fiel, erfasste mich eine fiebrige Aufregung. Ich lief in das kleine Badezimmer, riss mir die verschwitzten Krankenhausklamotten vom Leib, duschte und wusch mir die Haare. Anschließend zog ich mir frische Kleider an, föhnte meine Haare und räumte den Inhalt des Kleiderschranks in die Reisetasche. Ungeduldig tigerte ich in dem Zimmerchen hin und her, bis ich endlich Schritte auf dem Flur hörte. Die Tür ging auf, Paul erschien im Türrahmen. Er trug Straßenkleidung, war blass, aber gefasst. Wir standen uns stumm gegenüber, und ich begriff, dass Paul zu jenen Menschen gehörte, die in meinem Leben auftauchten und wieder verschwanden, ohne große Spuren zu hinterlassen. Schüchtern legte ich meine Hand auf seinen Arm.

»Danke, Paul«, flüsterte ich. »Danke, dass du meinen Dad angerufen hast. Und danke für alles, was du für mich getan hast.«

Er blickte mich mit einem unergründlichen Ausdruck an. Tränen glänzten in seinen braunen Augen und er rang um Fassung. Dann zog er mich stumm in seine Arme.

»Ich werde dich vermissen, Sheridan«, flüsterte er heiser. »Wirst du dich hin und wieder bei mir melden?«

»Natürlich.« Auch ich kämpfte mit den Tränen.

»Versprich mir, dass du auf dich aufpasst«, sagte er mit rauer Stimme.

»Das verspreche ich dir«, erwiderte ich.

* * *

In der letzten Nacht, die ich in Rockbridge verbrachte, tat ich kaum ein Auge zu. Jetzt, wo ein Wiedersehen mit Horatio in greifbare Nähe gerückt war, konnte ich es kaum noch erwarten, von hier wegzukommen. Ich malte mir aus, wie es sein würde, ihm gegenüberzustehen. Wie wir uns zufällig begegneten. Vielleicht würde ich sogar mit Becky in die Kirche gehen und ihm einfach nur zulächeln, um ihm zu signalisieren, dass ich ihm nichts nachtrug. Ich überlegte, was ich zu ihm sagen würde, verwarf die Worte in meinem Kopf wieder, formulierte sie neu. Ich stellte mir vor, wie seine samtgrauen Augen aufleuchten und was er mir antworten würde. Vielleicht würde er mich sogar in die Arme nehmen, nur ganz kurz und brüderlich natürlich. Wir würden alle Missverständnisse aufklären und als Freunde auseinandergehen, dann konnten meine Wunden endlich heilen. Doch während ich mir noch einzureden versuchte, dass Horatio Burnett nur eine kurze, romantische Verirrung für mich gewesen war, bröckelten die Schutzmauern, die ich in meinem

Innern errichtet hatte, und die Sehnsucht nach der tröstlichen Geborgenheit, die ich in seiner Gegenwart empfunden hatte, überlagerte die schmerzliche Erinnerung an seinen Verrat. Ob er wohl hin und wieder an mich dachte? Daran, wie wir uns in der Kirche zum ersten Mal geküsst hatten? War er wohl noch einmal zum Paradise Cove gefahren?

Irgendwann musste ich schließlich doch eingeschlafen sein. Die Digitalanzeige des Weckers auf meinem Nachttisch zeigte 5:05 Uhr, als ich aufwachte. Ich drehte mich um und wollte mich ein letztes Mal an Pauls schlafwarmen Körper schmiegen, aber seine Betthälfte war leer und kalt. Er musste schon vor einer ganzen Weile aufgestanden sein. Ich glitt aus dem Bett und schlich die Treppe hinunter.

»Paul?«, rief ich leise und lauschte, aber im Haus war es vollkommen still. Nichts regte sich. Es war dunkel, nur das Licht der Dunstabzugshaube in der Küche brannte. Da sah ich den cremefarbenen Briefumschlag, der auf dem Ceran-Kochfeld lag. Mit zitternden Fingern öffnete ich ihn und faltete den Brief auseinander.

Liebe Sheridan, las ich. *Ich weiß, wie wenig Du Abschiede magst, und mir geht es ganz genauso. Deshalb möchte ich uns beiden diesen Augenblick ersparen.* Mir wurde die Kehle eng und Pauls schwungvolle Handschrift verschwamm vor meinen Augen. *Ich bin dem Schicksal, das Dich in mein Leben geführt hat, für immer dankbar. Du bist ein ganz besonderer Mensch mit einem großen Talent. Wir beide wissen, dass ich nicht das bin, was Du brauchst. Ich hoffe, dass das Leben gut zu Dir ist und Du all das, wovon Du träumst und wonach Du suchst, erreichen wirst. Ich wünsche Dir Glück und Freude und Erfolg, aber ganz besonders wünsche ich Dir Zufriedenheit und einen Platz, an dem Du geliebt wirst. Pass gut auf Dich auf. In Liebe, Paul.*

Eine Träne rann mir über die Wange. Es gab im Leben wohl kaum etwas Schwereres, als Vertrautes hinter sich zu lassen und den Mut aufzubringen, einen ersten Schritt in eine ungewisse

Zukunft zu tun. Ich wischte mir mit dem Handrücken die Tränen von den Wangen, dann ging ich zurück ins Schlafzimmer, zog mich an und machte das Bett. Paul hatte so viel für mich getan und es gab nichts, womit ich seine Großzügigkeit auch nur annähernd vergelten konnte. Obwohl ... Ich hielt inne. Es gab doch etwas, was ich ihm schenken konnte. Es existierte nur noch eine einzige *Rock your life*-CD. Sie war mein Heiligtum, mein wertvollster Besitz. Die Essenz all meiner Träume und Hoffnungen. Paul würde dieses Geschenk zu schätzen wissen. Ich kramte die CD aus den Tiefen meiner Tasche hervor, legte sie auf den Herd und atmete tief durch. Es fühlte sich richtig an, sie hierzulassen.

Mit einer Mischung aus Wehmut und Erleichterung lief ich hinunter in die Tiefgarage und war nicht besonders überrascht, dass Nicholas dort bereits auf mich wartete. Er lehnte am Kotflügel meines Chevy Caprice Station Wagon und rauchte eine Zigarette.

»Hallo«, begrüßte ich ihn.

»Guten Morgen«, erwiderte er und trat die Zigarette aus. »Kann's losgehen?«

»Ja.« Ich nickte und drückte auf den Schalter neben der Tür. Das Garagentor fuhr beinahe lautlos nach oben. Nicholas setzte sich hinters Steuer, ich nahm auf dem Beifahrersitz Platz. Er ließ den Motor an, und wir fuhren durch die Lichtschranke hinaus in die Dunkelheit. Hinter uns senkte sich das Tor wieder.

Der Morgen war eisig kalt und klar, der Himmel noch stockdunkel. Die arktische Kälte hatte den Nebel gefrieren lassen und die Bäume, Büsche und Gräser in ein fantastisches Winterwunderland verwandelt. Auf der linken Seite der schmalen Straße tauchten die weißen Holzzäune von Pauls Farm auf. Hinter den Fenstern des Kuhstalls brannte schon Licht. Ob Paul wohl hier war und wartete, bis wir weg waren? Oder war er direkt in die Klinik gefahren?

»Hast du Paul heute Morgen gesehen?«, wollte ich wissen.

»Ja. Wir haben zusammen noch einen Kaffee getrunken. Er hat deiner alten Karre hier übrigens noch neue Winterreifen und einen Ölwechsel spendiert. Nett von ihm, oder?«

»Ja, das ist typisch Paul.« Ich seufzte.

»Warum hat es mit euch nicht funktioniert?«, wollte Nicholas wissen. »Er ist ein netter Kerl, und ich hatte den Eindruck, dass er dich sehr mag.«

»Wir passen nicht zusammen«, erwiderte ich. »Paul ist viel zu ... anständig für mich.«

Im grünlichen Licht der Armaturenbrettbeleuchtung sah ich, wie Nicholas eine Augenbraue hochzog.

»Zu *anständig* für dich? Wie meinst du das?«

»Weißt du noch, wie du mal zu mir gesagt hast, in einem Menschenleben würden sich im Laufe der Zeit jede Menge Schatten ansammeln?«

»Ja, ich erinnere mich.« Er nickte.

»Ich habe damals nicht verstanden, was du damit gemeint hast. Mein einziger Schatten zu der Zeit war Tante Rachel«, sagte ich. »Ich dachte, wenn ich erst mit der Schule fertig bin, würde mir die ganze Welt offenstehen. Aber dann sind ... all diese Dinge passiert.«

Nicholas schwieg, und auch ich sagte eine Weile nichts.

»Paul kann diese Schatten nicht sehen«, fuhr ich fort. »In seinem Leben ist alles geordnet und in seiner Vergangenheit gibt es keine dunklen Geheimnisse.«

Ich verstummte und dachte darüber nach, wieso ich mich mit einem Teil meines Herzens so verzweifelt nach Geborgenheit sehnte, nach einem Zuhause und danach, geliebt zu werden, während sich der andere Teil genau so verzweifelt davon fortsehnte. Was stimmte nicht mit mir?

Nicholas bog an der ersten Straßenkreuzung nach links in die West Dale Road ab. Wir fuhren durch dichte, verschneite Wälder, bis wir den Highway erreichten, der zur Interstate führte.

»Ich weiß auch nicht, warum ich mich immer in die falschen Männer verliebe«, sagte ich bekümmert. »In solche, die mich schlecht behandeln und denen ich gleichgültig bin. Warum konnte ich mich nicht in Paul verlieben? Er hat alles für mich getan, mich mit Liebe, Geschenken, Fürsorge überschüttet. Ja, er hat mich regelrecht angebetet. Er ist klug, gebildet, wohlhabend und ein guter Mensch.«

»Manchmal passt's eben nicht«, antwortete Nicholas lakonisch. »Liebe kann man nicht erzwingen.«

»Ja, du hast recht«, sagte ich. »Und genauso wenig kann man seine Vergangenheit einfach vergessen und neu anfangen. Sie holt einen immer genau dann ein, wenn man nicht mehr an sie denkt.«

Es kam mir nicht so vor, als ob ich Nicholas seit fünf Jahren nicht mehr gesehen hätte. Vom ersten Moment an herrschte zwischen uns dieselbe freundschaftliche Vertrautheit wie früher. Obwohl er mir an dem Tag, als er mir Lebewohl gesagt hatte, fast das Herz gebrochen hätte, hatte ich ihm das nie nachgetragen. An jenem Nachmittag im Krankenhaus in Madison hatte er mir gestanden, dass er schwul sei, und auch wenn mich diese Neuigkeit zuerst erschüttert hatte, so hatte dadurch alles, was wir zusammen erlebt hatten, einen noch höheren Stellenwert bekommen, denn er hatte das alles nicht mit irgendwelchen Hintergedanken getan, sondern weil er mich wirklich mochte. Nicholas kannte mein schlimmstes Geheimnis, aber er verabscheute mich deswegen nicht. Und mich hatte es nie gestört, dass er vorbestraft und ein trockener Alkoholiker war. Genau wie ich hatte Nicholas seine Kindheit und Jugend in Fairfield als Hölle empfunden. In den Fünfzigerjahren als uneheliches Kind einer Halbindianerin in einem Nest voller engstirniger Methodisten aufzuwachsen, hatte ihn zu einem Außenseiter gemacht. Mit sechzehn hatte er Fairfield verlassen und war später einer der erfolgreichsten Rodeoreiter Amerikas geworden, aber auch er hatte eine Menge Mist erlebt. Als junger Mann war er in eine

Schlägerei geraten, bei der ein Mann getötet worden war. Man hatte ihn vor die Wahl gestellt: Gefängnis oder Army. Er war fünf Jahre als Soldat in Vietnam gewesen und hatte einen Haufen Orden bekommen, aber danach hatte er sein unstetes Leben fortgesetzt, war ziellos durch Amerika und Europa vagabundiert. Ich hatte das für die totale Freiheit gehalten, aber er hatte zu mir gesagt, ihm hätten seine Wurzeln gefehlt und er hätte einfach nur irgendwo hingehören wollen. Mittlerweile verstand ich, was er damit gemeint hatte.

Eine Weile fuhren wir schweigend durch den dunklen Morgen. Auf den Straßen herrschte so früh an einem Sonntag nur wenig Verkehr. Kurz hinter der Staatsgrenze von Massachusetts fuhren wir bei Canaan auf die I 90 West. Nicholas stellte den Tempomat auf siebzig Meilen ein und ließ die Seitenscheibe ein Stück herunter.

»Ist es okay, wenn ich rauche?«, fragte er.

»Natürlich.« Ich grinste. »Wenn ich sie dir anzünden darf.«

Er grinste auch und reichte mir sein Zigarettenpäckchen und das Feuerzeug. Ich zündete eine Zigarette an, inhalierte genüsslich den Rauch, dann reichte ich sie ihm weiter. In dieser Sekunde wurde mir erst wirklich bewusst, wie frei ich war! Ich war nicht mehr die unsichere Sechzehnjährige, die kaum je aus Fairfield herausgekommen war. Ich war erwachsen. Mit jeder Meile, die wir uns von Rockbridge und der bedrückenden Enge der dichten Wälder der Berkshire Hills entfernten, verflüchtigte sich das beängstigende Gefühl, mich in den Ansprüchen anderer Menschen zu verstricken. Dafür kroch eine neue Sorge in meine Gedanken. Im Laufe der Zeit war alles Negative, was ich mit der Willow Creek Farm verbunden hatte, aus meinem Gedächtnis verschwunden und die schönen Erinnerungen hatten die traurige Realität überlagert. Nicholas hatte erzählt, dass Dad sich ziemlich gut erholt hatte, laufen und sprechen konnte, und dass er sich sehr darauf freute, mich wiederzusehen. Als ich meinen Adoptivvater das letzte Mal gesehen hatte, war die Prognose der Ärzte nicht besonders optimistisch gewesen. Und ich wusste, dass das alles meine Schuld gewesen war, mochten die Leute auch etwas anderes behaupten, um mich zu trösten. Ich allein hatte die Büchse der Pandora geöffnet und Unheil über die Menschen gebracht, bei denen ich aufgewachsen war.

Ungefähr eine Stunde nachdem wir losgefahren waren, brach der Tag an. Der Himmel im Osten wurde erst schiefergrau, dann purpurrot, und schließlich erschien ein Streifen rosafarbenes Sonnenlicht über dem Horizont. Gerade als wir den Hudson River überquerten, ging die Sonne auf und verwandelte das Wasser in flüssiges Roségold. An einer Raststätte bei Syracuse legten wir einen kurzen Stopp ein, tankten das Auto voll und deckten uns mit belegten Sandwiches, einem Sixpack Wasser, Cola, Zigaretten und Chips ein.

»Freust du dich auf zu Hause?«, fragte Nicholas.

»Ja, schon«, erwiderte ich. »Aber irgendwie ist es auch komisch.«

»Was meinst du?« Nicholas warf mir einen kurzen Blick zu.

»Ich war so lange nicht da«, sagte ich.

»Ich bin mal zwölf Jahre lang nicht zu Hause gewesen.«

»Wegen dir ist aber auch niemand Amok gelaufen.«

»Hey!« Nicholas wandte sich mir zu. »Deinetwegen auch nicht!«

»Doch«, widersprach ich düster. »Wenn ich nicht nach den Tagebüchern meiner Mutter gesucht hätte, wäre alles anders gekommen.«

»Falsch.« Nicholas schüttelte den Kopf. »Wenn Rachel nicht ihre Schwiegereltern umgebracht und ihrer Schwester das neugeborene Baby weggenommen hätte, *dann* wäre alles anders gekommen.«

»Na ja.« Ich lächelte ein bisschen und stemmte meine Füße gegen das Armaturenbrett. Der Asphalt war vom Streusalz so ausgebleicht, dass er im blassen Licht der Wintersonne beinahe weiß wirkte.

»Hör mal, Sheridan, niemand denkt, dass du Schuld an irgendetwas hast«, sagte Nicholas. »Alle freuen sich auf dich!«

Ich musste lächeln.

»Ein paar Menschen sind dir übrigens ungeheuer dankbar, dass du diese Tagebücher gefunden hast«, ergänzte Nicholas.

»Ach ja? Wer denn?«, fragte ich.

»Kannst du dich an Jordan Blystone erinnern?«

»Den Detective aus Lincoln.« Ich nickte. »Klar. Auch wenn ich mich nur sehr ungern erinnere.«

»Wieso?«

»Ach, das ist eine lange Geschichte«, wich ich aus. »Was hat er mit den Tagebüchern zu tun?«

»Viel.« Nicholas blickte geradeaus auf die Straße. Um seine Mundwinkel spielte ein Lächeln. »Er hat dir übrigens geschrieben. Rebecca hat ihm an Thanksgiving deine E-Mail-Adresse gegeben.«

»Was?« Ich verstand überhaupt nichts mehr. »Wieso das denn? Ich habe keine Mail von ihm bekommen.«

»Schade eigentlich.« Nicholas grinste in sich hinein, und da fiel mir ein, dass ich ungefähr ein oder zwei Tage nach Thanksgiving meinen E-Mail-Account gelöscht und meine Handynummer gewechselt hatte. Aber weshalb sollte Detective Blystone mir schreiben? Er war damals sicher sauer auf mich gewesen, weil ich seiner verlogenen Freundin Sidney Wilson Handy und Geld gestohlen und mich aus dem Staub gemacht hatte, statt gegen Christopher Finch auszusagen. Von Rebecca, die mir in den letzten Jahren regelmäßig geschrieben hatte, wusste ich, dass Detective Blystone derjenige gewesen war, der meine verhasste Adoptivmutter vor Gericht gebracht hatte, wo man sie wegen Mordes an ihren Schwiegereltern zum Tode verurteilt hatte. Ich hatte ihn mit meinem Verdacht auf diese Spur gebracht, und er hatte nicht lockergelassen, bis er genug Beweise gefunden hatte. Am liebsten hätte ich sofort mein E-Mail-Konto reaktiviert, aber mein Laptop steckte in einer meiner Reisetaschen und der Akku war sicher leer.

»Komm, jetzt mach's nicht so spannend!«, drängte ich Nicholas.

»Na gut«, sagte er. »Letztes Jahr im Sommer, während in Madison der Prozess gegen Rachel lief, ist Jordans Vater schwer krank geworden. Eine ziemlich aggressive Form der Leukämie. Er brauchte eine Knochenmarkspende, also hat Jordan sich testen lassen. Dabei kam raus, dass er überhaupt nicht mit seinem Vater verwandt war – und auch mit seinen Schwestern nicht.«

Ich erinnerte mich an Jordan Blystones Schwester Pamela, diese unsympathische, rothaarige Ärztin, die mich so unfreundlich behandelt hatte, und auch daran, dass ich mich darüber gewundert hatte, wie wenig sich der gut aussehende, dunkelhaarige Detective und diese unattraktive Frau geähnelt hatten.

»Jordan hat Himmel und Hölle in Bewegung gesetzt, um herauszufinden, wer seine wirklichen Eltern waren«, fuhr Nicholas fort. »Schließlich hat er die Schwester seiner angeblichen Mutter in Kanada ausfindig gemacht. Und die hat ihm erzählt, dass er als Säugling ausgesetzt wurde. Und zwar in der Nacht vom 14. auf den 15. Januar 1964.«

Meine Füße rutschten vom Armaturenbrett. Mein Mund klappte auf, und ich starrte Nicholas ungläubig an. In meinem Kopf fielen diese Informationen wie fehlende Puzzleteile an die leeren Stellen eines Puzzles.

»Nein!«, flüsterte ich fassungslos.

»Doch.« Nicholas lächelte. »Jordan Blystone ist der verschollene Sohn von Vernon und Carolyn, deiner Mom. Er ist dein großer Bruder.«

Für ein paar Sekunden war ich wie betäubt. Schlichtweg überwältigt von dieser Neuigkeit. Etwas blitzte in einem Winkel meines Gehirns auf, dann erinnerte ich mich daran, wie ich Jordan Blystone zum ersten Mal im Fernsehen gesehen und kurz geglaubt hatte, es sei Dad. Aber die Ereignisse hatten sich derart überschlagen, dass ich nicht dazu gekommen war, weiter darüber nachzudenken.

Wir schwiegen eine Weile, und ich bemühte mich, die ganze Tragweite dieser Neuigkeit zu erfassen. *Ich hatte einen Bruder!* Es gab tatsächlich einen Menschen auf dieser Welt, mit dem ich blutsverwandt war, der dieselben Gene in sich trug wie ich! Die Hälfte der Gene, korrigierte ich mich sofort. Im Gegensatz zu mir kannte Jordan Blystone seinen Vater. Ich hingegen wusste nicht, wer mein biologischer Vater war und welche Erbanlagen er in mir hinterlassen hatte.

»Jordan hat jahrelang versucht herauszufinden, wo du bist«, sagte Nicholas. »Er macht sich große Vorwürfe.«

»Wieso?« Ich war überrascht.

»Er meint, er hätte alles falsch gemacht. Damals hatte er wohl eine ziemlich durchgeknallte Freundin, bei der er dich untergebracht hat, aber dann ging alles schief und du bist verschwunden, bevor er mit dir sprechen konnte.«

Die Erinnerungen an die Ereignisse in Lincoln kehrten zurück. »Ach, dann ist er nicht mehr mit Sidney zusammen?«

»Nein, schon lange nicht mehr.« Nicholas setzte den linken Blinker und überholte einen Lkw. Da war etwas in seiner Stimme, das mich aufhorchen ließ. Ich fragte mich, woher er so gut über Jordan Blystone Bescheid wusste. Dachte nach. Erinnerte mich an Bemerkungen von Sidney Wilson. An ihre Zweifel. Daran, wie Jordan und sie miteinander umgegangen waren. Die Tatsache, dass sie getrennte Wohnungen gehabt hatten. Und da begriff ich alles.

»Oh, mein Gott, Nicholas! Du und Jordan?« Es war mehr eine Feststellung als eine Frage.

»Ja.« Nicholas lächelte. »Jordan und ich.«

Los Angeles

Zehn Tage lang hatten Marcus Goldstein und Phil McLaughlin die Bilanzen der CEMC ausgewertet, kursierende Gerüchte recherchiert, alle Zahlen und Fakten zusammengetragen und waren zu dem Schluss gekommen, dass es eindeutig besser war, die Finger von der Sache zu lassen. Die CEMC stand kurz vor dem Bankrott. Aber die Aufgabe, den einzigen großen Musikkonzern, für den er in seiner bemerkenswerten Karriere noch nicht gearbeitet hatte, zu sanieren, reizte Marcus. Er fühlte sich zu jung, um den ganzen Tag lang nichts zu tun. Und er wusste, dass er diese Herkulesaufgabe bewältigen konnte, denn er hatte nicht nur die notwendige Fachkenntnis, sondern er besaß auch die Nervenstärke und Kaltschnäuzigkeit, die man dafür brauchte. Dem bisherigen Vorstand der CEMC war es nur um schnellen Profit gegangen, nicht um eine vorausschauende Unternehmenspolitik, und man hatte in einer fatalen Mischung aus Kaufrausch, Beratungsresistenz und Größenwahn wahllos Dutzende von Sublabels, Fernseh- und Radiosendern, Film- und Musikproduktionsfirmen zusammengekauft und die CEMC damit zu einem unbeweglichen Koloss mit weltweit über 9500 Mitarbeitern aufgebläht. Fehlinvestitionen in allen Geschäftsbereichen, vor allem auf dem Gebiet Artists & Repertoire, hatten zu Abschreibungen in dreistelliger Millionenhöhe geführt. Die Veröffentlichung der verheerenden Umsatzzahlen des vergangenen Jahres hatte das Vertrauen des Marktes in die CEMC empfindlich erschüttert. Optimismus war in Bezug auf die Hauptversammlung im Sommer fehl am Platz. Doch Marcus erkannte vor allen Dingen das Potenzial, das in der CEMC steckte, gerade jetzt, da der komplette Musikmarkt im Wandel war. Er hatte ganz konkrete Ideen, um ein Label trotz Napster und Co. weiterhin in die Gewinnzone zu bringen. Eine davon war eine Rundum-Künstlerbetreuung und -vermarktung, ein 360-Grad-Deal, der es dem Label zukünftig erlauben würde, bei allen Aktivitäten eines Künstlers mitzuverdienen.

Innerhalb der nächsten drei Tage hatten Phil und er ein Konzept zur Sanierung, Rettung und Konsolidierung des Konzerns erarbeitet und am vierzehnten Tag seiner Bedenkzeit hatte Marcus Douglas Hammond das Strategiepapier und seine Bedingungen übersandt. Ohne zu murren hatte der Aufsichtsrat der CEMC sogar die Punkte akzeptiert, die Marcus als CEO und Präsident freie Hand in allen Entscheidungen gaben und die Entlassung einiger Vorstandsmitglieder betrafen. Heute Mittag um zwölf würde er sich mit Hammond, dem Aufsichtsrat und einem Haufen Anwälte in seinem Büro in San José treffen, um die Verträge zu unterschreiben. Sobald nach Unterzeichnung des Vertrages eine Ad-hoc-Meldung an die Presse ging, würde der Aktienkurs wahrscheinlich sofort in die Höhe schnellen. Ganz davon abgesehen, freute sich Marcus Goldstein auf die neue Herausforderung. Zweifellos die größte Aufgabe, die es in der Musikwelt derzeit gab.

Auf der Fahrt nach Westen

Nicholas erzählte mir, wie er und Jordan sich kennengelernt hatten, und ich freute mich nicht nur für ihn, sondern auch für Mary-Jane, der es immer Kummer bereitet hatte, dass ihr Sohn so ein Einzelgänger und Nomade gewesen war. Jetzt schien er sich auf der Willow Creek Farm wohlzufühlen. Jordan lebte und arbeitete nach wie vor in Lincoln, aber er kam oft an den Wochenenden nach Fairfield, sehr zur Freude von Dad. Nicholas schilderte mir, wie sich die Farm verändert hatte, seitdem sie von Malachy geleitet wurde, und wie gut die Stimmung war. Das große Vermögen, zu dem Nicholas' Vater Sherman Grant vor einem halben Jahrhundert den Grundstein gelegt hatte und das von Dad und seinem Vater vergrößert worden war, sorgte dafür, dass das Leben auf der Farm komfortabel geworden war. Tante Rachel hatte immer so getan, als würden wir am Hungertuch nagen, und uns alle kurzgehalten, aber Malachy und Rebecca hatten sämtliche Gebäude kernsaniert und auf den modernsten Stand gebracht, neue Maschinen gekauft und neben Magnolia Manor neue Stallungen und Paddocks für die Pferde und das Vieh gebaut.

»Becky ist echt ein Segen für die Willow Creek und ganz Fairfield«, sagte Nicholas. »Sie ist eine ganz außergewöhnliche Frau.«

»Ja, das ist sie wirklich.« Ich erinnerte mich daran, wie furchtlos meine Schwägerin Tante Rachel und auch Sheriff Benton entgegengetreten war, und wie sie in den Tagen des Ausnahmezustands nach Esras Amoklauf als Einzige die Nerven behalten hatte. Ich hoffte, sie würde mir verzeihen, dass ich auf ihre letzten Mails nicht geantwortet hatte.

»In Fairfield ist sowieso alles anders, seitdem Elaine Fagler zum Sheriff gewählt worden ist«, fuhr Nicholas fort.

»Was ist mit Sheriff Benton?«, erkundigte ich mich. Er war mit Nicholas' Halbschwester Dorothy verheiratet und hatte mich nicht leiden können.

»Der vegetiert in einem Pflegeheim in Madison vor sich hin. Hat ein paar Schlaganfälle und einen Herzinfarkt überlebt, der alte Mistkerl«, brummte Nicholas. »Soweit ich weiß, ist er halbseitig gelähmt und kann nicht mehr sprechen.«

Die Vorstellung, dass dieser bösartige Mann mit seinem von Maisbrei und Ahornsirup gemästeten Körper niemanden mehr schikanieren konnte, erfüllte mich mit Genugtuung. Ich hatte nicht vergessen, wie er meine Freunde und mich behandelt hatte, als er uns einmal in der alten Getreidemühle beim Musikhören erwischt hatte. Er war schuld daran, dass Jerry Brannigan, meine erste große Liebe, Fairfield verlassen musste, und nach Esras Massaker an meiner Familie hatte er lauter Lügen über mich verbreitet.

»Geschieht ihm ganz recht«, sagte ich.

Wir fuhren über die Staatsgrenze, ließen New York State hinter uns und durchquerten den nördlichsten Zipfel von Pennsylvania, bevor wir ein paar Meilen hinter Erie die nächste Staatsgrenze überquerten und in Ohio waren. Ich hatte zwischendurch ein bisschen geschlafen, dann hatte ich Nicholas am Steuer abgelöst, damit auch er ein Nickerchen machen konnte. Das Radio lief, irgendein Sender mit Countrymusik, und ich wäre vielleicht glücklich gewesen, wäre da nicht eine Sorge gewesen, die immer größer wurde, je länger ich über Jordan Blystone nachdachte. Mein Halbbruder war nicht nur irgendein einfacher Streifenpolizist, sondern Leiter des Homicide Unit der Nebraska State Police. Sein Job war es, Morde aufzuklären. Keine alltäglichen Beziehungstaten, sondern vor allen Dingen sogenannte *Cold Cases* – ungeklärte Fälle, die Jahre oder Jahrzehnte zurücklagen.

Was, wenn er herausfand, was ich an Halloween vor fünf Jahren getan und wobei Nicholas mir geholfen hatte?

»Hast du Jordan von Du-weißt-schon-was erzählt?«, fragte ich Nicholas, als er wieder aufgewacht war.

»Nein.«

»Glaubst du nicht, dass wir es ihm sagen müssen?«

»Dafür ist es wohl ein paar Jahre zu spät.« Nicholas schüttelte den Kopf.

»Aber was, wenn es irgendwann herauskommt? Wenn er erfährt, dass Dad, du und ich alles wussten?«

»Wie soll es herauskommen, wenn wir alle drei den Mund halten?« Nicholas blickte mich an.

»Stimmt.« Ich nickte.

Die Sonne, die uns den ganzen Tag begleitet hatte, verschwand hinter dichten Wolken, die sich über dem Horizont ballten. Wir fuhren direkt in eine Schlechtwetterfront hinein, die im Radio schon angekündigt worden war.

»Vertraust du Jordan nicht?«

Nicholas runzelte die Stirn.

»Das hat nichts mit Vertrauen zu tun«, erwiderte er. »Jordan ist Polizist, er muss der Sache nachgehen, wenn er davon erfährt. Wir würden ihn damit in einen Gewissenskonflikt bringen, denn er kann das nicht einfach ignorieren, nur weil es um seine Familie geht. Es würde herauskommen, dass ich dir geholfen habe und Vernon von allem weiß.«

»Es würde alles zerstören.«

»Genau. Würdest du das wollen?«

»Nein, natürlich nicht«, entgegnete ich.

»Hast du darüber nachgedacht, bevor du wusstest, wer Jordan ist?«, wollte Nicholas wissen.

Ich dachte kurz nach, dann schüttelte ich den Kopf.

»Nein«, gab ich zu.

»Wem nützt es etwas, wenn wir es ihm erzählen?«

»Niemandem«, räumte ich widerstrebend ein.

»Ich hatte dir damals geraten, sofort zur Polizei zu gehen, aber du wolltest nicht«, erinnerte Nicholas mich. »Ich hatte das akzeptiert, weil ich verstanden habe, dass du die ganze Sache einfach vergessen wolltest. Und dabei sollten wir's belassen, okay?«

»Okay«, stimmte ich zu. »Du hast recht.«

Es begann aus den tief hängenden Wolken zu schneien. Hinter uns, im Osten, war es schon dunkel. Meine Augen brannten, ich musste gähnen und mein Nacken schmerzte. Wir waren seit neun Stunden unterwegs. Über fünfhundert Meilen lagen schon hinter uns, noch knapp achthundert vor uns, aber ich hatte es eilig, nach Fairfield zu kommen. Beim nächsten Parkplatz fuhr ich raus, wir vertraten uns kurz die Beine, dann übernahm Nicholas wieder das Steuer. Ich wickelte mich in eine Decke und lehnte den Kopf an die Seitenscheibe. Bis auf das gleichmäßige Brummen des Motors, das Kratzen der Scheibenwischer und das Rauschen des Fahrtwindes war es still im Auto. Wir schwiegen einträchtig und hingen unseren Gedanken nach.

Kurz vor Gary in Indiana teilte sich die Interstate und wir fuhren ein Stück auf der I65 und der I94, die bei Hazel Crest in die I80W Richtung San Francisco überging. Der Schneefall wurde stärker und der Wind fegte den Schnee in stürmischen Böen über die Straße. Ein Lkw vor uns schlingerte gefährlich.

»Zeit für eine Pause«, befand Nicholas, nachdem wir die Mautstation passiert hatten. »Wir gehen irgendwo was essen und suchen uns ein Motel für die Nacht.«

»Okay«, stimmte ich ihm gähnend zu.

Wir fuhren an der nächsten Abfahrt ab und durch ein Gewerbegebiet mit Supermärkten, Tankstellen den üblichen Schnellimbissen und Matratzenläden. In einem Diner, in dem wir an diesem ungemütlichen Sonntagabend die einzigen Gäste waren, aßen wir Cheeseburger, Pommes und Salat, dabei sprachen wir über die Pferdezucht, die Dad und Nicholas aufbauten. Ihre gemeinsame Vision war, die besten Cutting-Pferde Amerikas zu züchten und auszubilden.

»Wer soll die jungen Pferde denn trainieren?«, erkundigte ich mich und leckte Ketchup von meinen Fingern.

»Na, ich«, erwiderte Nicholas. »Und Elaine.«

»Welche Elaine?«, fragte ich.

»Elaine Fagler.«

»Ich dachte, sie wäre jetzt die Polizeichefin von Madison County.«

»Ja, klar.« Nicholas nickte. »Aber das ist kein Job, bei dem sie keine Freizeit mehr hätte. Außerdem gehört sie ja irgendwie zu eurer Familie.«

»Wieso das denn?« Ich war irritiert.

»Dein Dad und sie sind zusammen«, sagte Nicholas beiläufig. »Sie wollen an Vernons Geburtstag im September heiraten.«

»*Wie bitte?*« Ich ließ den Cheeseburger sinken und starrte Nicholas schockiert an. »Aber ... Elaine ist doch verheiratet!«

»Sie ist verwitwet«, korrigierte Nicholas mich. »Walter junior ist vor drei Jahren gestorben.«

Mir fiel ein, dass Rebecca vor ein paar Jahren in einer ihrer E-Mails berichtet hatte, dass der Sohn von Libby und Walter Fagler, denen der Ranchers Farmers Coop gehörte, an einer grausamen Krankheit mit einem unaussprechlichen Namen gestorben war.

»Und warum müssen sie gleich heiraten?«

»Ich nehme mal an, weil sie sich lieben«, erwiderte Nicholas.

»Aber ... aber Dad, ich meine, nun ja ... Dad ist doch viel zu ... alt«, stotterte ich konsterniert.

»Zu alt wofür? Für die Liebe?« Nicholas lachte amüsiert.

Der Gedanke, dass mein *Vater* Sex hatte und mit Elaine Fagler dasselbe tat, was ich mit Paul oder Horatio getan hatte, trieb mir das Blut ins Gesicht, gleichzeitig schämte ich mich, dass ich so etwas überhaupt dachte.

»Vernon ist fünfundfünfzig und Elaine siebenunddreißig. Das sind achtzehn Jahre Altersunterschied. Du wolltest doch auch einen Mann heiraten, der sechzehn Jahre älter ist als du«, erinnerte Nicholas mich.

»Ja, aber das ist doch etwas anderes!«, entgegnete ich heftig und legte den Cheeseburger auf den Teller. Diese Neuigkeiten hatten mir den Appetit verschlagen.

»Wieso?« Nicholas zuckte die Schultern. »Liebe kennt kein Alter. Und ich finde, dein Dad und auch Elaine haben es verdient, glücklich zu sein, nach allem, was sie durchmachen mussten. Gönnst du ihnen das nicht?«

»Doch, doch natürlich«, brachte ich mühsam heraus.

Die Kellnerin hatte ungeduldig gewartet, bis wir endlich aufgegessen und bezahlt hatten. Wahrscheinlich würde sie gleich hinter uns die Tür abschließen und Feierabend machen, denn es würden wohl keine Gäste mehr vorbeikommen. Immerhin empfahl sie uns ein Motel, das nur zwei Querstraßen entfernt lag. Fünf Minuten später hielten wir auf dem weitläufigen Parkplatz eines Econolodge-Motels, auf dem einige Trucks parkten. Das zweistöckige Gebäude war im Ranchstil erbaut, die Zimmer im ersten Stock waren über eine umlaufende Veranda zu erreichen. Vor fast allen Zimmern im Erdgeschoss parkten Autos.

»Ist keine Luxusherberge, aber für eine Nacht wird's schon okay sein«, sagte Nicholas. Mir war alles recht, schließlich wollten wir hier keinen Urlaub machen, sondern nur ein paar Stunden schlafen. Ich zog meine Jacke an, stülpte mir die Kapuze über den Kopf und schnappte meine Tasche, dann folgte ich Nicholas durch das Schneegestöber zum Eingang. Wir ergatterten das letzte freie Zimmer, einen winzigen Raum, in dem außer einem Bett nur ein Tisch und ein mit Kunstleder bezogener Sessel standen. Der Teppichboden war abgewetzt und von undefinierbarer Farbe, die braunen Tapeten waren speckig, die Gardinen nikotingelb. Das Bad war genauso alt und abgenutzt wie das Zimmer. Ich ging nur aufs Klo und wusch mir die Hände, dann schrieb ich Paul eine kurze Nachricht. Ohne mich auszuziehen legte ich mich aufs Bett und streifte mir die Stiefel von den Füßen. Nicholas hatte die Heizung voll aufgedreht, aber wirklich warm wurde es in dem eiskalten Zimmer nicht. Als er aus dem Bad kam, setzte er sich auf die Bettkante, zog die Stiefel aus und streckte sich gähnend neben mir auf der rechten Seite des schmalen Betts aus. Es gab nur eine Bettdecke, die er über uns breitete. Ich zitterte vor Kälte und Erschöpfung am ganzen Körper und bemühte mich, Nicholas nicht zu berühren, aber die Matratze war so durchgelegen, dass ich immer wieder gegen ihn rutschte.

»Entschuldigung«, antwortete ich.

Statt zu antworten drehte er sich zu mir um und legte seinen Arm über mich, sodass wir aneinandergeschmiegt unter der dünnen Decke lagen. Die Wärme seines Körpers war tröstlich. Ich hörte auf zu zittern.

»Davon habe ich vor fünf Jahren geträumt«, flüsterte ich in die Dunkelheit. »Du und ich, allein in einem Motelzimmer.«

»Tja, da siehst du mal wieder, dass manche Träume eines Tages wahr werden.« Nicholas lachte leise in mein Ohr.

»Du bist mein bester Freund, Nicholas«, sagte ich. »Eigentlich bist du sogar mein einziger Freund auf der ganzen Welt.«

Als Antwort streichelte er meinen Arm, dann wurden seine Atemzüge tiefer und gleichmäßiger und ein paar Minuten später schlief er tief und fest. Ich war todmüde und hellwach zugleich, weil mir so viele Dinge durch den Kopf gingen. Innerhalb der letzten achtundvierzig Stunden hatten sich meine Zukunftspläne komplett in Luft aufgelöst und ich hatte keinen blassen Schimmer, wie es weitergehen und was ich mit meinem Leben anfangen sollte. Morgen würde ich wieder zu Hause sein. Aber was war dann? Inzwischen freute ich mich für Dad. Nachdem er meine Mom, seine große Liebe, verloren hatte und Tante Rachel in die Hände gefallen war, hatte er es wirklich verdient, glücklich zu werden. Und Elaine hatte ich immer sehr gemocht. Sie war klug und tüchtig und teilte Dads Leidenschaft für Bücher, Quarterhorses und die Natur.

Während der Sturm um das Gebäude heulte und ich sicher und geborgen an Nicholas gekuschelt im Bett lag, wanderten meine Gedanken zu Horatio. Wehmut und Vorfreude erfüllten mich. Bald, ganz bald würde ich ihn wiedersehen, würde seine Stimme hören und in seine samtgrauen Augen blicken. Ich wusste, dass er mich liebte, das hatte er mir bei unserer letzten Begegnung gestanden. Vieles, nein, eigentlich *alles* hatte sich seitdem geändert. Ich war erwachsen. Horatios Söhne mussten mittlerweile fast mit der Highschool fertig sein. Ein winziger Hoffnungsfunke flammte in meinem Herzen auf. Vielleicht ... vielleicht war er ja jetzt bereit, den Schritt zu tun, der ihm damals nicht möglich gewesen war. Vielleicht gab es doch eine Chance für uns.

* * *

Wir waren um kurz nach fünf aufgebrochen. Der Schneesturm hatte sich in den frühen Morgenstunden gelegt, und die Schneepflüge hatten die Interstate bereits geräumt. Im ganzen Mittleren Westen solle es in den nächsten Tagen kalt und trocken bleiben, verkündete der Radiomoderator. Über uns wölbte sich ein vom nächtlichen Sturm blank gefegter Himmel. Als die Sonne aufging, erblickte ich auf der anderen Seite der Interstate die Raststätte, in der ich am Weihnachtstag 1996 von Esras Amoklauf erfahren hatte.

»Da drüben bin ich damals festgenommen worden«, sagte ich zu Nicholas. »Die Cops haben mich wie eine Schwerverbrecherin behandelt. Sie haben mich in Handschellen aus der Tankstelle gezerrt und in einen Streifenwagen gestoßen, ohne mir zu erklären, was überhaupt war. Bei einem Tankstopp haben sie mich sogar gezwungen, bei offener Toilettentür zu pinkeln.«

»Die meisten Polizisten sind halt leider nicht die Hellsten«, bestätigte Nicholas. »Ich hatte auch immer jede Menge Ärger mit den Cops.«

Vor uns lagen noch knapp 450 Meilen. Zeit genug, um Nicholas zu erzählen, was ich erlebt hatte, nachdem ich die Farm am Tag von Joes Beerdigung verlassen hatte. In Davenport legten wir eine kurze Pause ein. Wir überquerten den Mississippi und damit die Staatsgrenze zwischen Illinois und Iowa, tankten und aßen eine Kleinigkeit, bevor wir die Fahrt fortsetzten. Als wir wieder auf der Interstate waren, erzählte ich Nicholas, wie ich Ethan Dubois kennengelernt hatte und warum ich aus Savannah geflüchtet, nach Rockbridge gekommen und Paul Sutton quasi vor die Füße gefallen war.

»Wieso hast du nicht einfach deinen Dad angerufen?«, wunderte Nicholas sich. »Oder Becky? Oder Mary-Jane?«

Ganz kurz überlegte ich, ob ich Nicholas von Horatio erzählen sollte, schließlich war er der wahre Grund, weshalb ich nicht nach Hause gefahren war, aber ich ließ es bleiben.

»Ich habe mich geschämt«, sagte ich deshalb. »Und wenn ich nach Hause zurückgekehrt wäre, hätte jeder erfahren, dass ich total versagt habe.«

»Und was ist jetzt anders als vor fünf Monaten?« Nicholas klemmte sich eine Flasche Cola zwischen die Knie und drehte den Schraubverschluss auf.

»Alles«, erwiderte ich düster und starrte geradeaus durch die Windschutzscheibe. »Absolut alles. Ich hatte Paul nichts über die Zeit in Savannah erzählt. Aber vor zehn Tagen ist Ethan nach Rockbridge gekommen, um mich umzubringen.«

Nicholas, der gerade einen Schluck aus der Flasche genommen hatte, verschluckte sich. Er wurde krebsrot im Gesicht und bekam einen Hustenanfall.

»Wie bitte?«, röchelte er.

»Ich konnte mich befreien. Allerdings habe ich dabei einen von Ethans Schlägertypen getötet.«

»Moment, Moment!«, unterbrach Nicholas mich, als er wieder zu Atem gekommen war. »Das ist doch nicht wahr, oder?«

»Doch, leider.« Ich seufzte.

Nicholas lauschte schweigend der Geschichte, die ich ihm nun erzählte. Ich beschönigte nichts, denn ich wusste, dass er mich nicht verurteilen würde. Im Gegenteil. Als Veteran einer Spezialeinheit der Army wusste er nur zu gut, dass derjenige, der in einer Bedrohungssituation zögerte und auf Hilfe hoffte, mit größter Wahrscheinlichkeit in einem Leichensack landete.

»Paul hat mich angeguckt, als ob ich mich vor seinen Augen in ein Monster verwandelt hätte«, fuhr ich fort. »Er wollte am liebsten gar nichts hören und nannte mich ›abgebrüht‹, weil ich nicht geweint habe. Da ist mir klar geworden, dass es zwischen ihm und mir nicht funktionieren kann. Paul würde niemals verstehen, was ich erlebt habe.«

Nicholas streckte den Arm aus, umfasste meine Hände mit seiner schwieligen, warmen Hand und drückte sie. Diese stumme Geste drückte mehr Trost und Verständnis aus, als es tausend Worte gekonnt hätten.

»Denkst du auch, dass ich ... abgebrüht bin?«, fragte ich unsicher.

»Nein, Sheridan, das bist du ganz sicher nicht«, erwiderte Nicholas. »Du bist eine Kämpferin. Du bist mutig. Und stark. Wenn du das nicht getan hättest, wärst *du* jetzt tot.«

»Warum passieren mir solche Sachen? Wieso begegne ich Typen wie Ethan Dubois?«

»Na ja, du begegnest ja auch Menschen wie Paul«, entgegnete Nicholas. »Du solltest dich eher fragen, wieso du auf Typen wie diesen Ethan reinfällst. Was hat dich an ihm fasziniert?«

Ich grübelte ein paar Meilen lang darüber nach. Aus Unsicherheit und dem Drang zu gefallen war ich immer wieder viel zu schnell bereit, Menschen, die es womöglich gar nicht verdienten, einen Vertrauensvorschuss zu gewähren und war damit bisher jedes Mal auf die Nase gefallen. Ethan hatte in mir nur ein Mittel zum Zweck seiner persönlichen Bereicherung gesehen. Christopher Finch hatte mich ausgenutzt und missbraucht. Und hatte Paul mich wirklich geliebt? War es überhaupt möglich, einen Menschen zu lieben, den man kaum kannte? Mir fiel ein, was Patrick McAvoy, der Schulpsychologe aus Lincoln, mir zu erklären versucht hatte. *Auf der Suche nach Zuneigung und Verständnis gerät man oft an die falschen Menschen*, hatte er gesagt. Ich hatte diese Äußerung nur in Bezug auf Sexualität verstanden, dabei traf es eigentlich auf jede Art zwischenmenschlicher Beziehung zu.

»Ich glaube, seine Aufmerksamkeit hatte mir geschmeichelt«, gab ich zu. »Ich fand es toll, etwas Besonderes zu sein. Die Freundin vom großen Boss. Ich dachte wirklich, er liebt mich.«

»Ich war früher auch ganz verrückt nach Anerkennung, egal von wem«, erwiderte Nicholas. »In meiner Kindheit und Jugend hatte ich immer das Gefühl, nirgendwo wirklich hinzugehören, und das hat mich wütend gemacht. Ich suchte die Schuld für meine Misere überall, nur nicht bei mir selbst.«

»Aber du warst ja auch nicht schuld«, wandte ich ein. »So wenig wie ich.«

»Stimmt.« Er nickte. »Zuerst nicht. Später aber schon. Ich habe oft auf die falschen Leute gehört, falsche Entscheidungen getroffen und bin dadurch immer wütender geworden. Dabei hatte ich ziemlich früh in meinem Leben auch etwas richtig gemacht, ich hatte es nur nicht begriffen.«

»Was meinst du?« Ich blickte ihn neugierig an.

»Leistung«, antwortete er. »Echte Anerkennung und wahren Respekt kann man sich verdienen, indem man irgendetwas richtig gut macht. Es ist ein gutes Gefühl, wenn man etwas hinkriegt, ohne jemandem dafür dankbar sein zu müssen. Einfach, weil man's kann, weil man hart dafür gearbeitet hat. Bei mir war's das Rodeoreiten. Und in der Army war ich auch gut, aber ich wollte mich nicht befördern lassen. Meine Vorgesetzten haben nie kapiert, warum ich einfacher Soldat bleiben wollte. In den entscheidenden Momenten habe ich versagt. Anstatt durchzuhalten, wenn es irgendwo mal Probleme gab oder wenn etwas zu verbindlich wurde, bin ich weggelaufen. Fast mein ganzes Leben lang habe ich mich für den bequemeren Weg entschieden und mir eingeredet, das unstete Landstreicherleben wäre mein Ding. In Wirklichkeit hatte ich wohl Angst davor, etwas durchzufechten. Und so habe ich mich immer nur treiben lassen, war nie bereit, Verantwortung für mich oder andere zu übernehmen.«

»Und jetzt?«, erkundigte ich mich.

»Ich bin sesshaft geworden.« Um Nicholas' Augen erschienen Lachfältchen. »Ich habe einen Job, in dem ich gut bin, und so was wie 'ne Beziehung.«

»Was für einen Job meinst du? Auf der Farm?«

»Ja, das auch. Aber ich arbeite seit einem Jahr für die *Professional Rodeo Cowboys Association* als Berater. Dadurch bin ich noch genug unterwegs, damit mir nicht die Decke auf den Kopf fällt.«

»Das ist ja toll!« Ich freute mich ehrlich für ihn und erinnerte mich daran, wie unwürdig ich es gefunden hatte, als er in einem Stripclub als Barkeeper gearbeitet hatte. In der Welt des Rodeoreitens war Nicholas Walker eine Legende. Er war einer der erfolgreichsten Rodeoreiter aller Zeiten in Nordamerika gewesen und hatte alles gewonnen, was es zu gewinnen gab.

»Die Leute respektieren mich.« Er nickte versonnen. »Meine Meinung ist ihnen wichtig.«

Nicholas warf mir einen Seitenblick zu.

»So was rate ich dir auch, Sheridan.«

»Mir einen Job bei der PRCA zu suchen?«

»Nein.« Er lachte, wurde aber gleich wieder ernst. »Etwas zu tun, was du wirklich gut kannst.«

»Ich kann nichts so gut, dass ich davon leben könnte«, erwiderte ich frustriert. »Ich habe ja nicht mal einen Schulabschluss.«

»Also, ich weiß etwas, was du richtig gut kannst«, sagte Nicholas.

»Ich bin die beste Hühnerstall-Reinigerin in ganz Nebraska«, entgegnete ich sarkastisch. »Ich kann kochen, Tomaten sortieren, Mist schaufeln, den Hof kehren und bügeln. Und ich kann reiten. Vielleicht wollt Dad und du mich ja einstellen.«

Nicholas schmunzelte.

»Also, ich werde nie vergessen, wie du auf der Bühne gestanden und gesungen hast, und der große Steve Manero war sauer, weil du ihm die Schau gestohlen hast.«

»Ja, das war super.« Ich lächelte kurz bei der Erinnerung an meinen Auftritt bei der *Middle of Nowhere Celebration*, winkte aber ab. »Klar, ich liebe die Musik und ich habe gemerkt, wie sehr sie mir in den letzten Monaten gefehlt hat, aber wie sollte ich von so was leben können? Indem ich durch Clubs tingele und bei der Eröffnung von Supermärkten auftrete?«

»Wieso bist du damals eigentlich nicht nach New York zu diesem Musiktypen gefahren?«, antwortete Nicholas mit einer Gegenfrage. »Da wolltest du doch hin, oder?«

»Weil mich vorher die Cops gekrallt haben«, erinnerte ich ihn.

»Und später? Warum hast du es nicht wenigstens versucht? Becky hat mir erzählt, wie oft dieser Kerl noch bei ihr angerufen hat, um deine Nummer rauszukriegen.«

Ich seufzte.

»Mein Name war zu der Zeit wochenlang im Fernsehen und in der Presse, und nachdem ich in dieser *True-Fate*-Sendung angerufen hatte, bin ich zu zig Talkshows eingeladen worden. Harry

Hartgrave, so heißt der Mann, hat zu Becky gesagt, bei meiner Berühmtheit würde sich eine Platte von mir wie von selbst verkaufen. Aber das wollte ich nicht! Ich wollte auf keinen Fall aus dieser Tragödie Profit schlagen und womöglich als das Flittchen von Nebraska oder die Schwester des Massenmörders berühmt werden!« Ich schüttelte den Kopf. »Deshalb habe ich ja sogar meinen Namen in Carolyn Cooper geändert.«

»Okay.« Nicholas nickte. »Das verstehe ich.«

»Ich bin immer viel zu gutgläubig«, sagte ich niedergeschlagen. »Harry Hartgrave war auch so eine Enttäuschung. Ich habe geglaubt, er fände meine Songs gut. Aber eigentlich ging es ihm nur um den Profit.«

»Er ist Musikproduzent. Das ist sein Business«, meinte Nicholas. »Eine gesunde Skepsis ist nie verkehrt. Allerdings darfst du es nicht so weit kommen lassen, dass du überhaupt niemandem mehr vertraust und von jedem Menschen sofort das Schlechteste erwartest.«

»Und wie macht man das?«

»Tja.« Nicholas zuckte die Schultern. »Mit der Zeit kriegt man einen Blick für die Menschen. Man muss auf sein Gefühl hören.«

»Ich glaube, ich stürze jeden, der sich mit mir einlässt, ins Verderben«, sagte ich deprimiert.

»Unsinn!«, widersprach Nicholas mir. »Rede dir doch so was nicht ein! Jeder erwachsene Mensch ist für sich selbst verantwortlich.«

Der Interstate Highway No. 80 führte Hunderte von Meilen schnurgerade durch Iowa. Nur bei Des Moines knickte die Straße für ein paar Meilen in südliche Richtung ab, bevor sie sich wieder westwärts wandte. Die Welt bestand aus dem grauen Asphaltband der Straße, das bis zum Horizont führte, dem gewaltigen Himmel und flachem, schneebedecktem Land. Nicholas und ich sangen die schmalzigen Country-Songs mit, die im

Radio liefen. Manchmal gerieten wir an einen der vielen Bibel-Sender und lachten über einen Prediger, der voller Inbrunst das baldige Ende der Welt prophezeite. Ich genoss Nicholas' Gesellschaft und die Eintönigkeit und Weite dieser riesigen Landschaft, in der wir und die wenigen anderen Fahrzeuge auf dem Highway das Einzige waren, was sich bewegte. Wo auch immer das Leben mich hinführen würde, ein Stück meiner Seele würde für immer im Mittleren Westen, im Herzen Amerikas, bleiben.

Wir rollten mit fünfundsiebzig Meilen in der Stunde dahin, und je näher wir unserem Ziel kamen, desto aufgeregter wurde ich. Rockbridge, Paul Sutton, Ethan Dubois und alles, was in den letzten Jahren geschehen war, wurde unbedeutend, so kurz vor dem Wiedersehen mit Horatio Burnett.

Ein paar Meilen vor der Staatsgrenze von Nebraska fuhren wir bei einem Kaff namens Shelby ab, um zu tanken und aufs Klo zu gehen. An der Tankstelle funktionierte das Mobilfunknetz, und Nicholas nutzte die Gelegenheit, um auf der Willow Creek Farm anzurufen und unsere Ankunft anzukündigen. Auf der anderen Seite des vierspurigen Highways gab es in Richtung Osten auch eine Tankstelle. Nur ein einziges Fahrzeug stand an den Zapfsäulen, ein silberner Van, der von einem hochgewachsenen, dunkelhaarigen Mann betankt wurde. Er rieb sich fröstelnd die Hände, während er darauf wartete, dass der Tank seines Autos vollgelaufen war. Als er zu mir herüber blickte, glaubte ich für einen verrückten Augenblick, es sei Horatio.

»Ich sehe schon Gespenster«, sagte ich zu mir selbst und lachte. Nicholas hielt mit dem Auto neben mir, ich setzte mich auf den Beifahrersitz. Wir nahmen die letzte Etappe unserer Fahrt in Angriff. Nur noch zwei Stunden, dann würde ich wieder zu Hause sein.

Nebraska

Love is a bird, she needs to fly
Let all the hurt inside of you die
You're frozen, when your heart's not open.

Madonna – Frozen

Nachdem wir bei Oakdale den Elkhorn River überquert hatten, fühlte ich mich schon wie zu Hause und begrüßte freudig die vertrauten Landmarken und Gebäude. Als Nicholas den Blinker setzte, um von der Überlandstraße in die lange, von hohen Bäumen gesäumte Zufahrt zur Willow Creek Farm einzubiegen, waren alle Zweifel vergessen. Schon rollten wir durch das große, zweiflügelige Tor, das weit offen stand. Ich hielt überrascht den Atem an, denn ich erkannte den Hof kaum wieder. Die hässlichen Maschinen- und Lagerhallen aus Wellblech, die Hühnerställe, die Getreidesilos auf der rechten Hofseite und der rissige Asphalt, den ich so oft hatte kehren müssen, waren verschwunden. Stattdessen war der ganze Hof gepflastert und anstelle der Hallen stand nun ein hübsches, doppelstöckiges Ranchhaus aus grauem Holz mit einer umlaufenden Veranda und einem Vorgarten. Über den Toren der angebauten Doppelgarage hing ein Basketballkorb, und neben der Garage gab es einen Spielplatz mit Schaukeln, Wippe, Klettergerüst und einem Sandkasten. Dominiert wurde der Hof unverändert vom großen Haus mit seinen Erkern und Türmchen, das ein exzentrischer Vorfahr meines Adoptivvaters Anfang des 20. Jahrhunderts errichtet hatte und für das er sämtliche Baumaterialien und die Handwerker eigens von der Ostküste nach Nebraska hatte kommen lassen. Die hässliche, harzige Zeder, die Tante Rachel vor Malachys Geburt mitten in den Hof gepflanzt hatte, war verschwunden. An ihrer Stelle gab es jetzt ein gepflegtes Rasenoval, in dessen Mitte eine noch recht junge Trauerweide stand, gehalten von einem Gerüst und Hanfseilen. An einem Fahnenmast flatterten die *Stars and Stripes* in einer leichten Brise.

»Es sieht ja aus wie auf den Fotos von früher!«, staunte ich ungläubig.

»Das war Beckys Plan.« Nicholas grinste.

Sophia Grant, die Mutter meines Adoptivvaters, eine gebildete und kultivierte Dame aus der besten Bostoner Gesellschaft, hatte sich in Nebraska nie wirklich wohlgefühlt. Ihr Mann hatte ihr bei der Gestaltung der Farmgebäude freie Hand gelassen und so hatte sie ein Kleinod geschaffen, eine Reminiszenz an ihre Ostküstenheimat. Ihrer romantischen Fantasie waren auch die Bezeichnungen der Häuser entsprungen. Den fünf Häuschen, die zu dieser Zeit für die wichtigsten Mitarbeiter der Farm und ihre Familien gebaut worden waren, hatte sie den hochtrabenden Namen ›Oaktree Estates‹ gegeben und die Eichen, die sie vor fünfzig Jahren angepflanzt hatte, waren zu einem kleinen Wald geworden. Das graue Holzhaus, das gegenüber dem Wohnhaus gestanden hatte, hatte Tante Rachel abreißen lassen, um dort Lagerhallen und Silos zu errichten.

Ein Mann kam über den Hof. Er ging langsam und führte ein hellbraunes Pferd am Zügel. Auf einmal hatte ich einen Kloß im Hals.

»Dad!«, flüsterte ich. »Und Waysider!«

Kaum, dass Nicholas angehalten hatte, riss ich die Beifahrertür auf, sprang aus dem Auto und rannte los. Mein Adoptivvater lächelte mir entgegen. Alle Befürchtungen, die ich mit mir herumgeschleppt hatte, lösten sich in Nichts auf: Er sah fast so aus, wie ich ihn in Erinnerung hatte, nur etwas älter. Sein volles, dunkles Haar war grauer geworden, die Falten in seinem wettergegerbten Gesicht betonten seine markanten Gesichtszüge. Wir standen uns gegenüber, blickten uns an und die letzten Jahre verschwanden einfach. Ich war immer sein Liebling gewesen, was meine drei älteren Brüder mir nie geneidet hatten. Er hatte mich das Lesen, Klavierspielen, das Reiten, Schießen und die Liebe zur Natur gelehrt, hatte mir beigebracht, wie man Autos, Traktoren und den Maiskolbenernter fuhr, und als ich vierzehn geworden war, hatte er mir Flugstunden in den beiden Cessnas gegeben, die zur Ausstattung der Farm gehörten. Hin und wieder hatte ich mit ihm an die Ostküste reisen dürfen; wir waren zusammen in New York, Washington und Boston gewesen und hatten die Niagarafälle besichtigt. Vor allen Dingen hatte er mich immer wieder vor der Bosheit meiner Adoptivmutter beschützt. Erst als ich älter geworden war, hatte sich unser Verhältnis verändert. Ich hatte nicht verstanden, warum er mich so im Stich gelassen und mir nie die Wahrheit über meine Herkunft erzählt hatte, aber dann hatte ich den Grund für sein Verhalten herausgefunden. Am Abend, bevor ich Fairfield verlassen hatte, hatten Dad und ich bis in die Morgenstunden geredet und dieses Gespräch hatte mich mit allem versöhnt.

»Willkommen zu Hause, Sheridan.« Dads Stimme war noch immer die alte. In seinen Augen glänzten Tränen und er breitete die Arme aus. »Wie schön, dass du wieder da bist!«

»Oh Daddy!«, rief ich erleichtert und glücklich und warf mich in seine Arme. »Ich bin auch so froh, wieder hier zu sein! Ich habe dich so sehr vermisst!«

Er hielt mich fest an sich gedrückt, und ich weinte vor Freude. Waysider wieherte ungeduldig und stupste mich an. Ich lachte und weinte gleichzeitig, umarmte mein Pferd. Und dann strömten sie aus dem Haus, wo sie gewartet hatten, bis Dad mich begrüßt hatte: meine großen Brüder Malachy und Hiram, genauso groß, dunkelhaarig und gut aussehend wie ihr Vater, ihre Frauen Rebecca und Nellie, mein Neffe Adam, der seine kleine Schwester Maureen an der Hand hielt. Martha Soerensen, unsere Haushälterin, so stämmig, rotwangig und unverwüstlich, wie ich sie in Erinnerung hatte, umarmte mich schluchzend. Da waren Mary-Jane und John White Horse, die Bengtsons, die Mills und unsere Farmarbeiter, raue, einfache Menschen, die mir seit meiner Kindheit vertraut waren. Meine Familie. Ihre Herzlichkeit hüllte mich ein wie ein warmer Mantel und ich konnte nicht aufhören zu weinen. Ich schämte mich, weil ich ihnen unterstellt hatte, sie würden mich verachten, dabei war das Gegenteil der Fall. Mit demselben für die Landbevölkerung im Mittleren Westen so typischen Pragmatismus, mit dem sie meine Abwesenheit akzeptiert hatten, freuten sie sich jetzt über meine Rückkehr, ohne großes Aufhebens darum zu machen. Ich war wieder da, nur das zählte.

»Jetzt komm erst mal rein, Sheridan!« Rebecca legte mir einen Arm um die Schulter. »Martha hat sich wieder mal selbst übertroffen.«

»Und wie mir scheint, ist es nötig, dass mal jemand richtig für dich kocht«, sagte Martha hinter mir. »Du bist ja nur noch Haut und Knochen, Kind!«

Stolz präsentierten Malachy und Rebecca mir, was sich in den vier Jahren meiner Abwesenheit auf der Willow Creek Farm verändert hatte. Im Haus erinnerte nichts mehr an die Zeit, in der Tante Rachel hier das Regiment geführt und der ganzen Familie ein karges, freudloses Leben aufgezwungen hatte. Die düsteren Tapeten und die dunklen Holzpaneele an Wänden und Decken waren verschwunden, genauso wie die nach Mottenkugeln riechenden Einbauschränke, die altmodischen Möbel, die Zierkissen, die hässlichen Ölbilder und gestickten Sinnsprüche. In den Wintern meiner Kindheit war es im Haus immer so kalt gewesen, dass sich über Nacht Eisblumen an den Fenstern gebildet hatten. Morgens hatte man sich kaum aus dem warmen Bett getraut, und wir hatten ständig Holz und Kohle schleppen müssen, um die uralte Kohleheizung in Gang zu halten. Jetzt gab es eine Ölzentralheizung, eine topmoderne Küche, neue Bäder und dreifach verglaste Fenster. Alle Zwischenwände, die Tante Rachel hatte einziehen lassen, um viele kleine Räume zu haben, waren wieder entfernt worden, sodass das Haus seine ursprüngliche Großzügigkeit zurückgewonnen hatte. Während des Kaffeetrinkens lief im Hintergrund auf einem großen Flachbildfernseher eine Kindersendung, überall lag Spielzeug herum und das Haus war erfüllt von fröhlichem Trubel, was früher undenkbar gewesen wäre.

Lächelnd und ein bisschen benommen saß ich in der großen,

lebhaften Runde. Martha, Nellie und Rebecca trugen Kuchen, Torten und verschiedene Quiches auf, schenkten Kaffee und Tee aus und Dad hielt eine kurze Ansprache, in der er mich noch einmal willkommen hieß. Ich schaffte nur ein Stück von Marthas köstlicher Quiche Lorraine, dann war ich satt. Die Fragen, die sie mir stellten, waren oberflächlich und dafür war ich dankbar, denn alles andere hätte mich jetzt überfordert. Die Ereignisse der letzten Wochen, die Folgen des Unfalls, der keine vierzehn Tage zurücklag, und die anstrengende Fahrt steckten mir in den Knochen, und ich hörte nur mit einem Ohr zu, als mir Hiram und Malachy von all den Neuerungen erzählten, die sie auf der Farm eingeführt hatten. Sie redeten von der neuen Anlage zur Herstellung von Bioethanol, einem Blockheizkraftwerk, das die gesamte Farm mit Energie und Wärme versorgte, und von Photovoltaikzellen auf den neuen Lagerhallen.

»Komm, Sheridan.« Dad legte seine Hand auf meine Schultern. »Du bist ja todmüde. Morgen ist auch noch ein Tag. Lass uns rüber nach Hause fahren.«

Er wohnte jetzt in Magnolia Manor, das große Haus hatte er leichten Herzens Malachy und seiner Familie überlassen. Hiram und Nellie lebten in dem neuen Haus gegenüber, und ich sollte bei Dad wohnen. Ich bedankte mich bei Martha und Rebecca, umarmte Nicholas und folgte Dad nach draußen. Er setzte sich hinters Steuer meines Chevy, und ich ließ mich auf den Beifahrersitz sinken. Wir fuhren die lange Auffahrt zur Überlandstraße entlang und von dort aus ein paar Hundert Meter bis zur Abzweigung nach Magnolia Manor. Ich warf Dad aus dem Augenwinkel einen kurzen Blick zu und überlegte, wie ich eine Unterhaltung anfangen konnte. Anders als bei Nicholas, bei dem sich sofort wieder die Vertrautheit vergangener Tage eingestellt hatte, war ich Dad gegenüber seltsam befangen, und ihm schien es ähnlich zu gehen. So viel war passiert seit unserem letzten Gespräch, in der Nacht, bevor ich mich ins Auto gesetzt hatte, um nach New York zu fahren, und es gab so viel zu sagen, dass wir beide nicht recht wussten, wie wir anfangen sollten. Ich hatte Dad an jenem Abend Moms Tagebuch und den Brief, den sie ihm dreißig Jahre zuvor geschrieben hatte, gegeben, und es war für ihn eine Erlösung gewesen, endlich Antworten auf all die Fragen zu bekommen, die ihn all die Jahre gequält hatten. Es hätte das Ende eines Dramas sein können, das sich über drei Jahrzehnte hingezogen hatte, aber am nächsten Tag war es zu einer Tragödie von geradezu epischen Ausmaßen eskaliert. Egal, was Nicholas behauptete, ich trug die Schuld daran. Vielleicht nicht an den Ursachen, aber daran, dass es so weit gekommen war, und möglicherweise dachte Dad genauso. Er setzte den Blinker und bog von der Landstraße ab. Mein Blick fiel auf ein neues Hinweisschild.

»Willow Creek Stud«, las ich laut. »Das klingt ja toll.«

»Warte nur ab, wenn du morgen die neuen Stallungen siehst.« Dad lächelte. »Und unsere Pferde!«

»Können wir nicht gleich mal hinfahren?«

»Bist du nicht zu müde?«

»Ich kann ja morgen ausschlafen«, erwiderte ich.

Der neu erbaute Stallkomplex lag nur knapp hundert Meter von Magnolia Manor entfernt und war über einen breiten, sandigen Weg zu erreichen, der zwischen weißen Holzzäunen hindurchführte. Bewegungsmelder aktivierten die Außenbeleuchtung, die den großen Innenhof in taghelles Licht tauchte. Dad fuhr bis vor die große Scheune, die ganz im Stil des Mittleren Westens ochsenblutrot gestrichen war. Wir stiegen aus. Links und rechts des Innenhofes befanden sich die Stallungen. Neugierige Pferdeköpfe erschienen über den halbhohen Boxentüren. Die Pferde blinzelten in das helle Licht und spitzten die Ohren.

»Sie kennen dein Auto noch nicht«, stellte Dad fest. Beim Klang seiner Stimme wieherten einige der Pferde, andere brummelten nur leise. Wir gingen von Box zu Box, und Dad zeigte mir stolz die Zuchtstuten, die Nicholas und er gekauft hatten. Wir hatten schon immer Pferde gehabt, obwohl sie für die Arbeit auf der Farm nicht mehr gebraucht wurden. Das hatte häufig zu Streitereien zwischen Dad und meiner Adoptivmutter geführt, die die Pferde für überflüssigen Luxus gehalten hatte.

Die liebevolle Art, wie er jede Stute mit ihrem Namen ansprach, hier und da eine verrutschte Decke gerade zog, den Sitz einer Bandage prüfte, beiläufig eine Stirnlocke glättete oder einen Strohhalm aus einem Schweif pflückte, berührte mich tief. So zufrieden und entspannt hatte ich ihn nie zuvor erlebt. Die Aura der Schwermut, die ihn früher umgeben und durch die er jeden Menschen auf Distanz gehalten hatte, war verschwunden. Hier, bei seinen Pferden, hatte er seine Bestimmung gefunden.

»Wir haben die Stuten im Stall, weil einige von ihnen bald fohlen werden«, erklärte er mir, als wir den Hof überquerten und zur Scheune hinübergingen. »Die Zweijährigen, mit denen wir jetzt über Winter arbeiten, sind in Laufställen in der Scheune. Die Jährlinge und unsere Reitpferde bleiben Tag und Nacht draußen.«

Er schob das große Rolltor der Scheune einen Spalt weit auf und wir wurden vom Duft nach Heu und dem Gewieher der jungen Pferde begrüßt. Hinter der Scheune erstreckte sich die eigentliche Gestütsanlage: Ein Verwaltungsgebäude, in dem sich unter anderem Büros, Behandlungsräume für den Tierarzt und Apartments für zukünftige Mitarbeiter befanden. Daran schlossen sich zwei Stallgebäude mit Boxen für Gaststuten an. Ergänzt wurde die Anlage durch einen überdachten Roundpen und eine große Reithalle. Dad erzählte mir voller Begeisterung von den großen Plänen, die er und Nicholas hatten. Pferdezucht und -ausbildung, ein Therapiezentrum, Lehrgänge.

»Das Ganze wirft natürlich noch nicht viel Geld ab«, räumte Dad ein. »Wir haben einen Arbeiter angestellt, ansonsten machen Nicholas, Elaine und ich fast alles alleine. Aber in ein paar Jahren soll sich der Betrieb zumindest tragen.«

Die weißen Koppelzäune verloren sich irgendwo in der Dunkelheit. Früher waren hier Sojabohnen und Mais angebaut worden, allerdings war der Boden nie besonders fruchtbar gewesen und durch eine Quelle an manchen Stellen sumpfig.

»Malachy und Hiram waren so nett, mir das ganze Stück Land bis zum Wäldchen zu überlassen«, erklärte Dad. »Wenn wir hier eins im Überfluss haben, dann Platz.«

»Du bist glücklich, nicht wahr?«, fragte ich.

»Ja, das bin ich«, erwiderte mein Vater und lächelte. »Das ist genau das, wovon ich immer geträumt habe.«

»Ich freue mich für dich«, sagte ich. »Nicholas hat mir von Jordan und von Elaine und dir erzählt, und auch darüber freue ich mich.«

»Und dass du hierher zurückgekehrt bist, macht mein Glück komplett«, ergänzte Dad. »Ich habe immer gehofft, dass dieser Tag kommen würde.«

Wir schlenderten langsam zu meinem Auto zurück, dabei sprachen wir über seine Gesundheit, über Elaine und Jordan und über die Veränderungen, die meine Brüder auf der Farm vorgenommen hatten. Unser Gespräch mäanderte zwischen den Minenfeldern einer Vergangenheit hindurch, die keiner von uns beiden anzusprechen wagte. Zwar hatte ich mir eine Menge Fragen zurechtgelegt, aber ich schob sie auf. Mein Adoptivvater wirkte so zufrieden, wie ich ihn nie zuvor erlebt hatte. Er war durch die Hölle gegangen, er hatte seine Gesundheit und alle Hoffnung verloren, aber er hatte sich zurückgekämpft ins Leben und war jetzt ein anderer Mensch, den ich erst kennenlernen musste.

Magnolia Manor war unverändert schön. Ich hatte dieses Haus schon immer geliebt, weil es mich an Tara aus *Vom Winde verweht* erinnerte. Es lag zwischen hohen Ulmen, Ahornbäumen und Ponderosa-Kiefern, und wenn im Frühsommer die Magnolien blühten, wirkte es so unwirklich wie eine Filmkulisse. Ich trug meine Kisten und Taschen ins Haus und Dad führte mich hinauf in den ersten Stock. Er öffnete eine Tür, drückte auf den Lichtschalter und mir blieb vor Rührung die Luft weg.

»Das ist dein Zimmer«, sagte Dad. »Ich hoffe, es gefällt dir.«

Neben meinem alten Schreibtisch stand das Bücherregal, das früher in meinem Kinderzimmer gestanden hatte. Auf dem obersten Brett saßen meine alten Plüschtiere, daneben standen ordentlich aufgereiht die Breyer-Plastikpferde, mit denen ich als Kind stundenlang gespielt hatte, und ich begriff, dass Dad dieses Zimmer nur für mich eingerichtet hatte in der Hoffnung, ich würde eines Tages wieder nach Hause kommen.

»Oh, Dad, es ist ... wunderbar!«, flüsterte ich. »Ich danke dir!« Ich umarmte ihn unbeholfen.

»Schön, dass es dir gefällt.« Seine Stimme klang belegt. »Du kannst dich ja etwas einrichten und ich koche uns noch einen Tee, hm? Das Badezimmer ist gegenüber.«

Er machte sich wieder auf den Weg nach unten, und ich blickte mich in dem Zimmer um und schämte mich einmal mehr für meine Dummheit und meinen falschen Stolz. All die Jahre hatte dieses Zimmer nur einen einzigen Telefonanruf entfernt auf mich gewartet. Das Gefühl, einsam und von allen verlassen zu sein, das mich nicht nur auf eine Odyssee quer durch Amerika, sondern beinahe in eine Ehe getrieben hatte, war grundlos gewesen. Jederzeit hätte ich hierher zurückkehren können, zu wohlwollenden Menschen, die ich schon mein Leben lang kannte. Menschen, die keine überzogenen Erwartungen an mich hatten, mir keine Bedingungen stellten. Die mich einfach so akzeptierten, wie ich war. Aber dann fiel mir wieder der eigentliche Grund ein, der mich von zu Hause ferngehalten hatte, und mein Herz begann zu klopfen. Horatio! Bald würde ich ihn wiedersehen und dann würde sich hoffentlich vieles klären. Ich machte mich frisch und ging hinunter in die große Küche, die noch genauso aussah wie damals, als Tante Isabella hier gewohnt hatte. Dad hatte Tee gekocht, und wir setzten uns an den runden Holztisch in der Küche.

Dad wollte wissen, wie ich Paul kennengelernt hatte und warum ich beschlossen hatte, ihn nicht zu heiraten. Ich erzählte ihm die ganze Geschichte quasi rückwärts, wobei ich sorgfältig darauf achtete, die schlimmsten und peinlichsten Details wegzulassen. Ich streifte Savannah und Ethan Dubois nur mit zwei Sätzen und unterschlug die Geschichte von meiner Entführung. Auch von meiner Affäre mit Horatio Burnett sagte ich nichts. Selbst die bereinigte Version meiner Erlebnisse drohte Dad jedoch aus der Fassung zu bringen, deshalb wechselte ich das Thema und fragte ihn stattdessen über Fairfield und unsere Familie aus.

Das Willow-Creek-Massaker hatte alles verändert. Ereignisse, über die Jahrzehnte der Mantel des Schweigens gebreitet worden war, waren durch die Prozesse gegen Rachel Grant ans Licht gekommen. Es hatte die Leute erschüttert, als sie erfahren hatten, dass Rachel weder vor Erpressung noch vor Mord zurückgeschreckt war, um ihre Machtposition zu sichern. Viele Menschen, die aus Angst vor ihr geschwiegen hatten, fanden den Mut, die Wahrheit zu sagen. So war auch Elaine von den Einwohnern des Madison County mit überwältigender Mehrheit zum neuen Sheriff gewählt worden, denn man hatte es Sheriff Benton sehr übel genommen, wie er sich in der Krise verhalten und auf die Seite meiner Adoptivmutter geschlagen hatte. Ich brannte darauf, beiläufig nach Horatio zu fragen, aber Dad erwähnte ihn selbst.

»Ich erinnere mich nicht daran, was in den Tagen, bevor Esra auf mich geschossen hat, passiert ist«, sagte er. »Aber Malachy und Rebecca haben mir erzählt, was du getan hast, wie mutig du gemeinsam mit Reverend Burnett Esra das Leben gerettet hast.«

Bevor ich einhaken konnte, sprach er jedoch schon weiter. »Es muss furchtbar für dich gewesen sein, wie dich die Presse verfolgt hat, obwohl du völlig unschuldig warst. Und Jordan hat mir gesagt, dass du mich in Omaha im Krankenhaus besucht hast.«

Die schrecklichen Tage und Wochen nach dem Massaker waren in meiner Erinnerung miteinander verschmolzen und vieles hatte mein Verstand einfach verdrängt, aber daran, wie Dad im Koma auf der Intensivstation gelegen hatte, angeschlossen an piepsende Maschinen, die ihn am Leben erhielten, erinnerte ich mich so gut, als sei es vorgestern gewesen.

»Es war schrecklich«, sagte ich leise. »Ich dachte, du würdest nie mehr aufwachen. Und ich dachte, ich …«

Ich verstummte und schüttelte den Kopf. Wir näherten uns den gefährlichen Themen, denen wir bisher ausgewichen waren. Darin waren wir schon früher gut gewesen. Aber die alten Fehler wollte ich nicht mehr machen.

»Es … es tut mir so leid, Daddy.« Ich kämpfte mit den Tränen. »Ich bin schuld, dass Joe und die anderen tot sind. Ich bin schuld, dass du beinahe gestorben bist. Ich weiß, dass ich das nie wiedergutmachen kann, aber ich …«

»Nein, Sheridan, um Himmels willen!«, unterbrach mein Vater mich heftig. »Wenn jemand Schuld an alldem hat, dann bin *ich* es! Ich hätte dir viel eher die Wahrheit über deine Mom und mich sagen müssen und darüber, wie du in unsere Familie gekommen bist, aber ich war zu feige, Rachel entgegenzutreten! Ich habe viel zu lange weggesehen, vielleicht, weil ich nicht begreifen konnte, wozu sie fähig gewesen ist. Bis heute ist es für mich unfassbar, was Rachel alles getan hat und wie groß ihr Hass gewesen ist. Sie hat die Waffen besorgt, mit denen Esra geschossen hat. Sie wollte ihn dazu benutzen das zu tun, was sie selbst nicht tun wollte.«

»Mich umbringen«, sagte ich und fröstelte. »Sie hat mich gehasst, weil ich alles herausgefunden und damit ihr Leben zerstört habe. Und Esra war immer eifersüchtig auf mich. Er hat auf dich geschossen, weil er geglaubt hat, ich läge in dem Bett.«

»Ja«, erwiderte Dad. »Es mag seltsam klingen, aber ich bin dankbar dafür, dass es mich erwischt hat. Das war die gerechte Strafe für meine Feigheit. Ich hätte alles ändern können, aber ich habe es nie getan.«

Wir schwiegen eine Weile, dann erzählte Dad vom Thanksgiving-Abend im letzten November, als ihm klar geworden war, dass Jordan sein und Carolyns Sohn war.

»Sieht Jordan Mom ähnlich?«, wollte ich wissen.

»Er hat Carolyns Mund und ihr Lächeln«, antwortete Dad.

»Und ich?«, fragte ich. »Was habe ich von meiner Mom?«

»Du bist ihr wie aus dem Gesicht geschnitten. Nur deine Augen haben eine andere Farbe.«

Das wusste ich selbst. Meine frappierende Ähnlichkeit mit ihrer Schwester hatte mir Tante Rachels Hass eingebracht, wahrscheinlich, weil sie durch meine bloße Existenz jeden Tag an ihre Untaten erinnert wurde.

»Das meine ich nicht«, sagte ich deshalb mit einem Anflug von Ungeduld. Dads Blick schweifte für einen Moment in die Ferne, bevor er zu mir zurückkehrte. Er räusperte sich.

»Du hast eine Menge von deiner Mutter geerbt«, sagte er dann, und seine Stimme klang verändert. »Carolyn hatte ein sonniges Gemüt, obwohl ihr Vater ein Despot war und ihre Mutter zu schwach, um ihm etwas entgegenzusetzen.« Ein trauriges Lächeln flog über sein Gesicht. »Sie war fröhlich und lebenslustig, neugierig, furchtlos und wissensdurstig. Sie war so anders als alle anderen Mädchen hier in der Gegend. Wenn sie lachte, leuchtete sie regelrecht von innen heraus. All das hast du von ihr. Du hast ihre Fantasie geerbt, ihre Leidenschaft und ihre Empathie.«

Vielleicht hätte ich mich über seine Worte freuen sollen, aber stattdessen verspürte ich den alten Groll auf meinen Adoptivvater. Ja, er hätte alles ändern können, aber ihm hatte der Mut gefehlt. Nur warum? Mir brannten so viele Fragen auf der Seele, seitdem ich meine Adoptionsurkunde gefunden hatte.

Die alte Standuhr, die früher in Dads Arbeitszimmer gestanden und jetzt einen neuen Platz in der Diele von Magnolia Manor gefunden hatte, schlug zehn Mal.

»Warum hast du eigentlich nie nach meiner Mom gesucht?«, fragte ich meinen Adoptivvater.

»Weil ich geglaubt habe, dass sie mit einem anderen Mann weggegangen ist«, erwiderte er. »Ein Jahr lang hatte sie mir auf keinen meiner Briefe geantwortet. Ich war verzweifelt. Und dann, kurz vor Weihnachten 1964, starb mein Bruder. Von einem Tag auf den anderen war ich der Erbe der Farm, die ich nie gewollt hatte. Der Traum vom College in Vermont war geplatzt.«

»Aber ihr habt euch doch geliebt!«, wandte ich ein.

»Ja, das hatte ich auch gedacht«, bestätigte Dad. »Es war sehr schmerzlich, als ich mir eingestehen musste, dass es offenbar nur eine romantische Teenagerliebe gewesen war, die von den Realitäten des Lebens überholt wurde. Das glaubte ich jedenfalls dreißig Jahre lang. Bis du mir Carolyns Tagebücher und ihren Brief gegeben hast.«

Ich konnte trotzdem nicht nachvollziehen, dass Dad so wenig um seine Liebe gekämpft hatte.

»Warum hast du Carolyn nicht einfach angerufen, als du aus Vietnam zurück warst?«, fragte ich hartnäckig. »Oder irgendjemanden darum gebeten, mal mit ihr zu sprechen und sie zu fragen, warum sie dir nicht schreibt?«

»Ich habe alles versucht, glaub mir«, antwortete Dad. »Die Coopers hatten kein Telefon, deshalb musste ich auf dem Postamt anrufen. Und da hatte ich jedes Mal Rachel dran, die mir immer wieder versprochen hat, Carolyn daran zu erinnern, mir zu schreiben. Meine Mutter und Mary-Jane haben versucht, mit

Carolyn zu sprechen, aber die Coopers haben niemanden zu ihr gelassen, weil sie angeblich krank war.«

»Aber als du wieder zu Hause warst, hättest du sie suchen können«, bohrte ich weiter. »Ich hätte Himmel und Hölle in Bewegung gesetzt, um Carolyn zu finden und zu erfahren, warum sie mich verlassen hat! Du hast Rachel doch nie leiden können! Wie konntest du ausgerechnet *sie* heiraten?«

Dads Miene verschloss sich, und ich ärgerte mich über den vorwurfsvollen Tonfall meiner Stimme, war aber außerstande, ihn zu beherrschen. Er sah mich mit jenem prüfenden Blick an, den ich von früher kannte, und mich beschlich ein unbehagliches Gefühl. Dad hatte es nie leiden können, unter Druck gesetzt zu werden und genau das tat ich gerade. Mich überfiel die jähe Angst, ich könnte zu weit gegangen sein.

»Entschuldige bitte, Dad«, stammelte ich und streckte die Hand nach ihm aus. »Ich … ich wollte dich nicht … Ich meine, es … es geht mich ja gar nichts an. Ich …«

Er schüttelte den Kopf und machte eine Geste, die mich verstummen ließ. Dann schob er seinen Stuhl zurück, stand auf, trat ans Fenster und stützte die Hände auf die Fensterbank. Als ich schon glaubte, er würde nichts mehr sagen, drehte er sich zu mir um.

»Ich war neunzehn Jahre alt, als ich einberufen wurde. Wie es der Tradition unserer Familie entsprach, ging ich zum Marine Corps.« Er klang ruhig und gefasst. »Normalerweise dauert die Grundausbildung dreizehn Wochen, aber wir wurden schon sechs Wochen später nach Vietnam geflogen. Ich hatte keine Ahnung, was mich dort erwartete. Keiner von uns hatte das. Ich war vorher nie in einem anderen Land gewesen, hatte den größten Teil meines Lebens auf einer friedlichen Farm verbracht, und von einem Moment zum anderen fand ich mich in der Hölle wieder, auf einem Stützpunkt bei Saigon, bei 35 Grad Hitze und hundert Prozent Luftfeuchtigkeit. Es goss wie aus Kübeln. Ich schrieb Carolyn jeden Tag, aber sie schrieb mir nicht ein einziges Mal zurück und ich wusste nicht, wieso. Die Ungewissheit machte mich fast verrückt.«

Ich starrte meinen Adoptivvater bestürzt an. Es war das erste Mal, dass er über die Zeit in Vietnam sprach. Und über seine Gefühle.

»Dann, kurz vor Weihnachten, bekam ich die Nachricht, dass mein Bruder gestorben war«, fuhr er fort. »Er war nicht etwa ehrenvoll im Kampf gefallen, sondern nach einem Saufgelage an seinem Erbrochenen erstickt, in einem Bordell in Saigon, nachdem er sich unerlaubt von der Truppe entfernt hatte. Das wurde natürlich nie öffentlich gemacht. Aber wahrscheinlich bekam ich deshalb keine Genehmigung, nach Hause zu fliegen und an seiner Beerdigung teilzunehmen. Im März 1965 wurde meine Einheit nach Đà Nẵng verlegt und von dort aus in den Dschungel. Wir waren vierundzwanzig Stunden am Tag unter feindlichem Beschuss, wochenlang. Jeden Tag starben Menschen, die ich kannte. Ich verlor alle Kameraden, mit denen ich die Grundausbildung gemacht hatte. Einige haben sich selbst verstümmelt, nur, um dieser Hölle zu entkommen. Ich merkte, wie ich mich veränderte, wie etwas in meinem Innern für immer zerbrach. Carolyn hatte mich vergessen, mein Bruder war tot, auf mich wartete ein Leben, das ich nie gewollt hatte. Mir war egal, ob ich lebte oder starb. Als ich nach zwölf Monaten zurück nach Hause kam, war ich ein anderer Mensch. Ich war innerlich wie tot. Heute weiß ich, dass ich unter einer posttraumatischen Belastungsstörung litt, aber damals interessierte sich niemand für die Psyche der Soldaten, die aus Vietnam zurückkamen.«

Er blickte mich an, und ich erschrak, als ich den unverhüllten Schmerz in seinen Augen sah.

»John Lucas' Tod hatte meine Eltern sehr mitgenommen. Ganz Fairfield tuschelte darüber, dass Carolyn mich wegen eines anderen Mannes verlassen hatte. Rachel war der einzige Mensch, der freundlich zu mir war. Verständnisvoll. Wie konnte ich ahnen, dass sie ein falsches Spiel mit mir trieb? Meine Eltern beschworen mich, sie nicht zu heiraten, obwohl sie schwanger war. Dann wurde mein Dad krank und starb, nur neun Monate später meine Mom. Innerhalb eines Jahres hatte ich alle Menschen verloren, die mir etwas bedeutet hatten. Und jede Nacht träumte ich von meinen sterbenden Kameraden. Ich hörte ihre Schreie, sah diese Bilder von weggeschossenen Beinen, platzenden Schädeln, von Leichensäcken. Immer wieder. Jahrelang. Das hörte erst auf, als du in meinem Leben aufgetaucht bist.«

»Was?«, flüsterte ich entgeistert.

Dad stieß einen tiefen Seufzer aus.

»Rachel hatte mir verschwiegen, dass sich das amerikanische Konsulat aus Frankfurt mit ihr in Verbindung gesetzt hatte. Ich wusste nicht, dass Carolyn gestorben war und von deiner Existenz hätte ich wahrscheinlich nie erfahren, wenn nicht die Army die Ermittlungen in dem Mordfall übernommen hätte. Die MPs hatten in Carolyns Adressbuch meinen Namen und meine Telefonnummer als Notfallkontakt gefunden. Ich fiel aus allen Wolken, als ich angerufen wurde, und bin sofort nach Deutschland geflogen, um dich zu besuchen. Die Mitarbeiter des Konsulats hatten dich bei der Familie eines Hauptmanns der Militärpolizei untergebracht. Er und seine Frau wollten dich adoptieren. Sie hatten zwei Kinder und mochten dich sehr, aber der Gedanke, dass Carolyns Tochter auf irgendwelchen Militärstützpunkten aufwachsen würde, hatte mir nicht gefallen. Vielleicht war ich auch einfach egoistisch. Ich hatte mir immer eine Tochter gewünscht.« Ein Lächeln huschte über Dads Gesicht. »Rachel gab irgendwann meinem Drängen nach, aber sie stellte Bedingungen. Unter anderem musste ich ihr versprechen, dass du niemals die wahre Geschichte deiner Herkunft erfahren solltest. Ich sagte zu allem Ja und Amen. Du warst keine drei Jahre alt, und die Zukunft schien unendlich weit weg. Dann kam der Tag, als ich dich in Washington abholen konnte. Als ich mit dir auf dem Arm ins Flugzeug nach Omaha stieg, wurde mir klar, dass sich von diesem Augenblick an alles ändern würde. Ich war für dich verantwortlich. Vom ersten Moment an war etwas Besonderes zwischen dir und mir, und Rachel war darauf immer eifersüchtig. Meine schrecklichen Träume hörten auf. Ich hatte auf einmal eine Perspektive und wollte mit dir alles richtig machen. Leider habe ich trotz aller guten Absichten viele Fehler gemacht. Aber du hast so viel Glück und Freude in mein Leben gebracht, dass ich dir für immer dankbar sein werde.«

Überwältigt von Dads Offenheit sprang ich auf und umarmte ihn. Er legte einen Finger unter mein Kinn und hob sanft meinen Kopf, sodass ich ihn ansehen musste.

»Du bist viel stärker, als deine Mutter es war, Sheridan«, sagte er rau. »Du bist kein zarter Schmetterling, sondern eine Kämpferin.«

»Danke, Dad«, flüsterte ich. »Danke, dass du mir das alles erzählt hast. Ich habe nur noch eine Frage: Hat Mom gewusst, dass du Rachel geheiratet hast?«

»Ich weiß es nicht«, gab Dad zu. »Möglicherweise hat Rachel es ihr selbst erzählt, aber vielleicht auch nicht.«

Das Licht von Scheinwerfern huschte durch die Küche, ich hörte den Motor eines Autos, der kurz darauf verstummte.

»Ah, das ist Elaine«, sagte Dad. »Sie hatte heute eine Fortbildung, drüben in Norfolk.«

Wenig später öffnete sich die Haustür, und Elaine Fagler kam herein, groß, schlank und auf eine herbe Art schön, so, wie ich sie in Erinnerung hatte. Sie trug eine verwaschene Jeans, Cowboystiefel und eine abgeschabte Lederjacke, ihr blondes Haar war zu einem dicken Zopf geflochten. Ich sah, wie Dads Augen bei ihrem Anblick aufleuchteten und wie sich die beiden anlächelten, aber sie wandte sich zuerst mir zu.

»Hey, Sheridan!«, begrüßte sie mich und schloss mich zu meiner Überraschung herzlich in die Arme. »Ich freue mich, dass du wieder hier bist. Hoffentlich bleibst du eine Weile!« Ihre Stimme klang warm und ein wenig heiser.

»Das habe ich vor«, erwiderte ich lächelnd.

»Sehr schön.«

Elaine gab Dad einen zärtlichen Begrüßungskuss, er nahm ihr die Lederjacke ab und hängte sie an die Garderobe. Die Art, wie sie miteinander umgingen, so interessiert, liebevoll und selbstverständlich, erinnerte mich an Patrick McAvoy und seine Frau Tracy. Es versetzte mir einen leisen Stich und ich fühlte mich auf einmal wie das fünfte Rad am Wagen.

»Willst du noch etwas essen?«, erkundigte Dad sich bei Elaine. »Ich kann dir den Auflauf aufwärmen.«

»Oh nein, vielen Dank, mein Lieber!« Elaine schüttelte den Kopf und lachte auf. »Ich habe mich heute den ganzen Tag überhaupt nicht bewegt und bin noch satt vom großen Fressen im Gemeindezentrum gestern. Aber einen Schluck Wein würde ich noch trinken.«

Eine Feier im Gemeindezentrum? Ich horchte auf.

»Da bin ich wohl einen Tag zu spät gekommen«, sagte ich leichthin. »Was war denn los?«

»Gestern wurde der neue Pfarrer feierlich ins Amt eingeführt.« Elaine öffnete den Küchenschrank. »Wollt ihr auch noch ein Glas Wein?«

Dad lehnte ab, aber ich nickte und Elaine stellte zwei Weingläser auf den Tisch. Aus der Tür des Kühlschranks holte sie eine Flasche Weißwein, schraubte sie auf und schenkte ein.

»Es war gleichzeitig die Abschiedsfeier für Reverend Burnett und seine Familie. Ich habe heute Morgen übrigens noch kurz mit ihnen gesprochen, bevor sie losgefahren sind, und soll dich grüßen, Vernon.«

Mein Herzschlag setzte kurz aus und ich brauchte ein paar

Sekunden, um zu begreifen, was sie gerade gesagt hatte. *Nein! Horatio!*

»Wo sind sie denn hingezogen?«, hörte ich mich fragen, und meine Stimme klang hohl in meinen Ohren.

»Nach Boston«, antwortete Dad an Elaines Stelle. »Der Reverend hat dort eine Stelle am MIT. Er kehrt in seinen alten Job als Informatiker zurück.«

Ich hatte das Gefühl, von irgendeiner höheren Macht verhöhnt zu werden. Bis vorgestern hatte ich nur hundert Meilen von Boston entfernt gelebt! Mir wurde übel vor Enttäuschung. Horatio war weg. Ich hatte ihn verpasst. Um einen verdammten Tag!

»Sie machen Zwischenstation in Cedar Rapids bei Sallys Familie.« Elaine hob ihr Glas, prostete mir zu und trank einen Schluck. »Für die Kleine wäre die Fahrt am Stück ja sonst auch viel zu lang, sagte Sally.«

»Welche Kleine?«, krächzte ich.

»Die kleine Meggie«, antwortete Elaine, ohne zu ahnen, was ihre Worte in mir anrichteten. »Sally und der Reverend haben doch noch mal Nachwuchs bekommen, vor drei Jahren ungefähr.«

Ich hatte das Gefühl zu implodieren, wie ein Stern, der in ein schwarzes Loch gesaugt wird. Angestrengt versuchte ich, meine Fassungslosigkeit und das Zittern meiner Hände unter Kontrolle zu bekommen. Ich trank das Glas auf einmal leer. Antwortete automatisch auf Fragen, die Elaine mir stellte. Mein Glas wurde wieder gefüllt und ich trank weiter. Tat so, als würde ich zuhören, nickte und lächelte, dabei hörte ich nichts außer meinem Blut, das in meinen Ohren rauschte.

Als ich am nächsten Morgen aufwachte, dröhnte mein Kopf und mein Mund war staubtrocken. Ich brauchte einen Moment, um zu mir zu kommen. Erst als ich im grauen Zwielicht, das durch die Ritzen der Fensterläden fiel, meine noch nicht ausgepackten Kisten und Reisetaschen sah, erinnerte ich mich, dass ich wieder zu Hause war. Aber wie war ich gestern ins Bett gekommen? Weshalb stand da ein Eimer? Und warum hatte ich solche Kopfschmerzen? Stöhnend schloss ich die Augen und versuchte, den gestrigen Abend zu rekonstruieren. Dad und ich hatten seine neue Gestütsanlage besichtigt und danach in der Küche gesessen, Tee getrunken und geredet. Irgendwann war Elaine nach Hause gekommen. Ich hatte Wein getrunken, obwohl ich Wein nicht sonderlich mochte. Elaine hatte noch eine zweite Flasche geöffnet, wir hatten gelacht. Oder hatte ich geweint? Aber warum? Von unten drangen gedämpft die Stimmen von Dad und Elaine zu mir herauf. Ich hatte keine Lust, mit irgendjemandem zu sprechen, deshalb blieb ich im Bett liegen, bis die Haustür ins Schloss fiel. Erst als ich zwei Autos davonfahren hörte, stand ich mühsam auf, weil mir fast die Blase platzte, und taumelte über den Flur hinüber ins Badezimmer. Als ich auf dem Klo saß, fiel mir wieder ein, was mich gestern Abend so aus dem Gleichgewicht gebracht hatte und ich fing an, am ganzen Körper zu zittern. Horatio hatte Fairfield verlassen, für immer! Ich würde ihm nie wieder zufällig an der Tankstelle begegnen, und in der Kirche predigte jetzt ein fremder Pfarrer.

Ich trat ans Waschbecken und betrachtete im Spiegel die magere Person, die mir aus stumpfen Augen und mit einem bitteren Zug um den Mund entgegenstarrte, und ich verspürte denselben dumpfen Schmerz wie im Winter vor fünf Jahren, als Nicholas Fairfield verlassen hatte. Damals war ich monatelang in die schwarze Umarmung einer heftigen Depression gesunken. Erst Horatios Zuneigung und sein Verständnis hatten mich von der lähmenden Niedergeschlagenheit befreit. Vier lange Jahre hatte ich versucht, ihn mir aus dem Kopf zu schlagen, vergeblich. Die innere Bindung, die zwischen uns entstanden war und die weit über körperliche Leidenschaft hinausging, war zu stark. Zumindest hatte ich das geglaubt. Bis Elaine gestern erwähnt hatte, dass Horatio mit Sally, der Frau, die er nicht liebte, ein Kind gezeugt hatte, das heute drei Jahre alt war! *Ich liebe dich mehr, als ich je einen anderen Menschen geliebt habe*, hatte er nach Joes Beerdigung zu mir gesagt, und er hatte dabei *geweint*. Ich lachte bitter auf. Ich war nicht mehr als ein Abenteuer für ihn gewesen und er hatte niemals daran gedacht, seine Frau zu verlassen! Drei Monate lang hatte er so getan, als sei ich der wichtigste Mensch in seinem Leben. Und kaum war ich von der Bildfläche verschwunden, hatte er die unattraktive, breithüftige Sally geschwängert, die vor den Fernsehkameras gelogen hatte, um seinen Kopf zu retten, obwohl sie die Wahrheit gekannt hatte! Mein Magen hob sich, und ich schaffte es gerade noch zum Klo. Würgend und hustend erbrach ich sauren Wein und ätzende Galle. Schluchzend kniete ich vor der Toilette. Weshalb nur war ich wieder hierher zurückgekehrt, zu all diesen Menschen, die mich auf offener Straße angespuckt und mir die schlimmsten Gemeinheiten ins Gesicht geschrien hatten? *Undankbares Flittchen! Hure! Schlampe! Dreckiges Miststück! In der Hölle sollst du schmoren!* Manchmal sah ich die hassverzerrten Gesichter in meinen Albträumen vor mir, den aufgebrachten Pöbel, der mich wahrscheinlich in Stücke gerissen hätte, wären Malachy und Rebecca nicht bei mir gewesen.

Ich wankte zum Waschbecken, spülte mir den Mund aus, dann zerrte ich mir T-Shirt und Slip vom Leib und trat unter die Dusche. Das Wasser war so heiß, dass es beinahe meine Haut verbrühte, aber der Schmerz in meinem Innern war so stark, dass es mir nichts ausmachte.

Zwanzig Minuten später ging ich die Treppe hinunter in die Küche. Auf dem Küchentisch aus massiver Eiche stand eine Thermoskanne, daneben ein Becher, unter dem ein Zettel klemmte. *In der Kanne ist Tee. Ich bin im Stall*, hatte Dad geschrieben. Ich schenkte mir einen Tee ein, dann zog ich meine Jacke an und trat aus der Haustür auf die Veranda, den Becher in den

Händen. Der Himmel war grau, in der Luft hing leichter Nebel. Hier und da lagen Schneereste wie von der Leine gewehte weiße Wäschestücke. Ich sog die frostkalte, klare Luft in meine Lungen und lauschte in die tiefe Stille des Wintermorgens. Es roch ganz leicht nach Holzrauch und Pferden. Mein Chevy stand unter einem neu gebauten Carport. Der Tee war heiß, süß und stark und fegte die Kopfschmerzen weg. Ich leerte den Becher in kleinen Schlucken, stellte ihn auf der obersten Treppenstufe ab und machte mich auf die Suche nach Dad.

Ich fand ihn und Nicholas im Roundpen, wo sie konzentriert mit einem jungen Pferd arbeiteten. An die Umzäunung gelehnt, sah ich ihnen eine Weile zu.

»Guten Morgen, Sheridan!«, rief Dad mir zu, und Nicholas hob grüßend die Hand. »Waysider steht in der Scheune! Er ist schon gesattelt. Falls du einen kleinen Ausritt machen möchtest.«

»Oh ja!«, erwiderte ich und zwang mich zu einem Lächeln. »Gute Idee!«

»Deine Reitsachen sind im Schrank in der Sattelkammer.«

Ich ging hinüber zur Scheune. Der hellbraune Wallach hob den Kopf, spitzte die Ohren und wieherte erfreut, als ich hereinkam. »Hey, Waysider!« Ich legte meine Arme um seinen Hals und vergrub mein Gesicht in seinem warmen Fell. »Hast du Lust auf einen Galopp?«

Ich zog eine Thermohose über die Jeans, wickelte mir einen dicken Schal um den Hals, setzte eine Wollmütze auf und steckte Handschuhe in die Jackentaschen. So gegen die schneidende Kälte gerüstet, lenkte ich Waysider wenig später in den Hohlweg, der hinunter zum Willow Creek führte. Mein Pferd kannte die Strecke genau und wusste, wo es galoppieren durfte. Es tänzelte übermütig, kaute an der Kandare und konnte kaum erwarten, endlich galoppieren zu dürfen. Mir ging es genauso. Ich hielt Waysider im Schritt, bis ich den sandigen Pfad erreicht hatte, der den Windungen des Flusses bis zur Furt am Elm Point folgte, dann spornte ich den Wallach zum Galopp. Ich duckte mich tief über seinen Hals, ließ ihn so schnell galoppieren, wie er wollte, und der kalte Wind trieb mir die Tränen in die Augen. Ach, wie sehr hatte ich das vermisst! Nirgendwo bekam man den Kopf besser frei als auf dem Rücken eines Pferdes! Kurz vor Elm Point ließ ich Waysider in den Trab und dann in den Schritt fallen. Schon von Weitem vernahm ich das Rauschen des Flusses. Und dann sah ich ihn. Nebelschwaden hingen wie dünne Schleier über dem Wasser, das schäumend die Sandbänke umfloss. Immer hatte mir der Anblick des Willow Creek, der an dieser Stelle ziemlich flach und breit war, inneren Frieden geschenkt, aber nicht heute. Mein Herz lag schwer wie ein Stein in meiner Brust. Warum hatte ich mich von Paul überreden lassen, in Rockbridge zu bleiben? Wieso hatte ich mir nicht einfach von Becky Geld schicken lassen und war nach Hause gefahren? Dann hätte ich Horatio noch gesehen, statt meine Zeit an einen Mann zu vergeuden, der mir nie wirklich etwas bedeutet hatte! Waysider spürte meine Anspannung, er schnaubte und scharrte ungeduldig mit einem Vorderhuf. Ich zögerte, denn es war ein weiter Ritt und ich war nicht gerade in guter körperlicher Verfassung, aber der Ort, an dem ich die glücklichsten Stunden meines Lebens verbracht hatte, zog mich magnetisch an. Da der Fluss nur wenig Wasser führte, trieb ich Waysider mit energischem Schenkeldruck in die Furt. Wir ließen die windschiefe Ulme, die dem Fleck seinen Namen gegeben hatte, hinter uns und galoppierten in einem weiten Bogen Richtung Norden.

Nach einer knappen Dreiviertelstunde hatte ich den Willow Lake erreicht, der genaugenommen kein See, sondern ein Altwasser des Willow Creek war. Zwischen See und Fluss befand sich ein breites Sumpfgebiet, aber Waysider fand trittsicher den schmalen Pfad, der durch mannshohes, trockenes Schilf führte. Blässhühner und Enten flatterten hier und da auf, aber ihr Gezeter störte mein Pferd nicht.

Friedlich und still lag Paradise Cove da und nichts ließ erahnen, welche Dramen sich an der mit Trauerweiden bestandenen Bucht schon abgespielt hatten. Hier hatte ich mit Horatio geschlafen. Ich schauderte, als ich an unser letztes Mal dachte, an Esra, der uns nachspioniert und heimlich fotografiert hatte, um Horatio zu vernichten und sich an mir zu rächen. Auf der Flucht vor mir war er ins Eis des Sees eingebrochen und beinahe ertrunken. Ach, hätten wir ihn doch nur ertrinken lassen, dann wäre alles anders gekommen!

Aber schon für meine Mom und Dad hatte dieses idyllische Fleckchen Erde eine ganz besondere Bedeutung gehabt, denn auch sie hatten sich hier heimlich getroffen. Und ich hatte hier den Brief und das Tagebuch meiner Mutter gefunden, in dem Rachels Untaten enthüllt wurden. Damit hatte das ganze Verhängnis seinen Lauf genommen.

Mein Blick streifte den großen Felsbrocken am Ufer, auf dem Horatio an jenem Sonntagnachmittag Ende August gesessen und geangelt hatte. An diesem Tag hatte ich mich in ihn verliebt. Ich erinnerte mich an jeden einzelnen Moment, als sei es erst gestern gewesen. Vorsichtig ließ ich mich aus Waysiders Sattel gleiten. Ich musste mich kurz am Sattelhorn festhalten, sonst wären meine Beine eingeknickt. Langsam ging ich zu der großen Trauerweide hinüber. Irgendjemand musste vor Kurzem hier gewesen sein! Die Spuren von Schuhen waren im verharschten Schnee noch ganz deutlich zu erkennen. Sie führten vom Waldrand bis hierher und wieder zurück. Derjenige musste sich eine Weile an dieser Stelle aufgehalten haben, denn der Schnee unter dem winterkahlen Baum war ganz zertrampelt. Erst dann sah ich die Buchstaben, die jemand in den Schnee geschrieben hatte.

SHERIDAN.

Ich sank auf die Knie, zerrte mir den Handschuh von der rechten Hand und zeichnete behutsam mit meinem Zeigefinger die Buchstaben nach, die vor meinen Augen verschwammen.

Horatio war hier gewesen! Er hatte mich nicht vergessen! Warum hatte er nicht noch einen einzigen Tag warten können? Der Kummer, der mich überwältigte, war stärker als mein Zorn. Ich krümmte mich weinend zusammen, presste mein Gesicht in den Schnee und mein Herz zersprang in tausend Splitter.

Auf dem Weg nach Hause schwor ich mir, jegliche Erinnerung an meine große Liebe tief in meinem Innern einzuschließen und den Schlüssel wegzuwerfen. Ich würde mich nicht mehr quälen und einem Menschen nachweinen, der meine Liebe nicht gewollt hatte. Die Buchstaben im Schnee hatte ich zertrampelt und nach Paradise Cove würde ich auch nie mehr zurückkehren. Es war an der Zeit, Zukunftspläne zu schmieden. Pläne, die nichts mit irgendeinem Kerl zu tun hatten. Nie mehr wollte ich in die Abhängigkeit eines Mannes geraten – weder finanziell noch emotional. Als Erstes würde ich nach Madison an meine alte Highschool fahren und Direktor Harris bitten, im Sommer meinen Abschluss machen zu dürfen. Der Direktor hatte mich immer gut leiden können, außerdem war ich eine gute Schülerin gewesen. Danach konnte ich an ein College gehen und studieren.

Ich ritt langsam zurück und näherte mich den neuen Stallungen von der anderen Seite. Der Hufschmied bearbeitete in der Scheune die Hufe eines hübschen Palominos, Dad und Nicholas sahen ihm bei der Arbeit zu. Als sie Waysiders Hufschlag hörten, wandten sie sich um und lächelten mir entgegen. Der Ritt hatte mich so sehr erschöpft, dass ich mich kaum noch auf den Beinen halten konnte. Nicholas nahm mir das Pferd ab, um es zu versorgen, und Dad und ich fuhren mit dem Gator zum Haus hinüber. Ich erzählte Dad von meinen Zukunftsplänen.

»Sollte es mit der Highschool klappen, kann ich euch bis zum Ende des Sommers mit den Pferden helfen«, schlug ich ihm vor, als wir die Stufen zur Veranda hochgingen und das Haus betraten. »Vielleicht kannst du mir Geld leihen, damit ich danach an ein College gehen kann.«

»Ich muss dir nichts leihen«, erwiderte Dad. »Du hast genug Geld.«

»Leider nicht.« Ich ließ mir meine Enttäuschung nicht anmerken. »Aber wenn ich mich anstrenge, kriege ich sicher ein Stipendium.«

»Du brauchst auch kein Stipendium, Sheridan.« Dad lächelte. »Ich habe einen Treuhandfonds für dich eingerichtet, der dir ab deinem 21. Geburtstag zur Verfügung steht. Und soweit ich weiß, bist du letztes Jahr 21 geworden.«

»Wie bitte? Warum das?« Ich blickte meinen Vater ungläubig an.

»Jedes meiner Kinder bekommt etwas.« Er zuckte die Schultern und zog seine Jacke aus. »Malachy und Hiram habe ich zu gleichen Teilen die Farm überschrieben. Du bekommst Geld und Wertpapiere. Dein Fonds ist momentan ungefähr 250 000 Dollar wert.«

Ich war sprachlos. Immer wieder hatte mir Tante Rachel unter die Nase gerieben, ich bräuchte überhaupt nicht darauf zu spekulieren, jemals auch nur einen müden Cent zu erben, da ich nicht zur Familie gehöre und nur ein adoptierter Bastard sei.

»A... aber... aber...«, stotterte ich deshalb fassungslos.

»Es ist nicht so viel, dass du niemals arbeiten müsstest.« Dad wurde ernst. »Aber du kannst damit deine Ausbildung bezahlen und auf eigenen Füßen stehen.«

Früher hatte mir Geld nicht sehr viel bedeutet. Doch mittlerweile hatte ich gelernt, was es bedeutete, kein Geld zu haben. Wie schrecklich und demütigend es war, sich nichts zu essen kaufen zu können. Im Auto schlafen zu müssen, weil man sich selbst das billigste Motel nicht leisten konnte, und dabei zu fürchten, kein Geld mehr für Benzin auftreiben zu können. Die Angst, noch einmal in eine solch verzweifelte Lage zu geraten, hatte mich in Pauls Arme getrieben. Und jetzt eröffnete mir mein Vater beiläufig, wie es eben seine Art war, dass ich diese Angst nie mehr haben musste.

Meine Erleichterung darüber war so gewaltig, dass ich in Tränen ausbrach und meinem Vater um den Hals fiel. Dann platzte die ganze Geschichte aus mir heraus: Wie ich auf Ethan Dubois hereingefallen war, nachdem ich mich fast zwei Jahre lang in Florida unter falschem Namen von Job zu Job gehangelt hatte. Was in Savannah geschehen war, wie ich in Farmington in meinem Auto geschlafen hatte und von einem Polizisten wegen Landstreicherei aus der Stadt geworfen worden war. Wie ich vor Hunger in der Bäckerei in Rockbridge ohnmächtig geworden und Paul vor die Füße gefallen war. Wie ich seinen Heiratsantrag angenommen, aber bald gemerkt hatte, dass das ein Fehler gewesen war. Und was passiert war, als Ethan und seine Leute in Rockbridge aufgetaucht waren, um mich zu töten. Dad hörte mir betroffen und ungläubig zu, aber statt mich angewidert wegzustoßen, nahm er mich tröstend in die Arme.

»Ich hatte geglaubt, Ethan würde mich lieben, dabei hat er mich nur benutzt«, schluchzte ich verzweifelt. »Und fast hätte ich Paul geheiratet, nur, weil ich *Sicherheit* wollte!«

»Fehler sind dazu da, um aus ihnen zu lernen«, sagte Dad mitfühlend und streichelte meinen Rücken. »Umso wichtiger ist es, dass du jetzt wieder hier bist und erst mal zur Ruhe kommen kannst. Natürlich freue ich mich sehr, wenn du eine Weile bleibst und uns mit den Pferden hilfst. Aber wenn du wieder irgendwo hingehst, ob zum Studium oder zum Arbeiten, vergiss nie, dass hier dein Zuhause ist und meine Tür dir immer offen stehen wird.«

»Oh, Daddy, ich hab so viel falsch gemacht!« Ich verbarg mein Gesicht an seiner Schulter. »Dabei wollte ich immer, dass du stolz auf mich bist. Aber ich habe dich nur enttäuscht!«

»Aber das stimmt doch nicht, Sheridan!«, widersprach Dad

mir. Er nahm sanft mein Gesicht in beide Hände und wischte mir mit den Daumen die Tränen ab. »Du hast sehr viel Schlimmes erleben müssen und musstest alleine damit zurechtkommen. Ich habe auch viele Fehler gemacht. Erinnerst du dich an unser Gespräch im Krankenhaus damals?«

Ich nickte und zog die Nase hoch wie ein kleines Kind.

»Genau wie du habe ich nie etwas böswillig getan, aber ich habe Entscheidungen getroffen, die fatale Auswirkungen hatten. Im Prinzip besteht das Leben aus einer Aneinanderreihung von Entscheidungen. Die meisten treffen wir aus dem Bauch heraus und halten die Konsequenzen gerne für Zufälle oder gar für Schicksal. Es ist jedoch einzig und allein die Summe unserer eigenen Entscheidungen, die so etwas wie Schicksal überhaupt erst möglich macht. Verstehst du, was ich meine? Es nützt nichts, mit dem zu hadern, was gewesen ist. Irgendwann muss man seine Vergangenheit loslassen, aus seinen Fehlern Lehren für die Zukunft ziehen und lernen, mögliche Konsequenzen zu bedenken, bevor man eine wichtige Entscheidung trifft. Als Paul dich gefragt hat, ob du ihn heiraten willst, hättest du dir zum Beispiel erst einmal etwas Bedenkzeit erbitten können, bevor du ›Ja‹ gesagt hast.«

Ich nickte deprimiert. Immer wieder hatte mich mein Herz in die Irre geführt. Auf der verzweifelten Suche nach Liebe und Anerkennung war ich von einem Mann zum nächsten getaumelt, und je öfter ich verletzt worden war, desto größer war meine Verzweiflung geworden. Mein schlimmster Fehler war die Affäre mit Horatio gewesen, die ich in meiner Naivität für die große Liebe gehalten hatte. Zwar hatte ich gewusst, dass es für Horatio und mich nie eine gemeinsame Zukunft geben würde, weil er sich für seine Familie entschieden hatte, aber das hatte ich im Laufe der Zeit verdrängt. Stattdessen hatte ich die gestohlenen Stunden, in denen ich mich geliebt gefühlt hatte, glorifiziert, bis mich der idealisierte Horatio wie ein Anker in der Vergangenheit festgehalten und mich gleichzeitig daran gehindert hatte, nach Hause zu kommen.

»Wieso setzt du dich nicht mal ein bisschen an den Flügel?«, schlug Dad vor. »Ich würde dich zu gerne wieder mal spielen hören.«

Wir gingen hinüber in den großen Salon und da stand Dads wunderschöner Konzertflügel, den er von seiner Mutter geerbt hatte. Ich musste lächeln. An diesem Instrument hatte ich Klavierspielen gelernt.

»Ich kann selbst leider nicht mehr spielen«, sagte Dad und klappte den Flügel auf. »Meine Feinmotorik hat zu sehr gelitten.«

»Das tut mir leid«, erwiderte ich. Mein Vater hatte gerne abends im Musikzimmer an seinem Flügel gesessen und ziemlich gut gespielt. Tante Rachel hatte dann immer die Augen verdreht und gebrummt: »Grässlich, diese Klimperei.«

Ich setzte mich auf die Klavierbank und ließ meine Finger behutsam über die Tasten gleiten. Zunächst spielte ich Tonleitern, erst mit der rechten, danach mit der linken Hand, schließlich mit beiden Händen, bis ich dazu überging, immer kompliziertere Läufe zu üben. Dann spielte ich die *Gnossiennes* No. 1 von Erik Satie, weil es meiner düsteren Stimmung entsprach. Wenn ich ein Stück erst beherrschte, brauchte ich keine Noten mehr. Als ich sechs oder sieben Jahre alt gewesen war, hatte meine Musiklehrerin bemerkt, dass ich ein absolutes Gehör besaß und in der Lage war, die Höhe jedes beliebigen Tons zu bestimmen, ohne dabei einen Bezugston hören zu müssen. Wahrscheinlich war mir deshalb das Komponieren schon immer so leichtgefallen, denn ich konnte Musik genauso flüssig denken und schreiben wie Sätze. Ich spielte und spielte, Grieg, Rachmaninow, Chopin, alles, was mir gerade durch den Kopf ging, und auf einmal fiel die innere Anspannung von mir ab. Es gab keine Tante Rachel mehr, der mein Klavierspiel auf die Nerven ging. Ich musste nicht damit rechnen, dass Paul plötzlich von hinten seine Hände auf meine Brüste legte und meinen Hals küsste, weil er glaubte, dass ich es toll fand. Und ich saß auch nicht mehr an dem alten Klavier in der Kirche und lauschte darauf, ob Horatio zufällig vorbeikam. Ich war frei. Ich war zu Hause. Mir konnte nichts mehr passieren. Ich begann *Sorcerer* zu spielen, einen meiner eigenen Songs, und sang dazu. Gleich danach spielte und sang ich *I hate myself for loving you* und *Nowhere going fast*.

Ich war so in meine Musik versunken, dass ich nicht bemerkt hatte, wie die Zeit vergangen war. Als ich aufblickte, sah ich einen dunkelhaarigen Mann mit verschränkten Armen im Türrahmen lehnen. Für den Bruchteil einer Sekunde dachte ich, es sei Dad, aber es war Jordan Blystone. Dunkelhaarig und gut aussehend, mit denselben tiefbraunen Augen wie Dad und dem Lächeln, das er von unserer Mutter geerbt hatte. Mein Bruder.

»Hallo, Sheridan«, sagte er. »Wie schön, dich wiederzusehen.«

»Jordan!« Ich sprang auf und fiel ihm um den Hals. »Ich freue mich auch!«

* * *

Über uns funkelten blass die ersten Sterne und der Abend begann zu dämmern, als Jordan und ich zum Familienfriedhof der Grants schlenderten. Er lag auf einer kleinen Anhöhe zwischen Magnolia Manor und dem Willow Creek, umgeben von mächtigen alten Ulmen und Trauerweiden. Ich war immer gerne hierhergekommen, denn dieser friedliche Ort besaß zu jeder Jahreszeit einen ganz besonderen Zauber. Im Sommer streichelten die langen Zweige der Trauerweiden die verwitterten Grabsteine, im Herbst bildeten die bunten Blätter der Ulmen und Eichen eine pittoreske Kulisse und im Winter umgab den Friedhof eine Aura von Melancholie, die etwas tief in meinem Innern berührte. Oft hatte ich auf der von Moos und Flechten überzogenen Bank aus weißem Marmor gelegen, in den Himmel gestarrt und meinen Teenagerträumen nachgehangen, in denen ich eine berühmte Sängerin oder Schauspielerin war. Hier hatte ich fiktiven Reportern Interviews gegeben und geübt, lässig meinen begeistert kreischenden Fans zu winken, während ich den roten Teppich entlangschritt. Manchmal hatte ich aber auch einfach nur dagesessen, die Inschriften auf den Grabsteinen entziffert, und versucht, mir die Menschen vorzustellen, deren Namen dort eingemeißelt waren. Es war Marthas Verdienst, dass ich über die Vorfahren der Grants so gut Bescheid wusste. An düsteren Winternachmittagen hatten wir uns häufig die Zeit damit vertrieben, auf dem Dachboden des großen Hauses in alten Fotoalben zu blättern, sepiafarbene Fotografien anzuschauen und die Aufzeichnungen längst verblichener Ahnen zu lesen.

»Das hier war früher einer meiner liebsten Rückzugsorte«, verriet ich Jordan, ohne in die Details zu gehen. »Tante Rachel hat niemals einen Fuß auf den Friedhof gesetzt. Heute ist mir klar, warum.«

»Wahrscheinlich hatte sie Angst vor den Geistern derjenigen, die sie ermordet hat.« Jordan schlug seinen Mantelkragen hoch.

Der älteste Grabstein stand auf dem Grab von Louise Landon Grant, der Ehefrau von John Sherman, die 1867 im Alter von 26 Jahren gestorben war. Das Leben im Grenzland war damals hart und voller Entbehrungen gewesen, und die Grants hatten eine lange und beschwerliche Reise ins Ungewisse hinter sich gehabt. Nach dem Ende des Sezessionskriegs waren sie von Virginia aus aufgebrochen, hatten mit einem Planwagen die Appalachen überquert und waren durch die endlose Prärie gefahren, bis sie nach anderthalb Jahren an diesen Ort gekommen waren und beschlossen hatten, zu bleiben. Seitdem Louise Landon Grant hier ihre letzte Ruhestätte gefunden hatte, waren achtundzwanzig Gräber dazugekommen. Die jüngsten Gräber waren die meines Bruders Joseph, von Leroy und Carter Mills und das Grab von Jordans und meiner Mom. Dad hatte ihre Urne vor zwanzig Jahren aus Deutschland mitgebracht und im Grab seiner Eltern versteckt. Erst nachdem sich die Gefängnistore für immer hinter Tante Rachel geschlossen hatten, hatte er ihr ein eigenes Grab gegeben. Es war ein befremdliches Gefühl, den Namen, den ich zwei Jahre lang als meinen benutzt hatte, auf einem Grabstein zu lesen.

Carolyn Cooper
*16.3.1948 †14.7.1981
Geliebt und unvergessen.

Jordan legte seinen Arm um meine Schultern und ich lehnte mich an ihn.

»Ich war siebzehn, als sie gestorben ist.« Seine Stimme klang belegt. »In dem Sommer war ich gerade mit der Highschool fertig.«

Ihm war es kaum besser ergangen als mir, denn auch er war belogen worden, aber ich hatte immerhin gewusst, dass ich adoptiert worden war.

»Wie hast du dich gefühlt, als du erfahren hast, dass deine Eltern gar nicht deine biologischen Eltern waren?«, wollte ich von ihm wissen.

»Ich war schockiert«, erwiderte er. »Verwirrt. Wütend. Aber irgendwie auch erleichtert, denn endlich hatte ich eine Erklärung dafür, dass ich mich tief in meinem Innern in der Familie Blystone immer ein bisschen fremd gefühlt hatte.«

»Hast du … Rachel danach gefragt, warum sie dich Mom weggenommen und ausgesetzt hat?«, fragte ich.

»Nein.« Jordan schüttelte den Kopf. »Aber ich kann es mir denken. Sie hatte sich so sehr in die Idee verrannt, die Herrin der Willow Creek Farm zu sein, dass sie bereit war, jeden aus dem Weg zu räumen, der ihrem Traum in die Quere kam.«

»Was für eine Ironie des Schicksals, dass Rachel ausgerechnet von uns, den Kindern ihrer Schwester, ins Gefängnis gebracht wurde«, sagte ich. »Dabei dachte sie, sie hätte alles schlau eingefädelt.«

»Das Gesetz unbeabsichtigter Konsequenzen«, antwortete Jordan.

»Was bedeutet das?«, wollte ich wissen.

»Es fängt immer mit einer ersten Unaufrichtigkeit an. Mit der Zeit verstrickt man sich in Lügen, bis irgendwann alles außer Kontrolle gerät«, sagte mein Bruder. »Ich glaube nicht, dass Rachel von vornherein vorhatte, ihre Schwiegereltern zu töten. Aber wenn man etwas Falsches getan hat und nicht dazu steht, verstrickt man sich schnell in immer mehr Fehlern. Das ist wie der Schneeball, der zu einer Lawine wird.«

Bei seinen Worten lief mir eine Gänsehaut über den Rücken. Für einen winzigen Moment war ich versucht, Jordan zu gestehen, was ich an Halloween vor fünf Jahren getan hatte. Aber dann dachte ich an das Gespräch mit Nicholas und hielt den Mund. Für Ehrlichkeit war es zu spät.

Unvermittelt wandte sich Jordan mir zu und ergriff meine Hände. »Ohne dich wäre Rachel Grant ungestraft mit drei Morden davongekommen, Sheridan. Du hast mir damals den Hinweis gegeben, dass Rachel ihre Schwiegereltern und ihren Vater umgebracht haben könnte. Wir haben über zwei Jahre gebraucht, hieb- und stichfeste Beweise dafür zu finden.« Jordan verstummte und sein Gesichtsausdruck wurde weich. Zu meiner Überraschung glänzten auf einmal Tränen in seinen Augen.

»Ach, Sheridan, ich bin so froh, dass du jetzt hier bist und dass es dir gut geht!«, stieß er hervor. »Du glaubst nicht, welche Vorwürfe ich mir in den letzten Jahren deinetwegen gemacht habe! Ich habe schon mit vielen kranken Verbrechern zu tun gehabt, aber einem so eiskalten Menschen wie Rachel Grant bin ich noch nie zuvor begegnet. Die Vorstellung, dass du dieser Psychopathin so viele Jahre ausgeliefert warst, war entsetzlich für mich. Und anstatt dir zu helfen, habe ich dich zu Sidney gebracht!«

»Oh nein, Jordan, bitte! Du musst dir keine Vorwürfe machen!« Ich drückte seine Hände. »Du warst damals der einzige Mensch, der mir geglaubt hat! Du wolltest mir helfen. Nur das zählt.«

»Nein, ich habe es nur schlimmer für dich gemacht«, haderte er mit sich selbst.

»Aber jetzt ist doch alles gut«, tröstete ich ihn. »Ich bin wieder hier. Dad geht es gut, und du hast Nicholas gefunden. Darüber freue ich mich übrigens sehr. Nicholas ist mein bester Freund.«

»Ich weiß.« Jordan blinzelte die Tränen weg und atmete tief durch. Ich betrachtete sein Profil im schwindenden Tageslicht.

»Als ich dich das erste Mal im Fernsehen gesehen habe, dachte ich für einen Moment, du wärst Dad«, sagte ich.

»Und mich haben die Reporter gefragt, ob ich einer der Grant-Jungs sei«, entgegnete er und lächelte. »Mir selbst ist die Ähnlichkeit damals gar nicht aufgefallen.«

»Für Dad ist's auf jeden Fall toll, dass er dich gefunden hat.«

»Und für mich ist's wunderbar, dass ich eine kleine Schwester wie dich habe. Ich weiß jetzt, woher ich komme, auch wenn ich meine Mom nie kennenlernen konnte. Aber du weißt nicht, wer dein echter Vater ist, und das tut mir leid.«

»Muss es nicht«, sagte ich leichthin. »Dad war ein toller Vater für mich, als ich ein Kind war. Und jetzt ist er's auch wieder.«

In Wirklichkeit quälte es mich sehr, nicht zu wissen, welche Erbanlagen in mir schlummerten. Aber das gestand ich Jordan nicht, dafür reichte unsere Vertrautheit noch nicht aus.

»Komm, lass uns zurückgehen.« Ich hakte mich bei meinem Bruder unter. »Wir müssen um sieben bei Mal und Becky sein.«

Langsam gingen wir den geschotterten Weg entlang, der sich kurz vor Magnolia Manor teilte und weiter zur Farm führte.

»Ich habe in den letzten Wochen versucht nachzuvollziehen,

wo unsere Mutter sich aufhielt, nachdem sie Fairfield verlassen hatte«, sagte Jordan. »Leider bin ich mit meinen Nachforschungen kein bisschen weitergekommen. Rachel verrät mir natürlich nichts, erst recht nicht, seitdem sie weiß, dass ich Carolyns und Vernons Sohn bin.«

»Ich werde sie ganz sicher nicht fragen«, beeilte ich mich zu sagen. »Ich will diese Frau nie mehr wiedersehen.«

»Kann ich verstehen.« Jordan nickte. »Letzte Woche habe ich mit jemandem vom FBI telefoniert. Dr. David Harding war früher Militärpolizist in Deutschland, bevor er zum FBI gegangen ist. Heute ist er Profiler und hat die *Behavioral Analysis Unit* mitaufgebaut, die sich vor allem mit der Verhaltensanalyse von Serientätern beschäftigt.«

»Aha.« Ich begriff nicht, worauf er hinauswollte.

»Er war derjenige, der den Mörder unserer Mutter festgenommen und aus Deutschland zurück in die Staaten begleitet hat«, erklärte Jordan. »Was weißt du eigentlich über diese Sache?«

»Nicht viel«, antwortete ich zögernd. »Ich weiß nur, dass er außer Mom noch zwei andere Frauen umgebracht hat.«

»Genau.« Jordan nickte. »Der Mann heißt Scott Andrews, ist mittlerweile 51 Jahre alt und sitzt im Hochsicherheitsgefängnis in Florence, Colorado, ein, ohne Aussicht auf vorzeitige Begnadigung. Die Todesstrafe wurde in drei Mal lebenslänglich umgewandelt.«

»Er war Moms Freund«, sagte ich.

»Nein«, widersprach Jordan mir. »Das war er nicht. Er kannte sie nicht einmal besonders gut.«

»Was?« Ich blickte ihn verwirrt an.

Vor ein paar Jahren hatte ich zufällig die Unterlagen über meine Adoption im Büro von Tante Rachel entdeckt. In dem Aktenordner, in dem auch meine Adoptionsurkunde abgeheftet war, war ich auf einige Schreiben des Generalkonsulats in Frankfurt gestoßen, in denen stand, dass Scott Andrews der Freund meiner Mutter gewesen sei. Angeblich hatte er sie bei einem Streit unter Alkoholeinfluss erwürgt. Seitdem ich das wusste, lebte in mir die Angst, er könnte mein leiblicher Vater sein.

»Die Ermittlungen wurden damals zuerst von der deutschen Kriminalpolizei geführt, und es gab wohl aufgrund der Sprachbarriere einige Missverständnisse«, erwiderte Jordan. »Carolyn hat in einem Irish Pub in Frankfurt gearbeitet und ihr habt zur Untermiete in der Wohnung ihres Chefs, eines Iren, gelebt. Andrews kam häufig in den Pub, wie viele GI's. Eines Nachts folgte er Carolyn bis zu ihrer Wohnung, vergewaltigte und ... tötete sie.«

»Wie schrecklich«, flüsterte ich und schauderte. Meine Mom hatte also dasselbe erlebt wie ich, aber sie hatte ihrem Peiniger nicht entkommen können. »Warum erzählst du mir das alles?«

»Weil wir Scott Andrews besuchen und mit ihm sprechen könnten«, antwortete mein Bruder. »Er ist die einzige Verbindung zu Carolyn Coopers Vergangenheit. Vielleicht erzählt er dir mehr als dem FBI und du könntest so herausfinden, wer dein biologischer Vater ist.«

»Oh!« An diese Möglichkeit hatte ich überhaupt nicht gedacht, aber Jordan hatte recht. Auch wenn Scott Andrews nicht Moms Freund gewesen war, so hatte er sich eine Weile in ihrem Umfeld aufgehalten und erinnerte sich vielleicht an Namen, die uns weiterhelfen konnten. »Lass mich darüber nachdenken, okay?«

New York City, Februar 2001

Die vergangenen vier Wochen waren eine wahre Tour de Force gewesen, denn Marcus hatte jedes einzelne Unternehmen besucht, das zur CEMC gehörte. Der Markt belohnte die angekündigte Gesundschrumpfung des Unternehmens mit einem deutlichen Anstieg des Aktienkurses, was Marcus zwar Applaus seitens der Aktionäre, aber wütende Proteste von Gewerkschaften und Betriebsräten einbrachte. Marcus stoppte die Unsitte, Consultingfirmen und externen Agenturen Millionen von Dollar in den Rachen zu werfen, statt firmeneigene Kompetenzen zu nutzen. Es interessierte ihn nicht, dass er der unbeliebteste Mann im ganzen Konzern war. Als er am Vorabend in New York eingetroffen war, hatte er sich mit Rick Kessler, dem Managing Director von *Lightning Arrow Records* getroffen, um ihm mitzuteilen, dass das Label auf seiner Abschussliste ganz oben stand. Die Entscheidung war ihm nicht leichtgefallen, denn es war sein alter Kumpel Harry Hartgrave gewesen, der das Label in den Achtzigern gegründet hatte, etwa zur gleichen Zeit, als er sich mit *StoneGoldRecords* selbstständig gemacht hatte. Die CEMC hatte das Label nach Harrys Tod für einen irrsinnigen Haufen Kohle gekauft, nur um zwei Bands in die Finger zu bekommen, die das Label jedoch wenige Monate später verlassen und woanders Verträge unterschrieben hatten. Seitdem gehörte *Lightning Arrow Records* zu den größten Sorgenkindern des Konzerns. Ein zauderndes Management und eine unfähige A&R-Abteilung hatten dazu beigetragen, dass das ehemals so erfolgreiche Plattenlabel in die Bedeutungslosigkeit abgerutscht war. *Artist and Repertoire* war die Königsdisziplin in der Musikbranche. Hier konnte man das meiste Geld verdienen, aber der Erfolgsdruck war hoch, das wusste Marcus aus eigener Erfahrung. Die Aufgabe eines A&R-Managers war es, neue Acts zu entdecken und zu entscheiden, ob sie die Investition von mehreren Hunderttausend Dollar wert sein würden. War der Act unter Vertrag genommen, dann musste der A&R-Manager einen passenden Produzenten finden, die Studioarbeit begleiten und einen Marketingplan entwickeln, um die Songs des hoffnungsvollen Künstlers auf die Playlisten der Radiosender zu bringen. All das war bei *Lightning Arrow Records* seit Jahren nicht mehr erfolgreich geschehen, deshalb würde Marcus ihnen heute mitteilen, dass sie ihre Siebensachen packen und sich neue Arbeitgeber suchen konnten.

Er betrat um zehn Uhr morgens die Firmenräume im 26. Stock des Paramount Plaza an der 50th Street Ecke Broadway, die zehn Mal so viel Miete verschlangen wie die Konzernzentrale in Santa Monica. Der Umzug in eine günstigere Immobilie in New Jersey oder Brooklyn war bereits beschlossene Sache. Rick und die vier Schießbudenfiguren, die den Vorstand darstellten, erwarteten ihn bereits mit grauen Gesichtern. Sie wechselten ein paar Höflichkeitsfloskeln, dann gingen sie in den Besprechungsraum, in dem sich die komplette Belegschaft versammelt hatte. Alle Gespräche verebbten. Marcus schlug dieselbe ängstliche Spannung entgegen wie bei all den anderen Firmenbesuchen, die er in den letzten Wochen absolviert hatte. Er ließ seinen Blick über die Anwesenden schweifen.

»Ich bin vom Aufsichtsrat der CEMC zum Vorstandsvorsitzenden bestellt worden, um diesen Konzern zu retten. Und wissen Sie, warum?« Die Frage war rhetorisch, er erwartete darauf keine Antwort. »Weil ich es *kann*. Ich kenne das Musikbusiness. Sie alle wissen, wer ich bin und warum man mir diese Aufgabe zutraut. Und Sie wissen auch, dass ich mich nicht davor scheue, heilige Kühe zu schlachten. Die CEMC ist nur überlebensfähig, wenn wir uns komplett neu positionieren. Wenn wir absolut alles Althergebrachte infrage stellen. Ich hasse es, dass Warner, RCA, Sony oder wer auch immer uns den Rang ablaufen. Wenn alle wichtigen Musikpreise an der CEMC vorbeigehen, wie das seit Jahren der Fall ist, dann ist das ein klares Zeichen dafür, dass irgendetwas schiefläuft.«

Er blickte in die Runde, ließ seine Worte wirken.

»Es wird in Zukunft keinen einzigen neuen Vertrag geben, der nicht über meinen Schreibtisch gegangen und von mir genehmigt worden ist. In nächster Zeit entscheide alleine ICH, mit wem ein Vertrag abgeschlossen wird und mit wem nicht.«

Die A&R-Leute vermieden es, ihn anzusehen. Er hatte ihnen gerade die maximale Demütigung zugefügt, indem er ihnen *coram publico* Unfähigkeit bescheinigt und sein Vertrauen entzogen hatte.

»Ich will nichts beschönigen«, sagte er nüchtern. »Ohne einen massiven Stellenabbau und eine Trennung von defizitären Geschäftsbereichen ist die CEMC nicht zu retten. *Lightning Arrow Records* wird liquidiert. Wer einen guten Job macht und flexibel ist, bekommt die Chance, vom Konzern übernommen zu werden.«

Marcus sah das Entsetzen in den Gesichtern vor ihm. Es war so still, dass man eine Stecknadel hätte fallen hören können. Jeder der Anwesenden wusste, wie rar gute Jobs waren, denn seitdem ein Achtzehnjähriger eine illegale Musiktauschbörse programmiert und online gestellt hatte, raste die Musikindustrie kollektiv auf einen Abgrund zu. Klar war, dass in Zukunft nichts mehr so sein würde, wie es einmal in den goldenen Achtzigern und den paradiesischen Neunzigern gewesen war, und genauso klar war, dass Marcus keine Scherze machte.

»An die Herren der A&R-Abteilung ...« Er griff nach einem Folienstift, der auf dem Tisch lag, zog die Kappe ab und kritzelte seine Handynummer an die Wand. »Scheuen Sie sich nicht, mich anzurufen, wenn Sie davon überzeugt sind, einen Künstler gefunden zu haben, der das Potenzial hat, die wichtigen Musikpreise für die CEMC zu holen und Gold oder Platin zu gehen. Wenn Sie mich anrufen und mir meine Zeit stehlen, sind Sie raus. Und von wem ich nichts höre, der ist in spätestens zwei Monaten sowieso raus. Viel Glück.«

Er warf den Stift auf den Tisch, blickte auf seine Armbanduhr, nickte Rick Kessler zu und verließ, gefolgt von der kompletten Führungsriege, den Besprechungsraum.

»Arroganter Wichser«, rief ihm jemand wütend nach, aber das überhörte er. Für die meisten Low-Performer war es einfacher, andere für ihre Misere verantwortlich zu machen, als sich die eigene Unfähigkeit einzugestehen.

Es war kurz vor zwölf, als er das Paramount Plaza verließ und in die Limousine stieg, die ihn ins südliche Ende von Manhattan, in den Financial District brachte, wo er einen Termin mit seinen Bankern hatte. Um zwei Uhr war alles Wichtige besprochen und Marcus beschloss, Liz Hartgrave anzurufen. Seit Harrys plötzlichem Tod vor drei Jahren traf Marcus Liz regelmäßig, wenn er in New York zu tun hatte. Sie war der einzige Mensch, dem er immer vertraut hatte, mehr als jeder seiner Ehefrauen und sogar mehr als Harry. Die Hartgraves waren die einzigen echten Freunde, die er je gehabt hatte, und jetzt gab es nur noch Liz und ihn. Liz freute sich, seine Stimme zu hören, und lud ihn zu sich nach Hause zum Dinner ein. Marcus rief seinen Piloten an und teilte ihm mit, er würde erst am nächsten Vormittag nach Los Angeles zurückfliegen, dann ließ er sich zu seinem Apartment in die Upper Eastside chauffieren, zog sich um und fuhr seinen Porsche aus der Tiefgarage. Er stoppte kurz bei einem Blumenladen in der 64. Straße, kaufte einen Strauß Tulpen für Liz und beeilte sich, aus Manhattan herauszukommen, bevor er in den allabendlichen Stau vor dem Queens Midtown Tunnel geriet. Schon immer hatte er die Strecke in die Hamptons gemocht und an diesem kalten, sonnigen Märznachmittag fühlte es sich wie ein Nachhausekommen an, als er den Long Island Expressway entlangbrauste. Harry und er hatten sich an der Uni kennengelernt und waren ihr Leben lang beste Freunde geblieben, und auch ihre Frauen – Liz und Tammy – waren Freundinnen geworden. Sogar ihre ältesten Kinder, Zoé und Nathaly, waren beinahe auf den Tag genau gleich alt. Als Harry und er angefangen hatten Geld zu verdienen, hatten sie Häuser auf Long Island gekauft, wie das erfolgreiche New Yorker taten. Kurz darauf war seine Ehe in die Brüche gegangen und Tammy war alleine in dem Haus in East Hampton geblieben, bis die Mädchen die Highschool abgeschlossen hatten. Inzwischen lebte sie mit ihrem zweiten Mann, einem recht erfolgreichen Übersetzer, in der Nähe von Albuquerque. Liz und Harry waren jedoch in den Hamptons geblieben, in der Nähe von Nathaly, die durch einen Badeunfall vor dreißig Jahren zu einem Pflegefall geworden war und bis zu ihrem Tod in einem Heim in Sag Harbor gelebt hatte.

Anderthalb Stunden später bog Marcus in die Sackgasse ein, an deren Ende, direkt hinter den Dünen, das Haus der Hartgraves stand. Der wunderschöne viktorianische Bau aus rotem Backstein stand auf einem von hohen Hecken umgebenen Grundstück, das einen eigenen Strandzugang hatte. Es erinnerte Marcus immer ein wenig an das Haus seiner Großeltern auf Shelter Island, in dem er und sein Bruder alle Sommer ihrer Kindheit und Jugend verbracht hatten. Er nahm den Tulpenstrauß vom Beifahrersitz, stieg aus und öffnete das Tor. Im nächsten Moment stürzte ein kleines, zottiges Wesen auf ihn zu und sprang überschwänglich an ihm hoch.

»Na, wer bist du denn?« Marcus ging in die Hocke und wehrte mit einer Hand lachend den ungestümen Welpen ab, die andere Hand hielt er hoch, um den Blumenstrauß zu retten.

»Skipper! Sei doch nicht so aufdringlich!«, ertönte eine belustigte Frauenstimme, und Marcus blickte auf. Liz kam um die

Hausecke und stemmte die Hände in die Seiten. Sie war so schön wie immer. Ihr volles silbergraues Haar war zu einem klassischen Bob geschnitten, ihre Augen leuchteten und ihre Wangen waren von der Kälte gerötet.

»Entschuldige bitte«, sagte sie und lächelte. »Skipper ist erst fünf Monate alt und noch ziemlich unerzogen.«

»Das macht nichts. Du weißt doch, ich mag Hunde.« Marcus lächelte auch, stand auf und breitete die Arme aus. »Hallo, Liz! Du siehst fantastisch aus!«

»Danke, du Schmeichler!« Liz umarmte ihn zur Begrüßung, dann überreichte er ihr den Blumenstrauß und folgte ihr ins Haus. Der Welpe schleppte ein Spielzeug an und versuchte ihn dazu zu motivieren, ihm den zerkauten Knotenstrick zu werfen, aber Marcus vertröstete den Hund auf später.

Bisher hatten Liz und er sich immer in Manhattan getroffen. Heute betrat er zum ersten Mal seit Harrys Beerdigung das Haus. Im Innern hatte sich seitdem nichts verändert. Abgetretene schwarz-weiße Marmorfußböden, eine Holztreppe mit kunstvoll gedrechseltem Geländer, die in den ersten Stock führte. Moderne Kunst und goldgerahmte Spiegel an wunderbar tapezierten Wänden. Auf einer antiken Kommode im Eingangsflur stand ein Strauß pinkfarbener Rosen, ihr Duft hing satt und schwer in der Luft. An einer Wand hingen dicht an dicht gerahmte Fotos, die Harry und Liz mit Größen aus dem Musikgeschäft, der Politik und Hollywood zeigten, aber Marcus sah auch einige Bilder, auf denen Tammy und er und die Kinder zu sehen waren.

»Mein Gott, was waren wir da noch jung«, sagte er und tippte auf ein bereits leicht vergilbtes Foto, auf dem sie zu viert fröhlich in die Kamera grinsten.

»Erinnerst du dich?« Liz nahm Marcus Mantel und Schal ab und hängte beides an der Garderobe auf.

»Natürlich!« Marcus lächelte mit einem Anflug von Wehmut.

»Das war auf Gardiners Island, im Sommer 1960. Der letzte Törn mit der *Sea Spirit*, bevor mein Vater sie verkauft hat.«

»Du hast wirklich ein gutes Gedächtnis.« Liz trat neben ihn, und er roch die für sie typische Mischung aus einem Hauch von Chanel No. 5 und Zigaretten. »Schau mal, und das hier war bei deinen Großeltern im Garten. Da waren wir höchstens vierzehn.«

»Dreizehn«, korrigierte Marcus sie. »Das muss im August 1954 gewesen sein. Mein Vater hatte diese Party für Kitty Kallen veranstaltet, weil sie gerade einen Nummer-Eins-Hit gelandet hatte. Den einzigen, den sie je hatte.«

»*Little things mean a lot*«, erinnerte sich Liz und lachte. »Großer Gott! Wir reden ja wie die alten Leute! Komm, Marc, ich mache uns erst mal einen Tee.«

Er folgte ihr in die Küche, und sie plauderten mit der Zwanglosigkeit von Kindheitsfreunden. Ihre Ehepartner, Harry und Tammy, waren oft eifersüchtig gewesen, wenn sie sich mit Stichworten und geheimen Codes verständigt hatten, die nur sie verstanden. Es war Marcus gewesen, den Liz nach Nathalys Unfall und Jahre später nach Harrys Herzinfarkt zuerst angerufen hatte, und Liz war seine Seelentrösterin gewesen, wenn wieder eine seiner Ehen zerbrochen war. Sie war Marcus' beste Freundin, und er hatte immer wieder einmal darüber nachgedacht, weshalb aus ihnen eigentlich nie ein Paar geworden war. Vielleicht, weil sie dafür zu eng befreundet waren?

Die Nachmittagssonne fiel schräg durch das Fenster, und irgendwo im Haus ertönte der melodische Glockenschlag einer Standuhr. Aus dem Backofen drang der Duft einer Bœuf Bourguignon, seinem Lieblingsgericht, das niemand besser zubereitete als Liz.

Später saßen sie im gemütlichen Wintergarten, schauten hinaus auf den silbrig schimmernden Atlantik und Liz erzählte Marcus von ihrem neuesten Theaterstück, das sie selbst am

Broadway produzieren würde. Es beruhigte Marcus zu sehen, dass Liz über Harrys Tod einigermaßen gut hinweggekommen war. Sie war ausgeglichen und offenherzig wie immer, fragte ihn nach Zoé und Jenna und nach seinem neuen Job.

»Ich kann noch immer nicht ganz verstehen, warum du dir das antust«, sagte sie und streichelte den Welpen, der zu ihren Füßen auf dem verblichenen Perserteppich eingeschlafen war.

»Ich habe mich gelangweilt«, gab Marcus zu. »Aber vielleicht habe ich auch angefangen, mich alt zu fühlen. Das passiert, wenn man mit so vielen brillanten, ehrgeizigen jungen Leuten zu tun hat wie ich in letzter Zeit. Ich sehe, welche Ideen und Ziele sie haben, und fühle mich nutzlos.«

»Dabei hättest du weiß Gott genug Möglichkeiten, dir die Zeit zu vertreiben.« Liz schüttelte lachend den Kopf. »Ich kenne kaum einen Menschen, der so viele Bälle gleichzeitig in der Luft hält wie du.« Sie wurde ernst. »Mal ehrlich, Marc, die Musikbranche kann doch keinen Spaß mehr machen, oder? Harry hatte das wie du auch alles kommen sehen.«

»Sämtliche Major Label haben den Umbruch verschlafen«, stimmte Marcus ihr zu und trank einen Schluck Tee. »Aus Arroganz oder aus Dummheit. Aber ich habe jetzt die Chance, meine Vision zu verwirklichen und den ganzen Laden umzukrempeln. Viele renommierte Label werden verschwinden. In Zukunft werden die Geschäfte anders laufen, man muss nur rechtzeitig den Fuß in die Tür kriegen.«

»Wie meinst du das?« Sie sah ihn aufmerksam an.

»Bisher haben die Plattenfirmen sich mit einem Teil des Kuchens zufriedengegeben, weil es eben ausreichte, Platten zu verkaufen«, erwiderte Marcus. »Aber das wird bald vorbei sein. Die Leute laden sich ihre Musik lieber aus dem Internet runter und zahlen wenig oder gar nichts mehr dafür. Plattformen, die Musik zur Verfügung stellen, irgendwann vielleicht auch Filme oder Bücher, werden die Zukunft sein. Auch die Künstler verlieren dabei, denn sie können sich nicht mehr darauf verlassen, Tantiemen zu kassieren. Label werden keine Vorschüsse für mehrere Alben zahlen.«

»Und was dann?«, fragte Liz.

»Ich nenne das Konstrukt den ›360-Grad-Deal‹. Das Rundum-Sorglos-Paket für die Künstler.« Marcus beugte sich vor und stellte seine Tasse auf den Couchtisch. »Eine Plattenfirma wird zukünftig auch am Merchandising, Ticketverkäufen, Booking, sogar an Autobiografien und so weiter mitverdienen. Dadurch bindet man die Künstler enger an das Label, oder wie auch immer man die Musikdienstleister dann nennt.«

Liz runzelte nachdenklich die Stirn, schließlich nickte sie.

»Klingt einleuchtend«, sagte sie. »*Lightning Arrow Records* wird es wohl auch nicht schaffen, hm?«

»Nein. Der Laden ist komplett heruntergewirtschaftet.« Marcus schüttelte den Kopf, dann lächelte er. »Sei froh, dass ich damals noch nicht Chef der CEMC war. Von mir hättest du nicht so viel Kohle gekriegt.«

»Ich wollte gar nicht so viel Geld haben«, entgegnete Liz. »Dieser Anfänger kam mit der Summe um die Ecke, und da habe ich mich natürlich nicht gewehrt.«

Sie lächelten sich verständnisinnig an, dann wurde Marcus wieder ernst.

»Seit vier Wochen erzähle ich den Belegschaften der ganzen Firmen, die mein Vorgänger zusammengekauft hat, dass sie sich neue Jobs suchen müssen.« Er fuhr sich mit der Hand durchs Haar. »Manchmal komme ich mir vor wie der Sensenmann. So gucken mich die Leute auf jeden Fall an.«

»Die Aktionäre lieben dich dafür.«

»Noch. Aber schrumpfen und sparen allein reicht nicht. Leider lassen sich Künstler nicht aus dem Hut zaubern, und die guten A&R's sind schon lange zur Konkurrenz abgewandert.«

»Dafür haben sie bei der CEMC jetzt dich.« Liz tätschelte seine Hand. »Wie sieht's aus? Musst du heute Abend wieder in die Stadt zurück oder willst du hier übernachten?«

»Ich fliege erst morgen am späten Vormittag nach Paris«, antwortete Marcus. »Ich kann hierbleiben. Seit Mitte Februar hatte ich keinen einzigen freien Tag mehr.«

»Was hältst du von einem Strandspaziergang?«, schlug Liz vor und stand auf. Der Welpe öffnete die Augen, streckte sich gähnend und schüttelte sich. »Skipper braucht etwas Bewegung und das Bœuf Bourguignon noch zwei Stündchen im Ofen. Danach machen wir uns ein gutes Fläschchen auf, und ich erzähle dir etwas über die Frau, mit der Harry mich in den letzten drei Jahren seines Lebens mehr oder weniger betrogen hat.«

»Er hat *was* getan?« Marcus, der sich gerade erheben wollte, erstarrte mitten in der Bewegung.

»Nicht so wie du denkst.« Liz lächelte. »Aber du wirst gleich sehen, was ich meine. Oder besser gesagt, du wirst es hören.«

Fairfield

Wie ich es mir vorgenommen hatte, fuhr ich ein paar Tage später nach Madison zu meiner alten Schule. Es war ein seltsames Gefühl, durch die vertrauten Flure zu laufen, vorbei an den Klassenzimmern, bis ich vor der Milchglastür des Sekretariats stand. Ich holte tief Luft und klopfte an.

»Herein!«, tönte es von drinnen.

Hinter dem Empfangstresen aus hellem Kiefernholz thronte Mrs. Moore, eine mollige Mittfünfzigerin mit einem praktischen eisengrauen Kurzhaarschnitt, geplatzten Äderchen und einer dicken Warze neben der Nase. Sie hatte die Madison Senior High seit Jahrzehnten fest im Griff. Ich hatte immer Respekt vor ihr gehabt.

»Hallo, Mrs. Moore«, grüßte ich sie freundlich. »Wie geht es Ihnen? Erinnern Sie sich an mich?«

Auf ihrem Gesicht machte sich Erstaunen breit, als sie mich erkannte. Sie rollte mit dem Stuhl ein Stück zurück, legte den Kopf schief und sah mich ohne zu lächeln an.

»Natürlich erinnere ich mich an Sie, Miss Grant«, erwiderte sie kühl. »Wer täte das wohl nicht?«

»Äh, ich ... ich wollte zu Direktor Harris«, sagte ich, verlegen wie eine Vierzehnjährige.

»Der Direktor hat zu tun«, bügelte Mrs. Moore mich glatt ab. »Um was geht es, bitte? Dann kann ich Ihnen sagen, ob es Sinn hat, einen Termin zu vereinbaren oder nicht.«

Ich starrte sie sprachlos an. Hätte ich keinen guten Eindruck machen wollen, weil mir mein Anliegen wichtig war, wäre ich einfach an ihr vorbei zum Büro des Direktors marschiert.

»Ich ... ich würde gerne meinen Highschool-Abschluss nachholen«, stotterte ich.

»*Etwa hier?*« In ihrem Tonfall lag eine Entrüstung, als hätte ich ihr wer weiß was angedroht. »*Bei uns?*«

»Äh ... ja.« Ich nickte, irritiert von ihrer deutlichen Ablehnung. »Ich wohne seit Montag wieder bei meinem Dad und dachte deshalb, ich könnte ...«

»Ich glaube nicht, dass das möglich ist«, fiel mir Mrs. Moore unhöflich ins Wort und rollte sich zurück an den Schreibtisch, wobei ihr dicker Bauch gegen die Tischkante prallte. »Sie sind damals ohne sich abzumelden der Schule ferngeblieben. Jetzt sind Sie nicht mehr schulpflichtig, deshalb ...«

Da war es auch mit meiner Höflichkeit vorbei. Was bildete sich diese blöde Kuh eigentlich ein? Sie spielte sich auf, als hätte sie hier etwas zu sagen, dabei war sie nur die Schulsekretärin!

»Ich bin nicht mehr zur Schule gekommen, weil mein Bruder Amok gelaufen ist«, erinnerte ich sie. »Dann war ich in Lincoln auf der Southeast High und habe ...«

»Was Sie sich *dort* geleistet haben, ist uns natürlich zu Ohren gekommen«, unterbrach die Bulldogge mich schon wieder und schnaubte abfällig. In diesem Augenblick öffnete sich die Tür hinter ihr, und Direktor Harris betrat das Sekretariat.

»Susan, haben Sie schon ...?«, begann er, verstummte jedoch, als sein Blick auf mich fiel. Er hatte sich überhaupt nicht verändert, seitdem ich ihn zuletzt gesehen hatte, und meine Hoffnung, er werde mich mit offenen Armen an seiner Schule willkommen heißen, kehrte zurück. Wie immer trug er eine abgewetzte, schlecht sitzende Cordhose, ein kariertes Hemd und ein Cordsakko, dazu braune Schuhe mit Kreppsohlen, die auf den Gummiböden in den Schulfluren quietschten.

»Oh, hallo, Sheridan!« Ein erstauntes Lächeln flog über sein Gesicht. »Das ist aber eine Überraschung! Bist du zu Besuch bei deinen Leuten?«

»Hallo, Direktor Harris«, erwiderte ich und lächelte auch, erleichtert über die freundliche Begrüßung. »Ich wollte ...«

»Sie will bei uns ihren Abschluss machen«, mischte sich Mrs. Moore eilig ein. »Ich habe ihr schon gesagt, dass das nicht geht.«

»Ich wohne wieder bei meinem Dad.« Ich ignorierte sie einfach. »Und jetzt würde ich gerne meinen Abschluss nachholen. Es sind ja nur noch fünf Monate.«

Der Direktor und die Bulldogge wechselten einen raschen Blick, Direktor Harris runzelte die Stirn.

»Äh, komm doch bitte kurz mit in mein Büro, Sheridan«, bat er mich höflich, und ich folgte ihm.

»Bitte, setz dich.«

Ich nahm auf einem der Besucherstühle vor seinem Schreibtisch Platz. Direktor Harris blieb stehen. Aus seiner Haltung sprach Unbehagen und spätestens jetzt hätte mir klar sein müssen, dass ich auch ihm nicht willkommen war. Mit dieser Möglichkeit hatte ich überhaupt nicht gerechnet.

»Ich kann verstehen, dass du gerne deinen Abschluss nachholen möchtest.« Direktor Harris setzte seine Nickelbrille ab und putzte sie mit einem karierten Stofftaschentuch. »Aber hier bei uns ist das leider nicht möglich, da hat Mrs. Moore recht.«

»Warum denn nicht?«, wollte ich wissen. »Ich kann doch nichts dafür, dass mein Bruder durchgedreht ist und meine Adoptivmutter ihre halbe Familie umgebracht hat! Das ist Sippenhaft!«

»Sheridan, es hat gar nichts mit diesen Vorfällen zu tun«, entgegnete Direktor Harris mit einem bedauernden Unterton. »Das Problem ist, dass ... nun ja, wie soll ich es ausdrücken? Ähm ... du ... du hattest ein ... sexuelles Verhältnis mit einem Mitglied unseres Lehrkörpers. Das hat alle hier sehr erschüttert. Und natürlich waren auch die Eltern unserer Schüler schockiert!«

Selten zuvor hatte ich eine derart peinliche Situation erlebt. Ich spürte, wie mir das Blut ins Gesicht stieg.

»Ich ... ich wusste nicht, dass Mr. Finch Lehrer an unserer Schule sein würde«, flüsterte ich mit zittriger Stimme. »Er ... er hatte mir erzählt, er sei Schriftsteller und würde einen Roman schreiben. Und als er mich am ersten Schultag gesehen hat, und ich ihn, da sind wir beide ... erschrocken.«

»Im Fernsehen hast du aber etwas anderes behauptet«, erwiderte Direktor Harris fast mitleidig. »Da hast du gesagt, dass diese ... nun ja ... Affäre auch danach noch weiterging.«

Die Vergangenheit hatte mich wieder mal eingeholt, und meine Lüge, an die ich überhaupt nicht mehr gedacht hatte, fiel mir mit Donnergepolter vor die Füße.

»A... aber das stimmt nicht!«, stammelte ich. »Ich ... ich habe das nur ... ich ... ich war so durcheinander und so ... wütend ...«

Ich verstummte und senkte beschämt den Kopf.

»Dann hast du also bewusst gelogen? Nur, um dich an Mr. Finch zu rächen?«

»Ja. Er ... er hat so fiese Sachen über meine Familie und mich gesagt.« Ich biss mir auf die Unterlippe und kämpfte mit den Tränen.

»Das glaube ich dir sogar.« Direktor Harris seufzte. »Ich fand es auch niederträchtig, was Mr. Finch in dieser sensationslüsternen Fernsehshow von sich gegeben hat, nur um Reklame für sein Buch zu machen. Er ist schuld an den schrecklichen Gerüchten über dich, die sich nach dieser Sendung verbreitet haben. Ich persönlich habe sie nie geglaubt, weil ich dich und deine Familie seit vielen Jahren kenne. Aber dummerweise halten sehr viele Menschen das, was im Fernsehen gesagt wird, für wahr. Für sie bist du das Mädchen, das ein Verhältnis mit seinem verheirateten Lehrer hatte.«

Er machte eine Pause und blickte mich traurig an. Mir wurde schwindelig, als mir die Tragweite seiner Worte dämmerte.

»Ich habe dich immer sehr gemocht, Sheridan, das weißt du«, fuhr der Direktor fort. »Du bist ein intelligentes und begabtes

Mädchen und warst trotz aller Schwierigkeiten, die du zu Hause hattest, immer eine ausgezeichnete Schülerin. Aber nach allem, was passiert ist, kann ich dich nicht wieder an unserer Schule aufnehmen. Das wäre auch nicht gut für dich, denn die ganzen schlimmen Geschichten würden wieder aufgewärmt und es gäbe viel Unruhe.«

Ich presste die Lippen zusammen und nickte.

»Ich verstehe«, flüsterte ich.

»Es tut mir leid, Sheridan. Wirklich«, sagte Direktor Harris bekümmert, und ich glaubte es ihm.

»Schon okay«, würgte ich hervor. »Danke, dass Sie sich Zeit für mich genommen haben. Und danke für Ihre Aufrichtigkeit. Jetzt weiß ich, woran ich bin.«

Ich stand auf. Der Direktor nahm meine Hand und tätschelte sie mitfühlend.

»Ich wünsche dir alles Gute, Sheridan«, sagte er freundlich. »Du hast stürmische Zeiten hinter dir. Aber eines Tages wird alles gut.«

Daran glaubte ich nicht mehr, seinen Optimismus in allen Ehren.

Ich flüchtete aus seinem Büro, vorbei an Mrs. Moore, die ich keines Blickes mehr würdigte. Die Pause hatte begonnen, und ich drängte mich mit gesenktem Kopf durch die Schüler und Lehrer. Ich hörte, wie mein Name gemurmelt und gerufen wurde. Ein großer Junge rempelte mich an und zischte mir das Wort »Nutte« hinterher. Mit glühenden Wangen stieß ich die Eingangstür auf, stürmte die Treppenstufen hinunter und rannte über den Parkplatz zu meinem Auto. Erst als ich aus Madison hinausfuhr, ließ ich meinen Tränen freien Lauf und mich überfiel ein hilfloser Zorn auf all diese Kleingeister, auf Christopher Finch, der hoffentlich in der Hölle schmorte, aber vor allen Dingen auf mich selbst, weil ich mich vor vier Jahren dazu hatte hinreißen lassen, zu lügen. Ich fuhr die dreiundzwanzig Meilen zurück zur Farm, ernüchtert und deprimiert. Ich konnte hier verschwinden, aber was war mit Malachys und Hirams Kindern, meinen Nichten und Neffen, die den Namen Grant trugen? Würden sie, wenn sie eines Tages zur Schule gingen, darunter zu leiden haben, was ich angerichtet hatte?

Long Island

»Jetzt bin ich aber wirklich gespannt.« Marcus hatte Liz geholfen, die Küche aufzuräumen, nachdem sie gegessen und eine Flasche vorzüglichen italienischen Rotwein dazu geleert hatten. Nun saß er im Wohnzimmer auf dem gemütlichen Sofa, das schon in Harrys und Liz' erster eigener Wohnung gestanden hatte. Er hatte im Kamin ein Feuer angezündet und eine zweite Flasche entkorkt, während Liz in Harrys Arbeitszimmer verschwunden war. Jetzt stellte sie einen Karton auf den Wohnzimmertisch.

»Den hat mir Harrys Assistentin kurz nach seiner Beerdigung vorbeigebracht«, erklärte sie und schenkte den Rotwein, diesmal einen spanischen, in zwei Gläser. »Zusammen mit zehn anderen Kartons, in die sie seine persönlichen Sachen und alle möglichen Unterlagen lieblos hineingeschmissen hatte. Ich glaube, ich hätte das Angebot von CEMC gar nicht angenommen, wenn sie sich nicht alle mir gegenüber so mies benommen hätten. Rick Kessler war der Einzige von dem ganzen Laden, der den Anstand hatte, zur Beerdigung zu kommen. Aber egal. Das ist lange vorbei.«

Marcus nahm das Glas, das Liz ihm reichte.

»Spann mich nicht auf die Folter!« Er prostete ihr zu und trank einen Schluck.

»Okay. Hör zu.« Liz nahm ihm gegenüber Platz. »Genau wie du war sich Harry nie zu schade, durchs ganze Land zu fahren, um sich irgendwo eine Band oder einen Solokünstler anzuhören. Vor ein paar Jahren hatte ihn die Tochter einer guten Freundin, die es als Musiklehrerin in den Mittleren Westen verschlagen hatte, angerufen und dringend gebeten, zu einer Highschool-Aufführung in das Kaff zu kommen, in dem sie arbeitete. Sie hatte dort eine Schülerin, die sie für außergewöhnlich talentiert hielt. Als Harry zurückkam, war er so begeistert, wie ich ihn noch nie erlebt hatte. Er schwärmte mir von dem Mädchen vor, von ihrer Bühnenpräsenz und ihrer unglaublichen Stimme. Für ihn gab es kein anderes Thema mehr. Das Mädchen muss damals sechzehn oder siebzehn gewesen sein und hatte sämtliche Songs des Musicals selbst geschrieben, eine richtige Singer-Songwriterin also. Es dauerte anderthalb Jahre, bis er die Kleine so weit hatte, dass sie nach New York kommen und Probeaufnahmen machen wollte.«

»Wann war das?«, erkundigte Marcus sich.

»Hm, es muss 1994 oder 1995 gewesen sein, als Harry in Nebraska war. Anfang 1996 sollte sie ins Studio kommen. Sie hatte fest zugesagt. Aber sie tauchte nie auf.«

»Aha. Und warum nicht? Was ist passiert?« Das lag alles fünf oder sechs Jahre zurück, es war möglich, dass jemand anderes sie längst entdeckt und unter Vertrag genommen hatte. Allerdings konnte Marcus sich nicht daran erinnern, irgendwo von einer Singer-Songwriterin mit einer Wahnsinnsstimme aus dem Mittleren Westen gehört oder gelesen zu haben.

»Halt dich fest!« Liz' Augen begannen zu funkeln. »Am Weihnachtstag 1996 nahm der Adoptivbruder dieses Mädchens morgens eine abgesägte Schrotflinte und knallte fast seine komplette Familie ab! Das Ereignis wurde in der Presse als das Willow-Creek-Massaker bekannt.«

»Davon habe ich gehört«, erinnerte Marcus sich vage.

»Das Mädchen, das schon auf dem Weg nach New York gewesen war, wurde verdächtigt, etwas damit zu tun gehabt zu haben, was aber nicht stimmte«, fuhr Liz mit ihrer Schilderung fort. »Es war wochenlang in der Presse. Für das Mädchen muss es schrecklich gewesen sein. Und dann hat Harry in seiner Euphorie einen schweren Fehler gemacht. Er hatte mit jemandem aus der Familie telefoniert und gesagt, er wolle keine Probeaufnahmen machen, sondern gleich ein Album produzieren, denn bei dem aktuellen Presseinteresse würde es auf jeden Fall ein Erfolg werden.«

»Autsch.« Marcus verzog das Gesicht.

»Genau.« Liz nickte. »Das Mädchen ist untergetaucht und war seitdem unauffindbar. Ich konnte sie verstehen. Harry ist fast durchgedreht und hat sich wahnsinnig über sich selbst geärgert. Er war wie besessen von ihr. Kaum ein Tag verging, an dem er nicht von ihr gesprochen hat. Er hatte sich in die Idee verrannt, dass sie *Lightning Arrow* retten könnte.«

»Vielleicht ist ihr etwas zugestoßen und sie konnte sich nicht mehr melden«, mutmaßte Marcus und fragte sich, was so besonders an dem Mädchen gewesen sein konnte, dass Harry so verrückt nach ihr gewesen war. Zwar hatte sein alter Freund immer in seinem Schatten gestanden, aber er hatte viele gute Künstler entdeckt, auch wenn er in den letzten zwanzig Jahren seines Lebens nicht mehr an die Erfolge früherer Zeiten hatte anknüpfen können. Als Chef seines eigenen Labels hatte er allerdings auch nur noch wenig mit dem A&R-Geschäft zu tun gehabt.

»Möglich.« Liz stand auf und begann, in der Kiste zu wühlen. »Aber ich habe mal ein bisschen im Internet recherchiert und nichts Aktuelles über das Mädchen gefunden. Ah, da ist sie ja!«

Sie zog eine zerkratzte CD-Hülle hervor und hielt sie Marcus hin.

»Voilà«, sagte Liz lächelnd. »Die musst du dir anhören. Harry hat sie damals aus Nebraska mitgebracht.«

»*Rock your life*«, las Marcus auf der Plastikhülle, die ein Foto von ein paar jungen Menschen zeigte. Ohne Lesebrille konnte er die Gesichter nicht erkennen. »*Sheridan Grant and the Madison High*. Wollen wir sie uns mal anhören?«

»Auf jeden Fall.« Liz nahm ihm die CD wieder ab und ging zu der HiFi-Anlage auf der anderen Seite des Wohnzimmers. Der erste Song hieß *Sorcerer* und begann mit puristischen Drums und

Piano. Nach ein paar Takten setzte Sheridan Grants Stimme ein, sie war klar und kraftvoll und zog Marcus sofort in ihren Bann. Liz setzte sich neben ihn auf die Couch und zündete sich eine Zigarette an.

»Wow«, murmelte Marcus, denn sogar ihm, dem abgebrühten Profi, rann eine Gänsehaut über den Rücken. Kein Wunder, dass Harry so verzweifelt gewesen war, als ihm dieses Goldkehlchen davongeflattert war. Und er konnte nachvollziehen, weshalb Harry niemandem von seiner Entdeckung erzählt hatte.

Would you die tonight for love, God's forgotten about us, Up the river, This life, Talk of the town. Marcus saß vorgebeugt da, die Ellbogen auf die Knie gestützt, die Augen geschlossen, und lauschte konzentriert der Musik. Er hatte noch nie erlebt, dass jemand mit einem Haufen selbst geschriebener Songs *und* einer solchen Stimme um die Ecke kam. Sheridan Grants Stimme war riesig! Sie umfasste mindestens drei, wenn nicht noch mehr Oktaven. Die Mühelosigkeit, mit der die junge Frau zwischen Kopf- und Bruststimme, Hauchen und Schmettern, ganz leise und ganz laut wechselte, war beeindruckend. Selbst in den Höhen klang ihre Stimme kraftvoll und verlor auch in den Tiefen nicht an Druck, was nur die allerwenigsten Sänger fertigbrachten. Einige der Songs waren eine Mischung aus kernigem Heartland-Rock mit deutlichen Einflüssen aus Folk, Blues und Country, andere waren melancholische Balladen. Die Texte erzählten vom Leben junger Menschen in der Mitte Amerikas, von der Sehnsucht nach Liebe und Freiheit, von Liebeskummer und einem als erdrückend empfundenen Umfeld. Sheridan Grant sang mit einer Stimme, die einem das Herz brechen konnte. Marcus war so aufgewühlt wie zuletzt irgendwann in den Achtzigern, als er zum ersten Mal die Stimme von Céline Dion gehört hatte. Sein ganzes Leben lang war die Hoffnung, etwas zu finden, das das Potenzial hatte, zu etwas Besonderem zu werden, seine größte Antriebskraft gewesen, weitaus größer als der Wunsch, Geld zu verdienen. Die angestrebte Karriere als Rockstar hatte er mit vierzehn aufgesteckt, weil er schnell gemerkt hatte, dass ihm die notwendige musikalische Begabung dafür abging. Allerdings hatte er schon in jungen Jahren einen guten Riecher für neue Talente gehabt und während seines Studiums hatte er nebenbei als A&R-Scout für verschiedene Indie-Label gearbeitet. Trotz weitaus lukrativerer Angebote aus der Wirtschafts- und Finanzwelt hatte er nach seinem Abschluss an der Harvard Business School einen schlecht bezahlten Job als Junior A&R angenommen, denn er hatte gewusst, dass man nur mit der Sache Erfolg haben kann, für die man brennt. Und Marcus brannte für die Musik. Seine Tage hatten nie genug Stunden gehabt, um all die Musik zu hören, die er hören müsste. Rastlos war er im ganzen Land und in Europa unterwegs gewesen, immer auf der Suche nach neuen Acts. Er hatte einige der größten internationalen Stars entdeckt, und auch, wenn es längst nicht mehr sein Job war, so war diese Möglichkeit, dass er irgendetwas hörte, was das Schicksal seines Labels verändern könnte, immer da. Und das hier war so ein Moment. War Sheridan Grant dieses Phantom, nach dem jeder A&R der Welt sucht und das zu finden nur den wenigsten seiner Zunft vergönnt war?

Der letzte Track auf der CD war eine Coverversion von *I will always love you*, dem Song von Dolly Parton, der durch Whitney Houston ein Welterfolg geworden war. Das Mädchen sang ihn kein bisschen schlechter! Marcus stellte überrascht fest, dass er plötzlich Tränen in den Augen hatte und warf Liz einen ungläubigen Blick zu, aber sie lächelte nur. Auf die Arrangements und die Instrumente gab Marcus nichts. Jeder einigermaßen gute Tontechniker konnte mithilfe digitaler Technik viel hinbiegen, aber was selbst die besten Computerprogramme nicht leisten konnten, war, aus einer mittelmäßigen Stimme eine besondere Stimme zu machen.

Als der letzte Akkord verklungen war, blieb er noch eine

Weile reglos auf der Couch sitzen, versuchte seine Euphorie zu zügeln und die ganze Sache nüchtern zu betrachten. Aber er konnte nicht verhindern, dass er darüber nachdachte, welchen Song er als erste Single-Auskopplung favorisieren würde.

»In dem Ordner sind alle Briefe, die Harry an Sheridan Grant geschrieben hat. Da steht ihre Adresse drauf«, riss Liz' Stimme ihn aus seinen Gedanken. »Nimm alles mit. Harry hatte kein Glück, aber vielleicht rettet sie ja die CEMC.«

* * *

Dad hatte angeboten, noch mal mit Direktor Harris zu sprechen und das Gewicht seines Namens in die Waagschale zu werfen, aber das wollte ich nicht. Ich musste mit den Folgen meiner Lüge klarkommen, genauso wie mit der Schuld, die ich mir aufgeladen hatte. Dad fragte nicht nach meinen Zukunftsplänen, er akzeptierte, dass ich Zeit brauchte. Oberflächlich betrachtet floss das Leben in jenen Wochen ruhig dahin, und ich richtete mich in der friedlichen Routine ein. War alle Arbeit getan, legte ich mich mit einem Buch auf die Couch, spielte hin und wieder etwas Klavier, surfte im Internet oder unternahm ausgedehnte Ausritte mit Waysider. Ich fühlte mich einigermaßen wohl und sicher, doch wie lange konnte ich mich hier vor dem Leben verstecken?

Tagsüber waren die Geister der Vergangenheit still, aber nachts suchten mich Albträume heim, in denen ich voller Panik durch verschneite Wälder, leere Städte und einsame Parks hetzte, immer auf der Flucht vor irgendeiner entsetzlichen, namenlosen Bedrohung, ohne mich je in Sicherheit bringen zu können.

Halt fand ich in den alltäglichen Abläufen, die etwas Tröstliches hatten. In einer stillen Übereinkunft hatte ich das Kochen übernommen und kümmerte mich um den Haushalt in Magnolia Manor. Außerdem arbeitete ich den ganzen Vormittag in den Stallungen, half bei der Ausbildung der Pferde, mistete Boxen aus und verteilte Heu, bevor ich hinüber ins Haus ging und das Mittagessen zubereitete. Die frische Luft, die schwere körperliche Arbeit und die regelmäßigen Mahlzeiten sorgten dafür, dass ich wieder kräftiger wurde. Solange ich die Farm nicht verließ, konnte ich die Illusion, alles sei gut, aufrechterhalten, doch bei meinen seltenen Ausflügen zum *Family Dollar* in Madison, in dem ich einen Sommer lang als Kassiererin gejobbt hatte, schlugen mir jedes Mal entweder Neugier, Mitleid oder offene Abneigung entgegen, und ich merkte, dass vier Jahre nicht ausgereicht hatten, um Gras über die Sache wachsen zu lassen. Nach wie vor gaben mir viele Leute eine Mitschuld an den Ereignissen, und egal, wo ich auftauchte, tuschelten die Leute hinter meinem Rücken. Irgendwann ging ich ihnen einfach aus dem Weg und nahm längere Strecken in Kauf, wenn ich Besorgungen zu erledigen hatte. Im Walmart in Norfolk oder bei Dean's Market in Elgin rechnete niemand mit mir und ich wurde nicht erkannt. Meine Welt reduzierte sich auf den Mikrokosmos der Willow Creek Farm, so wie früher, als ich ein Kind gewesen war und die Zukunft mit all ihren Möglichkeiten noch verheißungsvoll vor mir gelegen hatte.

Die Tage vergingen und wurden zu Wochen. Blizzards tobten über die Prärien, und meine Seele war so gefroren wie das Land, das unter den Schneemassen begraben lag. Der Laptop auf meinem Schreibtisch erinnerte mich jeden Tag daran, dass ich mich in mein E-Mail-Postfach einloggen sollte, um es wiederherzustellen, aber ich hatte Angst vor dem, was mich dort womöglich erwartete. Das Einzige, was mich für eine Weile von meinen trüben Gedanken ablenken konnte, war die Musik. Im Stall lief immer das Radio, abends lag ich mit Kopfhörern auf dem Bett und hörte stundenlang Musik, denn dank des Internets war ich nicht mehr nur auf meine CD-Sammlung oder Dads Schallplatten angewiesen. An den Nachmittagen, wenn ich mit der Arbeit im Stall fertig war und die Küche nach dem Mittagessen aufgeräumt hatte, saß ich am Klavier und feilte an den Songs, die ich in den vergangenen Jahren geschrieben und aus meinen Kisten zusammengesucht hatte. Manches verwarf ich, aber ein paar Songs waren darunter, die mir richtig gut gefielen. Ich hatte auf dem Speicher des großen Hauses Malachys alte Gitarre ausgegraben und brachte mir selbst bei, wie man sie spielte, übte Nachmittage lang, indem ich zur Musik meines CD-Players Shania Twain und Bruce Springsteen, Garth Brooks oder Bryan Adams begleitete.

An einem Abend Ende Februar lud Mary-Jane uns alle zur Feier ihres Geburtstages zum Essen ein. Wir saßen in dem gemütlichen überheizten Wohnzimmer ihres Häuschens an einer langen Tafel, die fast den gesamten Raum ausfüllte, und ich beobachtete die einzelnen Mitglieder meiner Familie, wie sie aßen und tranken, redeten und lachten. Die Gespräche drehten sich um Alltäglichkeiten wie das Wetter, Pferde, Kinder und die Farmarbeit. Wie schafften sie es nur, das Schreckliche, das sich vor vier Jahren hier abgespielt hatte, so komplett zu ignorieren? George und Lucie hatten zwei Söhne verloren. Malachy und Hiram zwei Brüder, und ihre Mutter saß in der Todeszelle. John White Horse hatte Esra erschossen. Dad hatte am meisten verloren, aber vielleicht auch gewonnen, sodass es sich bei ihm die Waage halten mochte. Auch heute stellte mir niemand Fragen über die Zeit, in der ich nicht hier gewesen war. Mein Blick wanderte über die vertrauten Gesichter – Dad und Elaine, Hiram und Nellie, Malachy und Rebecca, John White Horse und Mary-Jane, George und Lucie Mills, Nicholas und Jordan. Inmitten all dieser Paare fühlte ich mich wie ein Fremdkörper und spürte die Einsamkeit, die über mir hing wie ein dunkler Schatten. Ich trank noch ein zweites und drittes Glas Wein. Er schmeckte mir zwar nicht besonders, doch nach ein paar Gläsern fühlte ich mich besser, außerdem half Alkohol gut gegen die Albträume.

»He, Leute!«, rief John White Horse in die Runde. »Wie wäre es mit einem Gläschen Punsch?«

Er stellte einen Tonkrug auf den Tisch und schenkte jedem, der ihm sein Glas entgegenhielt, großzügig ein. Sein Weihnachtspunsch, den er seit Jahren nach dem alten Rezept von Dads Mutter in großen Mengen braute, war jetzt genau das, was ich brauchte. Wir prosteten uns zu, und ich leerte das Glas mit zwei Schlucken. Der Alkohol rann mir beißend durch die Kehle und entzündete ein Feuer in meinem Magen, das sich schnell und wohltuend in meinem Körper ausbreitete. Ich übersah absichtlich Nicholas' skeptischen Blick und stand auf.

»Hört mal alle zu!«, rief ich und klatschte in die Hände. »Wie wär's denn jetzt mit einem Geburtstagsständchen für Mary-Jane?«

Wir sangen zusammen *Happy birthday*, dann holte John White Horse seine Mundharmonika hervor und intonierte *Stand by your man* von Tammy Wynette, Mary-Janes Lieblingslied. In meinem angetrunkenen Zustand kannte ich keine Hemmungen. Ich wiegte mich beim Singen in den Hüften und tat so, als ob ich ein Mikrofon in der Hand hielte und auf einer Bühne stünde, genauso wie früher, wenn ich unseren Arbeitern im Gesindehaus Vorstellungen gegeben hatte, die mir jedes Mal donnernden Applaus eingebracht und Tante Rachel stinkwütend gemacht hatten. John und ich gaben noch ein paar Country-Gassenhauer wie *Okie from Muskogee*, *Coal miner's daughter*, *Country Roads* und *Green, green grass of home* zum Besten, und ich lief zu Hochform auf. Alle grinsten und klatschten, nur Jordan war völlig verblüfft. Ich hatte ihm einmal meine CD vorgespielt, im Auto, nach Joes Beerdigung, aber er hatte mich noch nie live erlebt.

»Bitte sing *I will always love you* von Whitney Houston, Sheridan!«, rief Nellie. »So, wie bei den Proben in der Schule damals!«

»Ja, komm, Sheridan«, meldete sich Hiram. »Bitte!«

»Für mich zum Geburtstag!«, ergänzte Mary-Jane lächelnd.

»Na gut. Weil ihr es seid«, grinste ich und trank mein Glas, das John White Horse wieder gefüllt hatte, aus. Ich tat so, als müsse ich mich vor einem großen Auftritt konzentrieren. Alle verstummten und blickten mich teils erwartungsvoll, teils belustigt an. Ich schloss die Augen und begann zu singen. A capella in einem stickigen, kleinen Raum voller Menschen zu singen war nicht einfach, aber ich legte alles Gefühl in meine Stimme. Mein Publikum pfiff und klatschte und trampelte, als ich mich anschließend verbeugte. John White Horse strahlte über sein ganzes zerfurchtes Gesicht. Der Boden wankte unter meinen Füßen, aber ich fühlte mich herrlich leicht und so gut wie seit Monaten nicht mehr.

»Gut, dass du wieder zu Hause bist, Sheridan«, sagte der alte Lakota-Sioux.

»Ja, ich bin auch froh«, log ich lächelnd. Ich war hier nicht mehr zu Hause, auch wenn ich nicht daran zweifelte, dass ich meiner Familie willkommen war. Wieder hier zu sein und bei Dad zu wohnen, fühlte sich für mich an wie eine Niederlage. Die Entscheidung, was ich mit meinem Leben anfangen wollte, schob ich Tag für Tag hinaus und merkte, wie ich allmählich den Respekt vor mir selbst verlor.

Nach einem dritten Glas Punsch verschwamm alles vor meinen Augen. Niemand schien zu bemerken, was mit mir los war, bis auf Nicholas. Als ich nach dem Tonkrug greifen wollte, ihn verfehlte und dabei fast vom Stuhl gefallen wäre, spürte ich seinen festen Griff an meinem Arm.

»Lass mich«, nuschelte ich undeutlich und versuchte, seine Hand wegzuschieben.

»Hör lieber auf damit, Sheridan«, drang seine Stimme wie aus weiter Ferne an mein Ohr. »Das Zeug ist höllisch. Morgen wirst du jeden Schluck bereuen.«

Er zog mich hoch. »Für heute reicht's. Komm.«

Auf einmal standen wir vor dem Haus in der Kälte. Jordan war auch da. Ich hatte gar nicht mitbekommen, dass ich mir die Jacke angezogen und hinausgegangen war. Meine Beine waren wie aus Gummi, und um mich herum drehte sich alles. Hätten mich Jordan und Nicholas nicht gestützt, wäre ich hingefallen.

»Wo gehn wir hin?«, nuschelte ich.

»Wir bringen dich nach Hause«, antwortete Nicholas. »Ein kleiner Spaziergang an der frischen Luft wird dir guttun.«

Ich hatte völlig die Orientierung und jedes Zeitgefühl verloren, aber das war nicht schlimm, eher lustig. Es war angenehm, mit Nicholas und Jordan durch die Dunkelheit zu laufen, ohne mir Gedanken über irgendetwas machen zu müssen. Kichernd torkelte ich zwischen den beiden Männern hin und her. Nach ein paar Gläschen Punsch sah das Leben schon gar nicht mehr so übel aus.

* * *

In den Wintermonaten gab es auf einer Farm nicht viel zu tun, sodass mein Vorschlag, hin und wieder gemeinsam etwas Musik zu machen, bei John White Horse auf offene Ohren stieß. Fast jeden Abend saßen wir in Mary-Janes gemütlicher Küche. Ich spielte Gitarre und sang, John begleitete mich mit seiner Mundharmonika, George kam mit seiner Fiddle und Hank Koenig mit seinem Akkordeon dazu. Unser Repertoire bestand aus den schmalzigen Countrysongs, die seit jeher von morgens bis abends im Landfunk gespielt wurden. Irgendwann schlug Malachy einen Umzug in den Gemeinschaftsraum des Gesindehauses vor, denn dort war mehr Platz und in einer Ecke stand ein altes Klavier herum, das wir gut gebrauchen konnten. Im Frühling würde es wieder jede Menge Arbeit geben, aber bis dahin waren die Musikabende eine willkommene Abwechslung. Bald tauchten immer mehr Leute auf, auch solche, die nicht auf der Farm, sondern irgendwo in Fairfield wohnten, und so wuchs unser Publikum von Tag zu

Tag. Gelegentlich machten sich Becky, Martha, Mary-Jane und Nellie den Spaß, als Backgroundsängerinnen mitzusingen, und die Tatsache, dass Malachy jedem der Männer gestattete, pro Abend zwei Dosen Bier zu trinken, was ansonsten in den Unterkünften strikt verboten war, trug nicht unerheblich zur Attraktivität dieser Veranstaltungen bei. Mein Ehrgeiz war erwacht und ich erweiterte nach und nach das Repertoire um ein paar selbst geschriebene Songs. Mir fiel auf, dass ich kaum noch über mein zum Teil selbst verschuldetes Unglück nachgrübelte, sondern schon ab Mittag ungeduldig auf die Uhr guckte und mich darauf freute, zum Gesindehaus hinüber zu fahren.

Aber an diesem Abend erwartete mich dort eine herbe Enttäuschung, denn alle meine Musiker waren ausgeflogen. Nur Monty, der bei Dad und Nicholas in den Ställen arbeitete, hielt die Stellung. Er saß im Gemeinschaftsraum am Kamin, in dem ein behagliches Feuer prasselte, hatte eine Brille auf der Nase und las zu meiner Überraschung ein Buch.

»Hallo«, sagte ich zu ihm. »Wo sind denn alle?«

»Hallo, Sheridan«, erwiderte er und klappte das Buch zu. »Ein paar von den Jungs sind nach Norfolk zu 'nem Kostümfest gefahren. John und George sind mit ihren Mädels beim Bingo im Gemeindesaal. Die anderen wollten rüber nach Madison.«

So viel hatte ich den Alten noch nie reden hören. Er war an die sechzig oder auch älter, und ähnelte Willie Nelson mit seinem faltigen, von Wind und Wetter gegerbten Gesicht und dem schlohweißen Vollbart. Woher er kam und was er vorher gemacht hatte, wusste niemand. Eines Tages war er mit seinem vollgeladenen Pick-up am Stall aufgekreuzt und hatte nach Arbeit gefragt, und weil er eine Menge von Pferden verstand und die Arbeit sah, ohne dass man sie ihm extra auftragen musste, hatte Dad ihn eingestellt. Obwohl ich den alten Cowboy jeden Tag sah, hatte ich bisher nur ein paar Worte mit ihm gewechselt.

»Oh. Okay«, sagte ich nur. »Schade.«

»Ärgere dich nicht«, riet Monty mir. »Sind halt keine Profis. Aber es war 'ne tolle Abwechslung für alle. Willst du 'nen Tee?«

»Nein, danke.« Ich hatte jetzt eher Lust auf etwas Stärkeres. Ein, zwei Gläser Wein oder einen Whiskey aus Dads Hausbar, dann würde gleich alles wieder rosiger aussehen. »Sagen Sie den Jungs bitte Danke von mir. Ich fand's großartig, wie sie mitgemacht haben.«

Meine Enttäuschung über die Fahnenflucht meiner Amateurband hielt sich in Grenzen. Insgeheim hatte ich damit gerechnet, dass es früher oder später so kommen würde.

»Klar, mach ich«, versprach Monty.

»Danke. Und noch einen schönen Abend«, wünschte ich ihm, rang mir ein Lächeln ab und wandte mich zum Gehen.

»Warum machst du das eigentlich nicht richtig?«, fragte Monty.

»Wie bitte?« Ich drehte mich erstaunt zu ihm um. »Was meinen Sie?«

»Na, Musik machen.« Er sah mich abschätzend an. »Ich frag mich schon die ganze Zeit, warum du dich hier verkriechst, ein Mädel, was so singen kann. Hier kommt keiner zufällig vorbei, der dich entdeckt.«

Ich öffnete schon den Mund für eine schnippische Antwort. Was fiel dem Kerl, diesem dahergelaufenen alten Cowboy ein? Aber dann besann ich mich. Er hatte ja recht.

»Alle großen Stars haben mal klein angefangen.« Er räusperte sich. »Faith Hill hat als Backupsängerin von Reba McEntire gesungen, und Reba selbst hatte schon in der Highschool eine eigene Band gegründet. Und Emmylou Harris hat ihr erstes Album auf eigene Kosten veröffentlicht. Irgendwann haben alle ihr Glück in die Hand genommen und etwas gewagt.«

»Woher wissen Sie das?« Ich legte meine Gitarre und die Tasche mit den Noten auf einen Tisch und lehnte mich mit verschränkten Armen an den Kamin.

»Als ich ein junger Kerl war, hatte ich nichts anderes im Kopf als Musik. Ich konnte leidlich Gitarre spielen und einigermaßen gut singen, aber meine Begeisterung war erheblich größer als mein Talent. Im Sommer 69 war ich zufällig in den Catskills und irgendwer kam auf die Idee, nach Woodstock rüberzufahren, zu diesem Open-Air-Festival. Mann, war das ein Dreck! Gewitter, Matsch, Drogen ...« Er lachte bei der Erinnerung an dieses Erlebnis, seine Augen funkelten. »Ich habe drei Tage da rumgehangen und sie alle gesehen: Ten Years After, Jefferson Airplane, Grateful Dead, Santana, Crosby, Stills, Nash & Young und wie sie alle hießen. Ich habe mit ein paar Jungs gequatscht und – zack! – gehörte ich zur Road Crew von Grateful Dead, aber wenig später bekam ich noch ein besseres Angebot, nämlich bei den Rolling Stones anzuheuern. Ich habe die ganze 69er-Tour mitgemacht, auch Altamont. Die Geschichte kennst du ja sicher. Na ja. Über zehn Jahre bin ich mit allen möglichen Sängern und Bands durch die Welt getourt. Arlo Guthrie, Paul Anka, Dolly Parton, Johnny Cash, Kris Kristofferson.«

»Sie kennen *Johnny Cash*?«, fragte ich ungläubig und setzte mich auf die Armlehne eines Sessels.

»Oh ja!« Monty schmunzelte und setzte seine Lesebrille ab. »Ich bin eine Weile mit ihm und den *Highwaymen* auf Tour gewesen und hab's bis zum Stage Manager gebracht.«

Neugierig lauschte ich den Erzählungen des Alten, die in meinen Ohren wie Geschichten aus einer anderen, aufregenderen Welt klangen.

»Heute bin ich ein alter Cowboy, dem die müden Knochen wehtun«, sagte er schließlich und nippte an seinem Tee. »Mir gehört nur das, was auf mein Auto passt. Aber ich bin ein glücklicher Mann. Und weißt du, warum?«

Ich schüttelte den Kopf.

»Weil ich irgendwann nur noch das gemacht hab, was ich machen wollte. Ich hatte mal ein Haus und eine Frau und Kinder, unten, in Abilene. Ich habe auf den Ölfeldern geschuftet wie ein Idiot, um das alles zu bezahlen. Und eines Tages, da dachte ich mir, eigentlich bist du ein Idiot. Mannomann, ich war auf dem besten Weg, depressiv zu werden.«

»Und dann? Was haben Sie gemacht?« Ich setzte mich in den Sessel, stützte meine Ellbogen auf die Knie und mein Kinn in die Handflächen.

»Alles hingeschmissen.« Monty grinste versonnen, aber dann wurde er ernst. »Jeder Mensch muss in seinem Leben einen Traum haben. Irgendwas, was in einem brennt wie ein Leuchtfeuer und für das man die Seele seiner Großmutter an den Teufel verkaufen würde. Die Welt ist voll von verbitterten Leuten, die ihren Arsch nicht hochgekriegt haben, weil sie zu feige waren. Ich habe keine Reichtümer und wenn ich mal sterbe, dann reicht's hoffentlich gerade für einen Sarg und die Beerdigung. Aber ich habe all das, was ich tun wollte, getan.«

»Was war *Ihr* Traum?«, wollte ich wissen.

»Frei sein«, erwiderte er. »Die Welt sehen. Abends in Ruhe Bücher lesen. Was mit Pferden machen. Ich habe all das erreicht, weil ich mich nicht vor der Arbeit und nicht vor Veränderungen gefürchtet habe.«

»Hm.« Ich lehnte mich zurück.

Bis auf das Knistern und Knacken der Holzscheite im Kamin war es ganz still.

»Ich wollte immer Sängerin werden«, gestand ich ihm schließlich.

»Und? Warum wirst du's nicht?«, erkundigte Monty sich. »Du bist jung. Du bist hübsch. Du schreibst selbst Songs. Und du hast 'ne tolle Stimme. Was hält dich hier?«

Ich zögerte. Das war eine gute Frage. Was hielt mich hier? Horatio hatte Fairfield verlassen. Der Weg zurück an die Highschool war mir versperrt. Blieb ich nur hier, weil ich Angst davor hatte, wieder zu scheitern?

»Ich bin mal von einem Musikproduzenten eingeladen worden«, antwortete ich schließlich zögernd. »Nach New York. Er wollte Probeaufnahmen mit mir machen. Ich war gerade auf dem Weg dorthin, als mein Adoptivbruder durchgedreht ist. Vielleicht haben Sie davon gehört.«

»Ja.« Montys hellblaue Augen ruhten unverwandt auf mir. »Das haben sie mir hier gleich als Erstes erzählt, als ich neu war.«

»Die Cops dachten zuerst, ich hätte etwas mit der Sache zu tun und wäre geflüchtet. Sie haben mich hierher zurückgebracht. Mein Name war überall. In den Zeitungen. Im Fernsehen. Ich war ... berühmt, oder vielleicht ist ›berüchtigt‹ das bessere Wort dafür.« Ich schnaubte und verzog das Gesicht. »Und dieser Musikproduzent wollte unbedingt eine Platte mit mir machen, ganz ohne Probeaufnahmen. Einfach, weil mein Name im ganzen Land bekannt war. Ihm ging es nicht mehr um meine Songs oder mein Talent, sondern nur um ... Geld. Deshalb hab ich's nicht gemacht. Ich wollte nicht, dass mein Name für immer und ewig mit diesem Massaker in Verbindung gebracht wird.«

»Du könntest deinen Namen ändern«, schlug Monty vor. »Die meisten Sänger oder Schauspieler haben Künstlernamen.«

»Aber irgendwann würde herauskommen, wer ich bin«, erwiderte ich mutlos. »Die Leute würden sich nicht wegen meiner Musik für mich interessieren, sondern wegen meiner Vergangenheit.«

»He, he! Das klingt mir aber sehr nach Selbstmitleid und Ausreden!« Monty wedelte mit dem erhobenen Zeigefinger. »Willst du Sängerin werden, weil du unbedingt singen und deine Musik machen willst, oder geht es dir in erster Linie darum, *berühmt* zu werden? Ich meine, wen interessiert schon groß, was mit deiner Familie war, wenn du nur durch die Clubs tingelst und hundert Platten im Jahr verkaufst, oder?«

Ich fühlte mich ertappt und merkte, wie ich rot wurde.

»Nun ja ... hm ... also irgendwie hatte ich früher nie Zweifel daran, dass ich eines Tages berühmt werde«, gab ich zu, und Monty brach daraufhin in Gelächter aus, was mich kränkte. Er beugte sich in seinem Sessel vor, seine Augen glitzerten amüsiert.

»Ja!«, rief er zu meiner Überraschung und klatschte in die Hände. »Das wollte ich hören! Hättest du gesagt, och, ich will eigentlich nur ein bisschen Musik machen, dann hätte ich dir geraten: Prima! Bleib hier bei Daddy, Mädchen, putz Pferde, sing im Kirchenchor, suche dir irgendwann einen netten Kerl und spiel deinen Kindern was am Klavier vor! Aber genau das, was du gerade gesagt hast, meinte ich! Man muss große Träume haben, riesige, verrückte Träume! Und wenn man das notwendige Talent hat und bereit ist, für seinen Traum auf alles zu verzichten, sich zu quälen und nicht aufzugeben, wenn es mal nicht so gut läuft, dann kann es was werden!«

»Aber was, wenn es nichts wird?«, fragte ich zweifelnd. »Wenn ich gar nicht so gut bin, wie ich dachte?«

»Fragst du dich das auch, wenn du dich auf eins von den jungen Pferden setzt?«, antwortete Monty mit einer Gegenfrage. »Fragst du dich: Was, wenn ich runterfalle? Was, wenn ich gar nicht so gut reiten kann, wie ich dachte, und das Pferd verderbe?«

»Nein.« Ich musste lächeln. »Das tue ich nicht.«

»Und warum nicht?« Er sah mich gespannt an, mit einem Lächeln in den Mundwinkeln. »Denk genau nach!«

»Hm.« Ich überlegte. »Weil ich weiß, dass ich's kann. Weil ich es schon oft gemacht habe und selbst wenn ich vom Pferd fallen würde, wäre es kein Beinbruch. Ich würde mich einfach wieder draufsetzen.«

»Siehst du! Und mit der Musik ist es dasselbe.« Monty nickte zufrieden und lehnte sich wieder zurück. »Was kann dir schon passieren? Im schlimmsten Fall – wenn keiner deine Musik hören will, wenn die Kritiker dein Album verreißen, dich kein Veranstalter bucht, die Radiosender deine Songs nicht spielen und die Plattenfirma den Vertrag kündigt –, dann kommst du eben wieder nach Hause zurück. Aber dann hast du es wenigstens versucht und quälst dich nicht für den Rest deines Lebens mit der Frage, was gewesen wäre, wenn ...«

Ich begriff, was er meinte, und nickte langsam.

»Ich sag dir noch was, Sheridan Grant.« Der Alte senkte seine Stimme zu einem eindringlichen Flüstern. »Wenn du bereit bist, dich für deinen Traum zu schinden und nicht beim ersten Rückschlag gleich die Flinte ins Korn zu schmeißen, dann wirst du in den entscheidenden Momenten immer wieder jemandem begegnen, der dir weiterhilft. Und egal, wie schwer es auch sein mag, wenn du den Weg einmal eingeschlagen hast, wenn du dein Ziel nicht aus den Augen verlierst, dann wirst du dich eines Tages zufrieden zurücklehnen.« Er lächelte verschmitzt. »Und ich kann dir noch ein Geheimnis verraten: Die Leute glauben, das Wichtigste im Leben sei, *glücklich* zu sein. Aber weißt du was? Das stimmt gar nicht!«

»Wieso denn nicht?« Ich verstand nicht, worauf er hinauswollte. »Was ist denn schon wichtiger als Glück und Liebe?«

»Liebe! Völlig überbewertet!« Er schnalzte mit der Zunge und machte eine wegwerfende Handbewegung. »Romantischer Quatsch! Man liefert sich einem anderen Menschen aus und wird zum Gefangenen. Wenn man es erkennt, ist es fast immer zu spät. Und den meisten Leuten fehlt die Kraft, etwas zu ändern und einfach zu gehen. Sie glauben, es wäre leichter, alles so zu lassen, wie es ist, auch wenn sie noch so mies behandelt werden.«

Sprach er aus eigener Erfahrung? War das, was er als Freiheit bezeichnete, vielleicht nur eine Flucht vor Realitäten und Verbindlichkeiten, wie Nicholas es erlebt hatte?

»Und was ist mit Glück?«, fragte ich.

»Glück ist nie von Dauer«, erwiderte Monty. »Das, wonach

man im Leben streben sollte, ist Zufriedenheit. Und die kann nur in einem selbst entstehen.«

Die Tür flog auf. Lachend und redend platzten Gareth und Tim, zwei von den jüngeren Arbeitern, herein und brachten einen Schwall eisige Luft und den Geruch nach kaltem Zigarettenrauch mit. Sie nickten mir respektvoll zu und fragten Monty, ob sie den Fernseher einschalten dürften.

»Klar, macht nur.« Monty setzte wieder seine Brille auf und griff nach dem Buch, in dem er gelesen hatte, dabei erhaschte ich einen kurzen Blick auf das Cover. Er bemerkte mein Erstaunen, ließ es aber unkommentiert. Der Fernseher ging an, die Geräuschkulisse eines Eishockeyspiels erfüllte den Raum. Johlendes Publikum. Das Knallen des Pucks an der Bande. Die aufgeregten Stimmen der Kommentatoren.

»Ich habe einen alten Kumpel, drüben in Kansas City, der hat ein Tonstudio«, sagte Monty zu mir. »Tom Hazelwood. Seine Nummer findest du im Telefonbuch. Du fährst hin, nimmst deine Songs auf und schickst sie an Radiosender und Plattenfirmen. Mit etwas Glück hört sie sich einer an. Und mit noch mehr Glück ... wer weiß. Alles ist möglich.« Er hob die Schultern und grinste vielsagend.

Die Idee, ein Tonstudio zu mieten, so wie damals mit Mrs. Costello, hatte ich selbst auch schon gehabt. Aber ausgerechnet Kansas City! War das nicht ein schlechtes Omen? Schaudernd dachte ich an den schmuddeligen Keller in einem heruntergekommenen Reihenhaus, und an Ralph, den Alkoholiker, der mit seinen nikotingelben Fingern in den intimsten Bereichen meines Körpers herumgestochert und nicht nur den Fötus in mir, sondern beinahe auch mich umgebracht hatte. Andererseits hatte ein positives Erlebnis vielleicht die Macht, die bösen Erinnerungen zu überlagern.

»Wissen Sie was: Das mache ich«, erwiderte ich entschlossen. »Es gibt nichts, auf das ich warten müsste.«

»Gute Einstellung.« Der Alte zwinkerte mir zu. »Und jetzt sieh zu, dass du nach Hause kommst, Mädchen. Wir sehen uns morgen früh im Stall.«

»Alles klar.« Ich nickte. »Vielen Dank, Monty.«

»Schon gut«, brummte er in seinen Bart, schlug das Buch auf und las weiter. Ich schnappte mir Gitarre und Tasche, wünschte einen schönen Abend und verließ das Gesindehaus. In der Tür wandte ich mich noch einmal zu dem alten Mann um, aber er hatte sich schon wieder in seine Lektüre vertieft und beachtete mich nicht mehr. Auf dem Weg zu meinem Auto schüttelte ich verwirrt den Kopf. Wer war dieser Typ, der vorgab, ein simpler Cowboy zu sein, aber abends am Kamin saß, statt mit den anderen Arbeitern einen trinken zu gehen, in einem zerfledderten Exemplar von Jack Kerouacs *On the Road* las und sich so gewählt ausdrücken konnte wie mein Dad?

Die Luft war kalt. Hoch am klaren Nachthimmel hing die schmale Sichel des zunehmenden Mondes. Ein fernes Quaken drang an mein Ohr und ich blickte hoch in die Dunkelheit. Tatsächlich! Die ersten Wildgänse kehrten zurück! Ein Zeichen dafür, dass der Winter bald vorbei war. Unvermittelt ergriff mich das Gefühl, aus einem Nebel aufzutauchen und den Weg, den ich gehen wollte, ganz klar und deutlich vor mir zu sehen. Die Musikabende hatten mir Spaß gemacht, sie hatten dazu beigetragen, die Blockade in meinem Inneren zu lösen, und mir gezeigt, was ich wirklich wollte, nämlich Musik machen. Songs schreiben. Monty hatte recht. Ich musste mein Glück selbst in die Hand nehmen.

Noch am selben Abend suchte und fand ich die Adresse und Telefonnummer von *TH Recording, Mastering & Production* im Internet. Dad und Elaine waren ins Kino gegangen, und ich nutzte die Gelegenheit und rief sofort an, bevor mich der Mut verließ. Ich hatte um die späte Uhrzeit mit einem Anrufbeantworter gerechnet, aber Tom Hazelwood meldete sich schon nach dem zweiten Klingeln persönlich. Nachdem ich ihm dargelegt hatte, was ich wollte, erklärte er mir, welche Leistungen sein Tonstudio anbot, und nannte Preise, die mir akzeptabel erschienen. Als ich beiläufig erwähnte, wie ich auf seinen Namen gekommen war, veränderte sich Hazelwoods Tonfall von einer Sekunde auf die andere, wurde liebenswürdig und herzlich. Ob ich zeitlich flexibel sei, wollte er wissen, und als ich bejahte, schlug er mir vor, gleich am nächsten Tag zu kommen. Zufällig sei ein Projekt, für das er eine Woche kalkuliert habe, eher fertig geworden, und deshalb habe er einige Tage Leerlauf. Überrascht und erfreut sagte ich zu. Morgen war genauso gut wie übernächste Woche oder in zwei Monaten.

Voller Euphorie suchte ich alle meine Unterlagen zusammen, ging dabei im Kopf meine Songs durch und überlegte, welche ich für eine Demo-CD auswählen sollte. Es war nicht einfach, eine Auswahl zu treffen, denn ich hatte in den vergangenen Jahren unglaublich viele Songs geschrieben. Ich breitete alle Notizen und Notenblätter auf dem Esstisch neben dem Klavier aus, spielte den einen oder anderen Song, an den ich mich nicht mehr richtig erinnern konnte, und stieß dabei auf eine Melodie, für die ich seinerzeit keinen passenden Text gefunden hatte. Sie musste in der Zeit entstanden sein, nachdem Nicholas Fairfield verlassen und ich mich so einsam wie nie zuvor gefühlt hatte. Früher hatte ich mich mit den Texten für meine Songs oft schwergetan, aber jetzt war es genau umgekehrt. Die Worte tauchten in meinem Kopf auf wie eine Geschichte, die unbedingt erzählt werden wollte. Ich spielte die Melodie, probierte etwas herum, schlug Akkorde in Moll an und auf einmal passte alles zusammen und es klang wundervoll, schwermütig und süß zugleich, und ich wusste genau, wie es klingen sollte. Ich brauchte nur noch die Worte.

»*You're frozen, since your heart's been broken*«, sang ich vor mich hin und lauschte darauf, wie sich Text und Melodie zusammenfügten. »*In wuthering times you'll find out who you can rely on ...*«

Ich hielt inne.

»*Wuthering times!* Das ist es!«, murmelte ich. »Das ist der Name für das Album!«

Ein Schauer krabbelte mir über den Rücken, und mir wurde bewusst, dass ich zum ersten Mal seit Monaten wieder dabei war, einen Song zu schreiben. Erst jetzt merkte ich, wie sehr mir das Komponieren gefehlt hatte. Das war es, wofür ich wirklich brannte, was ich wirklich, wirklich tun wollte, mehr als alles andere in meinem Leben.

Als Dad und Elaine gegen halb elf lachend und gut gelaunt nach Hause kamen, hatte ich meine Auswahl getroffen und wollte gerade nach oben gehen.

»Hey«, begrüßte ich die beiden. »Wie war der Film?«

Sie sahen sich an und prusteten los wie zwei Schulkinder.

»Es war ... *interessant*«, sagte Elaine und verzog das Gesicht. »Das ist das Beste, was man über den Film sagen kann.«

»Vielleicht wäre er gar nicht so schlecht gewesen, wenn wir etwas verstanden hätten«, warf Dad belustigt ein und verschwand lachend in der Küche. »Will jemand ein Glas Rotwein?«

»Ja, gerne!«, rief Elaine.

»Ich auch«, sagte ich.

Später saßen wir zusammen in der Küche, tranken chilenischen Rotwein und amüsierten uns über Mr Kellerman, den Filmvorführer des örtlichen Kinos, dem es nicht gelungen war, die Tonspur des Films zum Laufen zu bringen, sodass die dreißig Zuschauer für ihr Geld einen Stummfilm zu sehen bekommen hatten.

»Elsa Roland und ihr Mann wollten deshalb die Hälfte des Eintrittspreises zurückhaben!«, erzählte Elaine und ahmte die beiden so treffend nach, dass Dad und ich Tränen lachten. Es war ein fröhlicher, gemütlicher Abend, und es machte mich froh, Dad und Elaine miteinander so glücklich zu sehen. Gleichzeitig versetzte es mir einen Stich. Nicht, dass ich es ihnen nicht gönnte, nach all dem Furchtbaren, das sie beide schon erlebt hatten, aber der Anblick ihres Glücks führte mir überdeutlich vor Augen, was mir fehlte. Nein, Liebe wurde nicht überbewertet! Man musste nur dem richtigen Menschen begegnen, was mir allerdings nicht zu gelingen schien. Ich war erst einundzwanzig und schon auf dem besten Weg, zu verbittern, so oft, wie ich von Männern enttäuscht worden war. Beinahe alle Texte meiner Songs, das war mir vorhin aufgefallen, erzählten von unerfüllter Liebe. Wie traurig, eigentlich.

»Sag mal, Dad, meinst du, ihr kommt ein paar Tage ohne mich klar?«, fragte ich und hob dankend die Hand, als Elaine mir noch einmal Wein nachschenken wollte.

»Natürlich.« Mein Vater blickte mich überrascht an. »Hast du etwas vor?«

»Ich will morgen früh nach Kansas City fahren. Ich habe für zwei Tage ein Tonstudio gebucht, um ein paar von meinen Songs aufzunehmen«, erwiderte ich und ließ es so klingen, als sei es keine große Sache.

»Oh wow!«, rief Elaine und lächelte. »Das ist ja eine tolle Idee!«

»Großartig!« Auch Dad war begeistert. »Ich habe mir schon die ganze Zeit gedacht, wie schade es ist, dass nur wir in den Genuss deiner Stimme kommen.«

»Ach, Dad!«, sagte ich verlegen. »Ich mache das doch nur so aus Spaß.«

»So hat Elvis auch mal angefangen«, warf Elaine ein. »Er wollte nur eine Platte als Geschenk für seine Mom aufnehmen und wurde dabei zufällig entdeckt.«

Wieso nannten die Leute immer sofort die größten Namen, wenn man ihnen erzählte, dass man Musik machte? Vielleicht steckte keine böse Absicht dahinter, ja, wahrscheinlich war es als Ermutigung gemeint. Aber es klang auch so, als sei es ein Scheitern, wenn man nicht mindestens so erfolgreich sein würde wie Elvis. Kurz überlegte ich, ob ich meine Ambitionen wie üblich kleinreden sollte, aber dann tat ich das Gegenteil.

»Genau deshalb will ich das ja auch machen«, entgegnete ich. »Elvis und die Beatles sind mein Maßstab!«

Die beiden lachten gutmütig, wie Erwachsene über Kinder lachen, die erzählen, dass sie Astronaut oder Präsident werden wollen, aber ich dachte an das, was Monty zu mir gesagt hatte: *Man muss große Träume haben, riesige, verrückte Träume!*

»Ich geh dann mal ins Bett«, sagte ich. »Gute Nacht!«

»Gute Nacht.« Elaine begann, die Spülmaschine einzuräumen. »Und gute Fahrt und viel Spaß morgen!«

»Ach, warte mal, Sheridan!« Dad stand auf und verließ die Küche. Wenig später kehrte er mit einem Briefumschlag zurück, den er mir in die Hand drückte. »Den wollte ich dir schon längst geben. Da ist die Kreditkarte für dein Konto drin.«

»Oh, Dad, das ... aber das ist doch nicht nötig«, stammelte ich überrascht.

»Damit kannst du die Miete für das Tonstudio bezahlen«, erwiderte er nur. »Und fahr morgen nicht mit deiner alten Schrottkarre, Sheridan. Du kannst den Dodge nehmen, ich brauche ihn nicht.«

»Was hast du gegen mein Auto?« Ich versuchte, meine Rührung zu überspielen.

»Der Sheriff von Madison County hat erst kürzlich festgestellt, dass die rechte Rückleuchte kaputt ist«, ließ sich Elaine vernehmen.

»Und die Stoßdämpfer sind völlig hinüber«, ergänzte Dad vergnügt. »Also?«

»Danke, Dad«, sagte ich und umarmte ihn. »Ich fahre gerne mit dem Dodge.«

Als ich später im Badezimmer stand und mir die Zähne putzte, dachte ich noch einmal daran, was Monty über Liebe und

Glück gesagt hatte. Er musste ziemlich schlechte Erfahrungen gemacht haben, sonst würde er nicht so negativ darüber denken. Höchstwahrscheinlich hätte Dad, als er noch mit Tante Rachel verheiratet gewesen war, genau dasselbe gesagt wie er. Aber sein Beispiel zeigte mir, dass man die Hoffnung darauf, den richtigen Menschen zu treffen, niemals aufgeben durfte.

New York City

Nach einer fast dreiwöchigen Reise durch Asien und Europa kehrte Marcus Goldstein am Abend nach New York zurück. Seine Mitarbeiter, die ihn begleitet hatten, würden gleich nach Los Angeles weiterreisen, aber er würde einen Tag mit Liz verbringen, bevor er nach Nebraska fliegen und Sheridan Grant besuchen würde. »Mir scheint, irgendjemand muss ein bisschen auf dich aufpassen, wenn du es schon nicht selbst tust«, hatte Liz gesagt. »Deshalb kommst du her und legst eine kurze Pause ein.«
Anders als früher steckte er den Jetlag nicht mehr so leicht weg, obwohl er komfortabel im Privatjet reiste und seine jeweiligen Gesprächspartner vor Ort ihre Uhren auf New Yorker Zeit gestellt hatten. Dennoch war es auch mental ein kräftezehrender Trip gewesen. In jeder der Firmen, die er besucht hatte, musste er dieselbe vernichtende Botschaft verkünden, und er wurde das Gefühl nicht los, eine Schneise der Verwüstung hinterlassen zu haben. Natürlich war es notwendig, sich von unprofitablen Unternehmen zu trennen, und als Konzernchef durfte er keine Einzelschicksale berücksichtigen, sondern musste das große Ganze im Blick haben, dennoch schmerzte es ihn, von der Presse als »Totengräber der Musikindustrie« beschimpft zu werden.
Es war schon nach neun Uhr, als Marcus sich am MacArthur Airport in Islip in den Leihwagen setzte, den seine Assistentin für ihn reserviert hatte. Bis nach East Hampton waren es von hier aus rund sechzig Meilen, und an einem Montagabend herrschte nur wenig Verkehr.
Marcus hatte vier Ehefrauen gehabt, dazu zahllose Kurzbeziehungen und One-Night-Stands. Meistens hatte er schon

nach dem ersten Sex darüber nachgedacht, wie er die Frau wieder loswerden konnte, ohne sie zu sehr zu kränken. Selbst mit Tammy war es nie wirklich entspannt gewesen. Immer wieder war es zu Eifersuchtsszenen gekommen, und in einigen Fällen waren ihre Vorwürfe durchaus begründet gewesen. Für ihn hatte seine Arbeit immer an erster Stelle gestanden und das war für keine seiner Frauen leicht zu ertragen, deshalb hatte er sie großzügig beschenkt, um sein schlechtes Gewissen zu beruhigen. Im Nachhinein erschien es Marcus so, als sei er einfach nicht reif für Beziehungen gewesen. Und es war ganz sicher ein Fehler gewesen, sich immer jüngere und anspruchsvollere Frauen zu suchen. Liz' Ehe mit Harry hatte nur deshalb so gut funktioniert, weil sie beide Workaholics gewesen waren. Jeder von ihnen hatte sein eigenes Leben geführt, eigene Erfolge gehabt, und dann hatte es eine kleine Schnittmenge gegeben, die sie miteinander geteilt hatten. Das war ihr Geheimrezept für eine zufriedene Beziehung gewesen, eine erwachsene Beziehung, in der sich beide hatten entfalten können. Harry hatte oft gesagt, Liz sei sein sicherer Hafen, und darum hatte Marcus seinen Freund beneidet. In seinem Leben hatte es nie einen Hafen gegeben, kein echtes Zuhause. All seine Wohnungen und Häuser hatten sich nur wie Übergangslösungen angefühlt, genauso wie seine Frauen.

Liz arbeitete am Küchentisch an ihrem Laptop, als er eintraf. Auf dem Herd köchelte etwas köstlich duftend vor sich hin. Skipper war in den drei Wochen schon ein ganzes Stück gewachsen, und sie machten einen Spaziergang, bevor sie sich in die Küche setzten, Austern schlürften und Clam Chowder aßen.

»Ach, ich habe übrigens noch mehr über Sheridan Grant herausgefunden, dem Internet sei Dank«, sagte Liz, und Marcus horchte neugierig auf. »Das Mädchen hat noch mehr durchgemacht als diese Familientragödie und die Verleumdungen. Im April 1997 gab es einen Riesenskandal, weil ein ehemaliger

Lehrer in der Talkshow *True Fate* behauptet hat, Sheridan Grant hätte ihn verführt. Daraufhin hat sie selbst über das Zuschauertelefon angerufen und gesagt, er hätte sie zum Sex gezwungen, obwohl sie seine Schülerin und minderjährig gewesen war!«

»Ach du meine Güte!« Marcus schüttelte ungläubig den Kopf. »Wie alt war sie zu dem Zeitpunkt?«

»Siebzehn oder achtzehn«, erwiderte Liz. »Kein Wunder, dass sie danach keine Lust mehr darauf hatte, in der Öffentlichkeit zu stehen. Wie konnte Harry bloß einen solchen Fehler machen?«

»Er war verzweifelt«, vermutete Marcus. »Er wollte *Lightning Arrow Records* um jeden Preis retten. Und wahrscheinlich nahm er an, Sheridan Grant wäre es egal. Die meisten Leute, die berühmt werden wollen, nehmen dafür alles in Kauf. Eigentlich spricht es für ihren Charakter, dass sie das nicht wollte.«

Liz zündete sich eine Zigarette an, setzte ihre Lesebrille auf zog den Laptop zu sich herüber.

»Das ist noch nicht alles«, sagte sie und nahm einen Zug von ihrer Zigarette. »Sheridans Adoptivmutter wurde wegen Beihilfe zum Mord in vier Fällen zu dreißig Jahren Gefängnis verurteilt. Sie hatte ihrem Sohn die Waffen besorgt. Drei Jahre später stand sie erneut vor Gericht und wurde in einem spektakulären Indizienprozess von der Jury des Mordes an ihren Schwiegereltern für schuldig befunden. Seitdem sitzt sie im Staatsgefängnis von Nebraska und wartet auf die Vollstreckung der Todesstrafe!«

Einen Moment schwiegen sie beide.

»Wie denkt das Mädchen wohl heute darüber?«, überlegte Marcus.

»Schwer zu sagen.« Liz wiegte den Kopf. »Früher konnte man Gras über eine solche Sache wachsen lassen. Aber heute, in Zeiten des Internets, holt einen die Vergangenheit irgendwann ein. Deshalb muss man mit so etwas am besten offen umgehen.«

»Mit etwas Glück treffe ich sie morgen. Vielleicht kann ich sie überzeugen, für Probeaufnahmen mit nach L. A. zu kommen«, entgegnete Marcus.

»Einen Versuch ist es auf jeden Fall wert«, bestätigte Liz. »Es wäre wirklich jammerschade, wenn sie aus ihrem Riesentalent nichts machen würde.«

Kansas City

Die zwei Tage im Tonstudio gehörten zu den schönsten und glücklichsten meines Lebens. Ich hatte fast alle Songs aufgenommen, die ich ausgewählt hatte, dazu noch Coverversionen von ein paar bekannten Hits. Hazelwood und sein Team waren nicht nur von meinen Songs begeistert gewesen, auch mein absolutes Gehör und meine Fähigkeit, ihre Anregungen und Vorschläge sofort umzusetzen, hatten sie fasziniert. Die Anerkennung von Profis wie Tom Hazelwood und seinen Mitarbeitern, die schon mit den berühmtesten Musikern Amerikas gearbeitet hatten, hatte meinem Selbstvertrauen enormen Auftrieb gegeben. Wir arbeiteten von morgens bis spät in den Abend, ich sog all die neuen Fachbegriffe in mich auf und zum ersten Mal nahmen Leute, die wirklich etwas davon verstanden, mich und meine Musik ernst. Sie begriffen, was ich ausdrücken wollte, beantworteten geduldig alle Fragen, gaben mir Tipps, wie ich mich verbessern konnte, und das war aufregend und großartig. Gegen zehn Uhr, gerade, als wir für heute Schluss machen und noch eine Kleinigkeit essen gehen wollten, klingelte mein Telefon. Jordan! Ich entschuldigte mich und nahm das Gespräch entgegen.

»Hey, Sheridan«, sagte mein Bruder. »Wo bist du gerade?«

»Hey, Jordan. Ich bin in Kansas City. Wieso fragst du? Ist etwas passiert?«

»Ja, stell dir vor: Eben rief mich jemand vom *Federal Bureau of Prisons* an.« Jordan klang ungewöhnlich aufgeregt. »Wir haben für morgen um 12 Uhr einen Besuchstermin bei Scott Andrews im ADX Florence in Colorado!«

»Bei wem?« Ich verstand nicht, wovon er sprach.

»Scott Andrews. Der Mann, der unsere Mutter ermordet hat. Wir können ihn morgen sehen und mit ihm reden«, erklärte Jordan. »Wir haben doch darüber gesprochen, Sheridan! Neulich, auf dem Friedhof! Es ist wahnsinnig schwierig, eine Besuchsgenehmigung für Insassen eines Hochsicherheitsgefängnisses zu bekommen, wenn man kein Angehöriger ist, aber ich habe es hinbekommen.«

Da fiel mir unser Gespräch auf dem Familienfriedhof der Grants kurz nach meiner Rückkehr aus Rockbridge wieder ein. Ich hatte es vergessen oder verdrängt, denn meine Prioritäten hatten sich in der Zwischenzeit verschoben. Das, was ich über meine Herkunft wusste, reichte mir, und ich wollte nicht mehr in eine Vergangenheit zurückschauen, an der ich sowieso nichts ändern konnte.

»Das kommt jetzt aber ziemlich überraschend«, sagte ich zögernd. »Wenn ich mich richtig an unser Gespräch erinnere, dann habe ich dir gesagt, ich wollte erst mal darüber nachdenken. Und wer sagt denn überhaupt, dass der Typ etwas über meinen leiblichen Vater weiß? Du hast mir doch selbst erzählt, er hätte Mom kaum gekannt.«

»Ich ... äh ... na ja ... ich dachte, du wärst damit einverstanden«, druckste mein Bruder herum. Offenbar hatte er mit Begeisterung gerechnet. »Ich habe diesen Besuch nur dir zuliebe organisiert, Sheridan! Dafür musste ich mich verdammt weit aus dem Fenster hängen.«

Jordan war schon auf der Willow Creek Farm und wollte morgen früh gegen sieben mit Dads Piper Saratoga nach Colorado fliegen. Ich fühlte mich überrumpelt. Nichts hasste ich mehr, als wenn andere Leute einfach über mich verfügten und zu wissen glaubten, was für mich das Beste sei. Was sollte ich jetzt tun? Der Gedanke, dem Mörder meiner Mutter gegenüberzutreten, erfüllte mich mit Unbehagen.

»Mit mir wird Andrews nicht sprechen. Wenn du nicht mitkommen willst, sage ich den Termin ab. Ob wir jemals wieder einen kriegen, falls du es dir eines Tages anders überlegst, bezweifle ich«, schloss Jordan.

»Okay.« Mit einem Seufzer gab ich mich geschlagen. »Ich kläre ab, ob ich hier übermorgen weitermachen kann oder ob das Studio dann anderweitig belegt ist. Wenn du nichts mehr von mir hörst, bin ich morgen um sieben da.«

Ich hatte überhaupt keine Lust, mich jetzt mit etwas anderem beschäftigen zu müssen, aber Tom und seine Assistentin Ariana beruhigten mich und sagten, ich solle einfach übermorgen wiederkommen, bis dahin hätten sie die einzelnen Tonspuren gemischt und aus den verschiedenen Takes ein Gesangsmaster zusammengeschnitten. Außerdem könnten morgen ein Gitarrist, ein Bassist und ein Drummer ein paar Tonspuren für den Mixdown einspielen. Tom machte mir noch den Vorschlag, sich nicht nur um die Produktion des Albums zu kümmern, sondern auch um Artwork, Herstellung, Vertrieb und andere Details.

Es war kurz nach Mitternacht, als ich in den silbernen Dodge Ram stieg und auf der Interstate 29 nach Norden fuhr. Den Tempomat hatte ich auf neunzig Meilen pro Stunde eingestellt, laut Navigationssystem würde ich um 5:05 Uhr in Fairfield ankommen. Ich mochte es, allein unterwegs zu sein, ja, ich brauchte ein gewisses Maß an Einsamkeit, um ungestört meinen Gedanken nachhängen und in Tagträumen versinken zu können. Die wenigsten Menschen, das hatte ich festgestellt, ertrugen das Alleinsein. Sie brauchten Gesellschaft, Musik oder beides gleichzeitig als Ablenkung, weil sie es nicht aushielten, auf sich selbst zurückgeworfen zu sein. Ich hingegen empfand es als Befreiung, weder reden noch darüber nachdenken zu müssen, was ich sagen sollte. Die besten Ideen für Melodien oder Texte waren mir immer dann gekommen, wenn ich allein mit meinem Pferd oder im Auto unterwegs gewesen war. Ich versuchte, mich auf den bevorstehenden Besuch im Gefängnis zu konzentrieren, aber meine Gedanken schweiften immer wieder ab. Nichts hatte mich je so glücklich gemacht und so sehr fasziniert wie die Arbeit mit Tom Hazelwood und seinem Team. Der kreative Prozess, der dazu führte, dass aus meinen Ideen und ein paar dahingekritzelten Noten richtige Songs wurden, war unfassbar aufregend und befriedigend.

Gegen zwei Uhr morgens hielt ich an einer Raststätte, tankte und trank einen Kaffee und einen Energydrink, um die Müdigkeit zu vertreiben. Ich kam an Omaha und Council Bluffs vorbei, blieb aber auf der Interstate 29 diesseits des Missouri, weil das Navigationssystem auf der kürzeren Strecke mehrere Baustellen und Staus gemeldet hatte. Im Osten verwandelte sich die Schwärze der Nacht in ein heller werdendes Grau, aus dem sich allmählich die Konturen der Landschaft herausschälten. Über den Feldern links und rechts der Straße waberte dichter Morgennebel. Auf der schnurgeraden Interstate war nicht viel los. Die meiste Zeit fuhr ich auf der linken Spur und überholte hin und wieder einen Truck. Plötzlich sah ich etwas auf der Fahrbahn liegen, ein Metallteil, das ein Truck verloren haben mochte. Ich riss das Lenkrad nach rechts, aber zu spät! Das linke Vorderrad des Pick-ups holperte über den Gegenstand und der Reifen platzte mit einem Knall. Nur mit Mühe hielt ich das Fahrzeug auf der Straße. Ich trat auf die Bremse, schaltete den Warnblinker ein und kroch mit zwanzig Meilen weiter. Glücklicherweise gab es ein paar Hundert Meter weiter eine Ausfahrt, die zum großen geschotterten Parkplatz eines Minimarkts mit zwei Zapfsäulen führte. Morgens um halb fünf mit einem Platten liegenzubleiben, war mehr als ärgerlich, aber sicher gab es im Auto meines gewissenhaften Vaters einen Ersatzreifen. Der Minimarkt hatte noch geschlossen, und der Parkplatz war leer, abgesehen von einem Pick-up, dessen dunkler Lack unter einer dicken Kruste von Streusalz und Straßendreck stumpf wirkte, mit einem Pferdetrailer. Kurz erhaschte ich einen Blick auf einen jungen Mann in Jeans, Cowboystiefeln und einer abgewetzten hellen Lederjacke mit Lammfellkragen, der um den Trailer herumging. Auf den ersten Blick sah er aus wie Nicholas. Ich hielt ein Stück entfernt, stieg aus und zog meine Daunenjacke an, denn es war empfindlich kalt.

»Mist!« Im Zwielicht des frühen Morgens erkannte ich, dass der linke Vorderreifen völlig zerfetzt war, und es sah ganz so aus, als ob auch die Felge etwas abgekriegt hätte. Ich schaute nach dem Ersatzrad und stellte fest, dass keines da war. Weder auf der Ladefläche noch darunter. Verdammt! Ich hatte noch knapp hundert Meilen zu fahren und würde es ganz sicher nicht mehr pünktlich schaffen. Und mein Handy hatte hier kein Netz.

»Hi!«, sagte in diesem Augenblick jemand hinter mir, und ich drehte mich um. »Kann ich Ihnen helfen?«

Auf den zweiten Blick hatte der Mann überhaupt keine Ähnlichkeit mehr mit Nicholas, abgesehen davon, dass er genauso schlank und drahtig war. Ich schätzte ihn auf Ende zwanzig oder Anfang dreißig. Sein gut geschnittenes Gesicht war von der Kälte gerötet, die Augen von einem verstörend klaren Blau.

»Hey«, erwiderte ich. »Ich habe einen Platten.«

»Ich seh's«, sagte er, und da musste ich lächeln, denn unser Dialog war beinahe derselbe wie der, den ich damals mit Nicholas geführt hatte, nur dass ich diesmal diejenige war, die ein Problem hatte.

Mein Blick wanderte zu seinem Auto, ebenfalls ein Dodge Ram neueren Baujahrs. Unter dem Dreck erkannte ich ein Logo, das ein Pferd vor einem stilisierten Berggipfel darstellte, und darunter die Aufschrift *Cloud Peak Guest Ranch, Buffalo, Wyoming*. Und auf der Ladefläche entdeckte ich eine Reserveradabdeckung aus Edelstahl.

»Sie haben nicht zufällig einen 265/70er 17-Zoll-Ersatzreifen dabei, oder?« Ich erhob mich und klopfte mir den Staub von den Jeans. »Ich habe nämlich leider keinen.«

Der Fremde hob eine Augenbraue.

»Wie kommen Sie darauf, dass ich genau so einen Reifen dabeihaben könnte?«, fragte er verblüfft.

»Na ja, Ihr Auto ist auch ein 1999er V8 Magnum, wie meiner«, erwiderte ich. »Und Sie haben ein Ersatzradcover auf der Pritsche montiert – im Gegensatz zu mir.«

Da huschte der Schimmer eines Lächelns über sein verschlossenes Gesicht und blieb in seinen Mundwinkeln hängen.

»Ich bezahle Ihnen das Rad natürlich«, bot ich ihm an.

»Okay«, sagte er. »Ich hole es.«

Während er zu seinem Auto ging, holte ich Radkreuz und Wagenheber und machte mich daran, das Rad mit dem kaputten Reifen von der Achse zu ziehen. Ein Auto bog auf den Parkplatz ein, tuckerte an uns vorbei und hielt hinter dem flachen Gebäude des Minimarkts.

Als der Fremde mit dem Ersatzrad ankam, hatte ich das Rad bereits an den hinteren Kotflügel gelehnt. Zusammen steckten wir das neue Rad auf, und ich zog die Schrauben leicht an. Dann senkte ich den Wagenheber ein Stück ab, bis das Rad blockierte, und zog die Schrauben mit dem Drehmomentschlüssel fest. Nach fünf Minuten war die Sache erledigt.

»Vielen Dank! Sie haben mich gerettet.« Ich erhob mich und wischte mir die Hände an einem alten Frotteehandtuch ab, das der Fremde mir gereicht hatte. Er sah mich mit schräg gelegtem Kopf an, halb amüsiert, halb anerkennend.

»Das haben Sie nicht zum ersten Mal gemacht«, stellte er fest.

»Stimmt.« Ich gab ihm das Handtuch zurück. »Ich bin auf einer Farm aufgewachsen, und meine Brüder haben immer an Autos oder irgendwelchen landwirtschaftlichen Maschinen herumgeschraubt. Sie haben mir alles beigebracht, was man können muss, falls man mal irgendwo im Nirgendwo eine Panne hat.«

»Irgendwo im Nirgendwo. Das klingt gut.« Lachfältchen erschienen an seinen Augen, in denen Neugier aufblitzte.

»Ich heiße übrigens Sheridan Grant. Aus Nebraska.« Ich hielt ihm meine Rechte hin. Ein Lächeln ließ sein Gesicht aufleuchten, als habe es die Sonne liebkost.

»Ich bin Jasper Hayden.« Er ergriff meine dargebotene Hand. »Ich komme aus Wyoming.«

Seine Handfläche war schwielig, der Druck seiner Hand warm und fest, und sein forschender Blick drang mir ohne Vorwarnung tief in die Seele. Ich verspürte ein Kribbeln bis in meine Fingerspitzen und entzog ihm erschrocken meine Hand. Sein Lächeln erlosch. In seiner Miene spiegelte sich dieselbe Verwirrung, die ich empfand.

»Was ... äh ... was kriegen Sie für das Rad?«, stotterte ich.

»N... nichts. Ist schon okay.« Jasper Hayden zuckte die Schultern. »Ich ... ich weiß nicht, was so ein Ding kostet.«

Mein Unterbewusstsein registrierte zerzaustes dunkelblondes Haar, eine hohe Stirn, einen Dreitagebart auf Kinn und Wangen. Dichte Brauen, lange Wimpern und unglaublich blaue Augen. Einen schönen Mund. Ein markantes Kinn. *Kein Ring an seinen Fingern.* Dass mir dieses Detail auffiel, beunruhigte mich. Vielleicht war es besser, wenn ich sofort weiterfuhr. Ich durfte nicht noch einmal zulassen, dass irgendein Fremder, der mir zufällig über den Weg gelaufen war, meine Pläne durchkreuzte!

Hinten im Trailer wieherte ein Pferd, ein anderes fiel in das Gewieher ein. Hufe donnerten dumpf gegen Metall.

Jasper Hayden und ich sahen uns an. Urplötzlich flatterten Schmetterlinge in meinem Magen, und mein Entschluss, auf der Stelle das Weite zu suchen, geriet ins Wanken.

»Ich glaube, Ihre ... Ihre Pferde werden unruhig«, sagte ich, um meine Befangenheit zu überspielen.

»Ja.« Auch Jasper Hayden schien die Spannung, die zwischen uns herrschte, zu spüren. Meine Verlegenheit übertrug sich auf ihn. Er massierte mit der Rechten seinen Nacken. »Ich ... äh ... ich lade Ihnen noch schnell den Reifen auf.«

»Oh, das … das wäre nett.« Ich merkte, wie ich rot wurde. Die Mühelosigkeit, mit der er das Rad mit dem platten Reifen auf die Ladefläche meines Pick-ups wuchtete, ließ erkennen, dass er an körperliche Arbeit gewöhnt war. Mit wenigen Handgriffen befestigte er es in der Halterung und sprang lässig vom Auto.

»Danke.« Ich wagte kaum ihn anzusehen, aus Furcht, er könnte das Gefühlschaos von meinen Augen ablesen. »War nett, Sie kennenzulernen.«

»Ja, fand ich auch«, erwiderte er.

»Gute Fahrt noch«, wünschte ich ihm.

»Ihnen auch.«

Der schmale Lichtstreifen im Osten war rosig geworden. Bis zum Tagesanbruch war es weniger als eine Stunde. Im Minimarkt gingen die Lichter an. Jemand schaltete den Leuchtschriftzug »Open« ein.

»Also, dann …« Ich hob die Hand.

»Warten Sie!«, sagte Jasper Hayden schnell. »Wollen wir … äh … hätten Sie noch Zeit … äh … darf ich Sie …?« Er lachte verlegen, fuhr sich mit der Hand durchs Haar und schüttelte den Kopf. »Oh Mann, was rede ich für einen Schwachsinn daher! Lust auf einen Kaffee?«

Ich warf einen Blick auf meine Uhr. Zehn vor fünf. Meine Neugier auf diesen Fremden war größer als die Sorge, zu spät auf der Farm einzutreffen.

»Klar«, antwortete ich deshalb und lächelte. »So viel Zeit habe ich noch.«

Wir überquerten den Parkplatz. Der Schotter knirschte unter den Sohlen unserer Stiefel, und ich war mit einem Mal so zittrig, als hätte ich drei Kaffee hintereinander getrunken. Jasper Hayden hielt mir galant die verschmierte gläserne Eingangstür des Minimarkts auf. Die Angestellte, eine rundliche Frau in mittleren Jahren mit einem grauen Dutt und roten Apfelbäckchen, hantierte hinter einer Theke am anderen Ende des Verkaufsraums herum und schob gerade ein Blech mit Backwaren in einen Backofen. Die Kaffeemaschine gluckerte bereits und verströmte einen verführerischen Duft. Jasper bestellte zwei Kaffee und zahlte, obwohl ich protestierte.

»Sie haben mir schon einen Reifen mit Felge geschenkt«, wandte ich ein.

»Das nächste Mal sind Sie dran.« Er grinste und balancierte das Tablett mit den zwei Kaffeebechern zu einem der Stehtische.

»Okay.« Ich legte meine Hände um den Porzellanbecher und versuchte, den Mann nicht allzu auffällig anzuglotzen. Bei Licht sah er noch besser aus, ein bisschen wie James Dean, für den ich früher wahnsinnig geschwärmt hatte. Zuerst wussten wir beide nicht, was wir sagen sollten.

»Was haben Sie mit den Pferden vor?«, entschied ich mich für ein unverfängliches Thema.

»Die habe ich in Oklahoma geholt und bringe sie zu uns auf die Ranch«, erwiderte er.

»Nach Wyoming?«

»Genau. Ein Stück hinter Buffalo, am Fuß der Bighorn Mountains.«

Wir nippten beide an unserem Kaffee. Er war schwarz, heiß und stark, genau so, wie ich ihn morgens um fünf Uhr nach einer Nacht ohne Schlaf brauchte.

»Dann haben Sie noch eine ganz ordentliche Strecke vor sich.«

»Ungefähr 800 Meilen. Sioux City, Rapid City ...« Jasper Hayden lächelte. »Und Sie? Wo kommen Sie her? Und wo müssen Sie noch hin?«

»Ich komme aus Kansas City«, verriet ich ihm. »Und ich habe nur noch hundert Meilen zu fahren. Die Farm meines Vaters liegt bei Madison. Ich muss aber heute Morgen mit meinem Bruder nach Colorado fliegen, deshalb habe ich es ein bisschen eilig.«

Das Ziel unserer Trips verschwieg ich ihm, genauso wie den Grund meines Aufenthalts in Kansas City. Ich wollte ihn auf keinen Fall verschrecken. Wobei er nicht gerade aussah wie jemand, der sich leicht verschrecken ließ.

Zwei Trucks rollten auf den Parkplatz. Mein Blick fiel auf die Uhr an der Wand.

»Verstehen Sie was von Pferden?«, wollte Jasper wissen.

»Ja.« Ich nickte. »Ich konnte eher reiten als laufen. Mein Vater züchtet übrigens Cutting-Pferde. Im Moment arbeite ich bei ihm.«

»Wir haben früher Black-Angus-Rinder gezüchtet.« Er betrachtete mich neugierig. »Aber das haben wir aufgegeben. Das Geschäft mit den Sommergästen ist lukrativer als die Rinderzucht. Und unser Heu verkaufen wir bis nach Florida. Waren Sie schon mal in Wyoming?«

»Nein«, gab ich zu.

»Das sollten Sie unbedingt ändern.« Er stellte den Kaffeebecher ab, durchsuchte die Taschen seiner Jacke und förderte einen Kugelschreiber mit Werbeaufdruck zutage, den er mir mit einem beinahe schüchternen Lächeln hinhielt. »Ich habe leider keine Visitenkarte. Aber hier steht unsere Adresse drauf.«

»Danke.« Ich lächelte und steckte den Kugelschreiber ein. »Dann kann ich mich melden.« Das klang ziemlich bedürftig, fand ich und schob deshalb hastig nach: »Wegen des Reifens, meine ich.«

»Nein, nein, nicht wegen des Reifens, so habe ich das nicht gemeint«, wehrte Jasper Hayden ab, und dann lachte er wieder dieses Lachen, welches sein Gesicht auf eine absolut unwiderstehliche Weise veränderte und mich verzauberte. »Es ist echt schön bei uns. Die Berge sind faszinierend. Man kann tagelang reiten, ohne einer Menschenseele zu begegnen. Es gibt Elche und Antilopen, Büffel und Hirsche. Und wenn der Frühling kommt, werden die Wiesen grün und es duftet überall nach Salbei und

Ginster. Also, wenn ... wenn Sie zufällig mal hoch nach Wyoming kommen ...«

»... dann besuche ich Sie«, hörte ich mich sagen.

»Versprochen?«

»Ja«, sagte ich ernst. »Das verspreche ich Ihnen, Jasper Hayden.«

»Das wäre großartig«, antwortete er.

Zwei Fernfahrer betraten den Minimarkt, drängten sich an uns vorbei und bestellten Kaffee und Rührei mit Speck. Es gab so viel, was ich Jasper gerne gefragt hätte, aber ich fühlte mich eigenartig gehemmt und brachte nichts davon über die Lippen.

»Ich muss leider los«, sagte ich schließlich. »Es tut mir leid.«

»Ich begleite Sie zum Auto.« Jasper brachte unsere Kaffeebecher weg, dann gingen wir hinaus. Die aufgehende Sonne färbte den Morgenhimmel rosa und golden. Viel zu schnell hatten wir mein Auto erreicht. Ich entriegelte es, stieg aber noch nicht ein. Jasper und ich standen uns gegenüber, blickten uns an, suchten nach Worten und weil wir sie beide nicht fanden, schwiegen wir befangen.

»Also dann.« Ich öffnete die Tür. »Hat mich echt gefreut. Und nochmals vielen Dank für die Hilfe.«

»Keine Ursache. Mich hat's auch gefreut.« Jasper trat einen Schritt zurück, damit ich einsteigen konnte. »Gute Fahrt, Sheridan Grant. Vielleicht sehen wir uns ja mal wieder.«

Ich ließ den Motor an, winkte ihm zum Abschied und gab etwas zu heftig Gas. Im Rückspiegel sah ich, wie Jasper Haydens Gestalt kleiner und kleiner wurde, bis sie schließlich außer Sicht geriet. Ich tastete nach meinen Zigaretten, zog eine aus dem Päckchen und zündete sie mir an. Dabei bemerkte ich, dass meine Finger zitterten und musste lächeln.

»Jasper Hayden«, murmelte ich und ließ die Seitenscheibe ein Stück herunter. »Puh! Gibt's denn so was?«

***

Jordan drückte ein paar Schalter im Cockpit der Piper Saratoga, Instrumente leuchteten auf, Pumpen summten, der Motor sprang an und der Flugzeugrumpf aus dünnem Aluminiumblech begann zu beben. Ich saß gähnend auf dem Sitz des Co-Piloten, legte den Hosenträgergurt an und beobachtete stumm, wie mein Bruder routiniert alle Startvorbereitungen traf. Der Propeller begann sich zu drehen. Es war zwanzig vor sieben, als wir auf die asphaltierte Startbahn rollten, die sich hinter den Treibhäusern der Willow Creek Farm anderthalb Meilen Richtung Westen erstreckte. Als Jordan das Flugzeug beschleunigte, füllte sich die Kabine mit ohrenbetäubendem Krach und vibrierte, als wollte sie im nächsten Augenblick auseinanderbrechen. Die Piper Saratoga erreichte ihre Startgeschwindigkeit, der Bug der kleinen Maschine hob sich und Jordan ließ sie mit voller Leistung in den wolkenlosen Himmel steigen. Die Flugzeit zum Fremont County Airport in Colorado hatte Jordan auf knapp drei Stunden kalkuliert. Ich schaute aus dem Fenster, bis die Gebäude der Farm aus meinem Blickfeld verschwanden. Jordan kontrollierte Höhenmesser, die LED-Anzeige des GPS, Treibstoffanzeige, Fahrtenmesser und den künstlichen Horizont, dann schaltete er den Autopiloten ein. Der Motor dröhnte, der Fahrtwind heulte um das Flugzeug und pfiff durch die Ritzen. Unter uns glitten einsam gelegene Farmen, kleine Ortschaften und endlose winterbraune Felder vorbei, manchmal sah ich winzig klein ein Auto, irgendwann überflogen wir die Interstate 80 und den breiten Platte River. Die Aussicht, dem Mörder meiner Mom gegenüberzutreten, erfüllte mich mit Unbehagen, aber jetzt, wo ich schon mal auf dem Weg war, siegte mein Pragmatismus. Ich würde es hinter mich bringen und dann war das Thema für mich erledigt. Zweifellos hatte Scott Andrews' Tat einen schicksalhaften Einfluss auf mein Leben gehabt. Wie ein Felsbrocken, der in einen Bach stürzt und damit dessen Lauf ändert, war er vor neunzehn Jahren in mein Leben gekracht, und ich hatte mich schon oft gefragt, was wohl aus mir geworden wäre, wenn Mom nicht getötet worden wäre. Weil ich keine Lust hatte, mit Jordan zu reden, tat ich so, als ob ich eingeschlafen wäre. Irgendwann nickte ich trotz des Lärms in der Kabine tatsächlich ein und träumte von Jasper Haydens Lächeln und seinen blauen Augen.

Als ich aufwachte, hatten wir schon über die Hälfte der Flugzeit hinter uns. Ich kramte den Kugelschreiber aus meiner Jackentasche und betrachtete ihn. *Cloud Peak Guest Ranch*. Auch eine Telefonnummer, eine E-Mail-Adresse und eine Webseite waren aufgedruckt. Ich würde herausfinden, was ein Ersatzrad kostete und ihn anrufen. Nein, ich würde ihm wohl lieber schreiben. Und mir die Webseite anschauen, sobald ich wieder zu Hause war. Ich musste lächeln, als ich daran dachte, wie Jasper Hayden gelacht hatte, ein bisschen verlegen, ein bisschen fröhlich. Einfach süß. Worüber hätten wir wohl geredet, wenn wir noch mehr Zeit gehabt hätten?

»Na, ausgeschlafen?«, sprach Jordan mich an.

»Hm.« Ich hörte auf zu lächeln und steckte den Kugelschreiber wieder in die Jackentasche.

»Bist du sauer auf mich?«, wollte er wissen.

»Nein«, erwiderte ich. »Ich bin nur müde.«

»Okay.«

Jordan wollte mit mir über Scott Andrews sprechen, aber ich antwortete nur einsilbig. Irgendwann verstummte er, und ich gab mich Tagträumen hin, die sich um Jasper Hayden drehten. Immer wieder ging ich in Gedanken unsere Begegnung durch, rief mir jede Formulierung, jedes Wort, das er gesagt, und jeden Blick, den er mir zugeworfen hatte, in Erinnerung und kam zu dem gewagten Schluss, dass er womöglich etwas ganz Ähnliches für mich empfunden hatte wie ich für ihn. Ob er auch über mich nachdachte, während seiner Fahrt nach Hause? Wo war er jetzt wohl gerade? Warum hatte er mich nicht nach meiner Handynummer gefragt? Hatte er es nur vergessen? Sollte ich mich wirklich bei ihm melden? Wäre es nicht klüger, diese Gefühle im Keim zu ersticken, bevor ich wieder einmal enttäuscht werden würde?

»Schau mal, Sheridan! Direkt vor uns!«, riss mich Jordans Stimme aus meinen Grübeleien. Ich sah zum Cockpitfenster hinaus und erblickte zum ersten Mal in meinem Leben die Rocky Mountains. Wie ein massiver Riegel lagen sie in der Ferne, atemberaubend und majestätisch, mit schneebedeckten Gipfeln, die vor dem kobaltblauen Himmel in der Sonne leuchteten.

»Wow!«, sagte ich. »Ich habe sie noch nie gesehen!«

»Echt nicht?« Jordan war erstaunt.

»Ich war noch nie weiter im Westen als North Platte«, sagte ich. Jordan setzte die Hör-Sprech-Garnitur auf, richtete das Lippenmikrofon und schaltete den Autopiloten aus, weil er den Luftraum von Colorado Springs umfliegen musste. Je näher wir dem Gebirge kamen, desto stärker wurden die Turbulenzen, das kleine Flugzeug wurde von Böen durchgeschüttelt, es sackte immer wieder durch, um gleich darauf in die Höhe gerissen zu werden. Das war nichts Ungewöhnliches, aber in dieser Heftigkeit hatte ich es noch nicht erlebt. Jordan blieb jedoch gelassen. Er kommunizierte mit den Lotsen des Towers von Colorado Springs, verringerte auf ihre Anweisung die Flughöhe und leitete langsam den Sinkflug ein. Wenig später konnte ich die Landebahn des Fremont County Airports und einige flache Gebäude erkennen. Keine fünf Minuten später landete Jordan die Piper routiniert. Er fuhr über den Rollweg zu einer betonierten Abstellfläche, auf der noch andere Propellermaschinen parkten. Eine hellblau lackierte Gulfstream war das einzige Düsenflugzeug und schien auch erst vor Kurzem gelandet zu sein, denn die Tür hinter dem Cockpit war geöffnet und die Treppe ausgefahren.

Wir schnallten uns los. Ich öffnete die Tür und kletterte über die Tragfläche hinaus. Ein böiger, eisiger Wind blies mir entgegen, ich setzte die Kapuze meiner Daunenjacke auf und schob die Hände in die Jackentaschen. Der Fremont County Airport bestand aus einer einzigen Start- und Landebahn, einem flachen Verwaltungsgebäude und ein paar Hangars. Er lag am Rande eines kleinen Gewerbegebiets auf einem kargen Hochplateau, 1625 Meter über dem Meeresspiegel, deshalb war die Luft hier viel dünner als zu Hause. Die Landschaft war eintönig und öde. Nichts als verdorrtes Grasland, durchsetzt mit vertrocknetem Gestrüpp, so weit das Auge reichte. Ich hatte mit spektakulären Bergpanoramen, felsigen Schluchten und endlosen Fichtenwäldern gerechnet und war enttäuscht.

»Wie kommen wir eigentlich zu dem Gefängnis hin?«, erkundigte ich mich bei meinem Bruder.

»Wir treffen uns gleich mit Dr. Harding«, antwortete Jordan beiläufig. »Er hat schon alles organisiert.«

»Wie bitte?« Ich blieb stehen. »Mit wem treffen wir uns?«

»Mit Dr. David Harding, dem Profiler vom FBI«, erwiderte mein Bruder. »Ich habe dir von ihm erzählt. Er war doch der Militärpolizist, der Andrews damals von Deutschland nach Amerika begleitet hat.«

»Und warum ist er heute hier?«

»Harding leitet die Verhaltensanalyseeinheit beim FBI. Er hat schon oft mit Andrews gesprochen und er war es auch, der unseren Besuch heute möglich gemacht hat.«

»Wieso hast du mir das nicht erzählt?«, fragte ich verärgert. Ich fühlte mich hintergangen und hatte plötzlich den unbestimmten Verdacht, dass es Jordan nicht nur darum ging, mehr über die Vergangenheit unserer Mutter herauszufinden. »Wir haben gerade drei Stunden nebeneinander im Flugzeug gesessen!«

»Ich hab's ja versucht, aber du wolltest nichts hören«, behauptete Jordan. Er ließ mich stehen und sprach kurz mit dem einzigen Flugplatzangestellten, einem älteren Mann, der trotz der schneidenden Kälte nur einen grauen Arbeitsoverall und eine Pudelmütze trug. Ich schluckte meine Verärgerung herunter und folgte Jordan, der zielstrebig an dem flachen Gebäude vorbei zu einem Country Café mit großem Parkplatz ging, der bis auf zwei Pick-ups und einen schwarzen Chevrolet Suburban völlig leer war. Der Suburban war ein ziviles Cop Car, unschwer zu erkennen an den verdunkelten Fensterscheiben, den billigen Felgen und den Antennen auf dem Dach. Wir betraten das Café. An einem der Tische saßen drei Männer und tranken Kaffee. Der Älteste von ihnen lächelte, als er uns sah, und erhob sich von seinem Stuhl. Er war vielleicht Ende vierzig, Anfang fünfzig. Ein sandfarbener Haarkranz umgab eine spiegelnde Glatze, und mit seinem altmodischen braunen Dreiteiler, dem faltigen, sonnengebräunten Gesicht, den Cowboystiefeln aus Schlangenleder und seinem gewaltigen Seehundschnauzbart wäre er die ideale Besetzung für Wyatt Earp gewesen. Es fehlten nur noch der Stetson, der Colt und ein Pferd.

»Ich bin Dr. David Harding.« Der Profiler hatte eine sonore Stimme und ein freundliches Lächeln. »Ich freue mich, Sie wiederzusehen, Miss Grant. An unsere erste Begegnung können Sie sich wahrscheinlich nicht erinnern.«

Ein fester Händedruck, ein taxierender, aber nicht aufdringlicher Blick aus klugen, dunklen Augen. Da wurde mir bewusst, dass dieser Mann vor zwanzig Jahren am Schauplatz des Mordes in Deutschland gewesen war.

»Hallo«, erwiderte ich zurückhaltend und musterte den Profiler skeptisch. In den letzten Wochen hatte ich genug Zeit gehabt, mir darüber Gedanken zu machen, warum mich Leute immer wieder zu dominieren versuchten, und ich war zu dem Schluss gekommen, dass es an meiner anerzogenen Höflichkeit lag. Ein freundliches Begrüßungslächeln signalisierte dem

Gegenüber Unterlegenheit und wurde besonders von Männern gerne als Einladung zu was auch immer missverstanden. Weil ich die Nase voll von Respektlosigkeit, Geringschätzung und vorschneller Vertraulichkeit hatte, hatte ich beschlossen, Fremde in Zukunft deutlich auf Distanz zu halten.

Dr. Harding begrüßte Jordan wie einen alten Bekannten, dann stellte er uns die anderen beiden Typen vor, zwei FBI-Mitarbeiter aus dem Büro in Colorado Springs. Beide waren ungefähr Mitte dreißig, hatten mausbraunes Haar und glatte Gesichter ohne besondere Merkmale. Gelangweilte Klone in identischen schwarzen Anzügen, die sich nicht die Mühe machten, aufzustehen und uns die Hände zu schütteln. Wahrscheinlich fühlten sie sich einem Detective der Nebraska State Troopers und mir sowieso meilenweit überlegen. Die gönnerhafte Selbstgefälligkeit, die sie zur Schau trugen, war charakteristisch für die meisten Polizisten, die ich bisher kennengelernt hatte, und ich ignorierte sie, statt wie früher mit einem devoten Lächeln um ihre Gunst zu buhlen. Diese Zeiten waren vorbei.

Nach ein paar Minuten kam die Bedienung an den Tisch. Jordan bestellte Kaffee und Rührei, ich Kaffee und einen Cheeseburger mit doppelt Käse und Pommes. Ich hatte den ganzen Tag noch nichts gegessen. Die beiden FBI-Typen verzogen sich nach draußen, um zu rauchen, und Dr. Harding erklärte mir, was uns im Gefängnis erwartete.

»Das ADX Florence ist das Bundesgefängnis mit der höchsten Sicherheitsstufe in ganz Amerika«, sagte er. »Man nennt es das Alcatraz der Rockies, weil es noch niemand geschafft hat, dort auszubrechen. Die Haftbedingungen sind extrem. Die Insassen verbringen 23 Stunden am Tag in ihren Zellen. Die sind zwei mal drei Meter sechzig groß, das ganze Mobiliar ist aus Beton: das Bett, der Schreibtisch, der Stuhl, das Regal. In den ersten drei Jahren dürfen sie nicht mit anderen Insassen in Kontakt kommen. Der Gefängniskomplex ist teilweise unterirdisch angelegt, damit die Gefangenen von ihren Zellen oder vom Hof aus nichts sehen können als den Himmel. Privilegien wie einen eigenen Schwarz-Weiß-Fernseher auf der Zelle oder die Verlegung in einen etwas weniger restriktiven Trakt können sie sich durch Wohlverhalten verdienen. Die Gegend um Cañon City wird übrigens auch ›Prison Valley‹ genannt, weil es dort dreizehn Staats- und Bundesgefängnisse gibt, mit insgesamt über 7600 Insassen.«

»Aha.« Ich versuchte mir vorzustellen, wie es sein musste, jahrelang nichts zu sehen als ein Stück Himmel. Keine Bäume, keine Blumen, keine Tiere, Autos oder Menschen. »Was sind da für Leute drin?«

»Terroristen. Mafiosi. Psychopathische Mörder«, antwortete Dr. Harding. »Timothy McVeigh und Terry Nichols, die Oklahoma City Bomber, zum Beispiel. Ramzi Ahmed Yousef, einer der Drahtzieher des Anschlags auf das World Trade Center 1993. Ted Kaczynski, der Unabomber. Also wirklich üble Typen.«

»Und warum sitzt Scott Andrews dort?«, fragte ich. »Er ist doch kein Terrorist und auch kein Mafioso.«

»Nach Florence kommen auch Gewaltverbrecher, die entweder als potenzielle Ausbrecher gelten oder in anderen Gefängnissen Mitgefangene oder Personal getötet haben«, entgegnete Dr. Harding. »Beides trifft auf Andrews zu. Nach seinem Prozess saß er zunächst in Fort Leavenworth, einem Militärgefängnis, ein, weil er Angehöriger der Streitkräfte war, als er Ihre Mutter getötet hat. Aber dort hat er mit zwei Mithäftlingen einen Ausbruchsversuch unternommen und dabei eine Psychologin als Geisel genommen und getötet. Bei ihm wurden eine schwere dissoziale und narzisstische Persönlichkeitsstörung diagnostiziert. Er gilt als untherapierbarer Psychopath.«

Ich schauderte. »Was genau ist eigentlich ein Psychopath?«

»Als Psychopathen bezeichnet man Menschen mit einer schweren Persönlichkeitsstörung, die mit dem teilweise oder völligen Fehlen von Empathie, sozialer Verantwortung, Schuldbewusstsein und Gewissen einhergeht«, dozierte Harding.»Man geht davon aus, dass jeder vierte männliche Gefängnisinsasse in Nordamerika psychopathisch ist. Allerdings gibt es verschiedene Abstufungen, denn nicht jeder Psychopath wird kriminell. Es gibt ein paar Schlüsselcharakteristika, an denen man eine psychopathische Mentalität erkennen kann. Neben dem Fehlen von Empathie sind das zum Beispiel ein eklatanter Mangel an Reue, impulsives Verhalten, ein übersteigertes Verlangen nach Anerkennung aufgrund eines niedrigen Selbstwertgefühls und die Überschätzung der eigenen Fähigkeiten.«

Eine Gänsehaut lief mir über den Rücken. Traf einiges davon nicht auch auf mich zu? Hatte Paul recht gehabt, als er mich als »abgebrüht« bezeichnet hatte?

»Und wie ... wird man ein Psychopath?«, wollte ich wissen.

»Nach neuesten Forschungen hat es etwas mit dem präfrontalen Kortex und einer Dysfunktion der Amygdala zu tun«, erwiderte Dr. Harding. »Beides entwickelt sich in frühester Kindheit. Erlebt ein Kind vor seinem dritten Lebensjahr ein schweres Trauma durch ein schreckliches Erlebnis oder Vernachlässigung oder erleidet es einen Unfall mit gravierenden Kopfverletzungen, kann das den Bereich des Frontalkortexes zerstören, in dem Empathie und Gewissen entstehen. Und wenn ein solches Kind dann auch noch in einer lieblosen Umgebung aufwächst, in der es emotional vernachlässigt und seelisch und körperlich misshandelt wird, dann kann es sich zu einem wirklich gefährlichen Psychopathen entwickeln.«

Mir wurde eiskalt bis in die Knochen. Es gab wohl kaum ein schwereres Trauma, als mitzuerleben, wie die eigene Mutter vergewaltigt und niedergemetzelt wurde und dann stundenlang allein neben ihrer Leiche zu sitzen. Zwar konnte ich mich nicht daran erinnern, ich war damals ja erst zwei Jahre alt gewesen, aber möglicherweise hatte es trotzdem etwas in mir verändert. In meiner Seele und meinem präfrontalen Kortex. Und zweifellos war ich in einer lieblosen Umgebung aufgewachsen, mit einer hasserfüllten Stiefmutter, die mich psychisch und körperlich misshandelt hatte!

Auch ich könnte jetzt in einem Gefängnis sitzen, in einer winzigen Zelle, mit einer Stunde Hofgang pro Tag, ohne Aussicht auf eine Entlassung, bevor ich alt und grau war, denn ich hatte zwei Menschen getötet. Zwar nicht mit Vorsatz, sondern in Notwehr, aber das Ergebnis war dasselbe: Zwei Menschen waren tot, weil sie mir begegnet waren. Am meisten irritierte mich, dass ich deswegen kein schlechtes Gewissen verspürte. Ich hatte noch nie einen Gedanken an die Angehörigen meiner Opfer verschwendet, weder an ihre Eltern oder Ehefrauen noch an etwaige Kinder, die ich zu Halbwaisen gemacht hatte. War ich eine Psychopathin, unfähig, Mitleid, echte Anteilnahme oder gar selbstlose Liebe zu empfinden? Resultierte mein übersteigertes Verlangen nach Anerkennung aus einem zu niedrigen Selbstwertgefühl? Geriet ich deshalb immer wieder in destruktive Beziehungen? Traurige Bücher oder Filme vermochten mich zwar zum Weinen zu bringen, aber aus welchem Grund? Weinte ich vielleicht nur aus Selbstmitleid, weil ich mich in diesen Figuren wiederzuerkennen glaubte? War ich überhaupt in der Lage, wirklich etwas für andere Menschen zu empfinden oder waren all meine Gefühle einfach nur egoistischer Natur? Vielleicht ähnelte ich doch mehr Tante Rachel, als es mir lieb gewesen wäre. Eins war klar: Hätte meine Mom im Augenblick der Bedrohung so kaltblütig und geistesgegenwärtig gehandelt wie ich, dann wäre sie heute noch am Leben, und Scott Andrews längst tot und vergessen.

»Und warum sind Sie heute hier?«, fragte ich. Der flüchtige Blick, den Harding und mein Bruder bei meiner Frage wechselten, entging mir nicht, aber ich hatte längst begriffen, dass ich Teil eines abgekarteten Spiels war.

»Wir vermuten, dass Andrews noch mehr Morde begangen hat als die vier, für die er verurteilt wurde«, bekannte Harding nach kurzem Zögern. »Alle seine bisher bekannten Opfer waren Frauen. Alle ähnelten sich vom Typ her: Ende zwanzig, Anfang dreißig, dunkelhaarig, schlank, hübsch. Alle waren alleinstehend. Alle hatten kleine Kinder.«

»Wer waren die drei anderen Frauen?«, wollte ich wissen.

Harding schob mir einen Schnellhefter aus grauer Pappe über den Tisch zu.

»Andrews ist 1949 in Alabama zur Welt gekommen. Seine Mutter war gerade 16 Jahre alt, sein Vater unbekannt. Er wuchs bei seinen Großeltern auf. Sein Großvater war Prediger, ein sehr strenger Mann, der seinen Enkelsohn regelmäßig windelweich schlug. Für kleinste Vergehen gab es drakonische Strafen. Die Großmutter war hilflos. Andrews riss als Jugendlicher mehrfach zu Hause aus, brach die Schule ab, wurde kriminell.« Er stieß einen Seufzer aus. »Die meisten Täter, das muss man leider sagen, waren früher oft selbst Opfer. Andrews hat eine klassische Psychopathenkarriere gemacht: Zuerst hat er Tiere gequält, dann kleine Kinder. Er kam in den Jugendarrest, später stellte ihn ein Richter vor die übliche Wahl: Knast oder Army. Andrews kam mit seiner Einheit nach Vietnam. Kurz vorher, im Juli 1968, hatte er zum ersten Mal getötet, er war neunzehn Jahre alt. Sein Opfer, Marybeth Peel, war 31, Lehrerin an seiner ehemaligen Highschool. Sie lebte alleine mit ihrer dreijährigen Tochter. Er drang in ihr Haus ein, vergewaltigte und erwürgte sie, danach schlitzte er sie von ...«

»Ich glaube, so sehr müssen wir nicht in die Details gehen«, unterbrach Jordan ihn eilig.

»Doch, das müssen wir«, widersprach ich ihm kühl. »Offenbar hast du mich ja deshalb hierhergebracht, weil ich den Lockvogel fürs FBI spielen soll, und da will ich wissen, um was es hier wirklich geht.«

»Aber du bist ...«, begann mein Bruder, doch ein frostiger Blick von mir brachte ihn zum Verstummen.

»Ich bin kein kleines Kind mehr«, erinnerte ich ihn, und mein Tonfall war schärfer als beabsichtigt. »Ich kann selbst entscheiden, was für mich gut und was nicht ist.«

»Wenn du meinst.« Jordan verzog keine Miene, und Harding fuhr fort. Den zweiten Mord, den man Scott Andrews hatte nachweisen können, hatte er 1978 in Columbus, Ohio, begangen, als er Urlaub hatte. Jolene Fanucci, 28, eine dunkelhaarige, hübsche, alleinerziehende Mutter eines siebenjährigen Sohnes, arbeitete in einem *Family-Dollar*-Supermarkt, in dem Andrews ein paar Sachen kaufte. Er war nur auf der Durchreise, ihr Zusammentreffen purer Zufall. Andrews folgte ihr nach Hause, fesselte das Kind an einen Stuhl, vergewaltigte und erwürgte die Mutter vor seinen Augen und schlitzte auch sie mit einem Messer auf. Genauso musste drei Jahre später meine Mom sterben.

»Was passierte, als er in Frankfurt stationiert war, wissen Sie ja inzwischen«, sagte Dr. Harding. »Andrews war häufig zu Gast in dem Pub, in dem Carolyn Cooper, Ihre Mutter, jobbte. Er unterhielt sich gelegentlich mit ihr, aber nichts deutete darauf hin, dass er etwas von ihr gewollt hätte. Eines Abends folgte er ihr nach Hause, drängte sie in den Wohnungsflur, vergewaltigte sie und brachte sie auf dieselbe Weise um wie Marybeth Peel und Jolene Fanucci.«

Die Bedienung brachte unser Essen und schenkte Kaffee nach. Ich zog den Schnellhefter zu mir heran, schlug ihn auf und betrachtete die Fotos der drei Frauen, die Scott Andrews getötet hatte. Sie hätten Schwestern sein können. Auch sein viertes Opfer, die Gefängnispsychologin in Fort Leavenworth, passte in das Schema: hübsch, zierlich, dunkelhaarig, 32 Jahre alt. Ich schaute mir die grässlichen Tatortfotos an und biss in meinen Cheeseburger. Harding stellte mir die eine oder andere unverfänglich klingende Frage. Versuchte er, mich einzuschätzen? Wollte er ergründen, warum ich beim Anblick dieser brutalen Bilder nicht blass wurde und schluchzend aufs Klo rannte, um mich zu übergeben? Ging ihm dieselbe Vermutung durch den Kopf wie mir, nämlich, ob ich durch meine frühen Kindheitserlebnisse zu einer Psychopathin geworden sein könnte? Ich fand Harding nicht unsympathisch, aber seine väterliche Freundlichkeit war sicher gespielt, damit ich Vertrauen zu ihm fasste. Immerhin wollte er mit mir einen Serienmörder zum Reden bringen.

»Bei der BAU beschäftigen wir uns in erster Linie mit Täterverhalten und analysieren Täter-Opfer-Beziehungen«, erklärte Dr. Harding nun. »Als Fallanalytiker suchen wir nicht den Täter, das ist Aufgabe der Polizei, wir suchen nach erkennbaren Analogien, nach Parallelen, und gleichen unsere Erkenntnisse mit ungelösten Todes- oder Vermisstenfällen ab. Psychopathische Serienmörder handeln ritualisiert. Gegenstand unserer Forschung sind unter anderem Beziehungsstrukturen zwischen Opfer und Täter. Wir versuchen, die Perspektive des Opfers einzunehmen, denn dadurch können wir Rückschlüsse auf den Täter ziehen.«

Während ich aß, entspann sich zwischen Jordan und Harding ein intensives Gespräch, das sich hauptsächlich um die psychologischen Aspekte von Hardings Arbeit drehte. Schon Mitte der 70er-Jahre hatten Hardings Kollegen damit begonnen, psychologische Profile von Gewaltverbrechern zu erstellen, indem sie Dutzende von Serienkillern interviewt und deren Antworten in einer Datenbank zusammengefasst hatten, die heute als Grundlage für die Identifikation von Serientätern diente. Mein Bruder war so fasziniert von Hardings Erläuterungen, dass er sein Rührei kalt werden ließ.

Ich hörte nur mit einem Ohr zu, blätterte in der Akte und betrachtete die Fotos von Scott Andrews. Eines stammte aus seiner Personalakte bei der Army. Auf dem Bild war er ungefähr in meinem Alter gewesen, Anfang zwanzig, und ich war überrascht, kein verschlagen dreinblickendes Ungeheuer zu sehen, sondern einen erstaunlich gut aussehenden jungen Mann mit freundlichen dunklen Augen und einem unbekümmerten Lächeln auf den Lippen. Auch auf dem zweiten Foto, das bei seiner Festnahme, also nur wenige Tage nach dem Mord an meiner Mutter, aufgenommen worden war, sah er völlig normal aus. Wieder zeigte er dieses ein wenig schiefe, von keinerlei Gewissensbissen beeinträchtigte Lächeln. Wäre ich ihm irgendwo begegnet, hätte ich ihn durchaus sympathisch gefunden. Wie ich hatte auch er seinen Vater nie gekannt und früh seine Mutter verloren. Und genau wie ich war er bei einem religiösen Fanatiker aufgewachsen und hatte nie bedingungslose Mutterliebe erfahren. Ich erschrak über meine eigenen Gedanken. Sollte ich statt Verständnis, Faszination und Sympathie nicht Hass und Wut empfinden? Mit einem Knall schloss ich den Schnellhefter und schob ihn von mir weg. Ich wünschte mich plötzlich weit weg von hier.

»Was ist los, Sheridan?«, fragte Jordan, aber ich nahm ihm seine Besorgnis nicht ab. Wahrscheinlich fürchtete er nur, ich könnte im letzten Moment abspringen, und tatsächlich spielte ich kurz mit dem Gedanken, hinaus zum Highway zu laufen, das nächstbeste Auto anzuhalten und zu verschwinden. Nach Wyoming ...

»Nichts. Ich will nur eine rauchen«, sagte ich, schnappte meine Jacke und verließ das Café. Draußen vor der Tür blieb ich stehen und atmete ein paarmal tief durch. Die FBI-Klone lehnten gelangweilt am Kotflügel des Suburban und beachteten mich nicht. Ich setzte mich auf eine Bank neben der Eingangstür, kramte meine Zigaretten aus der Jackentasche und zündete mir eine an. Der kalte Nordostwind wirbelte Papierfetzen und kugelige Steppenläufer über den leeren Parkplatz. Es dauerte nicht lange, bis die Glastür aufging und Dr. Harding ins Freie trat.

»Darf ich mich setzen?«, fragte er.

»Bitte.« Ich zuckte die Schultern und vermied es, ihn anzusehen.

Er nahm neben mir Platz. Allein seine Anwesenheit erweckte

in mir das Gefühl, als zöge mich eine finstere Macht unerbittlich unter Wasser, zurück in die Tiefe, aus der ich gerade nach immensen seelischen Anstrengungen aufgetaucht war.

»Sie wussten nicht, dass ich heute auch hier sein würde«, sagte er.

»Nein. Dieses Detail hat mein Bruder mir verschwiegen«, gab ich kühl zurück. »Wahrscheinlich, weil er wusste, dass ich gar nicht mitgeflogen wäre, wenn ich gewusst hätte, was Sie beide geplant haben.«

»Hm«, machte der Profiler nur. »Hatten Sie vorher eigentlich schon einmal ein Foto von Andrews gesehen?«

Am liebsten hätte ich ihm geantwortet, er solle einfach geradeheraus sagen, was er von mir wollte, aber meine Höflichkeit stand mir wieder im Weg.

»Nein«, erwiderte ich stattdessen. »Ich finde, er sieht ganz normal aus. Sogar ziemlich gut. Wenn er nicht gerade meine Mutter umgebracht hätte, könnte ich ihn sympathisch finden.«

»Die wenigsten von ihnen sehen aus wie die Monster, die sie sind«, erwiderte Dr. Harding. »Das ist das Gefährliche an ihnen. Psychopathen sind äußerst charmant. Sie sind chronische Lügner, oft gut in die Gesellschaft integriert, und verfügen scheinbar über eine hohe Sozialkompetenz. Scott Andrews war beliebt, hatte viele Kumpels. Er ist intelligent und sehr diszipliniert, ein Perfektionist. In der Army brachte er es bis zum Sergeant, wurde von Untergebenen wie Vorgesetzten gleichermaßen geschätzt und respektiert. Sein jungenhaftes Äußeres, sein höfliches Auftreten und sein Charme verführen leicht zu der Annahme, man habe es mit einem normalen Menschen zu tun, aber das täuscht. Andrews hat eine dissoziale Persönlichkeit. In der Kriminalpsychologie bezeichnen wir Leute wie ihn als ›Raubtiere‹. Sie denken nur an sich und wenn sie ein Ziel verfolgen, ist es ihnen völlig gleichgültig, ob sie dabei jemandem schaden. Sie betrachten andere Menschen nur als Mittel zum Zweck und können extrem gewalttätig werden. Die meisten Serienkiller, mit denen wir gesprochen haben, weisen solche Charakterzüge auf: Ed Kemper, Ted Bundy, Dennis Rader, John Wayne Gacy, Jerome Brudos.«

»Scott Andrews hat ganz ähnliche Dinge erlebt wie ich«, wandte ich ein. »Er weiß nicht, wer sein leiblicher Vater ist, genau wie ich. Er hat früh seine Mutter verloren, genau wie ich. Er ist in einem lieblosen Heim bei Bibelfanatikern aufgewachsen, genau wie ich. Vielleicht bin ich ja auch eine Psychopathin. Ich habe vor ein paar Monaten einen Mann umgebracht, und ich hatte deswegen noch keine einzige schlaflose Nacht.«

»Ihr Bruder hat mir von den Vorkommnissen erzählt, und ich habe mir die Unterlagen von der Staatsanwaltschaft in Boston schicken lassen.«

»Wie bitte?«, fragte ich konsterniert. Auch davon hatte Jordan mir nichts erzählt! Was fiel ihm eigentlich ein?

»Na ja, wir sind das FBI. Wir dürfen so was.« Harding lächelte, was mich noch mehr verärgerte. Worüber hatte Jordan noch hinter meinem Rücken mit ihm gesprochen?

»Das, was Sie getan haben, kann man absolut nicht mit den Verbrechen von psychopathischen Serienmördern vergleichen, Miss Grant«, sprach Harding weiter, und ich schluckte meinen Zorn herunter. Er konnte ja schließlich nichts dafür. »Sie waren in Todesangst und haben nicht mit Vorsatz gehandelt. Wären Sie eine Psychopathin, dann hätten Sie niemals Ihren Entführer unter Einsatz Ihres Lebens aus einem brennenden Fahrzeug befreit. Es ist richtig, dass die Vergangenheit eines Menschen Einfluss auf seine Lebensweise in der Gegenwart hat. Und wir wissen, dass negative Erfahrungen in frühester Kindheit eine Auswirkung auf die Persönlichkeitsentwicklung haben können. Allerdings spielen da noch andere Faktoren eine Rolle. Viele Leute haben ähnliche Kindheitserlebnisse und werden trotzdem nicht zu Serienkillern, denn die meisten Menschen kommen ganz gut mit seelischen Verletzungen zurecht. Und selbst wenn jemand ein typischer Psychopath ist, dann bedeutet das noch immer nicht, dass er automatisch zu einem Gewalttäter wird. Dazu bedarf es einer sogenannten Co-Morbidität, wie beispielsweise Sadismus, und das ist glücklicherweise ziemlich selten.«

Nachdenklich zog ich an meiner Zigarette. Was er sagte, leuchtete mir ein, und ich entspannte mich etwas.

»Andrews sitzt seit fast zwanzig Jahren im Gefängnis«, fuhr Dr. Harding fort. »Er weiß, dass er nie wieder auf freien Fuß kommt. Die Haftbedingungen im ADX sind die Hölle, aber es gibt verschiedene Sicherheitslevel. Andrews' Ziel ist, in das sogenannte Step-Down-Programm aufgenommen zu werden, um Vergünstigungen wie mehr Hofgang, mehr Telefonminuten, Sozialkontakte, Zugang zur Gefängnisbibliothek und einen Fernseher zu bekommen. Dafür muss ein Häftling Wohlverhalten zeigen. Für Andrews sind die Hürden sehr hoch, denn er hat in Leavenworth Gefängnispersonal angegriffen und getötet. Ihrem Besuch hat er zugestimmt, weil er sich davon etwas verspricht, und er wird versuchen, Sie zu manipulieren und für sich einzunehmen. Das dürfen Sie nicht vergessen, wenn Sie gleich mit ihm sprechen. Einem Menschen wie ihm geht es nur um sich selbst und die Erreichung seiner Ziele, aber genau das können Sie ausnutzen.«

»Und was wollen Sie?« Ich wandte den Kopf und blickte den Profiler an.

»Wie ich schon sagte, gibt es in den internationalen Datenbanken Dutzende Fälle vermisster Frauen, die genau in Andrews' Beuteschema passen«, entgegnete Harding. »Einige von ihnen verschwanden in Amerika, einige in Deutschland, genau zu der Zeit, als Andrews dort stationiert war. Für Angehörige von Mordopfern oder vermissten Personen gibt es nichts Schlimmeres als Ungewissheit. Deshalb möchten wir diese Fälle so dringend aufklären.«

Da war wieder das flaue Gefühl in meinem Magen. Doch bevor Harding fortfahren konnte, machte einer der beiden FBI-Klone mit einem Winken auf sich aufmerksam und tippte auf seine Uhr als Zeichen dafür, dass wir aufbrechen sollten. Das Zeitfenster für unseren Besuch war klein, die Sicherheitsüberprüfungen, denen wir uns unterziehen mussten, waren langwierig. Jordan hatte unsere Rechnung bereits beglichen. Er kam zu uns, als wir uns von der Bank erhoben und zum Suburban hinübergingen.

»Alles okay?«, fragte Jordan mich.

»Natürlich.« Ich zwang mich zu einem Lächeln, weil ich vor den FBI-Leuten keinen Streit vom Zaun brechen wollte. »Bringen wir es einfach hinter uns.«

* * *

Die Fahrt zum Gefängniskomplex, auf dessen Areal sich auch das ADX befand, dauerte eine knappe Viertelstunde und führte durch das Städtchen Florence, vorbei an Motels mit leeren Parkplätzen und fensterlosen, von hohen Maschendrahtzäunen umgebenen Industriegebäuden. Gelegentlich kam uns auf dem schnurgeraden Highway ein Fahrzeug entgegen, meist ein Pick-up oder Geländewagen. Ich starrte aus dem Fenster. Was mochte in den Menschen vorgehen, die eine lebenslange Haftstrafe in einem Gefängnis absitzen mussten, das sie niemals wieder verlassen würden? Was empfand man in dieser Situation? Wut? Resignation? Angst? Wie musste es sich anfühlen, wenn das Letzte, was man von dieser Welt sah, diese öde Landschaft war? Ich versuchte mir vorzustellen, was es bedeutete, nach einem langen Prozess und maximaler Aufmerksamkeit von Presse, Öffentlichkeit und Gericht von einem Tag auf den anderen von allem abgeschnitten zu sein. Jegliche Entscheidungsfreiheit zu verlieren. Wie konnte man den Gedanken ertragen, für den Rest seines Lebens eingesperrt zu sein? War es da nicht besser, zu sterben? Mir kam meine Adoptivmutter in den Sinn und mein hypothetisches Gedankenspiel wurde zur Realität. Sie war zum Tode verurteilt worden. Eines Tages würde man sie zwingen, in einen vergitterten Bus zu steigen, bekleidet mit einem orangefarbenen Overall, Handschellen und Fußfesseln, und man würde sie an den Ort bringen, von dem sie wusste, dass sie dort sterben würde. Gab es etwas Schrecklicheres, als den Zeitpunkt seines Todes zu kennen? Konnte man so etwas verdrängen? Gab es eine schlimmere Erniedrigung als die, hilflos gefesselt auf einer Pritsche zu liegen und durch die Fenster der Hinrichtungskammer in Gesichter von Leuten blicken zu müssen, die mit ansehen würden wie man starb, um anschließend wieder ihrem alltäglichen Leben nachzugehen, als sei nichts geschehen? Dachte Tante Rachel wohl darüber nach? Ob sie tief in ihrem Innern bedauerte oder gar bereute, was sie getan hatte, jetzt, wo sie wusste, was es ihr eingebracht hatte?

Der Agent, der am Steuer saß, verlangsamte die Fahrt, setzte den Blinker und bog ab. An einer niedrigen Mauer aus roten Backsteinen war ein Schild angebracht. *Federal Correctional Complex, Florence, Colorado*, stand da. Davor Schilder, die verkündeten, was alles verboten war. Wir hielten vor einer geschlossenen Schranke neben einem Kontrollhäuschen mit grünem Dach und wurden zum ersten Mal kontrolliert. Uniformierte Männer hielten Teleskopstangen mit Spiegeln unter das Auto, ein Polizist mit einem Deutschen Schäferhund umrundete den Suburban. Wir mussten unsere Besuchserlaubnis und unsere Ausweise vorzeigen und danach zehn Minuten warten, bis sich die Schranke hob und wir weiterfahren durften.

»An Besuchstagen ist hier die Hölle los«, erklärte der Agent vom Beifahrersitz aus. »Da warten die Leute schon mal eine Stunde oder mehr, und wenn sie Pech haben, ist das Besuchszeitfenster rum, bis sie im Gefängnis ankommen.«

»Und dann?«, wollte ich wissen.

»Dann dürfen sie wieder nach Hause tuckern und einen neuen Antrag stellen«, erwiderte er.

Mehrere gigantische Gebäudekomplexe verteilten sich auf dem riesigen, eingezäunten Areal, jeder einzelne wiederum umgeben von meterhohen Drahtzäunen, auf denen große Rollen Bandstacheldraht jeden Gedanken an ein Überklettern im Keim erstickten. Kameras überwachten jeden Zentimeter des Geländes. Massive Kontrolltürme aus Beton. Scheinwerfermasten mit Flutlichtstrahlern wie in Footballstadien. Uniformierte patrouillierten mit Hunden oder fuhren in Geländewagen herum, auf die Maschinengewehre montiert waren. Noch nie zuvor hatte ich etwas so Beängstigendes gesehen.

Nachdem wir noch zwei Mal kontrolliert worden waren, hatten wir endlich das ADX erreicht und durften auf einem Parkplatz schräg gegenüber dem Eingang parken. Wahrscheinlich ein FBI-Privileg, denn normale Besucher mussten mit den großen Parkplätzen weiter vorne vorliebnehmen und die weiten Wege zu Fuß machen. Der Eingang des härtesten Knasts Amerikas wirkte auf den ersten Blick so unspektakulär wie der einer Grundschule. Ein flaches Gebäude aus dem in dieser Region so beliebten roten Backstein, eine zweiflügelige Glastür. In einem Foyer mit grauem Teppichboden saßen zwei Uniformierte, ein Mann und eine Frau, hinter einem Empfangstresen aus poliertem Holz. Die beiden Agents aus Colorado Springs blieben hier zurück, Dr. Harding, Jordan und mir wurden laminierte Besucherausweise ausgehändigt, die wir an einem Band um den Hals tragen mussten. Nachdem wir unsere Jacken und alle persönlichen Gegenstände in Schließfächern eingeschlossen hatten, passierten wir die erste von mehreren Sicherheitsschleusen. Einzeln mussten wir uns einer Reihe von einschüchternden Sicherheitskontrollen unterziehen. Ich wurde in einen anderen fensterlosen Raum geführt als Jordan und Dr. Harding. Vor den Augen von zwei Gefängniswärterinnen, die mich mit ausdruckslosen Mienen anstarrten, musste ich meinen Gürtel, meine Stiefel und alles, was ich sonst noch bei mir trug, ablegen und in eine Plastikwanne legen, die auf einem Förderband durch einen Scanner lief. Anschließend bedeutete mir eine der zwei uniformierten Frauen, durch eine Art Türrahmen zu laufen, in dem sich ein Metalldetektor befand, und danach wurde ich noch einmal sorgfältig von einer der Wärterinnen, die Gummihandschuhe trug, mit einer Handsonde untersucht und von Kopf bis Fuß abgetastet. Obwohl ich nur eine Besucherin war und diesen klaustrophobischen Ort in ein paar Stunden wieder verlassen konnte, verursachte mir die beklemmende Atmosphäre Schweißausbrüche. Ich musste mich zwingen, langsam und tief zu atmen, um nicht zu hyperventilieren. Hier drin war man völlig von der Außenwelt abgeschnitten. Es gab keine Fenster. Keine Geräusche. Decken, Wände und Fußböden waren aus Sichtbeton, der Angst, Verzweiflung und Hoffnungslosigkeit auszuatmen schien. Vielleicht trug die Vorstellung, sich in der Nähe von über vierhundert Schwerverbrechern zu befinden, zu meinem Zustand bei. Im Vorraum des Besucherbereichs traf ich wieder auf Jordan und Dr. Harding, die mit dem Direktor des ADX sprachen.

»Es ist das erste Mal, dass Mr. Andrews privaten Besuch erhält«, erklärte Direktor Vance Jordan und mir. »Er ist seit drei Jahren hier und gehört zu unseren unauffälligen Insassen. Sein Verhalten ist einwandfrei, nur deshalb haben wir die Genehmigung erteilt, dass Sie mit ihm persönlich sprechen dürfen. Eigentlich finden Besuche für die Insassen des Control Units nur über Video statt. Sie dürfen Mr. Andrews nicht berühren, ihm nichts geben, ihn nicht danach fragen, wie es ihm ...«

Hinter uns ging eine Tür auf. Ich wandte kurz den Kopf und bekam einen Schock.

»Ah, Patrick! Da sind Sie ja«, begrüßte der Direktor den Neuankömmling, der sich nun zu uns gesellte. »Miss Grant, Dr. Harding, Detective Blystone, das ist Dr. McAvoy, unser Psychologe.«

Fairfield, Nebraska

Nach der Landung auf dem Norfolk Regional Airport händigte ein Flugplatzmitarbeiter Marcus den Schlüssel für einen schäbigen Lexus mit mehr als hunderttausend Meilen auf dem Tacho aus. Eine Autovermietung gab es in dem kleinen Ort nicht, der Lexus gehörte der Frau des Flugplatzchefs. Marcus, der sich in die Zeiten zurückversetzt fühlte, als ihm kein Weg zu weit gewesen war, um sich einen Künstler anzuhören, war das egal. Früher war er oft mit noch unkomfortableren Verkehrsmitteln unterwegs gewesen. Er versicherte dem Mann, das Auto spätestens am nächsten Tag unbeschädigt zurückzubringen, und fuhr los in Richtung Süden. Das Wetter war für Mitte März gut, doch laut Vorhersage sollte es damit bald vorbei sein, denn aus Nordosten näherte sich ungemütlicheres Wetter mit Schnee.

Noch auf dem Parkplatz versuchte Marcus, die Adresse der Willow Creek Farm ins Navigationssystem einzugeben, aber sie existierte nicht. Also begnügte er sich mit der Eingabe »Fairfield, Madison County«, und hoffte, dass er vor Ort jemanden finden würde, der ihm den Weg zeigte. Für die knapp hundert Meilen würde er laut Navi etwa zwei Stunden brauchen. Das Land war so flach wie eine Tischplatte und jetzt im März öde und graubraun. Hin und wieder tauchten in der Ferne die Silhouetten von Silos und gewaltigen Getreidehebern auf, und manchmal sah Marcus eine einsam gelegene Farm, umgeben von hohen blattlosen Bäumen. Er kam durch Dörfer, die nur aus vier oder fünf Häusern, einer Tankstelle und einem Schrottplatz für ausrangierte landwirtschaftliche Maschinen bestanden. Die Landschaft wurde immer eintöniger, und vierzig

Minuten lang begegnete ihm kein einziges Fahrzeug. Er überlegte, ein paar Telefonate zu erledigen, aber ein Blick auf sein Handy zeigte ihm, dass er kein Netz hatte. Also drehte er das Radio lauter. Auf einem Sender verlas ein Sprecher den Bericht von der Landwirtschaftsbörse, auf dem nächsten warnte ein Prediger wortgewaltig vor den Gefahren des Internets. Auf der dritten Frequenz stieß er schließlich auf einen Musiksender, wo sie alte Countrysongs spielten, dann gab er auf. Er öffnete seinen Aktenkoffer, der auf dem Beifahrersitz lag, holte die CD von Sheridan Grant heraus und steckte sie in den CD-Player. Prompt überlief ihn eine Gänsehaut, als sie *Road to nowhere* sang, denn es schien ihm der passende Soundtrack für seine Fahrt auf diesem Highway, der wie mit dem Lineal gezogen geradeaus nach Süden führte. Der Begriff *Weite* erhielt hier eine völlig neue Bedeutung. Das Einzige, was ihn begleitete, waren die Überlandleitungen, die neben dem Highway entlangliefen und gelegentlich zu einer Farm abzweigten. Die Mitte Amerikas kannte Marcus bisher nur von Stippvisiten in größeren Städten, wo er sich irgendwelche Acts live angesehen hatte, und so war es heute tatsächlich das allererste Mal, dass er in das von Bruce Springsteen, John Mellencamp, Tom Petty oder Bob Seger so häufig besungene *Heartland* kam, wie man jene Bundesstaaten bezeichnete, die keine Berührung mit einem der Ozeane hatten. Der Himmel war so gewaltig wie die Weite des Landes, und Marcus musste an die Siedler denken, die vor hundertfünfzig Jahren mit ihren Ochsenwagen in diesen vollkommen leeren Landstrich gekommen waren, in dem es nichts gegeben hatte außer Millionen und Abermillionen von Büffeln, die auf den endlosen Prärien grasten, und einer Handvoll Indianer, die seit Generationen hier vom und mit dem Land gelebt hatten. Ihm wurde bewusst, dass man den wahren Geist Amerikas und seiner Menschen erst hier wirklich erfassen konnte, im Herzen Amerikas, nicht an der Ost- oder Westküste.

»*Heart of America*«, murmelte er. »So müsste dein Album heißen, Sheridan Grant.«

Um kurz vor drei erreichte er Fairfield, ein Städtchen mit 1488 Einwohnern, wie ein Schild am Ortseingang stolz verkündete. Marcus fuhr die breite Main Street entlang, vorbei an einer Tankstelle, einem General Store, einem Diner und einem einstöckigen Gebäude aus rotem Backstein, in dem sich das Fairfield Police Department, die Post, ein Kino und ein Western Union Shop befanden. Eine erstaunlich hübsche, weiß gestrichene Kirche mit einem schlanken Kirchturm, die eher nach Connecticut oder Massachusetts gepasst hätte, markierte die Ortsmitte. Neben der Kirche breitete sich ein Stadtpark mit weiten Rasenflächen, hohen, alten Bäumen und einem See aus. Dahinter sah Marcus ein kleines Sportstadion und einen weiteren lang gestreckten Backsteinbau, wahrscheinlich eine Schule. Alles war sauber und ordentlich, wenn auch etwas deprimierend in seiner Zweckmäßigkeit.

Er fuhr durch ein Wohnviertel hindurch, holperte über Bahngleise und gelangte in ein Gewerbegebiet, das von den riesigen Silos und Elevatoren dominiert wurde, die direkt an den Gleisen standen. Marcus stoppte und blickte sich um. In mehreren großen Wellblechhallen bot *Fagler's Farmers Ranchers Coop* alles an, was der Landwirt brauchte. Daneben reihten sich eine Samengroßhandlung, das örtliche Feuerwehrhaus, eine Auto- und Landmaschinenwerkstatt und eine Tierarztpraxis (Groß- und Kleintiere) aneinander. Nirgendwo war etwas los. Es schien, als läge das ganze Land mitsamt seinen Bewohnern im Winterschlaf. Schließlich wendete er den Lexus und fuhr zurück zu der Tankstelle am Ortseingang. Tanken musste er sowieso und Mitarbeiter von Tankstellen kannten sich normalerweise gut aus in der Gegend. Er stoppte an einer der Zapfsäulen, stellte fest, dass man hier nichts von Kreditkarten zu halten schien, und ging in das Kassengebäude. Die Türglocke schrillte, und der junge

Mann an der Kasse legte die Autozeitschrift weg, in der er mit offenem Mund gelesen hatte.

»EINEN WUNDERSCHÖNEN GUTEN TAG!«, rief er so laut, dass Marcus erschrocken zusammenzuckte. »ICH BIN ELMER. WAS KANN ICH FÜR SIE TUN?«

»Hallo, ich bin … Marcus«, erwiderte er, als er begriff, dass der junge Mann offenbar nicht alle Tassen im Schrank hatte. »Ich möchte gerne für vierzig Dollar tanken.«

Er hielt dem Jungen ein paar Scheine hin, aber dieser nickte nur und wies mit dem Finger nach draußen.

»DAS IST DOCH DAS AUTO VON CASSIE WILLIAMSON, ODER?«, wollte er wissen. »HABEN SIE ES GESTOHLEN?«

»Äh, nein, nein, natürlich nicht.« Marcus war überrascht, dass der Junge den alten Lexus erkannte. »Ihr Mann hat es mir geliehen, damit ich hierherfahren konnte.«

»WARUM DAS DENN? IN NORFOLK GIBT ES DOCH AUCH EINE TANKSTELLE.«

Draußen fuhr ein uralter, rostiger Pick-up an die andere Zapfsäule. Einer der Männer, ein vierschrötiger, rotgesichtiger Kerl Mitte vierzig, dessen Bauch über und unter dem Gürtel hervorquoll, stieg aus und tappte auf die Tür des Verkaufsraums zu. Trotz der schneidenden Kälte trug er nur ein langärmeliges Unterhemd, das irgendwann einmal weiß gewesen sein musste.

Die Tür ging auf, die Türglocke bimmelte wieder.

»Hey, Elmer«, grüßte der dicke Mann kurzatmig.

»HEY, RUDY!«, erwiderte Elmer und zeigte aufgeregt auf Kieran. »DER MANN HAT SICH DAS AUTO VON CASSIE WILLIAMSON GELIEHEN, UM HIER ZU TANKEN.«

Der Neuankömmling musterte Marcus misstrauisch.

»Eigentlich will ich zur Willow Creek Farm«, erklärte Marcus, dem die Situation immer grotesker vorkam. »Können Sie mir den Weg dorthin erklären?«

Das Lächeln erstarb auf Elmers Gesicht. Sein Mund stand offen, und sein Blick wurde glasig, als ob er überlegte, nach einer Pumpgun unter dem Tresen zu greifen und loszuballern, und Marcus zuckte der bizarre Gedanke durch den Kopf, wie wohl die Schlagzeilen lauten würden, wenn er, der Vorstandsvorsitzende der *California Entertainment & Music Corporation*, hier in dieser Tankstelle in einem Kaff im tiefsten Nebraska niedergeschossen werden würde. Er machte einen Schritt rückwärts und prallte gegen den massiven Speckbauch des Dicken. Der Fahrer des Pick-ups betrat nun auch den kleinen Verkaufsraum und baute sich vor der Tür auf.

»DAD?!«, rief der junge Mann hinter der Kasse nervös und ohne Marcus aus den Augen zu lassen. »KOMMST DU MAL? DAD? DAD!«

Aus einer Tür irgendwo hinter den schulterhohen Regalen tauchte ein Mann auf, ein muskulöser, stiernackiger Kerl in den Fünfzigern. Er bewegte sich trotz seiner Körpermasse erstaunlich leichtfüßig. Sein Blick flog zwischen dem Fremden und seinem Sohn hin und her, und als er feststellte, dass keine Bedrohung vorlag, tätschelte er mit seiner ölverschmierten Pranke beruhigend die Schulter seines Sohnes.

»Ist schon gut, Elmer«, sagte er, und der junge Mann lächelte sofort wieder, wenn auch unsicher.

»DER MANN HAT DAS AUTO VON CASSIE WILLIAMSON UND WILL WISSEN, WIE MAN ZU DEN GRANTS RAUS KOMMT!«, erklärte er nun eifrig, woraufhin die Miene seines Vaters finster wurde. Marcus wurde immer unbehaglicher zumute. Aus dem Augenwinkel sah er, dass der dicke Rudy und sein Kumpel genauso feindselig dreinblickten.

»Wieso wollen Sie das wissen?« Die Stimme von Elmers Vater hatte einen drohenden Unterton.

»Äh, weil ... weil ich mit Sheridan sprechen will«, erwiderte Marcus.

»Sind Sie vom Fernsehen oder von 'ner Zeitung?«, verhörte ihn der Tankstellenbesitzer mit hochgezogenen Augenbrauen.

»Nein.« Marcus schüttelte ehrlich erstaunt den Kopf. »Wie kommen Sie denn darauf?«

»Hier gab's mal 'nen unerfreulichen Vorfall«, grunzte der Dicke hinter ihm, und Marcus blickte ihn an.

»Seitdem sind wir hier nicht mehr so scharf auf Fremde, die nach der Willow Creek und den Grants fragen«, ergänzte Elmers Vater.

Marcus war wider Willen beeindruckt von der Solidarität dieser Leute. Die wochenlange Belagerung durch Presse und Schaulustige nach dem Massaker musste sich tief in das kollektive Gedächtnis von Fairfield eingegraben haben.

»Oh, Sie meinen ... ja, davon habe ich natürlich gehört, aber deswegen bin ich nicht hier«, versicherte er. »Ich arbeite für ein Plattenlabel in Los Angeles.«

Die drei Männer wechselten Blicke und entspannten sich ein bisschen.

»SHERIDAN WOHNT NICHT MEHR AUF DER FARM, SONDERN BEI VERNON IN MAGNOLIA MANOR«, verriet Elmer.

»Aha.« Marcus nickte und lächelte. »Und wie komme ich da hin?«

Elmers Vater schnalzte mit der Zunge und zog ein Mobiltelefon aus der Tasche seiner Latzhose.

»Lass den Mann bezahlen und erklär ihm den Weg«, befahl er seinem Sohn und bedachte Marcus mit einem warnenden Blick. »Ich ruf Vernon an. Und am besten auch gleich Ray Williamson. Damit der weiß, wo Cassies Auto gerade ist. Wenn Sie uns verscheißert haben, Mister, dann sollten Sie besser aus der Gegend verschwinden, bevor wir Sie finden.«

Elmer kassierte die vierzig Dollar und erklärte ihm den Weg, die beiden Dicken machten die Tür frei und Marcus verließ den

Verkaufsraum. Draußen atmete er erst einmal tief durch, dann ließ er für vierzig Dollar Sprit in den Tank des Lexus laufen. Vier aufmerksame Augenpaare verfolgten jede seiner Bewegungen, bis er ins Auto stieg, noch einmal grüßend die Hand hob und wegfuhr. Irgendwann einmal würde er von diesem Erlebnis erzählen und damit bei seinen Zuhörern für Heiterkeit sorgen können, aber in diesem Augenblick wollte er nur so schnell wie möglich weg von hier. Immerhin wusste er jetzt, dass er nicht umsonst hierhergekommen war. Eine Tankstelle war in Käffern wie Fairfield meist die Nachrichtenbörse, und Elmer hätte ihm keine Grüße an Sheridan ausgerichtet, wenn sie nicht hier wäre.

Im ADX, Florence

»Hallo, Doktor Harding. Hallo, Detective.« Patrick McAvoy nickte dem Profiler, dann Jordan und schließlich mir zu. »Hallo, Miss Grant.«

Er machte weder Anstalten, mir die Hand zu reichen, noch milderte ein Lächeln seine blassen Gesichtszüge, die hager und streng geworden waren. Sein weizenblondes Haar, das ihm damals bis auf die Schultern gefallen war, war jetzt kurz geschnitten und wirkte im fahlen Licht der Neonlampen grau. Das Strahlen war aus seinen Augen verschwunden, und er hatte seinen jungenhaften Charme verloren. Ihn umgab etwas Bitteres, Unnahbares, fast wie eine Mauer. Lebhaft erinnerte ich mich an die Enttäuschung und Verachtung in seiner Miene, als ich vor dem Haupteingang der Schule in die Mikrofone und Kameras der versammelten Presse gelogen und damit alles mit Füßen getreten hatte, was er mir noch am Abend zuvor geraten hatte. Ich hatte ihm vertraut, aber er hatte mich in völliger Fehleinschätzung der Lage in eine Situation getrieben, in der ich nur hatte verlieren können. Die Scham, die ich seitdem mit mir herumgetragen hatte, verwandelte sich urplötzlich in Zorn, als mir klar wurde, dass ich zwar einen Fehler gemacht und gelogen hatte, dass *er* aber der Erwachsene gewesen war, der Psychologe, der Lebenserfahrene, der genau gewusst hatte, was ich erlebt und durchgemacht hatte. Statt mich vor diesem Fehler zu bewahren und zu beschützen, hatte er mich ins Verderben rennen lassen, weil er nicht den blassesten Schimmer gehabt hatte, wozu Menschen fähig waren. Und nachdem alles schiefgegangen war, war er zu arrogant gewesen, sich seine eigenen Fehler einzugestehen, und hatte mir, einer verstörten Siebzehnjährigen, einfach sein Wohlwollen entzogen, ohne mir die Chance für eine Erklärung einzuräumen. Es gab für mich nicht die geringste Veranlassung, ihm gegenüber ein schlechtes Gewissen zu empfinden, eher sollte es andersherum sein. Warum arbeitete er wohl jetzt hier, an diesem höllischen Ort im Nirgendwo? Was war aus seiner Ranch, dem gemütlichen Haus und Tracy, seiner Frau, geworden? Hatten sie nicht damals ein Kind erwartet?

»Hallo, Patrick«, erwiderte ich seinen Gruß kühl. »Was für eine Überraschung.«

»Für mich auch«, behauptete er und musterte mich.

»Tatsächlich?« Ich hob die Augenbrauen. »Wirst du nicht darüber informiert, wenn einer deiner Patienten Besuch von Angehörigen seines Opfers bekommt? Oder kommt das häufiger vor?«

»Nein, das passiert sogar ziemlich selten.« Eine leichte Röte überzog Patricks blasse Wangen, und in seinen stumpfen Augen erschien ein Funken Lebhaftigkeit. Ganz kurz zuckte der Hauch eines Lächelns um seinen Mund. »Ich freue mich, dich zu sehen, Sheridan. Wie geht es dir?«

»Ganz gut.« Ich lächelte nicht. »Ich arbeite an meiner Resilienz.«

Der Direktor des ADX, Dr. Harding und Jordan verfolgten erstaunt unsere kurze Unterhaltung.

»Wir kennen uns von der Southeast High in Lincoln«, erklärte ich, als Patrick nichts sagte. »Dr. McAvoy war der Schulpsychologe, der mich damals den Wölfen zum Fraß vorgeworfen hat.«

Es erfüllte mich mit Genugtuung zu sehen, wie Patricks Ohren knallrot wurden und er verlegen den Blick senkte. Bevor noch jemand etwas sagen konnte, kam einer der Wärter herein und meldete, dass Andrews auf dem Weg in den Besuchsraum war.

»Ich werde bei dem Gespräch dabei sein«, sagte Patrick zu

Jordan, als wir den Raum betraten. Mich beachtete er nicht mehr. »Außerdem zwei Wachleute. Dr. Harding, Sie können vom Überwachungsraum alles verfolgen.«

Der Raum war klein und überheizt und nur mit einem Tisch und vier Stühlen möbliert. Die Füße des Tisches waren am Boden festgeschraubt, ebenso der Stuhl, der für Andrews vorgesehen war. Unter der Decke hingen zwei Kameras, die das Geschehen aus verschiedenen Perspektiven aufzeichnen würden. Hinter dem Spiegel auf der linken Seite verbarg sich ein Fenster, dahinter saßen der Profiler und der Direktor. Die Tür, durch die wir gekommen waren, hatte innen keine Klinke, aber ich war noch zu aufgewühlt von der unerwarteten Begegnung mit Patrick McAvoy, dass ich keine Zeit hatte, nervös zu sein oder mir Gedanken darüber zu machen, wie man mit einem psychopathischen Serienmörder und -vergewaltiger redete.

Patrick gab uns ein paar Instruktionen, doch ich hörte kaum zu. Dann ging die Tür auf der gegenüberliegenden Seite des Raumes auf, und plötzlich stand er vor mir, Moms Mörder, nur getrennt durch den Tisch zwischen uns. Er trug einen khakifarbenen Overall und wurde von zwei uniformierten Wächtern eskortiert, die seine Hand- und Fußfesseln an speziellen Vorrichtungen am Tisch festketteten. Er starrte mich mit unverhohlener Neugier an. Ich starrte ebenso neugierig zurück. Zu meiner Überraschung hatten zwanzig Jahre Gefängnis, davon mehr als die Hälfte in Isolationshaft, kaum Spuren in Scott Andrews' Gesicht hinterlassen. Vor mir saß eine etwas ältere Ausgabe des Mannes, den ich auf den Fotos gesehen hatte. Blasser und dünner zwar, aber auf den ersten Blick noch immer äußerst gut aussehend. Aber hinter seinem gewinnenden Lächeln lag etwas Bösartiges und Abstoßendes. Ich spürte seine toxische Aura in dem Moment, als er den Raum betrat. Genau wie bei meiner Adoptivmutter war sie von einem giftigen Grün, und ich wartete gespannt darauf, wie sich seine Stimme in meinem

Kopf anfühlen würde. Schon immer hatte ich Stimmen, Musik und Geräusche in Farben und Mustern gesehen. Tante Rachels Aura war grün in den verschiedensten Abstufungen gewesen, ihre Stimme hatte gezackte Kanten gehabt.

»Hi, Doc«, sagte Andrews zu Patrick. Seine Stimme klang heiser, so, als würde er sie nicht oft benutzen.

»Guten Tag, Mr. Andrews«, erwiderte Patrick förmlich und blätterte in seiner Mappe. »Das sind Miss Grant und Mr. Blystone, Sohn und Tochter von ... Miss Carolyn Cooper.«

»Hi.« Andrews lehnte sich zurück, lächelte kaugummikauend mit halbgeschlossenen Augen.

»Hallo Mr. Andrews«, sagte Jordan, der Erfahrung darin hatte, Kriminellen in Vernehmungsräumen gegenüberzusitzen. »Danke, dass Sie sich dazu bereit erklärt haben, mit uns zu sprechen.«

»Schon okay. Ist 'ne nette Abwechslung. Ich krieg hier nur selten Besuch.« Scott Andrews ließ seinen Blick zwischen Jordan und mir hin- und herwandern. Er versuchte einzuschätzen, wer von uns beiden verletzlicher war, leichter zu beeinflussen. Ich war nicht überrascht, dass seine Wahl auf mich, die einzige Frau im Raum, fiel. Er würde versuchen, mich für sich einzunehmen, aber ich hatte nicht vor, das geschehen zu lassen. Ich empfand keinen Hass. Nicht einmal Angst. Eigentlich fühlte ich überhaupt nichts.

»Du siehst aus wie deine Mom«, sagte Andrews.

Ich ging auf diese Provokation nicht ein. Um mich zu verunsichern, hätte er andere Geschütze auffahren müssen.

»Ich weiß. Das sagen alle, die sie gekannt haben«, antwortete ich mit einem Schulterzucken. »Ich habe nur eine andere Augenfarbe. Leider habe ich keine Erinnerungen mehr an sie, außer ein paar Fotos.«

Andrews schürzte die Lippen und blähte die Nasenflügel. Er sah mich argwöhnisch an und schien seine ursprüngliche Taktik zu revidieren. Wie ein trotziges Kind reckte er das Kinn vor und wäre er nicht an den Tisch gefesselt gewesen, hätte er wahrscheinlich die Arme vor der Brust verschränkt.

»Ich sollte jetzt wohl sagen, dass es mir leidtut, was ich getan hab. Reue zeigen oder so. Oder erzählen, dass ich zu Gott gefunden habe. Auf so was fahren die Psycho-Docs voll ab. Der hier ...« Er deutete mit einem Kopfnicken auf Patrick. »Und auch der andere, der sicher da hinter der Scheibe sitzt. Ich sag dir was: Wenn ich auch nur die winzigste Chance auf Bewährung hätte, dann würd' ich das jetzt auch sagen. Mann, dann würde ich bereuen und an Gott glauben, was das Zeug hält. Aber es ist sowieso scheißegal, was ich sage oder tue. Für mich kann's nicht übler werden. Ich werd' hier drin verrotten.«

»Ja, das werden Sie wohl«, sagte ich. »Sie sehen übrigens wirklich gut aus für jemanden, der schon so lange im Knast sitzt. Ich habe Sie mir ganz anders vorgestellt. Mit einem zotteligen Bart, fettigen Haaren, ohne Zähne und mit Spucke in den Mundwinkeln. Aber Sie sehen noch genauso aus wie auf den Fotos in Ihrer Akte. Wie machen Sie das?«

Ich registrierte die Verblüffung, die in seinen Augen und in seiner Aura aufblitzte. Er hatte wohl mit allem gerechnet, aber nicht mit einem Kompliment für sein Aussehen.

»Na ja. Ich hab hier drin wenig Stress. Ich hab aufgehört zu rauchen und zu trinken.« Er lehnte sich zurück, überspielte seine Irritation mit einem Lachen. »Das Essen ist okay. Wir kriegen Vitamine und so. Ich trainiere jeden Tag in meinen vier Wänden oder draußen.«

»Aber *warum* tun Sie das?« Ich fragte ohne Geringschätzung, sondern aus echtem Interesse. »Was motiviert Sie? Ich meine, Sie kommen nie mehr hier raus, da könnte es Ihnen doch eigentlich völlig egal sein, wie Sie aussehen, oder?«

Andrews' Lächeln erlosch, sein Adamsapfel bewegte sich nervös auf und ab. Er rieb seine Handflächen mit einem schabenden Geräusch an der Tischkante. Auf und ab und auf und ab.

»Entschuldigung«, sagte ich. »Ich wollte nicht unhöflich sein.«
»Nein, schon gut«, versicherte er mir. »Du hast ja recht. Das ist ziemlich bekloppt.«
Ich merkte, wie er zugänglicher wurde. Auch wenn die zivilisatorischen Schranken in seinem Bewusstsein nicht mehr funktionierten, falls sie es überhaupt je getan hatten, sehnte er sich nach etwas, wonach sich jeder Mensch sehnte: Er wollte *wahrgenommen* werden. Nicht bloß als Nummer oder als Ungeheuer, das auf seine Taten reduziert wurde, sondern als menschliches Individuum. Und jetzt, wo ich erkannt hatte, worauf er ansprang, konnte ich meine eigenen Manipulationskünste, die ich mir im Zusammenleben mit Tante Rachel angeeignet hatte, anwenden. Ich musste ihm das Gefühl vermitteln, dass er bestimmte, in welche Richtung unser Gespräch ging.
»Darf ich Sie etwas fragen, Mr. Andrews?«, fragte ich devot.
»Klar. Dafür bist du ja hergekommen, oder?«
»Ja. Irgendwie schon. Wobei ... wenn ich ... also, wenn Sie anders wären, würde ich Sie das wahrscheinlich nicht fragen.«
Ich lächelte kurz, mimte die Unsichere, indem ich zögerte und schluckte. Dann strich ich mir eine Haarsträhne aus dem Gesicht, tat so, als müsste ich nach den passenden Worten suchen. Wie hypnotisiert folgten Andrews' Augen jeder meiner Bewegungen. Mit einem geradezu kindlichen Eifer beugte er sich etwas vor und stützte die Unterarme auf den Tisch, dabei rasselten die Ketten seiner Handschellen.
»Was möchtest du wissen?« Das Bedürfnis, mir zu gefallen, schien echt zu sein, und ich kam mir für eine Sekunde schäbig vor, weil ich ihn eiskalt manipulierte.
»Ich bin ... durcheinander.« Ich stieß einen Seufzer aus. »Sie sind so ... so ganz anders, als ich Sie mir vorgestellt habe. Viel ... sympathischer. Ich meine, ich sollte doch eigentlich wütend auf Sie sein, oder? Sie haben meine Mutter umgebracht.«
Ich senkte den Kopf. Presste die Lippen zusammen. Tat so, als

ob ich mit mir kämpfen würde. In dem kleinen Raum herrschte atemlose Stille. Dann blickte ich ihn wieder an.

»Bitte, Mr. Andrews, können Sie mir etwas über meine Mom erzählen?«, bat ich. »Wie sie ... war. Wie sie ... ausgesehen hat. Ich ... ich kann mich überhaupt nicht mehr an sie erinnern. Aber ... aber *Sie* können sich vielleicht an sie erinnern.«

Er antwortete mir nicht und jetzt war er es, der meinem Blick auswich. Ich hielt die Luft an. War ich zu weit gegangen? Hatte er mich durchschaut? Ein Insasse habe jederzeit das Recht, einen Besuch abzubrechen, das hatte uns der Direktor vorhin erklärt. Was, wenn Andrews das jetzt tat? Ein paar bange Augenblicke verstrichen, bevor er sich räusperte und zu reden begann.

»Ich hab sie nicht besonders gut gekannt. Sie hat in dem Irish Pub, in das meine Kumpels und ich gerne gegangen sind, hinterm Tresen gearbeitet. Wir haben hin und wieder gequatscht, weil sie auch Amerikanerin war. Bisschen Heimatgefühl in der Fremde.« Er lachte kurz auf. »Sie hat mir erzählt, dass sie mal 'ne Weile in Nashville gelebt hat, genau wie ich. Hatte 'nen Job bei der *Grand Ole Opry*, dieser Radioshow. Wollte unbedingt Sängerin werden. Das war ihr Traum.«

Ich ließ mir nicht anmerken, dass mich diese Worte direkt ins Herz trafen. *Sängerin?* Das konnte Andrews sich nicht ausgedacht haben! Und er konnte nicht wissen, dass ich denselben Traum hatte. Auf einmal kämpfte ich wirklich mit den Tränen. Bisher hatte die Vergangenheit meiner Mom, nachdem sie Fairfield verlassen hatte, im Dunkeln gelegen und völlig unerwartet fiel Licht in diese Dunkelheit.

»Für 'ne große Karriere als Sängerin hat's wohl nicht gereicht«, fuhr Andrews fort. »Aber sie hat in Nashville 'nen Typen kennengelernt, mit dem sie nach Europa rüber ist. Einen Engländer, glaub ich. Frederic. Nein, stimmt nicht. Philip hieß er. Er war Fotograf, ziemlich berühmt. Irgendwer hat mir erzählt, sie wär Model gewesen. Also nicht sie selbst, so war sie nicht.

Manche Mädchen erzählen ja so was, bloß um sich wichtig zu machen. Aber bei ihr hab ich's geglaubt. Sie war nämlich echt verdammt ... hübsch.«

Er verstummte. Nagte an seiner Unterlippe. Ließ seine Gedanken zwanzig Jahre zurückwandern.

»Sie hatte was Trauriges an sich.« Er seufzte versonnen, dann richtete er sich wieder auf und lächelte. »Manchmal gab's im Pub Ärger mit besoffenen GI's. Da hat sie mich mal um Hilfe gebeten. Sie hat wohl mitgekriegt, dass ich Sergeant war. Ich konnt' mir Respekt verschaffen bei den Jungs.«

Atemlos lauschte ich seinen Erzählungen. Ich vergaß Jordan und Patrick neben mir. Ich dachte nicht mehr an Dr. Harding, an die Wachleute, den Gefängnisdirektor, die Betonmauern, den Stacheldraht und die Hunde. Meine Hände begannen zu zittern. Es fühlte sich so an, als ob etwas Finsteres, Böses an meiner Seele zerrte, und mir wurde mit Schrecken bewusst, dass da etwas war, zwischen mir und diesem Mann. Als ob uns das Blut meiner Mutter, das er in jener Nacht vergossen hatte, auf eine schreckliche Weise miteinander verband. Scott Andrews spürte es auch. Und da wurde mir klar, dass er unser Gespräch nicht abbrechen würde, egal, was ich ihn fragte, dafür war er viel zu begierig darauf, diese eigenartige metaphysische Verbindung auszukosten. Aber lange würde ich das nicht durchhalten.

»Mr. Andrews, Sie ... Sie haben meine Mom gemocht«, flüsterte ich, weil ich meiner Stimme nicht traute. »Warum ... warum haben Sie sie ...?«

Es gab keinen adäquaten Euphemismus für seine bestialische Tat. Entweder musste ich es beim Namen nennen oder vermeiden, es auszusprechen, so wie er.

Wieder antwortete Andrews nicht sofort auf meine Frage. Harding hatte vorhin noch gesagt, dass psychopathische Serienmörder nie über ihre Taten und Beweggründe sprachen, deshalb rechnete ich nicht unbedingt mit einer Antwort. Das Schweigen zog sich in die Länge, aber ich drängte ihn nicht. Auch Jordan und Patrick hielten den Mund. Nach mehr als einer Minute sprach Andrews schließlich weiter.

»Ja, ich glaub, ich hab sie wirklich gemocht. Ich hab sogar gedacht, mit ihr und mir, das könnte was werden«, sagte er und runzelte die Stirn. »An dem Abend – es war ein Montag, das weiß ich noch genau – war kaum was los. Es war heiß. Sie war alleine hinter der Bar, außer ihr war nur noch eine Bedienung da. Ich hab ihr vorgeschlagen, wir könnten was trinken gehen, ein bisschen quatschen und so. Aber sie wollte nicht. Sie meinte, sie müsste spätestens um elf zu Hause sein. Es kamen dauernd Leute ins Pub, nicht viele, aber immer zwei oder drei, und es wurde später und später. Irgendwann war's kurz vor elf. Ich war zwischendurch noch woanders gewesen, aber dann hab ich vor dem Pub auf sie gewartet, denn ich hab sie ja nach Hause bringen wollen. Echt ohne Hintergedanken. Nur weil ich etwas quatschen wollte.« Dieser Satz war eindeutig eine Lüge, denn als er ihn aussprach, veränderten sich Farbe und Muster seiner Stimme. Ich nahm es hin, denn es war irrelevant. »Sie wollte nicht, dass ich mitkomme. Wir haben ein bisschen gestritten. Sie ist dann los, ich bin ihr nachgegangen. Ich hatte ziemlich viel gesoffen. Die Wohnung war nicht weit weg, nur ein paar Straßen. Und dann ... Ich weiß auch nicht, warum ich's getan hab.« Er machte eine Pause und runzelte nachdenklich die Stirn. »Es hört sich vielleicht komisch an, aber das ist so ein Gefühl, wie ... wie wenn man dringend aufs Klo muss. Das ist so ein ... Druck, im Kopf, im Körper, überall, der irgendwann nicht mehr auszuhalten ist und einen komplett verrückt macht und der erst weggeht, wenn ... wenn man's getan hat. Das hatte ich schon als Kind. Erst, wenn was tot ist, kann ich wieder klar denken.«

»Und was ... was war mit ... mir?« Meine Stimme bebte, so anstrengend war es, all das Böse zu ertragen, das Andrews' Worte in meinen Kopf pflanzte. »Habe ich das mit angesehen?«

»Nein.« Andrews schüttelte den Kopf. »Ich hab ja nicht mal gewusst, dass sie 'n Kind hatte. Da hat sie nie von geredet. Aber deshalb hatte sie's wohl so eilig, nach Hause zu kommen, und wollte nicht, dass ich mitkomme. Erst als ... als es vorbei war und ich wegwollte, da ... ach, Scheiße. Da stand im Dunkeln auf einmal ein Kind vor mir. Mit riesengroßen Augen. Hat nichts gesagt. Nicht geschrien oder so. Hat mich nur angestarrt. Ich bin zu Tode erschrocken. Und dann bin ich abgehauen. In der Nacht, da hab ich kapiert, dass ich das nie unter Kontrolle kriegen würde. Diesen ... diesen Zwang zu töten. Mit meinen Händen. Ich wusste, ich würde es immer wieder tun. Vor mir wäre nie eine Frau sicher, selbst wenn ich sie gernhätte. Und obwohl mir klar war, dass ich nie mehr aus dem Knast rauskommen oder dass sie mich zum Tode verurteilen würden, was besser gewesen wäre für mich, bin ich am nächsten Tag zu den MP's und hab mich gestellt.«

Er starrte auf die Tischplatte, öffnete und schloss geistesabwesend seine Fäuste. Als er den Kopf wieder hob, irrte sein Blick ziellos umher, bevor er wieder meinem begegnete.

»Ich bin nicht Hannibal Lecter!«, sagte er mit einer Heftigkeit, die mich zusammenzucken ließ. »Ich bin nicht *verrückt*! Aber manchmal, wenn mich jemand zurückweist oder verspottet, dann ist es so, als ob irgendwer einen Schalter in meinem Kopf umlegt. Dann höre ich meinen Großvater mit dieser ... dieser *höhnischen* Stimme, mit der er sich immer über mich lustig gemacht hat, wenn er ...«

Er brach ab. Kämpfte mit sich. Fuhr sich mit allen zehn Fingern durch die Haare.

»Wenn er ... *was*?«, fragte ich. Trotz der Hitze in dem Raum zitterte ich. Meine Finger waren eiskalt. Ich war am Ende meiner Kräfte, aber ich zwang mich, durchzuhalten.

»Wenn er mir seinen Schwanz reingesteckt hat.« Andrews' Stimme klang tonlos, sein Blick wurde stumpf. »Ich hatte 'ne

Scheiß-Kindheit. Ich weiß, das ist keine Entschuldigung dafür, Menschen umzubringen. Aber die wissen alle nicht, wie es ist, wenn man sich so fühlt, als ob man nichts wert ist. Nie was richtig macht. Ein beschissener Versager ist.«

»Ich weiß, wie sich das anfühlt«, flüsterte ich. »Ich bin von meiner Tante adoptiert worden, weil ich sonst keine Verwandten mehr hatte, und die hat sich jeden Tag an mir dafür gerächt, dass ich aussah wie ihre kleine Schwester, die sie gehasst hat. Es war die Hölle, auf dieser beschissenen Maisfarm in Nebraska aufwachsen zu müssen, mit einer kranken Bibelfundamentalistin als Adoptivmutter. Ich habe immer davon geträumt, dass meine Mom eines Tages kommt und mich rausholt, auch wenn die mir erzählt haben, meine Eltern wären bei einem Verkehrsunfall ums Leben gekommen. Ich hab erst ziemlich spät herausgefunden, dass Mom ermordet worden ist.«

Die Ausdruckslosigkeit, mit der Andrews mich bisher angestarrt hatte, verwandelte sich in echtes Interesse, was mindestens genauso unheimlich war. Und auch wenn er keine Reue, Bedauern oder gar Mitgefühl empfinden konnte, so schien er plötzlich zu begreifen, welche Folgen seine Tat gehabt hatte.

»Was ist aus deiner Adoptivmutter geworden?«, wollte er wissen.

»Sie wartet auf ihre Hinrichtung«, erwiderte ich. »Sie hat ihre Schwiegereltern und ihren Vater vergiftet und ihren Sohn zu einem Amoklauf angestiftet. Das Willow-Creek-Massaker, vielleicht haben Sie davon gehört.«

»Ach!« Andrews' Augenbrauen schnellten hoch. Er richtete sich auf und fuhr sich aufgeregt mit der Zungenspitze über die Lippen. »Und? Wie fühlt sich das an?«

»Was? Dass sie irgendwann hingerichtet wird?«

»Ja.«

»Ist mir egal«, erwiderte ich achselzuckend. »Sie hat's verdient, schätze ich.«

Meine Konzentration ließ nach. Die Verbindung zwischen uns wurde schwächer. Mein Mund war staubtrocken, und mein Kopf schmerzte. Ich hatte alles erfahren, was ich hatte wissen wollen. Ich wollte hier raus.

»Danke, Mr. Andrews«, sagte ich. »Danke für Ihre Aufrichtigkeit und dass Sie mir das alles erzählt haben. Aber ich soll Sie noch etwas fragen.«

»Was denn?« Er legte abwartend den Kopf schräg.

»Haben Sie noch mehr Frauen umgebracht als meine Mutter und die beiden anderen?«

Jordan und Patrick zogen erschrocken die Luft ein, aber das war mir egal. Ich hatte keine Lust und keine Kraft mehr, um noch länger Spielchen zu spielen. Ich wollte frische Luft atmen. Eine Zigarette rauchen. Einen Liter Wasser trinken. Schlafen. Das alles hier vergessen.

»Wer will das wissen?« Meine Frage hatte Scott Andrews' Miene innerhalb von Sekunden versteinern lassen. »Die Feds?«

»Ja.«

Er kniff den Mund zu einer schmalen Linie zusammen.

»Und du? Willst du's auch wissen?«

»Nein.« Ich schüttelte müde den Kopf. »Es ist mir egal.«

»Wenn es so wäre, könnte man mich zum Tode verurteilen.« Da war wieder dieser lauernde Ausdruck in seinen Augen.

»Ist das nicht eine bessere Alternative, als für die nächsten dreißig Jahre in einer Einzelzelle vor sich hinzuvegetieren?« Erst, als ich die Worte ausgesprochen hatte, merkte ich, dass ich sie eigentlich nur hatte denken wollen. Zu meiner Überraschung war Andrews jedoch nicht gekränkt. Er lachte belustigt auf, wurde aber schnell wieder ernst.

»Ich weiß Ehrlichkeit zu schätzen, Sheridan Grant. Wirklich. So ehrlich war schon lange keiner mehr zu mir«, sagte er und beugte sich nach vorne. »Und deshalb mache ich dir ein Angebot. Ein ziemlich gutes Angebot, wie ich finde. Die Bullen werden sich vor Freude in die Hosen pissen. Und ich darf im besten Fall noch ein paar Jahre vor mich *hinvegetieren*. Natürlich nicht im Control Unit, sondern im Kilo Unit. Da ist es viel netter.«

Er grinste wölfisch.

»Dr. Harding hat mich davor gewarnt, dass Sie versuchen würden, irgendetwas auszuhandeln«, verriet ich.

»Ja, der Doc ist ein alter Fuchs.« Andrews schnaubte. »Aber ich wäre dumm, wenn ich's nicht versuchen würde, oder?«

»Stimmt.« Ich nickte. »Also, wie lautet Ihr Angebot?«

»Du kommst mich einmal im Jahr besuchen«, rückte er mit einem verschlagenen Grinsen im Gesicht heraus. »Wir plaudern ein bisschen, so wie heute. Und dann verrate ich dir einen Ort, an dem die Feds die Erde umgraben können. Jedes Jahr verrate ich dir einen neuen Ort.«

Die Ungeheuerlichkeit dessen, was er da gerade gesagt hatte, elektrisierte Jordan und Patrick, aber ich blickte den Mann nur gleichgültig an.

»Wie oft müsste ich Sie besuchen kommen?«, fragte ich.

Er legte den Kopf in den Nacken und lachte aus vollem Hals. Die Situation schien ihm Spaß zu machen.

»Was schätzt du denn?« Seine Augen funkelten boshaft, er leckte sich die Lippen und gab sich keine Mühe mehr, sich zu verstellen. Mein Puls hämmerte mir so laut in den Ohren, dass mir das Denken schwerfiel. Ich konnte seine Anwesenheit nicht länger ertragen. Ruckartig erhob ich mich von meinem Stuhl.

»Wissen Sie was?«, sagte ich kalt. »Vergessen Sie's.«

Ich drehte mich um und ging zur Tür, die sich sofort öffnete.

»He, warte! Bleib hier! Ich bin noch nicht fertig!«, brüllte Andrews aufgebracht hinter mir her. »He! Komm zurück und rede mit mir, Sheridan Grant! Ich weiß noch viel mehr über deine Mu...«

Die Tür fiel hinter mir ins Schloss. Stille.

»Wo ist die Toilette?«, krächzte ich benommen.

»Zweite Tür links«, erwiderte einer der beiden Wachmänner und wies in den linken Flur. Ich stürzte los, fand die richtige Tür und schaffte es gerade noch rechtzeitig in eine der Kabinen. Würgend und hustend übergab ich mich in die Kloschüssel. Kalter Schweiß und Tränen rannen mir übers Gesicht. Irgendwann war mein Magen leer und es kam nur noch Galle. Erschöpft sackte ich gegen die Kabinentrennwand und schloss die Augen. *Sie wollte unbedingt Sängerin werden.* Dass meine Mutter dieselben Träume gehabt hatte wie ich, berührte mich tief. Und dann überkam mich die bittere Erkenntnis, was ich an jenem Tag, an dem dieses kranke Dreckschwein meine Mutter umgebracht hatte, wirklich verloren hatte. Kein Mensch auf der Welt würde mich jemals so bedingungslos lieben, wie meine Mutter mich geliebt hatte.

»Ach, Mommy, Mommy!«, schluchzte ich. »Warum? Warum musste das passieren?«

Ein Klopfen an der Tür brachte mich wieder zur Besinnung.

»Sheridan? Sheridan!« Das war Jordans Stimme. »Geht es dir gut?«

Warum konnte er mich nicht wenigstens zehn Minuten in Ruhe lassen?

»Ja, alles okay«, erwiderte ich widerwillig. »Ich komme gleich.«

Mühsam kam ich auf die Beine und betätigte ein paarmal die Klospülung, dann wankte ich zum Waschbecken, spülte meinen Mund aus, wusch mein Gesicht und trank aus den hohlen Händen ein paar Schlucke des nach Chlor schmeckenden Wassers. Mit einem Stapel grüner Papierhandtücher trocknete ich mich ab.

»Reiß dich zusammen!«, flüsterte ich meinem Spiegelbild zu. »Es ist vorbei. Du kannst jetzt wieder hier raus, aber er nicht.«

Das Zittern ließ nach. Ich atmete so tief durch, wie ich konnte. Mein Herzschlag beruhigte sich. Ich straffte meine Schultern, warf meinem Spiegelbild einen letzten Blick zu und ging hinaus auf den Flur. Jordan stieß sich von der Wand ab, an die er sich gelehnt hatte, und kam auf mich zu.

»Du warst einfach großartig, Sheridan!« Mein sonst so beherrschter Bruder war ganz aufgeregt. Er rieb sich die Hände und strahlte übers ganze Gesicht. »Du hast ihn zum Reden gebracht! Dieser Typ hat zwanzig Jahre lang kein Sterbenswörtchen über seine Taten gesagt, weder vor Gericht noch in den Gesprächen mit dem FBI und den Profilern, und eben plaudert er mit dir wie bei einem Kaffeeklatsch! Harding ist komplett aus dem Häuschen! Er will unbedingt mit dir reden!«

»Aber ich nicht mit ihm«, entgegnete ich.

»Was hast du denn?« Jordan wollte mir den Arm um die Schulter legen, aber ich wich vor seiner Berührung zurück. Sein Lächeln erstarb. »Es ist doch alles perfekt gelaufen!«

»Für dich und Dr. Harding vielleicht«, erwiderte ich mit mühsamer Beherrschung. Einzig die Anwesenheit der beiden Gefängniswärter, die am Ende des Flurs warteten, hielt mich davon ab, Jordan anzuschreien. »Für mich war es die Hölle. Und deshalb will ich jetzt hier weg. *Sofort!*«

»Okay.« Mein Bruder knipste sein Lächeln wieder an. »Wir gehen noch kurz bei Director Vance vorbei und verabschieden uns.«

Einer der Wärter führte uns fensterlose Flure entlang, in denen ich mich hoffnungslos verirrt hätte, denn sie sahen alle völlig gleich aus. Noch nie war ich an einem unheimlicheren Ort gewesen. Ich war nass geschwitzt und hatte das entsetzliche Gefühl, zwischen den Betonmauern zu ersticken. Wir verließen den Hochsicherheitstrakt durch die Sicherheitsschleusen und holten unsere Sachen aus den Schließfächern. Ich strebte direkt auf den Ausgang zu, aber Jordan hielt mich zurück.

»Nur fünf Minuten«, bat er mich. »Bitte, Sheridan.«

Als wir das Büro des Direktors betraten, diskutierten Direktor Vance und Patrick leise miteinander, Dr. Harding stand am Fenster und sprach mit angespannter Miene und gesenkter Stimme in sein Handy. Alle drei befanden sich unübersehbar in einem Zustand heller Aufregung. Der Direktor und Patrick verstummten bei meinem Anblick, der Profiler beendete rasch sein Telefonat. Sie starrten mich an, aber schnell gewann ihre Professionalität wieder die Oberhand.

»Das haben Sie wirklich sehr, sehr gut gemacht, Miss Grant!« Dr. Hardings Gesicht war gerötet, seine Augen glänzten. Er lächelte leutselig. »Wie haben Sie das bloß hingekriegt? Ich habe sicherlich schon fünfzehn Mal mit Andrews gesprochen und nie irgendetwas Substanzielles aus ihm herausbe...«

»Könnte ich bitte etwas zu trinken kriegen?«, unterbrach ich ihn. »Am liebsten eine Cola. Und ich würde gerne eine rauchen.«

»Aber natürlich.« Direktor Vance zog beflissen einen der Stühle, die um den Besprechungstisch herumstanden, hervor und bat mich, Platz zu nehmen. Er rief nach seiner Sekretärin, die sofort herbeieilte, mir eine eiskalte Coke servierte und einen Aschenbecher vor mich hinstellte, obwohl das Rauchen im Gefängnis strikt verboten war. Ich nickte ihr dankbar zu, trank das Glas mit ein paar Schlucken leer und zündete mir eine Zigarette an. Vielleicht gab es ja im Kleingedruckten der Gefängnisordnung Ausnahmen für Leute, die aus Serienmördern Geständnisse herausquetschten.

Jordan, Patrick und der Gefängnisdirektor blieben stehen, Dr. Harding nahm mir gegenüber Platz.

»Was ist da drin gerade passiert?«, wollte er von mir wissen. »Wie haben Sie es geschafft, den Mann zum Reden zu bringen?«

»Seine Stimme sieht genauso aus wie die meiner Adoptivmutter«, erwiderte ich. »Da habe ich gewusst, wie ich mit ihm reden muss.«

Diese unbedachte Bemerkung war meiner Erschöpfung geschuldet, und ich bereute sofort, dass sie mir herausgerutscht war.

»Wie meinen Sie das denn?«, fragte der Direktor verständnislos.

»Ach, das führt jetzt zu weit.« Ich winkte ab, aber Dr. Hardings Neugier war geweckt.

»Sie sind Synästhetikerin?«, wollte er wissen.

»Äh, *was* soll ich sein?«, fragte ich verwirrt.

»Synästhesie. So nennt man das, wenn man Farben oder symmetrische Figuren hören kann.«

»Aha.« Das Farbenhören war für mich keine große Sache, es war einfach so und ich dachte nicht darüber nach, warum Freitage für mich hellgelb und Donnerstage eckig waren, weshalb Cola kariert schmeckte und Rührei wellig, aber nachdem ich im Kindergarten einmal davon gesprochen und daraufhin ausgelacht worden war, hatte ich begriffen, dass es etwas Ungewöhnliches sein musste und hatte es nie mehr erwähnt. »Okay, dann hab ich das wohl.«

»Der Begriff Synästhesie kommt aus dem Griechischen«, erklärte der Profiler eifrig. »Es bedeutet so viel wie ›Vermischung der Sinne‹. Dabei handelt es sich um ein ziemlich seltenes neurobiologisches Phänomen, eine Besonderheit in der Wahrnehmung. Bei der Stimulation eines Sinns wird zusätzlich eine weitere Sinneswahrnehmung ...«

»Ich verstehe nicht, was das mit Andrews zu tun hat«, fiel ihm der Direktor ins Wort. Offensichtlich ein Bürokrat, dem alles, was sich außerhalb von Gesetzen, Regeln und Vorschriften abspielte, höchst suspekt war. Er warf Patrick einen missmutigen Seitenblick zu. »Das Mädchen hat etwas geschafft, was andere nicht hingekriegt haben. Mir ist es egal, wie und warum. Meine Frage ist, wie wir jetzt mit dem, was Andrews gesagt hat, umgehen.«

Natürlich interessierte es Dr. Harding brennend, wie es mir gelungen war, einen Psychopathen wie Andrews aus der Reserve zu locken, wahrscheinlich überlegte er schon, wie er sich meine ungewöhnliche Begabung in Zukunft zunutze machen konnte. Nur widerstrebend wechselte er das Thema.

»Wir werden seine Angaben natürlich sofort überprüfen«, sagte er.

»Welche Angaben?«, fragte ich. War mir etwas entgangen?

»Nachdem Sie den Raum verlassen haben, hat Andrews einen Ort genannt, an dem er im Juni 1979 eine Leiche vergraben haben will«, antwortete Dr. Harding. »Quasi als Beweis dafür, dass es tatsächlich noch mehr Opfer gibt. Allerdings hat er klargemacht, dass er ausschließlich Ihnen weitere Ablageorte verrät. Einen pro Jahr.«

»Ich denke nicht daran, nach seiner Pfeife zu tanzen!«, fuhr ich wütend auf und drückte die Zigarette im Aschenbecher aus. Allein die Vorstellung, in diesen Betonbunker zurückkehren und diesem Monster noch einmal gegenübersitzen zu müssen, verursachte mir Übelkeit. »Wenn er unbedingt Besuch haben will, kann er ja auch mit Ihnen sprechen.«

Der Profiler rieb sich das Gesicht und seufzte.

»Vielleicht lassen Sie sich das noch einmal in Ruhe durch den Kopf gehen, Miss Grant«, sagte er mit einem bittenden Unterton. »Einen Tag pro Jahr. Dafür, dass wir womöglich einen Vermisstenfall aufklären können.«

»Hören Sie auf!«, zischte ich verärgert. »Ich habe getan, was Sie von mir verlangt haben! Und ich will den Kerl nie mehr wiedersehen! Für mich ist die Sache hier und heute erledigt!«

Direktor Vance warf mir einen verständnisvollen Blick zu.

»Abgesehen davon, dass er Miss Grant einmal im Jahr sehen will, hat Andrews ja auch noch andere, unverschämte Bedingungen gestellt, die ich weder genehmigen kann noch will«, mischte er sich ein und sammelte damit bei mir sofort Punkte. »Eine Verlegung in einen weniger restriktiven Bereich, die er verlangt, muss das Justizministerium anordnen.«

»Als Direktor dieser Einrichtung können Sie aber eine Empfehlung aussprechen«, sagte Dr. Harding.

»Und wenn ich genau das nicht tun werde?«, entgegnete Direktor Vance scharf. »Meiner Meinung nach ist das Erpressung, und ich will nicht, dass dieses Beispiel unter den Häftlingen Schule macht. Außerdem schlafe ich erheblich besser, wenn ein kranker Verbrecher wie Scott Andrews im Control Unit sitzt.«

Der Profiler, dem es einzig und allein um die Chance ging, alte Fälle endlich aufklären zu können, und der Direktor, der die Verantwortung für über vierhundert Schwerstkriminelle hatte, funkelten sich an.

»Ich habe getan, was von mir verlangt wurde«, sagte ich in die plötzliche Stille. »Ich möchte jetzt nach Hause.«

Fairfield, Nebraska

Wie der Junge an der Tankstelle es ihm erklärt hatte, entdeckte Marcus das Hinweisschild mit der Aufschrift *Willow Creek Stud* gleich hinter einer großen verkrüppelten Ulme. Aus Gewohnheit setzte er den Blinker, obwohl weit und breit kein anderes Fahrzeug zu sehen war. Die Schotterstraße führte an weiß gestrichenen Koppelzäunen entlang, bis die Straße nach etwa einer Meile einen scharfen Knick machte und er in einen großen geschotterten Hof gelangte. Der Anblick des zweistöckigen Holzhauses im Stil einer Südstaaten-Villa mit einer großen Veranda, Zedernholzschindeln auf dem Dach, einem Portikus und weißen Säulen vor der Eingangstür verschlug Marcus für einen Augenblick den Atem. Er stellte den Lexus neben einem chromblitzenden Monster-Pick-up ab und stieg aus. Auf der Veranda stand ein großer Mann mit graumeliertem, dunklem Haar und blickte ihm mit Zurückhaltung, aber ohne Feindseligkeit entgegen.

»Hallo!«, grüßte Marcus ihn freundlich und blieb am Fuß der Treppe stehen, die zur Veranda hinaufführte. »Ist das ein Sears-Modellhaus?«

»Ja, das ist es. Sie haben ein sehr gutes Auge.« Der Mann, der eine ruhige Würde ausstrahlte, lächelte anerkennend. »Mein Großvater hat es in den Zwanzigerjahren des letzten Jahrhunderts im Sears & Roebuck-Katalog bestellt und als seinen Altersruhesitz errichtet. Jeder hielt das für eine Verrücktheit, aber es trotzt seit achtzig Jahren allen Tornados und Winterstürmen.«

»Es ist wunderschön.« Marcus ließ seinen Blick bewundernd über die Fassade wandern. »Welches Modell ist das?«

»Ein ›Magnolia‹. Damals war es das teuerste Haus im Katalog, mit zehn Zimmern und mehreren Bädern. Es hat um die achttausend Dollar gekostet. Übrigens verirren sich gelegentlich Leute hierher, um sich das Haus anzusehen, denn es gibt in ganz Amerika nur noch sieben ›Magnolias‹ im Originalzustand.« Der Mann streckte ihm seine Rechte entgegen. »Ich bin Vernon Grant. Bill Hyland hat mir Ihr Kommen schon angekündigt. Wie Sie sehen, funktioniert das ländliche Nachrichtensystem gut.«

»Marcus Goldstein.« Marcus stieg die vier Stufen hoch und ergriff die ihm dargebotene Hand. »Ja, die Herren von der Tankstelle haben mich einer genauen Prüfung unterzogen. Es gefällt mir, dass man hier aufeinander aufpasst.«

»Was führt Sie in unsere Gegend?«, erkundigte sich Vernon Grant.

»Ich arbeite für den Musikkonzern CEMC in Los Angeles«, erwiderte Marcus. »Und mir ist kürzlich ein Demotape Ihrer Tochter Sheridan in die Hände gefallen, das mir sehr gut gefallen hat. Darüber wollte ich mit ihr sprechen.«

Der Mann betrachtete ihn und schien seine Worte abzuwägen.

»Deshalb machen Sie den weiten Weg von Los Angeles hierher?« Er wies schmunzelnd mit dem Kinn auf den Lexus. »Im Auto von Cassie Williamson?«

»Na, das Auto scheint ja hier in der Gegend berühmt zu sein«, entgegnete Marcus trocken.

»Ehrlich gesagt habe ich keine Ahnung, wer Cassie Williamson ist.« Jetzt grinste Vernon Grant verschmitzt. »Bill Hyland erwähnte den Namen, aber er kennt wirklich jeden Menschen im Umkreis von zweihundert Meilen. Er wusste übrigens auch, dass Sie mit einem Privatjet in Norfolk gelandet sind. Aber kommen Sie doch erst mal rein. Wie wär's mit einem Kaffee?«

Ein paar Stunden später lag Marcus auf dem Bett in einem Zimmer des einzigen Motels im dreiundzwanzig Meilen entfernten

Städtchen Madison. Seine Crew wohnte in Norfolk wahrscheinlich etwas luxuriöser als er, aber für eine Nacht reichte das Motel völlig aus. Er konnte sich kaum erinnern, wann er zuletzt in einem Hotel abgestiegen war, das weniger als 5 Sterne hatte, es musste ein paar Jahrzehnte zurückliegen. Sein Leben spielte sich in einem Elfenbeinturm ab, in klimatisierten Limousinen, Privatflugzeugen und luxuriösen Villen. Außerdem musste er sich üblicherweise nicht vorstellen. Hier war er ein Niemand, ein Fremder, und ihm passierten skurrile Sachen wie vorhin im *Family-Dollar*-Supermarkt, wo er sich eine Zahnbürste, Zahnpasta, ein paar Dosen Bier und Knabbersachen kaufen wollte und so lange zwischen den Regalen herumgestreunt war, dass man ihm argwöhnische Blicke zugeworfen hatte, vielleicht, weil man ihn für einen potenziellen Ladendieb gehalten hatte. Er war fasziniert von den Menschen, die so anders aussahen und sprachen als die Leute in Kalifornien oder New York, und vom einfachen Leben mitten in Amerika. Ihm wurde bewusst, dass er den Bezug zur Realität vollkommen verloren hatte. Wenn man in Kalifornien lebte, wo sich alles um Fitness und gesunde Ernährung drehte, dann stachen einem die dicken Menschen mit ihren aufgedunsenen Gesichtern, die hinter voll beladenen Einkaufswagen hertappten, ganz besonders ins Auge. Noch nie hatte Marcus so viele übergewichtige und schlecht gekleidete Menschen gesehen, so viele feiste Leiber, die von Gürteln in der Mitte zusammengeschnürt waren. Er hatte sich die Preisschilder der geschmacklosen Polyesterhemden und Kunstfaserpullover angesehen und ungläubig festgestellt, wie billig sie waren. War er, der eine 500-Dollar-Jeans, handgenähte John-Lobb-Schuhe und eine Patek Philippe Aquanaut für 54 000 Dollar am Handgelenk trug, überheblich oder einfach nur weltfremd, dass ihn so etwas überraschte? Die misstrauische Kassiererin hatte weder seine schwarze Centurion Card noch die Palladium Card akzeptieren wollen, weil sie solche Karten noch nie gesehen hatte und für Fälschungen hielt. Glücklicherweise hatte er noch ein paar Dollar Bargeld einstecken gehabt, sonst hätte sie womöglich den Sheriff gerufen.

Jetzt lag er auf dem Bett, trank Bier aus der Dose und dachte darüber nach, wie gut es war, dass Sheridan Grant am Morgen mit ihrem Bruder nach Colorado geflogen war und erst heute Abend zurückkommen würde. Das Gespräch mit ihrem Vater war nämlich ausgesprochen aufschlussreich gewesen. Der Mann, der vor vier Jahren zwei Söhne verloren hatte und selbst schwer verletzt worden war, war nämlich der größte Landbesitzer in ganz Nebraska. Vor dem Massaker hatte er einige hohe politische Ämter in Lincoln und Washington innegehabt, seine Mutter stammte von der Ostküste aus einer Dynastie von Privatbankiers, und sein Vater war ein aufstrebender Wirtschaftsanwalt gewesen, bevor er die riesige Farm im Mittleren Westen geerbt hatte. Die Grants waren eine wohlhabende Familie, kultiviert noch dazu, und Marcus hatte begriffen, dass es nicht ausreichen würde, Sheridan Grant mit ein paar Geldscheinen zu winken. Zumal sie vor ein paar Tagen in ein Tonstudio gegangen war, um ihre Songs aufzunehmen. Auf eigene Kosten und nur aus Spaß, wie ihr Vater behauptet hatte. Ganz so einfach, wie er sich das vorgestellt hatte, würde es also nicht werden. Aber wann war sein Job jemals einfach gewesen?

Morgen würde er Sheridan Grant treffen. Ob es ihm gelingen würde, sie zu überzeugen, nach Los Angeles zu kommen? Und war sie wirklich so gut, wie er das glaubte? Hatte er noch immer den Riecher, für den er so berühmt war, oder war er mittlerweile zu alt, um zu wissen, was die Menschen gerne für Musik hörten?

Auf dem Rückflug

Eine Stunde später steuerte Jordan die Piper an Colorado Springs vorbei Richtung Nordosten. Es war halb vier, und mit Rückenwind würden wir die Willow Creek Farm noch vor Sonnenuntergang erreichen. Die Tankanzeige stand auf etwas mehr als halb voll, der Sprit würde auf jeden Fall ausreichen. Wieder kämpfte das kleine Flugzeug gegen böige Scherwinde und Turbulenzen, die ein Verkehrsflugzeug locker ausgeglichen hätte. Aber je weiter wir die Berge hinter uns ließen, desto ruhiger wurde der Flug.

Ich fühlte mich ausgebrannt und war froh, dass Jordan nichts sagte. Bei unserem überstürzten Aufbruch im ADX war der Abschied von Patrick McAvoy glücklicherweise kurz ausgefallen. Dieser feige Moralapostel, der mich beim ersten Anzeichen von Schwierigkeiten auf unprofessionellste Weise fallen gelassen hatte wie eine heiße Kartoffel, war es nicht wert gewesen, mich seinetwegen in Grübeleien zu stürzen, denn er hatte genauso wenig Interesse an mir und meinen Seelennöten gehabt wie Horatio. Und Jordan, das war mir heute klar geworden, hatte mich auch nur benutzt. Vielleicht glaubte er tatsächlich, er habe mir mit diesem Besuch einen Gefallen getan, aber seine eigentliche Intention war eine ganz andere. Es war nicht zu übersehen gewesen, wie groß sein Interesse an der Arbeit von Dr. Harding war. Spielte er mit dem Gedanken, zum FBI zu gehen? Viele Kriminalpolizisten wechselten irgendwann zur Bundespolizei, warum nicht auch ein ehrgeiziger Detective wie Jordan, der in Nebraska keine wirklichen Aufstiegsmöglichkeiten und Herausforderungen mehr sah?

Ich sann darüber nach, weshalb so wenige Menschen aus

Selbstlosigkeit und Wohlwollen handelten. Wie Jasper Hayden. Er hatte mir, einer Wildfremden, einfach einen Reifen mit Felge geschenkt, der sicherlich ein paar Hundert Dollar kostete. Warum hatte er das getan? War er einfach ein guter Samariter? Hätte er das für jeden anderen auch gemacht? Oder ... Mein Herz begann sofort wieder aufgeregt zu klopfen, als ich an seine blauen Augen dachte. War es wirklich erst zwölf Stunden her, seitdem ich ihm begegnet war? Ich schob meine rechte Hand in die Jackentasche und berührte den Kugelschreiber. Die Erkenntnis, dass die meisten Menschen irgendetwas mit ihrem Verhalten bezweckten, frustrierte mich erstaunlicherweise nicht, sie hatte im Gegenteil etwas äußerst Befreiendes. Ich konnte mich darauf einstellen und einfach dasselbe tun.

»Was hältst du von dem, was Andrews über Mom erzählt hat?« Jordan hielt das Schweigen nicht länger aus. »Die Geschichte von Nashville und dem englischen Fotografen, und dass sie Model war?«

»Keine Ahnung«, erwiderte ich.

»Ich denke, sie könnte stimmen«, sagte Jordan. »Ich sehe keinen Grund, weshalb er sich solche Details hätte ausdenken sollen. Und vieles davon kann man nachprüfen. Dieser Fotograf könnte dein Vater sein.«

»Vielleicht.« Ich hatte keine Lust darüber zu spekulieren. »Vielleicht aber auch nicht.«

»Ob Rachel Grant wohl wusste, wohin unsere Mutter damals verschwunden war?«

»Möglich«, sagte ich.

Jordan sah mich an. »Du könntest mit ihr genauso reden wie heute mit Scott Andrews.«

»Ganz sicher nicht!« Ich schüttelte den Kopf. »Tante Rachel hasst mich aus tiefstem Herzen. Sie würde kein Wort sagen!«

»Menschen verändern sich im Gefängnis«, behauptete Jordan. »Gerade die, die in der Todeszelle sitzen.«

Ich dachte an meine letzte Begegnung mit meiner Adoptivmutter, auf dem Flur des Madison County Hospital, als sie sich auf mich gestürzt und mit beiden Fäusten auf mich eingeprügelt hatte wie eine Wahnsinnige.

»Jedenfalls hast du heute bei Harding einen tiefen Eindruck hinterlassen«, sagte Jordan. »Ich bin mir ziemlich sicher, dass er noch mal mit dir sprechen möchte.«

»Ich aber nicht mit ihm«, erklärte ich kategorisch.

»Warum nicht?«

»Weil ich keine Lust habe, benutzt zu werden.«

»Aber du könntest dem FBI helfen.« Aus Jordans Mund klang es so, als sei das die größte Ehre, die einem Menschen widerfahren konnte. »Harding und seine Mitarbeiter gehören zu den klügsten Köpfen unseres Landes. So gut wie alles, was wir über operative Fallanalyse wissen und täglich anwenden, stammt von Harding und seinem Team. Er war absolut fasziniert davon, wie du Andrews aus der Deckung gelockt hast.«

»Ich habe mich auf diesen Besuch heute nur deshalb eingelassen, weil ich etwas von dem Kerl wissen wollte«, erinnerte ich meinen Bruder.

»Ja, klar, aber Harding interessiert natürlich, wie du das gemacht hast!« Jordan grinste. »Und mich auch. Weißt du, wie oft ich irgendwelchen Verdächtigen gegenübersitze und fast verzweifele, weil ich nicht an sie herankomme?«

»Ich habe gar nichts Besonderes gemacht«, wiegelte ich ab.

»Doch, das hast du«, widersprach Jordan mir. »Ich habe beobachtet, wie er auf dich reagiert hat. Er hat diesen Psychologen und mich vollkommen ausgeblendet, weil er dir sein Herz ausschütten wollte. Unfassbar! Ein narzisstischer Psychopath wie Andrews, der noch nie zuvor darüber gesprochen hat, was ihm in seiner Kindheit angetan worden ist, erzählt dir nach zwanzig Minuten bereitwillig seine Lebensgeschichte!«

»Das kann er sich doch alles ausgedacht haben«, relativierte ich die Euphorie meines Bruders. Das Unbehagen, das mich schon den ganzen Tag wie ein Schatten begleitet hatte, wurde stärker. Wie sollte ich jemandem diese eigenartige Verbindung zwischen Andrews und mir beschreiben, wo ich doch selbst gar keine vernünftige Erklärung dafür hatte? War sie womöglich zustande gekommen, weil ich, genau wie Scott Andrews, die Fähigkeit besaß, ohne Reue zu töten? Wir waren beide Lebensauslöscher. Die Motivation spielte dabei eine untergeordnete Rolle. Hatten sich unsere Seelen erkannt, so, wie sich Lebewesen derselben Spezies erkennen? Ich erschauerte innerlich.

Jordan redete unterdessen weiter über den Profiler, das BAU und all die Erkenntnisse und Methoden, die ihn unglaublich beeindruckt hatten.

»Jordan«, unterbrach ich ihn irgendwann genervt. »Noch gibt es überhaupt keinen Beweis dafür, dass irgendetwas von dem, was Andrews mir erzählt hat, wirklich stimmt.«

»Aber *wenn* es stimmt!«, insistierte mein Bruder, der Cop, eifrig. »Wenn sie tatsächlich sterbliche Überreste an dem Ort finden, den Andrews ihnen genannt hat, dann *musst* du dem FBI helfen, Sheridan!«

»Nein, muss ich nicht!«, fauchte ich. »Du weißt nicht, was du von mir verlangst, Jordan! Du hast keine Ahnung, wie entsetzlich das heute für mich gewesen ist!«

»Aber es sind doch nur immer ein paar Stunden«, begann er wieder.

»Dieses Monster hat mir meine Mutter weggenommen, Jordan!«, platzte es aus mir heraus. »Ich habe nie *Mutterliebe* erfahren, weil dieser kranke Mensch meine Mutter vergewaltigt, erwürgt und aufgeschlitzt hat! Ich musste mit dem Gefühl aufwachsen, unerwünscht zu sein! Du hattest immerhin diese Frau, die du für deine Mutter gehalten hast, und die dich abgöttisch geliebt hat! Ich hatte *Rachel Grant*! Ich habe mich niemals sicher fühlen können, weil ich nie wusste, in welcher Stimmung sie gerade war! Der Einzige, der mich vor ihr beschützt hat, war Hiram, denn Dad hat sich immer aus dem Staub gemacht, weil er Rachel nicht ertragen konnte. Ich war ihr ausgeliefert! Esra hätte mich einmal vergewaltigt, wären Hiram und George nicht zufällig dazugekommen!«

Ich brach ab und schlug die Hände vors Gesicht. Nicht nur, weil mir vor Zorn die Tränen kamen, sondern weil ich meinem Bruder um ein Haar erzählt hätte, wie ich eines Abends dann doch vergewaltigt worden war, wenn auch nicht von Esra. Verdammt!

»Das wusste ich alles nicht«, sagte Jordan, er klang eher gekränkt als betroffen.

»Dann weißt du es jetzt!«, erwiderte ich scharf und zog die Nase hoch. »Ich will nicht mehr in alten Geschichten herumwühlen. Und deshalb bitte ich dich: Dränge mich niemals mehr dazu, diesen Kerl zu treffen! Ich lasse mich nicht moralisch erpressen – nicht von Dr. Harding und auch nicht von dir, Jordan!«

»Ich finde das sehr egoistisch von dir«, sagte er kühl. »Ja, du hast schlimme Dinge erlebt, aber glaubst du, du bist der einzige Mensch auf der Welt, dem Schreckliches widerfahren ist? Du kennst wenigstens die Wahrheit und kannst das alles irgendwann verarbeiten. Aber die Leute, die nicht wissen, was ihren Angehörigen zugestoßen ist, können das nicht.«

Ich musste mich zusammenreißen, um ihn nicht anzuschreien. Wie hatte ich diesen Mann jemals für sensibel und empathisch halten können? An dem Spruch »Blut ist dicker als Wasser« schien nicht viel dran zu sein, denn offenbar lagen Jordan fremde Menschen erheblich mehr am Herzen als ich, seine Halbschwester.

»*Du* findest *mich* egoistisch? Und was bist du? Glaubst du etwa, ich hätte nicht durchschaut, warum du heiß darauf warst, heute mit mir nach Colorado zu fliegen? Du willst doch nur vor diesem Harding gut dastehen!«, warf ich ihm vor. »Was mit mir ist, interessiert dich nicht die Bohne! Du benutzt mich nur, um dich wichtigzumachen!«

»Das stimmt doch gar nicht!«, widersprach er mir ungehalten.

»Natürlich! Harding hat mir gesagt, dass du ihm von der Sache in Massachusetts erzählt hast, er hatte sich sogar die Akten der Staatsanwaltschaft kommen lassen und kannte jedes Detail!« Ich hasste den schrillen Klang meiner Stimme, aber ich war außerstande, ihn zu beherrschen. »Was fällt dir ein, so etwas hinter meinem Rücken zu tun?«

Darauf gab mein Bruder mir keine Antwort. Er presste die Lippen aufeinander und blickte starr geradeaus aus dem Cockpitfenster.

»Es war ein Fehler, heute mitzukommen!«, schrie ich wütend. »Ich dachte wirklich, du wärst auf meiner Seite, aber das bist du nicht!«

»Hier geht es doch nicht darum, wer auf wessen Seite ist!« Es war nicht zu übersehen, wie sehr ihn meine Vorwürfe ärgerten. »Wir können einer guten Sache dienen! Etwas Positives bewirken.«

»Du meinst: *Ich* kann einer guten Sache dienen!«, schnappte ich. »Es wäre nett gewesen, wenn du mich vorher über deine Absicht informiert hättest. Ich habe nämlich keine Lust, mich vor irgendeinen Karren spannen zu lassen, tut mir leid.«

»Tut es dir nicht!«, entgegnete Jordan.

»Stimmt! Das war eine bescheuerte Floskel«, sagte ich zornig. »Das Einzige, was mir leidtut, ist, dass du nicht besser bist als all die anderen Typen. Das tut mir wirklich leid, Jordan, denn ich habe dich gemocht und dir vertraut. Du hast alles kaputt gemacht!«

Bevor er noch etwas erwidern konnte, schnallte ich mich los, kletterte zwischen den Vordersitzen hindurch nach hinten auf die Sitzbank und legte den Beckengurt an. Dann breitete ich eine der Decken über mich, knüllte eine andere zu einem Kopfkissen zusammen, streckte mich aus und schloss die Augen. Ich musste dringend schlafen.

Doch die düstere Vorahnung, was der Besuch bei Scott Andrews nach sich ziehen würde, ließ sich nicht verscheuchen. Dr. Harding war ein Bluthund. So jemand gab nicht einfach auf, wenn er erst einmal eine Spur in der Nase hatte. Wieder einmal hatte ich die Kehrseite der Medaille nicht gesehen. War das egoistisch oder einfach nur naiv gewesen? Trotz meiner Wut auf Jordan und des Lärms in der Kabine schlief ich ein, und ich träumte von einer Hinrichtungszelle und von einem Mann mit blauen Augen.

Nach der Landung gingen Jordan und ich auseinander, ohne uns zu versöhnen. Mit einem stummen Kopfschütteln schlug ich sein Angebot aus, mich nach Magnolia Manor hinüber zu fahren, kletterte aus der Piper, schulterte meine Tasche und lief los. Hinter mir erloschen die hellen Lichter der Landebahnbeleuchtung, und ich überließ es Jordan, das kleine Flugzeug in den Hangar zu schieben. Ich ging den schmalen, von Pappeln gesäumten Weg entlang, der hinter den Treibhäusern, den neu errichteten Stallgebäuden und Maschinenhallen in einem Bogen zum Fluss führte. Hinter den kahlen Baumwipfeln der großen Eichen stieg der Vollmond wie eine blasse Scheibe über den gefrorenen Wiesen auf. Bald würde der Frühling kommen. Ich hatte mich darauf gefreut, auf der Willow Creek Farm mitzuerleben, wie die Fohlen geboren wurden und überall die Natur zu neuem Leben erwachte. Aber damit würde es nichts. Ich konnte Jordan nicht mehr vertrauen, und der Riss, der heute entstanden war, würde nicht mehr zu kitten sein. Auf keinen Fall wollte ich Dad und Nicholas, die beiden wichtigsten Menschen in meinem Leben, in einen Loyalitätskonflikt stürzen. Mir blieb keine andere Wahl, als die Willow Creek Farm zu verlassen, denn ich verspürte nicht die geringste Lust, Jordan regelmäßig über den Weg zu laufen.

Zwischen den Baumstämmen tauchten die dunklen Umrisse

von Magnolia Manor auf. Hinter den Küchenfenstern brannte Licht. Ich straffte die Schultern und stieg mit einem mulmigen Gefühl die Treppenstufen zur Veranda hoch. Ob Jordan Dad schon angerufen und ihm von unserem Streit erzählt hatte?

»Ich bin wieder da!«, rief ich und hängte meine Jacke an die Garderobe im Windfang. Keine Antwort. Ich ging in die Küche. Dad hatte mir auf einem Zettel eine Nachricht hinterlassen. Er sei drüben im Stall, Pepsi, eine der Stuten würde eventuell heute Nacht fohlen. Falls ich Hunger hätte, solle ich rüberkommen.

Es war erst kurz vor acht, und obwohl ich völlig erschöpft war, war ich zu aufgewühlt, um jetzt schon zu Bett zu gehen. Ich erwog kurz, im Internet nach diesem englischen Fotografen zu suchen, den Andrews erwähnt hatte. Wenn er tatsächlich existierte, stimmte womöglich auch die Geschichte von weiteren Opfern. Fast hoffte ich, alles, was er mir erzählt hatte, sei seiner Fantasie entsprungen, dann gab es für Harding und Jordan keinen Grund, mich weiter zu behelligen. Mein Magen knurrte, ich verschob die Internetrecherche auf später, zog mir die Jacke wieder an und ging durch die Dunkelheit hinüber zum Stall.

Ich fand Dad in der hinteren Stallgasse bei den Abfohlboxen. Er hatte die Arme auf eine der halbhohen Boxentüren gelegt und beobachtete eine braune Stute, die mit gesenktem Kopf reglos vor einem Berg Heu stand und in sich hineinzuhorchen schien. Er blickte auf, als er meine Schritte vernahm.

»Sheridan!« Dad lächelte erfreut. »Dann habe ich eben doch das Flugzeug gehört. Wie war es? Wo ist Jordan?«

In dem Moment verlor ich die Fassung. Wie früher, als ich noch ein kleines Kind gewesen war und mich irgendjemand geärgert hatte, warf ich mich weinend in seine Arme und presste mein Gesicht an seine Schulter. Dad hielt mich fest an sich gedrückt, streichelte meinen Rücken und murmelte tröstende Worte. Irgendwann zog er ein Papiertaschentuch hervor und gab es mir.

»Danke«, flüsterte ich, putzte mir die Nase und wischte mir mit dem Handrücken die Tränen vom Gesicht.

»Hast du schon etwas gegessen?«, erkundigte sich Dad. Ich dachte an den Cheeseburger, den ich im Gefängnis ins Klo gekotzt hatte und schüttelte den Kopf.

»Martha hat mir eine Pastete und Sandwiches vorbeigebracht.« Dad legte mir einen Arm um die Schulter. »Komm, lass uns etwas essen. Und dann erzählst du mir alles, okay?«

»Okay«, murmelte ich.

Wir gingen in Dads Büro, das sich im Verwaltungstrakt hinter der Scheune befand. Von hier aus konnte man über einen der Monitore Pepsi in der Abfohlbox beobachten. Mein Vater hatte sich sein Büro gemütlich eingerichtet. Es gab ein Sofa, mehrere Sessel und einen niedrigen Couchtisch aus Holz, auf dem sich Pferdezeitschriften stapelten. In einem Regal standen Bücher und ein paar Flaschen Whiskey und Gin, ein Holzofen bullerte vor sich hin und verbreitete eine angenehme Wärme. Der Duft von frisch aufgebrühtem Tee hing in der Luft. Während Dad in der benachbarten Teeküche die Pastete in dicke Scheiben schnitt, überlegte ich, was ich ihm erzählen sollte. Dad kam mit einem Tablett in Händen herein, stellte die Teller mit der Pastete und den Sandwiches auf den Couchtisch und schenkte Tee in zwei abgestoßene, nicht zueinander passende Becher. Ich ließ mich auf die gemütliche alte Ledercouch fallen. Hier, in der Sicherheit dieses behaglichen Raums, verloren die Erlebnisse in Colorado etwas von ihrem Schrecken. Ich griff nach einem Sandwich und erzählte Dad, was heute geschehen war und wie es sich angefühlt hatte, diesem Monster gegenüberzusitzen. Wie Jordan mich hintergangen hatte, ließ ich unerwähnt.

»Jordan und Dr. Harding wollen, dass ich nächstes Jahr wieder mit Scott Andrews rede, falls sie an dem Ort, den er ihnen genannt hat, tatsächlich etwas finden«, endete ich schließlich. »Ich glaube, Jordan ging es bei der ganzen Sache gar nicht um mich.

Er und dieser FBI-Typ aus Quantico wollen über mich an Andrews' Geheimnisse herankommen. Und Jordan hat eben beim Rückflug sogar vorgeschlagen, dass ich Rachel im Gefängnis besuche und mit ihr rede.«

»Tatsächlich?« Dad runzelte dir Stirn. »Wieso das denn?«

»Weil sie vielleicht wusste, wohin Mom gegangen ist, nachdem sie die Willow Creek verlassen hat. Aber das kommt für mich nicht infrage. Ich meine, wie kann er so was von mir verlangen, nach allem, was Rachel uns angetan hat?«

Dad seufzte.

»Jordan ist mit Leib und Seele Polizist«, antwortete er. »Ich habe selbst erlebt, wie er sich in die Ermittlungen gegen Rachel verbissen hat, bis er ihr die Morde an meinen Eltern und ihrem Vater nachweisen konnte. Gute Cops sind Fanatiker. Sie sind oft geradezu besessen davon, die Wahrheit herauszufinden.«

»Was würdest du an meiner Stelle machen?«

Dad sog nachdenklich an seiner Unterlippe.

»Wenn mich Jordan bitten würde, mit Rachel zu sprechen, dann würde ich mich weigern«, sagte er bestimmt. »Und niemand kann dich zwingen, diesen Mann, der Carolyn ermordet hat, noch einmal zu besuchen, Sheridan. Aber letztendlich musst du auf dein Gewissen hören. Und dir muss klar sein, dass du das nicht für Jordan oder einen Profiler vom FBI tun würdest, sondern für die Angehörigen der Opfer.«

»Die Vergangenheit lässt einen nie los, oder?« Deprimiert nahm ich einen Schluck Tee. Er war kalt geworden und schmeckte bitter.

»Vor seiner Geschichte kann man nicht davonlaufen, Sheridan«, entgegnete Dad. »Man kann sie nur zum Bestandteil seines Lebens machen und sich mit ihr arrangieren. Am besten ist es, im Hier und Jetzt zu leben und sich nicht zu viele Gedanken um das, was war, und um das, was sein wird, zu machen. Wir können weder das eine noch das andere beeinflussen.«

Er blickte zu den Monitoren hinüber. Die Stute knabberte noch immer am Heu und wirkte ruhig. Ich aß noch ein halbes Sandwich und ein Stück von Marthas köstlicher Wildpastete, dann war ich satt.

»Wie läuft es in Kansas City?«, erkundigte sich Dad. »Du bist noch gar nicht dazu gekommen, mir davon zu erzählen.«

»Oh, Dad, es ist fantastisch!« Ich lächelte und stellte den leeren Teller auf den Tisch. »Es ist so großartig, wenn man mit Menschen zu tun hat, die sich für dasselbe interessieren wie man selbst. Ich freue mich schon wahnsinnig, morgen wieder hinzufahren und weiterzumachen.«

Ich beschrieb ihm kurz, was in einem Tonstudio vor sich ging, und schwärmte ihm vor, wie begeistert Tom Hazelwood, der erfahrene Musikprofi, von meinen Songs und meiner Musikalität war. Jordan, Dr. Harding, Scott Andrews und mein Zorn verschwanden in einem fernen Winkel meines Gehirns. Müdigkeit kroch in meine Glieder. Gähnend streifte ich die Stiefel von den Füßen, zog die Beine an und kuschelte mich in die Kissen, die auf der Couch lagen. Dad stellte das Geschirr auf das Tablett.

»Ich hatte heute übrigens interessanten Besuch«, sagte er beiläufig. »Ein Mr. Goldstein aus Los Angeles war hier.«

»Aha«, murmelte ich und hatte Mühe, die Augen offen zu halten.

»Er ist Musikproduzent«, fuhr Dad fort. »Und er hat extra die weite Reise auf sich genommen, um mit dir zu sprechen, weil er so begeistert ist von deiner Musik.«

Mein Herz machte ein paar rasche Schläge. Ich richtete mich auf. »Wie bitte? Wie kommt er dazu?« Meine Überraschung schlug sofort in Misstrauen um. »Woher weiß er, wo ich wohne?«

»Mr. Goldstein war ein Freund von Mr. Hartgrave, du erinnerst dich vielleicht an ihn. Er war damals bei der Schulaufführung von deinem Musical.«

»Ja, natürlich erinnere ich mich an ihn.« Meine Müdigkeit war wie weggefegt. »Vor allen Dingen daran, dass er versucht hat, Profit aus unserem Unglück zu schlagen.«

»Nun, das wird er nicht mehr tun wollen. Mr. Goldstein hat mir erzählt, dass Mr. Hartgrave schon vor einer Weile verstorben ist.«

»Was? Er ist tot?« Plötzlich erinnerte ich mich an die Aufführung unseres Schul-Musicals, als sei es gestern gewesen. Daran, wie mir Mrs. Costello nach unserem Aufritt ihren Bekannten Mr. Hartgrave aus New York vorgestellt hatte. An sein Gesicht konnte ich mich kaum noch erinnern, wohl aber an seine Worte, mit denen er den Samen für meinen großen Traum überhaupt erst in mein Herz gesät hatte. *Du hast wirklich eine fantastische Stimme*, hatte er zu mir gesagt. *Und du bist eine geborene Rampensau.* Er hatte mich eingeladen, nach New York zu kommen, kurz bevor all das Grauen über uns hereingebrochen war und alles verändert hatte. Zu behaupten, Hartgrave habe einzig und allein die Katastrophe ausnutzen wollen, wäre ungerecht.

»Auf jeden Fall hat Mr. Goldstein von Mr. Hartgraves Witwe alle möglichen Unterlagen bekommen, unter anderem auch eine CD von *Rock your life*.« Dad ging zu seinem Schreibtisch, schob ein paar Papiere hin und her und kam zurück zu mir. Er hielt mir eine Visitenkarte hin.

Marcus Goldstein, C.E.O., stand da. *California Entertainment & Music Corporation. Ocean Park Boulevard, Santa Monica, Los Angeles.*

»Was bedeutet C.E.O.?«, fragte ich.

»Chief Executive Officer«, erwiderte mein Vater und lächelte. »Ich denke, Mr. Goldstein ist der Chef dieser Plattenfirma. Er will dich einladen, in Los Angeles Probeaufnahmen zu machen. Ist das nicht wunderbar, Sheridan? Davon hast du doch immer geträumt, nicht wahr?«

Ungläubig starrte ich auf das rechteckige Kärtchen in meiner Hand. Es dauerte ein paar Sekunden, aber dann jagte ein heftiger Adrenalinstoß durch meine Adern. Oh ja, davon hatte ich immer geträumt! Nichts im Leben hatte ich mir je sehnlicher gewünscht als das! Sollte mein Traum tatsächlich wahr werden, und das ausgerechnet zu dem Zeitpunkt, an dem ich mich dazu entschlossen hatte, mein Glück selbst in die Hand zu nehmen? Es musste so sein, denn niemand, der es nicht absolut ernst meinte, würde sich auf den weiten Weg von Los Angeles in unser Kaff machen.

»Er will morgen früh um neun Uhr wieder herkommen. Für heute Nacht habe ich ihm das Comfort Ridge Inn drüben in Madison empfohlen«, sagte Dad.

»Darf ich mal deinen Computer benutzen?«, bat ich ihn.

»Klar.« Er grinste. »Nur zu. Ich geh und schaue mal nach Pepsi.«

Ich setzte mich an den Schreibtisch, wählte mich ins Internet ein und gab den Namen Marcus Goldstein bei einer Suchmaschine ein. Innerhalb von Sekundenbruchteilen wurden 1,2 Millionen Treffer angezeigt. Ich schnappte nach Luft. Zuerst klickte ich die Fotos an. Es gab Hunderte. Sie zeigten einen schlanken Mann mit dichtem, graumeliertem Haar und tiefliegenden dunklen Augen, der eine entfernte Ähnlichkeit mit dem Schauspieler Al Pacino hatte und auf keinem einzigen Foto lachte. Ich rief einen Artikel auf.

Marcus Isaac Goldstein, geboren am 15. Januar 1941 in Brooklyn, als Sohn von Isaac Goldstein, dem bedeutendsten Konzertveranstalter Amerikas, und der Hollywoodschauspielerin Anna Myers, las ich. *Während seines Studiums arbeitete Goldstein nebenbei als A&R-Scout für verschiedene Indie-Label. Er begann seine Karriere als Junior A&R bei CBS und stieg schon nach ein paar Monaten zum Vice President der A&R-Abteilung auf. Mit 31 Jahren war er der jüngste Executive Vice President A&R and Production eines Major Labels, bis er sich selbstständig machte und das Musiklabel StoneGoldRecords gründete, das bereits ein Jahr später für Charts-Furore sorgte.*

Ich verstand nur die Hälfte von dem, was ich las, aber das reichte schon, um zu begreifen, dass dieser Mann, der morgen mit mir sprechen wollte, eine ganz große Nummer in der Musikwelt war. Mit zitternden Fingern klickte ich mich durch die verschiedenen Artikel.

Marcus Goldstein war Co-Chairman und Co-CEO der Atlantic-Gruppe gewesen. CEO und Chairman bei TIME WARNER. CEO und Chairman bei SONY. Er war Mitglied der Academy of Motion Pictures, Arts and Sciences, die alljährlich darüber entschied, wer die Oscars gewann. Vier Mal verheiratet, vier Mal geschieden. Zwei mittlerweile erwachsene Kinder aus erster Ehe. Seit dem Verkauf von *StoneGoldRecords* an EMI war er einer der reichsten Männer Amerikas ... Ich hörte auf zu lesen, weil mich das alles überwältigte. Mir schwirrte der Kopf, ich legte meine Hände vor Mund und Nase und saß einfach nur ganz still da. Mir war schwindelig. Vor Glück. Und von der Geschwindigkeit, mit der meine Gefühle an diesem verrückten Tag mit mir Achterbahn gefahren waren.

Obwohl ich geglaubt hatte, ich würde vor lauter Aufregung kein Auge zubekommen, schlief ich später doch auf der Couch ein. Mitten in der Nacht weckte Dad mich, kurz bevor das Fohlen zur Welt kam. Verschlafen taumelte ich in den Stall und bekam gerade noch mit, wie das Fohlen umhüllt von der Fruchtblase in die Sägespäne glitt. Mein Vater befreite das Neugeborene geschickt von der Eihaut und rubbelte es mit einem sauberen Handtuch ab, damit der Kreislauf in Schwung kam. Andächtig beobachtete ich, wie Pepsi auf die Beine kam und begann, ihr Fohlen zu beschnuppern und abzulecken. Dabei stieß sie tiefe, brummende Laute aus. Ich hörte Schritte hinter mir und drehte mich um.

»Bin ich zu spät?«, fragte Nicholas leise.

»Ja. Fünf Minuten«, erwiderte ich und machte ihm ein Stück Platz.

»Ging alles gut?«, wollte er wissen.

»Sie hat's ohne Hilfe hingekriegt«, bestätigte Dad. Er lehnte in der Box an der Wand und betrachtete Mutter und Kind mit einem zufriedenen Lächeln. »Ein kleiner Hengst. Die gleiche Blesse wie sein Vater. Und ich denke, er ist auch ein Fuchs.«

Er desinfizierte noch die Nabelwunde, dann verließ er die Box. Wir sahen zu, wie das Fohlen schon eine Viertelstunde nach seiner Geburt die ersten Versuche machte, aufzustehen. Eine halbe Stunde später stand es, wenn auch noch unsicher, auf seinen langen staksigen Beinen und saugte gierig am Euter seiner Mutter.

»Wo ist eigentlich Jordan?«, erkundigte sich mein Vater bei Nicholas. »Wollte er nicht auch einmal eine Fohlengeburt miterleben?«

»Er muss morgen ins Büro, deshalb hat er sich früh hingelegt«, antwortete Nicholas zu meiner Erleichterung und warf mir einen Blick zu. »Er sagte, es sei ziemlich gut gelaufen in Colorado. Der FBI-Mensch wäre tief beeindruckt von dir gewesen.«

Dad verschwand, um das warme Mash für die Stute zu holen, das er schon vor ein paar Stunden angesetzt hatte.

»Ja, war er«, erwiderte ich einsilbig. Offenbar wusste Nicholas auch nichts von unserem Streit. Warum nicht? Befürchtete Jordan, sein Freund könnte meine Partei ergreifen statt seine, oder war es ihm schlichtweg egal? Beide Möglichkeiten gefielen mir nicht, denn sie warfen ein ganz neues, ungutes Licht auf Jordan Blystones Charakter. Ein Mensch war eben nicht einfach nur die Summe seiner Gene, sondern vor allen Dingen ein Produkt seiner Erziehung und des Milieus, in dem er aufgewachsen war. Und angesichts des dunklen Geheimnisses, das Nicholas, Dad und ich teilten, war es nicht gerade tröstlich zu wissen, dass er ein so besessener Cop war. So jemand kannte keine Gnade und kein Erbarmen, auch oder erst recht nicht für sein eigenes Fleisch und Blut.

»Was ist los, Sheridan?«, wollte Nicholas wissen. »Ist etwas passiert?«

»Du meinst abgesehen davon, dass ich vor ein paar Stunden im schlimmsten Gefängnis Amerikas einem psychopathischen Serienkiller gegenübergesessen habe, der meine Mutter und noch ein paar andere Frauen erwürgt und aufgeschlitzt hat?«, antwortete ich sarkastisch. Ich musste auf der Hut sein. Beinahe hätte ich vergessen, wie feinfühlig er war. Meine Bedenken über Jordans Beweggründe konnte ich nicht mit ihm teilen. Ich misstraute ihm nicht, aber ich wollte vermeiden, dass es wegen Jordan zwischen uns zu Spannungen kam. Nicholas' Freundschaft war mir wichtiger als alles andere auf der Welt.

»Entschuldige«, sagte er zerknirscht. »Das war eine blöde Frage.«

»Schon gut.« Ich gähnte. »Ist es okay, wenn ich gerade nicht drüber reden will?«

»Klar, Baby.« Nicholas wandte sich wieder Stute und Fohlen zu. Ich überlegte noch, ob ich ihm von dem Musiktypen oder von meiner Begegnung mit Jasper Hayden erzählen sollte, da kehrte Dad schon mit dem Futtereimer zurück. Er leerte das dampfende Mash in die Krippe, und Pepsi machte sich sofort hungrig darüber her. Ihr Fohlen ließ sich, erschöpft von den ersten anstrengenden Lebensminuten, in die Sägespäne plumpsen und schlief sofort ein.

»Du kannst ruhig zu Bett gehen, Vernon«, sagte Nicholas zu meinem Vater. »Ich bleibe hier und warte auf die Nachgeburt.«

»Alles klar, danke.« Dad klopfte ihm auf die Schulter. »Bei den anderen Stuten ist alles ruhig, aber du kannst ja noch mal eine Runde drehen.«

Ich hatte auch keine Lust mehr, im Stall zu bleiben, und wünschte Nicholas eine gute Nacht. Dad und ich kletterten in den Gator und fuhren hinüber zum Haus. Ein metallischer Geruch lag in der kalten Luft, kein Stern war mehr zu sehen. Morgen würde es schneien. Ich erzählte Dad, was ich im Internet über Marcus Goldstein herausgefunden hatte.

»Was soll ich denn jetzt machen?«, fragte ich, als wir das Haus betraten. »Ich wollte doch eigentlich morgen wieder nach Kansas City fahren!«

»Am besten hörst du dir erst mal an, was er dir vorschlägt«, riet Dad mir. »Du wirst die richtige Entscheidung treffen, da bin ich mir sicher.« Er strich mir über die Wange. »Ich bin stolz auf dich, Sheridan. Du bist ein tolles Mädchen. Und jetzt versuche noch ein bisschen zu schlafen.«

Fairfield, Nebraska

Auf der Fahrt von Madison nach Magnolia Manor erhielt Marcus einen Anruf seines Piloten. Eine Schlechtwetterfront nähere sich rasch von Norden. Sie habe bereits North Dakota erreicht, deshalb sei es ratsam, recht bald zu starten, bevor man von einem Blizzard überrascht werde und die Maschine am Boden bleiben müsse.

»Es dauert so lange, wie es dauert«, erwiderte Marcus. »Sobald ich hier losfahre, gebe ich Bescheid.«

Für das Gespräch, das vor ihm lag, brauchte er Zeit und würde sich auch von einem drohenden Blizzard nicht drängen lassen. Er parkte den Leihwagen wie am Vortag neben dem Pick-up und stieg aus. In dem Augenblick flog die Haustür auf, eine junge Frau trat heraus. Sie trug eine verwaschene Bootcut-Jeans, Cowboystiefel und eine alte Armeejacke über einem grobgestrickten grauen Wollpullover. Das honigblonde Haar hatte sie zu einem Knoten im Nacken geschlungen, über ihrer Schulter hing eine schwere Reisetasche, die sie, als sie ihn erblickte, zu Boden gleiten ließ.

»Hallo«, sagte sie. »Bald schneit es. Ich hab's ein bisschen eilig.«

Marcus, der bisher nur ältere Fotos von ihr im Internet gesehen hatte, verschlug es bei ihrem Anblick den Atem. Die junge Frau, die vor ihm stand, hatte nichts mehr mit dem mageren, verängstigten Geschöpf von vor vier Jahren gemein. Sheridan Grant besaß die klassische Schönheit einer Grace Kelly oder einer Sharon Stone. Sie sah bedeutend jünger aus, als Marcus erwartet hatte, aber ihre Augen, so grün wie Wasserlinsen auf einem Teich, waren die einer viel älteren Frau.

»Dann habe ich ja Glück, dass ich Sie noch erwischt habe.« Er lächelte. »Ich bin Marcus Goldstein.«

»Ich weiß.« Sie taxierte ihn. »Mein Dad hat gesagt, dass Sie gestern schon hier waren.«

»Dann hat er Ihnen sicherlich auch vom Grund meines Besuches erzählt.«

»Ja.«

Erste zarte Schneeflöckchen fielen aus den tief hängenden Wolken und schwirrten durch die Luft wie Kolibris.

»Bitte halten Sie mich nicht für unhöflich«, sagte sie. »Aber ich muss nach Kansas City und ich will los, bevor es richtig anfängt zu schneien.«

»Oh ja, natürlich«, erwiderte Marcus. »Mein Pilot hat mich vorhin angerufen und mir gesagt, dass es bald Schnee gibt.«

»Ihr *Pilot*?«, fragte Sheridan nach.

»Ja. Mein Flugzeug wartet in Norfolk.« Marcus hatte beschlossen, mit offenen Karten zu spielen. Und so erzählte er ihr ohne Umschweife, wie er auf sie aufmerksam geworden war und was ihm an ihrer Musik gefiel, ohne ihr zu offensichtlich zu schmeicheln. Während er ihr sachlich darlegte, warum er sie gerne zu Probeaufnahmen nach Los Angeles in die Tonstudios der CEMC einladen wollte, blieb Sheridans Gesicht unbewegt, aber Marcus entging nicht das Aufleuchten in ihren Augen.

»Ich nehme gerade selbst mein erstes Album auf«, sagte sie. »Deshalb muss ich nach Kansas City. Im Tonstudio warten sie auf mich.«

»Mir wäre es egal, in welchem Studio die Aufnahmen gemacht werden. Das muss nicht zwingend in L. A. sein.« So leicht ließ Marcus sich nicht entmutigen. »Darf ich fragen, wer Ihr Produzent ist?«

»Ich habe keinen«, bekannte die junge Frau. »Ich will selbst bestimmen, was ich mache und wie ich die Songs singe.«

»Das kann ich verstehen.« Marcus nickte. »Was haben Sie vor, wenn Sie das Album aufgenommen haben?«

»Ich lasse CDs pressen und verschicke sie an Radiosender. Die Leute vom Tonstudio wollen mich auch unterstützen. Sie haben eine Menge Kontakte in der Musikbranche.«

Auch, wenn es nicht besonders gemütlich war, bei Minusgraden auf einer Veranda zu stehen, begann Marcus die Angelegenheit Spaß zu machen. Es war lange her, dass er persönlich mit einem Künstler verhandelt hatte, und normalerweise war Geld der beste Hebel, um Dinge ins Rollen zu bringen. In diesem Fall nicht. Er musste Sheridan, die keinen blassen Schimmer vom Musikbusiness hatte, die Vorteile einer Zusammenarbeit mit einem renommierten Label klarmachen.

»Und *warum* wollen Sie Ihr Album an Radiosender schicken?«, fragte er deshalb.

»Damit die Leute meine Songs hören, natürlich.« Sheridan runzelte die Stirn.

»Radiosender bekommen Tag für Tag Dutzende von Tapes oder CDs zugeschickt«, gab Marcus zu bedenken. »So wie auch Plattenfirmen. Sie stapeln sich in wattierten Umschlägen, und die meisten von ihnen werden nicht einmal ausgepackt und angehört, geschweige denn im Radio gespielt. Aber nehmen wir an, irgendein Sender spielt Ihre Songs. Haben Sie darüber nachgedacht, was passieren wird, wenn sie den Hörern gefallen?«

Sheridan Grant zögerte.

»Nein«, räumte sie ein. »Nicht wirklich.«

»Leute haben die Angewohnheit, bei Radiosendern anzurufen, wenn sie einen Song, den sie vorher noch nie gehört haben, mögen«, erklärte Marcus. »Je mehr Leute anrufen, desto häufiger spielen Radiosender diese Songs. Die Wahrscheinlichkeit, dass so etwas einem unbekannten Künstler passiert, ist nicht groß, aber es kommt immer wieder mal vor. Und wenn es gut läuft, und sehr viele Leute Ihre Musik hören wollen, dann haben

Sie plötzlich die A&R-Scouts von allen möglichen Labels am Hals, die Sie unbedingt unter Vertrag nehmen wollen. Am Ende läuft es also auf genau das hinaus, was ich Ihnen anbiete.«

»Hm«, machte die junge Frau nachdenklich. Erst jetzt schien sie zu begreifen, was er wirklich von ihr wollte. Doch statt erfreut zu lächeln, erschien ein Ausdruck auf ihrem Gesicht, den er eher als Bestürzung interpretierte.

»Wieso nehmen Sie also nicht einfach die Abkürzung und probieren es gleich mit uns, bevor Sie sich die ganze Arbeit machen und viel Geld bezahlen?«, schlug Marcus vor. »Die CEMC hat viele große Künstler unter Vertrag, und wir verstehen etwas von unserem Job. Gerade jetzt, da sich der Musikmarkt verändert, weil die Leute sich Musik lieber günstig oder sogar umsonst aus dem Internet runterladen, statt sich eine CD zu kaufen, hat ein Label unserer Größe sehr viele Möglichkeiten, einen Künstler zu unterstützen. Wir kümmern uns um Marketing und Vertrieb. Das ist ja die größte Herausforderung, gerade dann, wenn man noch keinen großen Namen hat. Wir investieren Geld in unsere Künstler, bauen sie auf, verschaffen ihnen Fernseh-, Radio- und Live-Auftritte.«

Mit angehaltenem Atem verfolgte er ihr Mienenspiel.

»Und wie kann ich wissen, dass Sie mich nicht über den Tisch ziehen wollen?«, fragte sie misstrauisch.

»Weil wir davon nichts hätten«, antwortete Marcus. »Wenn wir viel Geld investieren, um einen Künstler aufzubauen, dann wollen wir auch, dass er sich bei uns wohlfühlt und bleibt. Wären wir unseriös, dann würden wir wohl kaum seit Jahrzehnten erfolgreich mit den größten Sängern und Bands der Welt zusammenarbeiten.«

Der Schneefall wurde dichter.

»Ich will Sie zu nichts überreden, was Sie nicht wirklich wollen, Miss Grant«, sagte Marcus. »Aber wir könnten jetzt zusammen nach Kansas City fliegen. Ich höre mir an, was Sie da so machen. Sie überlegen sich, ob es nicht vielleicht doch eine Option für Sie wäre, mit der CEMC zusammenzuarbeiten. Und dann reden wir weiter.«

»Nach Kansas City fliegen?« Sheridan Grant war überrascht. »Müssen Sie nicht zurück nach L. A.?«

»Glücklicherweise bin ich der Boss.« Marcus lächelte. »Wenn ich einen Umweg über Kansas City mache, kriege ich von niemandem Ärger.«

Sheridan Grant dachte nach.

»Und wie käme ich dann zurück nach Hause?«, wollte sie wissen.

»Wenn Sie mit den Aufnahmen fertig sind, rufen Sie mich einfach an und ich schicke Ihnen den Jet«, erwiderte Marcus und sah, wie die Augen der jungen Frau groß wurden. »Was halten Sie von meinem Vorschlag?«

»Ich ...«, begann sie, aber plötzlich richtete sich ihr Blick auf etwas hinter seinem Rücken und ihre Miene versteinerte. Marcus wandte sich um und sah einen dunklen Suburban, der gerade in den Hof einbog.

»Wissen Sie was, Mr. Goldstein? Ich finde Ihren Vorschlag super«, sagte Sheridan Grant und hob entschlossen ihre Reisetasche auf.

»Oh! Okay.« Marcus war verblüfft. »Dann nichts wie los, bevor es noch stärker schneit. Warten Sie, lassen Sie mich Ihre Tasche nehmen.«

Der dunkelhaarige Mann, der aus dem Suburban ausstieg, war unzweifelhaft mit Vernon Grant verwandt, wahrscheinlich war er einer seiner Söhne. Er streifte Marcus nur mit einem gleichgültigen Blick, sein Interesse galt einzig seiner Schwester.

»Sheridan, ich muss noch einmal kurz mit dir reden«, sagte er, und sein Tonfall war bittend. »Es tut mir leid, wie das gestern gelaufen ist.«

Marcus, der schon ihre Tasche ergriffen und zum Auto getragen hatte, konnte nicht verstehen, was Sheridan erwiderte. Er öffnete ihr die Beifahrertür, und sie stieg ein, dann stellte er ihre Tasche auf die Rückbank.

»Das war einer meiner Brüder«, sagte sie, als Marcus sich hinters Steuer setzte und den Motor startete. »Wir verstehen uns im Moment nicht so gut.«

»So was kommt in den besten Familien vor.« Marcus wendete den Lexus. Welcher Konflikt auch immer zwischen ihr und ihrem Bruder schwelen mochte, er hatte sie dazu gebracht, mit ihm nach Kansas City zu fliegen. Und das war erheblich mehr, als er sich von diesem Besuch erhofft hatte.

Im Flugzeug nach Kansas City

Bis ich die fünf Stufen in den zweistrahligen Jet geklettert war, der mit laufenden Triebwerken auf uns wartete, hatte ich keine Ahnung davon gehabt, was es bedeutete, wirklich reich zu sein. Die Grants waren gut situiert, aber bei uns zu Hause war nie über Geld geredet geworden, ebenso wenig wie bei den Suttons, die auch wohlhabend waren. Ethan Dubois hatte verschiedene Luxusautos und eine Motorjacht besessen und seine Villa, eher ein Schloss, an das ich böse Erinnerungen hatte, war für mich der Inbegriff von Luxus und Reichtum gewesen, genauso wie die Anwesen in Sarasota, Tampa, Clearwater und St. Petersburg, deren Pools ich gereinigt hatte. Aber nie zuvor war ich einem Menschen begegnet, der einen eigenen Privatjet besaß und ihn so beiläufig erwähnte wie andere Leute ihr Auto.

Eine afroamerikanische Stewardess, die aussah wie ein Fotomodell, strahlte uns mit einem fröhlichen Lächeln entgegen, der Pilot streckte seinen Kopf aus dem Cockpit und begrüßte uns mit Handschlag an Bord. Nachdem ich Mr. Goldstein erzählt hatte, dass sich das Tonstudio in Lenaxa befand, hatte er den Piloten vom Auto aus angerufen und ihn über die Änderung des Flugziels informiert.

»Wir haben eine Landegenehmigung für Kansas City Downtown, Sir. Flugzeit eine Stunde vierzehn«, hörte ich den Piloten zu Mr. Goldstein sagen, während mich die Stewardess, die sich mir als Sasha vorstellte, weiter in den Passagierbereich der Gulfstream führte. Beim Anblick der cremefarbenen Ledersessel und der Tische und Sideboards aus poliertem Mahagoni wäre mir beinahe der Mund aufgeklappt. Was für ein Unterschied zu Dads Piper Saratoga! Ungeschickt pellte ich mich aus meiner Jacke und stand, als Sasha sie mir abgenommen hatte, verlegen im Gang, in der Hand mein abgewetzter Lederrucksack, der so wenig in dieses luxuriöse Ambiente passte wie ich selbst.

»Ich sitze am liebsten hier am Vierertisch, weil ich während eines Fluges meistens arbeite«, sagte Mr. Goldstein hinter mir. »Möchten Sie mir gegenüber Platz nehmen, Miss Grant? Oder sitzen Sie lieber in Flugrichtung?«

»Das ist mir eigentlich egal«, antwortete ich, obwohl ich keine Ahnung hatte, wo ich am liebsten in einem Flugzeug saß. Das letzte Mal war ich in einer Passagiermaschine geflogen, als ich zwölf Jahre alt gewesen war, aber das sagte ich natürlich nicht, weil ich nicht völlig wie ein Landei dastehen wollte. Ich war froh, als ich endlich saß, auch wenn mir etwas unwohl war, diesem fremden Mann direkt gegenüber zu sitzen. Hätte ich mich vielleicht doch auf einen der Einzelsitze weiter hinten setzen sollen, oder wäre das unhöflich gewesen? Mr. Goldstein hatte sich eine Lesebrille aufgesetzt und überflog die Titelseite einer Zeitung, die schon für ihn bereitgelegen hatte. Mein Handy klingelte. Dad! Ich hatte ihm von unterwegs eine Nachricht geschrieben, dass Mr. Goldstein mir angeboten hatte, mich nach Kansas City zu fliegen.

»Ist es okay, wenn ich drangehe?«, fragte ich.

»Aber selbstverständlich!« Mr. Goldstein lächelte, und ich nahm das Gespräch entgegen. Dad war über meine überstürzte Abreise nicht verärgert. Er wünschte mir viel Spaß und einen sicheren Flug.

»Hast du noch mit Jordan gesprochen?«, fragte ich, weil ich wissen wollte, ob mein Bruder Dad irgendetwas erzählt hatte.

»Er kam gerade die Auffahrt hoch, als wir losgefahren sind.«

»Nein.« Dad schien überrascht zu sein. »Ich habe ihn nicht gesehen. Ich wusste gar nicht, dass er noch hier ist.«

»Komisch. Na ja. Ich melde mich heute Abend, Dad«, beendete ich das Telefonat, weil die Maschine schon auf die Startbahn rollte.

Das Schneegestöber war dichter geworden, es war höchste Zeit zu starten, bevor der Schnee zu hoch war, um abheben zu können. Als wir über den Wolken waren, schien helles Sonnenlicht durch die großen Fenster in die Kabine.

»Darf ich Ihnen etwas anbieten, Ma'am?«, fragte mich die Stewardess freundlich. »Kaffee oder Tee? Einen kleinen Snack? Oder ein Glas Champagner?«

»Bringen Sie bitte von allem etwas, Sasha«, sagte Mr. Goldstein, als ich schon höflich ablehnen wollte, und legte die Zeitung zur Seite.

Vorhin im Auto hatte er mich über das Tonstudio ausgefragt und ich war überrascht zu erfahren, dass er Tom Hazelwood und seinen Kompagnon Brady Manakee kannte. Beide hatten zu der Zeit, als er Präsident eines großen Labels gewesen war, dort gearbeitet.

»Tom ist einer der besten Toningenieure, die ich kenne«, hatte Goldstein gesagt. »Aber Brady Manakee ist ein Genie. Mit den beiden haben Sie wirklich eine sehr gute Wahl getroffen.«

Die Musikwelt schien kleiner zu sein, als ich angenommen hatte. Was würde Tom wohl sagen, wenn ich gleich mit Mr. Goldstein im Schlepptau auftauchte?

Sasha servierte Kaffee und Tee in silbernen Kännchen, Teller mit geschnittenem Obst, kleine Schälchen mit Nüssen und Oliven und zwei Gläser mit roséfarbenem Champagner. Hoch über den Wolken in einem Privatflugzeug zu sitzen und an eisgekühltem Champagner zu nippen, erschien mir unglaublich dekadent, aber es war nicht verrückter als die Tatsache, dass der Boss einer der größten Plattenfirmen der Welt nach Fairfield gekommen war, um mit mir zu sprechen. Die Gulfstream G550 hatte eine Reichweite von über 10 000 Kilometern und gehörte Goldstein selbst, nicht etwa der CEMC. Er sei viel unterwegs, nicht nur in

Amerika, sondern auch in Europa und Asien, sagte er, und da sei es sehr viel angenehmer, in seinem eigenen Jet reisen zu können, als sich mit Hunderten anderer Passagiere in Linienmaschinen zu quetschen.

»Ich suche mir meine Gesellschaft gerne aus«, sagte er mit einem Lächeln.

»Ich auch«, pflichtete ich ihm bei. »Ich bin am liebsten allein. Deshalb macht es mir auch nichts aus, mit dem Auto weite Strecken zu fahren. Dabei kommen mir oft die besten Ideen.«

Und damit waren wir beim Thema. Für den Rest des Fluges sprachen wir über meine Songs, über Inspiration und das Komponieren, und Mr. Goldstein fragte mich ganz ungeniert aus. Ich erzählte ihm, dass ich schon als Kind und Jugendliche im Kirchenchor gesungen und Orgel gespielt hätte, und später Sängerin der Kirchenband war. Natürlich erwähnte ich unseren Auftritt bei der *Middle of Nowhere Celebration* und das Kompliment, das mir Steve Manero gemacht hatte.

»Ich kenne Steve gut. Er hat bei mir vor fast dreißig Jahren seinen ersten Plattenvertrag unterschrieben«, sagte Mr. Goldstein, und es war keine Angabe, sondern einfach die Feststellung einer Tatsache.

Wir sprachen darüber, dass ich in Savannah als Barpianistin gearbeitet und jede Menge Live-Erfahrung gesammelt hatte. Dank des Champagners hatte sich meine Befangenheit verflüchtigt, und ich begann, mich wohlzufühlen und die ungeteilte Aufmerksamkeit dieses gut aussehenden, weltgewandten Mannes zu genießen. Aber anders als früher, als ich mich sofort in jeden Mann verliebt hatte, der einigermaßen nett zu mir war, war mir diesmal deutlich bewusst, dass ich nur aus einem einzigen Grund in diesem Fünfzig-Millionen-Jet saß und französischen Champagner trank, nämlich, weil Mr. Goldstein mich für seine Firma ködern wollte. Mir entging weder die Wachsamkeit in seinen Augen noch der Zug von Rücksichtslosigkeit um seinen Mund oder die Andeutung von Arroganz, die in seinen Worten mitschwang, und ich erkannte den stählernen Kern seines Wesens, den er sorgfältig hinter einer Fassade aus Charme und Liebenswürdigkeit verbarg. Mit Sicherheit konnte er ein ziemlich unangenehmer Zeitgenosse sein konnte, das sah ich seiner Stimme an, die oft nicht mit seinem kultivierten Gebaren übereinstimmte. Manchmal war sie bronze- und orangefarben und sanft gewellt, im nächsten Moment grellblau mit scharfen Kanten, ohne dass man einen Unterschied im Tonfall gehört hatte.

Mr. Goldstein erklärte mir, was die CEMC für mich und meine Karriere tun könnte, sollte ich mich dazu entscheiden, einen Vertrag zu unterschreiben. Viel zu schnell war der Flug vorbei und wir landeten in Kansas City. Im für Privatjets reservierten Bereich des Flughafens wartete schon eine Limousine mit verdunkelten Scheiben. Ich rief Tom Hazelwood an, um meine Ankunft anzukündigen, und teilte ihm mit, dass ich jemanden mitbrächte, der sich meine Musik anhören wolle. Mr. Goldstein lächelte amüsiert, sagte aber nichts dazu.

»Hätte ich ihm sagen sollen, wer Sie sind?«, erkundigte ich mich, nachdem ich das Telefonat beendet hatte.

»Er wird es ja gleich sehen«, schmunzelte Goldstein.

Vor dem Tonstudio stoppte der Fahrer, sprang aus der Limousine und öffnete erst mir und dann Mr. Goldstein die Türen im Fond. Wir gingen den Plattenweg entlang zu der vergitterten Eingangstür, und es kam mir vor, als sei mein letzter Besuch Wochen her, so viel war in den vergangenen achtundvierzig Stunden geschehen. Als ich an der Tür klingelte, war ich plötzlich zittrig vor Anspannung. Wie würden die fertig abgemischten Songs klingen? Was, wenn sie Mr. Goldstein nicht gefielen und er sich ärgerte, seine wertvolle Zeit mit mir verschwendet zu haben? Der Türöffner summte, und ich drückte die Tür auf. Tom stand hinter dem Empfangstresen mit einem Kaffeebecher in der Hand und lächelte mir entgegen. Ohne seine Baseballkappe ähnelte er mehr denn je einer weisen, alten Schildkröte, mit seiner Glatze, dem faltigen, dünnen Hals und der runden Nickelbrille.

»Hallo, Sheridan«, sagte er, dann erkannte er den Mann neben mir, und das Lächeln auf seinem Gesicht verwandelte sich in Ungläubigkeit. Er stellte den Kaffeebecher ab und kam hinter dem Tresen hervor. »Das ist doch ... nein! Marcus Goldstein! Ich glaube, ich träume!«

»Hallo, Tom!« Mr. Goldstein lächelte auch. »Ist lange her, oder?«

Die beiden Männer umarmten sich herzlich. Brady tauchte auf und begrüßte den Chef der CEMC auf seine mürrische, unhöfliche Art, was Mr. Goldstein jedoch nicht zu stören schien. Dann deutete er auf mich.

»Mit dir muss ich reden«, knurrte er. »Komm mit.«

Er machte eine Kopfbewegung Richtung Aufnahmeräume und schlurfte vor mir her zum Regieraum. Ich folgte ihm mit einem komischen Gefühl im Bauch. Als ich vor fünf Tagen das Tonstudio betreten und Tom Hazelwood mir seine Mitarbeiter vorgestellt hatte, hatte ich Brady auf Anhieb gruselig gefunden. Er war ungefähr Mitte dreißig und übergewichtig, mit einem fettigen Pferdeschwanz und einem löchrigen schwarzen Metallica-T-Shirt, das nach altem Schweiß roch. Stumm hatte er an seinen Mischpulten gehockt, literweise Dr Pepper Cherry in sich hineingekippt und eine filterlose Zigarette nach der anderen gequalmt. Hin und wieder hatte er mürrische Kommentare abgegeben und kopfschüttelnd vor sich hingebrabbelt, mich aber nicht ein einziges Mal direkt angesprochen. Tom hatte mir den Rat gegeben, ihn am besten gar nicht zu beachten. Seine abweisende Art hatte mich verunsichert, aber dann hatte ich begriffen, weshalb Tom Hazelwood und Ariana ihn *the brain* nannten. Brady war eine wandelnde Musikenzyklopädie, dazu beherrschte er die gesamte digitale und analoge Studiotechnik, und er besaß nicht nur ein unglaubliches Gespür für Musik, sondern war dazu höchst erfinderisch und ideenreich. Auch Mr. Goldstein hatte ihn auf der Fahrt zum Flughafen als Genie bezeichnet.

Brady ließ sich auf seinen Stuhl fallen, der unter seinem Gewicht ächzte, und wies auf einen Rollhocker. »Setz dich.«

Ich gehorchte überrascht. Nicht nur waren seine Haare gewaschen und das T-Shirt frisch, er hatte mich zum ersten Mal angesehen und mit mir gesprochen.

»Ich hab alle Takes durchgehört und ein paar Rough Mixes zusammengeschustert«, erklärte Brady und zündete sich eine Zigarette an. Das komische Gefühl wurde stärker, denn ich verstand die implizierte Kritik sofort. Meine erwartungsvolle Hochstimmung, die mich in den letzten Tagen begleitet hatte, verflog und übrig blieb das demütigende Gefühl, eine Dilettantin zu sein, die nur die Zeit der Profis verschwendete. Aber es kam noch schlimmer.

»Man kann's natürlich so lassen«, sagte Brady achselzuckend. »Klingt ganz nett.«

»Aber?«, hakte ich ängstlich nach. Draußen in der Lobby stand der Boss einer der größten Plattenfirmen der Welt. Ich würde mich entsetzlich blamieren. »Es gefällt dir nicht?«

»Na ja.« Brady lehnte sich in seinem Stuhl zurück und kratzte sich mit allen zehn Fingern seine fettige Kopfhaut, die Zigarette klebte an seiner Unterlippe. »Ich sag immer: Nett ist die kleine Schwester von Scheiße.«

Ich war so schockiert, dass ich keinen Ton hervorbrachte. Wieso hatte Tom mich im Glauben gelassen, ich hätte etwas wirklich Gutes hingekriegt? Ging es ihm nur um das Geld, das ich auf den Tisch legte?

»Ich hab dir zwei Tage lang zugehört und hab mich zwei Tage lang gefragt, warum du nicht mal endlich *singst*«, fuhr Brady fort. »Im Gegensatz zu 95 Prozent der Idioten, die hierherkommen und meinen, dass die Welt auf sie und ihre unterirdischen Piepsstimmchen gewartet hat, hast du echt Talent. Du hast 'ne Mordsstimme mit einer Riesen-Range und 'ne brillante Technik.«

Das klang schon fast ein bisschen nach Lob, und ich schöpfte wieder Hoffnung, doch sein abschließendes Urteil fiel so niederschmetternd aus, dass ich am liebsten heulend aus dem Tonstudio gestürmt wäre und mich irgendwo verkrochen hätte.

»Scheiße, Sheridan, die Songs, die du geschrieben hast, sind gut!« Brady schlug mit der Faust auf den Tisch, und ich zuckte erschrocken zusammen. »Warum, zur Hölle, singst du immer mit dem Fuß auf der Bremse? Wovor hast du Hemmungen? Weshalb kommst du extra von Nebraska hier runtergetuckert, laberst irgendwas von großen Träumen, investierst 'ne Menge Kohle, und trällerst dann rum wie 'ne Hausfrau im Kirchenchor? Nur weil du Schiss hast, mal richtig einen rauszuhauen, kommt am Ende eine *nette* CD dabei raus, die du deiner Oma schenken kannst und mehr nicht.«

Ich wurde feuerrot und war kurz davor, ihm zu sagen, er solle sich zum Teufel scheren. Ich hatte es überhaupt nicht nötig, mich von diesem ungepflegten Fettklops derart beleidigen zu lassen! Aber in dem Moment betraten Tom und Mr. Goldstein den Raum.

»Wir können das alles so lassen. Kein Thema. Das ist solide, ordentliche Arbeit. Oder aber ...« Brady sah mich an und in seinen Augen funkelte es ironisch. »... wir machen den ganzen Scheiß noch mal neu. Und zwar richtig. Du gibst dir Mühe. Und singst wirklich.«

Amüsiert betrachtete er mein Gesicht, während ich langsam kapierte, welche Chance sich mir bot. Brady war ein Perfektionist, schwer zufriedenzustellen, weil er einen extrem hohen Anspruch an seine Arbeit hatte und in der Lage war, jeden noch so winzigen Fehler zu hören. Es frustrierte ihn, mit untalentierten Leuten arbeiten zu müssen, deshalb hatte er sich ein dickes Fell zugelegt, aber bei mir erkannte er Potenzial und das weckte seinen Ehrgeiz.

»Meinst du, du kriegst das hin?«, fragte er mich mit einem winzigen Lächeln in den Mundwinkeln. »Auch, wenn der große Musikmacker Marcus Goldstein zuhört? Hältst du's aus, wenn ich dich kritisiere? Wenn ich dich ein und denselben Take wenn nötig fünfzig Mal wiederholen lasse? Bist du bereit, dich zu quälen, oder fängst du an zu heulen, wenn's mühsam wird?«

Mein Blick huschte zu Marcus Goldstein und Tom Hazelwood, und ich las in ihren Gesichtern die erwartungsvolle Spannung, mit der sie auf meine Reaktion warteten. Plötzlich hatte ich Montys Worte im Ohr, die er neulich abends im Gemeinschaftsraum des Gesindehauses zu mir gesagt hatte. *Und wenn man das notwendige Talent hat, und bereit ist, für seinen Traum auf alles zu verzichten, sich zu quälen und nicht aufzugeben, wenn es mal nicht so gut läuft, dann kann es was werden.*

Oft erkennt man die Scheidepunkte im Leben erst im Nachhinein, aber manchmal, wenn man Glück hat, bemerkt man sie auch, wenn sie da sind. Dieser Moment war ein solcher. Aufgeben oder weitermachen. Scheitern oder sich durchbeißen.

»Ja«, sagte ich entschlossen. »Ich bin bereit für alles. Ich will, dass es richtig gut wird, nicht nur *nett*.«

Mr. Goldstein lächelte zufrieden, Tom erleichtert und erfreut, als hätte er befürchtet, ich würde aufgeben und gehen, und Brady grinste und schickte mich in den Aufnahmeraum.

* * *

»Stopp! Mann, das klingt ja schon wieder wie Britney Spears!«

Ich seufzte. Mittlerweile wusste ich, dass dieser Vergleich ganz und gar nicht als Kompliment gemeint war.

»Babaaa ... bababa-baaaaa«, tönte Bradys Stimme in meinen Kopfhörern. Ich sang dieselbe Stelle aus *Nowhere Going Fast* nun zum sechsten oder siebten Mal. Ständig schüttelte Brady den Kopf, gab missbilligende Laute von sich und brach die Aufnahme ab, wenn er der Meinung war, dass ich irgendetwas anders singen sollte. Er hatte mich *Unfulfilled* und *Sorcerer* mindestens dreißig Mal singen lassen, bis ich fast verzweifelt war, denn ich hatte gerade diese beiden Songs für ziemlich unkompliziert gehalten.

»Verstehst du?«, hörte ich Brady fragen. »Leg ein bisschen mehr *Pathos* rein! *And-I-don't-know-how-I-ever-thought-that-I-could-make-it-all-alone* – das musst du in einem durchsingen und nicht zwischendurch nach Luft schnappen wie ein asthmatischer Dackel! Ich will *Reibeisen* hören und fettes *Volumen* und *Oper*! Herz, nicht Hirn! Das ist kein beschissenes Popliedchen, sondern *Wagner*! Stell dir vor, du stehst auf 'ner Riesenbühne, vor dir fünfzigtausend Leute, und du hast kein Mikro. Okay?«

»Okay«, antwortete ich, atmete tief durch und legte auf Bradys Zeichen erneut los. Diesmal sang ich den kompletten Song von Anfang bis Ende durch, und ich spürte, dass es perfekt war.

»Na, das wird doch langsam«, kommentierte Brady, und das kam von all seinen Äußerungen in den letzten zwölf Stunden einem Lob am nächsten. Ich hatte jedes Zeitgefühl verloren. Tom, Ariana, Mr. Goldstein und der Rest des Teams waren längst gegangen, aber Brady hatte unbedingt weitermachen wollen. »Jetzt ist deine Stimme gut. Deshalb machen wir mit *Tonite* weiter. Ich spiel dir den Drumloop auf die Ohren. Ich hab ihn um ein paar bpm runtergefahren, damit das Ganze hymnischer wird. Denk an das, worüber wir gesprochen haben!«

»Wagnerianisch«, sagte ich. »Große Bühne.«

»Genau.« Brady grinste und zündete sich hinter der Scheibe die nächste Zigarette an.

Morgens um sieben, nach mehr als fünfzehn Stunden ununterbrochener Arbeit, beschlossen wir, das Studio zu verlassen, um ein bisschen frische Luft zu schnappen und irgendwo etwas zu frühstücken, bevor wir mit dem Mastering der Tracks loslegten.

Ich musste erst einmal blinzeln, überrascht, dass es draußen schon hell und die Welt unter einer dreißig Zentimeter hohen Schneedecke verschwunden war. Jetzt hatte ich Hunger wie ein Wolf. Wir schlenderten durch den Schnee zu einem Diner, der schon um 6 Uhr morgens öffnete, und Brady überlegte laut, was wir als Nächstes machen würden. Ich schnappte Begriffe wie Premastering, Beatlibrary und Sampler auf, aber ich war so müde, dass ich nichts verstand.

»Brady?«

»Ja?«

»Danke.« Ich suchte nach Worten. »Danke, dass du mir in den Hintern getreten hast. Und danke, dass du dir für mich die Nacht um die Ohren geschlagen hast. So etwas hat noch nie jemand für mich getan. Das ist für mich wirklich ... Ich weiß gar nicht, wie ich's sagen soll. Ich merke, dass ich all die Jahre eigentlich mehr oder weniger vor mich hingestümpert habe und irgendwie hat das sowieso nie jemand richtig ernst genommen. Ich meine ... du bist ein Profi, du erlebst dauernd irgendwelche Leute, die mit ihren Songs ankommen und ...«

»Okay, okay, okay!« Brady blieb stehen, und ich wäre beinahe gegen ihn geprallt. Er hob beide Hände. »Willst du, dass ich hier gleich in Tränen ausbreche? Und das noch vor dem Frühstück?«

»Nein, natürlich nicht«, erwiderte ich, aber dann musste ich lachen. »Obwohl ...«

»Mir macht's Spaß, zur Abwechslung mal mit jemandem zu arbeiten, der was kann«, erwiderte Brady und grinste.

»Das heißt, du glaubst, dass ich etwas kann?«, fragte ich unsicher.

»Oh, mein Gott!« Brady seufzte und verdrehte die Augen. »Glaubst du etwa, Marcus Goldstein, das alte Trüffelschwein, wäre so scharf drauf, dich unter Vertrag zu nehmen, wenn es anders wäre? Du bist verdammt gut, Sheridan Grant. Aus dir wird mal 'ne ganz große Nummer. Und weißt du auch warum?

Weil du nicht nur echt gut singen kannst, sondern weil du bereit bist, an dir zu arbeiten. Ich kenne nicht viele Leute, die 'ne ganze Nacht durcharbeiten, ohne zu meckern.«

Ich starrte ihn mit offenem Mund an. Bradys Worte flossen wie warmer Honig in mein Herz. Sie löschten alle Rückschläge, Selbstzweifel und Versagensängste und erfüllten mich mit einem Glücksgefühl, das so stark war, dass es wehtat. *Du bist verdammt gut*. Das war mehr als nur ein Lob. Das war ein Ritterschlag.

»Mund zu. Sonst kriegst du noch 'ne Mandelentzündung, und dann war's das«, brummte er. »So, und jetzt Schluss mit den Lobreden. Ich hab einen Scheißhunger.«

Er setzte sich wieder in Bewegung. Ich kniff die Augen zusammen, ballte die Hände zu Fäusten und murmelte leise: »Ja!« Und ich schwor mir, diesen Augenblick, dieses Gefühl, in meinem Herzen zu behalten und niemals zu vergessen. Dann öffnete ich die Augen wieder. Brady war schon hinter der nächsten Hausecke verschwunden, und ich beeilte mich, ihn einzuholen.

Die durchgearbeitete Nacht hatte das Verhältnis zwischen Brady und mir nachhaltig verändert. Marcus Goldstein war nach Los Angeles geflogen, aber wir hatten eine Abmachung getroffen. Sollte ich bei der CEMC unterschreiben, würde die Plattenfirma für alle Kosten aufkommen. Falls wir uns jedoch nicht einig werden würden, würde ich Tom und sein Team für die Arbeit an meinem Album selbst bezahlen.

Tom engagierte Backgroundsängerinnen und Studiomusiker, mit denen er oft zusammenarbeitete. Einen Drummer, einen Bassisten und einen Leadgitarristen, eine Geigerin und eine Cellistin, die aber auch Akkordeon, Banjo und Fiddle beherrschten. Wir quetschten uns alle zusammen in den größeren der beiden Aufnahmeräume, spielten und jammten einen ganzen Tag lang gemeinsam und hatten eine Menge Spaß. Alle Befangenheit und alle Zweifel waren von mir abgefallen. Voll akzeptierter Teil dieses kreativen Teams zu sein verlieh nicht nur meiner Stimme, sondern vor allen Dingen meinem Selbstbewusstsein Flügel. Ich wusste, dass ich endlich meine wahre Bestimmung gefunden hatte.

Die Abende im Motelzimmer waren immer eine Ernüchterung. Am liebsten hätte ich jede Nacht durchgearbeitet, denn es war ein seltsames Gefühl, nach einem solch intensiven Tag plötzlich allein zu sein und niemanden zu haben, mit dem man über das Geschehene reden konnte. Zwar hatten mich zwei von den Jungs, mit denen ich heute musiziert hatte, eingeladen, mit ihnen noch etwas um die Häuser zu ziehen, aber ich hatte abgelehnt, denn am nächsten Morgen musste ich wieder fit sein. Jetzt bereute ich meine Entscheidung. Genauso, wie ich schon bereut hatte, mit Mr. Goldstein hierhergeflogen zu sein, denn ohne Auto war ich immer auf irgendjemanden angewiesen. Ich war zu aufgekratzt, um jetzt schon schlafen zu können, deshalb beschloss ich, mir beim Liquor Store zwei Straßen weiter noch etwas zu trinken zu holen. Draußen regnete es in Strömen, aber das war mir egal. Eine halbe Stunde später war ich zurück, bis auf die Haut durchnässt. Ich öffnete die Sektflasche, goss den Sekt in ein Zahnputzglas und trank es aus. Das erste Glas schmeckte widerwärtig, das zweite schon besser. Ich hängte die nasse Daunenjacke über die Lehne des Stuhls zum Trocknen, genehmigte mir ein drittes Glas Sekt und überlegte, Dad anzurufen.

»Nein, heute nicht«, ermahnte ich mich selbst. Ich konnte nicht jeden Abend meinen Vater anrufen und ihm die Ohren volllabern. Nicholas wollte ich nicht anrufen, weil ich befürchtete, Jordan könnte bei ihm sein, und Becky schlief womöglich schon und würde sich erschrecken, wenn ich sie um diese Uhrzeit anrief. Der Einzige, der sich wahrscheinlich über meinen Anruf gefreut hätte, wäre wohl Jordan, der mir in den letzten Tagen ein halbes Dutzend Nachrichten hinterlassen hatte. Aber so schlimm war meine Einsamkeit dann doch nicht.

Plötzlich fühlte ich mich elend. Da lag ich nun in meinem Motelzimmer und es gab niemanden, den ich anrufen konnte. Ich hatte keine Freundin, mit der ich ein bisschen quatschen konnte. Aber was war mit Jasper Hayden? Den Kugelschreiber, den er mir gegeben hatte, trug ich immer bei mir, wie einen Talisman. Seit unserer Begegnung führte ich jede Nacht vor dem Einschlafen im Geiste Gespräche mit ihm, bei denen ich, anders als an dem Morgen im Minimarkt, witzig und eloquent war. Bisher hatte ich mich nicht getraut, mich bei ihm zu melden, aber jetzt, nach vier Zahnputzgläsern Sekt, war ich endlich mutig genug, um die Telefonnummer, die auf dem Kuli abgedruckt war, in mein Handy zu tippen. Ich erhob mich vom Bett, ging nervös in dem kleinen Zimmer hin und her und lauschte mit angehaltenem Atem auf das Freizeichen, mein Zeigefinger schwebte zitternd über der Taste mit dem roten Hörersymbol. Gerade als ich wieder auflegen wollte, ging am anderen Ende der Leitung jemand dran.

»Cloud Peak Guest Ranch, Jasper Hayden am Apparat«, meldete er sich, und ich zuckte erschrocken zusammen, als ich seine Stimme so nah an meinem Ohr hörte. »Hallo? Hallo! Wer ist denn da?«

»Äh ... hier ist Sheridan«, krächzte ich. »Die mit dem Reifen von neulich morgens.«

»Hey!« Seine Stimme klang erfreut. »Das ist ja mal eine schöne Überraschung. Wie geht's ... dir?«

»Ähm ... gut. Mir geht's gut. Und ... dir?«

»Mir auch.«

»Entschuldige, dass ich so spät anrufe, ich ... äh ... ich hoffe, das ist okay ...« Oh Gott, was stammelte ich da für einen peinlichen Blödsinn? Von der Eloquenz meiner Selbstgespräche keine Spur!

»Klar, das ist okay«, sagte Jasper, und ich konnte sein Lächeln beinahe hören. »Wo bist du gerade?«

»Wieder in Kansas City«, erwiderte ich.
»Oh. Bist du nicht vor ein paar Tagen erst von dort aus nach Hause gefahren?«
»Ja. Ich ... Ich hatte was zu erledigen. Aber das hat nur einen Tag gedauert und jetzt bin ich wieder hier. Hast du die Pferde gut nach Wyoming gebracht?«
»Ja. Hat alles gut geklappt.«
»Wir haben vor drei Tagen das erste Fohlen gekriegt.« Über Pferde zu sprechen war unverfänglich. »Ich war bei der Geburt dabei.«

Wir redeten über Abstammungen von Pferden und über das Reiten, und ich erfuhr, dass Jasper auf einer abgelegenen Ranch aufgewachsen war, ganz ähnlich wie ich. Das war es aber auch schon mit den Parallelen, denn er hatte nach der Highschool zielstrebig in Princeton Wirtschaftswissenschaften und Betriebswirtschaft studiert und nach seinem Abschluss bei McKinsey in New York City als Unternehmensberater gearbeitet. Doch als sein Vater vor zwei Jahren von einem Zuchtstier tödlich verletzt worden war, hatte Jasper beschlossen, seinen Beruf an den Nagel zu hängen und gemeinsam mit seiner Mutter die Ranch, die am Rande des Bankrotts stand, wieder ins Laufen zu bringen. Ich lag mit geschlossenen Augen auf meinem Bett und lauschte Jaspers goldbrauner Stimme, die der von Nicholas zum Verwechseln ähnelte. Seitdem ich von Dr. Harding erfahren hatte, was es mit dem Farbenhören auf sich hatte, war mir meine seltsame Begabung viel bewusster als je zuvor.

»Obwohl wir wirklich wahnsinnig viel Arbeit haben, habe ich New York und den ganzen Stress bisher keine Sekunde vermisst«, sagte Jasper. »Es ist viel erfüllender, an der frischen Luft zu arbeiten, als in Büros zu sitzen und ständig über Geld zu reden.«

»Ich mag das Land auch viel mehr als die Stadt«, pflichtete ich ihm bei und überlegte, ob es indiskret war, ihn zu fragen, warum ein gut aussehender, smarter Kerl wie er keine Frau oder

Freundin hatte. Meine Neugier besiegte schließlich meine gute Erziehung. Ich war dabei, mich in diesen Mann zu verlieben, aber noch konnte ich die Notbremse ziehen, wenn ich herausfand, dass er gebunden war oder vielleicht sogar Kinder hatte. So etwas wie mit Horatio würde mir nie mehr passieren. Jasper schien zum Glück nichts Schlimmes an meiner wenig taktvollen Frage zu finden.

»Ich hatte eine Freundin. Sie war auch Unternehmensberaterin. Wir waren sieben Jahre lang zusammen und wollten heiraten, aber dann passierte das mit Dad. Für sie kam es nicht infrage, auf einer Ranch in Wyoming zu leben, und Fernbeziehungen funktionieren nicht auf Dauer, erst recht nicht, wenn man sich in komplett unterschiedliche Richtungen entwickelt. Vor ein paar Monaten hat sie meinen ehemaligen Boss geheiratet.« Jasper lachte leise. »Aber jetzt habe ich eine halbe Stunde nur über mich geredet. Was ist mit dir? Was machst du so? Wo bist du gerade?«

Seine Offenheit brachte mich in Versuchung, ebenso offen zu ihm zu sein, aber ich wollte ihn nicht überfordern. Daher erzählte ich ihm nur von den Aufnahmen im Tonstudio. Jasper stellte mir ein paar Fragen, die echtes Interesse signalisierten, und ich war schon fast so weit, ihm von Marcus Goldstein zu erzählen, von seinem Privatjet und dem Angebot, einen Vertrag bei der CEMC zu unterschreiben, als mein Handy zu piepsen begann – der Akku war fast leer. Ich suchte das Ladekabel, steckte es ein, doch die einzige freie Steckdose befand sich in dem kleinen Badezimmer. Auf dem geschlossenen Toilettendeckel sitzend, telefonierte ich weiter. Es war halb eins, als wir uns voneinander verabschiedeten. Ich wünschte Jasper eine gute Nacht und versprach, ihn am nächsten Abend wieder anzurufen.

»Ich werde mich den ganzen Tag darauf freuen«, sagte er, und mein Herz schlug schneller. »Schlaf gut, Sheridan. Und danke, dass du angerufen hast.«

Danach lag ich einen Moment ganz still da, doch dann überkam mich der unbändige Drang, diesem überwältigenden Glücksgefühl Luft zu machen. Ich zappelte wild mit den Armen und Beinen, presste mir das Kopfkissen aufs Gesicht und schrie meine Freude in die Daunen. Nach all der Angst und Hoffnungslosigkeit, den Zweifeln und der Unsicherheit hatte sich mein Leben innerhalb der letzten Tage völlig verändert. Aus den Luftschlössern, die ich mir gebaut hatte, um nicht zu verzweifeln, war eine echte Perspektive geworden, eine Zukunft, in die ich voller Zuversicht blicken konnte. Jemand wie Marcus Goldstein würde sich nicht um mich bemühen, wenn er nicht der Meinung war, dass ich wirklich Potenzial hatte. Brady hatte dasselbe zu mir gesagt. Erst hatte mir das Schicksal Monty gesandt, der mich dazu gebracht hatte, mein Glück selbst in die Hand zu nehmen, und dann lief mir unverhofft Jasper Hayden über den Weg! Kein verheirateter Zauderer wie Horatio und auch kein hinterhältiger Lügner wie Christopher Finch. Niemand, der versuchte, mich für seine Zwecke zu missbrauchen, wie Ethan Dubois es getan hatte, und auch kein Spießer wie Paul Sutton, der eine Frau ohne Vergangenheit wollte, die ihn bewunderte und unterstützte. Irgendwann schlief ich ein, erschöpft und glücklich, und in dieser Nacht suchte mich kein Albtraum heim.

Die ganze Woche über telefonierten wir jeden Abend, oft bis spät in die Nacht hinein. Ich berichtete Jasper vom Fortschritt der Aufnahmen, manchmal sang ich ihm etwas vor. Und schließlich hatte ich genug Vertrauen zu ihm gefasst, um ihm vom Willow-Creek-Massaker zu erzählen und davon, wie ich überhaupt nach Nebraska und in die Familie Grant geraten war, auch vom Mord an meiner Mom und meinem Besuch bei Scott Andrews. Am Vorabend meines letzten Tages im Tonstudio erwähnte ich Marcus Goldstein und sein Angebot. Das Album war so gut wie fertig, ich musste sehr bald eine Entscheidung treffen.

»Oh, wow!«, sagte Jasper beeindruckt. »Das ist ja der Wahnsinn! Was wirst du tun?«

»Ich weiß es ehrlich gesagt nicht«, gab ich zu. »Wenn ich das Angebot annehme, dann gibt es kein Zurück. Es kann natürlich passieren, dass das Album floppt, aber es könnte auch ein Erfolg werden.«

»Aber du willst doch Sängerin werden«, entgegnete Jasper. »Du erzählst so begeistert davon und hast eine wunderbare Stimme.«

»Ja, Träume sind das eine, die Realität das andere.« Ich seufzte. »Früher habe ich immer davon geträumt, eine berühmte Sängerin zu werden, nur um zu Hause rauszukommen. Und jetzt … ich weiß nicht. Ich ärgere mich über mich selbst, weil ich so zögerlich bin. Und ich ärgere mich auch, dass ich mit Mr. Goldstein hierhergeflogen bin, weil ich jetzt nicht weiß, wie ich wieder nach Hause komme. Ich will ihn auf keinen Fall anrufen und bitten, dass er mir den Jet schickt, obwohl er mir das angeboten hat. Das ist irgendwie so … verbindlich.«

»Ich könnte dich abholen und nach Hause fahren«, sagte Jasper. »Dann hättest du noch etwas mehr Bedenkzeit.«

»Äh, was hast du gerade gesagt?« Ich glaubte, mich verhört zu haben. Jasper wiederholte sein Angebot, und ich hörte seiner Stimme an, dass er lächelte.

»Aber … aber du bist in Wyoming!«, stotterte ich. »Es sind tausend Meilen bis hierher!«

»Nicht ganz. Für die Strecke brauche ich ungefähr zwölf Stunden«, antwortete er. »Wenn ich morgen früh losfahre, könnte ich abends bei dir sein.«

Jasper hier. Mein Herz schlug einen Salto.

»Das kann ich doch nicht von dir verlangen!«, flüsterte ich.

»Tust du ja auch gar nicht.« Mehr denn je ähnelte seine Stimme der von Nicholas. »Ich biete es dir an. Mir würde es Spaß machen, ich fahre gerne Auto. Auf der Ranch ist im Moment sowieso nicht viel zu tun. Der Schnee liegt noch anderthalb Meter hoch. Also, was meinst du?«

Ja, was meinte ich? Wollte ich, dass er herkam? War ich bereit, mich auf ihn einzulassen? Hatte das mit ihm und mir überhaupt eine Zukunft, oder würde er mir eines Tages das Herz brechen? Aber was, wenn er der Richtige war und ich zu feige, um es herauszufinden? Jasper ging mir seit unserer ersten Begegnung nicht mehr aus dem Kopf. Und wenn ich feststellte, dass meine Gefühle für ihn nicht stark genug waren, dann konnte ich das Ganze ja einfach einschlafen lassen.

»Sheridan? Ich wollte dir nicht zu nahe treten. Ich dachte nur, es wäre doch ... hm ... okay ...« Er verstummte.

»Jasper.« Ich musste eine Entscheidung treffen. Jetzt. »Ich fände es schön, wenn du hierherkommen würdest.«

»Wirklich?«

»Ja, wirklich.«

»Wow.« Er lachte dieses herzliche Lachen, in das ich mich an jenem Morgen am Minimarkt verliebt hatte. »Ich freu mich.«

»Ich freue mich auch auf dich«, erwiderte ich, und als ich den Satz aussprach, wusste ich, dass es kein Fehler sein würde.

* * *

Ariana öffnete gekonnt die Champagnerflasche, ohne dass der Korken herausknallte, und füllte vier Gläser. Zur Feier des Tages und zum Abschied hatte ich den Champagner spendiert, um mit den dreien auf die wunderbare Zusammenarbeit anzustoßen. Hätte mir nicht Jasper gerade geschrieben, dass er gegen fünf Uhr am Tonstudio eintreffen würde, dann hätte ich wahrscheinlich Rotz und Wasser geheult, so sehr waren mir Tom, Ariana und Brady in den letzten zehn Tagen ans Herz gewachsen.

»Ich danke euch«, sagte ich und hob mein Glas. »Es war eine Freude, mit euch zusammenzuarbeiten.«

Wir stießen an und tranken, dann warfen sich die drei geheimnisvolle Blicke zu und steckten die Köpfe zusammen.

»Oh ja, klar!«, rief Brady und schlug sich mit der flachen Hand vor die Stirn. »Das hätte ich ja beinahe vergessen!« Er verschwand in sein Studio und kehrte kurz darauf mit einem flachen, quadratischen Päckchen in der Hand zurück, das sorgfältig verpackt war.

»Wir dachten, du könntest für die lange Fahrt morgen ein bisschen gute Musik gebrauchen«, sagte er und überreichte es mir feierlich.

»Oh, danke.« Ich lächelte überrascht.

»Na, mach's schon auf!«, drängte Ariana mit leuchtenden Augen, und auch Tom und Brady blickten mich erwartungsvoll an. Da dämmerte mir etwas.

»Ist das ...? Nein, es dauert doch noch, bis sie aus dem Presswerk kommt, oder?«

»Quatsch nicht rum!«, knurrte Brady. »Mach's auf!«

Mit zitternden Fingern knotete ich die Schleife auf und zerriss das Geschenkpapier. Und dann hielt ich es in meinen Händen: das erste Exemplar von *Wuthering Times*!

»Oh, mein Gott!«, hauchte ich überwältigt. »Wann habt ihr das gemacht?«

»Ich hab den Fotografen ein bisschen gedrängt und dann gestern Nacht gebastelt«, strahlte Ariana. »Deshalb ist es ein bisschen unprofessionell. Gefällt es dir?«

»Ja!« Die Tränen schossen mir in die Augen. »Oh ja! Sie ist ... wunderschön geworden!«

Ich hielt die Plastikhülle so vorsichtig, als sei sie aus Glas. Meine CD. Sie war von all den CDs, die man in Plattenläden und Supermärkten kaufen konnte, nicht zu unterscheiden. Das Cover zierte ein Schwarz-Weiß-Foto von mir, das beim Shooting am vergangenen Dienstag aufgenommen worden war. Es zeigte mich mit offenen Haaren, die im Wind wehten, in Jeans, Cowboystiefeln und meiner alten Armeejacke. Ich hatte die Hände in den Jackentaschen vergraben und blickte ernst in die Kamera. Nur meine grünen Augen waren koloriert worden, sodass sie dem Betrachter sofort auffielen.

Von den 28 Tracks, die wir aufgenommen hatten, hatten es nach langen Beratungen und Diskussionen schließlich fünfzehn aufs Album geschafft, jeden einzelnen Song hatte ich selbst komponiert und getextet, und ich war unglaublich stolz auf das Ergebnis unserer Arbeit. In diesen zwei Wochen hatte ich so viel gelernt wie nie zuvor, wie ein Schwamm hatte ich all das Neue aufgesaugt.

»Das ist der glücklichste Moment meines ganzen Lebens«, krächzte ich gerührt. »Ich kann euch nicht sagen, wie dankbar ich euch bin.«

Ich fiel Tom um den Hals.

»Warte nur, bis du unsere Rechnung kriegst«, erwiderte er schmunzelnd und klopfte mir auf den Rücken. Ariana umarmte mich überschwänglich, bis ich fast keine Luft mehr bekam.

»Danke für alles!«, flüsterte ich.

»Ich danke *dir*!«, erwiderte sie. »Du bist wirklich toll, Sheridan! Es hat mir so viel Spaß gemacht, mit dir zu arbeiten!«

Dann wollte ich Brady umarmen, aber er wehrte ab.

»Keine Gefühlsduseleien, bitte«, brummte er rau, doch in seinen Augen blinkte es verdächtig. »Lasst uns lieber den Schampus trinken, bevor er pisswarm ist und wie Prosecco von Costco schmeckt.«

»Gute Idee!« Tom zwinkerte mir zu und hob sein Glas. »Auf dich, Sheridan, und auf dein erstes Album! Möge es durch die Decke gehen!«

»Hört, hört!«, sagte Ariana, und wir stießen an und tranken.

»Es war wirklich toll, mit dir zu arbeiten, Sheridan«, sagte Tom. »Und es war eine schöne Abwechslung zu unserem Brot-und-Butter-Geschäft.«

»In nächster Zeit werden wir wieder Jingles für Auto- oder Windelwerbung produzieren«, brummte Brady.

»Hast du dir mittlerweile eigentlich überlegt, ob du Goldsteins Angebot annehmen willst?«, wollte Tom wissen.

»Ich weiß es noch immer nicht«, erwiderte ich. »Und das hat einen Grund.«

Zwei Wochen lang hatte ich mit Tom, Brady und Ariana gearbeitet, gegessen, geredet und gelacht, und auch wenn es verwegen gewesen wäre, sie als Freunde zu bezeichnen, so war in dieser Zeit zwischen uns doch mehr entstanden als nur ein Arbeitsverhältnis. Plötzlich verspürte ich das Bedürfnis, ihnen die Wahrheit zu erzählen. Keiner von ihnen hatte auch nur mit einer Silbe erwähnt, meinen Namen schon einmal gehört zu haben. Vielleicht waren sie vor vier Jahren gar nicht in Amerika gewesen und hatten deshalb nicht mitbekommen, was damals wochenlang Thema auf allen Fernsehsendern und in sämtlichen Zeitungen gewesen war. Oder sie lebten wirklich so sehr in ihrer eigenen Welt, dass sie nicht verfolgten, was um sie herum vor sich ging. Alle drei schauten mich erwartungsvoll an.

»An Weihnachten vor vier Jahren hat mein Adoptivbruder bei uns auf der Farm vier Menschen erschossen«, sagte ich also. »Vielleicht habt ihr damals davon gehört. Die Presse nannte es das ›Willow-Creek-Massaker‹.«

Fassungslosigkeit und Betroffenheit spiegelten sich in ihren Mienen.

»Heilige Scheiße ...«, murmelte Brady und starrte mich entgeistert an. Ariana hatte die Hände vor den Mund geschlagen, ihre Augen waren weit aufgerissen. Ich erzählte ihnen alles und war selbst erstaunt, wie nüchtern ich mittlerweile über dieses schwarze Kapitel meines Lebens sprechen konnte. Die fröhliche Feierstimmung war dahin. Eine Weile sagte niemand etwas.

»Darauf brauche ich noch einen Schluck«, brach Brady das Schweigen und griff nach der Flasche. »Ihr auch?«

Wir hielten ihm alle unsere Gläser hin.

»Deshalb bin ich mir noch nicht ganz sicher, ob ich wirklich das Angebot der CEMC annehmen soll. Ich habe Angst, dass man die alten Geschichten hochkocht, um meinen Namen bekannt zu machen.«

»Wieso legst du dir nicht ein Pseudonym zu?«, schlug Brady vor. »Fast alle Künstler machen das.«

»Darüber habe ich auch schon nachgedacht«, sagte ich zögernd. »Ich habe nach dem Massaker drei Jahre einen falschen Namen benutzt. Aber es erschien mir irgendwie albern, euch das zu sagen. Ihr hättet mich wahrscheinlich für exzentrisch und größenwahnsinnig gehalten, wenn ich euch gesagt hätte, ich möchte mich ... Shelby-Lynn Gardner oder so nennen.«

»Die meisten Musiker sind megalomane Exzentriker«, behauptete Brady. »Wir wundern uns über gar nichts, glaub mir.«

»Ich finde, Shelby-Lynn Gardner klingt toll!«, sagte Ariana, die sich von ihrem Schock erholt hatte, eifrig. »Noch könnten wir das CD-Cover ändern.«

»Unsinn!«, widersprach Tom ihnen. »Sheridan Grant ist ein kraftvoller, einprägsamer und sehr amerikanischer Name. Sheridan wie der Bürgerkriegsgeneral Philip Sheridan. Und Grant wie Ulysses Grant, der 1869 der 18. Präsident der Vereinigten Staaten wurde.«

Er blickte mich ernst an.

»Ich kann deine Beweggründe gut nachvollziehen«, sagte er. »Eine solche Geschichte ist eine enorme Bürde, und sie wird dich dein Leben lang begleiten.«

»Das sagt mein Vater auch«, antwortete ich. »Und ich kann das akzeptieren. Aber ich will eben nicht, dass sie von irgendwem für die PR benutzt wird.«

»Sheridan, du hast ein sehr gutes Album gemacht, und ich habe das Gefühl, dass ich mit dieser Meinung nicht allein dastehen werde«, entgegnete Tom. »Früher oder später wird jemand diese Ereignisse thematisieren. Davor kannst du nicht weglaufen. Ein großes Label wie die CEMC kann sicherlich besser damit umgehen als jeder andere. Deshalb höre auf den Rat eines alten Mannes: Mach mit deiner Vergangenheit deinen Frieden, schau nach vorne und ruf Marcus Goldstein an. Alles andere ist in meinen Augen pure Verschwendung!«

»Danke, Tom«, sagte ich. »Ich werde darüber nachdenken. Aber vielleicht komme ich auch in ein paar Monaten wieder, mit ein paar neuen Songs.«

»Du bist uns immer herzlich willkommen.« Toms Lächeln vertiefte sich. »Ich wünsche dir viel Glück und alles Gute für deine Zukunft, Sheridan.«

Er nahm mich herzlich in den Arm. In diesem Augenblick klingelte es an der Eingangstür, und mein Herz begann zu hüpfen. Jasper!

Plötzlich konnte ich es nicht mehr erwarten, das Tonstudio zu verlassen. Ich umarmte Ariana zum Abschied, klatschte Brady ab, dann schnappte ich meine Jacke, stopfte mit zittrigen Fingern die CD in meinen Rucksack und winkte ihnen noch einmal zu.

Als ich vor der Tür in die himmelblauen Augen von Jasper Hayden blickte, wurde mir schwindelig. Ich hatte das Gefühl, mein Herz müsste mir jeden Moment aus der Brust springen. Wir hatten in den letzten Tagen jeden Abend stundenlang miteinander telefoniert, und Jasper war kein Fremder mehr für mich, dennoch war es etwas völlig anderes, nicht nur seine Stimme zu hören, sondern ihn in Fleisch und Blut vor mir zu sehen. Er war glattrasiert, aber sein dunkelblondes Haar war genauso zerzaust wie neulich.

»Hey!«, sagte er mit einem winzigen Lächeln in den Mundwinkeln. »Finde ich hier die Frau, die schneller Reifen wechseln kann als jeder Mann, den ich kenne?«

»Ich weiß nicht«, erwiderte ich und hatte Mühe, ernst zu bleiben. »Wie sieht sie denn aus?«

»Dunkelblond. Schlank. Ungefähr so groß wie Sie.« Jasper kam näher und betrachtete mit leicht zusammengekniffenen Augen mein Gesicht. »Ja, sie hat auch so grüne Augen wie Sie. Und diesen wahnsinnig tollen Mund.«

»Hm.« Ich tat so, als müsse ich nachdenken. »Ich bin mit einem Typen aus Wyoming verabredet, der ein bisschen aussieht wie James Dean.«

Da erhellte ein Lächeln Jaspers Gesicht, und die Wärme in seinem Blick heilte in einem Sekundenbruchteil all die Verletzungen, die andere Männer meiner Seele zugefügt hatten. Er breitete die Arme aus, und ich schmiegte mich an ihn.

»Hey, Sheridan«, flüsterte er in mein Ohr.

Für einen Moment hielten wir uns ganz fest umarmt, ich konnte seinen Herzschlag an meiner Wange spüren. Dann schob er mich sanft ein Stück von sich weg.

»Findest du wirklich, ich sehe aus wie James Dean?«, grinste er und fuhr sich mit einer Hand durchs Haar.

»Na ja ...« Ich musterte ihn lächelnd. »Doch, ein bisschen schon.«

»Oh, wow!« Er lachte dieses Lachen, in das ich mich an jenem Morgen auf dem Parkplatz verliebt hatte, und hielt mir seine Hand hin. »Wollen wir fahren?«

»Ja.«

Ich ergriff seine Hand, und er zog mich wieder an sich. Wir sahen uns an, und ich erkannte in Jaspers Augen dasselbe dringende Verlangen, das ich selbst empfand. Auf einmal wusste ich, dass alles richtig war. Jasper war 950 Meilen gefahren, um mich hier abzuholen. Er hatte sich in mich verliebt und ich mich in ihn. Wir waren beide ungebunden. Wie ich liebte Jasper das Landleben. Das zwischen uns war keine aussichtslose Sache wie damals bei Horatio und auch keine Verzweiflungstat wie mit Paul.

Ich schlang meine Arme um Jaspers Hals, und er zog mich an sich. Dann beugte er sich zu mir hinunter, ich hob ihm mein Gesicht entgegen und schloss die Augen, als ich seinen Mund auf meinem spürte. Ein paar Sekunden verharrten wir so, dann öffnete ich meine Lippen. Jaspers Zunge erkundete vorsichtig meinen Mund, und ich erwiderte hingerissen seinen Kuss, berauscht von dem Vergnügen, sich mitten auf der Straße zu küssen. Ich hatte schon öfter verliebte Paare gesehen, die sich ungeniert in aller Öffentlichkeit küssten, und ich hatte sie beneidet, weil sich meine eigenen Affären immer in aller Heimlichkeit abgespielt hatten. Jetzt waren Jasper und ich auch ein solches Paar, und ich hätte schreien können vor Glück, weil ich mich so lebendig fühlte wie nie zuvor in meinem ganzen Leben.

Später konnte ich mich kaum noch daran erinnern, wie wir in das Motelzimmer gelangt waren, das die letzten zwei Wochen mein Zuhause gewesen war. Sobald sich die Tür hinter uns geschlossen hatte, kannten wir kein Halten mehr. Wir waren voller Begierde, dennoch ließen wir uns Zeit, weil uns nichts drängte und wir beide dieses erste Mal, das es nur einmal gab, genießen wollten. Im Schein der Nachttischlampe küssten und liebkosten wir uns, während das matte Licht einen goldenen Glanz auf unsere Haut legte. Wir liebten uns zärtlich und leidenschaftlich zugleich, wie von selbst fanden wir denselben Rhythmus und auf einmal schien es, als seien wir ein einziger Körper, ein einziges Gefühl. Eine Flutwelle rauschhaften Glücks erfasste uns, steigerte sich, bis es fast unerträglich war, und als sie über uns hereinbrach, so herrlich und erlösend, blickten wir uns in die Augen, weil wir spürten, wie sich in diesem Moment unsere Seelen berührten. Danach lagen wir nebeneinander, schweißnass und atemlos. Wir blickten uns an, tief bewegt hielten wir uns an den Händen. Es war wundervoll, Jasper zu küssen, seinen Körper zu berühren, von ihm gestreichelt zu werden. Als wir uns noch ein zweites Mal liebten, war es fast noch schöner. Zur Leidenschaft kam eine neue Vertrautheit hinzu, eine Ahnung davon, wie es sein könnte in drei Wochen, drei Monaten oder bis zum Ende unserer Tage. Noch nie hatte ich mit einem Mann im Bett lachen können wie mit Jasper. Überhaupt hatte ich mich noch nie mit einem anderen Menschen so wohlgefühlt. Gleichberechtigt. Respektiert. Und weder musste Jasper sofort verschwinden, wie Horatio, noch fiel er nach dem Sex sofort ins Koma, wie Paul. Es gab kein schlechtes Gewissen, kein Bedauern, keine Reue. Nur ... Glück. Erschöpft und zufrieden lagen wir da.

»Was hältst du davon, wenn wir duschen, uns anziehen und irgendwo was essen gehen?«, schlug er vor.

»Sehr viel«, erwiderte ich. »Ich habe heute vor lauter Aufregung so gut wie gar nichts gegessen.«

»Etwa wegen mir?«

»Auch.« Ich küsste seine Nasenspitze, sprang aus dem Bett und holte die CD aus meinem Rucksack. »Aber auch deswegen!«

»Sag bloß, das ist das fertige Album!« Jasper richtete sich auf und nahm mir die CD aus der Hand. »Wow! Das Foto ist ja der Hammer!«

»Danke.« Ich setzte mich neben ihn auf die Bettkante.

»Können wir sie uns anhören?«, fragte Jasper erwartungsvoll.

»Hier gibt's leider keinen CD-Player«, antwortete ich bedauernd.

»Dann nichts wie ab unter die Dusche und ins Auto.« Er stand auf und zog mich hoch. »Das hat ein ziemlich gutes Soundsystem.«

Wir duschten zusammen, seiften uns gegenseitig ein und küssten uns immer wieder und lachten dabei aufgeregt und ausgelassen wie Kinder, die etwas Verrücktes tun. Beim Anziehen betrachtete ich ungeniert Jaspers Körper, als er nackt im Zimmer herumlief und seine Kleidungsstücke einsammelte. Er war schlank und breitschultrig, hatte harte, straffe Muskeln, war aber trotzdem eher sehnig als muskulös. Dort, wo im Sommer die Sonne seine Haut nicht erreichte, war sie zart und glatt und blass wie Alabaster. Ein schöner Rücken, schmale Hüften, ein knackiges Hinterteil – zweifellos war Jasper ein sehr attraktiver Mann.

»Wenn du dich nicht ganz schnell anziehst, kommen wir nicht zum Essen«, sagte ich. »Dann muss ich dich nämlich gleich noch mal vernaschen.«

Eine Viertelstunde später saßen wir in seinem Dodge, und Jasper schob *Wuthering Times* in den CD-Player. Es war ein ergreifendes Gefühl, meine Stimme zu hören. *Sorcerer. Nobody's girl. Rock your life. We come undone. This life. What can I do (to make you love me)?* Jasper war an der nächsten Straßenecke rechts rangefahren und lauschte hingerissen. Immer wieder begegneten sich unsere Blicke, und ich sah, wie aus Unglaube Bewunderung wurde und schließlich Hochachtung. Als der letzte Akkord verklungen war, wandte Jasper sich mir zu und ergriff meine Hände.

»Sheridan«, sagte er so eindringlich, dass ich eine Gänsehaut bekam. »Du musst sofort diesen Typen in L.A. anrufen, unbedingt! Deine Stimme, diese Songs, das ist der totale Hammer! Mir fehlen echt die Worte, Wahnsinn! Die Leute werden verrückt danach sein!«

»Danke.« Ich lächelte, aber dann stieß ich einen Seufzer aus. »Aber was, wenn ich ... berühmt werde?«

»Das wirst du unter Garantie!« Jaspers Augen leuchteten vor Begeisterung. »Jeder einzelne Song ist spitze!«

Ich entzog ihm meine Hände.

»Das Problem ist nur, dass ich nicht so genau weiß, ob ich überhaupt berühmt werden will.« Ich hielt kurz inne, dann fügte ich hinzu: »Nach allem, was ich schon erlebt habe, bin ich wohl eher ... hm ... öffentlichkeitsscheu.«

»Du meinst wegen des Massakers, das dein Bruder angerichtet hat?«, fragte Jasper und betrachtete aufmerksam mein Gesicht.

»Das war nur der Auslöser. Ach, es ist eine lange Geschichte«, wich ich aus.
»Erzähl sie mir«, entgegnete er ruhig. »Ich habe heute Nacht nichts mehr vor. Für mich ist alles okay. Es sei denn, du sagst mir jetzt, dass du verheiratet bist und drei Kinder hast.«
Ich musste lachen und schüttelte den Kopf.
Wir fuhren zu einem Diner, der vierundzwanzig Stunden geöffnet hatte. Am Tresen saßen zwei Cops und aßen Burger, in einer der Nischen schlief eine Frau in den späten Dreißigern beinahe über ihrem Essen ein. Jasper und ich setzten uns in die letzte Essnische. Wir bestellten lauter ungesundes Zeug: doppelte Cheeseburger, Zwiebelringe, Pommes und Cola light, aber dies war keine Nacht, um vernünftig zu sein. Es gefiel mir, Jasper zuzusehen, wie er mit Appetit aß und jeden Bissen kurz beäugte, bevor er ihn in den Mund schob. Zum Nachtisch gönnten wir uns noch jeder eine Portion Apfelkuchen, und ich erzählte erst stockend, aber dann immer flüssiger, was ich in den letzten Jahren erlebt hatte. Mir war klar geworden, dass Jasper das Potenzial hatte, eine Hauptrolle in meinem Leben zu spielen, er verdiente Ehrlichkeit. Ich hatte selbst erlebt, was Lügen und Verschweigen anrichten und welch zerstörerische Kraft sie entwickeln konnten, wenn sie eines Tages durch einen dummen Zufall doch ans Licht kamen. Entweder würde er mit all dem, was ich ihm erzählte, klarkommen oder eben nicht. Noch würde es mir nicht das Herz brechen, wenn ich morgen früh aufwachte und er sich heimlich aus dem Staub gemacht hatte. In einem Jahr oder in zehn würde es aber wahrscheinlich anders aussehen. Ich musste es riskieren. Deshalb legte ich meine Karten auf den Tisch und ließ nichts aus, auch nicht die Geschichte mit Christopher Finch, meinen Anruf in der Fernsehsendung und meine Lüge, die mich wieder eingeholt hatte. Ich erzählte, was mir mit Ethan Dubois widerfahren war und was ich getan hatte, als er versucht hatte, mich zu entführen

und zu töten. Nur die Sache mit dem Polizisten verschwieg ich. Das war das Einzige, worüber ich niemals sprechen durfte, denn dabei ging es nicht nur um mich, sondern auch um Dad und Nicholas.

Jasper erwies sich als guter Zuhörer. Hin und wieder zuckten seine Augenbrauen hoch, aber er unterbrach mich nicht mit Plattitüden wie ›Oh, mein Gott, wie schrecklich!‹ oder ›Du Ärmste‹, sondern fragte nur hin und wieder nach, wenn er einen Zusammenhang nicht verstanden hatte. Es war zwei Uhr morgens, bis ich schließlich alles erzählt hatte. Jasper blieb stumm, und ich traute mich nicht, ihn anzusehen, weil ich mich vor dem fürchtete, was ich in seiner Miene lesen würde. Ekel. Ablehnung. Enttäuschung. Ich verbarg mein Gesicht in den Händen. *Ehrlichkeit kann manchmal mehr kaputt machen als eine Lüge*, das hatte Paul zu mir gesagt. Hatte er recht damit? Hatte ich einen Fehler gemacht, als ich ... Da senkte sich die Bank, auf der ich saß, und im nächsten Moment legte Jasper seine Arme um mich und zog mich an sich. Ich spürte seinen Mund auf meinem Haar.

»Hey«, sagte er leise, und seine Stimme war so voller Mitgefühl und Verständnis, dass ich vor Erleichterung aufschluchzte. »Nicht weinen, Baby. Es tut gut, wenn man sich alles von der Seele reden kann. Und ich habe dir doch gesagt, dass für mich alles okay ist.«

Er streichelte mich tröstend.

»Weißt du, was ich glaube, Sheridan?«, sagte er, zog meine Hand an seine Lippen und küsste sie. »Es sind gar nicht mal die Ereignisse selbst, die dir Angst einjagen. Ich denke, der wirkliche Grund, warum du zögerst, eine Entscheidung zu treffen, ist der, dass du befürchtest, du könntest die Kontrolle verlieren. Es verunsichert dich, wenn du glaubst, keinen Einfluss auf Ereignisse zu haben.«

Seine treffende Analyse verblüffte mich.

»Du hast erlebt, wie es sich anfühlt, wenn etwas außer Kontrolle gerät. Wie hilflos man ist. Wie ausgeliefert«, fuhr Jasper fort.

»Ja, du hast recht«, murmelte ich. »Aber was kann ich dagegen tun? Ich kann mich doch nicht ewig bei meinem Vater verstecken.«

»Genau das solltest du auf keinen Fall tun«, entgegnete Jasper. »Wenn man jeder Konfrontation aus dem Weg geht, wird es schlimmer. Nur mit innerer Stärke und Selbstbewusstsein kann man solche Ängste überwinden. Ich weiß, wovon ich spreche, denn ich habe solche Situationen auch schon erlebt. Auf andere Art als du, aber ich kenne das Gefühl, wenn man keinen Einfluss mehr darauf hat, was mit einem passiert.«

»Wirklich?« Ich schmiegte mich an ihn.

»Als ich elf war, verunglückte unser Schulbus auf eisglatter Straße und stürzte in einen Fluss«, sagte Jasper. »Drei meiner Schulkameraden und die Busfahrerin sind ertrunken. Ich wurde zwischen den Sitzen eingeklemmt und hing im eisigen Wasser neben den Leichen, ohne mich befreien zu können.« Er seufzte.

»Ein anderes Mal, ich war vierzehn oder fünfzehn, hatte mich mein Vater auf einen halbwilden Mustang gesetzt, der mit mir durchgegangen ist. Ich habe mich am Sattelhorn festgekrallt, über Meilen. Als mich die Kräfte verließen, warf das Vieh mich ab. Ich brach mir dabei die Schulter und das rechte Bein. Und dann lag ich irgendwo in der Wildnis, eine ganze Nacht lang, bis sie mich gefunden haben. Das war der totale Horror. Danach habe ich zehn Jahre lang einen Bogen um jedes Pferd gemacht. Und das war auch einer der Gründe, warum ich zum Studieren an die Ostküste gegangen bin.«

»Wie ist es dazu gekommen, dass du dich wieder auf ein Pferd getraut hast?«, wollte ich wissen.

»Ich hatte eine Wette verloren.« Jasper lachte. »Als ich auf dem Pferd saß, habe ich festgestellt, dass ich das Reiten nicht verlernt hatte. Und ich habe gemerkt, wie sehr es mir gefehlt hatte.«

Er legte seinen Finger unter mein Kinn und drehte meinen Kopf so, dass er mich anblicken konnte.

»Ich kann ein ziemlicher Egoist sein«, sagte er rau, und sein Gesicht war ernst. »Und eine meiner schlechteren Eigenschaften ist die, dass ich nur ungern teile. Deshalb würde ich dir am liebsten vorschlagen, mit mir auf die Ranch zu kommen. Ich werde dort gebraucht. Aber ...«

»Aber?«, flüsterte ich bang.

Sein Blick glitt in die Ferne. Eine ganze Weile sagte er nichts, kämpfte mit sich, suchte nach den passenden Worten. Er presste die Lippen zusammen und fuhr sich mit der freien Hand durchs Haar. Dann sah er mich wieder an. Seine Miene wurde weich, beinahe traurig.

»Ich habe deine Musik gehört.« Er streichelte meine Wange. »Jeder Song ist fantastisch. Es wird sich nicht vermeiden lassen, dass du Erfolg haben wirst. Und dann werde ich dich mit Millionen Menschen teilen müssen.«

Seine prophetischen Worte jagten mir einen Schauder über den Rücken.

»Nein, Jasper, du musst mich nie mit jemandem teilen«, beteuerte ich ihm. »Ich werde immer die Sheridan bleiben, die ich jetzt bin, das verspreche ich dir.«

Jasper sah mich forschend an. Dann nickte er leicht, als habe er innerlich eine Entscheidung getroffen. Ich musste schlucken.

»Wäre es dir lieber, wenn wir das hier jetzt einfach beenden und du ...«, begann ich, aber Jasper schüttelte den Kopf und legte mir sanft einen Finger auf die Lippen.

»Nein, auf gar keinen Fall«, flüsterte er. »Es hat doch gerade erst angefangen mit uns. Ich will dich viel besser kennenlernen. Und ich will noch viel öfter mit dir schlafen.«

Glücklich schlang ich meine Arme um Jaspers Hals und küsste ihn.

»Vielleicht wird das ja auch alles gar nichts«, sagte ich dann.

»Vielleicht will niemand meine Musik hören. Dann komme ich mit dir auf die Ranch. Ich kann gut reiten. Ich kann kochen, bügeln und alles fahren, was vier Räder hat. Und wenn Sommergäste da sind, spiele ich abends am Lagerfeuer ein bisschen auf der Gitarre und singe ein paar von meinen Liedern.«
»Das klingt nach einem guten Plan.« Jasper lächelte wieder. »Komm, lass uns zahlen und hier verschwinden.«

* * *

Unter den Strahlen der Frühlingssonne war der letzte Spätwinterschnee geschmolzen. Jasper und ich waren um elf Uhr in Lenaxa losgefahren und ich hatte vom Auto aus Dad angerufen, um ihm zu sagen, dass ich meinen Freund mitbringen würde. Wie nicht anders zu erwarten, hatte Dad erfreut reagiert. Ich erzählte Jasper von dem Gespräch mit Scott Andrews, und wie Jordan ermutigte er mich, mehr über den britischen Fotografen herauszufinden, den Andrews erwähnt hatte. Wir hörten mein Album. Jasper erzählte mir von seiner Mom, von der Ranch und ihren Plänen, durch zahlende Sommergäste die Finanzen wieder in den schwarzen Bereich zu bringen. Wir rauchten mit weit geöffneten Fenstern. Wir lachten miteinander. An einer Tankstelle knutschten wir herum wie verliebte Teenager. Wir redeten über Politik. Über Vorlieben und Abneigungen beim Essen. Je besser wir uns kennenlernten, desto mehr Parallelen stellten wir zwischen uns fest. Jasper besaß einen ähnlichen Humor wie ich und dieselbe etwas zynische Weltsicht. Er fragte mich über meine Familie aus und hörte aufmerksam zu, als ich ihm all die Leute aufzählte, die er gleich kennenlernen würde, denn ich zweifelte nicht daran, dass Becky ein Abendessen in großer Runde organisieren würde.

Obwohl wir uns Zeit ließen und in Omaha noch etwas essen gingen, erreichten wir Madison viel zu schnell. Nur noch fünfzehn Minuten, dann war unsere erste gemeinsame Fahrt zu Ende, trotzdem war ich nicht wirklich traurig, denn vor mir lag mein ganzes Leben mit all seinen Möglichkeiten, zu denen jetzt auch dieser wunderbare Mann gehörte, der mich so mochte, wie ich war und dies offen zeigte.

Das Thermometer war auf über zwanzig Grad geklettert, überall grünte und blühte es, und als Jasper in die Auffahrt nach Magnolia Manor einbog, sahen wir auf den Koppeln die Fohlen, die sich dort mit ihren Müttern tummelten, miteinander um die Wette rannten, spielerische Zweikämpfe austrugen oder ausgestreckt im Gras schliefen. Ich war schrecklich aufgeregt. Es war das allererste Mal, dass ich einen Freund mit nach Hause brachte!

Dad erwartete uns auf der Veranda von Magnolia Manor. Lächelnd hieß er uns willkommen und reichte Jasper die Hand. An der Art, wie er mit ihm sprach, merkte ich sofort, dass Dad ihn mochte. Er lud uns ein, ihn hinüber zu den Stallungen zu begleiten, denn letzte Nacht waren noch zwei Fohlen zur Welt gekommen, die er uns zeigen wollte. Wir kletterten also in den Gator und fuhren hinüber zum Stall. Auf der Fahrt erzählte ich Dad, wie Jasper und ich uns kennengelernt hatten.

»Ich habe mich schon gewundert, woher der Reifen mit der anderen Felge kam«, sagte Dad. »Das ist ja eine tolle Geschichte!«

»Ihre Tochter kann besser Reifen wechseln als ich.« Jasper lächelte mir zu. »Das hat mich tief beeindruckt.«

»Sheridan kann so einiges«, bestätigte Dad.

»Weißt du noch, Dad, wie ich mit dem Case-Traktor die Scheunenwand zu Kleinholz gemacht habe, weil ich vergessen hatte, den Gang rauszunehmen?«, erinnerte ich mich.

»Oh ja, allerdings! Wir haben wochenlang überall die Hühner eingefangen«, schmunzelte Dad. »Aber das ist dir ja nur ein einziges Mal passiert. Du hast auf jeden Fall schneller fliegen gelernt als deine Brüder.«

Ich erklärte Jasper, dass wir zwei Cessnas hatten, mit denen wir Schädlingsbekämpfungsmittel auf die Felder ausbrachten und während der Erntezeit die Männer mit Lebensmitteln versorgten. Er war schwer beeindruckt, als er hörte, wie groß die bewirtschaftete Fläche der Willow Creek Farm war.

Zuerst zeigte ich Jasper natürlich Waysider, der auf einer der Koppeln eine ruhige Kugel schob und erfreut wieherte, als er meine Stimme hörte. Dann schlenderten wir Hand in Hand hinüber zur Stutenkoppel. Dad und Nicholas lehnten am Zaun und beobachteten die Fohlen. Sie wandten sich um, als wir näher kamen.

»Hey, Sheridan!« Nicholas lächelte mich so herzlich an wie immer. »Wie war's in Kansas City?«

»Es war super!« Ich grinste glücklich. »Ich erzähle euch später beim Essen alles. Und ich habe auch schon eine CD. Darf ich dir meinen Freund vorstellen? Das ist Jasper. Jasper, das ist Nicholas.«

Erst jetzt bemerkte ich, dass Jasper Nicholas mit einer Mischung aus Unglaube und Ehrfurcht ansah. Sie schüttelten sich die Hände.

»Sie sind Quick Nick Walker!« Jasper war plötzlich so aufgeregt, wie ich ihn noch nie erlebt hatte. »Wow! Das gibt's doch nicht! Sie waren mein absolutes Idol, als ich ein Junge war. Ich hatte zig Poster von Ihnen in meinem Zimmer und sogar ein Autogramm, das Sie mir mal in Jackson Hole gegeben haben.«

Dad hörte amüsiert zu.

»Daran merkt man, wie alt man wird«, sagte Nicholas trocken, dann kniff er die Augen zusammen und musterte Jasper prüfend. »Sag mal, bist du nicht der Junge von Curt Hayden aus Buffalo?«

»Äh ... ja, der bin ich«, stotterte Jasper perplex. »Woher wissen Sie das?«

»Du bist ihm wie aus dem Gesicht geschnitten«, erwiderte Nicholas. »Curt hat jedes Jahr seine verrückten Stiere nach Jackson Hole gebracht. Die waren immer eine echte Herausforderung. Die Texaner behaupten zwar, sie hätten die wildesten Stiere, aber das ist nicht wahr. Wie geht's ihm und deiner Mom?«

»Mein Dad ist leider vor zwei Jahren tödlich verunglückt.« Ein Schatten huschte über Jaspers Gesicht. »Einer der Zuchtstiere hat ihn aufgespießt, als er ihn verladen wollte.«

»Scheiße! Das tut mir echt leid.« Nicholas war ehrlich betroffen. »Er war ein feiner Kerl, dein Dad. Was ist aus der Ranch geworden?«

»Meine Mom und ich führen sie jetzt«, erwiderte Jasper. »Das Vieh habe ich abgeschafft. Wir sind gerade dabei, aus der Cloud Peak eine Guest Ranch zu machen. Letztes Jahr hatten wir die erste Saison, die lief schon ziemlich gut. Am Memorial Day geht die zweite Saison los, und wir sind bis zum Herbst so gut wie ausgebucht.«

Im nächsten Moment waren Dad, Nicholas und Jasper in ein Gespräch vertieft, das sich, wie bei Farmern üblich, in erster Linie um das Wetter drehte. Ich nutzte die Gelegenheit, mich auf die Suche nach Monty zu machen, und fand ihn in den Laufställen, die er gerade ausmistete. Begeistert erzählte ich ihm von meinen Erlebnissen der vergangenen Wochen und richtete ihm die Grüße von Tom Hazelwood aus.

»Und jetzt?« Der Alte stützte sich auf die Mistgabel und blickte mich neugierig an. »Wie geht's weiter? Dein Dad hat mir erzählt, dass ein hohes Tier aus L. A. hier gewesen ist und dir einen Plattenvertrag angeboten hat.«

»Ich werde sein Angebot wohl annehmen«, sagte ich.

»Sehr schön.« Monty lächelte und fuhr damit fort, schmutziges Stroh in eine Schubkarre zu schaufeln. »Du wirst schon deinen Weg gehen, Sheridan Grant.«

Da tauchte Jasper auf. Seine Augen leuchteten, seine Wangen waren gerötet, er war noch immer ganz aufgeregt. Ich stellte ihm Monty vor, dann schlenderten wir Hand in Hand zurück nach Magnolia Manor, denn wie ich es mir schon gedacht hatte, lud Becky uns für den Abend zum Dinner ins große Haus ein.

»Warum hast du mir nicht erzählt, dass dein Nicholas Quick Nick Walker ist?«, fragte Jasper. Nicholas zu begegnen war für ihn wahrscheinlich so, wie wenn ich unverhofft Bruce Springsteen gegenübergestanden hätte.

»Weil ich immer vergesse, dass er so berühmt ist«, erwiderte ich lächelnd. »Für mich ist er einfach nur mein bester Freund.«

Auch mit Malachy und Hiram verstand Jasper sich auf Anhieb. Er war mit seinen dreißig Jahren nur ein Jahr jünger als Hiram, und als Farmersöhne sprachen sie dieselbe Sprache. Meine Brüder strahlten stolz, als Jasper und ich erzählten, wie wir uns kennengelernt hatten, und Hiram erinnerte mich daran, wie Joe, Malachy und er mich mit einer Stoppuhr in der Hand das Reifenwechseln gelehrt hatten. Außer Becky und Nellie saßen Dad und Elaine, Nicholas, Jordan, Mary-Jane, John White Horse und Martha am Tisch. Ich hatte Jordan mit höflicher Zurückhaltung begrüßt, während er so getan hatte, als habe es nie ein Zerwürfnis zwischen uns gegeben. Den ganzen Abend über spürte ich seine Blicke und wusste, dass er nur auf eine günstige Gelegenheit lauerte, mit mir unter vier Augen zu sprechen. Nach dem Dessert gingen Nicholas, Jasper und ich auf die Veranda, um zu rauchen. Malachy und Hiram kamen dazu und nahmen Jasper mit, um ihm irgendeine Maschine zu zeigen. Nicholas ging zurück ins Haus, und bevor ich ihm folgen konnte, trat Jordan ins Freie.

»Ich versuche seit vierzehn Tagen, dich anzurufen, Sheridan«, sagte er mit verärgertem Unterton. »Ist dein Handy kaputt oder hast du eine neue Nummer?«

»Weder noch«, entgegnete ich. »Ich hatte keine Lust, ans Telefon zu gehen.«

»Ich habe dir auch Nachrichten geschrieben.«
»Stimmt. Siebzehn Stück. Ich habe sie nicht gelesen.« Halb hoffte ich, das wäre deutlich genug, aber Jordan bewies Terrier-Qualitäten.

»In der Nähe von Lexington, Kentucky, sind die sterblichen Überreste einer Frau gefunden worden«, sagte er unbeirrt. »Genau an der Stelle, die Scott Andrews uns genannt hatte.«

»Gut«, sagte ich gleichgültig. »Freut mich.«

»Interessiert dich das wirklich nicht oder tust du nur so, weil du noch immer sauer auf mich bist?«

»Wie sieht's denn für dich aus?« Ich musterte den Mann, der mir wie ein Fremder vorkam. »Mache ich auf dich den Eindruck, es würde mich interessieren?«

»Nein. Den Eindruck machst du in der Tat nicht.« Seine Miene blieb beherrscht. Obwohl er stinksauer war, hatte er sich im Griff. Vor vier Jahren war er mir deshalb sympathisch gewesen, weil er mich im Gegensatz zu allen anderen Polizisten höflich und respektvoll behandelt hatte. Doch mittlerweile hatte ich durchschaut, dass seine Freundlichkeit immer Mittel zum Zweck war.

»Dann ist es ja okay.« Ich wollte an ihm vorbei ins Haus gehen, aber Jordan trat mir in den Weg. Wahrscheinlich hatte er Dr. Harding versichert, er würde mich schon dazu bringen, mit dem FBI zu kooperieren. Hatte man ihm vielleicht einen Posten in Aussicht gestellt? Stand ich mit meiner Weigerung seinem Erfolg im Weg? Wozu mochte er wohl fähig sein, wenn er Informationen aus einem Verdächtigen herausquetschen wollte? Ich war mir ziemlich sicher, dass er nicht davor zurückschreckte, körperliche Gewalt anzuwenden.

»Nein, das ist überhaupt nicht okay.« Mühsam beherrschter Zorn sprach aus seinen Augen, und seine Stimme, sonst eher ockerfarben mit goldenen Schlieren, verfärbte sich rötlich. »Man hat eine moralische Verpflichtung, bei der Aufklärung von Gewaltverbrechen zu helfen, gerade wenn man die einzige

Person ist, die das tun kann. Wie kannst du mit deinem Gewissen vereinbaren, dass du ...«

»Ich habe überhaupt keine Verpflichtung«, unterbrach ich ihn scharf. »Sag mir bloß nicht, was ich deiner Meinung nach zu tun, zu denken oder zu empfinden habe, Jordan! Und jetzt geh mir bitte aus dem Weg.«

Er blieb trotz meiner Bitte stehen, schob das Kinn vor und verschränkte die Arme vor der Brust. Ich ließ mich von seiner Dominanzgeste nicht einschüchtern und trat so dicht an ihn heran, dass ich seinen Atem in meinem Gesicht spürte. Ich starrte ihm direkt in die Augen.

»Als wir uns zum ersten Mal begegnet sind, da habe ich dich für einen ganz besonderen Mann gehalten«, sagte ich. »Ich war siebzehn, tief traumatisiert und völlig durcheinander. Man hatte mich wie den letzten Dreck behandelt, obwohl ich unschuldig war. Und dann warst du da. Einfühlsam. Freundlich. Souverän. Aufmerksam. Du hast mich mit nach Lincoln genommen. Sidney und du, ihr seid mit mir zu Dad ins Krankenhaus gefahren. Ja, ich hatte wirklich den Eindruck, ich kann dir vertrauen.«

Jordan wich keinen Millimeter zurück und fixierte mich mit zusammengepressten Lippen. *Gute Cops sind Fanatiker*, hatte Dad gesagt. *Sie sind oft geradezu besessen davon, die Wahrheit herauszufinden.* Damit hatte er recht. Zwischen Psychopathen und denen, die sie jagten, gab es keinen großen Unterschied.

»Dabei ging es dir in Wahrheit nie um mich, *Detective Lieutenant* Blystone.« Absichtlich betonte ich seinen Titel. »Dir geht es nur um die Aufklärung deiner Fälle, und dazu sind dir alle Mittel recht. Ich weiß noch, wie du mich auf Sidneys Handy angerufen und angefleht hast, zurück nach Lincoln zu kommen, weil du befürchtet hast, das Gericht würde die Anklage gegen Christopher Finch abschmettern, wenn ich nicht aussage.«

»So ist es dann ja auch gekommen«, warf Jordan ein. »Dieser Pädophile ist als freier Mann aus dem Gerichtssaal marschiert und missbraucht jetzt wahrscheinlich unter einem falschen Namen andere Mädchen. Du hättest dafür sorgen können, dass er verurteilt wird.«

»Ja, vielleicht hätte ich das tun können«, nickte ich. »Dafür hätte ich dem Gericht aber alles erzählen müssen, was der Typ mit mir gemacht hat. All die Erniedrigungen und Demütigungen und peinlichen Details wären ins Protokoll aufgenommen worden, und der Typ hätte neben seinem Anwalt gesessen und sich an dem, was ich gesagt hätte, aufgegeilt. Es hätte in allen Zeitungen gestanden, im Fernsehen hätte man darüber berichtet und eines Tages hätte es womöglich Dad erfahren! Aber daran denkt ihr Bullen nicht. Scheißegal, was ein Zeuge empfindet, wenn er all das Schreckliche, was er am liebsten vergessen würde, noch einmal durchmachen muss! Und jetzt ist es genau dasselbe. Wieder einmal interessiert es dich einen Scheiß, was es für mich bedeuten würde, jedes Jahr zu diesem Monster in den Knast zu fahren. Du willst mich unter Druck setzen, damit ich dein Cop-Spiel mitspiele. Abgesehen davon, dass du nicht respektierst, was ich dir auf dem Rückflug von Colorado gesagt habe, fragst du mich nicht einmal der Höflichkeit halber danach, wie es mir geht und was ich so tue. Verstehst du, Jordan? Du hältst mich für blöd. Und das kann ich auf den Tod nicht leiden.«

»Du fragst mich ja auch nicht danach, wie es *mir* geht.«

»Weil ich im Gegensatz zu dir nicht so tun muss, als würde es mich interessieren«, antwortete ich kalt.

Wir maßen uns mit Blicken.

»Ich dachte, es würde dir etwas bedeuten, dass ich dein Bruder bin.« Für meine Ohren klang seine Stimme ein wenig gepresst, aber sie hatte plötzlich eine grellorangefarbene Farbe mit einer gefährlichen smaragdgrünen Note angenommen. Er unterdrückte mit aller Kraft eine heftige Emotion. »Dein einziger Blutsverwandter.«

»Falsch. Malachy und Hiram sind auch meine Blutsverwandten«, erinnerte ich ihn. »Sie sind nämlich meine Halbcousins. Und keiner von beiden hat jemals etwas von mir verlangt, was ich nicht tun wollte.«

»Wie nett von ihnen«, erwiderte Jordan sarkastisch. »Ich sehe eine selbstsüchtige, kleine Egoistin vor mir. Du jammerst Nicholas und Vernon die Ohren voll und tust so, als wärst du der einzige Mensch auf der ganzen Welt, dem jemals Unrecht widerfahren ist.«

Diese Bemerkung erfüllte mich mit einem solchen Hass, wie ich ihn mir nie hätte vorstellen können. Es wäre klüger gewesen, wenn ich darauf geschwiegen hätte und ins Haus gegangen wäre, aber mich überkam ein unbezähmbares Verlangen, ihn zu kränken. Ich stemmte die Hände in die Seiten und lachte verächtlich.

»Und weißt du, was ich vor mir sehe?«, fragte ich und senkte meine Stimme. »Ich sehe einen krankhaft ehrgeizigen Provinz-Cop, der aller Welt und sich selbst unbedingt beweisen will, dass er härter, cleverer und besser ist als sein korrupter Polizisten-Daddy. Das Blöde ist nur, dass du ausgerechnet mich brauchst, um bei deinem angebeteten FBI-Psycho-Doc gut dazustehen. Und diese Chance, Jordan, die hast du dir gerade endgültig versaut.«

Jordan wurde bei meinen Worten aschfahl. Der Zorn, der in seinen Augen auflorderte, zeigte, dass ich einen Wirkungstreffer erzielt hatte. Ich sah ihm an, wie haarscharf er davor war, sich auf mich zu stürzen, aber ich rührte mich nicht von der Stelle und wandte meinen Blick nicht von seinem. Mit sichtlicher Anstrengung brachte er seine Gefühle wieder unter Kontrolle.

»Bete zu Gott, dass du nicht eines Tages auch mal von mir einen Gefallen getan haben willst, Sheridan«, knirschte er. »Ich kann dir nur raten: Lass dir niemals etwas zuschulden kommen, sonst kannst du erleben, wozu ein ehrgeiziger Provinz-Cop in der Lage ist.«

Seine Drohung erweckte ein flaues Gefühl in mir, und ich ahnte, dass ich ab heute in Jordan einen erbitterten Feind hatte, aber das war mir in diesem Augenblick völlig egal.

»Dein Polizisten-Vater hat dir ja vorgemacht, wie so etwas geht«, entgegnete ich frostig. »Nicholas hat mir die Geschichte von deiner Tante Kitty und deinem Onkel Frank erzählt. Man muss wohl die Neigung zu Tyrannei und Schikane haben, um überhaupt Cop werden zu wollen.«

Jordans Gesicht versteinerte. Ihm wurde bewusst, dass er zu weit gegangen war und eine Grenze unwiderruflich überschritten hatte. Er wollte noch etwas sagen, aber ich ließ ihn stehen, ging zurück ins Haus und setzte mich lächelnd an den Tisch, als wäre nichts geschehen. Jordan folgte mir kurze Zeit später und nahm ebenfalls wieder Platz. Alle redeten weiter, niemand bemerkte etwas, außer Mary-Jane. Mit ihrem besonderen Sinn fing sie die feindseligen Schwingungen zwischen Jordan und mir auf. Ihr Blick begegnete meinem, ganz kurz zuckten ihre Augenbrauen in die Höhe, als Zeichen dafür, dass sie mit mir reden wollte. Ein paar Minuten später erhob sie sich, stellte ein paar Teller zusammen und trug sie in die Küche und ich folgte trotz Marthas Protest ihrem Beispiel. Während wir die Spülmaschine einräumten, berichtete ich ihr in knappen Worten, was sich draußen auf der Veranda abgespielt hatte.

»Ich werde mich von ihm nicht zwingen lassen, jedes Jahr in diesen Knast zu gehen«, sagte ich verärgert.

»Sei sehr vorsichtig, Sheridan«, warnte Mary-Jane mich mit gesenkter Stimme. »Irgendetwas ist mit Jordan passiert. Seit ein paar Wochen spüre ich etwas sehr Dunkles um ihn herum.«

»Ich weiß«, erwiderte ich und ließ heißes Wasser in einen der schmutzigen Töpfe laufen. »Er ist voller Zorn auf mich.«

»Das betrifft nicht nur dich.« Mary-Jane richtete sich auf. In ihren Augen stand Sorge. »Da sind irgendwelche Dinge im Gange.«

»Jordan will beim FBI Punkte sammeln.« Ich lachte unfroh auf. »Der große Held sein, auf meine Kosten!«

»Du darfst das nicht auf die leichte Schulter nehmen«, beschwor Mary-Jane mich und legte ihre Hand auf meinen Arm. »Ich sehe ein großes Unheil kommen. Ich habe davon geträumt, Sheridan. Genau wie damals, bevor mein Sherman verunglückt ist.«

Bei ihren Worten sträubten sich mir die Nackenhaare und ich musste schlucken. Drüben im Esszimmer brandete Gelächter auf. Ich vernahm Malachys und Jaspers Stimmen.

»Hast du schon mit Nicholas darüber gesprochen?«, fragte ich Mary-Jane.

»Ich habe es versucht.« Sie zuckte bekümmert die Schultern. »Aber er will nichts davon hören.«

Nellie näherte sich der Küchentür. Sie sagte irgendetwas, worauf die Tischgesellschaft wieder lachte.

»Du musst von hier weggehen«, flüsterte Mary-Jane eindringlich. »Geh mit deinem jungen Mann! Er liebt dich und wird dich beschützen. Und einen Beschützer wirst du brauchen, Sheridan.«

Wieder jagte mir ein Schauder über den Rücken, aber bevor ich ihr antworten konnte, betrat Nellie die Küche, einen Stapel Teller in den Händen.

»Hey, wo bleibt ihr denn?«, rief sie fröhlich. »Die Männer sind zurück und wollen noch eine Runde von Johns selbst gebrautem Teufelszeug trinken!«

»Ich hole eine Flasche«, bot Mary-Jane schnell an. Sie warf mir noch einen kurzen Blick zu, dann verschwand sie durch die Küchentür nach draußen. Ich kehrte ins Esszimmer zurück. Mein Blick glitt über die fröhliche Runde, und für einen kurzen Moment erinnerte ich mich daran, wie düster und freudlos es hier früher zugegangen war, als Tante Rachel noch das Regiment geführt und Esras Hass die Atmosphäre vergiftet hatte.

»Sheridan!« Jasper streckte lächelnd die Hand nach mir aus. Ich ging zu ihm und gab ihm einen Kuss, dann setzte ich mich neben ihn, meine Hand ruhte in seiner. Er war entspannt und gut gelaunt, genau wie meine Brüder, Becky, John, Dad und Nicholas. Jordan gab sich keine Mühe mehr, seine gelangweilte Gereiztheit zu verbergen. Immer wieder blickte er auf sein Handy, was Nicholas zu einem irritierten Stirnrunzeln veranlasste. Als Mary-Jane mit einem Tonkrug zurückkehrte und Becky und Nellie mich bestürmten, meine CD abzuspielen, stand Jordan abrupt auf und behauptete, er müsse leider sofort nach Lincoln fahren, es gebe einen dringenden Fall. Er klopfte auf den Tisch, hob grüßend die Hand und ging hinaus. Nicholas folgte ihm nach draußen, kehrte aber schon nach ein paar Minuten zurück. Er ließ sich nichts anmerken, warf mir jedoch einen fragenden Blick zu. Jordan hatte ihm also nichts erzählt. Aber warum nicht? Hatte er kein Vertrauen zu Nicholas oder fürchtete er, dieser könnte sich auf meine Seite schlagen?

Jasper, der ähnlich feine Antennen wie Mary-Jane hatte, hatte die Verstimmung zwischen Jordan und mir ebenfalls bemerkt, und ich erzählte ihm von unserem Streit, als wir am nächsten Morgen beim Frühstück saßen. Dad war im Stall und Elaine zur Arbeit gefahren, wir waren allein im Haus.

»Er wird sich schon wieder beruhigen«, sagte ich.

»Das glaube ich nicht«, widersprach Jasper mir. »Der Typ hat etwas Fanatisches an sich. Solche Leute sind gefährlich.«

»Ach, was will er mir denn tun?« Ich zuckte die Schultern, aber das flaue Gefühl kehrte zurück, als ich an Mary-Janes Warnung dachte.

Jasper warf mir einen nachdenklichen Blick zu.

»Ich habe den Eindruck, dass es um etwas völlig anderes geht als um diese FBI-Sache«, sagte er.

Ich spürte, wie sich mein Inneres verkrampfte, und überlegte, ob ich ihm erzählen sollte, was an Halloween vor fünf Jahren passiert war, damit er begriff, in welcher Gefahr wir alle schwebten, sollte Jordan jemals davon erfahren. Nein, das durfte ich nicht tun.

»Wie meinst du das?«, fragte ich stattdessen.

»Er ist eifersüchtig«, stellte Jasper nüchtern fest.

»Eifersüchtig?« Ich war erstaunt. »Aber warum?«

»Weil dein Dad und Nicholas dich mehr mögen als ihn.«

»Wie kommst du denn darauf?«, fragte ich entgeistert.

»Ich habe gestern beobachtet, wie sie dich anschauen, mit dir reden. Mit echtem, von Herzen kommendem Wohlwollen. Diese Herzlichkeit haben sie für Jordan nicht«, antwortete Jasper. »Und dann tauche ich auf. Ich verstehe mich auf Anhieb gut mit ihnen, weil ich einen ähnlichen Hintergrund habe. Ich unterhalte mich mit Nicholas und deinem Dad über Pferdezucht und Rodeos, wovon Jordan keine Ahnung hat und sich deshalb ausgeschlossen fühlt. Auch deine Brüder, deren Frauen, Mary-Jane und John sind dir viel mehr und selbstverständlicher zugetan als ihm, was nicht verwunderlich ist. Du bist eine von ihnen. Du bist hier aufgewachsen, hier zu Hause. Er ist derjenige, der dazugekommen ist. Sie lehnen ihn nicht offen ab, schon deinem Vater zuliebe nicht, aber sie mögen ihn nicht. Du darfst nicht vergessen: Jordan war derjenige, der die Mutter deiner Brüder in die Todeszelle gebracht hat.«

Ich starrte Jasper an, tief beeindruckt von seiner Analyse und seiner Menschenkenntnis. Über all das hatte ich bisher nie nachgedacht, aber er hatte recht. Jordan, der die Ressentiments meiner Familie spürte, betrachtete mich als Konkurrenz um die Zuneigung und Anerkennung von Dad und Nicholas. Deshalb hatte er den beiden verschwiegen, was zwischen uns vorgefallen war!

Jasper schob sich einen Löffel Oatmeal in den Mund und kaute.

»Der Typ hat riesige Minderwertigkeitskomplexe und ist total unzufrieden«, sagte er dann ernst. »Bleib nicht hier, Sheridan. Komm mit mir nach Wyoming. Und dann rufst du diesen Produzenten an. Vielleicht beruhigt dein Bruder sich, wenn er dich nicht mehr sieht.«

Die Vorstellung, mit Jasper auf seine Ranch zu fahren, fand ich ausgesprochen verlockend. In dem Augenblick klingelte mein Handy. Ich griff erstaunt danach, denn es kam nur selten vor, dass mich jemand anrief, abgesehen von Jordan in der vergangenen Woche.

»Eine Nummer mit 310 vorne«, stellte ich mit einem Blick auf das Display fest.

»Kalifornien.« Jasper zwinkerte mir zu. »Na los, geh dran!«

Ich atmete tief durch, dann nahm ich ab und drückte auf den Lautsprecher, damit Jasper mithören konnte.

»Hier ist Marcus Goldstein, hallo, Miss Grant«, sagte der CEO der größten Plattenfirma Amerikas. »Ich habe von Tom Hazelwood erfahren, dass Sie mit den Aufnahmen fertig sind.«

»Hallo, Mr. Goldstein«, erwiderte ich mit klopfendem Herzen. »Ja, wir sind gestern fertig geworden.«

Wir machten ein bisschen höfliche Konversation, bis Marcus Goldstein zum eigentlichen Grund seines Anrufs kam. Er fragte nicht, weshalb ich nicht angerufen und gebeten hatte, mir den Jet zu schicken.

»Ich möchte Sie gerne nach Los Angeles einladen und Ihnen die CEMC und meine Mitarbeiter vorstellen«, sagte er. »Damit ist keine Verpflichtung verbunden, es ist ein unverbindlicher Besuch, damit Sie uns kennenlernen und sehen, was wir für Sie tun können. Was halten Sie davon?«

Ich suchte Jaspers Blick. Er nickte lächelnd und hob den Daumen.

»Das ist eine gute Idee«, erwiderte ich also. »Ich komme gerne.«

»Wunderbar! Ich schicke Ihnen meinen Jet nach Norfolk«, antwortete Mr. Goldstein. »Wann würde es Ihnen passen?«

»Äh ... jederzeit«, stotterte ich.

»Gleich morgen?« In seiner Stimme schwang ein amüsierter Unterton mit.

»J... ja. Klar. Warum nicht?«

»Fein! Meine Assistentin Shannon wird sich später bei Ihnen melden und die genauen Details mit Ihnen besprechen. Wir sorgen natürlich dafür, dass Sie hier gut untergebracht sind. Dann freue ich mich darauf, Sie morgen zu sehen, Miss Grant.«

»Ich ... ich freue mich auch, Mr. Goldstein«, sagte ich benommen.

Ein paar Sekunden lang saß ich da und starrte auf das Handy in meiner Hand. Dann hob ich den Kopf und blickte Jasper an.

»Kannst du mich bitte mal kneifen? Sonst glaube ich, dass ich nur träume.«

»Darf ich dich stattdessen auch küssen?«, grinste Jasper.

»Oh ja. Bitte«, erwiderte ich, bekam aber erst einmal einen Lachanfall, weil das alles so unglaublich und verrückt war.

Jasper beschloss, bis morgen zu bleiben und mich nach Norfolk zu fahren. Wir gingen hinüber in den Stall, und ich erzählte Dad und Nicholas, dass ich nach Los Angeles fliegen würde. Dann sattelten wir Waysider und Dakota und unternahmen zusammen einen langen Ausritt. Es fühlte sich an wie ein Abschied, als wir zum Willow Creek ritten, aber gleichzeitig auch wie der Anfang eines neuen Kapitels. Immer wieder blickte ich Jasper an, konnte mich an ihm nicht sattsehen und wusste, dass er der Mann war, nach dem ich gesucht hatte. Der Richtige. Wir ließen die Pferde den sandigen Weg oberhalb des Flusses entlanggaloppieren bis zur Furt am Elm Point. Es schien Jahrzehnte her zu sein, seitdem ich an dieser Stelle Jerry Brannigan, meiner ersten großen Liebe, Lebwohl gesagt hatte. Waysider und Dakota platschten durch den Fluss, der nach der Schneeschmelze ziemlich viel Wasser führte, und wir trabten in einem weiten Bogen nach Paradise Cove. Dabei erzählte ich Jasper die tragische Liebesgeschichte von Dad und meiner Mom, wie ich das Geheimnis aufgedeckt hatte und dass dadurch die Tragödie überhaupt erst ausgelöst wurde.

Es war ein herrlicher, sonniger Frühlingstag. Die langen Zweige der Trauerweiden trugen kleine, zusammengerollte lindgrüne Blätter. Haubentaucher und Rohrdommeln, Enten und Schwäne tummelten sich auf dem Altwasser des Willow Creek, und die Sonne verwandelte den See in eine glitzernde Scheibe. Wir saßen von unseren Pferden ab, banden sie an einer der Weiden an und schlenderten Hand in Hand zum Wasser. Ganz kurz blitzte der Gedanke an einen anderen Mann durch meinen Kopf, aber sein Gesicht war zu einer fernen Erinnerung verblasst. Jasper und ich setzten uns auf den Felsbrocken, hielten uns eng umschlungen und blickten stumm auf den See hinaus. Ich lehnte meinen Kopf an seine Schulter und genoss seine ruhige und gelassene Ausstrahlung.

»Weißt du, wie froh ich bin, dass ich an dem Morgen ausgerechnet an diesem Rastplatz eine Pause gemacht habe?«, sagte Jasper.

»Und ich habe mich noch nie so sehr über einen Platten gefreut«, entgegnete ich. »Ist es nicht unglaublich, wie aus einem Zufall etwas so Wunderbares werden kann?«

»Ja, das ist es wirklich.« Jasper wandte sich mir zu. Er nahm mein Gesicht in seine Hände und küsste mich zärtlich. »Du bist der Zwilling meiner Seele, Sheridan. Meine andere Hälfte. Am liebsten würde ich die Zeit anhalten und dich nie mehr loslassen.«

»So geht es mir auch«, flüsterte ich. »Mir kommt es so vor, als würde ich dich schon ganz lange kennen. Ich habe mich noch nie mit einem anderen Menschen so gut gefühlt wie mit dir. Ich liebe dich, Jasper.«

»Ich liebe dich auch, Sheridan.« In Jaspers Augen schimmerten plötzlich Tränen, und ich schmiegte mich an ihn. Wo würde ich morgen Abend sein? Was erwartete mich in Los Angeles?

Es war nicht das erste Mal in meinem Leben, dass ich ins Ungewisse aufbrach, aber nie war dieses Gefühl von Neubeginn und Veränderung so intensiv gewesen, so aufregend und herrlich und gleichzeitig beängstigend.

Jasper streichelte mein Gesicht und mein Haar, dann küsste er mich wieder, lange und sanft, und dieser Kuss war wie ein Versprechen, das meine Angst milderte. Er würde für mich da sein, auch wenn er mich morgen nicht nach Los Angeles begleiten konnte.

Kalifornien

*Darling leave a light on for me,
I'll be there before you close the door*

Belinda Carlisle, *Leave a light on*

Los Angeles

Eigentlich hatte ich damit gerechnet, alleine nach L.A. zu fliegen und am Flughafen abgeholt zu werden, aber Mr. Goldstein hatte mir nicht nur seinen Jet geschickt, sondern außerdem eine Art Betreuer. Carey Weitz war ungefähr Mitte dreißig, ein schmächtiges Kerlchen, höchstens eins siebzig groß und damit einen halben Kopf kleiner als ich. Er hatte eine hohe Stirn und bereits schütter werdendes Haar, das er nach hinten gekämmt hatte. Eilfertig schleppte er mein Gepäck ins Flugzeug und wartete dann mit diskret abgewandtem Blick oben an der Treppe, bis ich mich von Jasper verabschiedet hatte.

»Ich wünsche dir, dass es großartig wird«, flüsterte Jasper und umarmte mich so fest, bis ich nach Luft schnappen musste. »Pass auf dich auf, meine Süße.«

»Das mache ich«, versprach ich ihm. »Danke, Jasper. Ich vermisse dich schon jetzt.«

Eine letzte Umarmung, ein letzter Kuss, dann musste ich in den Jet steigen. Aus dem Fenster sah ich Jasper am Rand der Rollbahn stehen. Er winkte mir und warf mir einen Luftkuss zu, dann verschwand er aus meinem Blickfeld, wie an dem Morgen auf dem Rastplatz. Mein Herz war schwer und leicht zugleich, und ich kämpfte kurz mit den Tränen.

Als wir unsere Reiseflughöhe erreicht hatten, servierte Sasha wieder Champagner und alle möglichen Leckereien.

»Ich bin viel zu aufgeregt, um etwas zu essen«, gestand ich Carey Weitz, der entweder aus Solidarität oder weil er selbst keinen Hunger hatte ebenfalls das angebotene Essen ablehnte. Er behandelte mich sehr höflich und ging mit mir das Programm durch, das er für mich zusammengestellt hatte. Eigentlich arbeitete er als A&R-Manager bei der CEMC, aber Marcus Goldstein höchstpersönlich hatte ihn ausgewählt, mich zu betreuen, und das betrachtete er als große Ehre. Während des dreistündigen Fluges erläuterte er mir, was die Aufgabe eines Artist&Repertoire-Managers überhaupt war, und beantwortete geduldig und freundlich jede meiner Fragen, auch zu seiner Person. Ursprünglich stammte er aus Seattle, aber er lebte seit über zwanzig Jahren in L. A., war verheiratet und hatte drei Kinder. Bevor er vor zwölf Jahren zur CEMC gekommen war, hatte er bei Warner und EMI gearbeitet. Dann fragte er mich über meine Arbeit im Tonstudio aus, auch er kannte Tom Hazelwood, wollte wissen, welche Instrumente ich beherrschte und ob ich schon einmal live aufgetreten war. Es war ein interessantes und kurzweiliges Gespräch, und ich war erstaunt, als die Maschine in den Sinkflug ging. Los Angeles war zumindest aus der Luft betrachtet schrecklich hässlich. Beinahe eine halbe Stunde flogen wir über Häuser hinweg, die vielen Swimmingpools waren die einzigen Farbtupfer in dem graubraunen Meer aus vornehmlich flachen Gebäuden. Carey erklärte mir, dass es nur in Downtown L. A. ein paar wenige Hochhäuser gab. Wegen der Erdbebengefahr baue man in Kalifornien nur ungern Wolkenkratzer.

Wir landeten auf dem kleinen Santa Monica Airport mitten in der Stadt. Ich verabschiedete mich von Sasha und den Piloten und bedankte mich für den angenehmen Flug. Neben der Maschine erwartete uns bereits eine schneeweiße Stretchlimousine mit verdunkelten Scheiben und einem Chauffeur in dunklem Anzug, der mir höflich die Tür aufhielt. Die Limousine war beinahe so geräumig wie ein Bus, aber weitaus luxuriöser eingerichtet, und nachdem der Fahrer meine Reisetasche im Kofferraum verstaut hatte, ging es los. Ich klebte am Fenster und saugte all die neuen Eindrücke in mich auf. L. A. war anders als jede Stadt, in der ich bisher gewesen war.

»Ich komme mir vor wie in einem Kinofilm!«, rief ich. »Ist das hier auch wirklich echt?«

»Warten Sie nur, bis Sie das Hotel sehen, in dem wir Sie untergebracht haben.« Carey schmunzelte über meine Begeisterung. »Das *Casa del Mar* liegt direkt am Strand, nur zehn Minuten vom berühmten Santa Monica Pier entfernt. Zuerst fahren wir jetzt aber zum Label. Dort treffen wir uns mit dem Team, das Sie während Ihres Aufenthalts hier betreuen wird.«

Die Limousine bog nach rechts ab und fuhr fünfzig Meter weiter in eine Auffahrt, die um eine gepflegte Rasenfläche mit Blumenbeeten und einem Springbrunnen herum zu einem mehrstöckigen Gebäude aus Glas und Stahl führte. Der Fahrer hielt vor dem Eingangsportal, sprang aus dem Fahrzeug und öffnete mir die Tür.

»Danke«, sagte ich zu ihm und lächelte ihn an. »Soll ich mein Gepäck mitnehmen?«

»Aber nein, Ma'am. Darum kümmere ich mich«, erwiderte er.

»Darf ich fragen, wie Sie heißen?«, wollte ich wissen.

»Mein Name ist Gregory, Ma'am.«

»Vielen Dank, Gregory«, erwiderte ich und reichte ihm die Hand. »Ich heiße Sheridan.«

»Das weiß ich. Sehr gerne geschehen, Miss Sheridan«, sagte der Fahrer und strahlte. »Genießen Sie Ihren Aufenthalt in der Stadt der Engel.«

Carey wartete an der Treppe auf mich. Die Glastüren öffneten sich automatisch, und wir betraten ein weitläufiges, helles Foyer mit hellgrauem Granitfußboden. Die Mitte bildete ein weiß lackierter Rezeptionstresen vor einer schwarzen Mauer, auf der in großen goldenen Lettern der Name des Labels stand. An einer Wand hingen wohl Hunderte von Goldenen und Platin-Schallplatten, an der gegenüberliegenden Wand gerahmte Schwarz-Weiß-Bilder der berühmtesten Künstler – eine gleichermaßen einschüchternde wie beeindruckende Galerie des Erfolgs. Wir gingen die breite Freitreppe hoch in den ersten Stock, wo sich die gläsernen Büros der Artist & Repertoire-Abteilung befanden. Carey hielt mir höflich die Tür auf und geleitete mich in den Besprechungsraum.

»Ich sage Bescheid, dass wir hier sind«, sagte er. »Nehmen Sie sich ruhig schon etwas zu trinken.«

Er wies auf einen großen Glaskühlschrank, der randvoll mit gekühlten Getränken war. Von Mineralwasser über Eistee und Energydrinks bis hin zu Bier, Wein und Sekt gab es alles. Ich nahm mir ein stilles Wasser und betrachtete die vielen gerahmten Fotos der weltberühmten Stars, die bei der CEMC unter Vertrag standen oder irgendwann einmal gestanden hatten. Sänger, Sängerinnen und Bands aus jedem Musikgenre und jeder Generation seit der Gründung des Unternehmens vor achtzig Jahren waren vertreten. Würde eines Tages wohl auch ein Foto von mir hier an der Wand hängen? Vielleicht sogar eine Goldene Schallplatte …?

Carey Weitz wirkte nervös, als er wenig später in Begleitung von zwei Frauen und einem Mann von etwa fünfzig Jahren zurückkehrte, den er mir als seinen Chef Brian Lamb, Head of A&R & Production vorstellte. Lamb war ein gutes Stück größer als ich, mit seinem dichten schneeweißen Haarschopf, der vorspringenden Adlernase und dem leicht gebräunten Teint sah er aus wie ein alternder Hollywoodschauspieler. Er lächelte jovial, machte jedoch keine Anstalten, mir die Hand zu reichen, deshalb tat ich es auch nicht.

»Sie sind also … Miss …?«, fragte er mit britischem Akzent. Der Unterschied zwischen Brian Lambs Jovialität und der Farbe seiner Stimme ließ mich aufhorchen.

»Grant«, erwiderte ich deshalb zurückhaltend.

»Ah ja, Miss Grant. Aus Kansas? Oklahoma?«

»Nebraska.«

Carey stellte mir eilig Belinda Vargas von der Künstlerbetreuung vor, eine mollige Blondine in den späten Vierzigern, die eigenartig angespannt wirkte, genauso wie die PR-Chefin Suzy Nguyen, eine zierliche Frau mit asiatischen Gesichtszügen. Irgendetwas stimmte hier nicht. Ich spürte deutlich das Unbehagen, das die beiden Frauen und auch Carey Weitz ausstrahlten, konnte es mir aber nicht erklären.

»Ist Mr. Goldstein auch da?«, erkundigte ich mich arglos.

Brian Lambs linke Augenbraue zuckte hoch. Er stieß ein spöttisches Geräusch aus, was so viel bedeutete wie: *Was glaubst du eigentlich wer du bist?*

»Mr. Goldstein kümmert sich nicht persönlich um die Künstler«, belehrte er mich. »Dafür gibt es bei der CEMC Spezialisten. Nämlich uns.«

»Aha.« Selten zuvor hatte ich eine so spontane Abneigung gegen jemanden empfunden, aber da alle rings um den Konferenztisch Platz nahmen, musste ich das auch tun. Die gönnerhafte Höflichkeit, die Mr. Lamb mir gegenüber an den Tag legte, durchschaute ich schnell als schlecht getarnte Herablassung. Der Kerl war ein Snob, der es für unter seiner Würde hielt, sich mit einem unbekannten Mädchen aus Nebraska zu beschäftigen. Er gab sich keine Mühe, Interesse an mir und meiner Musik wenigstens zu heucheln, stattdessen gab er langweilige Anekdoten aus seinem Leben als A&R-Manager zum Besten. Es gelang ihm, in jeden seiner Sätze Namen von bekannten Sängern und Bands einzustreuen, die er alle schon betreut haben wollte, und als ich mich nicht angemessen beeindruckt zeigte, wurde er sarkastisch. Carey rutschte nervös auf seinem Stuhl hin und her und versuchte, das Gespräch in eine andere Richtung zu lenken, was ihm irgendwann gelang.

»Carey wird all Ihre Aktivitäten koordinieren und im Tonstudio dabei sein.« Brian Lamb warf einen Blick auf seine Uhr, als müsse er eigentlich Dringenderes erledigen.

»Im Tonstudio?« Ich war überrascht. Marcus Goldstein hatte mir doch gesagt, ihm sei es gleichgültig, wo ich die Probeaufnahmen machte. Es war nie die Rede davon gewesen, hier noch einmal ins Studio zu gehen.»Wieso das?«

»Songs werden nun einmal in Tonstudios aufgenommen.« Lamb lachte überheblich.»Davon haben Sie doch sicher schon mal gehört, oder?«

Ich ignorierte seine Provokation.

»Ich war gerade erst im Tonstudio und habe ein ganzes Album aufgenommen. Haben Sie es schon gehört?«, fragte ich.

»Dieses Vergnügen war mir bisher noch nicht vergönnt.« Lamb schob seine Lesebrille, die er auf der Nasenspitze getragen hatte, in sein Haar, beugte sich vor und faltete die Hände.

»Wie viele Alben haben Sie schon produziert, Miss ... äh ... Grant?«, fragte er im resignierten Tonfall eines Arztes, der dem hundertsten Patienten erklären muss, dass die vermeintliche Krebserkrankung nur eine Erkältung ist.»Keines, oder? Das war Ihr erstes. Und ganz sicher war Ihre Familie immer absolut begeistert, wenn Sie auf Familienfeiern gesungen haben. Im Kirchenchor waren Sie wahrscheinlich eine große Nummer, nicht wahr?«

»Ja, in der Tat, das war ich.« Ich spiegelte seine aufgesetzte Freundlichkeit.»Ich war so gut, dass mich ein Musikproduzent aus New York zu Probeaufnahmen eingeladen hat.«

Carey zappelte neben mir herum. Belinda und Suzy wechselten Blicke. Aber ich blieb gelassen, denn mir dämmerte, dass Brian Lamb irgendetwas nicht wusste, worüber die drei anderen informiert waren. Wahrscheinlich war seine Anwesenheit gar nicht eingeplant gewesen, und jetzt war Carey in der Bredouille.

»Oha! Das ist ja *toll*, Miss Grant!« Lamb riss die Augen auf. »Das ist wirklich toll! Ganz, ganz viele kleine Mädchen wie Sie gehen jedes Jahr in Tonstudios und nehmen ihre Liedchen auf und denken, sie sind die nächste Shania Twain oder Evita Reyna, weil ihre Oma und ihre besten Freundinnen sie so *toll* finden.« Er lächelte mild.»Aber, sehen Sie, Miss Grant, wir hier wissen, was aktuell auf dem Musikmarkt gefragt ist, denn wir beobachten ihn genau und kennen die Trends. Aus dem Grund werden Sie, Ihre Liedchen und Ihre Stimme noch eine Menge professionellen Feinschliff brauchen.«

Der Mann hatte offenbar keine Ahnung, warum ich hier war. Entweder war die Kommunikation bei der CEMC schlecht, oder es lag an Lambs Überheblichkeit, dass er nichts von Marcus Goldsteins Besuch in Fairfield wusste. In seinen Augen war ich nur irgendein Mädchen mit ehrgeizigen Ambitionen, das es irgendwie geschafft hatte, hier ins Gebäude zu gelangen.

»Wie können Sie das beurteilen, wenn Sie bisher weder einen Song von mir noch meine Stimme gehört haben?«, fragte ich.

»So was nennt man Erfahrung«, entgegnete Brian Lamb hochnäsig und trank einen Schluck Apfelsaft direkt aus der Plastikflasche.

»Aber was ist, wenn ich das nicht will?«, wollte ich wissen.

»Wenn *Sie* das nicht *wollen*?«, wiederholte Brian Lamb noch eine Spur sarkastischer als zuvor. »Wenn Sie *was* nicht wollen? Professionelle Unterstützung? Das Know-how eines Labels wie der CEMC ...?«

Gerade, als er aufbrausen wollte, fiel Carey ihm eilig ins Wort.

»Nichts wird ohne Ihr Einverständnis passieren, Miss Grant«, besänftigte er mich. »Machen Sie sich keine Sorgen.«

Ich sah den ungläubigen Blick, den Brian Lamb seinem Untergebenen zuwarf.

»Was hier wie und wann passiert, entscheide ich«, maßregelte er Carey scharf.

In diesem Augenblick summte mein Handy. Eine SMS von Marcus Goldstein. Er wollte wissen, ob ich schon eingetroffen sei. Ich antwortete ihm.

»Sind Sie fertig mit Ihrer Kommunikation?«, fragte Brian Lamb, sichtlich verärgert über meine Respektlosigkeit. »Habe ich wieder Ihr geschätztes Interesse?«

Mein Handy brummte wieder.

»Moment«, bat ich und las Goldsteins Antwort. Er war auf dem Weg hierher. Ich blickte Lamb wieder an. »Entschuldigung. Was hatten Sie gerade gesagt?«

»Sie kennen sich in der Musikbranche nicht aus und wissen nicht, wie das Business funktioniert«, sagte er kühl. »Wir A&Rs arbeiten *konzeptionell*. Das bedeutet, man analysiert den Markt und sucht Künstler für entsprechende Zielgruppen, man entwickelt und optimiert diese Acts und kreiert auf diese Weise ein Produkt, von dem man überzeugt ist, dass es funktionieren wird. Musikalisches Können ist nicht der entscheidende Faktor, wenn wir uns für jemanden entscheiden, denn das allein reicht eben nicht. Ein Künstler muss kooperativ sein und das umsetzen können, was von ihm verlangt ...«

Es klopfte an der Tür. Lamb verstummte mitten im Satz. Mit Genugtuung beobachtete ich, wie seine Gesichtszüge für den Bruchteil einer Sekunde entgleisten, als Marcus Goldstein den Besprechungsraum betrat. Carey, Belinda und Suzy sprangen von ihren Stühlen auf.

»Ah, Miss Grant! Herzlich willkommen in Los Angeles«, ertönte seine sonore Baritonstimme hinter mir. Ich erhob mich ebenfalls, erleichtert, ein bekanntes Gesicht zu sehen. »Und herzlich willkommen bei der CEMC! Ich hoffe, Sie hatten eine angenehme Reise.«

»Ja, vielen Dank, es war alles ganz wunderbar und äußerst komfortabel«, antwortete ich lächelnd. Wir schüttelten uns die Hand, dann begrüßte Mr. Goldstein auch Carey, Belinda und Suzy mit Handschlag.

»Brian.« Er nickte Lamb nur knapp zu.

»Marcus«, erwiderte der Leiter der A&R-Abteilung, der demonstrativ sitzen geblieben war, genauso sparsam. Ich konnte die feindselige Spannung zwischen den beiden Männern beinahe körperlich spüren. Aus Brian Lambs Haltung sprachen jedoch Gereiztheit und Verärgerung, während Marcus Goldstein Selbstsicherheit und Autorität ausstrahlte, wie es Menschen tun, die sich ihrer Macht vollkommen sicher und daran gewöhnt sind, dass man ihnen Respekt und Gehorsam entgegenbringt.

»Ich freue mich sehr, dass Sie hier sind, Sheridan.« Mr. Goldstein wandte sich wieder an mich und senkte die Stimme. »Tom hat mir übrigens das Album per Overnight-Kurier geschickt, und ich habe es mir heute Mittag zusammen mit Juan Delgado, dem Chef unseres Tonstudios, angehört. Es ist phänomenal geworden.«

Brian Lambs Miene wurde grimmig, als er bemerkte, wie vertraut sein oberster Boss mit mir sprach.

»Wieso war ich nicht dabei?«, fragte er konsterniert.

»Sie haben das Morgenbriefing, zu dem meine Assistentin Sie eingeladen hat, leider verpasst«, erwiderte Mr. Goldstein kühl, dann knipste er sein Lächeln wieder an und rieb sich vergnügt die Hände. »Kommt, Leute, lasst uns hochgehen. In meinem Büro ist alles für eine kleine Listening Session vorbereitet.«

Belinda, Suzy und Carey verließen den Besprechungsraum. Ich wandte mich zu Brian Lamb um.

»Kommen Sie nicht mit, Mr. Lamb?«, wollte ich wissen.

»Natürlich kommt er mit«, antwortete Mr. Goldstein an seiner Stelle. »Los, Brian! Sie werden überrascht sein. Sheridan war mit Tom Hazelwood und Brady Manakee im Tonstudio, und das Ergebnis ist grandios.«

Lamb erhob sich mit einem verkniffenen Lächeln und vermied es, mich anzusehen. Er war gedemütigt, und es warf auch kein gutes Licht auf seine Abteilung, dass seine Mitarbeiter ihren Chef sehenden Auges ins offene Messer hatten laufen lassen. Es war kein guter Anfang für ihn und mich, und ich konnte nur hoffen, dass ich, sollte ich einen Vertrag unterschreiben, möglichst wenig mit ihm zu tun haben würde.

***

Mr. Goldsteins Assistentin Shannon, mit der ich gestern telefoniert hatte, erwartete uns mit strahlendem Lächeln vor der Aufzugtür. Ihr glänzendes tizianrotes Haar war zu einem Knoten im Nacken frisiert, sie trug ein schwarzes Wickelkleid, Pumps mit unfassbar hohen Absätzen und sah aus wie ein Model. Neben ihr kam ich mir vor wie ein Bauerntrampel. Sie begrüßte mich herzlich, erkundigte sich, ob alles zu meiner Zufriedenheit verlaufen sei und ich noch irgendwelche Wünsche habe.

»Ja, alles hat sehr gut geklappt«, bestätigte ich. »Alles ist großartig, vielen Dank.«

Was meinte sie wohl? Welche Wünsche hätte ich haben sollen?

Wir gingen einen breiten, mit hellgrauem Teppichboden auslegten Flur entlang. Auch hier waren die Wände mit gerahmten Fotos und Goldenen Schallplatten bedeckt. Marcus Goldsteins Büro hatte die Dimension einer Turnhalle. Carey, der wohl noch nie in der Vorstandsetage gewesen war, war ähnlich beeindruckt wie ich, konnte das aber besser verbergen. Der Chef des Tonstudios, Juan Delgado, ein Mann in den späten Fünfzigern mit einem freundlichen Gesicht und einem weißen Spitzbart, schüttelte mir mit leuchtenden Augen die Hand und versicherte mir enthusiastisch, ihn habe schon sehr lange nichts mehr so begeistert wie meine Songs und meine Stimme. Immer mehr Leute tauchten auf. Mr. Goldstein bezog neben mir Position und stellte mich jedem von ihnen vor. Hardy, Executive Vice President. Thomas, Global Chief of Corporate Communications. Phil, Chief Financial Officer. Steve, President Global Sales. Jessica, Head of Public Relations. Mark, Business Affairs & General Counsel. Fergus, Chief Operating Officer. Mein Kopf schwirrte von den vielen Namen, Jobbezeichnungen und Gesichtern, ich schüttelte artig Hände, lächelte und nickte. Mehr schien nicht von mir erwartet zu werden. Man beäugte mich neugierig, aber niemand versuchte, mich in ein Gespräch zu verwickeln, worüber ich froh war.

»Wer sind diese Leute?«, fragte ich Carey, der nicht von meiner Seite wich.

»Der komplette Vorstand«, flüsterte er ehrfurchtsvoll. »Und beinahe alle Abteilungsleiter: Vertrieb, Finanzen, Vertragsabteilung, Marketing & Public Relations.«

»Oh, okay.«

Shannon erkundigte sich mit beharrlicher Freundlichkeit, was ich trinken und ob ich etwas essen wollte, was ich ablehnte, obwohl ich seit dem Frühstück nichts mehr gegessen hatte und mir vor Hunger schon übel war. Ich war viel zu nervös, um jetzt etwas zu essen. Überhaupt war mir die Aufmerksamkeit unangenehm. Zwar war mir bewusst, dass sie das alles nur veranstalteten, weil sie mich beeindrucken und dazu bringen wollten, bei ihnen einen Vertrag zu unterschreiben. Aber gerade deswegen fühlte ich mich wie eine Hochstaplerin. Ein paar Leute setzten sich auf die Ledersofas und -sessel, die überall herumstanden, die meisten blieben stehen, bedienten sich an Getränken und Häppchen, die auf einem Sideboard aufgebaut waren, und plauderten miteinander. Ich fand mich auf einem Dreiersofa wieder, um das alle bisher einen Bogen gemacht hatten. Mr. Goldstein klatschte in die Hände, und schlagartig brachen alle Gespräche ab, wie ein Orchester, wenn der Dirigent sein Podest betritt.

»Ich freue mich außerordentlich, hier und heute Miss Sheridan Grant begrüßen zu dürfen«, begann er und nickte mir lächelnd zu. »Noch einmal herzlich willkommen bei der *California Entertainment & Music Corporation.*« Ein höflicher Applaus ertönte, dann wandte Mr. Goldstein sich an seine Mitarbeiter, erzählte ihnen, ich sei eine talentierte Singer-Songwriterin und habe bereits ein Album aufgenommen mit Songs, die samt und sonders aus meiner Feder stammten.

»Sie werden jetzt fünf ausgewählte Titel hören, damit Sie eine Ahnung davon bekommen, weshalb Miss Grant heute hier bei uns ist, und warum ich mir wünsche, sie für uns gewinnen zu können.« Er lächelte mir zu, dann gab er Juan Delgado ein Zeichen und nahm neben mir Platz. Sekunden später erklangen die ersten Akkorde von *Tonight*. Die Auswahl war gewagt, denn dieser Song – Brady hatte ihn als *wagnerianisch* bezeichnet – war das bombastischste Stück des ganzen Albums. Ich zitterte vor Aufregung und wünschte, Jasper würde jetzt hier sein und meine Hand halten. Aus den Augenwinkeln beobachtete ich verstohlen die Gesichter der Profis, die sicher schon Hunderte Möchtegern-Sängerinnen wie mich erlebt hatten und beurteilen mussten, ob sich eine Investition in mich lohnen würde. Der Einzige, der völlig entspannt wirkte, war Marcus Goldstein. Meine Stimme füllte den Raum mit einer Intensität, die ich vorher selbst so nie gespürt hatte. Ein Mann klopfte mit seinem Fuß den Rhythmus mit. Augenbrauen zuckten in die Höhe und überraschte Blicke wurden gewechselt. Ich beobachtete mit Erleichterung, wie Erstaunen in Anerkennung umschlug, dann bei *Sorcerer* und *Nowhere going fast* schließlich in Begeisterung. Der Einzige, dem meine Songs nicht zu gefallen schienen, war Brian Lamb. Er stand ein Stück abseits und tippte mit grimmiger Miene etwas in sein Handy, als alle anderen applaudierten.

* * *

Um kurz vor neun traf ich Mr. Goldstein vor der Tür eines noblen Restaurants in Beverly Hills. Gregory hatte mich mit der Limousine am Hotel in Santa Monica abgeholt und hierher chauffiert, und ich war schrecklich nervös, weil ich nicht wusste, was mich erwartete. Wie war das Gespräch mit den Vorstandsmitgliedern gelaufen, nachdem man mich verabschiedet hatte?

»Hallo, Sheridan!«, begrüßte Mr. Goldstein mich lächelnd. »Sind Sie zu Ihrer Zufriedenheit untergebracht?«

»Ha ... hallo, Mr. Goldstein«, stammelte ich. »Ja, das Zimmer ... also, das Hotel ... ist wunderbar.«

Das war die Untertreibung des Jahrhunderts. Nach der Listening Session war ich mit der Limousine ins Hotel gefahren worden. Das *Casa del Mar* lag direkt am Santa Monica Beach, nur einen halben Block von der Konzernzentrale der CEMC entfernt, und ich hätte die paar Meter auch zu Fuß gehen können, aber Carey hatte darauf bestanden, dass ich mich fahren ließ. In Los Angeles gehe niemand zu Fuß, hatte er mir erklärt. Ich hatte mit einem netten Zimmer mit Meerblick gerechnet, aber man hatte für mich die Penthouse-Suite gebucht, die neben einer privaten Dachterrasse mit Whirlpool mit einer kompletten Bar und allem erdenklichen Luxus ausgestattet war und die Kleinigkeit von zweitausend Dollar pro Nacht kostete. Jemand hatte bereits meine Reisetasche und meinen Koffer ausgepackt und meine wenigen Klamotten ordentlich in den begehbaren Kleiderschrank gehängt, was ziemlich mickrig aussah. Auf einem der Tische hatten ein silberner Sektkühler mit einer Flasche Champagner und ein gigantischer Blumenstrauß als Willkommensgruß auf mich gewartet. Dazu hatte Mr. Goldstein eine Karte geschrieben, die an der Blumenvase lehnte. Mir bereitete diese übertriebene Großzügigkeit inzwischen Unbehagen, denn ich geriet immer mehr in Mr. Goldsteins Schuld.

»Vielen Dank, auch für die Blumen und den Champagner.« Ich hatte meine Stimme wieder einigermaßen unter Kontrolle. »Das wäre nicht nötig gewesen.«

»Ach, was ist schon nötig?« Mr. Goldstein musterte mich mit einer Mischung aus Neugier und Wohlwollen. »Sie sehen großartig aus, Sheridan.«

Ich trug schwarze Jeans, Cowboystiefel und ein dünnes graues Rollkragenshirt, dazu den Vintage-Ledermantel, den ich in einem Secondhandshop in Kansas City gekauft hatte. Mein Haar hatte ich mir locker hochgesteckt, aber außer etwas Mascara trug ich kein Make-up. Wahrscheinlich hätte ich schickere Klamotten angezogen, wenn ich welche besessen hätte.

»Danke«, antwortete ich, und weil ich nicht vorhatte, mich von ihm mit Flügen im Privatjet, Geschenken und luxuriösen Hotelzimmern manipulieren und in die Rolle der Unterlegenen drängen zu lassen, fügte ich hinzu: »Sie sehen übrigens auch sehr gut aus.«

Mr. Goldstein stutzte.

»Äh ... vielen Dank«, sagte er überrascht, dann lachte er, halb verlegen, halb geschmeichelt. »Das hat mir ja schon lange niemand mehr gesagt!«

Unerwartete Komplimente brachten Milliardäre also ebenso aus dem Konzept wie Serienmörder, stellte ich fest.

Wir betraten das Restaurant und wurden zu einem Tisch geleitet. Ich traute meinen Augen kaum, als ich an den Nachbartischen leibhaftige Hollywoodstars erkannte, die Mr. Goldstein zuwinkten, ihn mit Vornamen ansprachen und mich mit unverhohlenem Interesse musterten. Der Inhaber des Restaurants kam an unseren Tisch und begrüßte Mr. Goldstein mit einer herzlichen Umarmung. Wenig später wurde der Aperitif serviert, natürlich wieder einmal Champagner.

»Auf Ihr Wohl, Sheridan!« Mr. Goldstein prostete mir zu. »Und auf Ihr Album. Alle waren vollkommen begeistert von *Wuthering Times*.«

»Danke, Mr. Goldstein«, erwiderte ich höflich. »Das freut mich.«

»Bitte, Sheridan, nennen Sie mich Marcus«, sagte er freundlich. »Hier in Kalifornien ist man nicht so förmlich.«

»Okay.« Ich konnte den Mann nicht einschätzen und spürte, dass sich hinter seiner entspannten Attitüde etwas anderes verbarg. Nur was? Sein Tonfall passte oft überhaupt nicht zur Farbe seiner Stimme, und das war irritierend und gemahnte mich zur Vorsicht. Nicholas hatte mir einmal den Rat gegeben, Fremden eine gesunde Skepsis entgegenzubringen, allerdings dürfe das nicht dazu führen, dass ich niemandem mehr vertraute und von jedem Menschen gleich das Schlechteste erwartete. Tat ich das? Erwartete ich Schlechtes von Marcus Goldstein? Weshalb diese teure Suite im Hotel? Der Champagner? Die Blumen? Glaubte er, mich damit kaufen zu können? Andererseits, was bedeuteten einem so reichen Mann wie Marcus Goldstein schon zweitausend Dollar? Egal. Ich musste es herausfinden, sonst würde ich mich in seiner Gegenwart niemals wirklich wohlfühlen können.

»Darf ich Sie etwas fragen, Marcus?«

»Selbstverständlich.«

»Gehen Sie oft mit Künstlern essen, die Sie unter Vertrag nehmen wollen?« Für subtile Andeutungen fehlte mir die Geduld.

»Nein«, antwortete er, ohne zu zögern. »Eigentlich nie.«

»Und …« Mein Puls beschleunigte sich. »Und warum mit mir?«

Seine Miene blieb gelassen, aber er begann den Stiel des Champagnerglases zwischen seinen Fingern zu drehen.

»Weil Sie mich neugierig machen«, gab er offen zu. »Darf ich Sie auch etwas fragen?«

»Natürlich.«

»Wieso haben Sie neulich Ihren Vater angelogen?«

»Äh … wie bitte?« Seine Frage brachte mich kurz aus der Fassung. »Was meinen Sie?«

»In Norfolk, kurz bevor wir nach Kansas City gestartet sind, haben Sie Ihren Vater angerufen und ihm gesagt, Ihr Bruder sei genau in dem Moment, als wir losgefahren sind, aufgetaucht.« Marcus' Mundwinkel deuteten ein Lächeln an, aber sein Blick war ernst. »Sie haben ihm nicht gesagt, dass Sie mit Ihrem Bruder gesprochen haben. Warum nicht?«

»Das … das ist eine komplizierte Sache«, stotterte ich und

wand mich innerlich. Verdammt! Wie konnte er sich bloß an so etwas erinnern?

»Davon bin ich überzeugt.« Marcus nickte. Er betrachtete mich so aufmerksam, dass mir abwechselnd heiß und kalt wurde. »Sie wollten Ihrem Bruder unbedingt aus dem Weg gehen, deshalb waren Sie bereit, mit mir nach Kansas City zu fliegen. Verstehen Sie mich nicht falsch, Sheridan. Ich verurteile Sie nicht, im Gegenteil. Ich bin beeindruckt.«

»Wirklich?« Ich wollte an meinem Champagner nippen, aber das Glas war dummerweise leer. Marcus machte nur eine winzige Handbewegung, ohne sich suchend umzublicken, und der Ober, der ihn offenbar nicht aus dem Blick gelassen hatte, kam daraufhin sofort angestürzt und füllte mein Glas wieder.

»Sie sind außergewöhnlich talentiert und eine bemerkenswert schöne Frau«, fuhr Marcus fort, als der Ober wieder außer Hörweite war. »Das sind zwei Tatsachen. Was mich allerdings interessiert, ist die Persönlichkeit, die hin und wieder hinter Ihrem disziplinierten und höflichen Auftreten hervorblitzt.«

»Aha.« Ich zwang mich zur Ruhe, obwohl ich innerlich vibrierte. Plötzlich herrschte eine prickelnde Spannung zwischen uns, und mir wurde klar, dass ich sofort eine Grenze ziehen musste. Menschen wie Marcus Goldstein wurden von jedem Rückzieher nur zusätzlich angestachelt, und mir war sehr daran gelegen, ihn nicht so leicht die Oberhand gewinnen zu lassen. »Dasselbe interessiert mich übrigens auch bei Ihnen. Ich kann Geräusche sehen. Stimmen sehe ich zum Beispiel in Farben. Und zwischen Ihrer Stimme und dem, was Sie sagen, gibt es immer eine Diskrepanz.«

Das verschlug dem eloquenten Mann kurz die Sprache. Er starrte mich mit einer Mischung aus Faszination und Unglaube an.

»Wie sieht meine Stimme jetzt gerade aus?«, erkundigte er sich neugierig.

»Bronzefarben mit einem Stich ins Azurblaue«, antwortete ich. »Und sie hat Kanten. Die hat Ihre Stimme übrigens fast immer. Heute Nachmittag, in Ihrem Büro, war sie so gezackt wie ein Sägeblatt.«

»Das ist ja interessant. Fast wie ein Lügendetektor, oder?«

»Ja, stimmt.« Ich nickte. »Wobei es eher ein Stimmungsdetektor ist.«

»Kann ich das irgendwie beeinflussen?«, wollte Marcus wissen. Diese Frage war außerordentlich aufschlussreich. Marcus Goldstein war ein dominanter Charakter, ein Alpha-Tier, der es sicherlich nicht mit Nettigkeit und Rücksichtnahme in die Position gebracht hatte, in der er war. Er hatte ein feines Gespür für Menschen, war in der Lage, sich schnell auf sein Gegenüber einzustellen und es zu manipulieren. Aber er besaß dennoch genug Souveränität, um sich von der Vorstellung, dass es etwas gab, was außerhalb seiner Kontrolle lag, nicht beunruhigen zu lassen.

»Nein.« Ich schüttelte den Kopf und lächelte. »Ich glaube nicht.«

»Absolut faszinierend.« Marcus trank sein Glas leer. »Wie funktioniert das? Gibt es eine Bezeichnung für dieses ... Talent?«

»Man nennt das Synästhesie«, erklärte ich ihm. »Ein FBI-Profiler, den ich kürzlich getroffen habe, hat es als neurobiologisches Phänomen bezeichnet. Wenn ich Geräusche, Stimmen oder Musik höre, sehe ich gleichzeitig Farben und Muster. Das war schon immer so. Für mich ist das normal.«

Der Restaurantbesitzer persönlich trat mit einer Schiefertafel, auf die mit Kreide die verschiedenen Gerichte geschrieben waren, an unseren Tisch, pries uns tagesaktuelle Spezialitäten an und machte etwas oberflächlichen Small Talk mit Marcus. Als ich »Weinbergschnecken mit Kräuterbutter« las, musste ich mich bemühen, nicht zu kichern, weil ich sofort an die Restaurantszene in *Pretty Woman* denken musste. Glücklicherweise hatte Paul mich zwei oder drei Mal in ähnliche Restaurants zum

Essen ausgeführt, sodass ich mich nicht gänzlich hinterwäldlerisch benahm und mich auch von den vielen Gabeln, Messern, Löffeln und den verschiedenen Gläsern nicht einschüchtern ließ. Trotzdem begleitete mich seit meiner Ankunft in Los Angeles das paranoide Gefühl, durch irgendeinen seltsamen Zufall in einen Film geraten zu sein.

»Was haben Sie mit FBI-Profilern zu tun?« Marcus fand mühelos zurück zu dem Thema, über das wir gesprochen hatten, bevor der Restaurantchef an unseren Tisch gekommen war.

»Meine Mutter wurde in Deutschland von einem Serienkiller ermordet«, erwiderte ich, als sei es das Alltäglichste der Welt. »Ich habe ihren Mörder neulich im ADX Florence besucht, weil das FBI hoffte, ich könnte neue Informationen von ihm bekommen. Und tatsächlich hat er mir den Ort verraten, an dem er 1978 eine Frauenleiche vergraben hat.«

»Das ist nicht wahr, oder?« Marcus Goldstein schüttelte ungläubig den Kopf.

»Leider doch.« Ich seufzte. »Dieser Serienmörder, er heißt Scott Andrews, hat gesagt, wenn ich ihn einmal pro Jahr besuche, verrät er mir jedes Mal einen weiteren Leichenablageort. Das habe ich abgelehnt. Mein Bruder Jordan ist ein Cop, der beim FBI gut dastehen will. Er übt Druck auf mich aus, damit ich meine Meinung ändere. Darum ging es an dem Morgen, als Sie bei uns auf der Farm waren. Mein Dad weiß allerdings nicht, dass Jordan und ich uns deswegen zerstritten haben.«

Marcus musterte mich mit einer Intensität, die meine Nerven zum Flattern brachte. Kurz fühlte ich mich versucht, ihm von Ethan Dubois, Calvin und Rusco zu erzählen, nur um zu sehen, wie er darauf reagieren würde, aber dann besann ich mich.

»Danke für Ihr Vertrauen und Ihre Aufrichtigkeit, Sheridan«, sagte er, ohne zu lächeln. »Ich weiß das sehr zu schätzen.«

»Gern geschehen«, erwiderte ich.

In Marcus' goldbraunen Augen erschien ein schwer zu

deutender Ausdruck. Plötzlich schwang etwas Unwägbares zwischen uns. Ein kitzelnder Stromstoß rieselte durch meinen Körper.

Oh Gott, könnte es sein, dass er ...? Wollte er ...?, schoss es mir durch den Kopf. Glücklicherweise wurde in diesem Moment unsere Vorspeise serviert. Der eigenartige Augenblick war vorüber. Marcus lächelte wieder so routiniert verbindlich wie immer und wünschte mir einen guten Appetit. Wir speisten vorzüglich. Flusskrebse mit lauwarmem Ziegenkäse an Rucola mit Granatapfelkernen und einer Honig-Feigen-Vinaigrette, Steinbutt mit gepfeffertem Petersilienjus und Auberginenpiccata und zum Dessert ein Zitrus-Wagashi. Jedes Gericht war ein Kunstwerk, beinahe zu schade, um es zu essen. Dazu tranken wir fruchtigen Sancerre aus funkelnden Kristallgläsern. Für den Rest des Abends sprachen wir nicht mehr über Farbenhören oder Serienmörder, sondern über das Musikbusiness im Allgemeinen und Besonderen. Als Gregory mich viel später zurück zum Hotel fuhr, dämmerte mir, was es bedeutete, nicht alleine in den Dschungel der Musikwelt stolpern zu müssen, sondern unter dem Schutz eines so mächtigen Mannes wie Marcus Goldstein zu stehen. Gleichzeitig war mir auch klar geworden, dass ich einen Menschen an meiner Seite brauchte, dem ich vertrauen konnte. Jemand, dessen Ratschläge nicht nur eigennütziger Natur waren. Alles, was ich heute erlebt hatte, fühlte sich irgendwie surreal an, und obwohl der Tag lang und anstrengend gewesen war, war ich zu aufgewühlt, um schon schlafen zu können. Ich mixte mir einen Gin Tonic – sogar Eiswürfel gab es im Kühlschrank der Luxussuite –, ging hinaus auf die Dachterrasse und versuchte, Jasper zu erreichen. Er ging nicht ans Telefon. Wahrscheinlich schlief er längst. In Wyoming war es schon halb drei morgens. Trotzdem verspürte ich das dringende Bedürfnis, ihm wenigstens kurz mitzuteilen, was ich alles erlebt hatte, dass es mir gut ging und wie sehr ich ihn vermisste. Leider besaß Jasper kein Handy, denn auf seiner Ranch in den Bergen gab es keinen Netzempfang, deshalb konnte ich ihm keine SMS schicken. Eine Weile blickte ich hinüber zum hell erleuchteten Santa Monica Pier und lauschte dem Meeresrauschen. Vielleicht konnte ich ihm eine E-Mail schreiben. Seine E-Mail-Adresse kannte ich auswendig, so oft hatte ich die Aufschrift auf dem Kugelschreiber gelesen. Ich wählte mich mit meinem Laptop in das Hotel-WLAN ein und rief mein E-Mail-Konto auf, das ich vor sechs Monaten stillgelegt hatte. Ich loggte mich ein und klickte auf *Konto aktivieren*. Nach ein paar Sekunden meldete der Provider 271 eingegangene Mails, von denen die meisten Spam waren. Neugierig scrollte ich ein Stück nach unten und zuckte plötzlich erschrocken zusammen. Am 12. März hatte ich eine Mail von Keira Jennings bekommen! Wie war das möglich? Ich erinnerte mich lebhaft an die Häme, mit der Ethan mir erzählt hatte, dass Calvin sie getötet hatte. Oder hatte ich da etwas falsch verstanden? Mein Herz pochte aufgeregt. Ich klickte die Mail an.

Hey Carol-Lynn (Sheridan), hier ist wieder mal meine monatliche Mail. Und diesmal bin ich richtig guter Dinge, denn ich habe im Internet gelesen, dass f***ing Ethan Dubois im Knast sitzt!!! Im Leben gibt's also doch so was wie Gerechtigkeit! Ich bin immer noch in Chicago, arbeite immer noch als Rechtsanwaltsgehilfin ... wobei, eigentlich trifft es das nicht so richtig. Na ja. Ich hab sogar einen gescheiten Kerl an Land gezogen, einen von den Anwälten hier, süßer Typ, heißt Tony. Und mir geht's echt gut. Nur das miese Wetter in Chicago geht mir auf den Keks. Was ist mit Dir? Hast Du den Doc geheiratet? Würd mich freuen, mal von Dir zu hören. Bis bald, KJ

Ich musste vor Erleichterung lachen. Ja, das klang ganz nach Keira! Plötzlich sehnte ich mich danach, mit ihr zu sprechen. Keira war die erste und einzige Freundin, die ich je gehabt hatte. Acht Monate lang hatten wir zusammen mit zwei anderen Mädchen in einem Haus gewohnt, und ihr verdankte ich es, dass ich jetzt überhaupt hier sitzen konnte. Mit Grauen dachte ich an den Morgen in Savannah, als Mickey mich um ein Haar in der Badewanne ertränkt hätte. Das Bild, wie der Griff unseres Fleischermessers aus seinem Rücken ragte und hellrotes Blut aus seinem Hals spritzte, hatte sich für ewig auf meiner Netzhaut eingebrannt. Hätte Keira ihn nicht umgebracht, wäre ich in Ethans Bordell gelandet.

Ich tippte eine Antwort und schickte ihr meine Handynummer. Nur drei Minuten später summte mein Handy. Mir fiel ein Stein vom Herzen, als ich Keiras Stimme an meinem Ohr hörte. Zuerst heulten wir beide ein bisschen vor Freude, dann erzählte ich Keira, wie es dazu gekommen war, dass Ethan nun im Gefängnis saß.

»Oha!«, sagte sie. »Das klingt nicht so, als ob du deinen Arzt geheiratet hättest.«

»Nein. Das mit Paul hatte sich danach erledigt«, gluckste ich belustigt. »Zum Glück! Denn du wirst nicht glauben, wo ich gerade bin: im Penthouse eines 5-Sterne-Hotels am Santa Monica Beach in Los Angeles. Eine Plattenfirma will unbedingt einen Vertrag mit mir machen.«

Ich erzählte ihr, wie es dazu gekommen war, und Keira war begeistert.

»Hey! Du brauchst nicht zufällig eine Managerin, die auf dich aufpasst? Tony und ich haben nämlich keinen Bock mehr auf Chicago und die Kälte hier. Und nach Kalifornien wollten wir schon immer.«

Die Vorstellung, meine furchtlose, clevere Freundin hier bei mir zu haben, gefiel mir außerordentlich.

»Wann kannst du hier sein?«, fragte ich.

»Gib mir zehn Tage. Dann habe ich alles geklärt«, erwiderte Keira. »Ich ruf dich an, wenn ich einen Flug buche, okay?«

»Oh ja!« Ich war begeistert. »Ich kümmere mich in der Zwischenzeit um eine Wohnung und ein Auto. Oh Keira, ich freue mich so! Wir werden eine coole Zeit in Kalifornien haben!«

»Absolut! Ach, Sheridan? Unterschreibe nichts, bis ich da bin«, mahnte Keira mich. »Tony arbeitet bei *Nussbaum Levinson Smith* in der Abteilung, die auf Musikrecht spezialisiert ist. Er macht nichts anderes als Verträge entwerfen. Klingt öde, aber Tony ist voll süß. Nicht der typische Anwalt.«

Sie kicherte.

Montys Prophezeiung kam mir in den Sinn, und ich konnte es kaum fassen. *Du wirst in den entscheidenden Momenten immer wieder jemandem begegnen, der dir weiterhilft.*

Dies hier war ein entscheidender Moment. Es konnte kein Zufall sein, dass ich ausgerechnet heute Abend mein E-Mail-Konto aus dem Dornröschenschlaf erweckt und Keiras Mail gefunden hatte. Das war Schicksal.

Ich schrieb Jasper noch eine lange Mail, und als der Himmel im Osten bereits hell wurde, kroch ich ins Bett und schlief sofort ein.

* * *

Die erste Woche in Los Angeles verging wie im Flug. Doch wie aufregend diese Stadt auch sein mochte, ich war ein Landmädchen, und der Lärm, die vielen Menschen und Autos machten mich ganz nervös und lösten in meinem Gehirn heftige Formen- und Farbexplosionen aus, wie früher, wenn Dad mich mit nach Boston oder New York genommen hatte. Nie hatte ich es lange in einer Stadt ausgehalten. Carey und sein Team gaben sich große Mühe, mir meinen Aufenthalt so angenehm wie möglich zu gestalten, aber zusätzlich zu der Reizüberflutung verspürte ich in ihrer Gegenwart eine ständige unterschwellige Anspannung. Ich fühlte mich, als stünde ich permanent unter Strom. Am meisten verunsicherten mich die widersprüchlichen Signale, die ich empfing, sobald ich das Firmengebäude der CEMC betrat und mit den Mitarbeitern sprach. Die Unstimmigkeit zwischen dem, was sie sagten, und dem Klang ihrer Stimmen war so groß, dass es mir so vorkam, als sprächen sie in einer fremden Sprache mit mir. Mein Unbehagen wuchs von Tag zu Tag. Was war hier los? Marcus war für ein paar Tage geschäftlich an die Ostküste gereist. Er hatte mir zwar mehrfach versichert, ich könne ihn jederzeit anrufen, wenn ich eine Frage hätte oder irgendein Problem, aber ich wusste nicht, wie ich ihm mein Dilemma schildern sollte, ohne überspannt zu klingen. Carey merkte, dass mit mir irgendetwas nicht stimmte, doch ich vertraute ihm nicht genug, um offen mit ihm zu sprechen. Und möglicherweise war ja auch etwas ganz anderes die Ursache für meine paranoide Stimmung. Ich fühlte mich nicht wohl dabei, in einer Zweitausend-Dollar-Penthouse-Suite zu wohnen, obwohl ich mir nicht mehr sicher war, einen Vertrag mit der CEMC abzuschließen, deshalb zog ich in ein Motel, das nur einen Block weit entfernt lag. Außerdem kaufte ich mir mit Dads Kreditkarte einen drei Jahre alten schwarzen Jeep Wrangler, um nicht länger auf den Limousinen-Service der CEMC angewiesen zu sein. Ich vermisste Jasper so sehr, dass es wehtat. Schon morgens freute ich mich darauf, am Abend mit ihm zu telefonieren, und das ließ die Tage lang werden. Am Tag von Keiras Ankunft – sie hatte die letzte Maschine von Chicago gebucht, die um 22:00 Uhr landen würde – stand am Nachmittag eine Vier-Augen-Besprechung mit Brian Lamb in meinem Terminkalender. Ich hatte gegen den Mann mittlerweile eine solche Aversion entwickelt, dass ich körperliches Unwohlsein empfand, wenn ich ihn nur sah.

Es war keine Einbildung: Lamb setzte alles daran, mir das Leben schwer zu machen. In seiner selbstgefälligen Art kritisierte er mein Album, bezeichnete es als wirren Genre-Mischmasch und behauptete, ich habe keine Ahnung davon, wie man einen

Song aufbaut. Wie ein Lehrer skizzierte er am Whiteboard die Struktur eines Songs und zeigte mir anhand von *Tonight* und *Talk of the town* auf, welche Fehler ich seiner Meinung nach gemacht hatte. Er benutzte nur negative Vokabeln wie ›langweilig‹, ›nicht tanzbar‹ und ›überladen‹, und ich musste an mich halten, um nicht einfach aufzuspringen und zu gehen. Eigentlich hätte ich anschließend noch einen Termin mit den Marketing-Leuten gehabt, aber ich verließ das Gebäude kochend vor Zorn und fuhr direkt ins Motel. Bevor ich Marcus Goldstein anrief um ihm mitzuteilen, dass eine Zusammenarbeit mit der CEMC für mich nicht mehr infrage käme, rief ich Jasper an. Ich hatte Glück und erreichte ihn sofort. Aufgebracht erzählte ich ihm, wie Brian Lamb meine Songs und mich niedergemacht hatte.

»Er will den Titel des Albums ändern, weil er *Wuthering Times* zu sperrig findet!«, beklagte ich mich. »Ich werde überhaupt nicht gefragt! Dieser Idiot tut so, als hätte ich schon einen Vertrag unterschrieben und entscheidet alles über meinen Kopf hinweg: Termine, Marketing-Strategie, welche Titel auf dem Album sein sollen, welcher Song für die erste Single-Auskopplung genommen wird. Die Marketing-Abteilung soll ein *Image* für mich kreieren, um mich auf dem Musikmarkt zu *positionieren!* Diesem Kerl schwebt vor, dass ich auf der Bühne herumhüpfe, mit Tänzern, so wie Britney Spears oder Christina Aguilera! Und ich soll meine Haare hellblond färben!«

Ich schnappte empört nach Luft.

»Reg dich nicht auf, Baby«, sagte Jasper, der mir geduldig zugehört hatte. »Eigentlich ist es gut, dass es so läuft, bevor du einen Vertrag unterschrieben hast.«

»Wie meinst du das?« Ich zündete mir eine Zigarette an. Wie immer hatte Jaspers Stimme eine beruhigende Wirkung auf mich.

»Na ja, so siehst du, was alles schieflaufen kann«, erwiderte er. »Noch kommst du ohne Probleme aus der Nummer raus, wenn dir das alles nicht gefällt. Weiß eigentlich Mr. Goldstein von alledem?«

»Keine Ahnung. Ich habe ihn seit ein paar Tagen nicht mehr gesehen«, erwiderte ich und schilderte ihm jetzt meine seltsamen Empfindungen und mein Unbehagen.

»Ich kann mir denken, dass die Stimmung bei der CEMC miserabel ist«, sagte Jasper zu meiner Überraschung. »Sie stehen kurz vor der Zerschlagung. Wie du weißt, wurde Marcus Goldstein erst Anfang des Jahres vom Aufsichtsrat als Troubleshooter geholt, um das Unternehmen zu retten. Wahrscheinlich greift er dort im Moment hart durch. Ich schätze mal, dass es schon viele Entlassungen und jede Menge Kürzungen gegeben hat. Es herrscht eine große Unsicherheit, die Leute fürchten um ihre Existenz und Goldstein ist deshalb bei seinen Mitarbeitern nicht sonderlich beliebt.«

»Woher weißt du das alles?« Ich war verwundert.

»Ich habe mal ein bisschen recherchiert und eins und eins zusammengezählt«, gab Jasper zu und lachte leise. »Ich kann ziemlich gut zwischen den Zeilen lesen, schließlich habe ich zehn Jahre als Unternehmensberater gearbeitet, bevor ich Cowboy geworden bin.«

»Stimmt.« Ich musste lächeln. »Das hätte ich fast vergessen.«

»Natürlich ist man dir gegenüber äußerst skeptisch, denn du bist Protegé vom großen Boss«, fuhr Jasper fort. »Sie misstrauen dir, weil sie glauben, dass du alles sofort Goldstein steckst.«

»Aber müsste dieser blöde Lamb mich dann nicht besonders freundlich behandeln?«, überlegte ich laut. »Wieso provoziert er mich die ganze Zeit und macht alles schlecht, was ich tue?«

»Um den anderen zu zeigen, dass er sich von Goldstein nicht in sein Ressort reinpfuschen lässt«, entgegnete Jasper. »Das ist zwar unklug von ihm, aber typisch für einen Machtkampf. Lass dich nicht da reinziehen. Wenn es sich für dich nicht gut anfühlt, dann höre auf dein Bauchgefühl und schau dich nach einem anderen Label um. Du hast überhaupt keine Verpflichtungen nur, weil Goldstein dich mit einer Zweitausend-Dollar-Hotelsuite und allem möglichen Firlefanz bestechen will.«

Wir wechselten das Thema, und Jasper brachte mich zum Lachen, indem er mir von ein paar kuriosen Vorstellungsgesprächen erzählte, die er heute geführt hatte. Sie brauchten einen Koch, Zimmermädchen und Wrangler für die Sommersaison, denn die Ranch war zu Jaspers Freude von Memorial Day bis Anfang Oktober beinahe komplett ausgebucht. Allmählich taute auch in den Bergen von Wyoming der Schnee, sodass er weiter an den neuen Blockhütten arbeiten konnte, die zur Unterbringung der Gäste dringend gebraucht wurden.

»Ach, ich vermisse dich so«, seufzte ich.

»Ich dich auch, Baby«, erwiderte Jasper zärtlich. »Ich denke in jeder Sekunde an dich. Glaub mir, ich würde am liebsten auf der Stelle zu dir kommen. Ich bin froh, dass deine Freundin heute kommt und du dann wenigstens nicht mehr ganz alleine bist.«

»Ja, darauf freue ich mich auch«, sagte ich. »Es fühlt sich ätzend an, allein in einer fremden Stadt zu sein.«

»Kopf hoch, Sheridan! Lass dich von niemandem ärgern«, munterte Jasper mich auf. »Denk immer daran, dass die CEMC-Leute *dich* wollen. Du brauchst sie nicht! Dein Album ist so wunderbar, dafür findest du auch eine andere Plattenfirma.«

Als ich auflegte, fühlte ich mich einigermaßen getröstet. Ich klappte meinen Laptop auf, schrieb eine Mail an Dad und eine zweite an Becky, bevor ich mich in meinen offenen Jeep setzte und auf den Weg zum Flughafen machte, um Keira abzuholen. Die Luft war mild, mein Haar flatterte im Fahrtwind, und ich fühlte mich frei und sehr erwachsen, als ich durch die nächtliche Stadt fuhr. Mein Handy klingelte ein paar Mal, aber ich achtete nicht darauf. Wahrscheinlich war es wieder einmal Carey, der wissen wollte, wo ich war. Ich hatte niemandem verraten, wohin ich gezogen war, als ich das *Casa del Mar* verlassen hatte. Gleich morgen früh würde ich Marcus anrufen und ihm mitteilen, dass ich mich dazu entschlossen hatte, nicht bei der CEMC zu unterschreiben. Seitdem ich diese Entscheidung getroffen hatte, ging es mir viel besser.

* * *

»Was soll das heißen – Sie wissen nicht, wo sie ist?« Marcus hatte Mühe, seine Stimme zu beherrschen und nicht sofort loszuschreien. Er war auf dem Weg zum Logan Airport in Boston, wo sein Jet auf ihn wartete, um ihn nach Toronto zu bringen.

»Miss Grant hat das Hotel vor ein paar Tagen verlassen und mir nicht mitgeteilt, wo sie jetzt wohnt«, erwiderte Carey Weitz. »Ich versuche schon seit gestern Abend sie zu erreichen, aber sie geht nicht ans Telefon.«

»Ist irgendetwas vorgefallen?«, wollte Marcus wissen.

»Na ja, hm. Wie soll ich das sagen?«, druckste Weitz herum. »Sie hatte gestern eine Besprechung mit Brian und danach ist sie verschwunden.«

Schon wieder Brian Lamb, dieser Wichser! Marcus spürte, wie heißer Zorn in ihm hochkochte. Der Kerl war ihm ein Dorn im Auge, aber als Schwiegersohn von Doug Hammond war er quasi unkündbar. Lamb hatte selbst auf den Posten des CEO spekuliert, dabei gab es nichts, was ihn dazu qualifiziert hätte, einen Konzern wie die CEMC zu führen, erst recht nicht in wirtschaftlich schwierigen Zeiten. In den 80ern und frühen 90ern war Lamb in Großbritannien ein ziemlich erfolgreicher A&R-Mann gewesen, er hatte ein paar Acts entdeckt und entwickelt, die zu Stars geworden waren. Zweifellos hatte er ein gutes Gespür gehabt, er war nur zu zögerlich gewesen, deshalb waren ihm viele Künstler von anderen, entschlosseneren A&Rs – in ein paar Fällen auch von Marcus – vor der Nase weggeschnappt worden. Diese Niederlagen hatte Lamb, ein nachtragender, kleinlicher

Charakter, ihm nie verziehen. Der cleverste Coup seines Lebens war sicherlich die Heirat mit Doug Hammonds einziger Tochter Pattie gewesen. Lambs große Zeit war längst vorbei, das wusste jeder außer ihm selbst, aber er war noch immer auf der Suche nach den neuen Spice Girls. Eigentlich hätte er einem leidtun können, wäre er nicht so ein überheblicher, destruktiver Mistkerl gewesen, der nichts unversucht ließ, Marcus' Rettungspläne zu torpedieren.

»Waren Sie bei der Besprechung dabei?«, fragte er.

»N... nein«, gab Carey Weitz zu. »Brian wollte unter vier Augen mit ihr sprechen. Es ... es tut mir leid, Sir.«

Marcus musste sich auf die Zunge beißen, um jetzt nichts Falsches zu sagen. Letztendlich war das alles seine eigene Schuld. Als er Carey Weitz die Verantwortung für das Projekt Sheridan Grant übertragen hatte, hatte er offensichtlich die alten Strukturen und Solidaritäten bei der CEMC unterschätzt. Um sich gegen jemanden wie Brian Lamb zu behaupten, brauchte man erheblich mehr Rückgrat, als Weitz es besaß. Marcus beschloss, die Angelegenheit nun doch zur Chefsache zu machen, um niemanden in Loyalitätskonflikte zu bringen.

»Ich bin heute am späten Nachmittag im Büro«, sagte er kurz angebunden. »Canceln Sie alle Termine, die für Sheridan vorgesehen waren. Wenn jemand nach dem Grund fragt, sagen Sie, sie sei krank.«

Er beendete das Telefonat und rief seinen Piloten an. Diese Sache hatte höhere Priorität als der Termin in Toronto, er musste sofort zurück nach Los Angeles, bevor dieses Arschloch Lamb alles zerstören konnte. In einem ersten Impuls wollte Marcus Sheridans Nummer wählen, aber er entschied sich, ihr nur eine Nachricht zu schreiben. Mit etwas Glück war die Situation noch irgendwie zu retten.

Schon vor ihrem gemeinsamen Abendessen hatte Marcus oft über die junge Frau nachgedacht, doch damals war es nur darum gegangen, sie irgendwie nach Los Angeles zu locken. Er war sich ziemlich sicher gewesen, dass es ausreichen würde, sie ordentlich zu beeindrucken. Aber jetzt, da er sie ein wenig besser kannte, wusste er, dass das ein Irrtum gewesen war. Beim Dinner im *Spago* hatte er eigentlich nur mehr über Sheridan erfahren und mit ihr plaudern wollen, doch stattdessen war irgendetwas passiert, etwas Beunruhigendes, worüber er sich seitdem den Kopf zerbrach. Immer wieder musste er an sie denken, an ihre bezaubernden grünen Augen, an ihre Natürlichkeit und an dieses warme Gefühl, das sie in ihm ausgelöst hatte und das ihn seitdem verwirrte. Im Laufe seines Lebens hatte Marcus Tausende dieser jungen Frauen gesehen, die mit völlig überzogenen Erwartungen nach Los Angeles kamen, davon träumten, ein großer Star zu werden, und zu allem bereit waren, um einen Plattenvertrag, eine Filmrolle oder einen Job zu ergattern. Früher war er kein Kostverächter gewesen. Die Mädchen machten es einem einflussreichen Mann leicht, wenn sie sich Vorteile für ihre Karriere versprachen. Marcus erinnerte sich an Mädchen, die ihm schon die Hose aufgemacht hatten, bevor die Zimmertür hinter ihnen ins Schloss gefallen war. Eine besonders hartnäckige Dame hatte sich einmal sogar splitternackt mit hochhackigen Pumps auf die Kühlerhaube seines Aston Martin gelegt, was ihn ziemlich verärgert hatte. Auf ähnliche Weise hatte er seine dritte und vierte Ehefrau kennengelernt. Er hätte irgendwann klüger sein müssen, aber was Frauen betraf, hatte er immer einen blinden Fleck gehabt. So schnell, wie er sich früher verliebt hatte, hatte er sich auch wieder entliebt, und deshalb war es ihm vielleicht sogar recht geschehen, dass er an Frauen geraten war, für die Liebe ohnehin keine Rolle gespielt hatte, sondern nur eisenharte Berechnung. Kein einziges der vielen Mädchen, mit denen er im Bett gewesen war, war eine anregende Gesprächspartnerin gewesen, ihnen war es stets nur um ihre eigenen Wünsche, Ideen, Pläne, Träume gegangen.

Auch seinen Ehefrauen war er persönlich herzlich egal gewesen, solange er bezahlte.

Die Limousine stoppte am Privatfliegerterminal. Marcus war so tief in Gedanken versunken, dass er zusammenzuckte, als die Tür geöffnet wurde.

»Wir sind da, Sir«, sagte der Chauffeur höflich. »Ich hoffe, Sie hatten eine angenehme Fahrt.«

»Äh, ja. Ja, natürlich.« Marcus griff zerstreut nach seiner Aktentasche, stieg aus und steckte dem jungen Mann einen Fünfzigdollarschein zu. »Vielen Dank.«

Den Sicherheitscheck konnte er sich sparen, weil er nun doch nicht nach Kanada fliegen würde. Hoffentlich hatte sein Pilot kurzfristig einen Slot bekommen.

Als er wenig später am Vierertisch in seinem Jet saß, wurde ihm klar, warum Sheridan Grant ihn so sehr beschäftigte und was sie von den vielen schönen, mehr oder weniger talentierten Mädchen unterschied. Es war ihre Reife, die ihn verwirrte. Sie träumte davon, Sängerin zu werden, aber sie wollte den Erfolg nicht um jeden Preis. Sie ließ sich einladen, dennoch war sie nicht käuflich. Ihre Fähigkeit, die Gesprächshoheit an sich zu ziehen und eine Konversation in eine ihr angenehme Richtung zu lenken, war beeindruckend. Überdies beherrschte sie die Kunst der Manipulation, ob bewusst oder unbewusst, darüber war sich Marcus nicht ganz im Klaren. Sie hatte ihn auf eine Art gespiegelt, die ihn verblüfft hatte, und er wollte gerne glauben, dass ihr Interesse an ihm echt war. Wieder sah er ihre betörenden grünen Augen vor sich, diese Augen, die nichts preisgaben, und je länger er über Sheridan Grant nachdachte, desto mehr erschreckte es ihn, wie sehr diese junge Frau seine Gedanken in Beschlag nahm und welche Macht sie über ihn hatte.

Während des Fluges hatte Marcus eine Strategie skizziert, wie er die Umstrukturierung des Unternehmens in kürzester Zeit umsetzen würde. Nach knapp drei Monaten hatte er nun die Schwachstellen ausgemacht, die es sofort zu beheben galt, damit das Label eine reelle Überlebenschance hatte. Das größte Problem stellten die vielen Rangebenen in der Organisationsstruktur dar, die rasche Entscheidungen und Reaktionen unmöglich machten. Die Implementierung einer erheblich flacheren Hierarchiestruktur, die von den einzelnen Mitarbeitern mehr Initiative und Eigenverantwortung verlangte, war in den Köpfen und im Arbeitsalltag noch nicht angekommen, und Leute wie Brian Lamb hielten stur an den Prinzipien einer steilen Hierarchie fest, um ihre eigene Existenz zu rechtfertigen. Das würde sich ab sofort ändern. Marcus hatte ein Memo an alle Vorstandskollegen und Abteilungsleiter formuliert, das zweifellos für Proteste sorgen und die Gewerkschaft auf den Plan rufen würde, denn ab morgen würde die Abteilungsleiterebene de facto eliminiert sein. Ursprünglich hatte er diesen Plan sukzessive umsetzen wollen, doch die Sache mit Sheridan Grant hatte ihm gezeigt, dass es eines harten Schnitts bedurfte, um das alte System endgültig über Bord zu werfen.

Wenigstens hatte Sheridan auf seine Nachricht geantwortet. Allerdings war Marcus hin- und hergerissen zwischen Erleichterung und Verärgerung, denn sie hatte ihm mitgeteilt, dass sie in Zukunft von ihrer Managerin und der Anwaltskanzlei *Nussbaum Levinson Smith* vertreten würde. Das sei nichts Persönliches, aber sie fühle sich besser, wenn sie einen Vertrag nicht selbst aushandeln müsse. Etwas Ungünstigeres hätte kaum passieren können. Manager und Anwälte verkomplizierten jede Verhandlung grundsätzlich. Marcus hatte darauf gehofft, schnell einen profitablen 360-Grad-Deal mit Sheridan abschließen zu können, aber eine clevere Managerin und gewiefte Anwälte würden ihr natürlich davon abraten. Es hätte jedoch erheblich schlimmer kommen können, nämlich dann, wenn sie sofort zu einem anderen Label gegangen wäre.

Im Büro ließ er umgehend seine Vorstandskollegen für eine außerordentliche Sitzung zusammenrufen, dann bestellte er Brian Lamb zu sich. Er würde ihn seine Verärgerung nicht spüren lassen, ganz im Gegenteil. Marcus benutzte für Kerle wie Lamb, die versuchten, seine Autorität zu untergraben oder ihn über den Tisch zu ziehen, eine viel wirkungsvollere Taktik, die immer funktionierte und am Ende den Kontrahenten vernichtet zurückließ. Als Lamb fünfzehn Minuten später mit hochmütiger Miene und unübersehbar aggressiver Körpersprache sein Büro betrat, setzte er ein neutrales Lächeln auf, erhob sich von seinem Schreibtisch und reichte ihm die Hand.

»Danke, dass Sie so schnell kommen konnten«, sagte er. »Setzen wir uns doch kurz. Einen Drink? Oder Kaffee?«

»Nein danke.« Die unerwartete Freundlichkeit brachte Lamb aus dem Konzept. Marcus nahm sich eine Cola aus dem Kühlschrank, schlug bequem die Beine übereinander und trank einen Schluck aus der Flasche.

»Carey sagte mir, es gibt Probleme mit Miss Grant«, begann er ohne Umschweife. »Was ist passiert?«

»Warum fragen Sie mich das und nicht ihn?«, erwiderte Lamb steif und machte damit den ersten Fehler.

»Weil Sie Careys Boss sind und die größere Erfahrung haben.«

»Sie haben mich als Abteilungsleiter übergangen«, sagte Lamb gekränkt. Fehler Nummer zwei.

»Nun ja, Sie sind nicht zu dem Briefing gekommen, zu dem ich Sie eingeladen hatte«, erinnerte Marcus ihn. »Es musste schnell gehen. Sie wissen doch, wie das läuft. Aber Schwamm drüber! Was halten Sie von dem Mädchen?«

Es fiel Brian Lamb schwer, etwas Positives über die Lippen zu bringen, weil es seine Eitelkeit kränkte, dass nicht er es gewesen war, der Sheridan entdeckt hatte, und das war sein dritter Fehler.

»Sie hat eine ganz nette Stimme«, räumte er widerwillig ein.

»Aber das war's dann auch schon. Die Songs sind – mit Verlaub – scheiße. Keine Struktur, kein Rhythmus, nichts, was in den Clubs funktioniert. Wir wissen, was der Markt will, wir haben unsere Analysen und Umfrageergebnisse und die Charts sprechen eine deutliche Sprache. Außerdem stecken wir gerade mitten in der Produktion des neuen Albums von Pico Rivera, das hat absolute Priorität.«

Das kam von dem Mann, der die Flops der letzten zwölf Monate – sieben neue Künstlerinnen und Bands, in die eine Unmenge Geld investiert worden war, ohne dass auch nur ein einziges erfolgreiches Album dabei herausgekommen wäre – zu verantworten hatte.

»Sheridan Grant hat ein komplettes Album im Gepäck«, warf Marcus ein. »Ein Album, das ich im Übrigen großartig finde. Wir müssen uns nur die Rechte daran sichern und können sofort loslegen.«

»Dann tun Sie's.« Brian Lamb zuckte die Schultern. »Sie sind der große Boss.«

»Leider ist es nicht mehr so einfach, wie es vor vierundzwanzig Stunden vielleicht gewesen wäre«, entgegnete Markus. »Sheridan Grant lässt sich jetzt von *Nussbaum Levinson Smith* vertreten.«

»Ach, tatsächlich?« Unverhohlene Schadenfreude blitzte in Lambs Augen auf, und dass er sie Marcus so deutlich sehen ließ, war sein vierter Fehler.

»Was meinen Sie, Brian? Sollen wir sie signen oder nicht?«, fragte Marcus den Leiter der Artists & Repertoire-Abteilung.

»Natürlich wollen Sie ein ›Ja‹ hören, allein schon aus nostalgischen Gründen«, erwiderte Brian Lamb mit einem leicht sarkastischen Unterton. »Sie haben sie schließlich im Mittleren Westen ausgegraben, wie in alten Zeiten, als das noch Ihr Job war.«

»Ich stelle meine persönliche Eitelkeit nicht über die Belange des Unternehmens«, sagte Marcus. »Ich will Ihre Meinung hören, bevor wir womöglich viel Geld mit ihr in den Sand setzen.«

»Meine Meinung ist die, dass ich sie unter gewissen Umständen signen würde.« Lamb verschränkte die Hände hinter dem Kopf und setzte eine selbstgefällige Miene auf. »Sie ist schwierig. Sie will nicht einsehen, dass es nicht in erster Linie auf Talent ankommt, sondern auf Teamfähigkeit und Kooperation. Ein paar ihrer Songs könnten gut zu einigen unserer Künstler passen, die seit Jahren keinen Hit mehr gelandet haben. Aber sie selbst, tja, da müsste noch viel dran geschliffen werden.« Lamb schüttelte den Kopf. »Das einzige Asset ist ihre Story. Die ist wirklich unschlagbar. Darauf würde sich die Presse sofort stürzen.«

»Aha«, machte Marcus zurückhaltend.

»Sie hat rumgevögelt, was das Zeug hält!« Brian Lamb senkte die Stimme und beugte sich vor. Seine Augen glitzerten. »Meine Leute sind auf einen Mitschnitt von *True Fate* gestoßen, wo sie zugibt, dass sie ihren Lehrer gebumst hat! Da war sie sechzehn!« Er richtete sich wieder auf. »Fürs Image ist das natürlich eine Katastrophe, aber nicht unbedingt, wenn man sie trashiger positioniert. So was in Richtung *Sex Pistols*, *Courtney Love*, *Beastie Boys* oder die *Bloodhound Gang*.«

Lamb schwadronierte weiter vor sich hin. Marcus hörte nicht mehr zu, seine Gedanken schweiften ab. Nicht auszudenken, was der Typ Sheridan gestern alles erzählt haben mochte! Er war für das Label nicht länger tragbar, das würde auch Doug Hammond einsehen müssen. Innerhalb eines Jahres hatte Lamb siebzehn Millionen Dollar in den Sand gesetzt, und jetzt hatte er aus Blödheit oder Missgunst den Sheridan-Grant-Deal in größte Gefahr gebracht. Falls es überhaupt noch zu einem Vertragsabschluss kommen sollte, würde der deutlich teurer werden als zunächst gedacht. Das passierte immer, wenn Anwälte und ein professionelles Management mit im Spiel waren.

Aber Marcus' Taktik ging auf. Als er Lamb nach einer halben Stunde aus seinem Büro komplimentierte, glaubte dieser, Marcus habe ihm verziehen. Fehler Nummer fünf. Morgen früh würde er erfahren, dass er die längste Zeit *Head of A&R & Production* gewesen war.

Wie Sheridan angekündigt hatte, meldete sich eine Mrs. Jennings, um einen Termin mit ihm zu vereinbaren. Marcus hatte den Namen Keira Jennings nie zuvor gehört, und eine Internetrecherche hatte keine Ergebnisse zu ihrer Person erbracht, aber das musste nichts bedeuten. Junge, eifrige Manager waren häufig noch viel lästiger als die erfahrenen, die schon einige Künstler unter Vertrag hatten. Der Vertragsentwurf, den die Rechtsabteilung ausgearbeitet hatte, lag auf seinem Schreibtisch, als Shannon ihm am Montagmorgen um neun Uhr das Eintreffen von Mrs. Jennings ankündigte. Pünktlich war sie auf jeden Fall schon mal und sie kam allein, ohne Anwälte im Schlepptau. Das konnte ein gutes Zeichen sein. Marcus stand auf und erwartete Sheridan Grants neue Managerin vor seinem Schreibtisch. Er war auf alles Mögliche gefasst, aber nicht auf die Frau, die jetzt sein Büro betrat und auf ihn zukam. Einen verrückten Moment glaubte er, Pamela Anderson stünde vor ihm, die statt eines roten Badeanzugs ein schlichtes graues Businesskostüm von Chanel trug.

»Guten Morgen, Mr. Goldstein.« Sie ergriff seine ausgestreckte Hand und lächelte selbstbewusst. Von Nervosität keine Spur. Sie schien nicht im Mindesten beeindruckt vom Ambiente der Vorstandsetage, seiner Position oder seinem Ruf. Das gefiel ihm. »Ich freue mich, Sie kennenzulernen.«

»Die Freude ist ganz auf meiner Seite, Mrs. Jennings.«

»*Miss* Jennings.« Ihre Stimme klang ein wenig belustigt. »Und ja, ich nehme gerne einen Kaffee. Schwarz, bitte.«

Marcus lächelte liebenswürdig. Er geleitete sie zum Besprechungstisch, bat Shannon um zwei Kaffee und nahm im Vorbeigehen den Vertragsentwurf mit.

»Ich soll Ihnen herzliche Grüße von Sheridan ausrichten«, sagte Keira Jennings.

»Oh, vielen Dank. Bitte grüßen Sie sie zurück«, erwiderte Marcus glatt. »Ich war ein wenig ... verwundert, als ich erfahren habe, dass sie so plötzlich eine Managerin engagiert hat. Bisher hatte ich den Eindruck, dass wir ein gutes und vertrauensvolles Verhältnis haben.«

»Dieser Eindruck täuscht Sie absolut nicht, Mr. Goldstein.« Keira Jennings schenkte ihm ein strahlendes Lächeln. »Und ich bin heute hier, damit das so bleibt.«

Marcus musterte sie neugierig. Sie war höchstens fünfundzwanzig und der Prototyp des All American Girl. Die Prom-Queen. Ihre weizenblonde Mähne fiel ihr offen über die Schultern, sie hatte eine atemberaubende Figur und schneeweiße Zähne. Garantiert hatten schon einige Männer den Fehler begangen, diese Frau auf ihr Äußeres zu reduzieren. Marcus tat das nicht. In ihren blauen Augen erkannte er dieselbe stählerne Unerschrockenheit, die er selbst jedes Mal sah, wenn er in den Spiegel blickte. Er war gespannt, was für eine Verhandlungspartnerin Keira Jennings sein würde.

»Ich kenne beinahe alle Künstler- und Talentagenturen in L. A.«, sagte er. »Aber Ihren Namen habe ich bisher noch nie gehört. Sind Sie neu im Geschäft?«

»Ja, das bin ich. Und ich habe nicht viel Ahnung vom Musikbusiness«, gab Keira Jennings zu Marcus' Überraschung freimütig zu. War das ein bewusst kalkulierter Schachzug, um ihn in Sicherheit zu wiegen, damit er den Fehler machte, sie zu unterschätzen? »Aber ich bin Juristin und arbeite mit *Nussbaum Levinson Smith* in Chicago zusammen.«

Eine geschickte Formulierung. Natürlich kannte Marcus die renommierte Großkanzlei, die mehr als viertausend Anwälte in Büros auf der ganzen Welt hatte. Er hatte in der Vergangenheit häufig mit ihnen zu tun gehabt, denn sie mischten viel im Musikbusiness mit, und er kannte einige der Partner persönlich. Er erwog, sich nach Keira Jennings zu erkundigen, doch dann verwarf er die Idee wieder. Für ihn spielte es keine Rolle, welche Referenzen sie hatte. Ihm war in erster Linie daran gelegen, die ganze Angelegenheit nicht unnötig zu verkomplizieren.

Shannon servierte den Kaffee. Als sie die Tür hinter sich schloss, kam Keira Jennings gleich zur Sache.

»Sheridan wird von Ihren Mitarbeitern sehr zuvorkommend und freundlich behandelt«, sagte sie. »Allerdings gibt es einen Mann namens Brian Lamb, der den guten Eindruck, den alle anderen hinterlassen haben, nachhaltig zerstört hat. Ihm verdanken Sie übrigens meine Anwesenheit.«

Sie erzählte ihm, was Lamb zu Sheridan gesagt hatte, und Marcus wünschte diesem Vollidioten die Pest an den Hals.

»Wir haben ein Konzeptpapier aufgesetzt, in dem wir unsere Bedingungen formuliert haben.« Keira Jennings öffnete ihre Tasche und zog ein paar Papiere hervor, die sie ihm mit einem Lächeln zuschob. »Betrachten Sie es bitte nur als Gesprächsgrundlage. Wir alle haben dasselbe Interesse, nämlich langfristig und zufriedenstellend zusammenzuarbeiten, und das geht nur, wenn beide Seiten fair zueinander sind.«

»Da bin ich ganz Ihrer Meinung«, pflichtete Marcus ihr bei.

»In einer Woche werden wir *Wuthering Times* an ausgewählte Radiostationen verschicken«, fuhr Keira Jennings fort. »Sollten wir uns bis dahin nicht im Grundsatz einig geworden sein, werde ich auch mit anderen Labels sprechen.«

Sie lächelte siegessicher, als sie diese Drohung aussprach. Das Kräftegleichgewicht hatte sich zu ihren Gunsten geneigt und sie wusste das.

»Sheridan arbeitet übrigens schon an ihrem nächsten Album. Deshalb wollen wir die Dinge jetzt in Bewegung bringen und nicht mehr lange abwarten.«

Marcus beschloss, ihr den Vertragsentwurf nicht zu geben.

Zuerst musste er das Konzept lesen und herausfinden, wie professionell es formuliert war. Keira Jennings mochte eine Anfängerin im Musikgeschäft sein, aber sie wusste, wer er war und sie hatte diese Kanzlei voller gewiefter Anwälte in der Hinterhand. Ihm war klar, dass sie nicht bluffte. Wäre die Lage nicht so ernst gewesen, hätte er vielleicht darüber schmunzeln können, wie diese fünfundzwanzigjährige Miss America ihm, einem der ausgebufftesten Musikprofis der Welt, so frech die Pistole auf die Brust setzte. Und wäre er nicht so fest davon überzeugt gewesen, dass Sheridan Grant das Zeug dazu hatte, ein Star zu werden, dann hätte er diese kleine Wichtigtuerin hochkant aus seinem Büro geworfen. Aber ihm ging es nicht mehr bloß um die Rettung einer maroden Plattenfirma. Auch nicht um seine persönliche Eitelkeit. Er wollte Sheridan Grant als Künstlerin unter Vertrag nehmen, er wollte miterleben, wie sie die Musikwelt eroberte und er wollte sie beschützen, auch wenn er dafür jetzt ein paar Kompromisse eingehen musste. Die Geschäftsverbindung zwischen Sheridan und Blondie würde nicht ewig halten, dafür würde er schon sorgen. Noch war nichts verloren.

Wyoming

»Das da drüben ist der Elk Mountain!«, rief Jasper und wies nach Westen. »Der mit den zwei Zacken ist der Danton Peak und direkt dahinter siehst du den Cloud Peak, den höchsten Gipfel in den Bighorn Mountains.«

Von der Ranch aus gesehen, waren die Berge nur eine malerische Erscheinung in der Ferne, keine Wirklichkeit, aber hier schien der majestätische schneebedeckte Cloud Peak plötzlich zum Greifen nah. Die Großartigkeit der Natur gab mir das Gefühl, zu einem winzigen, bedeutungslosen Nichts zusammenzuschrumpfen.

Begleitet von Jaspers Hunden, waren wir eine Stunde lang immer nur bergauf geritten, zunächst über hügeliges, von Pappelwäldchen durchsetztes Grasland, wo wir Antilopen und Weißwedelhirsche sahen, weiter zwischen zerklüfteten rötlichen Felsen hindurch zu einer nur von Salbeibüschen und verkrüppelten Kiefern bestandenen Hochebene. Und nun standen wir am Rand eines Canyons, direkt vor uns fiel die Felswand dreihundert Meter steil ab bis zum Hunter Creek, der wild schäumend durch die schmale Schlucht floss. Die Luft war kristallklar und die Fernsicht in alle vier Himmelsrichtungen unglaublich. In der dünnen Luft auf fast dreitausend Metern Höhe klopfte mein Herz rasend schnell, und mein Körper fühlte sich fast schwerelos an. Ein Effekt, vor dem Jasper mich schon gewarnt hatte. Über den Berggipfeln wölbte sich der kobaltblaue Himmel, nur vereinzelte weiße Wolken waren zu sehen. Ich sog tief die schneidend kalte Luft in meine Lungen und beobachtete, wie der Wind die Wolken vom Gipfel des Cloud Peak vertrieb und umherblies wie Schaum.

»Gefällt's dir?«, wollte Jasper wissen und trieb sein Pferd dichter neben meins.

»Oh ja!«, erwiderte ich ehrfürchtig. »Es ist einfach unglaublich! Ich komme mir vor, als wäre ich auf dem Dach der Welt angekommen!«

»Auf dem Dach der Welt«, wiederholte er. »Das hast du schön ausgedrückt. So fühle ich mich hier oben auch immer.«

Es war Keiras Vorschlag gewesen, dass ich L. A. verlassen und mein Handy ausschalten sollte, solange sie mit Mr. Goldstein den Vertrag aushandelte. Meine Sehnsucht nach Jasper hatte mir die Entscheidung leichtgemacht. Und so war ich heute Morgen auf dem Flugplatz von Buffalo aus dem Flugzeug gestiegen, und Jasper hatte mich schon erwartet. Obwohl er jede Menge Arbeit hatte, bis in vier Wochen die ersten Gäste auf der Ranch eintreffen würden, bestand er darauf, mir sofort bei einem Ausritt die Schönheit seiner Heimat zu zeigen. Während des Ritts erzählte er mir, was alles zu tun war, ganz ähnlich wie bei unseren abendlichen Telefonaten, und ich genoss die Vertrautheit, die zwischen uns entstanden war, und die Tatsache, dass ich bei ihm sein konnte.

Wir ritten in einem weiten Bogen über die Hochebene. Die Mustangs, auf denen wir saßen, hatte Jaspers Vater ein paar Jahre vor seinem Unfall in McCullough Peak in der Nähe von Cody bei einer Versteigerung durch das *Bureau of Land Management* gekauft. Sie waren zäh und trittsicher und hier oben in den Bergen besser geeignet als die Quarter Horses. Jaspers Hunde, zwei Australian Cattle Dogs, stöberten Präriehunde und Kaninchen zwischen den Salbeibüschen auf und jagten sie mit großer Begeisterung. Unten im Tal hatte bereits der Frühling Einzug gehalten und das gelbe Wintergras bekam den ersten zartgrünen Schimmer, aber Jasper hatte mit seiner Warnung, oben im Hochland könne das Wetter binnen Minuten umschlagen, recht behalten. Die Luft war plötzlich von tanzenden Schneeflocken erfüllt. Übermütig breitete ich die Arme aus, streckte die Zunge heraus und versuchte, eine Flocke einzufangen. Ich lachte ausgelassen, als es mir gelang.

»Das ist kindisch, ich weiß!«, kicherte ich verlegen.

Jasper hielt sein Pferd an.

»Mein Gott, Sheridan«, stieß er hervor. »Weißt du eigentlich, wie schön du bist?«

Ich hörte auf zu lachen. Jasper drängte sein Pferd dicht neben meins und sah mich mit einem hungrigen Ausdruck in den Augen an. Er beugte sich zu mir herüber. Wir küssten uns, zärtlich erst, dann immer leidenschaftlicher, bis wir atemlos und aufgewühlt innehielten.

»Ich glaube, Mirror Lake und Antelope Canyon zeige ich dir morgen«, flüsterte Jasper heiser. »Was denkst du?«

»Ja, lass uns schnell nach Hause reiten.« Ich flüsterte auch.

»Dann los!«

Jasper steckte zwei Finger in den Mund und stieß einen schrillen Pfiff aus, woraufhin die Hunde angeschossen kamen. Wir spornten unsere Pferde zum Trab, dann zum Galopp, und wenn mich jemand in diesem Augenblick vor die Wahl gestellt hätte, nach Los Angeles zurückzukehren, um Sängerin zu werden, oder für immer und ewig hierzubleiben, dann hätte ich keine Sekunde gezögert, und mich für Jasper und Wyoming entschieden.

Genau wie in ihren Besitzer hatte ich mich auch in die Cloud Peak Ranch auf den ersten Blick verliebt. Sie lag malerisch auf einer Anhöhe mit einer spektakulären Panoramasicht auf die Bighorn-Berge und Antelope Canyon. Das zweistöckige Haupthaus aus rosafarbenen Granitsteinen, das aufgrund der Hanglage mehrere Ebenen hatte, bildete das Herzstück der Ranch und war von Jaspers Großvater mit eigenen Händen errichtet worden. Vor dem Haus, zu dessen großer überdachter Veranda eine breite Steintreppe führte, befanden sich Blumenrabatten und eine Rasenfläche. Im Winter lebte Jaspers Mutter allein in dem Haus, aber während der Sommermonate zog sie sich in den ersten Stock zurück, und das Erdgeschoss verwandelte sich in den zentralen Treffpunkt der Feriengäste mit Esszimmer, Billardraum, Bibliothek, Kaminzimmer und Bar. Ein Stück entfernt vom Haupthaus lagen Scheunen, Stallungen und die Unterkünfte der Mitarbeiter, und zuletzt waren die zwölf Gästehäuser aus rohen Holzstämmen errichtet worden, die verstreut am Ufer des Hunter Creek zwischen hohen Kiefern lagen. Hundertzwanzigtausend Hektar gehörten zur Ranch, Platz genug für die Pferde und ein paar Rinder, die von der eingestellten Zucht übrig geblieben waren. Paddocks, Roundpen und ein Reitplatz lagen ein Stück entfernt. Jasper selbst bewohnte ein Haus abseits der anderen Gebäude. Früher einmal war es eine Scheune gewesen und aus denselben Granitsteinen erbaut wie das große Haus. Im Innern bestand es aus einem großen Raum, der von einem Kachelofen dominiert wurde, einer Küche und einem spartanischen Badezimmer. Eine Holztreppe führte auf die Empore, die Jasper eingezogen hatte. Dort oben standen nur ein Bett und ein Kleiderschrank. Da er bei beiden Giebeln die Steine durch Glasscheiben ersetzt hatte, konnte man vom Bett aus im Westen und Norden die Berge sehen, durch das andere Fenster hatte man einen fantastischen Weitblick nach Osten bis in die Great Plains. Das ganze Haus strahlte Behaglichkeit und Geborgenheit aus.

Jaspers Mutter Maureen hatte mich herzlich willkommen geheißen. Sie war eine schöne, warmherzige Frau, dazu pragmatisch, humorvoll und klug, und ich mochte sie sofort. Hier geboren und aufgewachsen, hing sie mit jeder Faser ihres Herzens an der Ranch, ähnlich wie meine Brüder an der Willow Creek Farm, und sie fürchtete sich vor nichts mehr, seitdem ihr Mann gestorben war, am wenigsten vor der Arbeit. Jasper hatte mir die Geschichte erzählt, wie seine Mutter den wertvollen Zuchtstier, der seinen Vater tödlich verletzt hatte, kurzerhand mit einer Winchester erschossen hatte.

Da ich die Arbeit auf einer Farm gewohnt war, scheute ich mich nicht davor, mit anzupacken. Wir richteten die Blockhütten für die Gäste und die nach und nach eintrudelnden Mitarbeiter ein. Maureen und ich fuhren nach Buffalo und besorgten Lebensmittel. Ich übernahm das Kochen, weil sie wichtige Behördengänge und Organisatorisches zu erledigen hatte, aber ich reparierte und strich auch Zäune und Holzmöbel, putzte Sattelzeug und ritt einige der Pferde, die über Winter etwas verwildert waren, um sie für die Gäste reitbar zu machen. Abends saßen Jasper und ich mit Maureen und den Wranglern zusammen, planten ein Unterhaltungsprogramm für die Gäste, spielten Karten oder Billard, quatschten, lachten und genossen die spektakulären Sonnenuntergänge hinter den Bergen. Es machte mich glücklich, an Jaspers Leben teilnehmen zu dürfen. Der einzige Wermutstropfen war der Gedanke, dass unsere gemeinsame Zeit bald vorbei sein würde.

Ich stand gerade in der Küche und schnitt Berge von Gemüse für das Abendessen klein, als das Telefon klingelte. Es war Keira. In den vergangenen Tagen hatten wir täglich telefoniert, oft in einer Konferenzschaltung mit Keiras Freund, dem Anwalt Tony Giordano, und manchmal war auch Jasper dabei, der als Unternehmensberater die finanziellen Aspekte besser verstand als ich. Wir hatten Details besprochen, die so speziell waren, dass ich kaum kapierte, worum es überhaupt ging, und ich war tief beeindruckt, wie gut Keira sich in diese komplizierte Materie eingearbeitet hatte. Es ging um Laufzeiten und Dauer, Optionen, Territorien, Klauseln zur Verteilung der Royalties und Vorschüsse, um das Artwork der Plattencover, Ausschluss von Querverrechnungsmöglichkeiten zwischen dem eigentlichen Plattenvertrag und dem Merchandising und vieles mehr. Beim

Gedanken daran, dass sich so viele Menschen mit solchen Dingen beschäftigten, weil sie an meinen Erfolg glaubten, war mir immer mulmiger geworden.

»Sheridan! Wir haben den Vertrag fertig!«, rief Keira nun und verkündete mir übersprudelnd vor Stolz, sie habe dermaßen hart verhandelt, dass Mr. Goldstein und seinen Juristen die Tränen in den Augen gestanden hätten. Der Vertrag berücksichtige jetzt aber sämtliche unserer Forderungen, sie schicke ihn mir per Fax und ich solle ihn bitte sofort durchlesen und ihr Bescheid geben, ob ich einverstanden sei.

»Das mache ich«, versprach ich ihr. »Vielen Dank!«

»Hey! Du klingst ja nicht gerade begeistert!«, sagte sie vorwurfsvoll. »Willst du lieber alles abblasen und bei deinem Cowboy bleiben?«

»Quatsch! Natürlich nicht!«, entgegnete ich prompt und wunderte mich selbst, dass ich es auch genauso meinte. Es war großartig, mit Jasper zusammen zu sein, und ich liebte ihn von ganzem Herzen, aber ich hatte mir geschworen, dass ich mir meine Pläne nie mehr von einem Mann durchkreuzen lassen wollte. Nach all den Jahren des Träumens stand ich ganz kurz davor, diese Träume endlich in die Realität umsetzen zu können, und an dem Tag, als ich nach Kansas City ins Tonstudio gefahren war, hatte ich meine Entscheidung getroffen und die Weichen Richtung Zukunft gestellt. Diese Entscheidung würde ich nicht mehr rückgängig machen.

»Buchst du für mich den nächstmöglichen Flug zurück?«

»Klar, mache ich«, sagte Keira fröhlich. »Und dann wird hier gefeiert! Wenn du liest, was sie dir als Vorschuss zahlen, kippst du vom Hocker! Ach, übrigens habe ich zufällig ein prima Häuschen in Santa Monica gefunden, das wir sofort mieten können.«

»Du bist die Beste«, grinste ich. »Ich melde mich später.«

Ich legte auf und ging hinüber in Jaspers Büro. Das Faxgerät erwachte zum Leben und spuckte surrend eine Seite nach der anderen aus. Neugierig zog ich die ersten Blätter heraus und begann zu lesen. Mein Herz schlug einen Trommelwirbel und meine Knie wurden so weich, dass ich mich auf die Schreibtischkante setzen musste.

»Oh, mein Gott«, flüsterte ich, als ich die Zahlen sah. Goldstein und seine Leute mussten ja wirklich eine Menge von mir halten, wenn sie daran glaubten, dass mein Album diese Wahnsinnssumme jemals einspielen konnte!

»Sheridan?«, ertönte Jaspers Stimme aus der Küche.

»Ich bin im Büro!«, antwortete ich.

Er erschien im Türrahmen. Sein Gesicht war erhitzt, seine Augen leuchteten. Er lächelte.

»Mom fragt, ob wir später ...« Sein Blick fiel auf die Blätter in meinen Händen, und er verstummte. Das Lächeln erstarb. Seine Brauen zogen sich zusammen. »Ist das ...?«

»Ja.« Ich nickte. »Der Vertragsentwurf. Keira faxt ihn gerade durch.«

»Und?« Er blieb im Türrahmen stehen, sein Blick war wachsam und angespannt. »Meinen sie es ernst?«

Das Faxgerät lief noch immer.

»Ich glaube schon«, erwiderte ich. Und dann konnte ich meine Freude nicht mehr zügeln.

»Stell dir vor: Sie wollen mir *drei Millionen Dollar* Vorschuss für drei Alben zahlen!«, jubelte ich, sprang auf und fiel ihm um den Hals. »Und sie akzeptieren unsere Bedingungen!«

»Wow! Das ist ja der Wahnsinn!« Jaspers Stirn hatte sich wieder geglättet, er lächelte und küsste meine Wange. »Herzlichen Glückwunsch! Soll ich ihn auch noch mal lesen?«

Mir fiel ein Stein vom Herzen, als ich merkte, dass er sich ehrlich für mich freute. Ich hätte es nur schlecht ertragen, ihn traurig zu sehen.

»Du *musst* ihn sogar lesen«, drängte ich ihn aufgeregt. »Du verstehst ja mehr davon als ich.«

»Wann fliegst du zurück nach L. A.?« Er hielt mich fest in seinen Armen.

»Morgen schon, leider«, erwiderte ich bedauernd. »Keira hat ein Haus für uns gefunden. Und wenn ich den Vertrag unterschrieben habe, geht es natürlich sofort los mit Fotoshootings, Dreharbeiten für Videos, Interviews und so weiter.«

Mir fiel wieder ein, dass er mich etwas hatte fragen wollen.

»Was wollte deine Mom wissen?«, fragte ich.

»Ach, nicht so wichtig.« Jasper winkte ab. »Ich geh schnell duschen. Und nach dem Essen machen wir zwei einen Ausflug. Okay?«

»Klar.«

Es war schon dunkel, als wir in Jaspers Pick-up losfuhren. Während der ganzen Fahrt tat er geheimnisvoll und verriet mir nicht, wohin wir fuhren. Nach ein paar Meilen bog er von der Landstraße ab, und wir holperten eine schmale Schotterpiste entlang, die in Serpentinen hoch hinauf in die Berge führte. Wir hatten die Baumgrenze längst hinter uns gelassen, als Jasper schließlich nach links abbog und anhielt.

»Nicht nach oben gucken«, sagte er zu mir. »Erst, wenn ich dir's sage.«

Wir stiegen aus, schlüpften kichernd in Daunenjacken und Skihosen, Mützen und Handschuhe. Jasper half mir auf die Pritsche des Pick-ups. Ich bemerkte erstaunt eine Matratze, auf der das Bärenfell lag, das normalerweise seinen Platz im Haupthaus vor dem Kamin hatte.

»Warte noch!«, rief er. Vom Rücksitz des Pick-ups zauberte er weitere Felle, Kissen und Wärmflaschen hervor, die er mir anreichte.

»Wie hoch sind wir hier?«, wollte ich wissen.

»3212 Meter über dem Meeresspiegel.« Jasper kletterte auf die Pritsche und bereitete uns ein gemütliches Nest. Wir krochen unter die Felle, Jasper stopfte Wärmflaschen rings um mich, dann nahm er mich in den Arm. »Hast du's schön warm?«

»Ja, allerdings.« Ich schmiegte mich an ihn und musste lachen. »Ich schwitze fast!«

»Sehr schön.« Er lächelte und küsste mich. »So, und jetzt schau nach oben!«

Ich hob den Kopf und mir verschlug es den Atem. Über uns wölbte sich der gigantischste Nachthimmel, den ich je gesehen hatte. In der glasklaren, mondlosen Nacht funkelten Milliarden Sterne über uns. Sie waren Lichtjahre entfernt und schienen dennoch zum Greifen nah. Die Milchstraße spannte sich wie ein breiter, milchiger Gürtel quer über den Himmel, der sich bis in endlose Ewigkeiten erstreckte. Auch zu Hause in Fairfield, fernab von den Lichtquellen einer Großstadt, konnte man nachts die Sterne gut sehen, doch hier, in dieser Höhe, hatte man das Gefühl, die Welt ringsum sei verschwunden.

»Mein Gott, ist das schön!«, hauchte ich ergriffen.

»Ich war oft mit meinem Dad hier oben«, sagte Jasper versonnen. »Er hat mir alle Sternbilder gezeigt. Aber seit seinem Tod war ich nicht mehr hier.«

Ich legte meinen Kopf an Jaspers Schulter und drückte stumm seine Hand, die in meiner ruhte.

»Schau! Eine Sternschnuppe!«, rief ich. »Und dort noch eine!«

»Hast du dir etwas gewünscht?«, flüsterte Jasper.

»Ja.« Ich drehte den Kopf und betrachtete sein Profil. »Du dir auch?«

»Hmhm.«

Schweigend blickten wir hoch in den Himmel, und wir wussten, dass wir beide diese Nacht niemals vergessen würden.

»Ich bin so glücklich, dass du hierhergekommen bist und ich dir alles zeigen konnte«, brach Jasper nach einer Weile das Schweigen. »Jetzt kannst du dir genau vorstellen, wo ich bin und was ich so tue, wo immer du auch sein wirst.«

»Die letzten Tage waren die schönsten meines Lebens. Ich bin so glücklich mit dir«, antwortete ich. »Würdest du wollen, dass ich hierbleibe?«

»Nein«, sagte Jasper mit belegter Stimme. »Das würde ich nicht wollen. Du musst *dein* Leben leben, Sheridan, nicht meins.« Das war genau die Antwort, die ich mir von ihm gewünscht hatte. Eine erwachsene Antwort, auch wenn sie vielleicht nicht ganz aufrichtig war.

»Glaubst du, dass ich Erfolg haben werde?«, fragte ich ihn.

»Ja, das glaube ich«, erwiderte er. »Ich glaube, dass die Leute verrückt nach dir und deinen Songs sein werden, so wie ich es jetzt schon bin.«

Alle schienen davon überzeugt zu sein, dass ich berühmt werden würde, nur ich selbst hatte Zweifel.

»Und was wäre, wenn mich der Erfolg verändern würde?« Jasper wandte sich mir zu.

»Erfolg und Geld verändern alles«, sagte er nüchtern. »Das Einzige, was man dagegen tun kann, ist, sich selbst treu und mit den Füßen auf dem Boden bleiben. Aber das ist leichter gesagt als getan.«

Plötzlich spürte ich, wie traurig Jasper war und wie viel Kraft es ihn kostete, um dies vor mir zu verbergen.

»Versprichst du mir, dass sich zwischen uns nichts ändert?«, bat ich ihn.

»Das kann ich nicht, Baby.« Er nahm mein Gesicht in seine Hände und versuchte ein Lächeln, das nicht gelang. »Ich kann dir nur mit Sicherheit sagen, dass ich dich mehr liebe, als ich je eine Frau geliebt habe.«

Da schlang ich ihm meine Arme um den Hals und küsste ihn voller Leidenschaft und Sehnsucht. Und wie wir da engumschlungen auf der Pritsche des Pick-ups unter diesem grandiosen Himmel voller Sternschnuppen lagen, wünschte ich mir, ich könnte die Zeit anhalten.

Los Angeles, Vier Wochen später

Morgen war der große Tag, der bei der CEMC voller Spannung erwartet wurde. Morgen würde *Sorcerer* als erste Singleauskopplung des Debütalbums *Wuthering Times* von Sheridan Grant auf den Markt kommen. Radiostationen im ganzen Land hatten die CD bekommen und die Rückmeldungen waren mehr als positiv. Nach heftigen Diskussionen mit den Vertriebsleuten und einem zögerlichen Finanzvorstand hatte man unglaubliche fünfhunderttausend Einheiten pressen lassen. Sie waren auf dem Weg in die Plattenläden und Supermärkte. Morgen würde sich zeigen, ob Marcus, wie vor ihm schon Harry Hartgrave – Gott habe ihn selig –, den richtigen Riecher gehabt hatte.

Marcus verließ das CEMC-Gebäude durch einen Hinterausgang und überquerte den gepflasterten Hof, an dessen Ende die legendären Tonstudios lagen. Dort hatten früher die ganz großen Stars der Pop-, Soul-, Rock- und Countrymusic ihre Erfolgsalben aufgenommen. Heute wurden sie trotz modernster Ausstattung nur noch selten benutzt, denn längst produzierten die meisten Künstler irgendwo anders, weit weg von den Verantwortlichen des Labels, damit sich diese nicht in ihre kreative Arbeit einmischen konnten. Im Moment übte Sheridan Grant hier für ihren ersten Live-Gig übernächste Woche. Sie sollte als Supporting Act für Evita Reyna im Staples Center einspringen, weil deren eigentliche Vorgruppe ausfiel. Das hatte für Panik bei der CEMC gesorgt, denn eigentlich hatte man geglaubt, viel mehr Zeit zu haben, eine Band für Sheridan zusammenzustellen. Juan Delgado war auf die brillante Idee gekommen, die *Jawboys*, eine noch bei der CEMC unter Vertrag stehende Rockband, auszuprobieren, die mangels Erfolg weit oben auf der Abschussliste stand. Das lag weniger am Können der Musiker, die sogar ziemlich gut waren, als vielmehr an ihrem Leadsänger, der wenig Talent, aber eine große Klappe besaß. Glücklicherweise hatten sie sich mittlerweile von ihm getrennt, und mit Sheridan Grant konnte man vielleicht zwei Fliegen mit einer Klappe schlagen.

Marcus klingelte an der Tür des Tonstudios und wurde eingelassen. Juan Delgado kam ihm grinsend entgegen.

»Es läuft fantastisch!«, verkündete er. »Komm, hör es dir an!«

Marcus folgte ihm in den Regieraum, der voller Menschen war. Carey Weitz und das komplette PR-Team waren da, drei Tontechniker und ein Haufen Leute, die Marcus noch nie gesehen hatte und die wahrscheinlich zur Entourage der Band gehörten. Instrumententechniker, Freunde und Freundinnen, die auf den Sofas herumlümmelten, rauchten und Pizza aßen. Als sich herumsprach, wer er war, setzten sich alle gleich ein wenig aufrechter hin, ein paar der Mädchen verschwanden kichernd hinaus in den Flur.

Hinter der dicken Glasscheibe spielte die Band, drei Begleitsängerinnen standen um das Mikrofon herum, Sheridan saß am Flügel, sie spielte und sang dazu und wirkte sehr konzentriert.

Juan Delgado nahm wieder hinter dem Mischpult Platz.

»Es ist einfach großartig, mit ihr zu arbeiten! Ich danke Gott, dass ich so etwas noch einmal erleben darf«, schwärmte er überschwänglich. »Man muss ihr nur einmal etwas sagen, dann setzt sie es sofort um. Sie ist unglaublich professionell und arbeitet hart. Sie meckert nicht, sie hat keine Sonderwünsche, sie arbeitet einfach! Ich habe in meinen dreißig Jahren als Toningenieur noch kein Mädchen mit mehr Talent und weniger Allüren erlebt!«

Marcus nickte zufrieden. Delgados Meinung bestätigte das, was Tom Hazelwood gesagt hatte, und er hatte Sheridan ja selbst schon bei der Arbeit beobachten können.

»Wie harmonieren sie und die Band?«, erkundigte er sich.
»Perfekt! Die Jungs beten sie an!« Delgado grinste begeistert.
»Und sie sind wirklich gut, das habe ich immer gesagt. Val Eamons war ja schon mit der E-Street-Band auf Tour, er hat jede Menge Live-Erfahrung. Der Bassist, Danny Keane, hat schon bei Meat Loaf, John Mellencamp und ZZ Top gespielt. Ray Price, der Junge an den Drums, ist ein verdammtes Metronom, einfach spitze!«

Marcus' Blick ruhte auf Sheridans Gesicht. Sie war völlig ungeschminkt, hatte das Haar zu einem lässigen Knoten im Nacken gebunden und trug ein graues Kapuzensweatshirt, eine verwaschene Jeans und Sneaker. In den vergangenen Wochen hatte er sie häufig gesehen und gemerkt, dass sie mehr und mehr Vertrauen zu ihm fasste. Bei ihrem ersten Wiedersehen hatte sie ein schlechtes Gewissen gehabt, weil sie Keira Jennings und Tony Giordano engagiert hatte, aber er hatte ihr versichert, alles sei in bester Ordnung und der Vertrag für ihn und das Label absolut okay. Noch vor der offiziellen Vertragsunterzeichnung und der Signing Party, die vor drei Wochen im *Malibu Beach Club* stattgefunden hatte, hatte er persönlich ein Team von Mitarbeitern aus dem Vertrieb, der Marketing- und PR-Abteilung sowie der Künstlerbetreuung zusammengestellt, das sich um Sheridan kümmern und eng mit ihrem Management kooperieren sollte. Er hatte Sheridan Grant zur Chefsache erklärt und Carey Weitz, der seit Brian Lambs Rauswurf direkt an ihn berichtete, die Verantwortung übertragen.

»Hier, hör doch mal rein!« Juan Delgado reichte ihm ein Paar Kopfhörer.

Marcus setzte sie auf, schloss die Augen und lauschte auf dieses ganz besondere Timbre in Sheridan Grants Stimme, das sie unverwechselbar machte. Sie sang Joan Jetts *I hate myself for loving you* und *Love of my life* von Queen, und es war unmöglich, sich der Wirkung ihrer Stimme zu entziehen.

Morgen war es so weit. Morgen würden Millionen Menschen

diese Stimme hören. Er war sich ganz sicher, dass es der erste Tag einer großen Erfolgsgeschichte sein würde. Marcus machte sich keine Sorgen, dass Sheridan das, was jetzt auf sie zukam, nicht aushalten würde. Sie war robust genug, um dem Druck, den Erwartungen und dem brutalen Stress, den der Erfolg mit sich brachte, standzuhalten.

Der Vertrag mit Sheridan Grant war der einzige neue Künstlervertrag, den Marcus unterschrieben hatte, seitdem er die Geschicke des Konzerns lenkte. Allerdings war ein Haufen alter Verträge aufgelöst oder gekündigt worden, sodass sich die gesamte Marketingpower des Labels nun auf Sheridan Grant und ihr Album *Wuthering Times* konzentrieren konnte. Keira Jennings hatte überhaupt keine Ahnung vom Musikgeschäft, aber der Anwalt hatte sich als ausgekochter Profi erwiesen, und er hatte für Sheridan ein weitreichendes Mitspracherecht ausgehandelt, das von der Gestaltung des Artworks über die Auswahl von Singleauskopplungen bis zu den Skripts für die Videoclips ging. Im Gegenzug dafür war es Marcus gelungen, Keira Jennings und ihren Anwalt davon zu überzeugen, einen Vertrag mit einem zur CEMC gehörenden Musikverlag abzuschließen, der sich um Tantiemenabrechnungen und alle bürokratischen Angelegenheiten kümmerte. Unterm Strich war Marcus zufrieden mit dem Deal, wenngleich er einige Zugeständnisse hatte machen müssen. Aber wenn Sheridan Grant Erfolg haben würde, konnten alle zufrieden sein.

Um kurz vor sieben war die Probe beendet. Sheridan kam mit den Musikern und den drei Sängerinnen aus dem Tonstudio, alle waren gelöster Stimmung, lachten und alberten herum, nur Sheridan wirkte bedrückt. Als sie Marcus sah, leuchteten ihre Augen auf. Sie sagte etwas zu den anderen und kam zu ihm.

»Hallo, Marcus«, sagte sie. »Bist du schon lange hier?«

»Hallo, Sheridan«, erwiderte er. »Eine Viertelstunde. Ich hätte früher kommen sollen. Ihr seid fantastisch zusammen.«

»Ja, es klappt wirklich gut.« Sie war verschwitzt, ihre Wangen leicht gerötet.

»Hallo, Mr. Goldstein«, grüßte Carey Weitz. Allmählich gewöhnten sich die CEMC-Leute daran, dass er überall auftauchte, was seine Vorgänger nie getan hatten. Weitz reichte Sheridan ein Frotteehandtuch und eine Wasserflasche, die sie ansetzte und leer trank, bevor sie sich mit dem Handtuch Gesicht, Dekolleté und Nacken abtupfte. Der Raum war erfüllt von Stimmengewirr und Gelächter, es roch nach Zigarettenqualm, Pizza und Bier, und Marcus fühlte sich in die Zeit zurückversetzt, als es noch sein Job gewesen war, mit Künstlern ins Studio zu gehen.

»Ich wollte dich einladen, mit mir ein bisschen durch die Gegend zu fahren«, sagte er, bevor er nostalgisch wurde und anfing, Bier aus der Dose zu trinken und kalte Pizza zu essen. »Hast du Zeit und Lust?«

»Durch die Gegend fahren?« Sie zögerte und blickte ihn groß an, dann nickte sie langsam. »Ja, warum nicht? Ich habe aber nichts anderes zum Anziehen dabei.«

»Das macht nichts«, beruhigte Marcus sie. »Komm, lass uns hier verschwinden.«

Sheridan verabschiedete sich von Carey Weitz und Juan Delgado, winkte den Jungs von der Band zu, dann holte sie ihre Jacke und ihren Rucksack und folgte Marcus hinaus ins Freie. Draußen zog sie die Kapuze ihres Pullovers über den Kopf. Auf dem Weg zum Parkplatz stellte Marcus ihr Fragen über die Band und die Zusammenarbeit mit Juan Delgado, aber Sheridan antwortete ihm nur wortkarg. Ein paar Minuten später fuhren sie den Santa Monica Boulevard entlang Richtung Beverly Hills. Am Gardens Park bog er in den Rodeo Drive ein und dann in den Sunset Boulevard. Auf dem Freeway wären sie sicherlich schneller vorangekommen, aber Marcus hatte diese Strecke mit Absicht gewählt. Der warme Tag war in einen lauen Abend übergegangen, die Sonne stand tief, als sie den Sunset Strip zwischen Beverly Hills und West Hollywood erreichten.

»Schau mal dort!«, sagte er und wies nach vorne.

Von den größten Billboards am Strip lächelte Sheridans Gesicht auf sie herab, darunter standen in riesigen Buchstaben ihr Name und der Name des Albums.

»Oh Gott!« Sheridan riss erschrocken die Augen auf und legte ihre gefalteten Hände an Mund und Nase. Überall in Hollywood und Fairfax begegnete ihnen ihr überdimensionales Konterfrei auf Billboards und Gebäuden, doch anstatt sich darüber zu freuen, wurde Sheridan auf dem Beifahrersitz immer kleiner und stiller.

»Gefällt es dir nicht?«, fragte Marcus.

»Doch. Aber … es ist irgendwie … beängstigend«, antwortete sie. »Können wir bitte woanders hinfahren?«

»Natürlich.« Marcus war irritiert.

Was war los mit ihr? Warum war sie seit Tagen so bedrückt? Und wieso reagierte sie jetzt so seltsam? Sheridan wusste doch Bescheid über die gigantische *Wuthering-Times*-Kampagne, die die PR- und Marketingabteilung in nur ein paar Wochen aus dem Boden gestampft hatte! Die meisten Künstler, die er kannte, wären vor Freude und Stolz geplatzt, sie hätten Fotos gemacht, statt sich die Augen zuzuhalten! Allein die Miete für die Billboards am Strip und in anderen Städten Amerikas kostete mehrere Hunderttausend Dollar! Hatte ihre Traurigkeit überhaupt etwas damit zu tun, oder steckte ihr Kerl dahinter, dieser Cowboy aus Wyoming? Hatte sie vielleicht Liebeskummer?

Eine Weile fuhren sie weiter, ohne zu reden. Marcus versuchte, sich in sie hineinzuversetzen. Wie fühlte es sich wohl an, wenn man sein eigenes Gesicht überall riesengroß auf Plakatwänden sah? Okay, gestand er sich ein, es konnte durchaus einschüchternd sein, wenn man so etwas zum ersten Mal erlebte. Aber weshalb hatte niemand Sheridan darauf vorbereitet? Im Geiste suchte er nach Schuldigen, bis ihm plötzlich dämmerte, dass er selbst derjenige war, der versäumt hatte, mit Sheridan zu sprechen. Als er sie zur Chefsache erklärt hatte, hatte sich niemand mehr getraut, irgendetwas ohne seine Anweisung zu tun. Er verfluchte sich im Stillen und bog auf den Franklin Boulevard ab, fuhr unter dem Hollywood Freeway hindurch auf den Beachwood Drive, der hoch in die Hollywood Hills führte.

»Wo fahren wir hin?«, fragte Sheridan.

»An ein ruhiges Plätzchen«, erwiderte er. »Ich glaube, wir beide müssen uns mal unterhalten.«

»Okay.«

Zehn Minuten später fuhr Marcus auf einen sandigen Parkplatz in einer Kurve des Canyon Lake Drive, der um diese Uhrzeit wie ausgestorben war. Tagsüber war hier die Hölle los, denn von dieser Stelle aus hatte man den besten Ausblick auf den HOLLYWOOD-Schriftzug, gleichzeitig lag einem ganz Los Angeles zu Füßen.

»Oh, wow!«, flüsterte Sheridan, als sie ausstiegen. »Das ist ja toll!«

Die untergehende Sonne färbte die weltberühmten Buchstaben rosa. Im Westen erstreckte sich ein Häusermeer bis zum Pazifik, der im Dunst nur zu erahnen war. Sie nahmen an einem der Picknicktische Platz, dessen raues Holz noch warm war von der Sonne. Die Luft war erfüllt vom Zirpen der Grillen.

»Was ist los, Sheridan?«, fragte Marcus sanft. »Weshalb sorgst du dich? Alles läuft doch wunderbar.«

Sie zog die Beine an und schlang ihre Arme um die Knie. Ihr Blick war in die Ferne gerichtet.

»Diese Plakate ... die machen alles so ... real«, erwiderte sie und wirkte auf einmal sehr jung und sehr verletzlich.

»Tja.« Marcus beobachtete sie. »So fühlt es sich an, wenn Träume wahr werden.«

»Nein, das ist es nicht.« Sie biss sich auf die Unterlippe. »Ich ... ich habe nicht alles über mich erzählt. Ich meine, ich wollte es tun, aber dann ... dann ging alles so schnell und ... es gab keine Gelegenheit, mit dir zu sprechen, und deshalb ... ach, verdammt!« Ihre Stimme versagte, und sie begann zu schluchzen.

Marcus runzelte die Stirn. Er fühlte sich immer furchtbar unbehaglich, wenn Frauen in seiner Gegenwart weinten. Und er hatte keine Ahnung, wovon Sheridan sprach. Die PR-Abteilung hatte in den letzten Wochen das Internet, Zeitungs- und Fernseharchive gründlich durchforstet und alles zutage gefördert, was es über Sheridan und ihre Familie zu wissen gab. Es war ihnen nicht darum gegangen, einem möglichen Skandal vorzubeugen, sondern an der Sheridan-Grant-Story zu stricken. Normalerweise hatten Einundzwanzigjährige noch keine Story, aber sie besaß eine, die dazu absolut spektakulär war. Die PR-Leute hatten sich vor Begeisterung die Hände gerieben, bis Marcus gegen ihre Marketing-Strategie energisch sein Veto eingelegt hatte.

»Nach dem Massaker hatte ich meinen Namen geändert und war zwei Jahre in Florida, dann in Georgia. Dort bin ich einem Zuhälter in die Hände geraten. Ich bin ihm entkommen, aber im Januar ... da hat er mich aufgespürt.« Sheridan zog die Nase hoch wie ein kleines Kind und wischte sich mit dem Ärmel ihres Hoodies die Tränen von den Wangen. »Er kam mit zwei Typen. Sie haben mich ins Auto gezerrt und wollten mich umbringen. Ich konnte mich zwar befreien, aber ich habe auf der Flucht einen von den Kerlen überfahren, der dann an seinen Verletzungen gestorben ist. Und dann habe ich einen Unfall gebaut. Der Staatsanwalt hat gesagt, es wäre Notwehr gewesen und es gab deshalb keine Anklage.«

»Ach du meine Güte!«, stieß Marcus, der mit allem Möglichen gerechnet hatte, aber nicht mit einer solchen Geschichte, hervor. Seine Gedanken überschlugen sich. Zuhälter! Entführung! Ein

Toter! Was würden die PR- und die Rechtsabteilung wohl dazu sagen, wenn sie erfuhren, dass der wichtigste und teuerste neue Act der CEMC vor einem halben Jahr einen Menschen getötet und einen Verkehrsunfall verursacht hatte? Welche Auswirkungen konnte das auf das Unternehmen, die Aktionäre der CEMC haben? Dann wiederum: Wer konnte eine junge Frau dafür verurteilen, dass sie ihr Leben verteidigt hatte? Es wäre schlimmer gewesen, hätte sie eine Waffe benutzt oder wenn sie vor Gericht gekommen wäre, aber so weit war es ja in Sheridans Fall überhaupt nicht gekommen.

»Es tut mir so leid«, schluchzte sie. »Am liebsten würde ich den Vertrag auflösen, aber jetzt habt ihr schon so viel Geld in mich investiert und das wäre dann ja weg. Nur, wenn das alles rauskommt, dann gibt es vielleicht einen Riesenskandal und dann kauft niemand mein Album und ihr verliert noch mehr Geld ...«

Da begriff Marcus, was sie wirklich sorgte, und er war fassungslos. In seiner langen Laufbahn im Showgeschäft hatte er Hunderte von ehrgeizigen Leuten erlebt, die alles dafür taten, um berühmt zu werden. Sie logen und betrogen, verschwiegen und beschönigten und erfanden wilde Geschichten, ohne mit der Wimper zu zucken. Und jetzt saß da diese junge Frau, der das Leben schon übel mitgespielt hatte, eine Frau mit einem Talent, wie er es seit zwanzig Jahren nicht mehr erlebt hatte, und sie würde lieber auf Ruhm, Geld und Erfolg verzichten, statt ihrer *Plattenfirma* zu schaden! Das war so unglaublich, dass Marcus nach passenden Worten suchen musste.

»Sheridan.« Er beugte sich über den Holztisch und berührte ihren Arm. »Jetzt beruhige dich und hör mir zu. Schau mich mal an.«

Sie hob den Kopf und warf ihm einen unsicheren Blick zu.

»Es ehrt dich, dass du an das Label denkst«, sagte er. »Aber ganz ehrlich, selbst wenn du uns diese Geschichte früher erzählt hättest, dann hätten wir trotzdem einen Vertrag mit dir gemacht. Und soll ich dir sagen, weshalb?«

»Ja«, flüsterte sie.

»Weil du eine verdammt begabte Sängerin und Songwriterin bist. An dieser Tatsache ändern all die Dinge, die du schon erlebt hast, absolut nichts! Im Gegenteil. Um solche Katastrophen zu überstehen und gereift aus ihnen hervorzugehen, muss man einen extrem starken Charakter haben«, sagte Marcus eindringlich. »Was auch immer dir zugestoßen ist, du hast deinen großen Traum nie aus den Augen verloren. Die Leute lieben solche Geschichten! Sie interessieren sich für den Menschen, der sich hinter dem Star verbirgt. Sehr viele Künstler denken sich sogar extra etwas aus, was sie interessant machen könnte, weil sie nichts Besonderes erlebt haben. Aber du hast das, was man in der Marketingsprache eine ›Story‹ nennt.«

Sheridan verzog das Gesicht und schüttelte den Kopf.

»Das, was du erlebt hast, hat dich zu dem Menschen gemacht, der du heute bist«, fuhr Marcus fort. »In deinen Songs erzählst du selbst diese Geschichten. Man wird dich in Talkshows einladen. Du wirst jede Menge Interviews geben müssen. Und wenn du zu dem, was du erlebt hast, stehst, dann kann dir nichts passieren. Es macht dich und deine Musik glaubwürdig und die Leute lieben authentische Vorbilder, mit denen sie sich identifizieren können.«

»Du redest so, als sei es selbstverständlich, dass ich erfolgreich sein werde«, entgegnete Sheridan zweifelnd. »Wer sagt denn überhaupt, dass das passieren wird?«

»Ich.« Marcus grinste. »Die Vorbestellungen für *Wuthering Times* sprechen eine eindeutige Sprache. Solche Zahlen hatte die CEMC zuletzt bei Tina Turner, Mariah Carey oder Whitney Houston.«

»Wirklich?«, flüsterte Sheridan ungläubig.

»Was glaubst du, warum alle so aufgeregt sind?« Er lachte.

»Normalerweise unterschreiben Künstler einen Vertrag und dann beginnt erst der Entwicklungsprozess. Nur ganz, ganz selten schreibt ein Künstler seine eigenen Songs, meistens werden Songs gecovert oder extra von Songwritern geschrieben. Oder man durchsucht die Datenbanken der Musikverlage nach Passendem. Manchmal dauert es Monate oder sogar Jahre, bis der richtige Produzent gefunden ist und man endlich ins Tonstudio gehen kann. Und auch dort brauchen viele Bands und Einzelkünstler oft Monate, bis ein Album schließlich fertig ist. Aber du hast ein komplettes Album, das perfekt ist. Wir können sofort starten. Das ist extrem ungewöhnlich!«

»Brian Lamb hat gesagt, wenn das Album nicht mindestens Gold geht, wäre es eine Enttäuschung und ein Verlustgeschäft«, sagte Sheridan düster, und Marcus verwünschte den Kerl im Nachhinein. Gut, dass er weg war!

»Natürlich ist jeder neue Act zunächst einmal ein Risiko«, erklärte er. »Aber neben den Zahlen sagt mir mein Bauchgefühl, dass wir uns keine Sorgen machen müssen. Und ich habe viel Erfahrung, glaub mir.«

Er streckte die Hand aus und legte sie vorsichtig auf ihre.

»Du hast einen tollen Job gemacht, Sheridan«, sagte er freundlich und drückte leicht ihre Hand. »Alles Weitere ist jetzt erst mal unsere Sache. Entspann dich! Genieße alles, was kommt. Okay?«

»Okay.« Sheridan begann zaghaft zu lächeln. »Das mache ich.«

Sie fuhren durch die nächtliche Stadt zurück nach Santa Monica. In einem nicht sonderlich hübschen Viertel unweit des Freeway 10 hatte Keira Jennings einen Bungalow gemietet, der ungefähr so groß war wie Marcus' Garage in North Beverly Park.

»Wieso zieht ihr nicht in eine schöne Gegend, nach Beverly

Hills, zum Beispiel, oder nach Pacific Palisades, wenn ihr näher am Strand leben wollt?«, fragte Marcus und schmunzelte. »Am Geld kann es wohl nicht liegen, oder?«

»Keira möchte irgendwo wohnen, wo was los ist«, antwortete Sheridan. »Mir gefällt es nicht besonders, mitten in der Stadt zu wohnen. Ich bin eben ein ...«

Sie verstummte. Lauschte. Ihre Augen wurden groß.

»Das gibt's doch nicht!«, sagte sie ungläubig. »Oh, Marcus! Hör doch! Sie spielen mein Lied!«

Tatsächlich – einen Tag vor dem offiziellen Erscheinungstermin lief *Sorcerer* im Radio! Marcus drehte das Soundsystem lauter und warf Sheridan einen Blick zu. Sie saß ganz still da. Ihre Lippen bewegten sich lautlos, wie in Trance. Marcus war nicht weniger überwältigt und aufgewühlt. Schon sehr bald würde es normal sein, Sheridans Songs im Radio zu hören, aber jetzt, in diesem Moment, war es das allererste Mal. Der Vorabend eines wichtigen Releases hatte immer etwas Epochales. Die Anspannung, die sich über Wochen und Monate aufgebaut hatte, stieg ins Unermessliche, denn man hatte alles getan und es blieb nichts anderes mehr übrig, als darauf zu warten, was geschah. Plötzlich wurde Marcus' Herz schwer, und er hatte einen Kloß im Hals, weil er an Harry denken musste, der nicht mehr erleben konnte, was aus seiner Entdeckung geworden war und noch werden würde.

Fang bloß nicht an zu heulen, du sentimentaler alter Esel, schalt er sich in Gedanken und bemühte sich, seine Gefühle wieder unter Kontrolle zu bekommen.

›Hey, Leute, seid ihr auch so geflasht wie ich?‹, drang die aufgeregte Stimme des Moderators von KPCC aus den Boxen. ›Das war Sorcerer, *die neue, nein, halt, die erste Single von Sheridan Grants Album* Wuthering Times. *Sheridan Grant? Habt ihr noch nicht gehört? Werdet ihr aber bald, Freunde, das kann ich euch versprechen! Und wenn ihr nicht komplett blind seid, müsste sie euch heute eigentlich schon aufgefallen sein, denn die ganze Stadt ist komplett mit ihrem Bild gepflastert! Und weil's so schön ist, spielen wir es gerade noch mal!'*

»Oh, mein Gott!«, rief Sheridan aufgeregt. »Ich muss Jasper anrufen! Und Dad! Und Keira! Ich fasse es nicht, das ist so irre!« Sie wandte sich ihm zu. Und bevor Marcus sich versah, schlang sie einen Arm um seinen Hals und küsste ihn auf die Wange.

»Danke, Marcus!«, flüsterte sie so nah an seinem Ohr, dass er erschauerte. »Danke, dass du mich zu meinem Glück gezwungen hast, als ich fast wieder gekniffen hätte!«

Der Duft ihrer Haut, ihre sprühenden Augen, der leichte Druck ihres Arms in seinem Nacken – plötzlich wünschte Marcus sich mehr von ihr. Er wollte sie umarmen, sie küssen, mit ihr ... Nein, nein! So etwas durfte er nicht einmal denken! Die Heftigkeit seiner Gefühle erschreckte ihn.

»Na, na, das klingt ja so, als hätte ich dich in Fesseln nach L. A. geschleift!« Er lachte, um seine Erschütterung zu überspielen.

»Uuuuh, es ist so toll!«, schrie Sheridan und warf ausgelassen die Arme in die Luft. »Ich bin Sheridan Grant, Leute! Hört ihr meinen Song? Er läuft gerade im Radio!«

Sie strahlte über das ganze Gesicht und sie war so schön und so ungekünstelt, dass es ihn beinahe traurig machte. Dieses Lächeln, das in diesem Augenblick nur ihm allein gehörte, würde bald Millionen von Menschen verzaubern. Millionen Männer auf der ganzen Welt würden davon träumen, von Sheridan Grant auf diese Weise angelächelt zu werden. Ab morgen war ein großer Teil von ihr öffentliches Eigentum. Fast tat es ihm in dieser Sekunde leid, dass sie berühmt und erfolgreich werden würde.

»Ich kann mich noch ganz genau an den Tag erinnern, als ich *Sorcerer* geschrieben habe«, sagte sie, als der Titel ein zweites Mal gelaufen war. »Und jetzt läuft es im Radio! Das ist alles so unglaublich. Ich kann es einfach nicht fassen!«

Dann lachte sie verlegen.

»Du musst mich für total albern halten.«
»Ich halte dich überhaupt nicht für albern.« Marcus hielt an einer roten Ampel, zufällig direkt vor einem der Billboards mit Sheridans Gesicht. »Es ist ein ganz besonderer Moment, Sheridan. Genieße ihn, denn er kommt nie wieder.«

* * *

»Marcus' Großzügigkeit ist nichts anderes als getarnte Kontrolle, das darfst du nie vergessen«, behauptete Keira und ließ sich auf einen Stuhl fallen. Sie war wie jeden Morgen um 6 Uhr aufgestanden, eine Runde Joggen gegangen und danach eine Viertelstunde lang in dem spektakulären Infinity-Pool geschwommen. Jetzt trug sie eines ihrer Businesskostüme und eine Sonnenbrille, die blonde Mähne hatte sie in einen festen Dutt gezwungen. »Er hat uns das Haus nur überlassen, damit er dich jederzeit unter Beobachtung hat. Aber weißt du was? Da scheiß ich drauf! Diese Hütte ist so geil, von mir aus darf er mich jede Sekunde per Video überwachen, sogar im Badezimmer.«

»Du spinnst ja«, grinste ich. »Das Haus steht normalerweise leer. Außerdem zahlen wir ihm Miete.«

»Viertausend Dollar! Das ist ein Witz für so eine Bude in dieser Gegend!« Keira schenkte sich ein Glas frisch gepressten Orangensaft ein und zündete sich eine Zigarette an. »Inklusive Haushälterin und Gärtner.«

»Du vergisst den Poolreiniger!«, kicherte ich und streckte die Beine in die kalifornische Morgensonne.

Nur eine Woche nachdem das Unglaubliche eingetreten und *Sorcerer* durch die Decke gegangen war, hatte Marcus uns sein Haus in Pacific Palisades angeboten. Wir hatten keine Sekunde gezögert und lebten seitdem in einer luxuriösen Zehn-Zimmer-Villa mit atemberaubender Aussicht auf den Pazifik und die Santa Monica Mountains. Das Haus war von einem eingewachsenen

Garten mit Palmen und blühenden Büschen umgeben, eine hohe Hecke schützte es vor neugierigen Blicken und die Nachbarn kannte man eher von der Leinwand, aus dem Fernsehen oder der Boulevardpresse als vom Sehen. Keira hatte ein großes Büro, in dem sie manchmal bis tief in die Nacht arbeitete und mit allen möglichen Leuten telefonierte. Aber wir hatten auch genügend Platz, um Gäste einzuladen und Partys zu feiern.

Es war absolut unwirklich, was gerade geschah. Innerhalb von sechs Wochen hatte sich mein Leben auf eine Weise verändert, wie ich es mir nie hätte vorstellen können. Jeden Morgen, wenn ich aufwachte, fürchtete ich, alles könnte nur ein Traum gewesen sein und ich würde in meinem Kinderzimmer auf der Willow Creek Farm hocken oder – noch schlimmer – als Pauls Ehefrau in Rockbridge.

Pünktlich um zehn Uhr klingelte es an der Haustür. Gloria, die mexikanische Haushälterin, öffnete die Tür, um Carey Weitz und Belinda Vargas einzulassen, die jeden Morgen auftauchten, um mit mir meinen Terminkalender durchzugehen.

»Guten Morgen, die Damen«, grüßte Carey höflich, als er durch die weit geöffnete Schiebetür hinaus auf die Terrasse trat. Belinda folgte ihm lächelnd.

»Huhu, ihr zwei!«, rief sie überschwänglich.

»Guten Morgen«, sagte Keira.

»Hi, Belinda, hi, Carey.« Ich machte eine einladende Geste. »Setzt euch doch.«

»Wenn wir dürfen«, sagte Carey steif.

»Natürlich dürft ihr.« Seine Unterwürfigkeit ging mir langsam auf die Nerven. »Nehmt euch Kaffee. Habt ihr schon gefrühstückt? Wenn nicht, bedient euch.«

Jeden Morgen dasselbe Ritual. Ich wies auf die opulente Frühstücksauswahl, die Gloria bereitstellte, obwohl Keira und ich nur Kaffee, Orangensaft, Corn Flakes und Zigaretten zum Frühstück brauchten. Carey und Belinda nahmen Platz und bedienten sich mit Kaffee, Orangensaft und Obst, dann öffnete Carey wie ein Buchhalter seine Mappe und holte einen Stapel ordentlich ausgeschnittener und aufgeklebter Zeitungsausschnitte heraus. Wer machte das? Carey selbst? Wann stand er morgens auf? Und was hielt seine Familie wohl davon, dass er fast rund um die Uhr mit mir unterwegs war? Ich wünschte manchmal, mehr Zeit ohne mein ›Team‹ zu haben, das ständig um mich herum war, aber ich wollte nicht undankbar erscheinen.

»Die Kritiken sind durch die Bank positiv«, sagte Carey nun. »Manche sind sogar geradezu enthusiastisch.«

»Sehr schön.« Ich zündete mir schon die vierte oder fünfte Zigarette an diesem Morgen an und schaute kurz auf mein Handy in der Hoffnung, Jasper hätte zurückgerufen. Hatte er nicht. Heute war der offizielle Erscheinungstag von *Wuthering Times* und heute Abend würde ich das erste Mal live auftreten, im Staples Center. Jasper hatte mir versprochen, dass er kommen würde, um dieses wichtige Ereignis mitzuerleben. Tony war auf dem Weg hierher, und auch Dad und Elaine würden heute anreisen, zusammen mit Malachy und Rebecca. Morgen wollte ich mit ihnen hier im Haus meinen 22. Geburtstag feiern.

»Wir haben wieder jede Menge Interviewanfragen bekommen«, hörte ich Belinda sagen und legte mein Handy weg. »Von der *Hollywood Gazette* bis hin zur *L. A. Times*. Einige kannst du telefonisch erledigen, Sheridan, aber andere halten wir für sehr wichtig. Es wäre gut, wenn du heute vor der Show drei Journalisten, darunter einen aus Deutschland, empfangen könntest.«

»Okay, klar.« Deutschland und England waren wichtige Märkte, das hatte ich mittlerweile schon begriffen.

»Um drei möchte Michelle Gardiner von *E!* dich für ein kurzes Interview treffen ...«

»Stopp!«, mischte sich Keira ein, ohne von der aktuellen Ausgabe des *Hits Magazine* aufzublicken, in dem sie den Artikel

Who's Got Who? studierte. »Um zwei kommt Sheridans Familie. Das Interview geht heute nicht. Verschieben Sie es!«

Belinda und Carey wechselten einen kurzen Blick, dann zuckten sie die Schultern, und mich beschlich sofort ein unbehagliches Gefühl. Ich war so streng zur Höflichkeit erzogen worden, dass ich es nicht fertigbrachte, einfach ›Nein‹ zu sagen. Einerseits war ich froh, wenn Keira sich vor mich stellte, andererseits quälte mich die unterschwellige Angst, ich könnte durch eine Absage jemanden gegen mich aufbringen. Keira geriet auch ständig mit den Leuten vom Label aneinander, weil sie selbst Termine für mich vereinbarte, ohne sich mit Carey, Belinda oder den PR-Leuten abzusprechen. Ich kontrollierte noch einmal mein Handy. Es hatte vollen Netzempfang, aber niemand hatte angerufen oder geschrieben. Vielleicht wollte Jasper mich ja überraschen und war schon unterwegs hierher?

»Wir haben erste Rückmeldungen von der Booking-Agentur bekommen«, verkündete Belinda. »Wir kriegen Madison Square Garden für den Launch der *Wuthering-Times*-Tour! Und zwar für drei Abende hintereinander!«

Sie sah mich erwartungsvoll an und rechnete wahrscheinlich mit Begeisterungsschreien, aber ich nickte nur. So kolossal viel war in den letzten Wochen auf mich eingestürzt, dass ich längst den Überblick verloren hatte.

Innerhalb weniger Tage hatten sich allein in Amerika über eine halbe Million Einheiten von *Sorcerer* verkauft, der Vertrieb drehte durch und das Presswerk kam kaum nach, weil immer wieder nachgeordert wurde. Die Radiosender spielten den Song rauf und runter, der Videoclip lief bei MTV, und Ähnliches geschah gleichzeitig in Europa, Australien und Südamerika. Die Single war in kürzester Zeit nicht nur Gold, sondern auch Platin gegangen, in den Charts war *Sorcerer* von null auf eins gesprungen und hatte damit etwas geschafft, was zuvor nur Elton John, Stevie Wonder, Bruce Springsteen und Whitney Houston gelungen war. Bei der CEMC herrschte Jubelstimmung, und man hatte beschlossen, vor Veröffentlichung des Albums noch schnell *What it means to be young* als zweite Singleauskopplung nachzuschieben. Mit dem Song war haargenau dasselbe passiert wie mit *Sorcerer*, und die Zahlen der Vorbestellungen für *Wuthering Times* ließen auf Platz eins in den Album-Charts hoffen.

»Hat Jasper sich vielleicht bei dir gemeldet?«, fragte ich Keira leise.

»Nein, tut mir leid«, erwiderte sie bedauernd. »Hast du noch nichts von ihm gehört?«

Ich schüttelte frustriert den Kopf. Es war zweieinhalb Monate her, seitdem ich ihn zuletzt gesehen hatte. Zwar telefonierten wir beinahe jeden Abend, doch das Telefon war nur ein suboptimales Kommunikationsmittel. Nicht nur ich hatte wahnsinnig viel zu tun, auch Jasper steckte bis zum Hals in Arbeit, und unsere Telefonate waren kaum noch mehr als ein Austausch von Informationen und Floskeln. War es schon nach zehn Wochen so weit, dass wir uns voneinander entfernten? Zwar hatte Jasper irgendwann einmal zu mir gesagt, Liebe bedeute, auch mal Distanz aushalten zu können, aber gerade jetzt, in dieser verrückten Zeit, in der mein Leben völlig auf dem Kopf stand, wünschte ich mir nichts sehnlicher, als ihn wenigstens hin und wieder zu sehen, zu spüren, den Duft seiner Haut zu ...

»Sheridan?«

»Äh, wie bitte?« Ich fuhr aus meinen Gedanken hoch.

»Es wäre prima, wenn du noch ein paar Autogrammkarten signieren könntest«, wiederholte Belinda geduldig. »Die möchten wir heute Abend verteilen.«

»Der Veranstalter hat uns mitgeteilt, dass es noch immer eine riesige Nachfrage nach Karten gibt«, ergänzte Carey. Das Konzert von Evita Reyna war nur zur Hälfte ausverkauft gewesen, wie auch ihre ganze Tournee, weshalb man auf kleinere Hallen ausgewichen war. Ihre größten Erfolge hatte sie in den 8oer-Jahren gefeiert und ihre letzten beiden Studioalben waren mehr oder weniger gefloppt, aber sie hatte vehement darauf bestanden, in Los Angeles im Staples Center aufzutreten. Nachdem bekannt geworden war, dass ich in ihrem Vorprogramm zum ersten Mal live auftreten würde, waren die restlichen 11 500 Karten innerhalb von Minuten weg gewesen.

»Ja, klar, mache ich.« Ich stand auf und griff nach meinem Handy. »Entschuldigt mich bitte kurz.«

Wieder wählte ich Jaspers Nummer, und diesmal ging er dran. Der Klang seiner Stimme ließ mein Herz schneller schlagen, gleichzeitig verspürte ich einen Stich der Enttäuschung. Er war auf der Ranch. Nicht auf dem Weg nach L. A.

»Hey, Sheridan«, sagte er, und er klang müde. »Es tut mir leid, dass ich mich nicht gemeldet habe. Ich bin gerade erst aus dem Krankenhaus zurück.«

»Aus dem Krankenhaus?«, wiederholte ich erschrocken. »Hast du dich verletzt?«

»Nein. Mom hatte letzte Nacht so schlimme Schmerzen, dass ich sie hingefahren habe«, erwiderte er. »Sie hat Nierensteine. Die Ärzte versuchen, sie zu zertrümmern, aber ich habe keine Ahnung, wie lange es dauern wird, bis sie wieder auf den Beinen ist.«

Ich begriff, was das bedeutete. Er würde heute nicht kommen. Er würde morgen meinen Geburtstag nicht mit mir feiern. Mit aller Macht hielt ich die Tränen der Enttäuschung zurück.

»Sheridan, es tut mir so leid, aber ich kann die Ranch und unsere Gäste nicht allein lassen«, sagte Jasper niedergeschlagen. »Ich wäre so wahnsinnig gerne bei deinem ersten Auftritt dabei gewesen.«

»Das weiß ich doch«, sagte ich und brauchte all meine Kraft, um verständnisvoll zu klingen. »Es ist echt schade, dass du nicht kommen kannst, aber ich kann das absolut verstehen.

Die Hauptsache ist, dass es deiner Mom schnell wieder besser geht.«

Jasper wünschte mir viel Erfolg und Spaß für heute Abend und versprach, mich morgen anzurufen.

Ich trat an die Brüstung der Terrasse, blickte in die dunstige Ferne und fragte mich, warum ich nicht ein Mal uneingeschränkt glücklich sein durfte. Weshalb nur musste in jeder Suppe ein Tropfen Essig sein? Ich seufzte und straffte entschlossen die Schultern. Nein, ich würde mir diesen Tag nicht verderben lassen! Heute, am Freitag, den 15. Juni 2001, würde mein Traum wahr werden. Heute Abend würde ich auf einer Bühne stehen und vor einem großen Publikum meine Songs singen! Jasper konnte nicht dabei sein, so war es eben.

»Sheridan?« Keira kam vorsichtig näher. »Alles okay?«

»Klar!« Ich riss mich zusammen und lächelte sie an. »Jetzt werden erst mal Autogrammkarten signiert und dann wird L. A. gerockt!«

* * *

Ich war noch nie auf einem Konzert dieser Größe gewesen. Als wir drei Stunden vor Beginn am Staples Center eintrafen, drängten sich hinter den Absperrungen schon Hunderte von Menschen. In freudiger Erwartung winkten und jubelten sie, als unsere Autokolonne an ihnen vorbeifuhr. Meine Familie, die am Flughafen abgeholt und zu uns nach Hause gebracht worden war, würde später mit Keira nachkommen. Auf der Fahrt hatten mir Belinda und Carey den genauen Ablaufplan erklärt. Ich hörte kaum zu, und an der Halle angekommen, folgte ich ihnen einfach in die Katakomben, vorbei an grimmig aussehenden Security-Leuten in schwarzen Uniformen, direkt in den Backstage-Bereich, in den kein Normalsterblicher je gelangte. Wir liefen endlos lange Gänge mit nackten Betonwänden, die von

Leuchtstoffröhren an den Decken erhellt wurden, entlang. Es herrschte ein organisiertes Durcheinander wie in einem Bienenstock. Überall wuselten Leute herum, manche von ihnen trugen Headsets, andere schleppten Musikinstrumente. In einem Raum stimmte jemand eine Gitarre, in einem anderen machten ein paar Sängerinnen Stimmübungen. An den Wänden der Gänge stapelten sich Unmengen schwarzer Kisten, in denen das Equipment, das Evita Reyna für ihre Auftritte brauchte, von Konzert zu Konzert transportiert wurde. Im Vorbeigehen las ich die Zettel, die an den Türen klebten. *Audio Director. Live Sound Engineer. Drum Technician. Stage Manager. Set Design. Backing Vocalists. Show Director. Garderobe Steve. Garderobe C. Garderobe Evita Reyna.* Die Tür stand offen. Ich blieb kurz stehen und guckte neugierig in den Raum. Er war groß und ganz in Pink und Weiß gehalten. Opulente Blumensträuße standen herum. Aus einem Sektkühler ragte der Hals einer Champagnerflasche. Weiße Sofas und Sessel. Ein riesiger beleuchteter Schminkspiegel, vor dem ein mit rotem Samt bezogener Thronsessel stand. Zwei Frauen sortierten geschäftig Schminkzeug und Klamotten.

»Wow!«, entfuhr es mir. Belinda räusperte sich verlegen.

»Äh, du bist im nächsten Flur untergebracht«, sagte sie zu mir. »Nicht enttäuscht sein. Beim nächsten Gig gehört dir die größte Garderobe.«

Keira wäre ausgeflippt, wenn sie den Raum, an dessen Tür mein Name stand, gesehen hätte. Es war eine bessere Abstellkammer, spärlich möbliert, ohne Champagner und Schminkspiegel. Auf dem Holztisch, der übersät war von Wasserringen, stand jedoch neben einem Plastiktablett mit Häppchen und einem Sortiment lauwarmer Getränke ein prachtvoller Strauß weißer Rosen, in dem eine Karte steckte. Für einen Moment hoffte ich, der Strauß sei von Jasper, aber er war von Marcus. Ich überflog die Karte, während Belinda die Tür zu dem winzigen Badezimmer öffnete und das Licht anmachte.

»Es ist zwar ein wenig eng, aber die Stylistin kann hier sicher trotzdem gut arbeiten.« Belinda war es offensichtlich peinlich, aber mich störte das nicht.

»Ich brauche keine Stylistin«, sagte ich. »Und ich muss mich auch nicht mehr umziehen. Ich will genauso aussehen wie auf den Plakaten.«

Ich trug dieselbe enge, ausgewaschene Jeans, die an den Knien Löcher hatte, meine abgelatschten Cowboystiefel, ein graues Top und die weiße Bluse wie beim Fotoshooting. Meine Haare fielen offen über meine Schulter, bis in die Mitte meines Rückens, und ich hatte nur meine Augen ein wenig geschminkt.

»Aber ...«, wollte Belinda einwenden, als ein gestresst wirkender Glatzkopf in schwarzem T-Shirt und schwarzen Jeans an die offene Tür klopfte und herrisch winkte, während er in das Mikro seines Headsets sprach und auf seine Armbanduhr guckte.

»Das Mädchen ist jetzt da«, sagte er. »Ich bring sie hoch. Ja, das geht fix. Bis Evita kommt, sind die durch.«

Ich war viel zu überwältigt von all den neuen Eindrücken, um dagegen zu protestieren, dass dieser Wichtigtuer über mich in der dritten Person sprach und mich als ›das Mädchen‹ bezeichnete, und eigentlich war es mir völlig egal. Ich wollte zu meiner Band und endlich auf die Bühne zum Soundcheck! Belinda, Carey und ich folgten dem Typ im Laufschritt weitere Gänge entlang und schließlich zwei Treppen hinauf, schoben uns an Dutzenden von Menschen vorbei, traten durch einen schweren schwarzen Vorhang und plötzlich stand ich auf einer riesigen Bühne! Ich hatte keine Vorstellung davon gehabt, wie es auf einem richtigen Popkonzert zuging. Allein der Anblick der Bühnentechnik, der gewaltigen Boxen, Verstärker und der Scheinwerfer war atemberaubend. Überall hinter, auf und vor der großen Bühne wurde gearbeitet. Instrumente wurden gestimmt, Kabel gezogen, Mikrofone und die Beleuchtung gecheckt. Die Jungs von der Band und unsere Techniker waren schon da. Wir klatschten uns ab und umarmten uns. Obwohl sie im Gegensatz zu mir alle schon jede Menge Live-Erfahrung hatten, waren sie noch aufgeregter als ich. Ich nahm an, dass ein gewisses Lampenfieber normal war, aber Val klärte mich über den wahren Grund auf.

»Mann, Sheridan, du bist gerade der heißeste Act im Land, und das ist dein erster Live-Gig«, verriet er mir. »Wir wollen's nicht verkacken.«

»Das werdet ihr nicht«, beruhigte ich ihn. »Wir rocken das Ding!«

»Wie kannst du bloß so cool sein!«, meinte Danny. »Ich krieg hier gleich einen Herzinfarkt!«

»Mir hat mal ein Musikproduzent gesagt, ich sei die geborene Rampensau«, erwiderte ich. »Ich glaube, er hatte recht.«

Ich schlenderte in die Bühnenmitte. Dort blieb ich stehen und blickte in die noch leere Halle, deren Halbdunkel sich in einer knappen Stunde mit 21 000 Menschen füllen würde. Bisher hatte ich nur zwei Mal auf einer Bühne gestanden, in der Aula der Madison Highschool und bei der *Middle of Nowhere Celebration* in Fairfield, und das hier war eine komplett andere Hausnummer. Eine Gänsehaut nach der anderen rann mir über den Rücken. Ich setzte mich an den Flügel, der extra für mich hergebracht worden war, und spielte ein paar Tonleitern.

»Hi!« Ein junger Typ tauchte neben mir auf. »Bist du die, die vor Evita singt?«

»Ja. Ich bin Sheridan Gra…«

»Cool.« Er kaute Kaugummi, lauschte auf eine Stimme in seinem Headset und nickte dann. »Geh mal da vorne ans Mikro!«

»Und dann?«

»Sing halt irgendwas.« Der Typ blickte mich gar nicht an, sondern horchte auf Anweisungen.

Ich stand auf, ging zum Mikrofon und blickte den Kerl fragend an.

»Los, los!«, drängte er mich. »Sing schon! Irgendwas halt! Evita ist gleich da, dann musst du hier verschwunden sein.«

Die Arroganz von Evita Reynas Road Crew verblüffte und verärgerte mich gleichermaßen. Ich wollte keinen roten Teppich ausgerollt bekommen, aber ein Minimum an Höflichkeit wäre schon ganz nett gewesen. Um ihn zu ärgern, stimmte ich Evita Reynas Superhit *Stories to tell* an. Den Song hatte ich schon immer gerne gesungen und während meiner Zeit als Barpianistin in Savannah hatte er zu meinem allabendlichen Repertoire gehört. Es war überwältigend, meine Stimme so klar und laut in dieser riesigen Halle zu hören. Ich schloss die Augen, wurde innerlich ganz ruhig und vergaß alles um mich herum. Plötzlich setzte an genau der richtigen Stelle das Saxofon ein. Ich drehte mich um und stockte erstaunt, als ich den Saxofonisten sah, ein großer Afroamerikaner, der mir fröhlich zuzwinkerte. Alle Bühnenarbeiter und Techniker hörten auf zu arbeiten und starrten mich verblüfft an.

»Hey, is okay, lass es gut sein!«, zischte der junge Typ mit dem Headset mir zu, aber ich beachtete ihn nicht, sondern sang den Song zu Ende. Ein paar Leute klatschten und pfiffen, als ich fertig war.

»War das okay so?«, erkundigte ich mich.

»Ja, ja, klar, alles super«, murmelte er nervös. »Verschwinde jetzt besser von hier. Evita findet so was nicht besonders lustig.«

Ich ging zu den Jungs von der Band hinüber.

»Das hast du besser gesungen als Evita selbst«, meinte J.B., und Val ergänzte: »Die singt doch sowieso nur noch Play-back.«

»Scheiße, was war *das* denn bitte?«, vernahmen wir eine Stimme und drehten uns um. Evita Reyna betrat die Bühne. In einem ersten Impuls wollte ich zu ihr hingehen und ihr sagen, welch große Ehre es für mich sei, heute Abend als ihr Opening Act aufzutreten, weil ich sie schon immer bewundert und ihre Musik geliebt hatte. Aber da kam sie schon auf mich zu.

»Was fällt dir ein, meinen Song zu singen?«, schnauzte sie mich wütend an, dann ging sie wie eine Furie auf den Saxofonisten los und schrie ihn zusammen. Perplex starrte ich sie an. Sie trug einen Jogginganzug und Ugg-Boots, und ich sah sie zum ersten Mal ohne Perücke und Bühnen-Make-up.

»Giorgio! Wieso sind all diese Leute immer noch hier?«, zeterte Evita. »Ich brauche die Bühne! Wo sind die verdammten Tänzer? Und wo zur Hölle ist Phoebe? *Phoebe!* Verdammte Scheiße, hier klappt auch gar nichts!«

Der gestresste Glatzkopf jagte die Bühnenarbeiter von der Bühne.

»Nichts wie weg hier, Jungs«, sagte ich zu meiner Band, und wir verdrückten uns.

»Arme Phoebe«, bemerkte Val kichernd. »Wer auch immer das ist.«

Belinda hatte an der Treppe auf mich gewartet und begleitete mich nun zu meiner Mini-Garderobe, vor der bereits der erste Journalist auf mich wartete. Er legte ein Aufnahmegerät auf den Tisch und stellte seine Fragen. (Sind Sie aufgeregt? Was ist das für ein Gefühl, mit zwei Titeln die Charts anzuführen? Wie hat sich Ihr Leben verändert?) Glücklicherweise hatte ich vorher mit Belinda geübt und gab die einstudierten Antworten. Sie schleuste die drei Journalisten mit professioneller Höflichkeit in exakt einer Dreiviertelstunde durch und brachte mich anschließend in die provisorisch eingerichtete Kantine, wo die Jungs von der Band und Mel, Shawna und Soraya, unsere Backgroundsängerinnen, auf mich warteten. Da man uns keinen eigenen Raum zur Verfügung gestellt hatte und unsere Garderoben zu klein waren, sangen wir uns trotz des Trubels hier warm. J. B. und Val spielten dazu Gitarre, und wir besprachen noch einmal die Setlist. Als Vorgruppe hatten wir nur eine halbe Stunde, konnten also lediglich sechs Songs spielen.

»Noch dreißig Minuten!«, verkündete jemand. Der Bühnenaufbau und der Soundcheck von Evita waren beendet, immer mehr Roadies und fast die komplette Tanztruppe strömten herein, alle nahmen sich Kaffee oder etwas zu essen.

Ich wollte noch einen Moment für mich allein sein, deshalb verließ ich den Kantinenraum und machte mich auf den Weg zu meiner Garderobe. Ich bog um die Ecke und sah Marcus den Gang entlangkommen. Ein Lächeln flog über sein Gesicht, als er mich erblickte, doch da schoss Evita Reyna aus ihrer Garderobe und stellte sich ihm in den Weg. Sie war mittlerweile umgezogen und trug eine blonde Perücke und ihr Bühnenoutfit: eine schwarze Lederkorsage, aus der ihre Brüste quollen, Strapse und hohe Stiefel.

»Marcus, mein Lieber!«, gurrte sie und hauchte Luftküsse neben seine Wangen. Wenn ich ihren wütenden Auftritt eben auf der Bühne nicht mit eigenen Augen gesehen hätte, dann hätte ich nicht geglaubt, dass das dieselbe Person war. »Wie lieb von dir, dass du backstage kommst! Das hast du ja lange nicht mehr gemacht. Und danke für den Champagner und die wunderschönen Blumen! Wie wär's mit einem Gläschen?«

Ich machte ein paar Schritte rückwärts.

»Schön, dass alles zu deiner Zufriedenheit ist, Evita«, antwortete Marcus höflich. »Den Champagner müssen wir allerdings später trinken. Ich möchte Sheridan Grant alles Gute für ihren ersten Gig wünschen.«

»Na, das hätte ich mir ja denken können!« Evita Reyna stemmte die Hände in die Seiten. »Ich habe mich schon gewundert, was du hier machst. Du bist dir doch sonst viel zu ...«

»Hallo, Marcus«, machte ich mich bemerkbar.

»Hallo, Sheridan«, erwiderte er lächelnd. »Du siehst fantastisch aus!«

Evita Reyna, die Frau, die mit ihren Wahnsinns-Choreografien vor zwanzig Jahren völlig neue Maßstäbe für Bühnenshows gesetzt hatte, flog herum und musterte mich herablassend von

Kopf bis Fuß. Im erbarmungslosen Neonlicht sah ich die Krähenfüße um ihre Augen und Falten, die sich von der Nase zu den Mundwinkeln zogen.

»Ah! Die neue Heilsbringerin der CEMC!«, rief sie spöttisch, in ihren Augen funkelte die pure Missgunst. Sie stand so dicht vor mir, dass ich ihren säuerlichen Mundgeruch riechen konnte. »Das Mädchen aus Nebraska, das so respektlos ist, beim Soundcheck *meinen* Song zu singen. Mir wurde übrigens zugetragen, du wohnst schon bei Marcus im Haus. Das ging ja schnell!« Sie lachte verächtlich. »Lässt du dich schon von ihm bumsen? Jeder weiß, dass er auf Frischfleisch steht. Je jünger, desto besser.«

Mir stieg das Blut ins Gesicht, und ich traute mich nicht, Marcus einen Blick zuzuwerfen. Selten hatte ich eine peinlichere Situation erlebt als diese, gleichzeitig wurde ich wütend. Evita Reyna hin oder her – wieso sollte ich mir eine solche Unverschämtheit gefallen lassen.

»Na, dann sind *Sie* ja sicher vor ihm«, erwiderte ich kühl, dann wandte ich mich an Marcus. »Ich muss in fünf Minuten raus auf die Bühne, Marcus. Ach, vielen Dank für die wunderschönen Rosen!«

Evita Reyna öffnete den Mund und schloss ihn wieder. Mit einem empörten Schnauben verschwand sie in ihrer Garderobe und schmetterte die Tür so heftig ins Schloss, dass der Knall durch alle Gänge hallte.

»Sheridan, du bist einfach großartig!«, lachte Marcus. »Ich glaube, so hat seit dreißig Jahren niemand mehr mit ihr gesprochen!«

»Was für eine Zicke«, erwiderte ich. »Sollte ich in meinem Leben jemals so berühmt werden wie sie, werde ich mich anders benehmen, das schwöre ich dir!«

Ich öffnete die Tür meiner Garderobe, und Marcus runzelte die Stirn, als er sah, in welchem Kabuff man mich untergebracht hatte. Belinda bog in geschäftigem Trab um die Ecke.

»Sheridan, noch acht Minuten! Bist du so weit?«, rief sie, erst dann bemerkte sie ihren Boss. »Oh, Mr. Goldstein, hallo.«

»Hallo, Mrs. Vargas«, entgegnete er, und sie riss erstaunt die Augen auf, weil er ihren Namen wusste. Dann wandte Marcus sich mir zu, legte mir die Hände auf die Schultern und wurde ernst.

»Ich wünsche dir viel Spaß bei deinem ersten Konzert, Sheridan. Wir sehen uns später.« Dann tat er so, als würde er mir über die Schulter spucken. »Hals und Beinbruch!«

Er zwinkerte mir zu und verschwand. In der Garderobe trat ich vor den Spiegel und lächelte. Ich war nicht nervös, nur ungeduldig, weil ich es nicht mehr erwarten konnte, endlich raus auf die Bühne zu kommen. Ich sehnte mich nach dem berauschenden Gefühl, die Menschen mit meiner Musik mitzureißen. Ich wollte fühlen, wie die Drums und die Bässe in meinem Zwerchfell vibrierten.

»Jetzt ist es so weit, Sheridan!«, flüsterte ich meinem Spiegelbild zu. »Jetzt bist du da, wo du immer hinwolltest!«

»Eine Minute!«, rief Belinda.

»Da bin ich.« Ich schnappte mir noch eine Plastikflasche Wasser und trank sie im Laufen zur Hälfte leer, und schon war ich an der Treppe, die zur Bühne führte. Val, Danny, Ray, Alex, J. B. und ich umarmten uns rasch und wünschten uns viel Erfolg, dann gingen die Jungs hoch. Ich senkte den Kopf und schloss die Augen, ballte und öffnete meine Hände. Und plötzlich fiel alles von mir ab, das Gestern und das Morgen, und es gab nur noch das Jetzt. Adrenalin jagte durch jede Ader meines Körpers. Ich hörte das Publikum raunen, einige Menschen skandierten meinen Namen. Noch einmal holte ich tief Luft, dann lief ich los. Das grelle Scheinwerferlicht knallte mir entgegen. Dieser Augenblick war wie die Sekunde, in der man sich mit einem Fallschirm aus dem Flugzeug stürzt – jetzt gab es kein Zurück mehr.

Los Angeles

»He, guckt mal, das ist doch Sheridan Grant!«
»Hey, Sheridan! Schau mal hierher!«
Klick. Klick. Ein Blitzlicht blendete mich. Weshalb hatten die Leute *Fotoapparate* dabei, wenn sie in den Supermarkt gingen?
»Kann ich ein Autogramm haben?«
»Ich auch! Ich auch!«
»Ich glaub's ja nicht! Sheridan Grant!«
»Ich war auf deinem Konzert! Du bist super!«
Ich war umringt von Menschen. Total *aufgeregten* Menschen. Ich sah glänzende Augen. Aufgerissene Münder. Begeisterte Gesichter. Stifte und Zettel wurden mir entgegengehalten. Hände berührten mich. Zerrten an meiner Jacke. Fingerten an mir herum. Ich wollte zurückweichen, prallte aber gegen das Regal und verlor beinahe das Gleichgewicht.

»Können wir ein Bild zusammen machen?« Ein schlaksiger Typ mit fettigen Haaren legte mir aufgeregt grinsend seinen Arm um die Schulter und presste seine schweißfeuchte Wange an meine. »Meine Freundin wird ausflippen, wenn sie das sieht!«

Wieder flammte ein Blitzlicht auf. Ich blinzelte geblendet. Oh, mein Gott, Hilfe! Wo kamen all diese Menschen her? Wie kam ich hier raus? Mein Hals war wie zugeschnürt. Mir brach der Angstschweiß aus allen Poren, mein Herz hämmerte gegen meine Rippen. Ich bekam Platzangst. Panik! Plötzlich fühlte ich mich wie an dem Tag, als ich nach Fairfield zurückgekommen war und auf dem Rücksitz des Polizeiautos gesessen hatte. Wie die Leute an Hylands Tankstelle sich um das Auto gedrängt, mit den Fäusten gegen die Fenster und aufs Dach getrommelt und mich beschimpft hatten. Ich war gefangen gewesen und hatte nicht entkommen können, und wenn Bill Hyland die wütende Menge nicht mit einem Baseballschläger zurückgetrieben hätte, hätte sie mich womöglich gelyncht. Hier gab es keinen Bill Hyland, der mir zu Hilfe eilte. Die Leute waren nicht bösartig, doch ihre Begeisterung war deshalb nicht weniger angsteinflößend. Ich ließ meine Einkäufe fallen, senkte den Kopf und drängte mich durch die Menge. In meiner Panik kletterte ich über eine Kühltruhe mit Tiefkühlpizza, verlor dabei einen Sneaker. Hände hielten mich fest, zerrten mir die Kapuzenjacke vom Leib. Ich flüchtete blindlings den Gang entlang. Auf einmal stand ein großer Typ vor mir, ein Afroamerikaner in der Uniform des Supermarkts. Er ergriff mich am Arm und zog mich mit sich, durch eine Metalltür, aus dem Laden hinaus in die Lagerhalle. Die Tür fiel mit einem dumpfen Schlag ins Schloss, der Riese schob einen Riegel vor und plötzlich war es ganz still, bis auf mein Keuchen. Ich bebte am ganzen Körper.

»Geht's Ihnen gut, Miss?«, fragte mein Retter besorgt.

»Nein, ich ... ich meine ... ja«, stammelte ich. »A... alles okay.«

»Sind Sie wirklich Sheridan Grant?«, wollte er wissen.

»Ja.« Ich nickte und versuchte, tief durchzuatmen und zu begreifen, was da gerade passiert war. Eigentlich hatte ich nur schnell ein paar persönliche Sachen kaufen wollen.

»Cool! Ich bin Elias«, stellte der Supermarktangestellte sich mir vor.

»Hi, Elias.« Ich sah ihn an und brachte ein schwaches Lächeln zustande. Er war respekteinflößend riesig und wirkte auf den ersten Blick grimmig, aber er hatte freundliche Augen. »Danke für die Hilfe. Ich dachte, die bringen mich um.«

»Ich hab so was schon öfter erlebt. Hin und wieder verirrt sich mal ein Star bei uns in den Laden. Man sollte meinen, dass die Leute hier an so was gewöhnt sind, aber manchmal drehen sie

total durch, wenn sie irgendwen Berühmtes live sehen.« Er zauberte eine Dose Cola hervor und reichte sie mir. »Hier. Trinken Sie erst mal was. Und setzen Sie sich hin.«
Ich setzte mich auf eine Kiste, öffnete die Dose und trank ein paar Schlucke. *Irgendwen Berühmtes.* Damit meinte er mich. Ich hatte das noch längst nicht verinnerlicht, der ganze Rummel schien sich um eine andere Person zu drehen, die nichts mit der echten Sheridan zu tun hatte.
»Wollen Sie jemanden anrufen?«
»Mein Handy war in meiner Jacke.« Meine Stimme klang tonlos. »Die haben sie mir eben ausgezogen.«
»Hier, nehmen Sie meins.« Elias hielt mir sein Telefon entgegen, ich ergriff es nach kurzem Zögern. Das Dumme war, dass ich keine Telefonnummer auswendig kannte, weder die von Keira noch die von Carey oder Belinda. Die einzige Nummer, die mir einfiel, war die von Marcus. Ich tippte sie mit zitternden Fingern ein und hoffte, dass er drangehen würde, auch wenn er die Nummer nicht kannte. Angespannt lauschte ich auf das Freizeichen. Es klingelte fünf Mal, sechs Mal. Als ich endlich Marcus' Stimme hörte, brach ich vor Erleichterung in Tränen aus. Elias nahm mir sanft das Telefon aus der Hand.
»Hallo, Sir«, hörte ich ihn sagen. »Ich bin Elias, der Filialleiter vom Walmart in Pacific Palisades, 15422 Sunset Boulevard. Miss Grant war bei uns einkaufen und da sind eine Menge Leute auf sie zugestürmt ... ja, sie ist okay. Wir sind im Lager hinten ... Ja, das wäre wohl das Beste, Sir. Ja, klar, ich bleib bei ihr.«
Elias brachte mich in sein Büro, gab mir noch einen Donut zur Cola und verschwand kurz, um die Lage draußen zu sondieren. Ich war wie betäubt. Wer hatte jetzt wohl mein Handy? Meine Kapuzenjacke? Meinen linken Sneaker? Den Autoschlüssel hatte ich glücklicherweise in die Hosentasche gesteckt, aber ich konnte nicht hinausgehen und meinen Rucksack aus dem Jeep holen. Marcus hatte vorhergesagt, dass sich mein Leben verändern wür-

de, trotzdem hatte ich mir vorgenommen, so normal wie möglich weiterzuleben. Heute hatte ich gemerkt, dass das unmöglich war. Würde ich mich nie wieder frei bewegen können? Nie mehr in irgendein Geschäft gehen können, wenn es mir gerade in den Sinn kam? *Wuthering Times* war nach dem Erscheinen tatsächlich von null direkt auf Platz eins der Billboard Hot Hundred geschossen. Der Hype, der daraufhin losgebrochen war, war gigantisch. Über Nacht war mein Leben zu einem einzigen Superlativ geworden. Die Musikpresse überschlug sich vor Begeisterung, und das Album brach weltweit alle Verkaufsrekorde. Noch eine Prophezeiung von Marcus war eingetroffen: Meine Vergangenheitsgeschichte stieß die Menschen nicht etwa ab, sondern es faszinierte sie, was ich erlebt und durchgemacht hatte.

Wie Marcus mir geraten hatte, ging ich offen damit um und die Leute reagierten mit Mitgefühl und Anerkennung, was wiederum das Interesse der Medien befeuerte. Einladungen in Fernsehsendungen, zu Talkshows, Wohltätigkeitsveranstaltungen und Partys wurden immer mehr, es war völlig unmöglich, überall hinzugehen. Fanpost kam mittlerweile in Säcken beim Label an, ich bekam Angebote von Modedesignern, kostenlos ihre Mode zu tragen, von Autofirmen, ihre Autos zu fahren und eine Produktionsfirma fragte an, ob ich nicht in einer populären Fernsehserie eine Gastrolle übernehmen wolle. Selbst in meinen kühnsten Träumen hatte ich mir nicht vorgestellt, dass so etwas geschehen könnte. Nach dem ersten Gig im Staples Center waren wegen der riesigen Nachfrage sofort drei weitere Konzerte organisiert worden, anschließend waren wir für einen Gig nach Honolulu geflogen, für einen anderen nach Vancouver und nach San Francisco, und ich war schnell süchtig nach dem Adrenalinkick geworden, den ich jedes Mal verspürte, wenn ich ins Scheinwerferlicht hinaustrat und Tausende Menschen im Chor meinen Namen riefen. Auf der Bühne fühlte ich mich sicher, dort war ich ganz in meinem Element.

Außer in meinem Bett oder auf dem Klo war ich, die das Alleinsein brauchte, ständig von irgendwelchen Menschen umgeben. Zuerst hatte ich noch versucht, mir alle Namen zu merken, doch ich hatte bald den Überblick verloren und aufgegeben. Heerscharen von Leuten arbeiteten mit Keira und einer Booking-Agentur fieberhaft an der *Wuthering-Times*-Tournee, die durch ganz Amerika, Europa, Südafrika bis nach Australien führen sollte. Belinda und Carey entschieden, was ich tun, welches Interview ich geben und in welcher TV-Show ich auftreten sollte, wobei meine letzte Instanz in allen Fragen immer Marcus war, der sich zu meinem Felsen in der Brandung entwickelt hatte. Er sagte mir, was ich wirklich wahrnehmen sollte und was ich mir getrost sparen oder verschieben konnte, welche Leute für mich wichtig waren und welche nicht. Ohne ihn hätte ich in dem Dschungel, in den ich unversehens geraten war, die Orientierung verloren. Er hatte mich mit auf die erste Hollywood-Filmpremiere meines Lebens genommen, zu der er eingeladen gewesen war, weil beide Hauptdarsteller bei seiner Künstleragentur unter Vertrag standen und er den Film mit produziert hatte. Ich wünschte mir oft, Jasper wäre bei mir und wir könnten mehr tun, als nur miteinander zu telefonieren, aber so war es Marcus, der mir in dieser unglaublichen Zeit die Sicherheit gab, die ich brauchte. Das Gute an ihm war, dass er niemals launisch war. Er war immer derselbe – ausgeglichen, vernünftig und offen, und das machte das Zusammensein mit ihm unkompliziert und angenehm. Mein Leben fühlte sich an wie ein einziger Rausch, und nichts deutete darauf hin, dass der Hype um meine Person in absehbarer Zeit abflauen würde, im Gegenteil. Hin und wieder kam mir in den Sinn, was Jasper an unserem ersten gemeinsamen Abend in dem Diner in Kansas City über meine Angst vor Kontrollverlust gesagt hatte. Bis heute war ich ziemlich fest davon überzeugt gewesen, alles im Griff zu haben. Doch jetzt, hier, im Büro des Filialleiters von Walmart, wurde mir klar, wie sehr ich mich geirrt hatte. Ich hatte nicht nur die Kontrolle über mein Leben, sondern auch meine Freiheit verloren.

Elias kehrte in Begleitung von zwei Polizisten zurück. Was sie erzählten, versetzte mich erneut in Panik. Der Supermarkt wurde von Hunderten Menschen belagert, von Minute zu Minute kamen mehr dazu. Die Autos stauten sich auf dem Sunset Boulevard, der Verkehr war in beiden Richtungen zum Erliegen gekommen. Die Polizisten und die Walmart-Mitarbeiter versuchten, die Leute davon abzuhalten, den Markt zu stürmen. Ein erster Ü-Wagen eines lokalen Fernsehsenders war bereits eingetroffen.

»Wir werden Sie mit dem Hubschrauber von hier wegbringen, Ma'am«, sagte einer der Polizisten zu mir. »Kommen Sie mit.«

Mit weichen Knien und nur einem Schuh folgte ich ihm. Im Flur waren noch mehr Polizisten, die mich neugierig anstarrten. Elias lotste uns in ein Treppenhaus, das aufs Dach des Supermarkt-Gebäudes führte. Über uns kreiste bereits ein Polizeihubschrauber. Ich blickte nach unten, und mir fuhr der Schreck in die Glieder. Der Parkplatz war schwarz von Menschen, die meinen Namen schrien. Polizeisirenen schrillten. Jemand rief den Leuten etwas mit einem Megafon zu.

»Es tut mir leid, dass Sie jetzt solchen Ärger haben. Danke für Ihre Hilfe und die Cola«, sagte ich zu Elias.

»Schon okay. Ist 'ne super Werbung für uns«, grinste der und winkte ab.

Der Hubschrauber landete mit ohrenbetäubendem Lärm ein paar Meter von uns entfernt. Einer der Polizisten ergriff mich am Arm, und wir liefen gebückt unter den Rotorblättern hindurch. Die Tür ging auf, ich wurde ins Innere des Hubschraubers geschoben und kletterte auf den Rücksitz. Im nächsten Moment hob der Hubschrauber wieder ab, stieg ein paar Hundert Meter hoch, bevor der Pilot nach Süden abdrehte. Mir war schlecht vor Erleichterung, aber ich schämte mich auch, dass ich aus Unbedachtheit ein solches Chaos verursacht hatte. Nur Minuten später landeten wir auf dem Dach des CEMC-Gebäudes, wo mich Marcus schon erwartete. Ich fiel ihm schluchzend um den Hals.

»Ist ja gut«, beruhigte er mich und streichelte meinen Rücken. »Komm, lass uns in mein Büro gehen. Auf den Schreck trinken wir erst mal einen Whiskey, hm?«

In seinem Büro lief der Fernseher. Das Ergebnis meines unbedachten Shopping-Ausflugs war auf allen Kanälen. Es sah ein bisschen aus wie in einem Actionfilm, als der Polizeihubschrauber auf dem Dach des Walmart landete und ich hineinkletterte. Schließlich tat der Whiskey seine Wirkung. Ich beruhigte mich und das Zittern hörte auf. Zwei Leute vom Sicherheitsdienst kamen. Ich gab ihnen meinen Autoschlüssel, damit sie meinen Jeep holen konnten.

»Wieso bist du überhaupt in den Laden gegangen?«, wollte Marcus wissen. »Mrs. Esposito kauft doch alles ein, was du brauchst, oder nicht?«

»Ja, schon.« Ich wand mich, weil es mir peinlich war. »Eigentlich wollte ich mir nur ... äh ... Tampons kaufen.«

Marcus guckte mich verblüfft an, aber dann begann er zu lachen.

»Du lachst mich aus«, sagte ich gekränkt. »Das ist gemein. Du kannst überall hingehen, ohne dass die Leute dir gleich die Klamotten vom Leib reißen. Wie machen das andere bekannte Leute? Es kann doch nicht sein, dass die ganzen Filmstars, die hier leben, nur in ihren Häusern hocken!«

»Entschuldige bitte, Sheridan, ich wollte dich nicht auslachen.« Marcus wurde wieder ernst. »Früher war das nicht ganz so schlimm. Aber heute, wo jeder ein Handy hat, verbreitet sich eine solche Nachricht wie die, dass du im Walmart gesehen wurdest, in Windeseile. Die meisten Prominenten bewegen sich mit Hubschraubern, Limousinen mit verspiegelten Scheiben und

einem Haufen Bodyguards. Und wenn sie wirklich mal alleine in die Öffentlichkeit gehen wollen, dann verkleiden sie sich.«
»Wie bitte? Ich soll mir eine Perücke und eine Sonnenbrille aufsetzen?«, fragte ich entsetzt.
»Ich fürchte, darauf läuft es hinaus«, erwiderte Marcus und seufzte. »Das ist leider eine der Schattenseiten des Ruhms.«

* * *

Mein Erlebnis im Walmart hatte mich ernüchtert und mir die Illusion geraubt, es wäre möglich, ein halbwegs normales Leben führen zu können. Die Panik und das Gefühl, hilflos ausgeliefert zu sein, hatten etwas in mir verändert. Bislang hatte ich Menschenmengen nur positiv und aus einiger Entfernung erlebt, aber jetzt wusste ich, wie es sich anfühlte, wenn sie außer sich gerieten. Ich tröstete mich damit, dass es genug Annehmlichkeiten und Ablenkungen gab, die den Verlust der Freiheit aufwogen, aber die CEMC bestand darauf, dass mich künftig Bodyguards überallhin begleiten sollten. Für eine kurze Zeit hatte ich geglaubt, endlich erwachsen und frei zu sein und selbst über mich bestimmen zu können, aber das war ein Irrtum gewesen, denn andere Menschen trafen Entscheidungen für mich, selbst wenn sie es so aussehen ließen, als ob es mein Wille sei. Ich war wieder in einem Käfig gelandet. Keira, Carey, Belinda und Peter North, unser neuer Assistent, den Keira von Evita Reynas Team abgeworben hatte, arbeiteten hart für mich, genauso wie all die Leute von der CEMC, der Booking-Agentur und dem Musikverlag, aber sie hatten auch Freizeit, die sie mit ihren Freunden und Familien verbringen konnten. Egal, wie viel sie auch arbeiteten, irgendwann hatten sie Feierabend und ein eigenes Leben. Seitdem Tony Giordano in L.A. lebte und für die hiesige Niederlassung von *Nussbaum Levinson Smith* arbeitete, war Keira oft über Nacht und an den Wochenenden bei ihm, was ich ihr gönnte, aber in einem Winkel meines Herzens verspürte ich Neid, und das erschreckte mich, weil ich mir undankbar vorkam. Ich hatte niemanden, und die Telefonate mit Jasper und meiner Familie waren nur ein schwacher Ersatz für echtes Zusammensein. Wenn Marcus in L. A. war, verbrachte ich Zeit mit ihm, denn er hatte auch keine Freundin oder Familie in der Stadt, doch das war natürlich nicht dasselbe, wie wenn Jasper hier gewesen wäre, oder ich einen Freundeskreis gehabt hätte. Mein großer Traum fühlte sich nun, da er real geworden war, ganz anders an, als ich es mir in meiner Fantasie ausgemalt hatte, und immer öfter kam ich mir vor wie eine Schauspielerin, die eine Rolle spielte, in der sie so tun musste, als ob sie glücklich sei.

Nur auf der Bühne war alles gut, deshalb freute ich mich auch auf die große Tournee, die im Oktober beginnen sollte. Aber was würde sein, wenn sie zu Ende war? Wohin würde ich dann gehen? Tony und Keira suchten nach einem gemeinsamen Haus. Würde ich dann alleine in dieser Riesenbude sitzen? Und was war mit Jasper? Bei unseren abendlichen Telefonaten gelang es ihm immer wieder, wenn auch unabsichtlich, meine Zweifel zu verstärken. Er behauptete, all die Leute um mich herum hätten nur ihren eigenen Vorteil im Sinn. Es müsse mir klar sein, dass Marcus Goldstein und die CEMC-Leute das Maximum aus mir herauspressen wollten und nur so taten, als dächten sie dabei an mein Wohl. In Wahrheit gehe es ihnen nur darum, so viel Geld wie möglich zu scheffeln, denn der Name und die Marke Sheridan Grant seien gerade so wertvoll wie eine Ölquelle, wobei ich nicht vergessen dürfe, dass jede Ölquelle eines Tages auch versiegen könne. Jasper erschien mir wie ein Spielverderber und seine gut gemeinten Mahnungen verursachten mir deshalb Unwohlsein, weil ich ahnte, dass er recht hatte. Aber das wollte ich jetzt nicht hören, nicht jetzt, wo sich gerade die ganze Welt mit ihren schier unbegrenzten Möglichkeiten vor mir entfaltete. Jetzt wollte ich einfach meinen Erfolg genießen, die Anerkennung der Menschen, egal, ob sie ernst gemeint oder nur gespielt war. Ich wollte, dass Jasper mir Mut machte, anstatt mich zu verunsichern. Und es ärgerte mich, dass er über Leute urteilte, die er nicht einmal kannte, mit denen ich aber täglich zu tun hatte. Besonders empfindlich reagierte er, wenn ich Marcus erwähnte, was ich recht häufig tat, denn der hatte sich neben Keira zu meiner wichtigsten Bezugsperson entwickelt. Jasper war eifersüchtig auf ihn, obwohl er das bestritt, und er war selbst schuld daran, denn er hätte jetzt hier bei mir sein und das alles miterleben können. Wie sollte ich ihm erklären, warum es mir so wichtig war, dass er hierherkam? Mein Team begann sich allmählich zu wundern, warum er es noch immer nicht geschafft hatte, mich in Los Angeles zu besuchen oder mit auf einen meiner Gigs zu kommen. Sie alle spürten, wie sehr ich Jasper vermisste, und das schürte ihre Aversion gegen ihn. Ich kam mir vor, als säße ich zwischen zwei Stühlen, und fürchtete mich vor den Spannungen, die daraus entstehen konnten. Was war der wirkliche Grund dafür, dass er nicht wenigstens mal für zwei Tage herkam? Seine Mutter war wieder gesund genug, um ohne seine Unterstützung auf der Ranch zurechtzukommen. Liebte er mich nicht mehr? Diese Frage stellte ich ihm an einem Abend, an dem ich allein in dem großen Haus herumsaß, weil ich keine Lust gehabt hatte, mit Keira nach Bel Air auf eine Party bei irgendeinem Musikproduzenten zu gehen.

»Das ist doch Unsinn, Sheridan«, erwiderte Jasper fast ein wenig ungehalten. »Ich vermisse dich wahnsinnig! Und ich habe dir doch erklärt, dass es nur noch bis Ende September so sein wird. Dann reisen die letzten Gäste ab, und ich habe wieder Zeit.«

›Diese blöden Gäste sind ihm wichtiger als ich!‹, dachte ich enttäuscht. Laut sagte ich: »Und was ist mit Dads Hochzeit?«

Zu meinem Ärger gelang es mir nicht, meinen weinerlichen Tonfall zu beherrschen. Vielleicht lag es an der Erschöpfung nach einem langen Drehtag für die Videos zu *Talk of the town* und *Nobodys Girl*. Außerdem hatte ich kaum etwas gegessen, dafür aber schon drei Gin Tonic getrunken.

Jasper seufzte.

»Natürlich komme ich zur Hochzeit deines Vaters«, sagte er. »Und danach sind es nur noch drei Wochen. Hey, Baby, komm schon! Wir sind doch keine kleinen Kinder. Wir halten das aus. Dann kann ich auch länger bleiben oder öfter kommen, nicht nur für einen Tag oder ein Wochenende.«

»Das wäre toll.« Ich versuchte, mir meine Enttäuschung nicht anmerken zu lassen. »Allmählich halten dich die PR-Leute vom Label und die Presse nämlich für ein Phantom.«

»Ach, ist das der eigentliche Grund, weshalb ich kommen soll? Weil die PR-Abteilung will, dass wir vor der Kamera Händchen halten?«

»Natürlich nicht!«, widersprach ich verstimmt. Alles bekam er in den falschen Hals! »Der PR-Abteilung wäre es sogar lieber, wenn ich keinen Freund hätte. Das wäre besser für die Projektionen der Fans.«

»Aha.« Jaspers Tonfall wurde beißend. »Das klingt ganz nach deinem Freund Marcus. Wer weiß, was der noch so alles auf dich projiziert.«

»Das ist so unfair von dir, Jasper!«, warf ich ihm vor. »Du kennst Marcus doch gar nicht! Er ist im Übrigen in vielen Dingen genau deiner Meinung. Er ist nur nicht so ...«

»Er ist nur nicht so – *was*?«, wollte Jasper wissen.

»... so *selbstgerecht* wie du«, sagte ich schärfer als beabsichtigt. »Für mich ist das hier alles nicht so einfach, wie du vielleicht denkst. Und natürlich glaube ich nicht, dass alle nur deshalb so nett zu mir sind, weil sie mich mögen, sondern weil ich aus wirtschaftlichen Gründen extrem wichtig für sie bin, auch für Keira, selbst wenn sie meine Freundin ist. Es wäre einfach toll, wenn ich von dir Zuspruch und Unterstützung kriegen würde, statt mir immer nur Vorwürfe, Kritik und alberne Unterstellungen anhören zu müssen!«

Großer Gott, ich klang wie eine zänkische Ehefrau! Was war nur in mich gefahren? Immer häufiger reagierten Jasper und ich überempfindlich, selbst auf eigentlich banale Bemerkungen. Die Leichtigkeit und der Sinn für Humor waren uns in den vergangenen Wochen komplett abhandengekommen, und ich fühlte mich jedes Mal, wenn mein Zorn verraucht war, schrecklich elend. Jasper antwortete nicht sofort. Ich hörte seine Atemzüge am anderen Ende der Leitung.

»Es tut mir leid, Jasper«, sagte ich. »Bitte entschuldige, ich wollte das nicht sagen. Ich bin nur ... Ich ... ich vermisse dich so sehr.«

»Ich vermisse dich auch«, erwiderte er. »Du stehst total unter Druck, vielleicht unterschätze ich das, weil ich mir gar nicht richtig vorstellen kann, was gerade bei dir los ist. Aber ich verspreche dir, dass ich bald mehr Zeit habe und nach Los Angeles komme. Halt noch durch. Und denk dran, dass ich dich liebe.«

Ich schluckte und kämpfte mit den Tränen.

»Ich liebe dich auch«, flüsterte ich.

»Wir sehen uns in einer Woche in Nebraska.« Jaspers Stimme klang so zärtlich, dass es mir fast das Herz brach. »Ich freu mich wahnsinnig darauf.«

»Okay«, flüsterte ich. »Ich freue mich auch.«

Als wir das Telefonat beendet hatten, brach ich in Tränen aus. Ich vermisste Jasper so sehr, gleichzeitig war ich wütend auf mich selbst, weil ich es wieder einmal so weit hatte kommen lassen. Ach, hätte ich doch nur die Finger von ihm gelassen! Warum hatte ich ihn damals bloß angerufen? Gäbe es ihn nicht, könnte mein Leben gerade absolut wundervoll sein! Jasper selbst hatte mir erzählt, dass Fernbeziehungen auf Dauer nicht funktionierten, erst recht nicht, wenn man sich in komplett unterschiedliche Richtungen entwickelte. Und was hatte Monty über die Liebe gesagt? *Man liefert sich einem anderen Menschen aus und wird zum Gefangenen. Wenn man es erkennt, ist es fast immer zu spät.* Sollte ich meine Liebe zu Jasper opfern, um mich ganz auf meine Karriere konzentrieren zu können? Oder war er mir wichtiger als ... Nein, unterbrach ich meinen Gedankengang, es war zu spät, um auszusteigen. Die Dinge hatten längst eine Eigendynamik entwickelt, die nicht mehr aufzuhalten war. Ich würde nie wieder einfach nur Sheridan sein können. Deshalb musste ich eine Lösung finden, einen Mittelweg, der auch für Jasper okay war. Wenn das nicht klappte, dann musste ich eine Entscheidung treffen, und leider wusste ich schon jetzt, wie sie ausfallen würde.

Nebraska

Wir waren um Punkt fünf Uhr vom Van Nuys Airport gestartet und sollten um zehn Uhr Central Standard Time in Norfolk landen, wo mich jemand abholen würde. Marcus hatte darauf bestanden, dass ich mit ihm flog und nicht mit einer Linienmaschine vom Los Angeles International Airport nach Omaha. Er musste sowieso an die Ostküste, weil er um ein Uhr Ortszeit einen Termin in Manhattan hatte, ein kurzer Zwischenstopp in Nebraska war daher kein Problem. In drei Tagen wollte er mich wieder abholen, wenn er zurück nach L. A. flog. In der Nacht hatte ich vor Aufregung und Vorfreude kaum ein Auge zugetan. Heute würde ich Jasper zum ersten Mal seit meinem Besuch auf seiner Ranch in Wyoming wiedersehen, und wir würden drei Tage und Nächte zusammen haben! Tante Isabella war extra aus Connecticut angereist, um bei Dads und Elaines Trauung morgen dabei zu sein. Als ich kurz vor dem Start mit Jasper telefoniert hatte, war er schon seit zwei Stunden unterwegs und bereits in der Nähe der Staatsgrenze von South Dakota. Für die sechshundert Meilen würde er ungefähr neun Stunden brauchen, also würde ich wohl vor ihm auf der Willow Creek Farm sein. Marcus und ich tranken Kaffee und frühstückten, danach machte ich es mir auf der gemütlichen Couch bequem, um etwas Schlaf nachzuholen. Ich träumte wirres Zeug. In einem weißen Kleid stand ich vor dem Altar, die kleine Kirche von Fairfield sah aus wie das Staples Center und war auch genauso voll. Neben mir stand Paul Sutton und lächelte mich an. Erschrocken blickte ich mich um und sah in der ersten Reihe Jasper und Marcus neben Dad, Joe und Tante Rachel sitzen.

»Willst du, Paul Ellis Sutton, die hier anwesende Sheridan Sophia Grant zu deiner angetrauten Ehefrau nehmen, darauf achten, dass sie nie mehr auf einer Bühne herumhopst und braven, redlichen Männern mit ihrem Geträller und Hinterngewackel den Kopf verdreht?«, fragte Horatio.

»Ja, ich will«, antwortete Paul, der auf einmal aussah wie Jordan.

»Wirst du versuchen, trotz ihrer zweifelhaften Abstammung einen anständigen Menschen aus ihr zu machen?«

»Ja, das werde ich«, sagte Paul, der sich in Scott Andrews verwandelt hatte.

»Damit erkläre ich euch zu Mann und Frau«, sagte Horatio. »Sie können sie jetzt mitnehmen.«

»Nein! Nein, ich will das nicht!«, protestierte ich, aber Horatio blickte mich nur angewidert an.

»Wen interessiert schon, was du willst?«, sagte er herablassend.

Scott Andrews zog mich an sich, und ich sah verfaulte Zahnstummel in seinem Mund, als er mich küssen wollte. Ich blickte auf meine Hand und sah, dass ich mit Handschellen an ihn gekettet war. Er zerrte mich hinter sich her. Jasper wandte sich ab und ging weg. Verzweifelt schrie ich hinter ihm her, wollte ihm erklären, dass es sich um einen Irrtum handelte, aber er ging einfach weg.

»Wie konntest du uns das antun, Sheridan?« Nicholas schüttelte traurig den Kopf und verschwand auch. Niemand war mehr da. Meine ganze Familie, Marcus, Keira, Carey – alle waren weg. Nur Jordan stand da. Er grinste selbstgefällig und zuckte die Schultern.

»Selbst schuld«, sagte er. »Du arrogante kleine ...«

»Sheridan!« Jemand rüttelte mich an der Schulter. »Sheridan, wach auf!«

Verwirrt blinzelte ich in das helle Licht. Als ich Marcus' Gesicht erkannte, stellte ich erleichtert fest, dass ich den ganzen Mist glücklicherweise nur geträumt hatte.

»Sind wir schon da?«

»Nein. Aber wir sind schon im Luftraum von Nebraska.« Der eigenartige Tonfall in seiner Stimme alarmierte mich. Benommen und noch in den Resten meines Albtraums gefangen, setzte ich mich auf und wischte mir Speichel von der Wange. Verwirrt sah ich, wie Marcus Richtung Cockpit verschwand und Sasha eilig den Tisch abräumte. In meinen Ohren spürte ich, dass sich die Maschine im Sinkflug befand. Gab es ein technisches Problem? Mussten wir notlanden? Marcus, der sonst durch nichts zu erschüttern war, war ganz grau im Gesicht, als er zurückkehrte.

»Was ist denn passiert?«, fragte ich verstört.

»Komm, setz dich hier rüber und schnall dich an«, erwiderte er knapp. »Wir landen gleich. Es gibt ein Flugverbot im ganzen Land.«

Ich gehorchte und merkte beim Anschnallen, dass meine Finger zitterten. Flugverbot im ganzen Land? So etwas hatte ich noch nie gehört. Was konnte passiert sein?

Marcus nahm mir gegenüber Platz und schnallte sich ebenfalls an. Ängstlich wartete ich darauf, dass er etwas sagte.

»Es hat in New York ein Unglück gegeben«, sagte er.

Erstaunt blickte ich ihn an. Wegen eines Unglücks in New York mussten wir landen? Träumte ich etwa immer noch?

»Aber du musst doch heute noch nach New York!« Mein Gehirn war noch nicht fähig, die Zusammenhänge zu begreifen.

»Ich fürchte, das ist nicht möglich.« Marcus bemühte sich angestrengt um Sachlichkeit. »Vor einer Stunde sind zwei Flugzeuge in die Türme des World Trade Centers geflogen.«

»Was?«, fragte ich ungläubig. Eine Gänsehaut lief mir über den Rücken und mir wurde flau im Magen. »Wieso das denn?«

»Mehr weiß ich auch nicht. Die Piloten sind über Funk informiert worden, dass sie den nächsten Flugplatz anfliegen und dort landen sollen.« Marcus schloss für einen Moment die Augen, lehnte sich zurück und atmete tief durch. Was mochte jetzt in ihm vorgehen? Er war häufig in New York, besaß eine Wohnung in Midtown Manhattan, und einige Labels, die zur CEMC gehörten, hatten ihren Hauptsitz in New York City. Aber vielleicht war er ja gar nicht aus geschäftlichen Gründen so oft dort, sondern weil in New York Menschen lebten, die ihm nahestanden. Was war mit seiner Familie, seinen Töchtern?

Meine Stimme bebte, als ich ihn danach fragte, und ich merkte, wie wenig ich über den Mann, der so wichtig für mich geworden war, eigentlich wusste.

»Zoé lebt zurzeit in Toronto, aber Jenna arbeitet bei Morgan Stanley in Manhattan, im … im World Trade Center. Sie … sie hat den Job erst seit ein paar Monaten und sie ist so … stolz darauf.« Marcus biss sich auf die Lippen und plötzlich hatte er Tränen in den Augen. »Ich bin in New York aufgewachsen und ich kenne viele Leute, die dort arbeiten. Meine alte Freundin Liz, die Witwe von Harry Hartgrave, hat ihr Büro am Broadway, ganz in der Nähe der Türme.« Seine Stimme brach, und er warf mir einen so verzweifelten Blick zu, dass ich erschrak. Weil ich gar nicht wusste, was passiert war, gab es nichts, was ich sagen konnte. Deshalb schnallte ich mich los, setzte mich neben ihn, ergriff seine Hand und drückte sie stumm. Da verlor er die Fassung. Er schluchzte auf und legte seinen Kopf an meine Schulter. Diese Geste berührte mich tief.

»Entschuldigung«, flüsterte er, und ich ließ seine Hand los. Taktvoll gewährte ich ihm den Moment, den er brauchte, um seine Selbstbeherrschung wiederzuerlangen. Er atmete ein paarmal tief durch, dann nahm er meine Hand und hielt sie ganz fest. »Jenna und ich haben uns immer viel gestritten. Wir sind uns wahrscheinlich zu ähnlich, und ich war kein besonders toller Vater. Aber seit ein paar Jahren verstehen wir uns richtig gut. Es wäre furchtbar, wenn …« Er sprach den Satz nicht zu Ende und schüttelte den Kopf. Für den Rest des Fluges schwiegen wir, aber er ließ meine Hand nicht los. Als wir zwanzig Minuten später in Norfolk landeten, versuchte Marcus, Jenna und Liz Hartgrave anzurufen, doch vergeblich. Das Telefonnetz in New York schien zusammengebrochen zu sein. Dann erreichte er seine Exfrau in Albuquerque, und sie hatte offenbar gute Nachrichten für ihn.

»Tammy hat mit Jenna gesprochen«, berichtete er mir erleichtert. »Sie hatte ihre U-Bahn verpasst. Deshalb kam sie erst am World Trade Center an, als das erste Flugzeug schon in den Südturm geflogen ist. Und dann hat sie das Gescheiteste getan, was man tun kann: Sie ist wieder nach Hause gefahren.«

Das Flugzeug rollte über die Landebahn. Mein Handy begann zu summen. Jasper!

»Hey, Jasper!«, begrüßte ich ihn. »Hast du gehört, dass ...«

»Sheridan!«, unterbrach er mich. »Wo bist du?«

»Wir sind gerade in Norfolk gelandet«, erwiderte ich.

»Hast du gehört, was passiert ist?«, rief Jasper.

»Ja, aber ich weiß nichts Genaues.« Ich kannte ihn nicht anders als besonnen. Seine Aufregung versetzte mich in Angst.

»Zwei Flugzeuge sind entführt und absichtlich in die Türme des World Trade Centers gesteuert worden! Und ein drittes Flugzeug ist ins Pentagon gestürzt! Bei CNN sagen sie, das wäre ein Terroranschlag und es wäre noch ein viertes Flugzeug entführt worden!«

»Oh, mein Gott«, flüsterte ich, und ein eisiger Schauder kroch mir die Arme hoch.

»Ich hab's zufällig im Fernsehen gesehen, als ich getankt habe! Sheridan, die Bilder aus New York ... das ist wie *Krieg*!«

Ich versuchte, ihn zu beruhigen, aber Jasper war völlig durch den Wind. Genau wie Marcus hatte er viele Jahre in New York gelebt und gearbeitet, und ich konnte verstehen, dass ihm dieses Unglück naheging.

»Fahr bitte vorsichtig«, bat ich ihn. »Ich melde mich wieder bei dir.«

Das Flugzeug blieb vor dem flachen Gebäude der Flugplatzverwaltung stehen. Die Triebwerke wurden ausgeschaltet, und wir schnallten uns los. Sasha öffnete die Tür und klappte die Treppe aus. Ich schrieb Keira, die schon vor einer halben Stunde versucht hatte, mich zu erreichen, dass ich mich später melden würde.

Marcus hatte sich unterdessen mit den Piloten beraten. Da niemand wusste, wie lange das Flugverbot, das für den gesamten zivilen Luftverkehr galt, andauern würde, sollte sich die Crew Hotelzimmer in Norfolk nehmen und vor Ort bleiben, bis der Luftraum wieder freigegeben wurde. Marcus wollte versuchen, mit dem Zug oder einem Greyhound an die Ostküste zu kommen.

»Die Züge und Busse werden total überfüllt sein«, gab ich zu bedenken. »Komm doch lieber mit zu uns, bis sich die Lage geklärt hat.«

Marcus dachte einen Augenblick nach, dann nickte er.

»Du hast recht. In New York wird jetzt das absolute Chaos herrschen.«

Wir verließen das Flugzeug und gingen zu Fuß zum Ausgang. Gerade landete eine Boeing von *Delta*, ein Airbus von *Northwest* war schon am Boden und spuckte einen Haufen Passagiere aus. In Kürze würde der kleine Flugplatz aus allen Nähten platzen. Marcus wies Sasha an, sich sofort um Hotelzimmer zu bemühen, bevor jedes Zimmer in dem kleinen Ort belegt war. Wir verließen das eingezäunte Gelände, und auf dem fast leeren Parkplatz erblickte ich Nicholas' vertraute Gestalt. Er lehnte am Kotflügel seines Pick-ups, schnippte seine Zigarette weg und kam mit ernster Miene auf uns zu.

»Oh, Nicholas, danke, dass du uns abholst!« Erleichtert fiel ich ihm um den Hals, dann stellte ich ihm Marcus vor.

»Schön, dass du da bist, Sheridan«, sagte Nicholas rau und hielt mich für einen Augenblick ganz fest. Er wirkte angespannt, was angesichts der schrecklichen Ereignisse kaum verwunderlich war.

»Habt ihr gehört, was passiert ist?«

»Ja, aber nicht im Detail«, erwiderte Marcus. Nicholas lud unser Gepäck auf die Pritsche des Pick-ups. Marcus' Handy klingelte. Er setzte sich auf den Rücksitz, aber bevor ich vorne einsteigen konnte, hielt Nicholas mich zurück.

»Ich muss mit dir kurz unter vier Augen reden, Sheridan«, sagte er ernst, und ich ahnte, dass das nichts mit den Vorfällen an der Ostküste zu tun hatte. Garantiert ging es um Jordan! Meine Knie wurden weich.

»Ich habe nichts davon gewusst und Vernon auch nicht«, schickte Nicholas voraus.

»Worum geht's denn?«, fragte ich beklommen. Ich hatte noch nie erlebt, dass er so nach Worten suchen musste.

»Jordan ist vorhin gekommen«, begann er schließlich. »Er ... er hat Leute mitgebracht, ein älteres Ehepaar, ohne vorher jemandem Bescheid zu sagen. Zuerst dachte ich, es wären seine Tante Kitty und sein Onkel Frank aus Kanada, aber sie sind es nicht.«

»Sondern?« Mich beschlich eine düstere Vorahnung. Ich traute Jordan zu, die Eltern eines der Opfer von Scott Andrews anzuschleppen, nur um mich noch mehr unter Druck zu setzen.

»Ich habe keine Ahnung, wie er diese Leute ausfindig gemacht hat. Ich bin wirklich ...« Nicholas brach ab. Sein Blick schweifte in die Ferne, er presste die Lippen zusammen und schüttelte in einer Mischung aus Verärgerung und Ratlosigkeit den Kopf. »Er hat mir nie etwas davon erzählt!«

»Wovon denn? Nicholas, bitte! Du machst mir Angst!«

»Die Leute sind extra aus England angereist, allerdings wussten sie nicht, dass sie quasi in eine Familienfeier hineinplatzen würden«, fuhr er schließlich fort. »Jordan hat behauptet, dieser Killer, den ihr in Colorado besucht habt, habe ihn auf die Spur gebracht, weil er den Namen des Mannes im Zusammenhang mit deiner Mom erwähnt hatte. Und er sagte, er hätte dich überraschen wollen.« Nicholas stieß einen Seufzer aus. »Der Mann ist Fotograf und heißt Philip Sheringham. Carolyn hatte ihn in …«

»… Nashville kennengelernt«, flüsterte ich erschüttert. »Sie ist mit ihm nach Europa gegangen.«

»Genau.« Nicholas nickte. »Jordan hat ihn ausfindig gemacht und ihm versprochen, einen Kontakt zu dir herzustellen. Angeblich bist du nie ans Telefon gegangen, wenn er versucht hat, dich anzurufen. Und deshalb hat er beschlossen, heute mit den Leuten hier aufzutauchen. Wenn ich das richtig verstanden habe, dann sind Mr. Sheringham und seine Frau deine … Großeltern, Sheridan.«

Es dauerte ein paar Sekunden, bis ich begriff, was Nicholas da gerade gesagt hatte.

»Meine *Großeltern*?«, stieß ich hervor, erfreut und enttäuscht zugleich. »Dann ist Philip Sheringham nicht mein Vater?«

»Nein, offenbar nicht«, erwiderte Nicholas.

Seit meiner Kindheit, seitdem ich wusste, dass ich von Dad und Tante Rachel adoptiert worden war, hatte ich mir ausgemalt, wer wohl meine richtigen Eltern waren, wie sie ausgesehen und wie ihre Stimmen geklungen haben mochten.

Nach dem Tag in Colorado, als es plötzlich einen Namen und die Möglichkeit gegeben hatte, mehr über die Vergangenheit meiner Mom herauszufinden, hatte ich im Internet recherchiert und war auf Sir Philip Sheringham gestoßen, einen britischen Fotografen, der von der Queen für seine herausragenden künstlerischen Leistungen geadelt worden war. Sein Name wurde in einem Atemzug mit Helmut Newton, Annie Leibowitz, Herb Ritts oder Peter Lindbergh genannt, und seine Schwarz-Weiß-

Fotografien von bekannten und unbekannten Menschen waren weltberühmt. Ich hatte beschlossen, mich dem Mann behutsam zu nähern und nichts zu überstürzen. Auf seiner Webseite hatte ich eine E-Mail-Adresse gefunden und mehrere E-Mails angefangen, aber nie den Mut gefunden, sie zu beenden und abzuschicken. Was würde ich damit anrichten, wenn ich mich bei ihm meldete und ihn nach Carolyn Cooper fragte? Womöglich stellte sich heraus, dass er mein leiblicher Vater und ich das Ergebnis eines heimlichen Seitensprungs war! Auf keinen Fall hatte ich eine Familie zerstören wollen, denn es konnte ja sein, dass er gar nichts von meiner Existenz wusste oder seiner Familie nichts von Mom erzählt hatte! Deshalb hatte ich gezögert, Kontakt aufzunehmen. Jordan hatte diese Gewissensbisse aber offenbar nicht gehabt. Wie konnte er so etwas hinter meinem Rücken tun, besonders nach dem, was zwischen uns vorgefallen war? Was fiel ihm ein, sich auf diese Weise in mein Leben zu drängen? Und jetzt brachte er diese Leute mit zu Dads Hochzeit, weil er sich sicher sein konnte, dass ich auch da sein würde! Jedermann würde denken, er habe das aus reiner Selbstlosigkeit getan, aber ich durchschaute seine wahren Beweggründe. Wie rücksichtslos von ihm und wie absolut mies gegenüber Sir Sheringham und seiner Frau, sie in eine solch peinliche Lage zu bringen! Meine Benommenheit wurde von einem wilden, weißglühenden Hass verdrängt, der mich nach Luft schnappen ließ.

»Jordan hat dir noch viel mehr verschwiegen«, sagte ich. »Dir und auch Dad. Er will beim FBI als der große Held dastehen – auf meine Kosten!«

Getrieben von Enttäuschung und Zorn, erzählte ich Nicholas haarklein, was in Colorado vorgefallen war und weshalb ich nicht mehr ans Telefon ging, wenn Jordan anrief.

»Er hat zu mir gesagt, ich solle zu Gott beten, dass ich nicht eines Tages auch mal von ihm einen Gefallen getan haben wollte.« Ich lachte bitter auf. »Und er würde mir raten, mir niemals etwas zuschulden kommen zu lassen, denn sonst könnte ich erleben, wozu er in der Lage wäre.«

Nicholas war unter seiner Sonnenbräune blass geworden. Einen Moment lang starrte er stumm in die Ferne. Seine Lippen bildeten eine dünne Linie.

»Ich kann ihm nicht mal vorwerfen, dass er Geheimnisse vor mir hat«, sagte er dann. »Ich habe ja auch welche vor ihm.«

»Wenn du die Sache meinst, in die ich dich mit reingezogen habe, dann ist das etwas ganz anderes«, widersprach ich ihm. »Das war lange bevor du ihn kennengelernt hast.«

Nicholas' Blick richtete sich auf mich.

»Warum hast du mir und Vernon das nicht früher erzählt?«, fragte er mit brüchiger Stimme.

»Jordan ist dein Freund und Dads Sohn«, erwiderte ich. »Ich hatte Angst, ihr würdet mir nicht glauben und wärt sauer auf mich.«

»Oh Mann, Sheridan! Du müsstest mich doch mittlerweile eigentlich besser kennen!« Nicholas sah auf einmal so niedergeschlagen aus, wie ich ihn noch nie gesehen hatte, und ich hasste Jordan dafür, dass er diesem wunderbaren Mann, meinem besten Freund, mit seiner linken Tour das Herz brach. Nichts war bitterer, als ausgerechnet von dem Menschen, den man liebte und dem man vertraute, belogen und hintergangen zu werden.

»Was machen wir jetzt?«, fragte er heiser.

»Wir fahren nach Hause, und ich lerne meine Großeltern kennen. Sicher gibt's irgendeine Erklärung dafür, warum mein Vater nicht auch mitgekommen ist.« Der Zorn auf Jordan hatte mich ernüchtert und mir erstaunlicherweise die seelische Stabilität zurückgegeben, die mir in den letzten Wochen abhandengekommen war. »Ich werde Daddy und Elaine auf keinen Fall ihr Fest verderben, schon gar nicht an einem so schrecklichen Tag wie heute. Aber ich werde mich von Jordan nicht erpressen lassen. In einem geeigneten Moment sage ich ihm das.«

»Okay.« Nicholas nickte.

»Jasper glaubt übrigens, Jordan wäre eifersüchtig auf mich, weil du und Dad mich mehr mögt als ihn«, sagte ich zu ihm. »Deshalb hat er euch auch verschwiegen, was zwischen uns vorgefallen ist. Jasper meint auch, Jordan hätte Minderwertigkeitskomplexe und wäre unzufrieden. Und Mal und Hiram würden ihn nur dir und Dad zuliebe akzeptieren, denn schließlich hat er ihre Mutter in die Todeszelle gebracht.«

Ein Lächeln huschte über Nicholas' Gesicht.

»Dein Jasper ist ein kluger Junge«, antwortete er. »Komm, lass uns fahren.«

Ich setzte mich auf den Beifahrersitz. Marcus hatte aufgehört zu telefonieren, denn auch im Mittleren Westen war das Mobilfunknetz mittlerweile zusammengebrochen, aber er machte einen erleichterten Eindruck. Bevor Nicholas das Radio einschaltete, erzählte ich Marcus, was ich gerade erfahren hatte. Dann verfolgten wir erschüttert und ungläubig die Berichterstattung. Am frühen Morgen waren in Boston, Washington D.C., und Newark vier Verkehrsflugzeuge entführt worden. Als das erste Flugzeug in den Nordturm des World Trade Centers gekracht war, hatte man zunächst angenommen, dass es sich um einen Unfall handelte, denn 1945 war ein B-52-Bomber versehentlich ins Empire State Building geflogen. Aber nachdem eine zweite Passagiermaschine in den Südturm und ein drittes Flugzeug ins Pentagon gerast waren, war klar, dass es sich um einen Terroranschlag handeln musste. Vom vierten Flugzeug fehlte noch jede Spur, aber unbestätigten Gerüchten zufolge war es in Pennsylvania auf einem Acker abgestürzt. Es fühlte sich vollkommen unwirklich an, solche Nachrichten zu hören, während links und rechts des leeren Highways die grünen Maisfelder unter einem stahlblauen Himmel leuchteten. Alles schien so friedlich, aber heute Morgen hatte sich die Welt für immer verändert.

* * *

Auf der großen Schotterfläche vor Magnolia Manor parkte neben dem Auto meines Vaters auch Jordans schwarzer Suburban. Ich wappnete mich innerlich, als ich ausstieg. Dad kam aus dem Haus. Ich rannte die Treppenstufen hoch und fiel ihm um den Hals.

»Oh Daddy! Es ist alles so schrecklich! Ich bin so froh, dass ich hier bin!«

»Ich bin auch froh, dass du zu Hause bist, mein Mädchen.« Er zog mich an sich und strich mir über den Rücken. »Wie geht es dir? Hat Nicholas mit dir gesprochen?«

»Ja, das hat er.« Ich nickte aufgeregt. »Wo sind sie? Sind sie nett?«

»Sie sind auf der hinteren Veranda, zusammen mit Isabella.« Dads Lächeln vertiefte sich. »Ja, sie sind sehr nett und sehr aufgeregt, dich kennenzulernen.«

»Ach, Dad, ich habe Marcus mitgebracht. Er konnte nicht weiterfliegen und hätte sonst mit dem Bus oder dem Zug weiterreisen müssen. Ist das okay?«

»Natürlich. Wir werden schon alle Gäste irgendwie unterbringen«, beruhigte mein Vater mich. »Geh nur rein! Ich kümmere mich um Mr. Goldstein.«

Ich küsste ihn dankbar auf die Wange und betrat das Haus. Im Halbdunkel des Wohnzimmers lief der Fernseher ohne Ton, aber ich wollte die schrecklichen Bilder jetzt nicht sehen.

»Hey«, sprach mich jemand an. Jordan erhob sich aus einem Sessel und kam auf mich zu.

»Komm nicht näher«, sagte ich kühl, und er blieb stehen. »Ich finde es das Allerletzte, wie du dich in mein Leben einmischst. Und wenn du glaubst, ich würde nicht durchschauen, warum du das getan hast, dann irrst du dich.«

»Das siehst du falsch«, behauptete er. »Ich habe eingesehen, dass ich mich blöd benommen habe. Ich wollte dir eine Freude machen und habe ...«

»So ein Quatsch!«, fuhr ich ihn an. »Das hast du doch nicht aus Bruderliebe getan!«

Jordan schob die Unterlippe vor und hob die Augenbrauen. Noch nie in meinem Leben hatte ich einen anderen Menschen so sehr gehasst wie ihn. Nicht einmal Tante Rachel in den schlimmsten Zeiten.

»Warum mischst du dich dauernd in mein Leben ein?« Ich senkte meine Stimme. »Es ist allein meine Sache herauszufinden, wer mein Vater ist. Das geht dich überhaupt nichts an!«

»Carolyn war auch meine Mutter«, wandte Jordan ein. »Ich habe dasselbe Recht wie du, mehr über ihr Leben zu erfahren.«

»Dabei hättest du es belassen können«, erwiderte ich scharf. »Ich habe Philip Sheringham auch im Internet gefunden und überlegt, wie ich mich am besten mit ihm in Verbindung setzen könnte, ohne gleich mit der Tür ins Haus zu fallen. Ich hätte ihn in England besucht und ganz sicher nicht einfach auf Dads und Elaines Hochzeit mitgebracht, ohne vorher Bescheid zu geben! Das ist respektlos, allen gegenüber. Aber typisch für dich. Du denkst nur immer an dich und deinen Vorteil.«

Jordans Miene wurde finster.

»Hast du geglaubt, ich würde dir jetzt vor lauter Dankbarkeit versprechen, jedes Jahr zu Scott Andrews in den Knast zu fahren? Hast du dir das so ausgerechnet, ja?«

»Selbst an einem Tag wie heute, an dem unser Land von Terroristen angegriffen wird, geht es dir wieder nur um dich«, erwiderte er in einem ätzenden Tonfall. »Du jämmerliche Egoistin.«

Mir juckte es in den Fingern, ihn in seine selbstgerechte Visage zu schlagen. Wäre ich ein Mann gewesen, hätte ich es getan.

»Hast du dir Gedanken gemacht, wo meine Großeltern übernachten werden, als du sie hergebracht hast, ohne Dad vorher zu informieren?«, fragte ich stattdessen. »Isabella ist da. Marcus Goldstein auch. Und Jasper kommt später noch. Es wird ziemlich voll hier. Sollen sie in deinem Auto übernachten?«

Jordan schwieg.

»Wer ist hier der Egoist von uns beiden, hm?« Damit ließ ich ihn stehen und ging hinaus auf die hintere Veranda.

»Sheridan!«, rief Tante Isabella mit ihrer rauchigen Stimme, als sie mich erblickte, und erhob sich aus dem Rattansessel. »Da bist du ja!«

»Tante Isabella!«, rief ich und schloss sie in die Arme. »Wie schön, dich zu sehen.«

Sie schob mich etwas von sich weg. Ihre blauen Augen funkelten so verschmitzt wie früher, als sie mich prüfend anblickte. »Du bist wunderschön geworden. Und du bist jetzt eine Berühmtheit.«

»Nur äußerlich«, lächelte ich. »Innen drin bin ich noch immer die alte Sheridan.«

»Komm, du musst deine Großeltern kennenlernen.«

Mit klopfendem Herzen wandte ich mich dem Ehepaar zu, das auf der Rattancouch gesessen hatte und ebenfalls aufgestanden war.

Sir Philip Sheringham hatte ich ja bereits auf Fotos im Internet gesehen, aber in natura wirkte er viel distinguierter und freundlicher als auf den Bildern. Er war hager und sehr groß, sicherlich eins neunzig, und sein markantes Gesicht mit der vorspringenden Adlernase war tief gebräunt und faltig von vielen Stunden in der Sonne. Seine Frau war ebenso schlank, als junge Frau musste sie atemberaubend schön gewesen sein. Mit ihrem vollen weißen Haar und der durchtrainierten Figur einer sportlichen Dreißigjährigen wirkte sie viel jünger, als sie sein musste. Obwohl sie nicht weniger aufgeregt waren als ich, strahlten sie eine Würde aus, die ihnen in Kombination mit ihrem britischen Akzent etwas geradezu Königliches verlieh.

»Hallo«, krächzte ich mit einem Frosch im Hals. »Ich bin Sheridan. Carolyns Tochter. Ich freue mich, Sie kennenzulernen.«

»Hallo, Sheridan«, sagte mein Großvater. »Wir freuen uns auch sehr, und es tut mir leid, wenn wir etwas überraschend hier hereingeplatzt sind.«

»Oh Sheridan!« Mrs. Sheringham hatte eine sanfte rotgoldene Stimme, die ich sofort liebte. »Du bist deiner Mutter wie aus dem Gesicht geschnitten!«

»Das sagen alle, die sie kannten.« Ich lächelte befangen. »Nur meine Augen haben eine andere Farbe.«

»Das stimmt! Schau doch, du hast meine Augen geerbt!« Sie betrachtete mich voller Zuneigung. »Philip sagt immer, sie haben die Farbe von ...«

»Sellerie?«, vermutete ich und zwinkerte meinem Großvater zu, und da war das Eis gebrochen. Sie begannen beide zu lachen.

»Ja, ganz genau!«, sagte er.

Ich umarmte sie beide, und sie weinten vor Rührung und Dankbarkeit darüber, ihr einziges Enkelkind gefunden zu haben. Isabella zog sich ins Haus zurück, damit wir uns in Ruhe etwas besser kennenlernen konnten. Ich erfuhr, dass meine Mom tatsächlich in Europa ein gefragtes Fotomodell gewesen war. Mein Großvater hatte sie im Herbst 1970 in Nashville entdeckt und mit nach London genommen. Sie war zu dem Zeitpunkt so alt gewesen wie ich heute, und Philip Sheringham war ihr Förderer gewesen. Er hatte sie oft fotografiert, und dadurch hatte sie immer mehr Jobs bekommen, hatte bei Modenschauen in Paris, Mailand und Rom gemodelt. Über Weihnachten war sie regelmäßig zu Gast in Sheringhams Haus in London gewesen und dort hatte sie Daniel, den einzigen Sohn der Sheringhams, kennengelernt.

»Daniel war ein sehr begabter Pianist und Komponist«, erzählte meine Großmutter. »Er war an der Royal Academy of Music und hat schon mit fünf Jahren erste Konzerte gegeben.«

»Er wäre so stolz, wenn er wüsste, dass er dir sein Talent weitervererbt hatte«, sagte Grandpa mit belegter Stimme.

»Zuerst waren Daniel und Carolyn wie Hund und Katz«, erinnerte sich Grandma. »Sie haben nur gestritten. Daniel war schon seit der Schulzeit mit Diana zusammen, die immer eifersüchtig auf Carolyn war. Carolyn hatte viele Freunde, aber alle ihre Beziehungen waren oberflächlich. Dann lernte sie einen Italiener kennen, einen sehr charmanten und reichen Mann, zwanzig Jahre älter als sie. Das muss 1975 oder 1976 gewesen sein. Wir waren skeptisch, als sie ihn uns vorgestellt hat, aber es schien ihr ernst mit ihm zu sein. Sie zog zu ihm nach Mailand, doch die Beziehung zerbrach, und sie kehrte nach England zurück. Danach war sie verändert. Sie wollte studieren, doch die Universität war nicht das Richtige für sie. Als Mannequin hatte sie ziemlich viel Geld verdient, deshalb konnte sie es sich erlauben, sich eine Weile auszuprobieren.«

»Carolyn hatte ein gutes Auge«, übernahm Grandpa. »Ich bot ihr an, für mich zu arbeiten und das Fotografieren richtig zu lernen. Das klappte. Wir waren ein gutes Team. Und dann, im Sommer 1978 in Südfrankreich, hat es zwischen Daniel und ihr gefunkt. Wir hatten früher ein Haus an der Côte d'Azur.«

Er seufzte. Ein alter Schmerz schwang in seiner Stimme mit.

»Daniels Karriere nahm zu der Zeit mehr und mehr Fahrt auf. Im Herbst ging er mit dem London Philharmonic Orchestra auf Tournee. Carolyn war überglücklich, als sie feststellte, dass sie schwanger war, aber ... Daniel betrog sie. Wir haben die Hintergründe nie erfahren, doch es muss ihr das Herz gebrochen haben. Sie hat London Hals über Kopf verlassen und sich nie wieder bei uns gemeldet. Wir wussten nicht, was aus ihr geworden war.«

Meine arme Mom! Alle Männer, die sie geliebt hatte, hatten sie unglücklich gemacht! Erst Dad, dann dieser Italiener und schließlich auch mein leiblicher Vater! Welch eine Tragödie!

»Und was ... was wurde aus meinem Vater?«, flüsterte ich.
»Daniel ist am 26. Oktober 1979 bei einem Verkehrsunfall in Schottland ums Leben gekommen«, sagte Grandpa. »Wir konnten das Carolyn nie mitteilen. Irgendwann schickte sie uns aus Deutschland einen Brief mit einem Foto von dir, allerdings ohne Absender. Das war im Frühjahr 1980. Danach haben wir nichts mehr von ihr gehört. Allerdings hat uns Mr. Blystone berichtet, was ihr zugestoßen ist.«

Natürlich hatte Jordan ihnen längst alles brühwarm erzählt. Auch das hatte er mir weggenommen!

»Wir haben dir etwas mitgebracht«, sagte mein Großvater und hob eine Tasche vom Boden auf, aus der er einen flachen viereckigen Gegenstand zog, der in Geschenkpapier verpackt war. »Heute ist vielleicht ein schlechter Tag dafür, aber schau es dir in aller Ruhe an. Deine Granny und ich haben die schönsten Fotos von Carolyn und Daniel für dich herausgesucht.«

Ich war überwältigt von widersprüchlichen Gefühlen, hin- und hergerissen zwischen Freude und Enttäuschung darüber, quasi im Schnelldurchlauf all das zu erfahren, worüber ich seit so vielen Jahren nachgrübelte. »Ich weiß nicht, was Jordan euch erzählt hat. Eigentlich wollte ich euch schreiben und besuchen kommen, damit wir uns in aller Ruhe kennenlernen können. Jetzt ist Jordan mir zuvorgekommen und das macht mich ... traurig. Andererseits bin ich froh, dass ich euch nun kenne.«

»Das verstehen wir gut, Sheridan«, versicherte meine Großmutter. »Wir waren auch skeptisch, aber Mr. Blystone hat uns versichert, du würdest Bescheid wissen.«

Meine Wut auf Jordan wuchs ins Unendliche. Wie konnte er diese höflichen, anständigen Leute in eine solch peinliche Lage bringen?

»Das ist wirklich etwas unglücklich gelaufen. Und dann ist unser erstes Kennenlernen auch noch von diesen fürchterlichen Ereignissen überschattet«, pflichtete mein Großvater ihr bei.

»Aber Mr. Grant war sehr liebenswürdig und hat betont, dass wir uns keine Sorgen machen müssen.«

»Ja, Dad ist großartig.« Ich empfand eine tiefe Dankbarkeit für meinen Adoptivvater. »Ich freue mich schon darauf, euch besser kennenzulernen.«

»Darauf freuen wir uns auch«, sagte meine Großmutter. »Wir sind schrecklich neugierig auf dich!«

Wir lächelten uns an.

»Was haltet ihr davon, mich nach Kalifornien zu begleiten?«, schlug ich vor. »Ich habe ein großes Haus in Pacific Palisades. Ihr könntet eine Weile bleiben, und wir hätten mehr Zeit füreinander.«

»Das ist eine großartige Idee!«, fand meine Großmutter. »Wir waren früher oft in Los Angeles, wenn Phil dort gearbeitet hat.«

»Das machen wir sehr gerne«, sagte mein Großvater. »Und jetzt kümmere dich um deine Familie. Uns geht's gut, mach dir keine Gedanken.«

»Danke.« Ich presste das Geschenk an meine Brust. Eine Frage brannte mir jedoch noch auf der Seele. In Moms Tagebuch gab es eine Stelle, die mich sehr berührt hatte. Damals, kurz bevor Dad nach Vietnam musste, hatten sie Zukunftspläne geschmiedet und überlegt, ob sie ihre Kinder nach den Städten benennen sollten, in denen sie gezeugt wurden. Seitdem hatte ich im Atlas jeden Ort auf der Welt namens ›Sheridan‹ gesucht. Aber in Südfrankreich gab es wohl kaum eine Stadt dieses Namens!

»Wisst ihr, warum meine Mom mich ›Sheridan‹ genannt hat?«, fragte ich zögernd. Meine Großeltern blickten sich an und lächelten traurig.

»Ja«, sagte Grandma. »Sie hat es uns geschrieben. Dein Name ist aus den Anfängen von *Sheringham* und *Daniel* zusammengesetzt.«

In dem Moment ging die Fliegentür auf. Ich wandte den Kopf und mein Herz machte vor Glück einen wilden Satz.

»Jasper!« Ich sprang auf, legte das Geschenk auf den Sessel und lag im nächsten Moment in Jaspers Armen. Er hielt mich ganz fest an sich gedrückt, seine raue Wange an meiner, seine Hand in meinem Haar.

»Oh Jasper, ich bin so froh, dass du da bist«, schluchzte ich und klammerte mich an ihn.

»Ich bin auch froh, Sheridan.« Jasper nahm mein Gesicht in seine Hände und seine blauen Augen waren so nah vor meinen, dass mir schwindelig wurde. »Ich habe dich so sehr vermisst.«

Wir küssten uns, bis mir meine Großeltern einfielen. Ich stellte ihnen Jasper vor und umgekehrt. Dann kamen Malachy und Becky, Nellie und Hiram, und ich umarmte sie auch.

»Es ist so gut, dass du hier bist, Sheridan!« Becky wollte mich gar nicht mehr loslassen. »An so einem schlimmen Tag ist es ein großer Trost, wenn man seine liebsten Menschen um sich hat.«

Wir gingen alle ins Haus, denn Becky und Martha hatten Mittagessen zubereitet und mitgebracht. Dad und Marcus standen mit Nicholas im Durchgang zur Küche.

»Marcus, darf ich dir meinen Freund Jasper Hayden vorstellen?« Plötzlich war ich furchtbar aufgeregt. Hoffentlich würde Jasper nicht irgendetwas Zynisches sagen, wofür ich mich schämen musste! »Jasper, das ist Marcus Goldstein.«

Meine Sorge war unbegründet.

»Hallo, Mr. Goldstein«, sagte er höflich und reichte ihm die Hand. »Ich freue mich, Sie endlich kennenzulernen. Sheridan hat mir schon viel von Ihnen erzählt.«

»Hallo, Mr. Hayden.« Auch Marcus wahrte die Form. »Ich freue mich auch, obwohl ich wünschte, wir hätten uns unter anderen Umständen kennengelernt.«

Dad hatte Marcus schon die ganze Familie vorgestellt, jetzt lernte er noch meine Großeltern kennen.

»Sheridan!« Martha stürmte auf mich zu und fiel mir um den Hals.

»Das ist der Untergang Babylons!«, klagte sie, pathetisch wie immer. »Armageddon ist gekommen, genauso, wie es in der Offenbarung des Johannes, Kapitel 18 Vers 1 bis 8 steht! Tod und Feuer kommen über die Stadt!«

Becky klopfte ihr sanft auf die Schulter.

»Beruhige dich, Martha«, sagte sie ruhig. »Komm, lass uns den Tisch decken.«

Sie verteilten Teller mit lauwarmen Quiches und Mini-Pizzen, die man aus der Hand essen konnte. Der Fernseher lief immer noch. Bis jetzt hatte ich nur gehört, was passiert war, der Anblick der Bilder versetzte mir einen Schock. Beide Türme des World Trade Centers brannten. Schwarzer Qualm zog in den wolkenlosen blauen Himmel über New York. Keinem von uns war nach Essen zumute. Martha weinte und betete. Marcus war wie erstarrt. Er saß da, die Ellbogen auf den Knien, und schüttelte immer wieder den Kopf. Jasper und ich hielten uns an den Händen. Erst jetzt wurde uns allen die ganze Tragweite der Tragödie bewusst, die sich tausenddreihundert Meilen weiter östlich abspielte. Manhattan lag unter einer schwarzgrauen Wolke. Die markanten Zwillingstürme des World Trade Centers waren verschwunden. CNN zeigte in endlosen Wiederholungen, wie die entführten Flugzeuge in die Türme flogen, die apokalyptischen Bilder der einstürzenden Gebäude, die Straßen New Yorks voller Schutt und Trümmer.

»Es ist einfach weg!« Jasper war fassungslos. »Ich kenne so viele Leute, die im World Trade Center arbeiten und ich war selbst oft in den Türmen! Ich kann nicht glauben, dass das alles wirklich passiert!«

Mittlerweile hatte sich der Verdacht bestätigt, dass die vier Verkehrsflugzeuge am Morgen kurz nach dem Start in Boston, Newark und Washington D. C., von islamischen Terroristen entführt worden waren. Alle Maschinen waren auf dem Weg an die Westküste gewesen und vollgetankt. Bilder von Menschen, die orientierungslos zwischen Trümmern herumirrten, vor Staub- und Aschewolken flüchteten, zu Hunderten über die Brücken nach Brooklyn liefen. Unmengen von Papier flatterten durch die Luft. Verzweifelte Menschen stürzten sich aus den Fenstern der vierhundert Meter hohen, brennenden Türme. Der Bürgermeister von New York City kam ins Bild. Seine Baseballkappe und seine dunkelblaue Jacke waren staubbedeckt. Feuerwehrleute und Polizisten rannten in die brennenden Wolkenkratzer, um Menschen zu retten und wurden verschüttet, als die Türme in sich zusammenstürzten. Alles war mit einer dicken Staubschicht bedeckt. Der Präsident, der am Morgen in Florida gewesen war, sprach von einer nationalen Tragödie. Das Weiße Haus und das Kapitol waren evakuiert worden, die Streitkräfte im ganzen Land in höchster Alarmbereitschaft, weil man weitere Terroranschläge fürchtete. Bei den einzigen Flugzeugen, die über ganz Amerika in der Luft waren, handelte es sich um Kampfjets.

Marcus' Handy klingelte. Er erhob sich abrupt, und Dad führte ihn in sein Arbeitszimmer, wo er ungestört telefonieren konnte. Nicholas fragte Jasper, ob er ihn in den Stall begleiten wollte, die Pferde mussten gefüttert und bewegt werden. Auch Malachy und Hiram hatten noch Arbeit zu erledigen.

»Ist es okay für dich, wenn ich Nicholas mit den Pferden helfe?«, wollte Jasper von mir wissen.

»Natürlich«, erwiderte ich. »Ich mache die Zimmer fertig und helfe Dad ein bisschen im Haus. Wenn ich fertig bin, komme ich rüber.«

Becky, Martha und Nellie fuhren mit den Kindern zurück auf den Hof. Ich schaltete den Fernseher lautlos, komplimentierte Dad, Tante Isabella und meine Großeltern hinaus auf die Veranda, versorgte sie mit einer Flasche Sauvignon Blanc und zwei Platten, auf die ich die Reste des Mittagessens drapiert hatte. Für Marcus bezog ich das Bett im Gästezimmer im zweiten Stock und für meine Großeltern die Betten im größeren Gästezimmer im Erdgeschoss. Dann brachte ich unser Gepäck ins Haus und räumte die Küche auf. Nichts lenkte besser ab als Arbeit und irgendwie war es tröstlich zu wissen, dass sich die Welt selbst an einem solchen Tag weiterdrehte.

»Hey, Sheridan.«

Ich fuhr herum. Marcus lehnte im Türrahmen. Sein Gesicht war ganz grau und seine Augen gerötet, als ob er geweint hätte.

»Wie geht es dir?«, fragte ich vorsichtig.

»Schlecht«, antwortete er ehrlich und ließ sich schwer auf einen Stuhl am Küchentisch sacken. »Hast du einen Drink für mich?«

»Klar.« Ich ging zu Dads Bar, holte eine Flasche Single Malt Whiskey und schenkte ihm ein Glas ein.

»Danke.« Er nahm einen Schluck. Eine ganze Weile starrte er stumm auf den Fußboden.

»In der United-Airlines-Maschine, die in den Südturm geflogen wurde, saßen zwei Menschen, die ich seit mehr als zwanzig Jahren kannte«, sagte er tonlos. »Samantha Duffy und Donald Robinson sind noch von meinem Vater bei der *Goldstein Creative Artists Agency* eingestellt worden.«

»Oh nein, Marcus!«, flüsterte ich betroffen. »Das tut mir furchtbar leid.«

»Ihre Familien werden nichts haben, was sie beerdigen können«, flüsterte er heiser. »Vierzigtausend Liter Kerosin sind explodiert. Da bleibt nichts mehr übrig von einem Menschen. Bei dieser Hitze verdampft man einfach. Sam war so eine wunderbare Frau. Sie hat drei Töchter. Und Donald hat erst vor zwei Jahren geheiratet. Ich war auf seiner Hochzeit. Was ging wohl in ihnen vor, als sie begriffen haben, was passieren würde? Hatten sie überhaupt Zeit, Angst zu haben? Dieses Bild von dem Flugzeug, wie es auf den Turm zurast, das will ich nicht mehr sehen. Nie mehr in meinem Leben.«

Viele Kollegen seiner Tochter Jenna hatten heute im Südturm

des World Trade Centers ihr Leben verloren, weil sie nicht mehr aus ihren Büros flüchten konnten. Ein langjähriger Freund von Marcus war im Pentagon getötet worden. Und er hatte noch immer nicht Liz Hartgrave erreichen können, wusste also nicht, ob sie zum Zeitpunkt der Anschläge in ihrem Büro im Financial District gewesen war, oder zu Hause auf Long Island in Sicherheit.

Sein Kummer schnitt mir ins Herz. Ich setzte mich zu ihm, schenkte ihm Whiskey nach und ließ ihn reden, weil ich spürte, dass er das jetzt brauchte, um nicht verrückt zu werden. Fast eine Stunde lang hörte ich ihm zu, und ich stellte überrascht fest, dass Marcus Goldstein, der so hartgesotten und rational wirkte, eine empfindsame Seite hatte, die er sorgfältig zu verbergen wusste.

»Ich bin froh, dass ich hier bin und nicht in irgendeinem Zug oder Bus sitze«, sagte er schließlich undeutlich, als er beinahe die halbe Flasche Whiskey geleert hatte. »Danke, dass du mir zugehört hast, Sheridan.«

»Das habe ich gerne gemacht. Du bist auch immer für mich da und hörst mir zu«, erwiderte ich. »Dafür hat man Freunde.«

»Freunde. Ja.« Marcus stieß einen tiefen Seufzer aus. Seine Miene wurde plötzlich weich, und in seinen braunen Augen lag wieder dieser seltsame Ausdruck, wie an dem Abend, als wir im *Spago* gegessen hatten. »Du bist wirklich eine ganz besondere Frau, weißt du das, Sheridan? Du hast ein gutes Herz. Und du bist so mutig und so wunderschön. Wäre ich nicht fast vierzig Jahre älter als du, und wärst du nicht mit einem so netten Kerl zusammen, wären wir beide dann vielleicht mehr als nur ... Freunde?«

Mich durchfuhr ein Schreck und meine Hände begannen zu zittern. Hatte Marcus Goldstein mir etwa gerade eine Liebeserklärung gemacht? Oder hatte er das nur gesagt, weil er nach diesem verrückten, schrecklichen Tag aufgewühlt und durcheinander war und jede Menge Alkohol getrunken hatte? Hoffentlich konnte er sich morgen nicht mehr daran erinnern!

»Ach, Sheridan, ich hab dich so gern«, murmelte er und stürzte mich damit vollends in Verwirrung. Dann legte er den Kopf auf seine Arme und schlief am Küchentisch ein. Ich saß reglos da und starrte ihn an. Was für ein seltsamer Tag! Die ganze Welt geriet aus den Fugen. Völlig unverhofft tauchten meine Großeltern in meinem Leben auf und lüfteten fast beiläufig die Geheimnisse um meinen leiblichen Vater, und dann offenbarte Marcus Goldstein mir auch noch seine Gefühle und Ängste.

»Hey, Baby. Hier bist du! Ich dachte, du kommst noch mal rüber in den Stall.« Jasper betrat die Küche. Sein Blick fiel erst auf den schlafenden Marcus, dann auf die halb leere Whiskeyflasche. Seine Augen verengten sich. »Habt ihr zwei euch zusammen einen hinter die Binde gegossen?«

Ich überhörte den eifersüchtigen Unterton in seiner Stimme.

»Marcus hat erfahren, dass in einem der Flugzeuge zwei seiner engsten Mitarbeiter gesessen haben«, erwiderte ich leise und stand auf. »Und ein Freund von ihm ist im Pentagon gestorben. Außerdem konnte er seine Freundin noch nicht erreichen. Er war fix und fertig und brauchte einen Drink.«

»Oh, okay.« Jasper wirkte plötzlich beschämt.

»Was machen wir jetzt mit ihm?«, fragte ich. »Wir können ihn doch nicht hier sitzen lassen!«

»Ich hole Nicholas«, schlug Jasper vor. »Wir bringen ihn hoch.«

Nicholas und Jasper trugen Marcus mühelos die Treppe hinauf ins Gästezimmer im zweiten Stock. Sie verfrachteten den Schlafenden ins Bett und zogen ihm die Schuhe aus. Ich legte sein Handy auf den Nachttisch und stellte eine Flasche Wasser daneben.

»Meinst du, ihm geht's gut?«, fragte ich besorgt.

»Klar«, beruhigte Nicholas mich. »Morgen hat er seinen Rausch ausgeschlafen.«

Jasper nahm meine Hand, und wir gingen wieder hinunter. Es war eine schweigsame Gesellschaft, die sich auf der Vorderveranda zusammengefunden hatte. Malachy und Hiram, staubig und sonnenverbrannt nach einem Nachmittag im Feld, tranken Bier aus Dosen. Meine Großeltern, Tante Isabella und Dad bevorzugten Weißwein. Niemand verspürte das Bedürfnis, ein fünfzigstes Mal mit anzusehen, wie die Flugzeuge in die Zwillingstürme und ins Pentagon rasten. Der Tag, das ahnte jeder von uns, hatte nicht nur unser Land, sondern auch jeden Einzelnen von uns verändert. Nie wieder würden wir uns so sicher fühlen, wie wir das bisher getan hatten. Elaine kam in ihrem Streifenwagen angefahren. Sie trug noch ihre Uniform und wirkte erschöpft und deprimiert. Nicholas reichte ihr ein kaltes Bier, das sie dankbar entgegennahm.

»Ich glaube, es ist besser, wenn wir unsere Hochzeit morgen absagen«, sagte Dad zu ihr. »Was meinst du?«

»Auf keinen Fall!«, widersprach Elaine mit funkelnden Augen. »Das Leben muss weitergehen! Wir dürfen uns von diesen Terroristen nicht ins Bockshorn jagen lassen!«

»Das finde ich auch«, pflichtete ich ihr bei.

»Ihr habt doch sowieso keine Riesenparty geplant«, fand auch Hiram. »Und jetzt, wo Isabella, Sheridan und Jasper extra angereist sind, könnt ihr's auch durchziehen.«

»Genau!«, bekräftigte Elaine, und damit war es beschlossene Sache.

Es dämmerte. Der heiße Tag atmete aus. Die warme Luft war erfüllt vom Duft der Rosen, die in verschwenderischer Fülle neben der Veranda blühten. Es roch nach Lavendel, trockenem Gras und Staub. Anmutig flatterten Ziegenmelker in Paaren durch den Abendhimmel, auf der Jagd nach Insekten, Amseln stritten lautstark im Rhododendron. Noch eine Weile diskutierten und spekulierten wir über das, was geschehen war und welche Folgen es wohl haben würde. Wir standen alle unter

Schock, aber hier, im Herzen Amerikas, waren wir so weit von den schrecklichen Ereignissen entfernt, dass alles so unwirklich erschien. Irgendwann wandte sich unser Gespräch anderen Themen zu, und ich war zufrieden, bei meiner Familie zu sein, mich in Jaspers Arm zu kuscheln und die Wärme seines Körpers zu spüren. Los Angeles war genauso weit weg wie New York. Trotz allem, was heute geschehen war, hätte es ein schöner Abend sein können, hätte Marcus nicht mein inneres Gleichgewicht durch sein seltsames Geständnis völlig durcheinandergebracht.

»Weißt du noch, wie du dich abends immer zu mir geschlichen hast, als ich hier gewohnt habe?«, fragte Tante Isabella mich und lachte leise.

»Natürlich!« Ich grinste. »Wir haben zusammen alte Schallplatten gehört und Verbenentee getrunken, und ich durfte mir deine Bücher ausleihen. Und einmal hat Dad mich hier erwischt.«

»Oh ja, das weiß ich auch noch.« Dad schmunzelte. »Du hattest mir nicht verziehen, dass ich dir eine Ohrfeige gegeben habe, an dem Tag, als ich dich aus der Gefängniszelle holen musste.«

»Gefängniszelle?«, fragte Jasper neugierig. »Die Geschichte kenne ich noch gar nicht!«

Abwechselnd erzählten Dad, Hiram und ich, wie Sheriff Benton, Elaines Vorgänger, meine Freunde und mich in der alten Getreidemühle überrascht hatte, wo wir an den Nachmittagen herumzuhängen und Musik zu hören pflegten.

Die Sonne ging unter. Im hohen Gras zirpten die Grillen. Ein Pferd wieherte, ein anderes antwortete. Der abnehmende Mond ging auf und die Sterne begannen am Himmel zu leuchten. Meine Großeltern und Tante Isabella wünschten allen eine gute Nacht und verschwanden im Haus, auch Malachy und Hiram fuhren heim. Elaine wollte von mir wissen, was meine Großeltern erzählt hatten. Ich gab eine Kurzfassung unseres Gesprächs zum Besten und mir fiel das Geschenk ein, das ich auf der Hinterveranda liegengelassen hatte.

Ich sprang auf und holte es, packte es aber noch nicht aus.

»Wo ist eigentlich Jordan?«, wollte Elaine wissen.

»Ich weiß es nicht.« Nicholas zuckte die Schultern.

Niemand von uns sprach es aus, aber alle dachten wohl dasselbe: Jordan hatte gemerkt, dass er einen Fehler gemacht hatte und nicht gefeiert wurde, wie er es sich wohl erhofft hatte. Vielleicht war er nach Lincoln zurückgefahren.

Jasper gähnte, und auch ich war müde. Wir hatten beide einen langen und anstrengenden Tag hinter uns und beschlossen, ins Bett zu gehen.

»Ach, Sheridan«, hielt Elaine mich noch zurück. »Chester Wolcott hatte die Idee, morgen Nachmittag eine öffentliche Gedenkstunde im Stadion in Fairfield abzuhalten. Er hat mich gebeten dich zu fragen, ob du vielleicht die Nationalhymne singen könntest.«

»Äh, ja klar«, erwiderte ich überrascht. »Warum nicht?«

Jasper und ich gingen nach oben. Während sich Jasper unter die Dusche stellte, lief ich hoch in den zweiten Stock und warf einen Blick in das Gästezimmer, in dem Marcus schlief. Er lag auf der Seite und schnarchte leise vor sich hin. Hoffentlich erinnerte er sich morgen nicht mehr an all das, was er mir vorhin erzählt hatte. Ich wollte nicht, dass unser gutes Verhältnis durch irgendwelche Misstöne getrübt würde. Ich liebte Jasper, auch wenn es manchmal nicht einfach war mit ihm, weil er so eigensinnig, besserwisserisch und eifersüchtig sein konnte. Plötzlich schoss mir der Gedanke durch den Kopf, wie es wohl sein würde, mit Marcus statt mit Jasper im Bett zu liegen, seine Hände auf meiner Haut, seinen Mund auf meinen Lippen und seinen Körper auf meinem zu spüren. Bei der Vorstellung fuhr ein kitzelnder, erregender Stromstoß direkt in meinen Unterleib. Sofort schämte ich mich, so etwas überhaupt zu denken. Entsetzt schloss ich die Zimmertür und huschte die Treppe hinunter. Jasper war noch im Badezimmer. Meine Hände zitterten, als ich mich auszog und meine Kleider über eine Stuhllehne hängte. Wie kam ich dazu, so etwas zu denken? Wünschte ich mir das etwa insgeheim? Oder war ich nach allem, was heute passiert war, einfach nur verwirrt? Ich mochte Marcus sehr gern, ich vertraute ihm und schätzte seine Gesellschaft, seine Erfahrung und seine Freundschaft, aber war ich auch in ihn verliebt? Nein! Vielleicht ein kleines bisschen. Aber nicht so wie in Jasper. Anders. Oh, mein Gott, nein. Nein. Verdammt.

* * *

Albträume, in denen ich panisch durch Trümmer und brennende Hochhäuser rannte, hatten mich die ganze Nacht hindurch immer wieder aufschrecken lassen. Ein Blick auf den Wecker zeigte mir, dass es kurz nach sieben war. Jasper schlief noch tief und fest, deshalb nahm ich meine Kleider vom Stuhl und schlich auf Zehenspitzen aus dem Zimmer. Im Bad zog ich mich an. Unten duftete es schon nach Kaffee. Im Wohnzimmer lief der Fernseher. Es gab noch keine offizielle Zahl, wie viele Menschen bei den gestrigen Anschlägen ihr Leben verloren hatten, aber wegen der frühen Uhrzeit schien es weit weniger Opfer gegeben zu haben als befürchtet. Ich konnte die schrecklichen Bilder nicht mehr ertragen und ging in die Küche. Zu meiner Überraschung saßen nicht nur Dad und Elaine am Küchentisch, sondern auch Marcus. Mein Herz machte einen kleinen Hüpfer bei seinem Anblick. Er schien wieder recht guter Dinge zu sein. Zuerst gratulierte ich Dad zum Geburtstag, dann begrüßte ich Elaine und Marcus.

»Gut. Ich habe geschlafen wie ein Stein«, erwiderte er auf meine Frage, wie es ihm ginge. »Wie bin ich eigentlich ins Bett gekommen?«

»Jasper und Nicholas haben dich hochgetragen.« Ich lächelte. Wenn er sich daran nicht mehr erinnerte, dann hatte er womöglich auch das Ende unseres Gesprächs vergessen.

»Um halb acht kommen Chester, Bill, Jeff und Jaden«, bemerkte Elaine. »Wir wollen die Details für die Veranstaltung heute Nachmittag besprechen. Kannst du dabei sein, Sheridan?«

»Klar.« Ich nickte. »Hat dir Elaine erzählt, was sie vorhaben, Marcus? Was hältst du davon?«

»Ja, sie hat es mir erzählt. Eine gute Idee«, sagte er. »In Zeiten wie diesen brauchen die Menschen ein Gemeinschaftserlebnis.«

»Das sehe ich genauso«, entgegnete Elaine. »Alle Polizisten und Feuerwehrleute von Madison County werden dabei sein. Wir wollen Solidarität mit unseren Kollegen in New York und Washington zeigen.«

»Ich singe die Nationalhymne«, ergänzte ich. »Und vielleicht auch *Who can say*, das passt ziemlich gut. Kannst du Direktor Harris fragen, ob der Madison-High-Schulchor mitsingen kann?«

»Gute Idee«, nickte Elaine. »Das mache ich. Sonst noch was?«

»Jeder sollte eine Flagge mitbringen«, schlug ich vor. »Und ich brauche eine Bühne und ein Klavier.«

Zwei Autos rollten in den Hof. Chester Wolcott und Jaden Brisk, der Chef der Feuerwehr von Madison County, mit seinem Sohn Billy. Elaine und Dad gingen hinaus. Marcus und ich blieben allein in der Küche zurück. Unsere Blicke begegneten sich, und mein Puls jagte in die Höhe.

»Willst du noch einen Kaffee?« Ich stellte Becher auf ein Tablett, um den Männern Kaffee nach draußen zu bringen.

»Nein, vielen Dank.«

Marcus sah mich forschend und nachdenklich an. Ich erschauerte, als ich an gestern Abend dachte. *Ach, Sheridan, ich hab dich so gern.* Und plötzlich erkannte ich, dass er sich ganz genau daran erinnerte. Auf einmal war ich nicht mehr imstande, ihn anzusehen. Ich war verwirrt und aufgewühlt und ich hasste es, mich so zu fühlen.

»Willst du etwas frühstücken?« Ich ging geschäftig in der Küche hin und her, öffnete den Kühlschrank und durchsuchte seinen Inhalt mit zittrigen Fingern. »Rührei mit Speck? Oder ... hm ... Würstchen? Ein Sandwich?«

Auf der Treppe erklangen Schritte. Jasper.

Marcus stand auf und stellte seinen Kaffeebecher auf die Spüle. »Ah, guten Morgen, Jasper. Danke für die Hilfe gestern Abend.«

»Hi.« Jasper – schön und sexy wie ein junger Gott, mit dem zerzausten, feuchten Haar, in einem weißen Hemd, enger Jeans und Cowboystiefeln – grinste gezwungen, als er sah, dass Marcus und ich alleine in der Küche waren. »Kein Problem. So was passiert jedem mal.«

Er kam zu mir, legte mir besitzergreifend den Arm um die Hüfte und gab mir einen Kuss.

»Ich habe noch ein paar Telefonate zu erledigen«, ließ sich Marcus vernehmen. »Bis später.«

»Er sieht ja ganz fit aus, wenn man bedenkt, in welchem Zustand er gestern Abend war«, bemerkte Jasper spitz, als sich die Tür von Dads Büro hinter Marcus geschlossen hatte. »Wahrscheinlich hat er Übung im Saufen.«

»Eigentlich trinkt er überhaupt keine harten Sachen mehr«, sagte ich und ärgerte mich sofort über meine unbedachte Bemerkung.

»Woher weißt du das?«, fragte Jasper denn auch prompt.

»Weil er es mir mal erzählt hat.« Ich schenkte Kaffee in die Becher und nahm eine Milchflasche aus dem Kühlschrank. Wir gingen hinaus auf die Veranda. Mittlerweile waren auch Bill Hyland, Bürgermeister Jeff Richardson und Nicholas eingetroffen. Zusammen mit Jaden Brisk und Chester Wolcott waren sie die Organisatoren der alle zwei Jahre stattfindenden *Middle of Nowhere Celebration* und hatten jede Menge Erfahrung darin, Großveranstaltungen auf die Beine zu stellen.

»Guten Morgen!«, grüßte ich höflich und stellte das Tablett auf dem Tisch ab. Das Gespräch verstummte. Diejenigen, die gesessen hatten, sprangen hastig von ihren Stühlen auf. »Wer will einen Kaffee?«

»Guten Morgen, Sheridan«, grüßten sie mich und rissen sich geradezu darum, Jasper und mir die Hände zu schütteln. Mit glänzenden Augen nahmen sie die Kaffeebecher von mir entgegen, erkundigten sich, wie es mir ginge, beteuerten mir, wie sehr sie sich freuten, mich wiederzusehen, und welch große Ehre es sei, dass ich heute Abend für ganz Fairfield und Madison County singen würde. Für ein paar Sekunden war ich verblüfft. Ich kannte sie alle von Kindesbeinen an, aber früher hatten sie mir kaum Beachtung geschenkt, wenn sie bei uns gewesen waren, um irgendetwas mit Dad zu besprechen. Jasper kicherte leise. Das ehrerbietige, beinahe devote Verhalten der Männer mir gegenüber machte mir bewusst, wie sehr sich mein Status verändert hatte. Ich war nicht mehr bloß die Adoptivtochter von Vernon und Rachel Grant aus Fairfield, ich war jetzt die berühmte Sängerin Sheridan Grant aus Los Angeles, deren erstes Album seit Wochen auf Platz eins der Charts stand. Marcus gesellte sich zu uns, und ich stellte ihn allen vor und umgekehrt. Nur zögernd kam das Gespräch wieder in Gang. Meine Anwesenheit schien für Hemmungen zu sorgen. Bis auf Bill Hyland, der offen seine Solidarität zu mir bekundet hatte, hatten sich die anderen in den schweren Zeiten nach Esras Amoklauf ziemlich bedeckt gehalten. Ganz sicher hatte keiner von ihnen vergessen, dass ich das Mädchen war, das ein Verhältnis mit seinem verheirateten Lehrer gehabt hatte, aber meine Berühmtheit ließ diese skandalöse Geschichte, über die ich längst mehrfach im Fernsehen und bei Interviews gesprochen hatte, zu einer Bagatelle werden. Noch vor ein paar Monaten war mir deswegen der Weg zurück auf die Highschool verwehrt worden, heute schien es kein Schwein mehr zu interessieren, denn jetzt wollten sie sich mit mir und meinem Namen schmücken. *Sheridan Grant ist eine von uns*, würde es stolz heißen. All die Menschen, die noch im März hinter meinem Rücken über mich gelästert hatten, waren auf einmal meine besten Freunde.

»Ähm, Sheridan«, wandte sich Chester Wolcott an mich und drehte verlegen seinen Hut in den Händen. »Ich habe vorhin mit meinem Kumpel Darren Kline von KETV in Omaha telefoniert. Als er gehört hat, dass du heute Abend live singen wirst, hat er vorgeschlagen, ein Kamerateam zu schicken. Wäre das okay für dich?«

Ich musste innerlich grinsen, schaffte es aber, ernst zu bleiben. Mein Blick begegnete dem von Marcus. Er nickte zustimmend.

»Klar, das ist absolut okay«, erwiderte ich also. »Allerdings muss die Tontechnik perfekt sein, wenn das Fernsehen kommt.«

»Das kriegen wir hin«, versicherte Jaden Brisk eilfertig. »Wir machen eine halbe Stunde vorher einen Soundcheck. Wäre das in Ordnung für dich?«

»Ja, selbstverständlich«, nickte ich.

»Und ... ähm ... wäre es möglich, dass du anschließend noch ein paar Autogramme gibst?«, fragte Jeff Richardson mit knallrotem Gesicht.

»Natürlich«, sagte ich freundlich. »Das mache ich gerne.«

Die Trauung von Dad und Elaine, für die wir uns alle in Fairfield eingefunden hatten, geriet unter dem Eindruck der Terroranschläge zur Nebensache. Aber ich hatte das Gefühl, dass das dem Brautpaar ganz recht war, denn weder mein Vater noch Elaine standen gerne im Mittelpunkt. Sie heirateten, weil sie sich liebten, aber gleichzeitig betrachteten sie die Hochzeit auch als eine gesellschaftlich notwendige Formalität, weil Dad als einer der größten Landbesitzer des Staates Nebraska und Elaine als Sheriff von Madison County eine gewisse Vorbildfunktion innehatten.

Es war ein herrlicher goldener Spätsommernachmittag. Die warme Luft vibrierte vom Summen der Bienen in den Hortensienbüschen. Fraglos ein perfekter Tag für eine unvergessliche Familienfeier, der nun aus anderen Gründen für uns alle unvergesslich bleiben würde. Die Zeremonie – still und würdevoll – fand um zwei Uhr mittags im Garten von Magnolia Manor statt, und die größte Freude bereitete Dad und Elaine wohl mein Großvater, der die offiziellen Hochzeitsfotos machte, als kleinen Dank dafür, dass man ihn und seine Frau trotz der Überraschung so gastfreundlich aufgenommen hatte. Statt eines gesetzten Essens an einer langen Tafel gab es nach den Gratulationen ein Buffet, an dem sich jeder bedienen konnte. Ich nutzte die Gelegenheit und nahm John White Horse, George, Hank und Monty zur Seite. Zuerst schüttelten sie die Köpfe und lehnten ab, aber ich bearbeitete sie so lange, bis sie schließlich zustimmten.

Ich blickte mich um auf der Suche nach Jasper und da fiel mein Blick auf Jordan, der mit Adam und Maureen, Malachys Kindern, scherzte. Er hatte sich die ganze Zeit im Hintergrund gehalten. Bis auf die Kinder beachtete ihn niemand, selbst Nicholas schien sich von ihm fernzuhalten. Plötzlich tat er mir leid, trotz allem, was zwischen uns vorgefallen war. An einem Tag wie heute sollte keiner so allein sein wie er. Ich wartete, bis die Kinder davonliefen, dann nahm ich mir ein Herz und ging zu ihm hinüber.

»Hey«, sagte ich.

»Hey«, erwiderte Jordan, ohne mich anzusehen. »Willst du mir auch noch ein paar Vorwürfe machen?«

»Nein. Warum auch immer du das getan hast, es spielt keine Rolle mehr. Vielleicht hätte ich selbst nie den Mut gefunden, das zu tun. Also verdanke ich es dir, dass ich meine Großeltern gefunden habe und jetzt weiß, wer mein leiblicher Vater ist.«

»Schön, dass wenigstens du das so siehst.« Er zupfte eine weiße Blüte von einem Hortensienbusch und zerpflückte sie. »Die anderen hassen mich jetzt noch ein bisschen mehr. Nicholas ist stinksauer auf mich, weil du ihm irgendwelchen Quatsch erzählt hast.«

Frieden war mit Jordan nicht möglich, nicht einmal Waffenstillstand.

»Nicholas wollte von mir wissen, wieso ich nicht ans Telefon gehe, wenn du mich anrufst, und da habe ich ihm den Grund genannt. Du hast die ganze Sache nämlich ziemlich einseitig dargestellt.«

»Tja, offenbar hat jeder seine eigene Wahrheit«, erwiderte er und ließ die Blütenblätter zu Boden rieseln. Ich schluckte eine scharfe Antwort herunter, weil ich keinen Streit mit ihm wollte. Nicht heute. Nicht jetzt.

»Meine Großeltern haben mir ein Fotoalbum geschenkt. Mit Bildern von … von *unserer* Mutter«, sagte ich stattdessen. »Wenn du Zeit und Lust hast, könnten wir es uns doch mal zusammen anschauen.«

»Ich wollte eigentlich gleich zurück nach Lincoln fahren«, wich Jordan aus. Noch immer vermied er es, mich anzusehen. »Deine Großeltern haben mir vorhin gesagt, dass sie mit dir nach L. A. fliegen werden, also muss ich ihretwegen nicht hierbleiben.«

»Ja, ich habe sie eingeladen.« Ich nickte. »Damit wir uns ein bisschen besser kennenlernen können.«

»Freut mich für dich.« Er blickte mich kurz an und zwang sich zu einem Lächeln, das eher wie ein Zähnefletschen wirkte. Sein Blick war so ausdruckslos, dass ich trotz der Hitze fröstelte. »Jetzt kennst du deine Herkunft. Ist ein gutes Gefühl, oder?«

Er sprach bewusst leichthin, aber seine Stimme – zitronengelb und spröde und kantig wie ein rostiges Stück Metall – verriet mir, wie tief sein Groll saß. Empfand er meinen Versöhnungsversuch womöglich als Demütigung, weil er sich selbst nicht verzeihen konnte, was er falsch gemacht hatte?

»Ja, das ist es.« Ich lächelte verkrampft. »Danke, Jordan.«

Bevor er etwas erwidern konnte, gesellte sich Jasper zu uns.

»Hey, Jordan«, sagte er und legte einen Arm um meine Schulter. »Ich muss dir deine Schwester jetzt leider entführen. Wir müssen los zum Stadion.«

»Kein Problem.« Jordan grinste mit gespielter Fröhlichkeit. »Viel Spaß und Erfolg.«

»Danke.« Ich schmiegte mich schutzsuchend an Jaspers Körper. »Vielleicht bist du ja später noch da und hast einen Moment Zeit.«

»Ja, vielleicht«, erwiderte Jordan nur.

* * *

Wir fuhren in einem Konvoi nach Fairfield hinüber.

»Heilige Scheiße, was ist das denn?«, stieß Jasper hervor, als er die Autos sah, die schon vor dem Ortseingang links und rechts von der Landstraße parkten. Auch meine Großeltern, die neben mir auf der Rückbank von Jaspers Truck saßen, machten große Augen. Menschenmassen pilgerten friedlich die Hauptstraße entlang, eine schier endlose Karawane, und beinahe jeder hielt eine amerikanische Fahne in der Hand.

»Das ist der Sheridan-Grant-Effekt«, sagte Marcus, dem ich den Beifahrersitz überlassen hatte, trocken.

»Aber diese Veranstaltung ist doch erst heute Morgen organisiert worden«, staunte meine Großmutter beeindruckt.

»Unterschätzt nicht den ländlichen Nachrichtendienst«, sagte ich. »Hier kennt jeder jeden. Wenn irgendetwas passiert, weiß innerhalb einer Stunde das ganze County Bescheid.«

Mit einem Schaudern erinnerte ich mich an die Zeit nach dem Massaker, als Dutzende von Fernsehteams die Willow Creek Farm belagert hatten und Schaulustige sogar aus Iowa und Colorado, Oklahoma und South Dakota nach Fairfield geströmt waren, nur um einmal in ihrem Leben den Schauplatz einer Tragödie zu sehen.

Elaine, die in ihrem Streifenwagen vorneweg fuhr, ließ die Sirene aufheulen und die Autofahrer machten Platz, sodass wir recht zügig an der Kirche vorbei und durch den kleinen Park zum Stadion gelangten. Die Feuerwehr hatte einen Teil des Parkplatzes für uns abgezäunt. Meine Brüder und Schwägerinnen, Nicholas, Jordan, einige der Farmarbeiter, Mary-Jane und John White Horse waren schon da. Martha hatte freiwillig das Babysitting übernommen.

»Bist du aufgeregt?«, erkundigte sich Jasper bei mir, als wir auf den Eingang des Stadions zugingen.

»Nein.« Ich grinste. »Komisch, oder? Ich habe nie Lampenfieber.«

»Die vier da drüben umso mehr.« Jasper nickte zu meinen Begleitmusikern hinüber, die unbehaglich herumstanden.

»Wir haben die Songs zig Mal zusammen gespielt«, beruhigte ich sie. »Wir kriegen das hin.«

Jaden Brisk hatte nicht zu viel versprochen. Vor dem Stadion stand ein Toilettenwagen, es gab einen Getränkeausschank und einen Grillstand. In dem kleinen Sportstadion hatten er und seine Männer eine große Bühne errichtet, auf der ein Flügel stand, wahrscheinlich der aus der Highschool. Ein großes Plakat an der Rückwand der Bühne verkündete: *Madison County, Nebraska, gedenkt der Opfer vom 11. September 2001.* Scheinwerfer und die Lautsprecheranlage waren montiert worden, sogar zwei Großbildschirme links und rechts von der Bühne. Seit dem Vormittag mussten sie ohne Pause geschuftet haben. Ich setzte das Headset auf und machte mit dem Tontechniker einen kurzen Soundcheck, bevor George, John, Hank und Monty dazukamen und ihre Instrumente checkten. Leise bat ich Jaden Brisk um einen Gefallen, wenn ich später *Who can say* singen würde.

»Kriege ich hin«, sagte er nur.

Währenddessen diskutierten Chester Wolcott, der Bürgermeister, Horatio Burnetts Nachfolger Reverend William Lehman, der katholische Priester aus Madison, zwei andere Kirchenleute und Elaine mit dem Kamerateam den Ablauf der Gedenkstunde. Die Leute strömten ins Stadion, das auf keinen Fall alle Menschen fassen würde, die hereinwollten. Es herrschte keine Feierlaune. Alle waren bedrückt und still, niemand lachte laut.

»Hallo, Sheridan«, sprach mich jemand an. Ich drehte mich um und erkannte am Bühnenrand Direktor Harris mit seiner Nickelbrille und dem Cordsakko, der verlegen lächelnd die Hände rang. Hinter ihm standen ein paar Lehrer von der Madison Highschool und ein paar aufgeregte Jugendliche, die wohl im Chor sangen. »Wir sind alle so stolz auf dich! Und danke, dass unser Chor mit dir singen darf. Das ist etwas ganz Besonderes für unsere Schüler!«

Ich war nicht nachtragend.

»Hallo, Direktor Harris«, lächelte ich freundlich. »Kommen Sie doch rauf! Wir besprechen gerade den Ablauf.«

In der Menge erkannte ich immer mehr vertraute Gesichter. Die alten Freundinnen von Tante Rachel, die sich später gegen sie gewandt hatten. Frühere Schulkameraden. Die Schwester meiner Jugendliebe Jerry Brannigan, die jetzt mit einem der Söhne von George Mills verheiratet war. Pam und Karla, mit denen ich in der Getreidemühle von Sheriff Benton festgenommen worden war. Nancy Anderson, die Leiterin des Kirchenchors, die mir den Schlüssel für die Kirche gegeben hatte, damit ich Klavier spielen konnte, wenn ich Lust dazu hatte. Sie winkte mir und glühte vor Stolz, als ich zu ihr hinging und ihr die Hand gab.

»Sheridan! Sheridan! Ich wusste schon immer, dass du mal ganz berühmt wirst!«, rief sie mir zu.

Ich ging hinter die Bühne, um nachzuschauen, ob meine Band noch da war. Es hätte mich nicht gewundert, wenn sie die

Flucht ergriffen hätte. Mein Großvater war überall mit seiner Kamera. Die Polizei und die Feuerwehr von Madison County marschierten geschlossen ins Stadion und nahmen in den ersten Reihen von der Bühne Aufstellung. Marcus hob die gekreuzten Finger, um mir Glück zu wünschen. Und dann ging es los. Elaine hatte dem für seine ausschweifenden Reden berüchtigten Jeff Richardson eingebläut, maximal eine Minute zu sprechen, und er hielt eine wirklich kurze, aber sehr ergreifende Ansprache. Danach war ich an der Reihe. Ich ging hinaus auf die Bühne und sang gemeinsam mit dem Schulchor unsere Nationalhymne. Das kleine Stadion von Fairfield war ein einziges Meer in Rot, Weiß und Blau, es war ein unglaublicher Anblick. Monty setzte sich mit der Gitarre auf einen Barhocker, George klemmte sich die Fiddle unters Kinn, John und Hank nahmen mit Mundharmonika und Akkordeon ihre Plätze ein. Ich saß am Flügel und zählte bis vier, dann legten wir los mit *You'll never walk alone* von Gerry & The Pacemakers. Danach spielten wir *Stand by your man* von Tammy Wynette, ich sang *My heart will go on* von Céline Dion und schließlich *I will always love you* von Dolly Parton. Da war das Publikum schon kurz vor dem Ausflippen, aber die eigentlichen Höhepunkte würden noch kommen. Ich gab Jaden Brisk ein Zeichen, und er spielte von seinem Laptop die CNN-Bilder von gestern auf die großen Bildschirme. Ein Raunen und Aufstöhnen ging durch die Menge. Und dann schlug ich schon den ersten Akkord von *Who can say* an und begann zu singen. Die Leute fingen an zu weinen, sie umarmten sich und starrten erschüttert auf die Bildschirme.

»*You left without saying goodbye to me. My heart stopped beating when I saw the pictures on TV*«, sang ich. »*Who can say why bad things happen? Who can say why we parted on bad terms?*«

Es war, als hätte ich diesen Song genau für diesen Tag geschrieben. Ich spürte, wie er die Menschen berührte, ihre Herzen und Köpfe erreichte. Danach hatte ich noch vier Minuten übrig. Ich erhob mich vom Flügel, setzte das Headset ab und sagte meinen Musikern, was ich singen wollte.

»Ich singe das alleine«, sagte ich zu ihnen. »Aber bleibt bitte auf der Bühne, okay?«

Zuerst sang ich *Amazing Grace* und das bereitete auch mir Gänsehaut. Dann trat ich an den Bühnenrand und blickte in die Menge.

»Ich danke euch allen, dass ihr hierhergekommen seid und damit ein Zeichen setzt«, sagte ich ins Mikrofon. »Unser ganzes Land steht unter Schock. Niemand kann begreifen, was gestern passiert ist. Wir trauern mit den Menschen, die ihre Angehörigen verloren haben. Wir denken an alle, die Opfer geworden sind und deren Leben sich gestern für immer verändert hat. Unsere Gedanken und Gebete sind bei ihnen. Aber wir sind stark und wir halten zusammen. Wir lassen uns keine Angst machen!«

Die Leute johlten zur Bestätigung auf, rissen die Hände hoch und schwenkten ihre Fahnen. Ich wartete, bis sie wieder still geworden waren.

»Deshalb möchte ich das letzte Lied am heutigen Nachmittag mit euch allen zusammen singen.« Ich stimmte Lee Greenwoods *God bless the USA* an, und mehrere Tausend Menschen sangen mit mir. Und in dieser Sekunde spürte ich die Kraft in mir, alles erreichen zu können, was ich wollte, und noch viel mehr.

***

Marcus saß auf der Vorderveranda von Magnolia Manor und telefonierte. Sheridan und Jasper waren gleich nach dem Frühstück mit den Sheringhams aufgebrochen, um ihnen die Umgebung zu zeigen. Die alte Tante aus Connecticut unternahm einen Spaziergang, Vernon Grant war drüben im Pferdestall und seine Frau in aller Frühe zur Arbeit gefahren. Sheridans Auftritt im Football-Stadion von Fairfield bewegte ganz Amerika, denn

ABC, der Konzern, zu dem KETV gehörte, hatte die Veranstaltung landesweit live übertragen. Und Sheridans Idee, zu *Who can say* die CNN-Bilder von den einstürzenden Türmen, staubbedeckten New Yorker Feuerwehrleuten und weinenden Menschen auf die großen Bildschirme zu spielen, hatte dazu geführt, dass bei der CEMC die Telefonleitungen heiß liefen. Im Internet war ein Video von *Who can say* aufgetaucht, in welches Bilder und O-Töne der Anschläge hinein geschnitten worden waren. Seit gestern Abend hagelte es Anfragen, wann es ein Album mit den Songs gebe, die Sheridan bei der Gedenkstunde gesungen hatte, und die Radiosender im ganzen Land, ja, auf der ganzen Welt, spielten *Who can say* rauf und runter. Der Song war zur inoffiziellen Hymne der schrecklichen Ereignisse vom 11. September geworden.

»Ich habe eben mit ihrem Management gesprochen«, sagte Marcus zu Eric Lamarr, dem Leiter der Rechtsabteilung. »Sie sind mit einem Addendum zum Vertrag einverstanden, aber sie wollen über 20 Prozent, weil sie einen Teil der Einkünfte aus dem Livemitschnitt spenden wollen.«

»Was ist denn das für eine Scheißidee? Konntest du denen das nicht ausreden?«, regte sich Marcus' Vorstandskollege auf. »Wir können mit dem Ding richtig Kohle machen und dann ...«

»Beruhige dich, Eric, wir regeln das schon. Setz deine Leute an den Vertrag!«, unterbrach Marcus ihn. »Siehst du Probleme bei den nachträglichen Genehmigungen?«

»Im Prinzip nicht. Ich kümmere mich schon darum.«

»Okay.« Marcus nahm einen Schluck Eistee. »Sheridan wird bei einem Benefizkonzert am 21. September singen und vorher muss der Livemitschnitt draußen sein.«

»Wann bist du wieder in der Stadt?«, wollte Eric Lamarr wissen.

»So, wie es aussieht, wird das Flugverbot noch heute aufgehoben und dann komme ich heute Abend noch ins Büro.«

»Alles klar. Dann hast du den Entwurf auf dem Schreibtisch.«

Kaum hatte er das Gespräch beendet, klingelte sein Handy schon wieder. Es war Steve, der Vertriebschef.

»Marcus, wir haben hier gerade darüber gesprochen, ob wir nicht ein Country-Album mit Sheridan Grant rausbringen sollten.« Der Mann überschlug sich fast. »Dieser alte Indianer mit der Mundharmonika war ja der Hammer! Oder der Typ mit der Gitarre! Oh Mann, ich dachte erst, da sitzt Merle Haggard mit auf der Bühne!«

»Eins nach dem anderen«, zügelte Marcus die Begeisterung. »Wir konzentrieren uns jetzt erst auf den Livemitschnitt.«

Er legte das Handy auf den Tisch, lehnte sich zurück und schloss die Augen. Wie die meisten Menschen konnte Marcus sich genau daran erinnern, wo er gewesen war und was er gerade getan hatte, als er vom Attentat auf Kennedy, der Ermordung Martin Luther Kings, der Landung von Apollo 11 auf dem Mond oder dem tödlichen Verkehrsunfall von Prinzessin Diana in einem Tunnel in Paris erfahren hatte. Die Ereignisse des 11. September 2001 würde er für immer mit Sheridan Grant, ihrer Familie und diesen Tagen in Nebraska verbinden, die sich unwirklich anfühlten. Das kleine Nest im Mittleren Westen war so weit vom Weltgeschehen entfernt, dass er die schrecklichen Nachrichten, wie die vom Tod seiner Mitarbeiter, noch gar nicht wirklich realisiert hatte. Natürlich hätte er sich einen Mietwagen nehmen und nach Los Angeles fahren können, aber er hatte die Atempause lieber genutzt, um Dinge zu tun, für die er sonst zu wenig Zeit hatte. Letzte Nacht hatte er lange mit seinen Töchtern telefoniert und noch länger mit Liz, die gerade noch auf dem Weg in die Stadt gewesen war, als die Anschläge geschahen. Nach den Telefonaten hatte er wach gelegen und über Sheridan nachgedacht. Noch nie hatte er eine so vollkommene Künstlerin wie sie erlebt. Abgesehen von ihrem Ausnahmetalent als Sängerin und Songwriterin besaß sie auch noch ein treffsicheres Gespür für das, was die Menschen hören und fühlen wollten. Ihre Professionalität war unglaublich, das hatte er gestern miterleben dürfen. Von denselben Menschen, die ihr gestern zugejubelt hatten, war sie noch vor einem halben Jahr verachtet und verleumdet worden, aber sie hatte sich nicht anmerken lassen, was sie über diese Leute dachte, sondern stattdessen noch stundenlang Autogramme gegeben. Dabei hatte sie für jeden ein freundliches Wort gehabt. Die Disziplin und Selbstbeherrschung, die sie an den Tag legte, war schon für eine normale Zweiundzwanzigjährige ungewöhnlich, aber ganz besonders für eine, die innerhalb eines halben Jahres vom Niemand zum umjubelten Star geworden war. Marcus hatte schon mit vielen sehr berühmten Menschen zu tun gehabt – Musikern, Schauspielern, Sportlern und Politikern – und wusste aus Erfahrung, dass die allermeisten von ihnen schwierig waren, besonders diejenigen, die sehr jung schnell sehr berühmt wurden. Häufig endeten diese Karrieren in einer Tragödie, denn mit dem Ruhm ging den meisten die Bodenhaftung verloren und sie hielten sich für den Mittelpunkt der Welt, was nicht verwunderlich war, wenn man plötzlich nur noch hofiert und bejubelt wurde. Bei Sheridan befürchtete Marcus das nicht. Er hatte beobachtet, wie selbstverständlich sie Betten bezogen, die Küche aufgeräumt oder Kaffee serviert hatte. Nicht ein einziges Mal hatte sie sich in den Vordergrund gespielt oder eine Sonderbehandlung erwartet. Aber ganz besonders beeindruckte ihn, wie respektvoll sie die Farmarbeiter behandelte. Sie war den einfachen Leuten gegenüber ebenso unangestrengt aufmerksam und so höflich wie zu ihrer Großtante, ihrem Vater oder den Honoratioren der Stadt. Obwohl ihr das Leben schon übel mitgespielt hatte, besaß Sheridan eine Empathie und Herzensgüte, die sie außergewöhnlich machte. Sie war ein Musterbeispiel für Resilienz, aber Marcus sah diese psychische Widerstandsfähigkeit, die Menschen als Selbstschutz entwickeln, auch kritisch, denn oft war sie nichts anderes als ein antrainiertes Abwehrverhalten. Resiliente Menschen mochten zwar stark und unerschütterlich wirken, aber eigentlich hatten sie nicht gelernt, Probleme zu lösen, sondern nur, mit ihnen umzugehen. Würde Sheridan in der Lage sein, Grenzen zu ziehen und zu erkennen, was ihr guttat und was nicht? Häufig ging mit einer früh entwickelten Resilienz ein besonders ausgeprägtes Bedürfnis, anderen zu gefallen, einher. Deshalb musste er bald dafür sorgen, dass Sheridan ein professionelles Management bekam, das sie eines Tages vor sich selbst schützen konnte. Was für ein glücklicher Zufall, dass es sich bei ihrem Großvater um Sir Philip Sheringham handelte, der sein Leben lang mit berühmten Menschen zu tun gehabt hatte und selbst ein Star seiner Zunft war. Er konnte Sheridan ein uneigennütziger Vertrauter sein, ein Vorbild und Ratgeber, genau wie seine Frau, diese herzliche, lebenskluge Dame, die ihre Enkelin bereits ins Herz geschlossen hatte. Und natürlich auch Jasper Hayden, der zu Marcus' Überraschung nicht der simple Cowboy war, den er erwartet hatte. Er war sehr verliebt in Sheridan, außerdem ein Mann mit Prinzipien, Stolz und einem scharfen, analytischen Verstand – keiner dieser Typen, die sich im Rampenlicht sonnen, aus dem Ruhm ihrer Frau Profit schlagen und womöglich noch ihr Management an sich reißen wollten, wie es nicht selten passierte. Und da war ja auch noch er selbst, wenngleich er sich am Dienstagabend höchst unprofessionell verhalten hatte. Er ärgerte sich, dass er sich unter dem Eindruck der schlimmen Ereignisse dazu hatte hinreißen lassen, eine halbe Flasche Single Malt zu trinken und Sheridan seine Zuneigung zu gestehen. Zwar hatte sie ihn nicht mehr darauf angesprochen, und auch er hatte so getan, als sei nichts geschehen, doch er spürte an ihrem Verhalten, dass sich etwas zwischen ihnen verändert hatte.

Takatak – takatak – takatak. Das Geräusch schreckte Marcus aus seinen Gedanken auf. Er öffnete die Augen. Ein Reiter näherte sich im Galopp. Die Hufe des Pferdes wirbelten kleine Staubwolken auf, seine silberne Mähne und der silberne Schweif flatterten. Marcus erkannte Nicholas Walker, den Cousin von Sheridans Vater, und richtete sich neugierig auf. Sheridan hatte ihm einiges über den interessanten Mann erzählt, der einer der erfolgreichsten Rodeoreiter Amerikas gewesen war und den sie als ihren besten Freund bezeichnete.

Walker ließ sein Pferd in Trab, dann in Schritt fallen, hielt vor der Treppe der Veranda an und schwang sich aus dem Sattel.

»Morgen«, grüßte er.

»Guten Morgen«, erwiderte Marcus.

»Haben Sie mal 'ne Sekunde?«, fragte Walker.

»Ja, natürlich. Auch zwei.«

Walker schlang den Zügel des Pferdes um den Pfeiler des Verandadachs und kam die Stufen hoch. Marcus konnte nicht umhin, die lässige Eleganz seiner Bewegungen und sein gutes Aussehen zu bewundern. Eine schmale weiße Narbe, die von Walkers Schläfe über die Wange bis zu seiner Oberlippe reichte, verlieh seinem markanten Gesicht etwas Gefährliches. Er nahm seinen Hut ab, warf ihn auf einen Stuhl und lehnte sich an die Brüstung der Veranda.

»Ich hab gerade im Radio gehört, dass das Flugverbot aufgehoben wurde«, sagte er. »Dann werden Sie wahrscheinlich heute noch nach L. A. zurückfliegen, oder?«

»Ja«, bestätigte Marcus. »Mein Pilot kümmert sich gerade um eine Startgenehmigung. Sobald Sheridan und ihre Großeltern zurück sind, werden wir zum Flugplatz fahren.«

Walker nickte nur, dann stemmte er einen Fuß gegen das Holz der Brüstung und zündete sich eine Zigarette an. Er musterte Marcus prüfend aus seinen gletscherblauen Augen und sagte eine Weile gar nichts.

»Kann ich etwas für Sie tun, Mr. Walker?«, fragte Marcus, dem das Schweigen unangenehm wurde.

»Nein, nicht direkt«, erwiderte Walker. »Es geht um Sheridan.«

»Aha.«

»Ich mache mir Sorgen um sie.« Walker hielt die Zigarette in der hohlen Hand, wie das Soldaten nachts an der Front taten, um die verräterische Glut vor feindlichen Scharfschützen zu verbergen, und Marcus wartete gespannt, worauf er hinauswollte. Ging es ihm um den Konflikt zwischen Sheridan und ihrem Bruder Jordan, der, wie Marcus erfahren hatte, pikanterweise Walkers Lebenspartner war?

»Sheridan neigt dazu, Menschen, die nett zu ihr sind, zu schnell Vertrauen zu schenken. Ihnen scheint sie zu vertrauen. Und ich frage mich, worum es Ihnen bei der ganzen Sache geht, Mr. Goldstein. Bedeutet sie Ihnen etwas, oder sind Sie nur deshalb so nett zu ihr, weil sie für Ihre Firma ein gutes Geschäft ist?«

In einem ersten Reflex wollte Marcus antworten, dass ihn das überhaupt nichts angehe, aber dann erkannte er die echte Besorgnis hinter Walkers Worten.

»Jasper hat ein paar Nachforschungen über Sie angestellt und mir erzählt, dass Sie 'ne echt große Nummer sind.« Walker trat die Zigarette unter seinem Absatz aus, hob die Kippe auf und zerkrümelte sie geistesabwesend zwischen seinen Fingern. »Sie haben Beteiligungen an ein paar neuen Computerfirmen im Silicon Valley, 'ne große Künstleragentur und sind sowieso schon steinreich. Den Job bei dieser Plattenfirma machen Sie nicht, weil Sie's nötig haben, sondern weil's Ihnen Spaß macht, fast bankrotte Unternehmen zu sanieren, stimmt's?«

»Ja, das trifft es ziemlich gut.« Marcus nickte. Jasper Hayden hatte offenbar gründlich recherchiert.

»Was passiert, wenn Sie Ihren Job bei der Plattenfirma erledigt haben?«, wollte Nicholas Walker wissen. »Wer hat dann ein Auge auf Sheridan?«

Marcus räusperte sich.

»Ich mag Sheridan wirklich gern«, sagte er dann. »Und das hat nichts damit zu tun, dass sie ein gutes Geschäft für die Firma ist, bei der ich angestellt bin. Sie hat langfristige Verträge mit der CEMC, die auch noch weiterlaufen werden, wenn ich die Firma eines Tages nicht mehr leite. Wie Sie richtig festgestellt haben, bin ich ziemlich wohlhabend, was mir erlaubt, mir auszusuchen, welchen Job ich mache und mit welchen Menschen ich mich umgebe. Die Zeiten, in denen ich nett zu Leuten sein *musste*, sind glücklicherweise lange vorbei. Sheridans Wohl liegt mir ebenso am Herzen wie Ihnen. Ich will Sheridans Freund und Ratgeber sein, solange sie das möchte. Meine finanziellen Interessen sind dabei unerheblich.«

»Das ist gut.« Nicholas Walker lächelte zum ersten Mal an diesem Morgen. »Danke für Ihre Offenheit. Das beruhigt mich.«

Er griff nach seinem Hut und wandte sich zum Gehen.

»Ich habe auch ein Anliegen, Mr. Walker. Was steckt hinter dieser Sache mit Jordan Blystone und dem FBI?«

Das freundliche Abschiedslächeln auf Walkers Gesicht erlosch.

»Ich weiß es nicht«, gab er zu. »Ich habe überhaupt erst vor zwei Tagen durch Sheridan davon erfahren. Sie glaubt, Jordan wolle sich auf ihre Kosten profilieren, weil er Ambitionen hätte, zum FBI zu gehen. Ich kann das nicht beurteilen, weil ich noch keine Gelegenheit hatte, mit ihm darüber zu sprechen.«

»Muss ich mir Sorgen machen?«, wollte Marcus wissen.

Walker zögerte.

»Jordan ist ein Cop«, erwiderte er dann. »Wenn er sich in etwas verbissen hat, lässt er nicht so schnell locker.«

»Ich lasse auch nicht locker, wenn ich etwas will«, entgegnete Marcus.

»Ja, das glaube ich Ihnen auf's Wort. Man sollte aber gut abwägen, was einem eine Sache wirklich wert und wie weit man zu gehen bereit ist. Manchmal ist es klüger nachzugeben, weil man mehr verlieren als gewinnen kann.«

Die Intensität, mit der Walker ihn fixierte, alarmierte Marcus.

»Was meinen Sie damit?«, fragte er.

»Vielleicht sollten Sie Sheridan raten, sich Jordans Bitte noch einmal durch den Kopf gehen zu lassen«, erwiderte Walker kryptisch. »Es könnte für sie besser sein, ihn nicht zum ... Feind zu haben.«

»Falls Mr. Blystone glaubt, Sheridan als Steigbügelhalterin für seine Pläne missbrauchen zu können, indem er sie zwingt, einen Psychopathen in einem Hochsicherheitsgefängnis zu besuchen, dann werde ich ihr ganz sicher nicht raten, diesem Wunsch zu entsprechen«, entgegnete Marcus kühl. »Der Direktor vom FBI ist übrigens ein Studienfreund von mir. Ein Anruf genügt, und Ihr Freund Jordan wird für den Rest seines Lebens ein Provinz-Cop bleiben.«

»Whoa! Ganz ruhig!« Walker hob beide Hände und schüttelte den Kopf. »Die Sache ist es doch gar nicht wert, dass Sie Ihre Beziehungen spielen lassen.«

»Solange Sie sich nur in Andeutungen ergehen, kann ich das nicht beurteilen«, erwiderte Marcus. »Also, um was geht es hier wirklich?«

Walkers Miene wurde ausdruckslos. Er zögerte. Gerade, als er zum Sprechen ansetzte, ertönte Motorengeräusch. Jasper Haydens Pick-up kam die Auffahrt entlang.

»Danke für Ihre Zeit.« Walker setzte sich den Hut auf. »Ich muss wieder was arbeiten.«

»Warten Sie.« Marcus zog eine seiner Visitenkarten aus der Brieftasche und schrieb seine Handynummer auf die Rückseite. Dann stand er auf und reichte Walker die Karte. »Rufen Sie mich an, wenn Sie mehr über die Hintergründe dieser FBI-Sache erfahren oder bereit sind, mir zu erklären, weshalb ich Sheridan diesen Rat geben soll?«

»Hm.« Walker schob sie in bester Clint-Eastwood-Manier in die Brusttasche seines Hemdes, ohne den Blick von Marcus' Augen abzuwenden.

»Ich bin ein sehr treuer und nachsichtiger Freund, Mr. Walker«, sagte Marcus mit gesenkter Stimme. »Aber ich kann auch ein unbarmherziger und äußerst nachtragender Feind sein. Vielleicht sollte Mr. Blystone das erfahren.«

Los Angeles, Ende September

Aufgeregt wartete ich am Gate hinter der Absperrung auf Jasper. Die Maschine aus Buffalo hatte über eine Stunde Verspätung. Nach dem 11. September waren die Sicherheitskontrollen bei Inlandsflügen extrem verschärft worden und alles dauerte viel länger als früher. Meine Tarnung mit Baseballkappe und Sonnenbrille schien zu funktionieren, denn in der überfüllten Ankunftshalle nahm niemand Notiz von mir. Seit meinem Auftritt im Stadion in Fairfield, der landesweit im Fernsehen übertragen worden war, hatte die Begeisterung meiner Fans neue Dimensionen angenommen. Wo auch immer ich auftauchte, wurden die Leute geradezu hysterisch. Ich war froh, dass meine Großeltern in dieser Zeit bei mir gewesen waren. Sie hatten mich überallhin begleitet und mein Großvater hatte fantastische Fotos von mir gemacht, die für meine Webseite, Autogrammkarten und das Artwork des Live-Albums verwendet worden waren. Eigentlich tat ich keinen Schritt mehr ohne Bodyguards, aber heute Morgen hatte ich darauf bestanden, Jasper persönlich und alleine am Flughafen abzuholen. Natürlich hatte Carey Bedenken geäußert, aber ich wollte Jasper beweisen, dass ich mich trotz des Hypes um meine Person noch immer frei bewegen konnte, wenn ich aufpasste.

Endlich sah ich ihn in einem Pulk von Geschäftsleuten durch die Schiebetür kommen. Er trug Jeans, Cowboystiefel und ein hellblaues Hemd, die Reisetasche lässig über der Schulter. Suchend blickte er sich um.

»Jasper!« Ich winkte ihm und als er mich erblickte, lächelte er erfreut. Seine blauen Augen leuchteten in seinem tief gebräunten Gesicht, und mit dem Dreitagebart und dem von der Sonne fast blond gebleichten Haar sah er so unglaublich süß aus, dass ich das Gefühl hatte, mir würde das Herz in der Brust explodieren. Er grinste, und ich sprang in seine ausgebreiteten Arme. Wir küssten uns, und ich hätte ihn am liebsten nie wieder losgelassen. Als er mich wieder absetzte, streifte er mir aus Versehen die Kappe vom Kopf. Meine Haare, die ich nur unter die Kappe gestopft hatte, fielen mir bis auf den Rücken und ich sah aus dem Augenwinkel die fassungslosen Blicke von zwei jungen Frauen.

»He! Da ist doch Sheridan Grant!«, rief die eine.

Uns blieb maximal eine Minute, um durch die volle Ankunftshalle zu flüchten, denn so lange dauerte es ungefähr, bis die Leute ihre Hemmungen verloren und durchdrehten.

»Lauf!« Ich ergriff Jaspers Hand und zog ihn mit.

»Was? Warte doch mal!«, protestierte er verwirrt, aber dann sah er die Leute, die uns anstarrten, Fotoapparate und Handys zückten, und erkannte den Ernst der Situation. Hand in Hand drängten wir uns durch die Menschenmenge, aber die Nachricht überholte uns.

»Sheridan!«

»Sheridan? Huhu, guck doch mal her!«

»Sheridan, wir lieben dich!«

Blitzlichter. Leute, die sich uns in den Weg stellten. Jasper legte den Arm um mich und versuchte, mich zu beschützen, aber als wir zum Ausgang hinauskamen, stürzten die Paparazzi, die immer am LAX herumlungerten, auf uns zu. Kameraauslöser knatterten wie Maschinenpistolen. Ich zog das Genick ein und starrte auf den Boden. Jasper riss die Tür des nächstbesten Taxis auf.

»Steig ein!«, befahl er mir und drängte mich auf die Rücksitzbank. Der Fahrer glotzte uns entgeistert an und wurde bleich, als sich die Menschen um sein Taxi drängten, ihre Kameras an die Fenster drückten und meinen Namen kreischten. Ich presste meine Hände auf die Ohren, verbarg mein Gesicht an Jaspers Brust.

»Fahren Sie schon los!«, herrschte Jasper den Fahrer an, der wie gelähmt dasaß. »Und verriegeln Sie die Scheißtüren!«

Der Taxifahrer drückte auf die Hupe, aber als das keine Wirkung zeigte, fuhr er einfach los. Ein paar Leute rannten noch neben dem Taxi her, aber irgendwann hatten wir sie abgeschüttelt.

»Scheiße«, fluchte Jasper. »Sind die denn alle bekloppt?«

Ich brach in Tränen aus. Vor Angst, aber auch aus Frust, weil ich genau wusste, was ich mir von Carey würde anhören müssen.

»Hey, nicht weinen. Ist doch nicht so schlimm«, versuchte Jasper mich zu trösten und streichelte mein Gesicht.

»Es tut mir leid«, schluchzte ich. »Ich wollte dich selbst abholen, obwohl Carey dagegen war.«

»Wohin fahren?«, meldete sich der Fahrer.

»Pacific Palisades«, erwiderte ich und nannte ihm die Adresse.

Wir fuhren den San Diego Freeway entlang, und ich entspannte mich etwas.

»Was war das denn gerade?«, fragte Jasper nach ein paar Meilen. »Ein paar Hardcore-Fans von dir, die dich zufällig erkannt haben?«

»Nein«, erwiderte ich. »Das ist leider immer so, wenn ich irgendwo hingehe.«

»Wie bitte?« Jasper klang ungläubig, als ob ich einen schlechten Scherz gemacht hätte. »Und wie ... ich meine ... wie bewegst du dich hier in der Stadt?«

»Eigentlich gar nicht.« Ich zuckte die Schultern. »Und wenn, dann nur mit Bodyguards in verdunkelten Limousinen. Oder im Hubschrauber.«

Das hatte ich ihm zwar schon am Telefon erzählt, aber offenbar hatte er es nicht ernst genommen. Doch jetzt hatte er am eigenen Leib erlebt, wie bedrohlich es sich anfühlte, wenn man plötzlich von wildfremden Menschen umringt war, die vor Begeisterung komplett durchdrehten und Paparazzi einem gnadenlos die Kameras vors Gesicht hielten.

»Spätestens morgen werden die Zeitungen voll sein mit Bildern von dir und mir.« Ich seufzte. »Tut mir wirklich leid.«

* * *

Die Woche mit Jasper, auf die ich mich so sehr gefreut hatte, geriet zu einer Katastrophe. Naiv hatte ich mir ausgemalt, wie wir gemütlich den Walk of Fame entlangschlendern, auf dem Santa Monica Pier ein Eis essen und in Venice am Strand spazieren gehen würden. Aber daran war überhaupt nicht zu denken. Am nächsten Morgen schleppten Carey und Peter wie üblich die morgendliche Presseausbeute an. *Goldkehlchen Sheridan soooo verliebt!*, titelte das *People Magazine. OK!* dachte sich als Schlagzeile: *Sheridan und der geheimnisvolle Fremde* aus. Auch *Entertainment Weekly*, das *Star Magazine*, der *National Enquirer* und sogar seriöse Zeitungen fanden uns als Thema so interessant, dass sie uns ganzseitige Artikel mit Fotos widmeten.

Keira hatte schon Dutzende von Interviewanfragen bekommen, jeder wollte unbedingt wissen, wer Jasper war, seit wann wir uns kannten, ob wir heiraten wollten oder ich vielleicht schon schwanger sei. Anfänglich fand Jasper das Medieninteresse amüsant, genauso wie die Tatsache, dass sich mein Haus ab zehn Uhr in ein Büro verwandelte, aber schon nach drei Tagen begann es ihn zu nerven, ständig fremde Leute in der Küche oder auf der Terrasse anzutreffen. Es war ein ungünstiger Zeitpunkt für seinen ersten Besuch bei mir, aber daran war jetzt nichts mehr zu ändern. Natürlich jagte vierzehn Tage vor Beginn der großen *Wuthering-Times*-Welttournee ein Termin den anderen und dazu kam die Aufregung der Medien über Jasper und mich. Außer in den Nächten hatten wir kaum Zeit füreinander. Jasper nahm es äußerlich mit Gelassenheit, wenn er bei Terminen neben mir herdackeln musste oder ihn irgendwelche Leute, die mit mir reden wollten, grob zur Seite drängten, aber ich spürte, dass alles schrecklich schieflief, ohne etwas dagegen tun zu können.

Am vorletzten Morgen von Jaspers Besuch saßen wir um den Tisch auf der Terrasse oberhalb des Pools herum. Wie meistens in den letzten Wochen eskalierte jedes Gespräch innerhalb von Minuten in einen Streit, denn Keira wurde sofort aggressiv, wenn Carey, Belinda oder Peter irgendetwas sagten, was ihr nicht passte. Sie fasste alles als Kritik an ihrer Person auf und konnte weder andere Meinungen akzeptieren noch Aufgaben delegieren. Dabei hatte sie Peter gerade deshalb engagiert, weil er im Gegensatz zu ihr wahnsinnig viel Erfahrung hatte und wusste, worauf es bei der Organisation einer so großen Tournee ankam. Peter war Mitte dreißig, so diskret wie tüchtig, und erledigte unauffällig und prompt jede Arbeit, die anfiel. Er hatte ein fantastisches Gedächtnis, jede Menge Kontakte und es gab so gut wie nichts, was er nicht organisieren konnte. Ich bemerkte die resignierten Blicke, die Carey, Belinda und Peter wechselten, als Keira sich an irgendwelchen albernen Merchandising-Artikeln festbiss, die sie selbst entworfen und in Auftrag gegeben hatte, obwohl es weitaus wichtigere Dinge zu besprechen gab. Das ständige Kompetenzgerangel, das Keira anzettelte, ging mir auf die Nerven, und ich konnte mich in ihrer Gegenwart kaum noch konzentrieren. Nach der anfänglichen Euphorie war Keiras Enthusiasmus merklich abgeflaut, und seitdem sie und Tony zusammengezogen waren, kam es immer häufiger vor, dass sie Termine verpasste, schon nachmittags verschwand und an den Wochenenden ihr Handy abschaltete und nicht erreichbar war. Statt eine Hilfe für mich zu sein, wurde sie mehr und mehr zu einer Belastung, denn ich litt unter der schlechten Stimmung in meinem Team und Keiras unverhohlener Eifersucht auf Marcus, Peter, Carey, meine Großeltern und nun auch noch auf Jasper. Ich bereute längst, dass ich sie als Managerin engagiert hatte, und ich hatte schon mehrere zaghafte Versuche gemacht, mit ihr darüber zu sprechen und Lösungen zu suchen, aber jeder Gesprächsversuch endete in Tränen, Vorwürfen und Geschrei. Sie war vollkommen überfordert, wollte sich das aber nicht eingestehen. In zehn Tagen würde meine Tournee mit drei restlos ausverkauften Auftaktkonzerten im Madison Square Garden starten, und es bedrückte mich, dass ich insgeheim froh darüber war, dass Keira nicht dabei sein und sich in alles einmischen würde.

Der Stress, auf der einen Seite all meinen Verpflichtungen nachzukommen, Keira zu besänftigen und Jasper gerecht zu werden, schlug mir auf den Magen. Seit Tagen hatte ich kaum etwas gegessen, dafür zu viel getrunken und geraucht. Gleich nach der Besprechung wollten Jasper und ich nach Santa Barbara fahren, wo wir zum Lunch mit Quinn Testino verabredet waren, einem jungen Filmregisseur, der in Hollywood als *enfant terrible*, aber nach seinem Oscar-Triumph vor allen Dingen als großes Talent galt. Er hatte mir die weibliche Hauptrolle in seinem nächsten Film angeboten, wovon bisher allerdings weder Keira noch die CEMC-Leute wussten.

Jasper blätterte gelangweilt die Presseartikel durch, die Carey mitgebracht hatte, während ich mit einem Ohr zuhörte, wie Keira, Carey, Belinda und Peter immer noch über irgendwelche T-Shirts stritten. Plötzlich wirkte Jasper überhaupt nicht mehr gelangweilt. Seine Augenbrauen zogen sich zusammen und seine Miene wurde finster, als er einen doppelseitigen Artikel las.

»Was ist?«, erkundigte ich mich besorgt.

»Der Mann aus den Bergen geht sich umziehen«, sagte er und schob mir den Artikel hin. Dann stand er auf und verschwand im Haus. Carey, Belinda und Peter sahen sich vielsagend an.

Als ich den Artikel sah, begann ich vor Zorn zu zittern. Unter der fett gedruckten Überschrift WER MACHT DAS RENNEN UM IHR HERZ – DER MUSIK-MOGUL ODER DER MANN

AUS DEN BERGEN? waren auf einer Seite ein Foto von Marcus und mir auf dem roten Teppich bei einer Filmpremiere und auf der anderen Seite ein Bild von Jasper und mir am Flughafen abgedruckt. Mir wurde übel. Der Verfasser des Artikels hatte eine Gegenüberstellung gemacht, und es klang so, als hätte ich mit beiden Männern etwas am Laufen.

»Komm, lies den Scheiß nicht«, sagte Keira ungeduldig und wollte mir die Zeitung wegziehen, aber ich hielt sie fest.

»Wie kommen die darauf, so etwas zu schreiben?«, fragte ich wütend. »Das sind doch alles nur Lügen und Spekulationen!«

»Aber Sheridan, das ist eben der Boulevard!«, mischte sich Belinda ein. »Es war nur eine Frage der Zeit, bis so etwas passiert.«

»Können wir wohl vielleicht kurz noch mal über ...«, begann Keira.

»Nein«, sagte ich entschlossen und stand auf. »Bitte geht jetzt! Sofort!«

Keira starrte mich verblüfft an. Es war das erste Mal, dass ich offen Widerstand zeigte und einen eigenen Wunsch äußerte.

»Aber Sheridan! Wir sind noch nicht fertig!« Ihre Verblüffung verwandelte sich in Bestürzung. So musste ein Dompteur dreinblicken, wenn vor seinen Augen das Zirkuspferd aus der Manege sprang und davongaloppierte. Ich ließ sie am Tisch sitzen und ging ins Haus. Keira holte mich am Fuß der Treppe ein.

»Warte, Sheridan!«, rief sie.

Ich wandte mich widerstrebend um.

»Was ist denn auf einmal los mit dir?«, wollte sie wissen. »Ist es wegen Jasper? Hat er gesagt, dass wir verschwinden sollen?«

Zwischen ihr und Jasper hatte sich ein alberner Wettstreit um meine Aufmerksamkeit entwickelt. Vom ersten Moment an hatten sich die beiden nicht ausstehen können. Jasper hatte schnell durchschaut, dass Keira keine Ahnung von dem hatte, was sie tat, mich aber dauernd bevormundete, um sich zu profilieren. Und Keira hatte das gemerkt.

»Nein, hat er nicht. Diese Entscheidung habe ich ganz allein getroffen«, entgegnete ich, verärgert über diese Unterstellung. »Übrigens weiß ich, dass du Jasper hinter meinem Rücken den ›Mann aus den Bergen‹ nennst. Hast du das der Presse gesteckt?«

»Wie kannst du so was von mir denken?« Keira sah mich aus großen Augen mit gespielter Empörung an. Allerdings war sie eine schlechte Schauspielerin. »Warum sollte ich das tun?«

»Um ihn zu verletzen?«, erwiderte ich. »Komm, sei ehrlich! Hast du das irgendeinem Journalisten gegenüber erwähnt?«

»Nein, das habe ich nicht«, beteuerte sie, doch ich kannte sie gut genug, um zu erkennen, dass sie log.

Ich hielt die Worte zurück, die mir auf der Zunge lagen. Meine Enttäuschung war bodenlos. Sie log mich an, sie versuchte, einen Keil zwischen Jasper und mich zu treiben und hinter meinem Rücken bediente sie sich an meinem Geld, obwohl sie fünfzehn Prozent von allen meinen Einkünften erhielt. Ich konnte ihr nicht mehr vertrauen. Erst vor zwei Tagen hatte Peter mir einen Kontoauszug mit einer Abbuchung von über 20 000 Dollar für ein Wochenende in einem Luxushotel in Las Vegas gezeigt, wo ich nie gewesen war. Keira hatte mein Vertrauen ausgenutzt, weil sie wusste, dass ich mich kaum um meine Finanzen kümmerte.

»Du musst sie darauf ansprechen, Sheridan«, hatte Peter mich gedrängt. »Das ist Veruntreuung!«

Ich hatte bisher nichts unternommen, weil ich so kurz vor der Tournee keine Nerven für einen Streit mit Keira hatte, auch wenn ich wusste, dass sie sich von meinem Geld bereits ein BMW-SUV gekauft und die Maklergebühr für ihr neues Haus bezahlt hatte. Vielleicht sollte ich mit Marcus darüber sprechen und ihn um Rat bitten.

»Okay.« Keira gab auf, als sie merkte, dass ich nicht bereit war, einzulenken wie sonst. »Dann mach dir einen schönen letzten Tag mit Jasper. Wir sehen uns morgen.«

»Genau.« Ich war froh, mich auf keine Diskussion einlassen zu müssen. »Ich ruf dich an!«

Mit klopfendem Herzen rannte ich die Treppe hoch und fand Jasper im Masterbad. Mir wurde ganz kalt, als ich sah, dass er seine Sachen packte.

»Was machst du da?« Ich blieb im Türrahmen stehen. Unsere Blicke begegneten sich im Spiegel.

»Der Mann aus den Bergen reist ab«, sagte Jasper sarkastisch. »Der Musik-Mogul hat das Rennen um dein Herz gewonnen.«

»Warum sagst du so etwas? Ich kann nichts dafür, dass sie solche Sachen schreiben.«

»Doch, das kannst du.« Jasper schloss mit einem Ruck den Reißverschluss seines Kulturbeutels. Er ging an mir vorbei ins Schlafzimmer, nahm seine Reisetasche aus dem Wandschrank und warf sie aufs Bett. Ich folgte ihm.

»Du wohnst in einem Haus, das diesem Kerl gehört«, zählte er aufgebracht auf. »Du fliegst ständig mit ihm in seinem Privatjet durch die Gegend. Du schleppst ihn mit zur Hochzeit deines Vaters. Du läufst mit ihm über rote Teppiche und schmiegst dich vor den Kameras an ihn. Das erweckt schon den Eindruck, dass ihr etwas miteinander habt.«

»Marcus und ich sind nur Freunde!«, verteidigte ich mich. »Du hast keinen Grund, auf ihn eifersüchtig zu sein.«

»Das verstehst du falsch, Sheridan. Ich bin nicht eifersüchtig«, sagte Jasper. »Ich komme mir nur total dämlich vor, und das ist etwas komplett anderes!«

Meine Nerven begannen zu flattern. Nach Monaten kam er endlich mal nach Los Angeles, und statt sich auf mein Leben hier einzulassen, meckerte er an allem herum und benahm sich so zynisch und überheblich, dass es mir peinlich war.

»Wenn du öfter hier wärst, würde ich mit *dir* auf Filmpremieren und Partys gehen«, entgegnete ich kühl. »Solche Veranstaltungen sind im Moment eben wichtig für mich. Und ich bin froh, dass ich nicht alleine hingehen muss.«

»Du weißt doch, warum das nicht geht!«, erwiderte Jasper.

»Dann sei doch froh, dass mich jemand begleitet, der nur geschäftliches Interesse an mir hat.«

Wir starrten uns an. Und da begriff ich, dass er weder wütend noch missgünstig oder eifersüchtig war. Er war von der ganzen Situation genauso verunsichert und überfordert wie ich selbst.

»Glaub mir, Jasper«, lenkte ich ein, »für mich ist das alles gerade auch nicht einfach. Ich hätte nicht gedacht, dass ich das Haus nicht mehr verlassen kann, ohne von einer schreienden Menschenmenge verfolgt zu werden. Und ich habe mir auch nicht gewünscht, ständig im Mittelpunkt des Interesses zu stehen. Das Einzige, was ich immer wollte, war Musik machen. Auf der Bühne stehen. Songs schreiben. Im Tonstudio arbeiten. Es nervt mich, dass ständig Leute um mich herum sind und auf mich einreden.«

»Dann ändere etwas daran«, sagte Jasper. »Du bist der Boss! Wenn es dir nicht gefällt, musst du etwas anders machen.«

»Das werde ich auch tun«, antwortete ich. »Es fällt mir nicht leicht, weil die Leute das alles tun, um mich zu unterstützen, aber ...«

»Quatsch! Sie tun das, weil sie dafür *bezahlt* werden«, fiel Jasper mir ins Wort. »Du bist der Esel, der die Dukaten scheißt, und sie werden es sich nicht mit dir verscherzen wollen. Glaubst du etwa, jemand wie dein Musik-Mogul wäre so mächtig geworden, wenn er jede Konfrontation gescheut und immer nur daran gedacht hätte, ob irgendwelche Leute *sauer* auf ihn sein könnten?«

Er hatte recht. Ich musste mich durchsetzen, damit ich nicht mehr und mehr vereinnahmt wurde. Allerdings, und das tat mir im Herzen weh, musste ich mich auch gegen Jasper durchsetzen.

»Was soll ich eigentlich hier?« Er zuckte deprimiert die Schultern. »Ich habe keinen Bock auf diesen ganzen Scheiß!«

»Dieser Scheiß, wie du das nennst, ist zufällig mein Leben!«, erwiderte ich verletzt.

»Das, was ich hier in den letzten Tagen mitbekommen habe, ist nicht *dein* Leben, Sheridan!« Jasper blickte mich mit blitzenden Augen an. »Das ist das Leben, von dem andere dir weismachen wollen, es wäre deins. Und zwar die Leute, die mich wie einen Volltrottel behandeln, was du auch noch zulässt!«

»Das ist nicht wahr!«, widersprach ich ihm. »Alle waren freundlich zu dir, aber du stößt sie dauernd vor den Kopf und lässt sie spüren, für wie blöd und oberflächlich du sie hältst. Wie kannst du dann erwarten, dass sie dich mögen?«

»Es ist doch reine Zeitverschwendung, mich bei diesen Hofschranzen anzubiedern.« Jasper winkte ab und zog ein Hemd an. »Ich interessiere die nicht. Im Gegenteil! Ich störe sie, weil ich deine Aufmerksamkeit und deine Zeit beanspruche und das passt ihnen nicht.«

»Du machst es dir ganz schön leicht«, warf ich ihm vor. »Du kritisierst mich, die Leute, die für mich arbeiten, das Haus, in dem ich wohne, meine Art, mit der Öffentlichkeit umzugehen! Und wenn ich mal etwas zu dir sage, bist du sofort eingeschnappt.«

»Das stimmt nicht«, behauptete Jasper, aber es klang schon etwas defensiver.

»Oh doch, das stimmt«, entgegnete ich. »Stell dir mal vor, ich hätte mich bei euch auf der Ranch so aufgeführt! Du hattest auch nicht viel Zeit für mich, aber statt herumzumeckern, habe ich dir geholfen. Ich habe mit dir gearbeitet, deine Mutter, eure Leute und dein Leben kennengelernt und mich darauf eingelassen! Aber du kommst hierher und führst dich vom ersten Moment auf wie eine Primadonna. Warum tust du das? Weshalb kannst du nicht ein Mal irgendetwas Positives über die Lippen bringen, statt alles schlechtzumachen?«

Jasper blickte mich betroffen an.

»Aber ... aber ich will dir doch nur helfen«, stotterte er.
»Mit ständiger Kritik und Zynismus hilfst du mir nicht«, erwiderte ich. »Damit gibst du mir nur das Gefühl, alles falsch zu machen. So will ich mich aber nicht fühlen. Und ich will auch nicht, dass du allen dauernd sagst, wie sie irgendetwas besser machen können. Du hast doch gar keine Ahnung vom Musikgeschäft, und das musst du auch gar nicht haben! Du bist mein Freund, nicht mein Manager.«

Ich trat zu ihm hin und legte meine Hände auf seine Schultern. »Jasper«, sagte ich sanft. »Lass uns nicht streiten, bitte. Ich kann mir vorstellen, wie sich das hier alles für dich anfühlen muss. Mir geht es ja nicht anders! Aber ich fürchte, wir müssen damit klarkommen, dass es immer wieder so blöde Artikel geben wird, die dich und mich verletzen. Ich versuche, alles richtig zu machen, aber ich war auch noch nie ein Star! Für mich ist das alles neu und aufregend und absolut angsteinflößend. Deshalb bin ich ja auch so froh, dass jemand wie Marcus immer ein offenes Ohr für mich hat. Verstehst du das?«

»Ja, das verstehe ich. Wirklich.« Er nickte zerknirscht und ließ sich auf die Bettkante sinken. Plötzlich hatte er Tränen in den Augen. »Verdammt, Sheridan, du machst einen Wahnsinnsjob, und ich benehme mich wie der letzte Arsch. Das tut mir leid.«

Ich trat zu ihm hin und streichelte sein Haar. Er zog mich in seine Arme und presste seine Stirn an meinen Bauch. Jasper war so unglücklich und hilflos, dass mir das Herz blutete. Hätte ich ihn vor einem Jahr getroffen, dann würden wir beide jetzt vielleicht glücklich auf der Cloud Peak Ranch leben und ich wäre nie in ein Tonstudio gegangen. Doch die Zeit ließ sich nicht zurückdrehen.

»Ist schon okay«, flüsterte ich.

»Nein, ist es nicht«, sagte er heiser. »Ich will dich nicht verlieren. Ich liebe dich, Baby. Du bist die wunderbarste Frau, die ich jemals kennengelernt habe. Aber ich ... ich habe das Gefühl, dass wir in zwei komplett verschiedenen Welten leben. Und in dieser Welt hier gibt's keinen Platz für mich. Ich stehe dir nur im Weg, weil du auf mich Rücksicht nehmen willst. Das sollst du aber nicht.«

Mein Herz krampfte sich zusammen. War dieses Gespräch ein Abschied? Das Ende? Für eine Sekunde war ich versucht, meinem alten Fluchtreflex nachzugeben, alles hinzuschmeißen und mit Jasper nach Wyoming zu gehen, doch dann wurde mir klar, dass die Zeit des Flüchtens ein für alle Mal vorbei war. Mein Traum war wahr geworden, trotz aller Widrigkeiten. Millionen Menschen liebten meine Musik. Ich freute mich wahnsinnig auf meine erste Tournee, die mich um den ganzen Globus führen würde. Wenn Jasper den Weg nicht mit mir gehen wollte, dann war das traurig und es würde mir einmal mehr das Herz brechen, aber ich würde es überleben. Vielleicht war es ja sogar besser so, wenn ich keine Rücksicht auf Jaspers Gefühle nehmen und mich nicht jeden Morgen davor fürchten musste, was sich irgendein Schmierfink aus den Fingern gesogen hatte.

»Vielleicht sollten wir abwarten, bis deine Tournee vorbei ist und du nicht mehr so viel Stress hast«, schlug er halbherzig vor.

»Die Tournee geht bis nächstes Jahr Mai«, gab ich zu bedenken. »Und dann hast du Hochsaison auf der Ranch bis Ende September. Das ist ein ganzes Jahr!«

»Was ist schon ein Jahr?«, flüsterte Jasper und blickte mich an. »Liebst du mich auch noch, Sheridan?«

Statt zu antworten, schlang ich meine Arme um seinen Hals, legte meine Wange an seine und begann den Song zu singen, der mir schon seit einer Weile im Kopf herumging.

»*Baby, please leave a light on for me, I'll be there before you close the door ...*«, sang ich leise.

Da begann Jasper zu weinen, und ich weinte mit ihm.

»Ich lasse immer das Licht für dich an, das verspreche ich dir«, flüsterte er rau. »Vergiss das bitte nicht.«

Noch eine ganze Weile saßen wir eng umschlungen auf der Bettkante und wir wussten beide nicht, ob es uns eines Tages gelingen würde, aus unseren zwei Welten eine zu machen.

Los Angeles, Januar 2002

Marcus Goldstein saß in seinem Büro und studierte zufrieden die letzten Quartalszahlen, die sich dank seiner rigiden Sparpolitik und dem sensationellen Erfolg von Sheridan Grants Debütalbum höchst erfreulich lasen. Seit Sommer hatte sich der Aktienkurs verzehnfacht, und die gigantischen Kosten für die landesweite *Wuthering-Times*-Kampagne und den Tour-Support, die anfänglich auf Kritik gestoßen waren, waren längst wieder hereingeholt worden. Die laufende Tournee brach alle Rekorde und spülte einen Haufen Geld in die Kasse der CEMC. Sheridan trat in den größten Stadien Nordamerikas, Australiens, Südostasiens und Europas auf, Zehntausende jubelten ihr jedes Mal zu und die Musikjournalisten schrieben begeisterte Kritiken. Ein Ende des Erfolgs war nicht abzusehen, im Gegenteil. Dennoch machte Marcus sich keine Illusionen. Die irrsinnigen CD-Verkäufe, die sie gerade mit Sheridan Grants Alben erlebten, waren ein Abgesang auf das ganze Business. Die Zeit, in der sich die Leute die Alben ihrer Lieblingskünstler kauften, waren vorbei. Zukünftig würde man sich nur noch die Songs, die man hören wollte, aus dem Internet holen, von Plattformen, die Musik rund um die Uhr zum Downloaden bereitstellten. Marcus' Investitionen in diverse Start-ups lohnten sich jetzt schon und würden ihn, wenn die Entwicklung weiter voranschritt, noch um einiges reicher machen. Erstaunlicherweise war ihm das längst nicht mehr so wichtig wie früher.

Die Sprechanlage auf seinem Schreibtisch summte. Shannon teilte ihm mit, dass Keira Jennings eingetroffen sei. Pünktlich auf die Sekunde. Marcus hatte sie um einen kurzfristigen Termin gebeten, und sie hatte sofort zugesagt, weil sie glaubte, er sei auf ihrer Seite.

Das Zerwürfnis zwischen Sheridan und ihr hatte im September mit dem reißerischen Artikel im *National Enquirer* seinen Anfang genommen, denn Sheridan glaubte, ihre Managerin habe etwas damit zu tun. Miss Jennings hatte das nie zugegeben, aber Sheridan war fest davon überzeugt und der Zweifel hatte einen Abgrund zwischen den beiden geschaffen, was ganz in Marcus' Sinne war. Wie die meisten unerfahrenen Künstler hatte auch Sheridan ihr Vertrauen zunächst einer Freundin geschenkt; oft waren es Väter, Mütter, Onkel, Cousins oder Brüder, die sich als ›Manager‹ versuchten. Sie dilettierten eine Weile herum, meistens so lange, bis sich Erfolg einstellte und Geld verdient wurde. Dann fehlte plötzlich die Erfahrung, und aus Überforderung oder Misstrauen wurden Fehlentscheidungen getroffen, die in 99 Prozent der Fälle dazu führten, dass sich Familien oder alte Freunde heillos zerstritten. Geduldig hatte Marcus zugesehen, wie Keira Jennings sich ihr eigenes Grab schaufelte. Als er jedoch vor drei Tagen von Peter North, Sheridans tüchtigem Privatsekretär, erfahren hatte, dass die geldgierige Miss Jennings Sheridans Geld veruntreute und die Finanzbuchhaltung ein einziges Chaos war, hatte er beschlossen, einzugreifen. Sheridan war erleichtert gewesen, als er ihr angeboten hatte, das Problem für sie zu lösen und sie war sofort damit einverstanden, einen Vertretungsvertrag mit der *Goldstein Creative Artists Agency* zu unterschreiben.

Marcus ließ Keira Jennings zehn Minuten warten und blieb dann hinter seinem Schreibtisch sitzen, statt sie wie sonst an der Tür abzuholen. Aber sie war so mit den Nerven am Ende, dass sie das gar nicht bemerkte. In den letzten zehn Monaten war sie um Jahre gealtert, war fahrig und nervös. Wahrscheinlich puderte sie sich auch ein bisschen zu häufig das Näschen.

»Sie müssen unbedingt mit Sheridan reden, Mr. Goldstein!«,

rief sie theatralisch und warf ihren teuren Mantel, den sie höchstwahrscheinlich auch auf Sheridans Rechnung in einer Boutique am Rodeo Drive gekauft hatte, über eine Stuhllehne.

»Ich habe keine Kontrolle mehr über das, was Sheridan tut«, klagte Keira Jennings, als sie am Konferenztisch in seinem Büro Platz genommen hatten. »Sie hat sich völlig verändert! Manchmal schaltet sie einfach ihr Handy aus! Über Weihnachten und Silvester habe ich sie nicht ein einziges Mal erreichen können!«

»Sie war bei ihren Großeltern in London«, sagte Marcus ruhig.

»Na toll!« Keira Jennings war gekränkt. »Hätte sie mir das nicht mal sagen können? Wissen Sie eigentlich, was sie alles so treibt? Ich sage nur: Carson Dunn! Jimmy-Lee Bancroft! Quinn Testino! Die Klatschblätter sind voll mit Fotos! Und sie sagt mir nichts darüber! Hallo? Ich bin ihre *Managerin*!«

Vor ein paar Wochen hatte die Boulevardpresse Sheridan und dem Regisseur Quinn Testino eine Affäre angedichtet, nur, weil man die beiden zwei Mal zusammen beim Lunch gesehen hatte. Wenig später war Sheridan mit dem Schauspieler Jimmy Lee Bancroft, der dreißig Jahre älter war als sie, auf der Premiere seines neuen Blockbusters erschienen, was wiederum zu Spekulationen und Mutmaßungen geführt hatte. Ebenso wie die unscharfen Bilder von Sheridan und Carson Dunn, der gerade vom *People Magazine* zum »*sexiest man alive*« gekürt worden und frisch von der nicht minder berühmten Kate Firmino geschieden worden war. Marcus kannte Bancroft und Dunn persönlich, und beide hatten ihm glaubhaft versichert, sie hätten mit Sheridan nur eine gute Zeit gehabt.

»Das klingt für mich so, als ob Sheridan Ihnen nicht mehr vertrauen würde«, sagte Marcus. »Und ehrlich gesagt wundert mich das auch nicht.«

Keira Jennings holte Luft, um etwas zu entgegnen, aber Marcus brachte sie mit einer Handbewegung zum Schweigen.

»Sie haben leider bis heute nicht begriffen, dass Künstlermanagement erheblich mehr bedeutet, als nur Verträge auszuhandeln und seinem Klienten Vorschriften zu machen«, fuhr er fort. »Manager, Agenten, Booker, Anwälte, die Leute vom Label sind Dienstleister für den Künstler. Ab einem gewissen Erfolgslevel *bestimmen* sie nicht, was gemacht wird, sie *raten* es ihrem Klienten höflich. Sheridan ist über Nacht weltberühmt geworden. Ein normales Privatleben, wie Sie und ich das kennen, hat sie nicht mehr. In einer solchen Situation braucht sie dringend Leute an ihrer Seite, die ihr Sicherheit, Freiraum und Orientierung geben, und kein ständiges Kompetenzgerangel und Streitereien. Ich habe Sheridans Terminkalender gesehen und bin fassungslos! Was fällt Ihnen ein, ihr achtzig Termine pro Woche aufzudrücken, während Sie selbst um fünf Uhr nachmittags Feierabend machen, sich jedes Wochenende freinehmen und Sheridan auf Tour alleine lassen?«

»Sie hat ja auch noch Carey, Belinda, Peter und das ganze Tour-Team.« Keira warf trotzig den Kopf in den Nacken.

»Miss Jennings, hier geht es nicht um *Sie*«, sagte Marcus. »Sie sind völlig unwichtig und austauschbar, verstehen Sie das nicht?«

Da brach die selbst ernannte Managerin in Tränen aus.

»Sheridan ist so undankbar! Ich habe alles für sie aufgegeben und bin nach Los Angeles gekommen, als sie mich gebraucht hat«, schluchzte sie, und Marcus hätte beinahe laut aufgelacht, weil er zufällig wusste, dass sie in einem Trailerpark in einem schäbigen Vorort von Chicago gehaust hatte, bevor sie mit Sheridan in seine Zehn-Zimmer-Villa in Pacific Palisades gezogen war.

»Warum sagt sie mir nicht mehr, was sie vorhat?« Keira Jennings rang die Hände und putzte sich die Nase. »Weshalb schließt sie mich aus allem aus? Wir sind doch Freundinnen!«

Marcus hatte diesen Moment kommen sehen, seitdem die Frau so dreist wie ahnungslos in sein Büro marschiert war und unverschämte Forderungen gestellt hatte.

»Freundinnen waren Sie einmal«, erwiderte er nüchtern. »Sie stehen jetzt in einem geschäftlichen Verhältnis zueinander. Und Sheridan hat das Vertrauen zu Ihnen verloren, weil sie gemerkt hat, dass Sie nicht ihr Wohl im Auge haben, sondern Ihr eigenes.«

»Was soll das heißen?« Keira blickte ihn aus verheulten Augen an. »Hat sie das etwa gesagt?«

»Kein Wort davon. So sehe ich die Situation.«

»Und was soll ich jetzt machen?«

›Endlich einsehen, dass das hier kein Spielplatz für Amateure ist, du dummes Mädchen‹, dachte Marcus, aber laut sagte er: »Wenn Sie Ihre Freundschaft retten wollen, sollten Sie das Management von Sheridan in professionelle Hände übergeben. Das Ganze ist eine Nummer zu groß für Sie geworden. Das ist, als wenn Sie eine passable Seglerin wären und plötzlich ein Kreuzfahrtschiff steuern sollten. So etwas kann nicht funktionieren.«

»Es ist schon anders, als ich mir das vorgestellt habe«, räumte Keira kleinlaut ein. Sie hockte zusammengesunken da und starrte aus geröteten Augen vor sich hin.

»Sheridan könnte sich von der *Goldstein Creative Artists Agency* vertreten lassen«, sagte Marcus und ließ es wie einen Vorschlag klingen, dabei waren die Verträge schon vorbereitet und die Rechtsabteilung hatte sie auf Sheridans Wunsch ihrem Großvater zur Überprüfung zugefaxt.

»Na klar!«, schnaubte Keira Jennings. »Das war doch von Anfang an Ihr Plan, stimmt's?«

»Nein, das stimmt nicht. Ich hatte Sie allerdings nicht für so beratungsresistent gehalten und gedacht, Sie wären bereit zu lernen, wie das Business funktioniert.«

Das war ein Schlag unter die Gürtellinie.

»Sheridan und ich haben einen Vertrag«, erinnerte Keira ihn. »So einfach ist das nicht!«

»Oh doch, mit etwas gutem Willen von Ihrer Seite ist das ganz einfach«, erwiderte Marcus gelassen. »Soweit ich weiß, gibt es in Ihrem Vertrag eine Ausstiegsklausel.«

»Darüber muss ich mit Tony sprechen. Er hat den Vertrag aufgesetzt.« Keira fuhr sich mit dem Handrücken über die Augen, wodurch sie ihren Eyeliner verschmierte.

»Das sollten Sie so schnell wie möglich tun, Miss Jennings, am besten heute noch.« Marcus zog die Kopien der Kontoauszüge hervor, die Sheridan ihm übergeben hatte. »Es gibt da nämlich etwas, was für Sie ernsthafte juristische Konsequenzen haben könnte.«

»Aha.« Keira Jennings' Blick wurde misstrauisch. »Und was soll das bitte sein?«

»Ein BMW. Ein Wochenende in einem Luxusresort in Las Vegas plus Helikopterservice von L. A. aus. Die Anzahlung für einen Bungalow in Santa Monica«, zählte Marcus auf und schob ihr die Kopien hin. »Diverse Shoppingtouren auf dem Rodeo Drive. Abendessen zu zweit, bei denen Sheridan nicht anwesend war. Eine Halskette von Chopard.«

Keira Jennings griff reflexartig nach der Kette an ihrem Hals. Ihr hübsches Gesicht verzerrte sich wütend.

»Was geht Sie das überhaupt an? Das war alles mit Sheridan so ausgemacht!«

»Das, was Sheridan mir erzählt hat, klang aber völlig anders. Sie hat mich gebeten, mich darum zu kümmern. Ihr ist das alles äußerst unangenehm. Und ich habe natürlich großes Interesse daran, dass unsere Künstlerin nicht in die Schlagzeilen gerät, weil sie wegen Ihrer Unfähigkeit Ärger mit der Steuer bekommt. Bis jetzt haben Sie nämlich noch keinen einzigen Beleg bei der Steuerabteilung der CMP abgeliefert. Falls Sie den Unterschied nicht kennen, wird Ihr Freund Tony Ihnen sicher erklären können, dass brutto nicht gleich netto ist.«

Keira Jennings dämmerte, dass sie durchschaut war.

»Sie hinterfotziger Dreckskerl«, zischte sie. »Ich konnte Sie noch nie leiden.«

»Das beruht allerdings auf Gegenseitigkeit«, entgegnete Marcus kalt. »Ich sage Ihnen jetzt, wie es laufen wird: Der Vertrag mit Sheridan wird rückwirkend zum 1. Januar aufgelöst, in beiderseitigem Einvernehmen selbstverständlich. Sie händigen bis spätestens übermorgen der CMP sämtliche Finanzunterlagen des vergangenen Jahres aus. Ebenfalls bis übermorgen zahlen Sie das Geld, das Sie unrechtmäßig entnommen haben, zurück. Wenn Sie das tun, verzichtet Sheridan auf eine Anzeige wegen Veruntreuung und Betrugs.«

»Das soll sie mir gefälligst selbst sagen!«, schnaubte Keira wutentbrannt und sprang auf. »Diese feige undankbare ...«

»Passen Sie auf, was Sie jetzt sagen, Miss Jennings«, fiel Marcus ihr ins Wort. »Sie haben durch Sheridan eine Menge Geld verdient. Falls Sie weiterhin im Musikbusiness tätig sein oder in Los Angeles bleiben wollen, sollten Sie besser den Mund halten, sonst lernen Sie mich von einer anderen Seite kennen. Haben Sie das verstanden?«

»Sie können mich mal!« Keira Jennings sprang auf, schnappte ihre Tasche und ihren Mantel und marschierte Richtung Tür.

»Sie sind sowieso eine Hochstaplerin«, sagte Marcus und sie erstarrte. »Ich habe mir den Spaß gegönnt und einen Privatdetektiv engagiert, der Ihre Vergangenheit etwas unter die Lupe genommen hat, weil ich misstrauisch geworden bin, als sie sich als Juristin ausgegeben haben. Sie haben nie Jura studiert! Sie waren zwar an der State University of Savannah immatrikuliert, aber niemand dort kannte Sie und Sie haben dort auch keinen Abschluss gemacht. Sie haben überhaupt keinen Abschluss, außer den der Highschool von Lincoln Park, Detroit. Ihren Job bei *Nussbaum Levinson Smith* haben Sie mit gefälschten Unterlagen ergattert.«

Die junge Frau wurde kreidebleich.

»Was wollen Sie von mir, Sie Pisser?«, zischte Keira Jennings.

»Gar nichts.« Marcus faltete die Hände über dem Bauch und lächelte. »Wenn Sie getan haben, worum ich Sie eben ersucht habe, möchte ich, dass Sie einfach aus Sheridans Leben verschwinden. Und zwar für immer.«

Keira Jennings funkelte ihn zornig an.

»Ich könnte jetzt schreien und behaupten, Sie hätten mich sexuell belästigt. Dann hätten Sie ein Problem.«

»Nein, das glaube ich nicht.« Marcus zog ein Diktiergerät aus der Innentasche seines Sakkos und legte es auf den Tisch. »Ich war zwei Mal mit Frauen Ihrer Sorte verheiratet.«

»Sie beschissener Wichser!«, flüsterte Keira hasserfüllt.

»Leben Sie wohl, Miss Jennings«, entgegnete Marcus ungerührt. »Denken Sie dran: Bis übermorgen 18 Uhr sind sämtliche Unterlagen bei der CMP. Und wehe, es fehlt auch nur eine Parkplatzquittung.«

Los Angeles – Vier Wochen später

Ein durchdringendes Brummen drang in mein Bewusstsein und weckte mich auf. Mühsam öffnete ich die Augen und tastete nach meinem Handy, aber es lag nicht auf dem Nachttisch. Irgendwann war es still. Helles Sonnenlicht fiel durch die Lamellen der Fensterläden und blendete mich. Mein Kopf tat so weh, als ob er jeden Augenblick platzen würde. Mein Mund war staubtrocken und ich fühlte mich sterbenselend. Ich hatte in den letzten Monaten öfter mal einen Kater gehabt, aber das heute war schlimmer als alles, was ich jemals erlebt hatte. Als ich mich umdrehen und mir die Bettdecke über den Kopf ziehen wollte, merkte ich, dass ich gar nicht im Bett, sondern auf einer Couch lag. Dunkel erinnerte ich mich daran, dass ich gestern am späten Nachmittag aus Kansas City zurückgekommen war, wo ich die letzten zwei Wochen in Toms Tonstudio verbracht und mehrere Songs für mein neues Album aufgenommen hatte. Am Flughafen war ich an der First Class Lounge in eine Limousine gestiegen, die mich nach Hause gefahren hatte und dort ... Oh nein! Ich stöhnte auf. Vor dem Haus hatte ein dunkler SUV gestanden. Das FBI in Person von Dr. Harding hatte mich erwartet, denn in drei Wochen jährte sich mein Besuch bei Scott Andrews.

»Schenken Sie uns nur einen Tag«, hatte Harding mich gebeten. »Niemand wird davon erfahren. Und danach haben Sie wieder ein Jahr Ruhe.«

»Ich bin im März schon wieder auf Tournee«, hatte ich abgelehnt. »Am 19. März habe ich ein Konzert in Miami und am 22. in New Orleans.«

»Ich schicke Ihnen unseren Jet nach Miami«, hatte Harding vorgeschlagen. »Abends fliegen wir Sie hin, wo immer Sie hinmüssen.«

»Und wenn ich das nicht tue?«, hatte ich gefragt.

»Sie sind momentan die erfolgreichste Künstlerin Amerikas, wenn nicht sogar der ganzen Welt. Durch Ihren 9/11-Song sind Sie zu einer amerikanischen Ikone geworden«, hatte er erwidert und falsch gelächelt. »Alle lieben Sie und Ihre Aschenputtel-Geschichte – vom ungeliebten Adoptivkind zum Megastar. Ihr Ruf ist makellos. Aber ob das noch so sein wird, wenn die Öffentlichkeit erfährt, dass Sie sich weigern, bei der Aufklärung von Kapitalverbrechen zu helfen?«

»Sie drohen mir?«, hatte ich ihn ungläubig gefragt.

»Nein«, hatte er behauptet. »Ich gebe nur zu bedenken, was passieren könnte. Es ist Ihre freie Entscheidung. Rufen Sie mich an, wenn Sie Ihren Entschluss ändern.«

Er war ins Auto gestiegen und weggefahren. Ich war so aufgewühlt und wütend gewesen, dass ich auf eine Party gegangen war, wo ich meine Bandkollegen J. B. und Ray getroffen hatte. Ich hatte ziemlich viel Wodka getrunken und ein paar Pillen eingeworfen. An alles danach konnte ich mich nicht erinnern. Filmriss. Nichts. In meinem Gedächtnis gähnte ein schwarzes Loch. Wie war ich nach Hause gekommen? Das Brummen ging wieder los. Mit einem Fluch machte ich mich auf die Suche nach dem verdammten Handy. Mir war so schwindelig, dass ich mich nur auf allen vieren bewegen konnte. Ich kroch auf dem Boden herum, bis ich das Telefon schließlich unter dem Sofa fand, auf dem ich geschlafen hatte. Meine Augen waren allerdings noch nicht in der Lage, die winzigen Buchstaben im Display zu entziffern.

»Hallo?«, nuschelte ich.

»Sheridan, hier ist Carey!«, hörte ich eine hellwache und sehr verärgerte Stimme. »Wo zum Teufel bist du?«

»Äh ... zu Hause?«

»Falls du das Haus in Pacific Palisades meinst, dort bist du nicht«, erwiderte Carey. »Mrs. Esposito war so freundlich, mich hereinzulassen.«

»Was ist denn eigentlich los?«, murmelte ich. »Wie spät ist es?«

»Es ist gleich zwölf Uhr mittags!«, sagte Carey vorwurfsvoll. »Wir waren um halb zehn heute Morgen mit Ben verabredet, und jetzt hättest du eigentlich einen Termin mit der Stylistin und die Anprobe für das Kleid.«

»Was für ein Kleid?«, fragte ich und massierte meine Schläfe.

»Für die Grammy-Verleihung heute Abend.«

»Mist«, murmelte ich und merkte erst jetzt, dass ich wirklich nicht zu Hause war. Den Raum mit weißem Rauputz an den Wänden und einem hässlichen Ventilator an der Decke hatte ich noch nie gesehen. Auf dem fleckigen Teppichboden lagen Klamotten herum, die ich auch nie zuvor gesehen hatte. Mühsam zog ich mich an einem Kleiderschrank hoch und blieb schwankend stehen.

»Oh Mist«, murmelte ich noch mal, als ich in einem Bett ein schlafendes Pärchen entdeckte. Ich blickte an mir herunter und stellte erleichtert fest, dass ich komplett angezogen war, bis auf meine Stiefel. Was auch immer passiert war, ich hatte wohl keinen Sex mit irgendeinem fremden Kerl gehabt.

»Sheridan? Hallo?«, quakte Careys Stimme aus dem Telefon. »Bist du noch dran? Würdest du bitte endlich aufhören, dich wie ein bockiges Kleinkind zu benehmen? Sag mir, wo du bist und ich schicke ...«

Ich klappte das Handy zu und machte mich auf die Suche nach meinen Sachen. In einem vermüllten Wohnzimmer schnarchten ein paar Leute, zwei auf einer Couch, andere auf dem Boden. Es stank nach kaltem Zigarettenrauch, Haschisch, Käsefüßen und Schweiß. Überall standen leere Flaschen und überquellende Aschenbecher herum, auf dem gläsernen Couchtisch sah ich Reste von weißem Pulver. Meinen Mantel und meine Tasche fand ich über einer Stuhllehne in einer so dreckigen Küche, wie ich sie noch nie gesehen hatte, die Cowboystiefel im Flur neben der Wohnungstür. Ich schnappte mir die schmuddelige *Dodgers*-Baseballkappe, die an der Garderobe hing, setzte sie auf und schob meine Haare darunter. Um niemanden aufzuwecken, klemmte ich mir die Stiefel unter den Arm und verließ so lautlos wie möglich die fremde Wohnung. Im Treppenhaus zog ich die Stiefel an, was nicht so einfach war, denn mein Gleichgewichtssinn war erheblich gestört. Ich kramte meine Sonnenbrille aus der Tasche, setzte sie auf und schleppte mich benommen eine Straße entlang, die ich auch noch nie gesehen hatte. Mein Handy vibrierte ohne Unterlass. Irgendwann fand ich ein Straßenschild und ging ans Telefon. Diesmal war es Peter.

»Gott sei Dank, Sheridan!«, rief er aufgeregt. »Wo bist du? Alle sind außer sich vor Sorge!«

»Ich weiß. Carey hat mich erreicht«, erwiderte ich. »Ich bin in Toluca Lake. Riverside Drive Nr. 1136. Gegenüber ist ein 7-Eleven.«

»Setz dich da irgendwo hin, okay?«, bat Peter mich, ohne überflüssige Fragen zu stellen. »Ich mach mich sofort auf den Weg.«

»Alles klar«, murmelte ich und ließ mich auf das Mäuerchen neben dem Straßenschild sinken. Meine Kopfschmerzen wurden immer schlimmer. Meine Kehle war ausgedörrt, und jedes Mal, wenn ich meine laufende Nase hochzog, hatte ich den bitteren Geschmack von Kokain auf dem Gaumen. Verdammt, so mies hatte ich mich noch nie gefühlt. In meinen Manteltaschen fand ich ein zerknautschtes Päckchen Zigaretten, ein Feuerzeug und ein Bündel Bargeld, lauter Fünfziger. Auf einmal hatte ich ein rasendes Verlangen nach einer eiskalten Cola. Ich zündete mir eine Zigarette an, zog mich am Pfosten des Straßenschilds hoch und stolperte über die Straße in Richtung des 7-Eleven. Plötzlich ertönte lautes Reifenquietschen, und ich blickte auf.

Die Stoßstange eines weißen Vans, den ich nicht hatte kommen sehen, war nur Zentimeter von meinem linken Oberschenkel entfernt. Der Fahrer ließ die Scheibe herunter.

»Mach die Augen auf, du besoffene Schlampe!«, brüllte er wütend.

Ich war so fixiert auf die eiskalte Cola, dass ich einfach weiterlatschte und ein von rechts kommendes Auto ebenfalls zu einer Vollbremsung zwang. Plötzlich heulte direkt neben mir eine Polizeisirene auf und ein ganz in Leder gekleideter Motorradcop mit Schnauzbart und Spiegelsonnenbrille fuhr mir in den Weg, sodass ich stehen bleiben musste. In Los Angeles war man per se verdächtig, wenn man nicht mit dem Auto fuhr. Zu Fuß gingen hier nur die Ärmsten der Armen und solche, die ihren Führerschein verloren oder irgendetwas auf dem Kerbholz hatten.

»He, Lady! Sie gefährden den Verkehr!«, blökte er mich unfreundlich an. »Haben Sie keine Augen im Kopf? Der Zebrastreifen ist da drüben!«

»Entschuldigung.« Schlagartig ernüchtert nahm ich die Zigarette aus dem Mund und ließ sie in den Gully vor meinen Füßen fallen. Das Letzte, was ich jetzt brauchte, war Ärger mit der Polizei.

»Haben Sie getrunken?«, wollte der Cop wissen. Ich schämte mich, als mir klar wurde, welchen Eindruck er von mir haben musste, denn ich hatte vorhin kurz einen Blick auf mein Gesicht im Spiegel eines fremden Badezimmers erhascht. Verschmiertes Make-up, violette Schatten unter knallroten Kaninchenaugen, eine Kippe zwischen den Fingern.

»Ja, gestern Nacht«, gab ich zu. »Ich glaube, ich hab's ein bisschen übertrieben. Es tut mir leid. Ich wollte niemanden in Gefahr bringen.«

»Okay.« Er zeigte sich gnädig, aber Cops durfte man nie trauen. »Haben Sie irgendwelche Ausweispapiere dabei? Führerschein? Sozialversicherungskarte?«

»Äh … ich glaube nicht, nein.« In meiner Tasche war meine Geldbörse mit Ausweisen und Kreditkarten, aber das *Allerletzte*, was ich jetzt brauchte, war, dass der Cop erfuhr, wer ich war und ein großes Ding daraus machte, weil er mich beim Jaywalking erwischt hatte.

»Dann zweihundert Dollar in bar?« Er grinste spöttisch. »Das kostet es nämlich, wenn man regelwidrig die Straße überquert.«

Sein Grinsen erstarb, als ich das Bündel Geldscheine aus meiner Manteltasche zog, vier Fünfziger abzählte und sie ihm hinhielt. Statt das Geld zu nehmen und sich zu verpissen, machte er das Motorrad aus, stieg ab und bockte es auf.

»Woher haben Sie so viel Geld?«, fragte er misstrauisch.

»Aus dem Geldautomaten.«

Er nahm die Geldscheine nicht an, stattdessen forderte er über sein Schultermikrofon Verstärkung an. Auch das noch!

»Nein, bitte, Sir, das ist nicht nötig!«, bat ich ihn. »Ich … ich bin Sheridan Grant. Ich muss heute Abend zur Grammy-Verleihung. Mein Assistent holt mich gleich hier ab.«

»Dann sehen wir uns ja heute Abend. Ich bin nämlich Michael Jackson«, spottete er. »Und da sind schon meine Assistenten, sehen Sie?«

Zwei Streifenwagen jagten mit heulenden Sirenen heran, als ginge es um einen Banküberfall. Kurz überlegte ich, ob ich ihm meinen Führerschein vor die Nase halten und die Mütze absetzen sollte, aber ich konnte nicht klar denken. Auf schnelle Hilfe konnte ich nicht hoffen, Peter brauchte von Pacific Palisades bis hierher mindestens eine Dreiviertelstunde.

Eine Minute später saß ich mal wieder auf der durchgesessenen Rücksitzbank eines Streifenwagens. Das Handy hatten die Cops mir natürlich abgenommen, genauso wie meine Tasche, nachdem sie mich – ergebnislos – nach Waffen und Drogen abgesucht hatten. Ich schloss die Augen und lehnte meinen Kopf an die dreckige Seitenscheibe. Ich war für acht Grammys nominiert und die Chancen, sie tatsächlich zu gewinnen, standen gut. Außerdem wollte ich heute Abend einen Song des neuen Albums zum ersten Mal öffentlich singen. Aber so, wie es aussah, würde das Spektakel ohne mich stattfinden. Die CEMC hatte für viel Geld einen Tisch gemietet und eine Aftershow-Party im *Casa del Mar* organisiert, um den zu erwartenden großen Triumph anständig zu feiern, doch mein Platz würde leer bleiben, weil ich besoffen über eine Straße getaumelt war und beinahe einen Unfall verursacht hatte. An jedem anderen Tag hätte das kaum eine Rolle gespielt. Peter und Carey gelang es seit Monaten, meine Eskapaden erfolgreich zu vertuschen, aber wegen der Grammy-Verleihung würde Marcus heute zwangsläufig erfahren, was geschehen war. Bei dem Gedanken daran wurde mir noch elender, und ich biss mir auf die Lippen, um nicht zu weinen. Das Gespräch mit Dr. Harding war nicht der Grund für meinen neuerlichen Absturz gewesen, sondern nur der Auslöser. Dabei lief in geschäftlicher Hinsicht alles besser als je zuvor, seit Keira aus meinem Leben verschwunden war. Die Buchhalter der *Goldstein Creative Artists Agency* hatten zwar Wochen gebraucht, um das Chaos, das sie hinterlassen hatte, in Ordnung zu bringen, aber jetzt musste ich nicht mehr befürchten, eines Tages die Steuerbehörde am Hals zu haben. Mit Ben Bouchard hatte Marcus mir einen der erfahrensten Manager der GCAA zur Seite gestellt. Ben war das komplette Gegenteil von Keira: immer fröhlich, unerschütterlich, seit dreißig Jahren im Musikbusiness. Peter North war mein persönlicher Assistent geblieben, und Carey Weitz war nach wie vor derjenige, der beim Label für mich verantwortlich und der Leiter meines Teams war. Sie alle rissen sich für mich beide Beine aus, aber sie waren eben keine Freunde, sondern gut bezahlte Profis, die von meinem Erfolg profitierten. Keira hatte mich gestresst und betrogen, doch sie war immer da gewesen, wenn ich jemanden zum Reden gebraucht hatte. Und wenn sie nicht da war, hatte ich mit Jasper telefonieren können. Beide waren aus meinem Leben verschwunden. Der Einzige, der mir geblieben war, war Marcus ...

Meine Kehle wurde eng. Ein paar Wochen nach unserer Rückkehr aus Nebraska, kurz nach dem Debakel mit Jasper, hatte er mich zu sich nach Hause eingeladen. Ich wünschte, ich könnte diesen entsetzlichen Abend vergessen! Diese Demütigung! Ich Idiotin hatte allen Ernstes geglaubt, er hätte mich eingeladen, um mir seine Liebe zu gestehen. Was für ein Schock, als er mir seine Freundin Liz Hartgrave vorstellte, die nach den Terroranschlägen an die Westküste gezogen war. Auch wenn es überhaupt nicht vergleichbar war, hatte mich die Situation an den Moment erinnert, als Christopher Finchs Frau hinter ihm im Hausflur aufgetaucht war. Liz Hartgrave und Marcus kannten sich seit über fünfzig Jahren, und ich war von der ersten Sekunde an eifersüchtig auf die selbstverständliche Vertrautheit, die zwischen den beiden herrschte. Dabei hatte ich objektiv betrachtet gar kein Recht, eifersüchtig zu sein. Doch neben dieser kultivierten und weltgewandten Frau mit ihrem Ostküstenakzent fühlte ich mich genau wie das, was ich war: Ein linkisches 22-jähriges Mädchen aus dem Mittleren Westen. Seit diesem Abend quälte mich das Gefühl, Marcus habe mich auf irgendeine subtile Weise verraten. Am Abend vor Dads Hochzeit hatte er mir noch seine Zuneigung gestanden, und irgendwie hatte ich mich darauf verlassen, dass er für mich da sein würde, wenn Jasper weg war. Aber jetzt, wo ich die Frau kannte, die er liebte, mit der er abends ins Bett ging und morgens aufwachte, war mir klar geworden, wie idiotisch das gewesen war. Immer wieder war ich in Gedanken unsere Gespräche durchgegangen, hatte jedes Wort und Marcus' Verhalten mir gegenüber analysiert und war zu der niederschmetternden Erkenntnis gelangt, dass ich zu viel in seine Freundlichkeit hineininterpretiert hatte. Es war schon komisch: Millionen Menschen auf der ganzen Welt liebten meine Musik. Sie strömten zu Zehntausenden auf meine Konzerte. Paparazzi lauerten mir auf und bekamen Unsummen für Bilder von mir. Ich hatte fünfzig Leute um mich herum, die alles für mich taten, aber mein Herz war leer und ich fühlte mich einsam und unglücklich. Mir fehlte die Vertrautheit mit Keira und Marcus und ich vermisste Jasper. Wir telefonierten hin und wieder und schrieben uns SMS, sparten aber alle heiklen Themen aus, was jede Konversation oberflächlich machte. Es wäre einfacher gewesen, wenn er mit mir Schluss gemacht hätte.

Die Tür des Streifenwagens wurde aufgerissen. Ich quälte mich aus dem Auto und trottete neben dem Cop her in das Gebäude der North Hollywood Police Station. Ohne mich zu beschweren, ließ ich mir Fingerabdrücke und eine DNA-Probe abnehmen. Mein Handy bekam ich nicht wieder, aber ich durfte einen Anruf von einem öffentlichen Telefon machen, bevor sie mich in eine Zelle sperrten, wo ich meinen Rausch ausschlafen sollte. Leider fiel mir wieder einmal nur Marcus' Telefonnummer ein.

* * *

»Wir wissen, wo sie ist!«, verkündete Carey Weitz erleichtert, als er den Konferenzraum der Marketingabteilung im 3. Stock des CEMC-Gebäudes betrat, das sich in der letzten Stunde in ein Krisenzentrum verwandelt hatte. »Peter ist auf dem Weg nach Toluca Lake, um sie abzuholen.«

Ein gutes Dutzend Leute drängte sich um den Besprechungstisch, die Stimmung war angespannt. In fünf Stunden würde im Staples Center die Grammy-Verleihung beginnen, und Sheridan war unauffindbar.

»Was macht sie denn dort?«, wunderte sich Belinda.

»Keine Ahnung.« Carey Weitz ließ sich auf einen freien Stuhl fallen und griff nach einer Wasserflasche. »Ich hab's längst aufgegeben, mich zu fragen, weshalb sie was macht. Hoffentlich kriegen wir sie bis heute Abend wieder einigermaßen fit. Am Telefon klang sie grauenhaft.«

»Was meinen Sie damit?«, erkundigte sich Marcus überrascht.

»Als ob sie mal wieder die ganze Nacht durchgefeiert hätte und einen Riesen-Kater hätte«, erwiderte Carey.

»Würden Sie mich bitte darüber aufklären, was hier eigentlich vor sich geht?«, verlangte Marcus verärgert. »Offenbar ist mir irgendetwas Wichtiges entgangen.«

Betretenes Schweigen in der Runde. Carey Weitz, Belinda Vargas und die PR-Chefin Suzy Nguyen wechselten verstohlene Blicke.

»Sie macht das dauernd«, sagte Carey schließlich müde.

»Was denn?«

»Verschwinden. Partys feiern. Mit dieser Hollywood-Clique durch die Clubs ziehen. Sich betrinken. Koksen. Pillen einwerfen. Was weiß ich.«

»Wie bitte?« Marcus sah den jüngeren Mann verständnislos an. »Hollywood-Clique?«

»Quinn Testino, Carson Dunn, Mateo diFlavio, Johnny Finnegan und Konsorten«, erwiderte Carey Weitz.

»Vor drei Wochen hat sie im *MGM Grand* in Vegas ein Konzert am Flügel in der Lobby gegeben, zusammen mit Finnegan und Dunn«, warf die PR-Chefin ein. »Die drei waren sturzbetrunken und haben Autogramme verteilt, unter anderem auf den nackten Hintern eines Fans! Wir hatten alle Mühe, den Vorfall aus der Presse rauszuhalten.«

»Und neulich haben wir sie am Redondo Beach aufgegabelt, wo sie mit irgendwelchen zugekifften Surfertypen gefeiert hat«, ergänzte Carey Weitz. »Da war diFlavio dabei.«

»Allerdings war sie auch gerade zehn Tage lang im Studio und hat fast ein komplettes Album aufgenommen«, schaltete sich

Juan Delgado ein. »Irgendwie muss sie doch auch mal Dampf ablassen können.«

»Dampf ablassen! Sie haben gut reden!«, schnaubte Carey Weitz. »Ich habe gar nicht gewusst, dass sie ins Studio geht! Mir hat sie erzählt, sie wollte zu ihrer Familie fahren! Wie soll ich auf sie aufpassen, wenn ich überhaupt nicht weiß, was sie treibt?«

»Wenn Sie das Mädchen in diesem Tempo weitermachen lassen, dann wird sie bald vollkommen ausgebrannt sein«, warnte Juan Delgado.

»Machen Sie mir etwa Vorwürfe?«, fuhr Carey wütend auf. »Ich höre gerade zum ersten Mal, dass sie an einem neuen Album arbeitet! Wo denn überhaupt?«

»In Kansas City«, bemerkte Ben Bouchard. »Ich habe vorhin mit Tom Hazelwood telefoniert. Er ist schon in der Stadt, wegen heute Abend.«

»Mit der Band gibt es übrigens auch Probleme«, sagte Carey. »Zwei von den Jungs haben sich beschwert, dass Sheridan ihnen keine Pause gönnt. Ich fürchte, die steigen bald aus.«

Marcus konnte nicht fassen, was er da hörte. Die letzten vierzehn Tage hatte er mit Liz und ein paar alten Freunden in seinem Chalet in Telluride verbracht, sie waren zusammen Ski gelaufen, und Jenna und Zoé waren für ein paar Tage zu Besuch gekommen. Zwei oder drei Mal hatte er kurz mit Sheridan telefoniert und sie hatte so geklungen wie immer. Sie hatte ihm erzählt, dass sie im Tonstudio sei, aber von einem neuen Album hatte sie nichts gesagt, und er war selbstverständlich davon ausgegangen, dass ihr Team über ihren Aufenthaltsort informiert war. Das alles klang in Marcus' Ohren äußerst beunruhigend. Was zum Teufel lief hier gerade schief?

»Seit wann geht das schon so?«, erkundigte er sich.

»Angefangen hat es Ende September.« Carey rieb sich erschöpft das Gesicht. »Ich habe keine Ahnung, was mit ihr los ist. Sie tut immer so, als wäre alles prima, und was die Arbeit betrifft, ist es das ja auch. Sie macht eine gigantische Tournee, ist diszipliniert und zuverlässig, aber sobald ich mit ihr reden will, blockt sie komplett ab.«

»Was ist mit ihrem Freund?«, wollte Marcus wissen.

»Welchem Freund?« Carey hob die Augenbrauen. »Falls Sie den Mann aus den Bergen meinen, über den hat sie nie mehr gesprochen.«

Marcus war wie vor den Kopf geschlagen. Wie konnte das sein? In den ersten Wochen der *Wuthering-Times*-Tour hatte er immer wieder mal mit Sheridan telefoniert und sich erkundigt, wie es ihr erging. Sie hatte ihm begeistert vorgeschwärmt, wie großartig alles sei und ihm von amüsanten und skurrilen Begebenheiten erzählt. Hatte sie nicht auch Jasper erwähnt, wenn auch beiläufig? Oder trog ihn seine Erinnerung?

»Wieso weiß ich von alldem nichts?«, wollte Marcus von Carey Weitz wissen, doch ehe der antworten konnte, klingelte Marcus' Handy. Er ging hinaus in den Flur und nahm den Anruf entgegen.

»Marcus?«, hörte er eine heisere Stimme.

»Sheridan!«, rief er leise. »Wo bist du?«

»Ich bin auf der Polizeiwache in North Hollywood«, erwiderte sie undeutlich. »Könntest du wohl bitte Peter anrufen? Die Cops haben mir mein Handy abgenommen und ich wusste seine Nummer nicht auswendig.«

»Was ist denn passiert?« Marcus hoffte inständig, dass sie nicht wegen Drogenbesitzes oder etwas noch Schlimmerem festgenommen war.

»Ich bin einfach über eine Straße gelaufen und dabei hat mich ein Motorrad-Cop erwischt«, sagte sie zu seiner Erleichterung. »Als ich die Strafe gleich bar bezahlen wollte, haben sie mich mitgenommen.«

»Wir holen dich sofort da raus«, sagte Marcus. »Wo genau bist du?«

»11649 Burbank Boulevard«, antwortete Sheridan. »Bitte, Marcus, ruf einfach Peter an. Er ist sowieso auf dem Weg hierher. Du musst nicht selbst kommen.«

»Doch. Ich glaube, das muss ich.« Marcus warf einen Blick auf die Uhr. Es war gleich halb zwei. Noch knapp vier Stunden, bis die Gala begann. Jetzt war definitiv nicht der richtige Zeitpunkt, um ihr den Marsch zu blasen, aber er musste mit ihr reden.

Als er sein Handy zuklappte, zählte er bis zehn, um nicht die Beherrschung zu verlieren und diesem Haufen von Vollidioten ins Gesicht zu sagen, was er von ihnen hielt. Ein ganzes verdammtes Jahr lang arbeitete er jetzt in diesem Scheißladen an der Verbesserung der internen Kommunikation, aber offenbar waren all seine Bemühungen fehlgeschlagen. Noch immer herrschte das alte System der Vertuschung und der Heimlichtuerei, und er stand da wie ein Volltrottel, weil er keine Ahnung hatte, was sich hinter seinem Rücken abspielte.

Die Gespräche brachen ab, als er mit finsterer Miene in den Besprechungsraum zurückkehrte.

»Sheridan ist bei der Polizei in North Hollywood«, sagte er. »Ich werde sie dort abholen. Suzy, Eric, Sie begleiten mich.«

Die PR-Chefin und der Leiter der Rechtsabteilung nickten.

»Ich komme auch mit!« Carey Weitz sprang auf.

»Nein. Sie bleiben hier«, beschied Marcus ihn eisig. »Informieren Sie Peter North, wo Sheridan ist.«

»Aber ich bin …«, begann Weitz.

»Halten Sie den Mund, bevor ich mich vergesse«, herrschte Marcus den Mann an. Er blickte in die Runde. Niemand wagte es, ihn anzusehen. »Das hier wird ein Nachspiel haben, das verspreche ich Ihnen! Und zwar für Sie alle.«

Auf der Fahrt nach North Hollywood sprach Marcus kein Wort. Er war wütend auf seine Mitarbeiter, gekränkt und tief enttäuscht von Sheridans mangelndem Vertrauen. In all den Telefonaten und Gesprächen der vergangenen Monate hatte sie ihm offensichtlich nur Sand in die Augen gestreut. Aber warum? Wieso hatte sie ihm nicht gesagt, dass es Probleme zwischen Jasper und ihr gab?

Hatte er sich zu wenig um sie gekümmert, weil er geglaubt hatte, alles liefe gut? Egal! Diesmal musste er ihr ganz deutlich sagen, was er von ihrem Verhalten hielt, und würde ihr keine Vorwürfe ersparen. Sollte sie nicht in der Lage sein, heute Abend in einem angemessenen Zustand bei der Verleihung der wichtigsten Auszeichnungen der Musikwelt zu erscheinen, würde das Konsequenzen für sie haben.

Als sie die Polizeidienststelle erreichten, war Peter North bereits eingetroffen und hatte Sheridan aus der Zelle geholt. Sie saß zusammengesunken auf einer Holzbank in der Wache, und bei ihrem Anblick vergaß Marcus seine Strafpredigt. Sein Herz wurde weich vor Mitgefühl und Sorge. Er ging vor Sheridan in die Hocke, blickte ihr forschend ins Gesicht und erschrak. Sie sah schrecklich aus. Nur noch wie ein Schatten des lebendigen, frischen Mädchens, das er zuletzt vor sechs Wochen gesehen hatte. Marcus konstatierte die verschwollenen Augenlider, den stumpfen Blick und die roten Nasenlöcher, eindeutige Indizien. Verdammt. Wie hatte es bloß so weit kommen können?

»Hey. Wie geht es dir?«, erkundigte er sich sanft. Er berührte ihre Hand, aber Sheridan zog sie blitzschnell zurück und wandte den Blick ab.

»Hallo.« Sie überhörte seine Frage nach ihrem Befinden und stand auf. Alles an ihr signalisierte Abwehr. »Du hättest nicht extra herkommen müssen. Trotzdem danke.«

Marcus akzeptierte das. Wahrscheinlich schämte sie sich, dass er sie so sah.

»Eric, Suzy, sorgt dafür, dass das hier nicht publik wird«, wies er seine Mitarbeiter an. »Peter, können Sie die beiden mitnehmen? Ich fahre mit Sheridan zu ihr nach Hause. Dort treffen wir uns, wenn ihr hier fertig seid.«

Alle nickten, und Marcus verließ mit Sheridan die Polizeiwache. Wenig später saßen sie in der Limousine hinter verdunkelten Scheiben, jeder auf einer Seite der Rücksitzbank, getrennt durch die Mittelarmlehne. Marcus reichte Sheridan eine gekühlte Halbliterflasche Mineralwasser aus der Minibar.

»Trink das«, riet er ihr freundlich. »Das hilft gegen den Kater.«

»Danke.« Sie schraubte die Plastikflasche auf und trank sie mit ein paar gierigen Zügen leer. Stumm reichte Marcus ihr eine zweite Flasche, die sie ebenfalls sofort austrank.

»Fang ruhig an«, sagte sie dann und vermied es, ihn anzusehen. »Ich hab's verdient.«

»Womit soll ich anfangen?«, fragte Marcus.

»Zu schimpfen.«

»Ach, Sheridan.« Marcus schüttelte bekümmert den Kopf. »Warum sollte ich das tun? Ich bin nur ziemlich schockiert über das, was ich eben von Carey und Suzy erfahren habe. Hatten wir nicht ausgemacht, dass wir immer ehrlich zueinander sein würden?«

»Hm.«

»Warum hast du mir nicht erzählt, wie es dir geht?«, fragte Marcus.

»Da gibt es nichts zu erzählen. Mir geht's gut. Die Tournee läuft super. Ich habe schon fast ein komplettes neues Album aufgenommen. Und Quinn Testino will mich als weibliche Hauptrolle in seinem neuen Film besetzen, neben Jimmy-Lee und Carson. Ich soll eine Killerin spielen und die Filmmusik schreiben!«

»Klingt toll. Aber wenn alles so gut läuft, wieso betrinkst du dich dann, bis du nicht mehr weißt, wo du bist, und schreibst Autogramme auf die nackten Hintern deiner Fans?«

»Das ist ein einziges Mal passiert«, wich Sheridan ihm mit einem Anflug von Trotz in der Stimme aus.

»Was bedrückt dich, Sheridan? Wieso nimmst du Drogen? Kann ich dir irgendwie helfen?« Warum kam er nicht an sie heran?

»Nein, kannst du nicht.« Sie schaute aus dem Fenster. »Ich muss selbst damit fertigwerden, dass ich nach einem Konzert in ein leeres Hotelzimmer komme und alleine bin. Und damit, dass jeder irgendwen hat, der sich auf ihn freut, nur ich nicht.«

»Ich weiß, wie schwierig es ist, damit umzugehen«, erwiderte Marcus. »Wenn man ganz oben angekommen ist, ist es verdammt einsam. Ich habe dir schon oft gesagt, dass ich immer für dich da bin und das habe ich auch so gemeint.«

»Hm.«

»Was ist mit Jasper?«, wollte Marcus wissen. »Wo ist er?«

»Auf seiner Ranch, schätze ich«, antwortete Sheridan steif.

»Habt ihr euch gestritten?«

»Nicht direkt. Aber die Welten, in denen wir leben, passen nicht zusammen. Er kommt mit dem ganzen Rummel hier nicht klar. Und ich laufe ihm nicht nach.« Sie lachte auf, es klang bitter. »Liebe wird sowieso völlig überbewertet.«

»Also ist Jasper nicht der Grund, dass du dich betrinkst und durch die Clubs ziehst?« Marcus ließ diese Feststellung wie eine Frage klingen, weil er es doch für möglich hielt. »Woran liegt es dann? An Carey? Nach allem, was ich eben gehört habe, hast du Probleme mit ihm.«

»Wir haben manchmal Meinungsverschiedenheiten, aber das ist wohl normal, wenn man jeden Tag zusammenarbeitet.«

»Weshalb hast du mir nie davon erzählt?«, fragte Marcus.

Zum ersten Mal blickte sie ihn direkt an.

»Weil du ihn dann sofort feuern würdest, wie du es mit Keira oder mit Brian Lamb gemacht hast, und das will ich nicht«, entgegnete sie. »Carey und ich haben unsere Probleme, aber er arbeitet hart und gibt sich Mühe. Wenn er seinen Job verliert, dann kriegt er so schnell keinen neuen, und er hat gerade ein

Haus gebaut, er hat eine Frau und drei Kinder, die mich wahrscheinlich hassen, weil sie ihren Vater wegen mir so gut wie nie sehen.«

Marcus brauchte ein paar Sekunden, um zu begreifen, was sie da gerade gesagt hatte. Sie hatte recht. Er hätte Carey Weitz ohne mit der Wimper zu zucken gefeuert. Noch nie hatte er sich Gedanken um die Familien oder laufende Bankkredite seiner Mitarbeiter gemacht. Eine Entlassung war in seinen Augen nichts Persönliches, sondern eine rein geschäftliche Notwendigkeit. In seiner Position musste man in der Lage sein, rationale Entscheidungen zu treffen.

»Carey könnte einen anderen Job machen«, schlug er vor.

»Nein, Marcus.« Sheridan schüttelte den Kopf. »Er ist wahnsinnig stolz auf seine Arbeit! Ich werde mich niemals offiziell über ihn beschweren. Ich habe in meinem Leben schon genug zerstört.«

Betroffen erkannte Marcus ihre soziale Kompetenz, eine Begabung, die bei ihm völlig unterentwickelt war, und er empfand ehrliche Hochachtung für dieses zweiundzwanzigjährige Mädchen, das ein Gewissen besaß und ihn damit beschämte.

Sheridans Handy brummte einmal kurz. Sie klappte es auf und las eine Nachricht. Marcus beobachtete, wie ein kurzes Lächeln in ihren Mundwinkeln aufzuckte, als sie eine Antwort tippte.

»Quinn begleitet mich heute Abend«, erklärte sie. »Ist das okay?«

Quinn Testino! Ausgerechnet dieser Irre! Was fand sie an ihm? Lief da doch etwas zwischen den beiden? Marcus verspürte einen Stich der Enttäuschung, denn eigentlich hätte er selbst Sheridan gerne zum wichtigsten Ereignis der Musikwelt begleitet.

»Natürlich«, sagte er trotzdem. Die PR-Abteilung der CEMC würde jubeln. Ein Oscar-Gewinner am Tisch machte sich immer gut und würde für noch mehr Aufmerksamkeit sorgen, wenn das überhaupt möglich war.

»Aber bist du denn fit genug nach einer durchzechten Nacht?«, neckte er sie.

»Keine Sorge. Ich bin ein Profi.« Sheridan wandte sich ihm zu. Das Lächeln war aus ihrem Gesicht verschwunden, ihre Miene war verschlossen, beinahe kalt. »Die Welt wird heute Abend genau die Show zu sehen kriegen, die sie sehen will: eine überglückliche Sheridan Grant, die ihren neuesten Song singt.«

Bei ihren Worten stieg ein seltsames Gefühl in ihm auf. Woher kam diese Distanz zwischen ihnen, die es früher nicht gegeben hatte? Es war ihm nicht eher aufgefallen, weil sie sich in den letzten Monaten so selten gesehen hatten. Sheridan war auf der ganzen Welt unterwegs gewesen, und er hatte wie immer jede Menge Arbeit gehabt. Doch es war eindeutig: Sie vertraute ihm nicht mehr. Aber warum? Was war passiert? Nahm sie ihm womöglich übel, wie er Keira Jennings behandelt hatte? Er versuchte sich daran zu erinnern, seit wann sich ihr Verhalten ihm gegenüber verändert hatte. Und auf einmal kam ihm der Abend Ende September in den Sinn, als er sie zum Dinner eingeladen hatte, um ihr Liz vorzustellen. Sheridan war an jenem Abend ganz seltsam gewesen. Gleich nach dem Essen hatte sie sich mit einer Ausrede entschuldigt und war verschwunden. Marcus hatte ihr vorher nichts von Liz erzählt und sich nichts dabei gedacht. Konnte es sein, dass Sheridan …? Nein. Nichts in ihrem Verhalten hatte jemals darauf hingedeutet, dass sie mehr für ihn empfand als nur Freundschaft. Oder doch? Plötzlich erinnerte er sich an den Abend des 11. September. An ihr Gespräch im Haus von Sheridans Vater. An den Whiskey. Großer Gott. Er musste unbedingt unter vier Augen mit ihr sprechen, um die Missverständnisse aufzuklären. Jetzt war der Moment allerdings ungünstig.

»Wie heißt der Song, den du heute Abend singen wirst?«, erkundigte er sich und hielt seinen Tonfall bewusst leicht.

»Er heißt *Frozen*«, erwiderte Sheridan.
»Interessant«, sagte Marcus, nur um überhaupt etwas zu sagen. »Klingt ziemlich ... eisig.«
Da wandte sie sich ihm wieder zu. Eine ganze Weile sagte sie gar nichts, sondern sah ihn nur an.
»Er klingt so, wie ich mich fühle«, flüsterte sie dann heiser. »Erfroren.«

* * *

Die erste Grammy-Nacht meines Lebens wurde zu einem einzigen grandiosen Triumph für mich. In allen Kategorien, in denen ich nominiert worden war, gewann ich auch: Bestes Album, bester Song, bester Newcomer, beste weibliche Sängerin, beste Solo-Performance, bestes Musikvideo. Tom Hazelwood wurde für *Wuthering Times* als bester Produzent des Jahres ausgezeichnet, und Brady Manakee für die beste Aufnahme. Zum Schluss standen acht kleine vergoldete Grammophone auf unserem Tisch, und wie ich es Marcus angekündigt hatte, spielte ich meine Rolle perfekt. Die Weltpremiere von *Frozen* gelang großartig, ich bekam minutenlangen Applaus, auch wenn die meisten Anwesenden wahrscheinlich am liebsten vor Neid gekotzt hätten. Als Zugabe sang ich noch einen anderen neuen Song, nämlich *Leave a light on for me*. Den ganzen Abend lachte und strahlte ich überglücklich, beantwortete geduldig lächelnd immer dieselben Fragen, posierte unermüdlich für die Kameras und ließ das Blitzlichtgewitter über mich ergehen, als gäbe es nichts Schöneres auf der Welt. Dank Quinn, der mir nicht von der Seite wich und einen Heidenspaß hatte, war es nicht so schwierig, wie ich zuerst befürchtet hatte. Es war einfach Business, so, wie es die Öffentlichkeit von mir erwartete, und ich war mittlerweile ziemlich gut in diesem Spiel. Den ganzen Abend über nippte ich nur an einem Glas Champagner und auch auf der großen

Aftershow-Party hielt ich mich vom Alkohol fern, obwohl ich mich nach seiner dämpfenden Wirkung sehnte. Das Gelächter, das Klirren der Gläser und die Musik verursachten so intensive Farbexplosionen in meinem Kopf, dass mir schwindelig wurde. Es war halb fünf morgens, als es mir in einem unbeobachteten Moment endlich gelang, an der Garderobe meinen Mantel zu holen und über die Terrasse des *Casa del Mar* nach draußen zu flüchten. Um diese Uhrzeit war keine Menschenseele am Strand, der ohnehin nachts gesperrt war. Ich zog die Schuhe aus und lief barfuß durch den kühlen Sand. Die Dunkelheit und das Rauschen der Brandung beruhigten meine überreizten Sinne. Ich ließ mich rücklings in den Sand fallen, breitete die Arme aus und atmete tief durch. Was für eine unglaubliche Nacht! Vor mir hatten es nur Michael Jackson und Carlos Santana geschafft, acht Grammys auf einmal zu gewinnen! Mein ganzes Leben hatte sich innerhalb eines Jahres vollkommen verändert. Endlich konnte ich das tun, wovon ich immer geträumt hatte, ich war unfassbar erfolgreich und finanziell unabhängig geworden, trotzdem war ich weder glücklich noch zufrieden. Ich hatte auf Montys Rat gehört: Ich war bereit gewesen, mich zu quälen und zu schinden, und ich hatte mein Ziel nicht aus den Augen verloren. Aber der Preis des Erfolgs war hoch. Sobald ich, wie jetzt, zur Ruhe kam, fühlte ich die Leere in meinem Herzen. Es gab keinen Menschen, mit dem ich das, was ich erlebte und was mich bewegte, teilen konnte. Keine stundenlangen Telefonate mehr mit Jasper. Keine nächtlichen Whirlpool-Gespräche mehr mit Keira. Meine Unterhaltungen mit Marcus drehten sich nur noch um Berufliches. Wieder einmal war mir nur die Musik geblieben, um alles zu verarbeiten.

Obwohl ich mir so fest vorgenommen hatte, keinem Mann mehr die Macht zu geben, mich zu verletzen, war es doch wieder geschehen. Sowohl Jasper als auch Marcus hatten mich enttäuscht. Und ich hatte sie wahrscheinlich auch enttäuscht. Als wir auf der Pritsche seines Pick-ups gelegen und in den kolossalen Sternenhimmel geschaut hatten, hatte ich Jasper leichtfertig versprochen, mich nicht zu verändern. Aber ich hatte mein Versprechen nicht gehalten.

Und wie sehr ich Marcus enttäuscht hatte, hatte ich ihm gestern auf der Polizeiwache angesehen. Mir wäre es lieber gewesen, er hätte mir Vorwürfe gemacht, mich angeschrien, irgendeine *menschliche* Verhaltensweise gezeigt, aber natürlich hatte er sich perfekt unter Kontrolle gehabt. Wie fast immer. Nur ein einziges Mal, am Tag der Terroranschläge, hatte er sich mir gegenüber einen Moment der Schwäche geleistet.

Ich wusste nicht, wen von beiden ich mehr vermisste. Den leidenschaftlichen, zielbewussten Jasper mit den eisblauen Augen und dem heißen Herzen. Oder Marcus Goldstein, der das komplette Gegenteil von Jasper war: undurchschaubar, rätselhaft, mächtig. Ich wusste, dass sich hinter seiner unverbindlichen Art eine empfindsame Seele verbarg. Wie hatte er mich bloß derart vor den Kopf stoßen können, indem er mir ohne Ankündigung seine Freundin präsentiert hatte? Innerhalb weniger Tage hatte ich beide Männer, die mir etwas bedeuteten, verloren, und das hatte ich nur schlecht verkraftet. Wäre zwischen Jasper und mir alles in Ordnung gewesen, dann hätte ich mich zweifellos für Marcus gefreut, aber dieser grässliche Abend hatte mich in einen finsteren Abgrund aus Selbstzweifeln und Unsicherheit gestoßen.

Und trotzdem hatte Marcus, als Quinn mich gestern Mittag zurückgerufen hatte, richtiggehend eifersüchtig gewirkt. Nur warum? Ich hatte fest damit gerechnet, er würde in Begleitung von Liz Hartgrave erscheinen, doch er war alleine gekommen.

Ich grub beide Hände in den feinen Sand und ließ ihn durch meine Handflächen rinnen. Dad hatte einmal zu mir gesagt, irgendwann müsse man seine Vergangenheit loslassen, um aus seinen Fehlern Lehren für die Zukunft zu ziehen. Ich wollte nie wieder derart die Kontrolle über mich verlieren, wie es mir in der letzten Nacht passiert war. Nichts sollte mich jemals wieder in eine solche seelische Bedrängnis bringen können, dass ich Alkohol und Drogen als einzigen Ausweg sah!

Ich setzte mich auf und kramte mein Handy aus meiner Clutch hervor. Über dreißig Nachrichten waren in den letzten Stunden eingegangen. Glückwünsche von jedem aus meiner Familie, von Carson, Jimmy-Lee und den anderen, aber auch von Nicholas, Jordan und Dr. Harding, unglaublicherweise sogar von Keira! Ich scrollte durch die SMS- und Anruflisten und mein Herz wurde schwer. Jasper hatte sich nicht gemeldet. Ob er sich überhaupt die Übertragung der Verleihung im Fernsehen angeschaut hatte? Hatte er gehört, wie ich den zweiten Song angekündigt hatte? Wahrscheinlich nicht. Hinter mir im Osten graute allmählich der Morgen. Ein leichter Wind kam vom Pazifik und ließ mich frösteln. Im März wurde es selbst in Südkalifornien nachts kalt. Ich kam auf die Beine und stapfte langsam zurück zum Hotel. Unentschlossen blieb ich vor den Holzstufen der Terrasse stehen. Wahrscheinlich war die Party längst vorbei, bis auf ein paar Betrunkene, die kein Ende fanden. Ich wollte mich gerade wieder abwenden, um über den Strand zur Straße zu laufen und mir irgendwo ein Taxi zu nehmen, als jemand meinen Namen sagte. Erstaunt blickte ich mich um und sah Marcus, der allein auf der mittlerweile dunklen Terrasse saß. Mein Herz machte einen Hüpfer.

»Hey, was machst du denn noch hier?«, fragte ich ihn. »Ich dachte, du wärst schon nach Hause gefahren.«

»Ich habe dich gesucht«, erwiderte er. »Carey hat mir gesagt, dass er dich zum Strand hat gehen sehen.«

So viel zu meiner Annahme, ich sei unbeobachtet gewesen. Langsam ging ich die Stufen hoch. Ich blieb stehen und setzte mich ihm gegenüber auf die breite Armlehne eines Loungesofas. Marcus hatte seine Fliege ausgezogen, vor ihm auf dem niedrigen Glastisch stand ein leeres Whiskeyglas.

»Ich bin so stolz auf dich.« Wieder sah er mich auf diese seltsame Art an, die mich ganz durcheinanderbrachte. »Du bist einfach großartig.«

»Danke.«

Wir blickten uns an.

»Wieso bist du sauer auf mich, Sheridan? Hab ich was falsch gemacht?«, fragte er, und da wusste ich, dass er nicht mehr ganz nüchtern war. Normalerweise hätte er mir niemals eine solche Frage gestellt. Ich zögerte. Wie sollte ich ihm alles erklären?

»Ich habe darüber nachgedacht«, sagte er, als er keine Antwort von mir bekam. »Es hat etwas mit diesem Abend zu tun, als ich dir Liz vorgestellt habe, nicht wahr? Seitdem ist alles anders zwischen uns.«

Verblüfft über sein Feingefühl nickte ich.

»Ich freue mich wirklich für dich, dass du eine Freundin hast«, brachte ich endlich über die Lippen. »Aber ich war an diesem Abend so ... überrumpelt, weil du sie vorher nie erwähnt hattest. Ihr passt gut zusammen. Zwischen euch ist alles so harmonisch und so ... selbstverständlich. Eure Hunde haben unter dem Tisch gelegen, sie hat in deiner Küche herumgewerkelt und wusste genau, wie du am liebsten deinen Whiskey trinkst und du, wie sie ihren Martini am liebsten mag ... Ich kam mir albern vor, wie ein Eindringling. Und ich hatte das Gefühl, als hätte es mir komplett den Boden unter den Füßen weggezogen. Danach ... da war ich auf Tour und ich ... ich wollte dich nicht mehr mit meinen Problemen belästigen, weil ich ... na ja ... ich dachte, du hast so eine tolle Frau und da hast du sicher Besseres zu tun, als dir mein Gelaber anzuhören.«

»Ach, Sheridan!« Marcus seufzte. »Warum hast du mich denn nie darauf angesprochen?«

»Wieso hätte ich das tun sollen? Dein ... dein Privatleben geht mich nichts an.«

»Das war alles ein Missverständnis«, sagte Marcus zu meiner

Bestürzung. »Ich habe dir doch erzählt, dass Liz meine älteste und beste Freundin ist. Wir sind zusammen aufgewachsen, fast wie Geschwister. Aber wir waren nie ein Paar und sind es auch heute nicht. Wenn ich in New York bin, besuche ich sie, und sie besucht mich, wenn sie an der Westküste ist. Gelegentlich machen wir gemeinsam Urlaub, wie früher, als wir beide noch verheiratet waren. Da haben unsere Familien oft die Ferien zusammen verbracht.«

Bei seinen Worten überrollte mich eine so entsetzliche, glühende Scham, wie ich sie selten verspürt hatte. Oh Gott, ich hatte mal wieder alles total falsch verstanden! Am liebsten wäre ich im Erdboden versunken. Nun wusste Marcus, wie viel er mir bedeutete, und womöglich hielt er mich für eifersüchtig.

»Komm mal zu mir«, bat er mich. Ich zögerte kurz, dann erhob ich mich, widerstand dem Reflex, einfach wegzulaufen und ging um den Tisch herum zu ihm. Mein Herz hämmerte in meiner Brust. Was würde jetzt passieren? Würde er mich küssen? Wollte ich das? Marcus nahm meine Hand, zog mich sanft auf seinen Schoß und umfing mich mit beiden Armen. Eine Weile sagte er nichts.

»Ich bin 61 Jahre alt und ich habe in beruflicher Hinsicht alles erreicht. Aber mein Privatleben war immer ein einziges Chaos. Vier Mal verheiratet, vier Mal geschieden, das sagt wohl alles«, begann er schließlich, und diesmal passte die Farbe seiner Stimme zu dem, was er sagte. »Meine Töchter sind 36 und 34 Jahre alt. Meine vierte Frau war ein Jahr jünger als Jenna. Seit der Scheidung vor neun Jahren bin ich alleine und mir ging es gut damit. Dann habe ich dich getroffen, Sheridan, und ich habe mich auf den ersten Blick in dich verliebt, wie so viele Männer.« Er lachte leise und streichelte meinen Rücken. Ich sagte nichts, sondern genoss das Gefühl von Geborgenheit in seinen Armen. »Ich habe miterleben dürfen, wie du über Nacht berühmt geworden bist und wie du mit dem plötzlichen Ruhm und den Nebenerscheinungen umgehst. Ich bewundere dich, Sheridan. Ich mag deine Gesellschaft. Du bist eine großartige Künstlerin, aber du bist auch ein warmherziger, freundlicher und kluger Mensch. Obwohl du so wahnsinnig erfolgreich geworden bist, bist du bescheiden geblieben. Was du gestern im Auto zu mir über Carey gesagt hast, hat mich betroffen gemacht, denn du hattest recht. Ich hätte ihn sofort gefeuert, ohne an seine Familie oder seine Zukunft zu denken. Vorhin habe ich mich lange mit ihm unterhalten, und ich glaube, es wird mit dir und ihm jetzt besser laufen.« Er stieß einen tiefen Seufzer aus. »Wäre ich dreißig oder vielleicht auch nur zwanzig Jahre jünger, würde ich garantiert nichts unversucht lassen, dich ganz für mich zu gewinnen, Sheridan. Aber ich habe gemerkt, wie zufrieden es mich macht, dein Vertrauter und Freund sein zu dürfen. Ich bin stolz auf dieses Privileg. Und ich möchte gerne, dass es zwischen uns wieder so wird, wie es war.«

Seine Worte waren wie Balsam auf meiner verwundeten, einsamen Seele.

»Das möchte ich auch«, flüsterte ich erleichtert. »Ich habe dich so sehr vermisst.«

»Ich dich auch«, antwortete er.

»Was wäre, wenn es mir egal ist, dass du vierzig Jahre älter bist als ich?«, fragte ich. »Würde das etwas für dich ändern?«

Marcus antwortete nicht sofort. Aber dann schob er mich ein Stück von sich weg. Im grauen Zwielicht des heraufdämmernden Tages blickten wir uns an. Er berührte sanft meine Wange.

»Dein Herz gehört einem anderen Mann«, sagte er. »Dem Mann, für den du vorhin *Leave a light on for me* gesungen hast. Als du sagtest, du würdest es für einen ganz besonderen Menschen in deinem Leben singen, wusste ich, dass du nicht mich damit gemeint hast, und das ist absolut okay. Ich will, dass es dir gut geht, Sheridan. Aber ich bin vernünftig genug, um auch an mich zu denken. Was Frauen betrifft, habe ich in meinem Leben genug Fehler gemacht. Ich möchte nicht mehr verletzt werden. Und mir ist unsere Freundschaft zu wertvoll, um sie aufs Spiel zu setzen. Verstehst du das?«

Ich sperrte mich innerlich noch ein wenig gegen die Wahrheit in Marcus' Worten. Aber dann fielen mir ganz ähnliche Gespräche ein, die ich mit Nicholas geführt hatte, einmal auf der Rückfahrt vom Krankenhaus in Madison, kurz nachdem Dad wegen seines durchgebrochenen Blinddarms operiert worden war, und das zweite Mal, als wir aus Kansas City zurückgekommen waren. Ich hatte ihm gestanden, dass ich mich in ihn verliebt hatte und seine Zurückweisung hatte mich, die ich damals gerade erst entdeckt hatte, welche Macht eine Frau über einen verliebten Mann haben kann, zunächst tief gekränkt. So waren wir aber Freunde geblieben, bis heute. Horatio Burnett hingegen hatte sich von mir den Kopf verdrehen lassen, was für uns beide zu Leid, Kummer und Schmerz geführt hatte.

»Ja, das verstehe ich.« Ich legte meinen Kopf an Marcus' Schulter.

»Magst du mir jetzt erzählen, warum du vorgestern so abgestürzt bist?«, fragte er. »Ich glaube nicht, dass das mit mir zusammenhing, oder?«

»Nein.« Ich stieß einen Seufzer aus. »Dieser FBI-Profiler war bei mir. In drei Wochen soll ich wieder nach Colorado ins Gefängnis fahren.«

»Aber das willst du nicht.«

»Ich weiß nicht«, erwiderte ich.

»Hör mal, Sheridan«, sagte Marcus. »Der Direktor des FBI ist ein alter Studienfreund von mir. Ich könnte ihn anrufen und ihn darum bitten, dass er diesen Profiler zurückpfeift. Willst du das?«

»Nein.«

»Hast du von deinem Bruder noch etwas gehört?«

»Nicht wegen dieser Sache.«

»Ich hatte Nicholas Walker gebeten, mich darüber zu informieren, ob dein Bruder Ambitionen hat, zum FBI zu gehen«, sagte Marcus. »Er behauptet, das sei nicht der Fall. Es geht ihm also offenbar wirklich nur darum, Verbrechen aufzuklären.«

»Ändert das etwas?«, wollte ich wissen. Es war eigenartig. Jetzt, wo ich mit Marcus über diese Sache sprechen konnte, kam mir die Vorstellung, Scott Andrews wieder gegenüberzusitzen, gar nicht mehr so monströs und bedrohlich vor wie in den Nächten, in denen ich einsam und wach in meinem Bett gelegen hatte. Wovor fürchtete ich mich eigentlich? Ich wusste, was mich im ADX Florence erwartete. Und ich wusste auch, dass ich Andrews gewachsen war.

»Ich glaube schon.« Marcus strich mir eine Haarsträhne aus dem Gesicht. »Du solltest dich fragen, warum du das nicht tun willst. Ist es für dich tatsächlich unerträglich, den Mörder deiner Mutter zu sehen und zu hören, was er für entsetzliche Dinge getan hat? Oder geht es in Wirklichkeit um etwas ganz anderes?«

»Was meinst du?«

»Na ja.« Marcus zuckte die Schultern. »Vielleicht hat es etwas mit Stolz zu tun, weil du dich darüber geärgert hast, wie dein Bruder dich hintergangen hat, und willst deshalb nicht mehr dorthin.«

Plötzlich wurde mir bewusst, dass er recht hatte. Eigentlich hatte ich überhaupt kein Problem damit, dem FBI und damit den Angehörigen von Andrews' Opfern zu helfen.

»Ich glaube, ich will mich vor allen Dingen nicht moralisch erpressen lassen«, gab ich also zu. »Mich ärgert die Art von Jordan und Harding, wie sie von mir verlangen, etwas zu tun. Ja, sie haben mich natürlich höflich gebeten, aber so, wie Cops einen eben um etwas bitten. Man hat keine echte Chance, Nein zu sagen. Als ich Harding gefragt habe, was wäre, wenn ich nicht hinfahren würde, hat er mir gedroht und gesagt, es würde mir schaden, wenn herauskäme, dass ich mich weigere, bei der Aufklärung von Kapitalverbrechen zu helfen.«

»So ein Schweinehund.« Marcus lächelte etwas.

»Jasper hat mal gesagt, er würde mit mir hinfahren«, sagte ich. »Und da kam es mir gar nicht mehr so schlimm vor.«

»Hm.« Marcus streichelte meine Hand. »Und wenn ich dich begleiten würde? Würde dir das deine Entscheidung erleichtern?«

»Das würdest du tun?«, fragte ich ungläubig.

»Natürlich.« Er lächelte leicht, wurde aber gleich wieder ernst. »Dafür hat man Freunde.«

»Oh Marcus, ich danke dir!« Ich schlang meine Arme um seinen Hals und verspürte nichts als grenzenlose Erleichterung und Dankbarkeit. Genau wie an dem Tag, als Dad mir mein Zimmer in Magnolia Manor gezeigt und ich begriffen hatte, dass ich entgegen meiner Annahme nie wirklich heimatlos gewesen war, erkannte ich jetzt, dass ein echter Freund immer nur einen Anruf entfernt gewesen war.

»Dann ist das also geklärt.« Marcus räusperte sich. »Was hältst du davon, wenn wir uns zusammen den Sonnenaufgang ansehen und danach irgendwo frühstücken gehen?«

»Von hier aus sieht man den Sonnenaufgang nicht«, erwiderte ich und fuhr mir über die Augen.

»Ich kenne den perfekten Platz dafür«, sagte Marcus. »Am Point Dume, drüben in Malibu.«

»Okay.« Ich zuckte die Schultern. »Wie kommen wir dahin?«

»Mit meinem Auto.«

»Du kannst doch wohl nicht mehr fahren.«

»Stimmt.« Marcus grinste und stand auf. »Aber du hast nichts getrunken, wenn ich das richtig beobachtet habe. Komm!«

Er ergriff meine Hand, und wir überquerten die Terrasse und betraten das Hotel. Die letzten Verwegenen standen noch an der Bar, während das Personal die Überreste der ersten Aftershow-party, die zu meinen Ehren veranstaltet worden war, wegräumte. Wir fanden Carey schlafend in einer Sitznische, die Arme schützend um meine Grammys gelegt. Marcus rüttelte ihn leicht an der Schulter.

»Fahren Sie nach Hause, Mr. Weitz«, sagte er, als Carey verwirrt aufblickte. »Für heute ist Feierabend.«

»Oh, okay.« Carey gähnte. »Was soll ich mit den Dingern hier machen?«

»Einen schenke ich dir.« Ich lächelte. »Als Erinnerung.«

»Echt? Oh ... das ... das ist ja toll«, stammelte er.

»Danke für alles, Carey. Es tut mir leid, dass ich dir so viel Schwierigkeiten gemacht habe. Das ist jetzt vorbei.« Ich beugte mich nach vorne und gab ihm einen Kuss auf die Wange.

Carey grinste benommen und berührte die Stelle mit seinem Zeigefinger.

»Kann ich den Grammy für den besten Song behalten?«

»Klar.« Ich zwinkerte ihm zu, raffte die restlichen Trophäen zusammen und folgte Marcus nach draußen. Er reichte mir den Schlüssel zu seinem Porsche, der direkt vor dem Hotel auf einem der VIP-Parkplätze stand. Die Grammys und meine Tasche warf ich auf den Notsitz, dann setzte ich mich hinters Steuer, während Marcus auf dem Beifahrersitz Platz nahm. Ich ließ den Motor an und öffnete das Dach. Fünf Minuten später brausten wir die Ocean Avenue entlang. Am Santa Monica Pier fuhr ich auf den Pacific Coast Highway. Die Straßen waren noch leer und die Luft frisch, und als wir die Küste hoch Richtung Norden fuhren, fiel die Anspannung der letzten Wochen und Monate von mir ab. Im Radio lief *Wild One* von Iggy Pop, Marcus und ich sangen laut mit und lachten. Ich hatte gerade acht Grammys eingeheimst und war damit endgültig im Musik-Olymp angekommen. Mein neues Album war schon fast komplett aufgenommen. Im Sommer, wenn meine Tournee beendet war, würde ich an der Seite von Stars wie Carson Dunn und Jimmy Lee Bancroft zum ersten

Mal in einem Film mitspielen. Ich wusste, woher ich stammte, und brauchte keine Angst mehr zu haben, die Gene eines Serienmörders in mir zu tragen. Und auch, wenn zwischen Jasper und mir alles schwierig war, so kam ich allmählich mit meiner Prominenz klar, denn ich war nicht länger allein. Ich hatte Marcus wieder als Freund und Ratgeber an meiner Seite. Und in diesem Moment war ich einfach nur wahnsinnig glücklich.

Sieben Monate später

An einem warmen Nachmittag im September feierte ich mit ein paar Freunden und Nachbarn den Einzug in mein neues Haus mit einer kleinen zwanglosen Housewarming-Party. Wir tranken mexikanisches Bier aus der Flasche, aßen Steaks und Garnelen vom Grill und quatschten entspannt über dies und das. Im Frühsommer hatte mir Carson Dunn den Tipp gegeben, dass das Haus seines Nachbarn zum Verkauf stünde. Ich hatte das Ranchhaus mit sechs Zimmern, drei Bädern, Pool und Garten im Laurel Canyon oberhalb des Mulholland Drive auf Anhieb gemocht. Mit den Fußböden aus gebleichten Eichendielen, den weißen Lamellenholzläden an den Fenstern, der großen überdachten Terrasse und der offenen Landhausküche war es urgemütlich. Meine Nachbarn waren prominente Filmschauspieler, Musiker und Sportler, die ihre Privatsphäre ebenso schätzten wie ich. Marcus hatte Verständnis dafür gehabt, dass mir das Haus in Pacific Palisades mit den vielen Zimmern zu groß geworden war. Weil er es selbst nicht mehr nutzen wollte, hatte er es verkauft und ich hatte Gloria Esposito als Haushälterin mitnehmen können. Von meinem neuen Haus war die Fahrt zu Marcus' Villa in North Beverly Park keine halbe Weltreise mehr, über den Mulholland Drive brauchte man knapp fünfzehn Minuten. Während ich acht Wochen lang bei den Dreharbeiten zu *The Bride* in Arizona, Japan und Mexiko gewesen war, hatte Peter die Umbauarbeiten überwacht, einen Flügel gekauft und ein komplettes Tonstudio im Souterrain einbauen lassen, damit ich in Zukunft auch zu Hause arbeiten konnte.

Mateo und Johnny erzählten abwechselnd amüsante Anekdoten von den Dreharbeiten ihres letzten Films, Quinn redete über die Schwierigkeiten bei der Postproduktion von *The Bride* und imitierte gekonnt die Verantwortlichen von der 20th Century Fox, die sich ständig einmischten und zu jeder Einstellung ihren Senf dazugaben. Wir brüllten vor Lachen über seine Darbietung. Dann überboten wir uns gegenseitig in Schilderungen von Erlebnissen mit verrückten Fans, wobei ich mit meiner Tampon-Walmart-Story mit Hubschrauberrettung den Vogel abschoss. Wir waren Gleiche unter Gleichen, und vielleicht war die Stimmung deshalb so entspannt. Ein anderer Grund war womöglich, dass es in der Clique außer mir kein Mädchen gab. Ich war voll akzeptiert. Die Jungs nahmen in meiner Anwesenheit kein Blatt vor den Mund, weil sie gemerkt hatten, dass ich ihren Humor teilte, kein Wunder, schließlich war ich in einer von Männern dominierten Welt aufgewachsen. Meine enge Beziehung zu Marcus war natürlich kein Geheimnis, und da sich das Gerücht, wir seien ein Paar, hartnäckig hielt, ließen mich die Männer in Ruhe, was mir recht war. In meinem Herzen und in meinem Leben gab es keinen Platz für einen neuen Mann. Gegen elf Uhr brachen alle auf, als Letzter verschwand Carson durch das Gartentor, das unsere Grundstücke miteinander verband. Gloria war schon nach Hause gegangen, deshalb trug ich Teller und Gläser ins Haus und räumte die Küche auf. *Meine* Küche in *meinem* Haus. Heute war es fast auf den Tag genau ein Jahr her, seitdem ich Jasper zum letzten Mal gesehen hatte. Ob er mich wohl irgendwann wieder einmal besuchen würde? Dieses Haus würde ihm auch gefallen, da war ich mir sicher.

Ich leerte Aschenbecher aus, trug die leeren Flaschen in die Garage, dann machte ich mir einen Gin Tonic und kehrte auf die Terrasse zurück. Mit einem Seufzer streckte ich mich auf einem der Loungesofas aus. Die vergangenen Monate waren wie im Zeitraffer vergangen. Nur eine Woche nach meinem Triumph bei der Grammy-Verleihung war *Frozen* als Single erschienen und innerhalb von zehn Tagen Gold und Platin gegangen. Anfang März war die *Wuthering-Times*-Tournee wieder gestartet. An dem Tag, als ich nach Florence geflogen war, hatte Jasper mir eine SMS geschrieben, denn genau ein Jahr zuvor hatten wir uns auf dem Parkplatz kennengelernt. Das Wissen, dass er an mich dachte, hatte mich beflügelt, genauso wie die allabendlichen Adrenalinkicks in ausverkauften Hallen. Und mit Marcus als Rückhalt und Beschützer war der zweite Besuch bei Scott Andrews längst nicht so schlimm gewesen wie der erste im Jahr zuvor. Diesmal hatte ich gewusst, was mich erwartete, und wie versprochen hatte Andrews mir am Ende unseres Gesprächs verraten, dass er im April 1974 die Leiche einer jungen Frau in der Nähe von Santa Fé, New Mexico, vergraben hatte. Tatsächlich hatte das FBI an der Stelle, die Andrews beschrieben hatte, die sterblichen Überreste einer jungen Frau, die seit siebenundzwanzig Jahren als vermisst gegolten hatte, ausgegraben.

In Boston hatte ich Anfang April Paul Sutton wiedergesehen. Ich hatte Peter gebeten, ihm eine CD mit zwei Konzertkarten und Backstage-Pässen zu schicken, und er war tatsächlich aufgetaucht, begleitet von seiner Jugendliebe Sarah, einer Ärztin, die viel besser zu ihm passte als ich. Das Wiedersehen mit ihm war freundlich und unverbindlich verlaufen und ich hatte mich darüber gefreut, dass er mir verziehen hatte und glücklich war. Weshalb ich mich einmal in diesen Mann verliebt und ihn um ein Haar geheiratet hatte, hatte ich jedoch nicht mehr nachvollziehen können.

Als die *Wuthering-Times*-Tour im Mai in San Francisco zu Ende gegangen war, war sie die kommerziell erfolgreichste Tournee einer Solokünstlerin in der Geschichte der CEMC gewesen. Mein zweites Album *Gone, Baby, Gone*, das Kritiker und Fans gleichermaßen begeisterte, verkaufte sich noch besser als *Wuthering Times* und war sofort von null auf eins gesprungen, nachdem dieses Kunststück zuvor auch der zweiten Singleauskopplung *Leave a light on for me* gelungen war.

Kurz nach dem Ende der Tournee, als meine Bandkollegen und die ganze Tourcrew erst mal Urlaub machten, war ich nach Arizona geflogen, denn die Dreharbeiten für *The Bride* hatten schon begonnen. Für die Rolle der Killerin hatte ich ein hartes Fitness- und Sportprogramm absolviert, das auch meiner Bühnenshow zugutegekommen war, und meinen 23. Geburtstag hatte ich mit der ganzen Filmcrew in der Wüste Arizonas gefeiert.

Es war absurd. Ich zählte einige der begehrtesten Männer Hollywoods zu meinen Freunden, von denen mindestens zwei nur aus Respekt vor Marcus Goldstein davon absahen, mir den Hof zu machen. Aber ich liebte diesen stolzen, eigensinnigen Mann aus Wyoming, der sich hartnäckig weigerte, seine Freiheit und seine Prinzipien aufzugeben, um mein Leben mit mir zu teilen, in dem er keinen Platz für sich sah. Diese Haltung war zwar schmerzlich für uns beide, dennoch nötigte mir Jaspers Konsequenz Respekt ab, und vielleicht war es genau diese Standhaftigkeit, die ich an ihm liebte. Aber wie lange würde er noch auf mich warten? Schon oft hatte ich erwogen, einfach nach Wyoming zu fliegen und ihn zu besuchen, aber in meinem Terminkalender gab es kaum Lücken und ich wollte auf keinen Fall in einem ungünstigen Moment mit zu wenig Zeit auftauchen. So begnügte ich mich mit gelegentlichen Telefonaten und schlief Abend für Abend alleine ein, wartete und hoffte, dass Jasper und ich eine Lösung für unser Dilemma finden würden. Bald war das Jahr, das wir uns gegeben hatten, herum. Was war dann?

Mit meinem neuen Album hatte ich dafür gesorgt, dass Jasper wusste, wie sehr ich ihn liebte und vermisste. Jeden Song auf *Gone, Baby, Gone* hatte ich nur für ihn geschrieben, und in den Videos von *Frozen*, *Leave a light on for me*, *Behind blue eyes*, *All those lonely nights* und *Long distance love*, die Quinn nach meinen Drehbüchern gedreht hatte, hatte Carson Jasper verkörpert. Jedes

Video zeigte Situationen, die Jasper und ich gemeinsam erlebt hatten, und wenn er diese Videos sah, würde er ...

Irgendwo im Haus brummte mein Handy. Wahrscheinlich war es Marcus. Er war seit ein paar Tagen geschäftlich in Asien und rief manchmal zu den unmöglichsten Uhrzeiten an. Ich machte mich auf die Suche nach dem Telefon und fand es auf dem Küchentisch. Es hatte aufgehört zu summen, aber auf dem Display wurden neun Anrufe in Abwesenheit angezeigt. Jemand mit der Vorwahl von Madison County hatte neun Mal vergeblich versucht, mich zu erreichen! Aber wer rief mich nachts um Viertel vor eins an? Hoffentlich war niemandem aus meiner Familie etwas zugestoßen! Mit einem unguten Gefühl tippte ich auf das Rückrufsymbol. Schon nach dem ersten Klingeln wurde abgenommen.

»Sheridan«, hörte ich die Stimme meines Vaters. »Ich hoffe, ich habe dich nicht geweckt.«

»Hallo, Dad. Nein, ich war noch wach.« Etwas in seinem Tonfall alarmierte mich. »Ist etwas passiert?«

»Ja. Hör mir jetzt gut zu und versprich mir, dass du tust, worum ich dich bitte.« Mein Vater klang so ernst, dass ich es mit der Angst zu tun bekam.

»Okay«, sagte ich beklommen.

»Der Sommer in diesem Jahr war extrem trocken«, sagte er, und ich fragte mich, worauf er hinauswollte. »So trocken, dass in den Elkhorn Wetlands ein paar Morgen Moorgebiet ausgetrocknet sind. Vor drei Wochen haben Biologen vom Bureau of Land Management dort eine Leiche gefunden. Und zwar die eines Polizisten.«

Ich hatte diese Sache so gründlich verdrängt, dass ich vergessen hatte, wie dünn das Eis war, auf dem ich mich seitdem bewegte, und als ich die Bedeutung von Dads Worten jetzt erfasste, zersprang die hauchdünne Eisplatte in tausend Stücke. Für ein paar Sekunden fühlte ich mich schwerelos, dann kippte meine Seele ins schwarze Nichts. Wie immer, wenn ich geglaubt hatte, endlich sei alles in Ordnung, passierte etwas und mein Leben verwandelte sich in einen Haufen Trümmer. Sieben Jahre hatte die Illusion, ich hätte *die schlimmen Dinge* für immer hinter mir gelassen, angedauert. Meine Knie wurden weich wie Gummi, und ich begann am ganzen Körper zu zittern, als mir klar wurde, dass mich meine Vergangenheit eingeholt hatte.

»Aber ... aber es ist schon so lange her! Es kann doch gar nichts mehr ... übrig sein!« Mein Herz hämmerte in wildem Stakkato, und ich erinnerte mich, wie Nicholas an dem Morgen, nachdem es passiert war, in der Küche zu mir gesagt hatte, den Kerl würde niemand mehr finden.

»Leider doch. Im Moor ist die Leiche mumifiziert«, erwiderte Dad, und für einen verrückten Moment glaubte ich, ich würde das alles nur träumen. »Man hat die Identität feststellen können und aus dem Vermisstenfall ist ein Mordfall geworden.«

Das alles war an sich schon schlimm genug, aber plötzlich ahnte ich, dass noch mehr dahintersteckte.

»Woher ... woher weißt du das alles, Dad?«, flüsterte ich.

»Nicholas ist festgenommen worden«, sagte er zu meinem Entsetzen. »Man hat an der Leiche seine Fingerabdrücke und DNA-Spuren gefunden. Das weiß ich von Elaine, natürlich nur inoffiziell. Sie arbeitet mit dem Ermittlerteam aus Lincoln zusammen.« Mein Vater stieß am anderen Ende der Leitung einen Seufzer aus. »Jordan leitet als Chef des Homicide Unit der State Police die Ermittlungen.«

Eisige Kälte rann durch meine Adern. Ausgerechnet Jordan! Dads Sohn. Nicholas' Freund. Mein Bruder. *Mein Feind.* Er würde nicht ruhen, bis er den Fall geklärt hatte. Und wenn er erfuhr, dass ich diesen Mann umgebracht hatte, würde er alles daransetzen, mich vor Gericht zu zerren.

»Hat Jordan etwa Nicholas festgenommen?«, fragte ich.

»Ja«, bestätigte mein Vater niedergeschlagen.

Ich schloss kurz die Augen. Das Grauen der Halloween-Nacht vor sieben Jahren war auf einmal so lebendig, als sei es erst vor ein paar Tagen geschehen. Ich erinnerte mich an Panik, Schmerzen und die entsetzliche Todesangst, als mich dieser Kerl hinter der Mehrzweckhalle in Madison brutal vergewaltigt hatte. Und daran, wie ich diesem Schwein den Stein, der sich mir während der Vergewaltigung schmerzhaft in den Rücken gebohrt hatte, auf den Kopf geschlagen hatte. Noch heute konnte ich das dumpfe Knacken hören, als sein Schädelknochen geborsten war. Erst danach hatte ich ihm die Maske vom Gesicht gezogen und den Cop erkannt, der mich schon seit Monaten verfolgt und belästigt hatte.

»Was sollen wir tun?«

»Du wirst gar nichts tun, Sheridan. Es würde deine Karriere ruinieren, wenn du mit einem solchen Verbrechen in Verbindung gebracht wirst. Die Medien lauern nur darauf, dass jemandem wie dir ein Fehler unterläuft, um daraus eine Sensationsmeldung zu machen«, sagte Dad. »Nicholas und ich haben alles besprochen. Er wird sagen, er hätte mit dem Kerl Streit bekommen. Im Hinterhof vom *Red* ...«

»Auf gar keinen Fall!«, fiel ich meinem Vater ins Wort. »Das wird er nicht tun! Ich habe ihn in diese Sache hineingezogen, ich werde das aufklären! Ich lasse nicht zu, dass Nicholas für etwas, was ich getan habe, bestraft wird. Ich komme gleich morgen früh.«

»Nein, Sheridan, halt dich da raus«, beschwor mein Vater mich. »Es gibt keine Hinweise darauf, dass du etwas damit zu tun hattest.«

»Aber, Dad! Es war doch gar kein Mord!«, rief ich aufgebracht. »Es war Notwehr!«

»Das sieht man dem Loch im Schädel leider nicht an«, entgegnete mein Vater trocken.

Außer mir vor Angst, war ich in jener schrecklichen Nacht

zu dem einzigen Menschen geflüchtet, dem ich vertraut hatte: zu Nicholas. Wäre es nach ihm gegangen, so wären wir sofort zur Polizei gefahren, aber ich hatte mich geweigert. Die Vorstellung, dass mich ein Arzt untersuchen und der ekelhafte Sheriff Benton mir intime Fragen stellen würde, dass ich wieder und wieder diese grauenhaften Minuten durchleben müsste und dass alle in Fairfield und Madison davon erfahren würden, war unerträglich für mich gewesen. Nicholas hatte die Leiche entsorgt, um mir zu helfen. Er hatte noch viel mehr für mich getan, und deshalb konnte ich unmöglich zulassen, dass er jetzt die Schuld für etwas, das er nicht getan hatte, auf sich nahm, um mich zu schützen.

Dad versuchte, mich davon zu überzeugen, dass es für mich besser sei, wenn ich in Los Angeles bliebe, aber mein Entschluss stand fest. Nach Esras Amoklauf hatte ich den Fehler gemacht, zu fliehen, und war in einen Teufelskreis von Angst und Lügen geraten. Das würde ich nicht mehr tun. Ich wollte nicht länger mit diesem Damoklesschwert leben, das ständig über mir schwebte.

»Dad! Dad, hör mir zu!«, sagte ich. »Ich werde gleich morgen früh kommen und mich stellen. Ich werde Jordan erzählen, was passiert ist. Und ich werde ihm sagen, dass ich die Leiche weggebracht habe.«

»Das glaubt er dir nicht«, wandte Dad ein. »Der Mann hat sicherlich hundertsechzig Pfund gewogen, und du warst gerade mal sechzehn Jahre alt.«

»Ich könnte sagen, Joe hätte mir dabei geholfen«, schlug ich vor.

»Joe war zu der Zeit schon beim Marinecorps«, erwiderte Dad.

»Dann Lyle. Oder ... Esra!« Tote juckte es schließlich nicht mehr, wenn sie posthum in einen Mordfall verwickelt wurden.

»Nein, Sheridan«, sagte mein Vater ruhig. »Wenn du dich wirklich dazu entschließt, auszusagen, dann solltest du die

Wahrheit erzählen und keine neuen Lügen in die Welt setzen. Du weißt doch selbst, was Lügen anrichten können.«

»Aber ich will Nicholas' Leben nicht zerstören!«, entgegnete ich heftig. »Und deins auch nicht! Ich bin alleine schuld, weil ich damals nicht zur Polizei gegangen bin!«

»Nicholas ist bereit, zu dem, was er getan hat, zu stehen«, antwortete Dad. »Du hattest ihn nicht darum gebeten. Er hat es aus freien Stücken getan.«

Verzweifelt zermarterte ich meinen Kopf nach einer Lösung, wie ich Nicholas aus der ganzen Sache heraushalten konnte, aber mir fiel nichts ein.

»Jordan wird uns dafür hassen«, sagte ich düster.

»Er wird verstehen, warum wir so handeln mussten«, erwiderte mein Vater.

Das bezweifelte ich. Jordan war ein Cop, und er dachte so, wie Cops eben denken.

Nachdem ich aufgelegt hatte, sprach ich Peter eine Nachricht auf die Mailbox und bat ihn, für morgen früh einen Privatjet nach Norfolk zu chartern. Danach versuchte ich, Marcus zu erreichen, aber sein Handy war ausgeschaltet. Vielleicht war das besser so. Er würde versuchen, mich davon abzuhalten oder zumindest sofort eine Armee von Anwälten losschicken, die alles verkomplizieren würden. Mein Entschluss stand fest. Es ging mir in erster Linie nicht um mich, sondern um Nicholas. Mein Blick wanderte hoch zur Mondsichel, die weit über den Hollywood Hills am Nachthimmel stand, und ich musste an den Sternenhimmel in Wyoming denken. Jasper hatte ich auch nichts von den schrecklichen Ereignissen am Halloween-Abend 1995 erzählt, aber musste ich das nicht tun, bevor er es womöglich aus der Presse erfuhr? Ich starrte auf das Telefon in meiner Hand. Nein, nicht jetzt, mitten in der Nacht. Morgen war auch noch Zeit dafür.

***

Die Hawker Beechcraft landete um Viertel nach elf auf dem kleinen Flugplatz in Norfolk, eine halbe Stunde früher als geplant. Natürlich hatte Peter, der mich morgens um sechs nach Van Nuys gefahren hatte, wissen wollen, weshalb ich so plötzlich nach Hause fliegen musste, aber ich hatte ihn nur gebeten, alle Termine in den nächsten Tagen abzusagen, und ihm versprochen, mich später bei ihm zu melden. Ich teilte den beiden Piloten mit, dass sie nicht auf mich warten, sondern direkt zurück nach L. A. fliegen konnten. Sobald wir die Parkposition erreicht hatten und die Ausstiegstreppe heruntergelassen worden war, schulterte ich meine Reisetasche und verließ das Flugzeug. Es war wie üblich nicht viel los auf dem kleinen Provinzflugplatz. Vor einem der drei Hangars standen nur ein paar einmotorige Propellermaschinen herum. Ich verließ das Gelände durch das kleine Tor neben der Flugplatzverwaltung. Seitdem ich meinen Entschluss gefasst hatte, fühlte ich mich wie befreit, beinahe euphorisch. Und obwohl ich ahnte, was auf mich zukommen würde, war ich erleichtert, dass die Wunden, die dieser Kerl meinem Körper und meiner Seele vor sieben Jahren zugefügt und die ich sorgfältig in meinem Innern eingeschlossen hatte, endlich Licht und Luft bekommen würden, um zu heilen. Mein Leben, das hatte ich erkannt, würde nie so sein, wie es sein könnte, solange die Dämonen der Vergangenheit Macht über mich hatten, weil ich dieses Geheimnis hüten musste.

Es war ein herrlicher Spätsommertag. Der wolkenlose Himmel war tiefblau, das Land so leer und die Luft so klar, wie ich es gar nicht mehr gewohnt war, denn Los Angeles lag fast immer unter einer gelblichen Smoglocke. Aber am schönsten war die Stille. Das einzige Geräusch war das entfernte Brummen eines Traktors. Zum ersten Mal seit langer Zeit kamen die Neuronen in meinem Gehirn zur Ruhe; der dauernde Sturm von Farben und Formen, ausgelöst durch die permanente Geräuschkulisse der Großstadt, legte sich. Ich setzte mich auf einen Poller am Rand des Parkplatzes, kramte mein Handy hervor und wählte die Nummer der Cloud Peak Ranch. Um diese Uhrzeit, nach den morgendlichen Ausritten mit den Gästen und vor dem Mittagessen, war Jasper meistens im Büro. Ich atmete tief durch, als das Freizeichen ertönte. Es klingelte ein paarmal, dann wurde abgenommen.

»Hey, Sheridan!«, sagte Jasper am anderen Ende der Leitung, und mir wurde ganz warm vor Freude. »Das ist ja eine Überraschung, dass du anrufst! Wie geht's dir?«

»Hey, Jasper«, antwortete ich. »Mir geht's ganz gut. Und dir?«

»Mir auch. Am Samstag reisen die letzten Gäste ab und die Saison ist rum. Dann wird's hier wieder ruhig. Wo bist du gerade? Wohnst du schon in deinem neuen Haus?«

»Ja, seit ein paar Tagen. Aber ich bin gerade in Norfolk gelandet. Dad holt mich gleich ab.«

»Aha?« Das klang fragend, als ob er auf eine Erklärung von mir wartete. Ein Auto fuhr vorbei. Dann noch eins. Die mittägliche Rushhour zwischen Norfolk und Madison war in vollem Gange.

»Jasper, ich muss mit dir reden«, sagte ich. »Hast du kurz Zeit?«

»Das klingt ernst«, entgegnete er. »Ja, ich habe so viel Zeit, wie du brauchst.«

Ich konnte mir genau vorstellen, wie er in seinem Büro mit dem spektakulären Ausblick auf die Bighorn Mountains saß, zurückgelehnt in dem abgenutzten Lederchefsessel, die staubigen Cowboystiefel auf der Kante des Schreibtisches, neben dem das Faxgerät stand, das letztes Jahr im April den Entwurf meines Vertrages ausgespuckt hatte. Und plötzlich brach mir fast das Herz vor Sehnsucht nach Jasper Hayden.

»Mir ist vor sieben Jahren etwas Schlimmes passiert«, begann ich, bevor ich den Mut verlor. »Ich habe noch nie mit jemandem darüber gesprochen, aber heute werde ich das tun müssen. Ich möchte, dass du es von mir erfährst, nicht aus dem Fernsehen oder den Zeitungen.«

»Okay ...«

»Ich kann dir nicht alle Details erzählen, aber das werde ich später tun, wenn du es möchtest.«

»Solange du mir jetzt nicht sagst, dass du doch heimlich verheiratet bist und drei Kinder hast, ist für mich alles okay«, witzelte er, so, wie an dem Tag, als er mich in Kansas City abgeholt hatte.

Ich erzählte ihm, was an Halloween 1995 passiert war und welche Folgen das für mich gehabt hatte. Jasper hörte zu, ohne mich zu unterbrechen.

»Oh, Baby, mir fehlen die Worte, um auszudrücken, wie leid mir das tut«, sagte er, als ich fertig war, er klang schockiert und betroffen. »Es ist schrecklich, dass du das all die Jahre mit dir herumgetragen hast und niemandem davon erzählen konntest. Aber ich kann's verstehen.«

Er verurteilte mich nicht, und er war nicht gekränkt, weil ich ihm diese Geschichte bislang vorenthalten hatte. Vor Erleichterung wurde mir schwindelig.

»Jordan hat Nicholas festgenommen. Das kann ich nicht zulassen. Er wollte mir nur helfen«, sagte ich. »Ich werde Jordan jetzt die Wahrheit sagen, auch wenn das womöglich alles zerstört.«

»Jordan kann den Fall gar nicht weiterbearbeiten«, meinte Jasper nüchtern. »Er ist dein Bruder und damit gilt er als befangen.«

»Oh, okay.« Ich kaute nachdenklich an meiner Unterlippe. War das ein Vorteil für mich oder nicht? Egal. Eigentlich machte es keinen Unterschied, wer die Ermittlungen leitete. »Denkst du, es ist richtig, was ich tue?«

»Ja. Absolut«, bestärkte Jasper mich. »Du hast in Notwehr

gehandelt. Und mach dir keine Sorgen darüber, was die Leute denken. Hier geht es nur um dich, Sheridan! Innere Stärke, du erinnerst dich?«

»Natürlich.« Ich musste lächeln. »Nur mit innerer Stärke und Selbstbewusstsein kann man seine Ängste überwinden.«

»Gut aufgepasst, Miss Grant«, erwiderte Jasper, und ich hörte sein Lächeln durchs Telefon. »Die Leute werden deine Musik trotzdem noch lieben. Was sagt eigentlich Marcus zu der ganzen Sache?«

Er ließ es beiläufig klingen, doch ich wusste, wie wichtig meine Antwort für ihn war.

»Marcus weiß nichts davon«, sagte ich zu Jasper. »Auch Peter und Carey nicht. Du bist der Einzige, dem ich das erzählt habe.«

Ein großer Traktor mit zwei leeren Anhängern näherte sich auf der schnurgeraden Landstraße, hinter ihm kroch ein Maiskolbenernter her. Dahinter sah ich den silbernen Pick-up meines Vaters.

»Möchtest du, dass ich zu dir komme, Sheridan?«, fragte Jasper.

Ich hielt den Atem an. Auf diese Frage hatte ich seit einem Jahr gewartet. Am liebsten hätte ich sofort »Ja!« gerufen, aber das ging nicht. Diesen Kampf musste ich alleine ausfechten.

»Das musst du nicht, Jasper«, erwiderte ich deshalb. »Aber danke für dein Angebot. Das bedeutet mir sehr viel.«

Ich stand auf, wandte mich von der Straße ab und hielt mir das linke Ohr zu, um zu verstehen, was er sagte, aber Jaspers Antwort ging im metallischen Scheppern der leeren Anhänger unter, die genau in diesem Augenblick vorbeiratterten.

»Hallo?«, rief ich ins Telefon. »Jasper? Bist du noch dran?«

Dad setzte den Blinker und bog auf den Parkplatz ein. Er hielt an und blickte sich suchend um. Da fiel mir ein, dass er mich noch nie in meiner Los-Angeles-Inkognito-Verkleidung gesehen hatte, und ich hob die Hand. Das Gespräch mit Jasper war zusammengebrochen, wahrscheinlich hatte ich mich zu weit vom Sendemast auf dem Dach der Flugplatzverwaltung entfernt. Was auch immer gleich passieren würde, Jasper wusste jetzt Bescheid, das war mir wichtig. Ich steckte das Handy in meine Umhängetasche und ging auf das Auto meines Vaters zu. Dad ließ die Fensterscheibe herunter und nickte mir höflich zu, wie einer Fremden. Die Tarnung mit der aschblonden Pagenkopf-Perücke und der runden Fensterglasbrille funktionierte perfekt.

»Hallo, Mr. Grant«, sagte ich zu ihm. »Fahren Sie zufällig nach Madison?«

Erst da erkannte er meine Stimme, und ein Lächeln huschte über sein Gesicht.

»Gute Verkleidung!«, erwiderte er anerkennend. »Komm, steig ein! Es gibt eine unerfreuliche Neuigkeit.«

* * *

In Madison war die Hölle los. Das sonst so verschlafene Städtchen brodelte vor Sensationslust und Aufregung. Die Nachricht, dass der ehemalige Rodeo-Champion Nicholas *Quick Nick* Walker wegen Mordes festgenommen worden war, schlug hohe Wellen. Mein Herz klopfte mir bis zum Hals und ich verspürte ein hohles Gefühl im Magen, als Dad am Madison Police Department vorbeifuhr. Wie damals bei den Ermittlungen nach dem Willow-Creek-Massaker hatte die State Police eine provisorische Einsatzzentrale eingerichtet, und Elaine hatte Jordan und seinen Leuten dafür mehrere leer stehende Räume im Erdgeschoss zur Verfügung gestellt. Ironie des Schicksals, dass dieses Gebäude der frühere Arbeitsplatz meines Vergewaltigers war. In den Parkbuchten vor der Bankfiliale und den Läden gegenüber des Madison Police Department parkten Übertragungswagen von Fernsehsendern aus dem ganzen Land mit Satellitenschüssel und Funkantennen auf dem Dach. Neugierige standen in Grüppchen zusammen, Reporter und Kamerateams lungerten vor dem Eingang herum. Direkt vor dem Haupteingang, der von zwei Deputys bewacht wurde, stand ein gelber Bus mit vergitterten Fenstern vom *Nebraska Department of Correctional Services*, und das bestätigte, was Dad heute Morgen von Elaine erfahren hatte: Nicholas sollte in ein Staatsgefängnis gebracht werden. Ich hatte keine Zeit mehr zu verlieren.

»Bist du sicher, dass du das tun willst?«, fragte Dad mich, als er auf den rückwärtigen Parkplatz zwischen Polizeiwache und Gerichtsgebäude einbog. »Wir könnten Jordan bitten, zu uns nach Hause zu kommen.«

»Nein, Dad«, sagte ich. »Die Sache muss offiziell geklärt werden. Egal, wie ...« Ich verstummte erschrocken.

»Was ist?«, fragte Dad.

»Das FBI ist da«, erwiderte ich beklommen und wies auf zwei identische schwarze Suburbans, die vor dem Hintereingang parkten. »Wieso denn das?«

»Soll ich Elaine trotzdem anrufen?«

»Ja.« Ich nickte entschlossen. »Ziehen wir's durch.«

»Okay.« Mein Vater stellte den Motor ab und nahm sein Handy.

»Wenn ich festgenommen werde, ruf bitte Marcus an«, bat ich ihn. »Ich will nicht, dass er es von anderen erfährt.«

»Das mache ich«, versprach Dad mir und wählte Elaines Nummer.

Es dauerte eine Weile, bis sie dranging.

»Ich weiß, dass du gerade viel zu tun hast«, sagte mein Vater zu ihr. »Aber komm doch bitte mal kurz raus auf den Parkplatz. Es ist dringend.«

Wir blieben schweigend im Auto sitzen. Drei Minuten später ging die Hintertür auf. Dad und ich stiegen aus. Elaine trat heraus und kam mit angespannter Miene auf uns zu. Irritiert blickte sie zwischen ihrem Ehemann und mir hin und her – meine Verkleidung wirkte auch bei ihr. Da erkannte sie mich, und ihre Augen wurden groß.

»Ich muss mit dir reden, Elaine«, sagte ich.

»Hat das nicht bis später Zeit?«, erwiderte sie. »Ich versuche gerade, den Staatsanwalt und Jordan davon abzuhalten, Nicholas nach Lincoln bringen zu lassen. Richter Heffernon ist da, und vor einer Stunde sind auch noch vier FBI-Leute aufgetaucht.«

»Wieso?«, wollte Dad wissen. »Was hat das FBI mit dieser Sache zu tun?«

»Vernon, bitte! Ich kann euch keine Informationen geben.« Elaine schüttelte ungeduldig den Kopf. »Ich muss jetzt wieder da rein. Lasst uns später ...«

»Nicholas hat diesen Polizisten nicht erschlagen!«, unterbrach ich sie. Elaine stutzte.

»Wie kommst du darauf, dass er erschlagen wurde?« Sie sah mich aus schmalen Augen an.

»Weil ich's getan habe, nachdem er mich nach der Halloween-Party vergewaltigt hat«, entgegnete ich.

»Oh, mein Gott, Sheridan!« Elaine starrte mich fassungslos an. Sie brauchte ein paar Sekunden, um diese Information zu verarbeiten.

»Aber was hatte Nicholas damit zu tun?«, wollte sie wissen. »Wieso hat man seine DNA an der Leiche gefunden?«

»Ich bin in der Nacht zu ihm hingefahren«, antwortete ich. »Er wollte, dass ich zur Polizei gehe und die Sache melde, aber das habe ich nicht über mich gebracht. Ich hätte es nicht ertragen, Sheriff Benton zu erzählen, was passiert ist. Und ich wollte auch nicht, dass Dad, Tante Rachel und alle Leute davon erfahren. Ich habe mich so geschämt. Ich wollte einfach vergessen, was geschehen ist, und bin nach Hause gefahren. Am nächsten Morgen hat Nicholas mir gesagt, dass er die Leiche an einem Ort versteckt hat, an dem sie niemand jemals finden würde.«

Elaines Handy begann zu klingeln, aber sie ignorierte es. Sie hatte die Stirn in Falten gelegt, knabberte an ihrer Unterlippe und dachte angestrengt nach.

»Okay«, sagte sie nüchtern. »Was machen wir jetzt?«

»Ich erzähle dem Staatsanwalt und Richter Heffernon die ganze Geschichte«, antwortete ich.

»Du weißt, was das bedeutet«, gab Elaine zu bedenken. »Die Presse wird sich darauf stürzen.«

»Das ist mir egal.«

»Wusstest du darüber Bescheid?«, wandte Elaine sich an Dad.

»Ja«, erwiderte der. »Aber ich hatte Sheridan versprochen, nicht darüber zu reden.«

Elaine schüttelte den Kopf und seufzte.

»Jordan hat das FBI informiert, weil das Kriminallabor in Lincoln nach der Obduktion von Deckers Leiche routinemäßig seine DNA mit allen möglichen Datenbanken abgeglichen und dabei festgestellt hat, dass er mit mindestens elf unaufgeklärten Fällen von Mord mit vorangegangener Vergewaltigung zwischen 1989 und 1995 in Verbindung gebracht werden kann.«

Ich schauderte, als mir klar wurde, dass ich um ein Haar sein zwölftes Opfer geworden wäre, wenn ich ihm nicht zuvorgekommen wäre.

»Ist zufällig Dr. Harding von der BAU da?«, erkundigte ich mich. »So ein großer Glatzkopf mit Schnauzbart und Schlangenlederstiefeln?«

»Ja.« Elaine nickte erstaunt. »Woher kennst du ihn?«

»Aus Colorado«, antwortete ich. »Sein Spezialgebiet sind Serientäter. Es könnte ein Vorteil für mich sein, dass er hier ist.«

Elaine sah mich nachdenklich an. Schließlich kam sie zu einem Entschluss.

»Hört zu.« Sie nestelte ihren Schlüsselbund aus der Hosentasche und reichte ihn Dad. »Die Pressemeute lauert am Vordereingang, deshalb geht ihr jetzt rüber ins Gericht und wartet auf der Empore im Gerichtssaal. Als Sheriff von Madison County

bin ich befugt, eine Verlegung von Nicholas ohne vorherige Anhörung zu verweigern. Jordan hat es eilig, genau wie der Distrikts-Staatsanwalt, deshalb werde ich eine sofortige gerichtliche Anhörung unter Ausschluss der Öffentlichkeit verlangen.«
»Danke, Elaine«, sagte mein Vater.
»Bedank dich nicht zu früh«, warnte Elaine ihn. »Ich habe keine Ahnung, ob das klappt.«
Sie ging zurück in die Polizeiwache. Dad und ich überquerten den geschotterten Parkplatz, betraten durch einen Seiteneingang das Gerichtsgebäude und gingen die Treppe hoch, die vom Gerichtssaal aus auf die Empore führte. Vor vielen Jahren war ich einmal mit meiner Politik-Klasse hier gewesen, weil wir unter der Anleitung von Richter Heffernon einen Gerichtsprozess nachgespielt hatten. Der Gerichtssaal war ein schmuckloser, holzgetäfelter Raum, der es durch den spektakulären Mordprozess gegen Tante Rachel zu landesweiter Berühmtheit gebracht hatte. Auf den Zuschauerbänken und der Empore fanden ungefähr hundert Leute Platz. Hinter einer niedrigen Balustrade standen die Tische für den Staatsanwalt und den Verteidiger gegenüber dem Richtertisch. Links befand sich die Geschworenenbank, rechts der Zeugenstand. An der Wand hinter dem Richtertisch hingen zwei Fahnen, die Stars and Stripes und die Staatsflagge von Nebraska.

Die Minuten verrannen. Dad und ich saßen stumm da. Auf der Fahrt von Norfolk nach Madison hatten wir ausführlich über alles gesprochen, nun gab es nichts mehr zu sagen. Endlich hörten wir Schritte und Stimmen, die sich näherten. Die doppelflügelige Tür des Gerichtssaals wurde aufgestoßen. Dad ergriff meine Hand und drückte sie. Mit klopfendem Herzen beobachtete ich, wie Richter Mike Heffernon gefolgt von Jordan, Elaine und einem rotblonden Mann in grauem Anzug und Krawatte den Mittelgang zwischen den Zuschauerbänken entlangging. Ihnen folgte Nicholas, der von zwei Deputys flankiert wurde. Ich schnappte empört nach Luft, als ich sah, dass er Handschellen trug. Ganz zum Schluss betrat Dr. David Harding den Gerichtssaal.

»Und was jetzt, Sheriff?«, erkundigte sich der Rothaarige. »Was soll das ganze Theater? Wieso konnten wir das nicht in Ihrem Büro klären?«

»Ich würde vorschlagen, Sie und Mr. Blystone setzen sich erst mal an Ihren Tisch, Herr Staatsanwalt«, erwiderte Richter Mike Heffernon an ihrer Stelle. Er nahm am Richtertisch Platz, Nicholas auf der Anklagebank und Dr. Harding auf einem der Stühle in der Geschworenenbank.

»Nehmt Mr. Walker die Handschellen ab«, wies Elaine ihre beiden Deputys an. »Und dann wartet ihr draußen. Niemand kommt hier rein, verstanden?«

Die beiden nickten und zogen ab. Nicholas rieb sich die Handgelenke. Elaine stellte sich neben ihn und verschränkte die Arme vor der Brust.

»So, Sheriff«, wandte sich der Richter an Elaine. »Jetzt sind wir alle hier, wie Sie das wollten. Wenn ich das richtig verstanden habe, soll ich über die Verbringung von Mr. Walker ins Staatsgefängnis nach Lincoln entscheiden.«

Der Staatsanwalt sagte etwas zu Jordan, der daraufhin den Kopf schüttelte. Weder der Richter noch der Staatsanwalt schienen zu wissen, wie Jordan zu Nicholas stand, sonst wäre ihm der Fall sicherlich sofort entzogen worden.

»Euer Ehren, es hat sich eine Zeugin gemeldet, die die Vorwürfe, die von der Staatsanwaltschaft gegen Mr. Walker erhoben werden, entkräften kann«, erwiderte Elaine. »Ich möchte, dass Sie sie anhören.«

»Dagegen erhebe ich Einspruch!«, begehrte der Staatsanwalt auf. »Hier geht es doch einzig und allein um eine Formalität, Euer Ehren! Mr. Walker hat ein Geständnis abgelegt und wir sind nicht hier um Zeugen anzuhö...«

»Einspruch abgelehnt«, fiel ihm Richter Heffernon ins Wort.

»Auch wenn das hier nur eine inoffizielle Anhörung ist, so sind wir hier in *meinem* Gericht und *ich* entscheide, was hier getan wird oder nicht. Also, Sheriff, wo ist Ihre Zeugin?«

Der Staatsanwalt und Jordan begriffen, dass Elaine sie ausgetrickst hatte, und warfen ihr finstere Blicke zu.

»Showtime!«, flüsterte ich Dad zu, atmete tief durch, zog mir die Perücke vom Kopf, setzte die Brille ab und stopfte beides in meine Umhängetasche. Wir gingen die Treppe hinunter. Mein Herz klopfte zum Zerspringen, als ich neben Dad den Mittelgang entlangschritt. Jordan, der Staatsanwalt, Nicholas, Dr. Harding und Richter Heffernon starrten uns verblüfft entgegen, aber ich blickte weder nach links noch nach rechts. Elaine öffnete uns die Tür der Balustrade.

»Hallo, Vernon. Hallo, Sheri… Miss Grant«, begrüßte uns Richter Heffernon. »Das ist ja eine Überraschung.«

»Hallo, Mike«, erwiderte mein Vater.

»Guten Tag, Euer Ehren.« Ich blickte kurz zu Nicholas hinüber. »Hallo, Nicholas.«

Er schüttelte den Kopf und formte lautlos »Nein!« mit dem Mund.

»Richter Heffernon«, wandte ich mich an den grauhaarigen Mann, der letzten Sommer meinen Vater und Elaine getraut und damals meine Stiefmutter zum Tode verurteilt hatte. »Stimmt es, dass Polizisten nicht gegen ihre eigenen Verwandten ermitteln dürfen?«

»Ja, das stimmt«, bestätigte er. »Das nennt man Befangenheit.«

»Was soll das, Sheridan?«, mischte Jordan sich verärgert ein. »Was ziehst du hier für eine Nummer ab?«

Ich hatte meinen Bruder zuletzt auf Dads Hochzeit gesehen. Er sah schlecht aus. Unter seinen Augen lagen violette Schatten und er hatte abgenommen.

»Ich bin hier, um mit der Staatsanwaltschaft und Dr. Harding einen Deal aushandeln«, sagte ich.

»Einen *Deal*? Du willst einen Deal mit dem FBI aushandeln? Für wen hältst du dich eigentlich?« Jordan lachte spöttisch auf, aber in seinem Lachen lag nervöse Anspannung.

»Du hast mir einmal gedroht, ich solle mir niemals etwas zuschulden kommen lassen, weil ich sonst erleben würde, wozu ein ehrgeiziger Provinz-Cop in der Lage ist«, entgegnete ich frostig. »Deshalb muss ich mich absichern, bevor ich etwas sage.«

Jordan errötete bis unter die Haarwurzeln.

»Was für eine Art Deal schwebt Ihnen denn vor, Miss Grant?«, fragte der Profiler, und ich wandte mich ihm zu. Sein liebenswürdiges Lächeln konnte mich so wenig täuschen wie die Farbe seiner Stimme. Rein äußerlich hatte er sich unter Kontrolle, aber hinter seiner beherrschten Miene tobte das Jagdfieber. Dr. David Harding war zweifellos der besessenste Mensch, dem ich jemals begegnet war. Ich brauchte nur den richtigen Köder, und er würde zuschnappen.

»Ich werde weiterhin zu Scott Andrews fahren, solange es nötig ist«, antwortete ich. »Und ich werde der Staatsanwaltschaft Informationen geben, mit denen der Fall Eric Michael Decker restlos aufgeklärt werden kann. Im Gegenzug dafür möchte ich die Zusicherung, dass keine Anklage gegen Nicholas Walker erhoben wird.«

Harding und Richter Heffernon wechselten einen Blick, und der Richter signalisierte mit einem Schulterzucken Neutralität.

»Moment mal«, meldete Jordan sich aufgebracht zu Wort. »Falls du hier irgendetwas sagen willst, was relevant für meinen Fall sein könnte, belehre ich dich vorsorglich darüber, dass du das Recht hast zu schweigen und dir einen Anwalt zu nehmen.«

»Es ist nicht mehr *dein* Fall, Jordan«, entgegnete ich kühl. »Du bist mein Halbbruder, du bist befangen. Entweder geht ihr auf meinen Vorschlag ein, oder ich sage überhaupt nichts. Ich könnte allerdings auch jetzt raus auf die Straße gehen und den

Reportern erzählen, mit welchen Methoden ich gezwungen werde, dem FBI bei der Aufklärung von Kapitalverbrechen zu helfen.«

Dr. Harding, der sich offenbar gut an unser kurzes Gespräch vor meinem Haus im Februar erinnerte, lächelte.

»Ist das eine Drohung?«, fragte er, ähnlich wie ich es getan hatte.

»Nein.« Auch ich benutzte seine Worte. »Ich gebe nur zu bedenken, was passieren *könnte*. Es ist Ihre Entscheidung. Sie haben eine Minute Bedenkzeit, dann verschwinde ich und Sie werden nie erfahren, was Sie wissen wollen.«

»Du bluffst doch nur«, sagte Jordan wütend. »Du benutzt deine Popularität, um die Arbeit der Polizei zu behindern.«

»Ich glaube ihr«, widersprach Dr. Harding ihm, ohne den Blick von mir abzuwenden. »Was meinen Sie, Herr Staatsanwalt?«

Der rothaarige Staatsanwalt schürzte die Lippen und taxierte mich abwägend. Mit den Fingern seiner rechten Hand klopfte er auf die Tischplatte.

»Ich bin neugierig«, sagte er schließlich. »Also einverstanden.«

»Aber das geht doch nicht!«, protestierte Jordan, der seine Felle davonschwimmen sah. »Wir wissen doch überhaupt nicht, worum es geht!«

Harding beachtete ihn nicht. Er erhob sich und kam auf mich zu.

»Gilt mein Wort, Miss Grant, oder wollen Sie irgendetwas schriftlich?«

»Mir reicht Ihr Wort und die Anwesenheit dieser Zeugen.«

»Okay.« Harding hielt mir die Hand hin. »Dann haben wir einen Deal.«

Ich schlug ein.

»Jetzt bin ich ja mal gespannt«, brummte Jordan missgelaunt, aber ich beachtete ihn nicht.

»Ich bitte um Ruhe, Mr. Blystone«, tadelte der Richter ihn. Dann blickte er mich an. »Erklären Sie uns jetzt bitte, weshalb Sie heute hier sind, Miss Grant?«

»Ich habe am 31. Oktober 1995 nach der Halloween-Party unserer Schule einen Mann mit einem Stein erschlagen, nachdem er mir aufgelauert und mich hinter der Mehrzweckhalle vergewaltigt hatte«, sagte ich mit fester Stimme.

Dad gab ein gequältes Geräusch von sich. Richter Heffernon betrachtete mich mit einer Mischung aus Bestürzung, Mitgefühl und Betroffenheit.

»Sind Sie dem Mann vorher schon einmal begegnet?«, wahrte er seine Professionalität, auch wenn es ihm schwerfiel.

»Ja.« Ich nickte. »Ich habe gewusst, dass er ein Polizist war, weil er mich schon seit der *Middle of Nowhere Celebration* im Sommer verfolgt und belästigt hatte. Seinen Namen habe ich allerdings erst später aus der Zeitung erfahren. Er hatte mir immer wieder aufgelauert. Einmal bin ich zwischen Madison und Fairfield mit dem Moped liegengeblieben, weil ich vergessen hatte zu tanken. Da kam er an. Er wollte meinen Namen wissen, und als ich ihm den nicht verraten wollte, hat er mir meinen Rucksack aus der Hand gerissen und mein Sport-T-Shirt mitgenommen. Ein paar Wochen später hat er es mir in einem Umschlag zurückgegeben. Es war voller Spermaflecke. Daraufhin hatte ich mir die Haare abgeschnitten und gefärbt, weil ich hoffte, er würde mich nicht erkennen. Das hatte aber nichts geholfen.«

Jedes Detail dieser grauenvollen Nacht hatte sich in mein Gedächtnis eingebrannt, deshalb fiel es mir nicht schwer, den Hergang der Vergewaltigung minuziös zu schildern.

»Welche Kleidung trug der Mann an dem Abend?«, fragte der Staatsanwalt.

»Etwas Dunkles, genau weiß ich das nicht«, antwortete ich. »Aber ich kann mich genau an die Maske erinnern, die er getragen hat. Eine Totenkopfmaske. Wie in dem Film *Scream*.«

»Was hat Mr. Walker mit der Sache zu tun?«, erkundigte sich der Richter.

»Als mir klar geworden ist, dass der Mann tot ist, bin ich in Panik weggefahren. Weil bei uns niemand zu Hause war, fuhr ich zu Mr. Walker, einem guten Freund, der damals hinter dem *Red Boots* wohnte. Mr. Walker wollte mich überreden, zur Polizei zu gehen, aber ich habe mich geweigert. Ich habe mich geschämt und ich hatte Angst, dass meine Eltern und ganz Fairfield davon erfahren würden. Ich wollte das Ganze am liebsten vergessen. Am nächsten Morgen hat Mr. Walker mir gesagt, dass er die Leiche weggebracht hat. Er hat das getan, um mich zu beschützen.«

»Ist das wahr, Mr. Walker?«, wandte sich der Richter an Nicholas.

»Ja, Euer Ehren«, antwortete Nicholas. »Die Schilderung von Miss Grant entspricht voll und ganz der Wahrheit.«

»Wieso haben Sie dann gestanden, dass Sie Eric Michael Decker getötet haben, wenn Sie es nicht gewesen sind?«, fragte der Staatsanwalt.

»Um Sheridan zu schützen«, gab Nicholas zu. »Ich wollte, dass die Ermittlungen so schnell wie möglich eingestellt werden.«

»Das glaube ich nicht!«, stieß Jordan fassungslos hervor. »Sie hätten riskiert, wegen Mordes verurteilt zu werden, um Miss Grant zu schützen?«

Zum ersten Mal blickten sich Jordan und Nicholas an.

»Ja«, bestätigte Nicholas mit ausdrucksloser Miene. »Ich wollte verhindern, dass Sheridan diese ganze Geschichte vor einem Gericht erzählen muss.«

»Das gibt's doch nicht.« Jordan wirkte plötzlich hilflos. Sein Blick irrte durch den Raum, er schüttelte den Kopf.

»Die Vergewaltigung hatte übrigens Folgen«, fuhr ich fort. »Ich habe vier Monate später festgestellt, dass ich schwanger war. Nicholas hat mich zu einem Arzt in einem anderen Bundesstaat gefahren, der mir im Keller seines Hauses das Baby weggemacht hat. Und weil mir dieser Quacksalber schwere innere Verletzungen zugefügt hat, bin ich ein paar Tage später beinahe verblutet. Ich lag über eine Woche hier in Madison im Krankenhaus. So hat auch mein Vater erfahren, was passiert ist. Aber er hat mir versprochen, niemals darüber zu sprechen, und dieses Versprechen hat er gehalten.«

Niemand sagte etwas. In dem großen Saal herrschte betroffenes Schweigen.

»Ist das wahr, Vernon?«, vergewisserte sich der Richter.

»Ja, das stimmt«, bestätigte Dad mit belegter Stimme. »Sheridan musste eine Bluttransfusion bekommen und operiert werden.«

Jordan war kreidebleich geworden. Ich sah, wie allmählich das Begreifen in ihm heraufdämmerte, dass Menschen, die ihm etwas bedeutet hatten, und die er zu kennen geglaubt hatte, Geheimnisse vor ihm gehabt hatten. Groll und Verbitterung sprachen aus seinem Blick. Sein Fall hatte sich in Luft aufgelöst, und die Geister in Person von Dr. Harding und seinem Team, die er selbst gerufen hatte, würden alles vertuschen, wie so oft. In ihm tobten Frust und Wut, aber wie alle Polizisten war auch Jordan darauf gedrillt, seine Emotionen erst einmal wegzudrücken.

»Danke, Miss Grant. Es war sehr mutig von Ihnen, hier zu erscheinen und sich selbst zu belasten«, sagte Richter Heffernon.

»Ich danke Ihnen auch«, schloss sich der Staatsanwalt an und erhob sich. »Zwar ist Beihilfe zur Vertuschung einer Straftat strafbar, aber so, wie sich mir die ganze Geschichte darstellt, haben Sie eindeutig in Notwehr gehandelt, Miss Grant. Aufgrund von DNA-Spuren kann man Eric Michael Decker momentan mit elf Frauenmorden mit vorhergehender Vergewaltigung in Verbindung bringen, deshalb kann man davon ausgehen, dass er die Absicht hatte, Sie ebenfalls zu töten. Da die Umstände seines Todes damit aufgeklärt sind, bereitet mir der Deal keine Kopfschmerzen.« Er blickte Jordan an. »Detective?«

»Ich schließe mich an.« Jordan hatte kapituliert und war bemüht, seine angeschlagene Würde zu retten. Seine Stimme klang beherrscht. »Wir werden gleich zusammenpacken und zurück nach Lincoln fahren.«

»Vorher lassen Sie sich aber noch eine schlüssige Erklärung für die Presse einfallen, weshalb Sie Mr. Walker festgenommen haben«, wies Richter Heffernon ihn ziemlich unfreundlich an.

»In Ordnung.«

»Gut. Wir brechen auch auf.« Für Harding war die Sache erledigt. Er hatte bekommen, was er wollte. »Danke, Miss Grant. Wir hören voneinander.«

»Daran habe ich keinen Zweifel, Dr. Harding.«

Wir verabschiedeten uns mit Handschlag. Dr. Harding, Richter Heffernon und der Staatsanwalt verschwanden. Jordan folgte ihnen, ohne Nicholas, Dad oder mich eines Blickes zu würdigen. Ich ging zu Nicholas hin, und wir sahen uns an.

»Du bist das mutigste Mädchen, das ich kenne«, sagte er mit rauer Stimme. Plötzlich kämpfte er mit den Tränen. Er schloss mich in die Arme und hielt mich fest an sich gedrückt. »Danke, Sheridan.«

»Du musst mir nicht danken«, flüsterte ich. »Du bist mein bester Freund. Ich konnte doch nicht zulassen, dass du für etwas, was du nicht getan hast, ins Gefängnis gehst.«

Elaine räusperte sich hinter uns.

»Lasst uns gehen«, sagte sie. »Ich muss noch mal kurz rüber ins Büro.«

Ich ließ Nicholas los.

Wir gingen den Mittelgang entlang. Die Männer gingen voraus, aber Elaine wartete auf mich, als ich vor der Tür des Gerichtssaals kurz stehen blieb, um meine Perücke wieder aufzusetzen.

Als ich aufblickte, sah ich Jordan. Er saß auf einer der Holzbänke im Flur.

»Hast du eine Minute für mich, Sheridan?«, fragte er.
Elaine hob die Augenbrauen und sah mich fragend an, aber ich nickte.
»Warum habt ihr mir das nie erzählt, Nicholas, Dad und du?«, fragte Jordan dumpf, als der Klang von Elaines Schritten verhallt war.
»Wir wollten dich nicht in einen Gewissenskonflikt bringen«, erwiderte ich. »Du bist Polizist. Hätten wir dir die Geschichte erzählt, wärst du gezwungen gewesen, zu ermitteln. Es hätte alles zerstört.«
»So ist aber auch alles kaputtgegangen.« Jordan fuhr sich mit den Fingern durchs Haar. Dann hob er den Kopf. »Nicholas hat ausgesagt, er hätte den Kerl nach einem Streit im *Red Boots* aus Versehen erschlagen. Verstehst du, Sheridan? Er hat mir gar keine andere Wahl gelassen, als ihn festzunehmen! Seine DNA war an der Leiche! Was hätte ich denn tun sollen?«
Sein Tonfall war verzweifelt, und ich begriff, dass er sich Absolution wünschte. Ihn so mutlos und unglücklich da sitzen zu sehen, schnitt mir ins Herz. Alle Energie und aller Zorn hatten ihn verlassen. Ich streckte den Arm aus und strich ihm über das Haar. Er ergriff meine Hand und presste sie trostsuchend an seine Wange.
»Was habe ich falsch gemacht?«, murmelte er. »Wieso hat niemand von euch Vertrauen zu mir?«
»Weil du nie ehrlich warst«, entgegnete ich. »Weder zu uns noch zu dir selbst.«
»Wie meinst du das?« Jordan starrte mich aus geröteten Augen an.
»Warum hast du dich von Nicholas getrennt, statt dich dazu zu bekennen, dass du ihn liebst?«, fragte ich ihn. »Etwa nur, weil Cops nicht schwul sein dürfen?«
Jordan biss sich auf die Unterlippe.
»Das ist nicht der Grund«, erwiderte er deprimiert. »Doch,

vielleicht auch ein bisschen. Das mit Nicholas und mir hatte einfach keine Zukunft. Für mich gibt's auf der Willow Creek Farm keinen Platz, und Nicholas hätte nie in einer Stadt leben wollen, wo er keine Aufgabe hat. Aber das spielt jetzt sowieso keine Rolle mehr.«

Es stand mir nicht an, ihm kluge Ratschläge zu geben. War es mit Jasper und mir nicht dasselbe?

Wir schwiegen eine Weile. Das einzige Geräusch war das Summen einer Fliege, die wieder und wieder gegen eine Fensterscheibe prallte.

»Ich war von Anfang an nicht wirklich willkommen bei den Grants«, sagte Jordan. »Malachy und Hiram können mich nicht leiden, dabei bin ich ihr Bruder.«

»Blutsverwandtschaft reicht nicht aus, um jemanden zu mögen«, entgegnete ich. »Man muss den Menschen schon zeigen, dass man sie respektiert, sich für sie interessiert. Hast du mal darüber nachgedacht, warum Mal und Hi Vorbehalte gegen dich haben?«

»Nein, nicht wirklich«, räumte Jordan ein.

»In ihren Augen bist du der Mann, der ihre Mutter in die Todeszelle gebracht hat«, erinnerte ich ihn. »Vielleicht wäre es ein Zeichen von dir, wenn du dich darum bemühen würdest, dass die Todesstrafe in eine lebenslange Haftstrafe umgewandelt wird.«

»Glaubst du, das würde etwas ändern?«

»Es wäre auf jeden Fall ein erster Schritt«, entgegnete ich. »Malachy und Hiram sind vernünftige Männer und wissen, dass ihre Mutter eine Strafe verdient hat.«

Jordans Handy klingelte.

»Ich muss los. Die Presse wartet.« Er ließ meine Hand los und erhob sich von der Bank, schwerfällig wie ein alter Mann. Aber er ging nicht sofort. Irgendetwas brannte ihm noch auf der Seele.

»Das war eben wahnsinnig mutig von dir, Sheridan«, sagte er

leise. »Es tut mir sehr leid, dass dir solch schlimme Sachen zugestoßen sind. Umso mehr bewundere ich, wie du damit umgehst. Du hast vor gar nichts Angst, oder?«

»Oh doch, Jordan, ich habe vor allem Angst«, erwiderte ich. »Aber das, was mir wichtig ist, tue ich trotzdem, selbst wenn ich mich davor fürchte.«

Er stieß einen Seufzer aus und wirkte auf einmal ganz verloren.

»Ich habe schlimme Sachen zu dir gesagt und war unfair zu dir«, gestand er mir, ohne mich anzusehen. »Das mit den Sheringhams war nicht okay von mir. Ich war eifersüchtig auf dich. Dafür entschuldige ich mich.« Er blickte auf. »Wirst du mir irgendwann eine Chance geben, es wiedergutzumachen?«

Ich nickte und lächelte.

»Klar«, versprach ich ihm. »Besuch mich doch einfach mal in L. A. Ich habe ein schönes Haus in den Hollywood Hills. Mein direkter Nachbar ist übrigens Carson Dunn.«

»Das klingt gut.« Der Anflug eines Lächelns spielte um Jordans Mundwinkel, verschwand aber gleich wieder. »Pass auf dich auf, Sheridan.«

»Das tue ich«, erwiderte ich. »Pass du auch auf dich auf, Jordan.«

Mein Bruder nickte, dann wandte er sich um. Ich blickte ihm nach, wie er langsam den Flur entlangging, den Kopf gesenkt, die Hände in den Hosentaschen. Als er verschwunden war, ging ich zum Seiteneingang hinaus. Dad und Nicholas warteten auf mich.

»Willst du nicht wenigstens über Nacht hierbleiben?«, fragte Dad mich, als wir in seinen Pick-up kletterten.

»Nein.« Ich schüttelte den Kopf. »Es ist besser, wenn mich hier niemand sieht.«

»Und wie willst du zurückkommen? Das Flugzeug ist doch weg, oder?«

Darüber hatte ich mir noch gar keine Gedanken gemacht, aber auf einmal war mir klar, was ich machen würde.
»Gibt es eigentlich meinen alten Chevy noch?«, wollte ich wissen.
»Sicher. Der steht unterm Carport.« Mein Vater grinste. »Hiram hat im Frühjahr eine Inspektion gemacht, und ich fahre ihn hin und wieder. Er hat sogar neue Stoßdämpfer.«
»Das ist doch super! Dann nehme ich den«, sagte ich. »Ich habe ja Zeit.«
Wir fuhren die dreiundzwanzig Meilen nach Fairfield. Links und rechts der Straße dehnten sich die abgeernteten Felder unter dem wolkenlosen Himmel. Mir war ganz leicht ums Herz, denn ich wusste, dass ich wiederkommen würde. Zu meiner Familie. Zu Nicholas. Wo mich das Leben auch hinführen würde, hier war für immer meine Heimat. Es war genau so, wie Tante Isabella vor vielen Jahren zu mir gesagt hatte: Heimat ist dort, wo man liebt und geliebt wird.

* * *

Der Caprice sprang sofort an. Ich bat Dad, Elaine Grüße auszurichten, und versprach, bald wieder einmal für längere Zeit zu Besuch zu kommen.
Sobald ich Fairfield hinter mir gelassen hatte, zog ich mir die Perücke vom Kopf und warf sie auf den Rücksitz. Als ich auf dem Highway 81 nach Norden fuhr, tippte ich mein Ziel ins Navigationsgerät ein. Ich hatte das Fenster heruntergelassen und genoss den Fahrtwind in meinen Haaren. Peter hatte all meine Termine in der nächsten Woche abgesagt, ich hatte also Zeit, zum ersten Mal seit anderthalb Jahren. Im Landfunk liefen schmalzige Country-Songs und ich sang laut mit. Irgendwann klingelte mein Handy. Marcus!
»Hallo, Marcus!«, rief ich. »Bist du zurück aus China?«

»Hallo, Sheridan«, antwortete er. »Ja, ich bin heute Morgen gelandet.«

Er erzählte mir von seiner Reise, und wir redeten ein bisschen über dies und das.

»Carey hat mir erzählt, dass du überraschend nach Hause fliegen musstest«, sagte Marcus schließlich. »Ist irgendetwas passiert?«

»Nein, nein«, beruhigte ich ihn. »Ich habe mir einfach mal eine Woche freigenommen.«

»Das ist sehr vernünftig!«, fand Marcus. »Du hast wirklich genug gearbeitet in den letzten Monaten. Dann grüße alle von mir und hab eine schöne Zeit.«

»Ja, das werde ich tun«, erwiderte ich. »Danke, Marcus. Sobald ich wieder in der Stadt bin, melde ich mich.«

Ich beendete das Gespräch und stieß einen tiefen Seufzer aus. Ich konnte kaum fassen, dass der Albtraum wirklich und für immer vorbei war. Die schreckliche Last, die mich niedergedrückt hatte, war verschwunden, und ich konnte endlich ohne Angst nach vorne schauen. Weder Dad noch Nicholas oder ich mussten mehr eine Entdeckung fürchten. Und für Jordan und mich würde es irgendwann einen neuen Anfang geben. Vielleicht würden meine Brüder ihm auch eines Tages verzeihen. Alles war möglich.

Die Sonne sank Richtung Horizont und färbte den weiten Himmel über South Dakota blutrot, als ich auf der Interstate 90 nach Westen fuhr. Ich griff nach meinem Handy, klappte es auf und rief die Liste der gewählten Nummern auf. Mit dem Daumen drückte ich auf die zweite Telefonnummer. Es klingelte drei Mal, vier Mal. Nach dem fünften Klingeln hob jemand ab.

»Hi, Sheridan«, sagte Jasper, und mein Herz machte einen Satz.

»Hey«, erwiderte ich.

»Wie ist es gelaufen?«, wollte er wissen.

»Gut. Sehr gut sogar.«

»Das freut mich«, sagte Jasper. »Das freut mich wirklich sehr. Bist du noch in Nebraska?«

»Nein. Ich bin in South Dakota.« Ich lächelte. »Ich dachte mir, ich komme dich einfach mal besuchen. Natürlich nur, wenn's für dich okay ist.«

Ein paar Sekunden sagte er nichts, und als er weitersprach, klang seine Stimme verändert.

»Das ist so was von okay, Baby«, antwortete er rau. »Wie lange wirst du noch ungefähr brauchen?«

»Ich bin kurz vor Rapid City. Laut Navi wird es halb zwei, wenn ich gut durchkomme.«

»Das macht nichts. Ich bin hier«, sagte Jasper zärtlich. »Egal, wie lange du brauchst, Sheridan: Ich lasse ein Licht für dich an.«

ENDE

Nachwort

Jetzt ist die märchenhafte Geschichte von Sheridan Grant zu Ende, und ich hoffe, sie hat Ihnen gefallen. Ich bin ein wenig wehmütig, denn es fühlt sich so an, als ob ich nun alte Freunde verlassen muss. Die Idee zu der Geschichte kam mir schon 1986, als ich nach dem Abitur zusammen mit meiner besten Freundin Gaby den Sommer in Los Angeles verbracht und mir damit einen großen Traum erfüllt habe. Wir waren jung und neugierig, hatten wenig Geld und keine Angst und haben Land und Leute kennengelernt. Was ich von dieser Zeit für mein Leben mitgenommen habe, war das Gefühl, dass man alles erreichen kann, wenn man an seinem Traum festhält. Dieser Spirit hat mich begleitet, und in den darauffolgenden Jahrzehnten, als ich nur noch gearbeitet habe und wenig verreist bin, entstand in meinem Kopf die Geschichte von Sheridan, die trotz aller Schwierigkeiten nie wirklich ihr Ziel aus den Augen verliert.

Als ich angefangen habe, *Zeiten des Sturms* zu schreiben, musste ich viel recherchieren, um zu verstehen, wie das Musikbusiness funktioniert. Ich hoffe, es ist mir einigermaßen gut gelungen und ich bitte Sie, liebe Leserinnen und Leser, wenn Sie vom Fach sind, mir Fehler nachzusehen. Überhaupt war sehr viel Recherche nötig, um Sheridans Welt und Erlebnisse gut beschreiben zu können. Von Reisen nach New York, Massachusetts und Colorado habe ich viele Eindrücke mitgebracht, die ich in diesem Buch verarbeitet habe, ansonsten war mir wie immer das Internet eine große Hilfe.

Acht Monate hat die reine Schreibarbeit gedauert. Ich habe unter den Auswirkungen der Covid-19-Pandemie wenig gelitten, denn ich war in dieser Zeit sehr abgelenkt. Mein größter Dank geht an meinen Mann Matthias und meine Stieftochter Zoé für ihre große Geduld und Rücksichtnahme. Ich danke meiner Agentin Andrea Wildgruber für Ansporn und Unterstützung, meiner Lektorin Marion Wichmann für die Textarbeit und ihr wertvolles Feedback beim Plotten. Ich danke meinen Schwestern Claudia Löwenberg-Cohen und Camilla Altvater, meinen Freundinnen Simone Jakobi und Ruth Reichert sowie Linda Vogt vom Ullstein Verlag. Ich danke Jochen Wenke, der mir anschauliche Informationen darüber gegeben hat, wie Tonstudios funktionieren und wie Songs entstehen.

Aber vor allen Dingen danke ich Ihnen, meine lieben Leserinnen und Leser, die Sie die ersten beiden Bände der Sheridan-Grant-Trilogie so gern gelesen haben, dass ich diesen dritten Teil mit Freude geschrieben habe. Ich hoffe, Sie hatten gute Unterhaltung beim Lesen und vermissen Sheridan und ihre Welt nun auch ein bisschen.

Während des Schreibens habe ich viel Musik gehört, und einige Songs, die mir besonders gut gefielen, habe ich Sheridan geliehen, zum Beispiel:

- *Sorcerer*, gesungen von Marilyn Martin vom Soundtrack des Films *Straßen in Flammen*, den ich damals mindestens zehn Mal im Kino gesehen habe.
- *Frozen* von Madonna
- *I will always love you* von Dolly Parton und Whitney Houston
- *Wild One* von Iggy Pop
- *Stand by your man* von Tammy Wynette
- *The River* von Bruce Springsteen
- *Only Time* von Enya
- *The Kiss* von Trevor Jones, vom Soundtrack des Films *Der letzte Mohikaner*

- *Hotel California* von den Eagles
- *Almost Lover* von The Fine Frenzy
- *Hollywood Hills* von Sunrise Avenue
- *Thank you baby* von Shania Twain
- *Heart of America* von Dan Lucas
- *Tonight is what it means to be young* und *Nowhere Fast* von Fire Inc., beide ebenfalls vom Soundtrack des Films *Straßen in Flammen*.

Aber der wichtigste Song war für mich *Leave a light on* von Belinda Carlisle. Wenn Sie sich den Text anschauen, wissen Sie, was Sheridan Jasper mit diesem Song sagen wollte.

Bad Soden, im Mai 2020

Nele Neuhaus

Quellenangaben:

Alles, was Sie über das Musikbusiness wissen müssen von Donald S. Passman, Schäffer-Poeschel Verlag für Wirtschaft, 2. Auflage 2011

Wir hatten Sex in den Trümmern und träumten von Tim Renner und Sarah Wächter, Berlin Verlag in der Piper Verlag GmbH, 2. Auflage 2013

Das Geschäft mit der Musik von Berthold Seliger, Edition Tiamat, 7. Auflage 2015

Kill your friends von John Niven, Wilhelm Heyne Verlag, München, in der Verlagsgruppe Random House GmbH, 10. Auflage 2008